suhrkamp taschenbuch 957

Max Frisch, am 15. Mai 1911 in Zürich geboren, lebt heute in seiner Geburtsstadt und in Berzona. Seine wichtigsten Prosaveröffentlichungen: *Tagebuch 1946-1949* (1950), *Stiller* (1954), *Homo faber* (1957), *Mein Name sei Gantenbein* (1964), *Tagebuch 1966-1971* (1972), *Dienstbüchlein* (1974), *Montauk* (1975), *Der Traum des Apothekers von Locarno.* Erzählungen (1978), *Der Mensch erscheint im Holozän.* Eine Erzählung (1979), *Blaubart.* Erzählung (1982). Stücke u. a.: *Graf Öderland* (1951), *Don Juan oder Die Liebe zur Geometrie* (1953), *Biedermann und die Brandstifter* (1958), *Andorra* (1961), *Biografie: Ein Spiel* (1967) und *Triptychon. Drei szenische Bilder* (1978). Sein Werk, vielfach ausgezeichnet, erscheint im Suhrkamp Verlag.

Von Anfang an begleiten weniger umfangreiche Beiträge in Zeitungen und Zeitschriften, später auch Reden die großen Romane und Dramen Max Frischs. Unsere Auswahl aus solchen »kleinen Schriften« veranschaulicht – zumindest exemplarisch – die ganze Breite des Spektrums von Themen und Darstellungsmitteln Max Frischs, obschon sie sich auf drei Arten von Texten konzentriert: Nach den geschriebenen Porträts von Freunden und Zeitgenossen des Autors – wie Bertolt Brecht, Ludwig Hohl, Günter Grass, Peter Bichsel – folgen Aufzeichnungen und Skizzen zur politischen und gesellschaftlichen Situation im Nachkriegseuropa und während der Ära des Protests seit den sechziger Jahren, schließlich die Reden von »Öffentlichkeit als Partner« (1958) bis zur »Friedenspreisrede« (1976). Die Öffentlichkeit, so wie sie sein sollte, wird hier schon vorausgesetzt, und in der Bewegung von Frischs nüchterner und genauer Sprache wird dem Leser eine Wirklichkeit hinter den Phrasen des Alltags und den platten Reizworten der Politik eröffnet. Diese Schriften spiegeln also nicht nur erlebte Zeitgeschichte; die Aktualität ihres Gehaltes reicht über ihren aktuellen Anlaß hinaus.

Max Frisch
Forderungen des Tages

Porträts, Skizzen,
Reden 1943-1982

Herausgegeben von
Walter Schmitz

Suhrkamp

Umschlagfoto: Andrej Reiser

suhrkamp taschenbuch 957
Erste Auflage 1983

Drucknachweis für die einzelnen Texte
am Schluß des Bandes
Suhrkamp Taschenbuch Verlag

Satz: Georg Wagner, Nördlingen
Druck: Ebner Ulm
Printed in Germany
Umschlag nach Entwürfen von
Willy Fleckhaus und Rolf Staudt

1 2 3 4 5 6 – 88 87 86 85 84 83

Inhalt

I

II

III

I

Vom Arbeiten

⟨Zu »Notizen« von Ludwig Hohl⟩

»Alles, was wir handeln, muß, wenn es Wert haben soll, vom Betrachtungspunkt der Kürze unseres Lebens aus gehandelt sein. Stehen wir nicht da, so werden wir, auch wenn wir scheinbar tätig sein sollten (äußere Gewalten treiben uns zumeist zu einer scheinbaren Tätigkeit und lassen uns ihr nicht mehr entrinnen), vorwiegend in immerwährender Erwartung leben; stehst du aber da, so willst du vor allem anderen selber rasch noch etwas *tun* (– und mit einem ganz anderen Ernste, als jenes Tun geschieht, in dem dich fremde, äußere Mächte gefangen halten). Es ist aber etwas tun und solches Tun – eigenes Tun, zu dem dich nicht fremde äußere, sondern innere Gewalten nötigen – das einzige, was Leben gibt, was retten kann. Solches Tun nenne ich Arbeiten.«

Beim selben Verfasser hieß es schon einmal in einem früheren Werk, das sich – damals noch ohne thematische Konsequenz, aber mit ebensolcher Kunst des Aphorismus – um den Begriff der Kunst, der Arbeit, der Wahrhaftigkeit, der wichtigen und unwichtigen Dinge bemühte:

»Arbeit ist immer ein Inneres; und immer muß sie nach einem Außen gerichtet sein. Tätigkeit, die nicht nach einem Außen gerichtet ist, ist keine Arbeit; Tätigkeit, die nicht ein inneres Geschehen ist, ist keine Arbeit . . . Wenn es sich aber um innerliche Stoffe, innere Gebiete der Arbeit handelt? Dann immer nach dem relativen Außen, in diesem Innern wieder dem Außen: So ist das Klare dem Unklaren gegenüber ein Außen, der Gedanke der Ahnung gegenüber, das gesprochene Wort dem Gedanken gegenüber.«

Oder:

»Hindern dich die Umstände an der Entfaltung einer Tätigkeit? Dann wirke auf die Änderung der Umstände hin und du hast darin deine Tätigkeit.«

Worte wie die letzten sind nicht selten, sie sind nicht mehr Spiel der Erkenntnis, sondern Ratschläge: sie möchten helfen, die Rettung zeigen. Das aber ist, bei aller Schärfe des Wortes, der Herzton, der uns mehr als aller Scharfsinn aufhorchen läßt und mit dem Scharfsinn versöhnt – es ist die Stimme eines Gefährdeten, der sich über die Chance, daß uns geholfen werden kann, keinen schwärmerischen Täuschungen hingibt.

»Ob der Wille, zu retten, so groß sei, daß er genügt, das ist die Frage. Die erste und die größte Frage. Du fragst wieder: wozu genügt? Dann genügt er eben bei dir noch nicht.«

Zum Thema der Arbeit:

»Man darf nicht enden, darauf aufmerksam zu machen, daß die meisten Menschen sich vor dem Arbeiten flüchten nicht in die Faulheit – nicht in die apparente Faulheit –, sondern in eine total tote Beschäftigung; nicht in die Bewegungslosigkeit, die wahre heutige Faulheit besteht in einer toten Bewegung.«

Der unermüdliche Ernst, der hier dem Begriff der wahren Arbeit geschenkt wird, erinnert den Leser vielleicht an Rilke, so, wie ihn Hans Carossa einmal schildert: Rilke, der von seinen Gedichten als von einer Arbeit sprach ... In die Nähe rückt auch jenes andere Wort: O Herr, gib jedem seinen eignen Tod! Dazu sagt unser Autor:

»Der eigene Tod, das ist wohl wunderbar, ist vielleicht das Höchste. Es fragt sich aber, wie dazu gelangen? Der eigene Tod, – ja, er ist die Krönung. Was nützt es aber, einem zu rufen: Laß dich krönen! Wirst du ihm nicht eher die Wege zeigen sollen, die zur Krönung führen? Auf die eigene Arbeit folgt notwendigerweise der eigene Tod.«

Wer die Arbeit so sehr als das Wesentliche, als seinen Freund erkennt, kommt kaum umhin, sich auch um die Ökonomie seiner Kräfte zu kümmern; zumal er an den Anfang seines Buches den einfachen, so betreffenden Satz stellt: Der Mensch lebt nur kurze Zeit ... Goethe sagt: Gebraucht der Zeit, sie geht so schnell von hinnen, doch Ordnung lehrt euch Zeit gewinnen! Dem Jüngling erschien Goethe in diesem Sprüchlein immer sehr spießig; nicht umsonst hing es in einem Schulzimmer, Mahnung an die Jugend, deren götterhafte Eigenschaft es ist, daß sie nicht leidet an der Zeit. Wie also sollte sie, aus eigener Einsicht, der Ordnung bedürfen, der Ökonomie! Ordnung: Mechanisierung –

»Man weiß«, sagt unser Autor einmal: »wie der durchschnittliche Franzose sein äußeres Leben einrichtet; er wurde dieser Gleichförmigkeit, Sterilität wegen oft verlacht. Aber daß er so lebt, das hängt damit zusammen, daß Frankreich, was die Kultur seiner mittleren Schicht, die durchschnittliche Kultur des Volkes angeht, mit keinem andern modernen Land sich vergleichen läßt.

Durch die Mechanisierung des alltäglichen äußeren Lebens werden höhere Kräfte frei.«

Anders gesagt:

»Es war in Urzeiten einmal ein Geschöpf, das die erste Maschine erfand, genauer: fand, entdeckte. (Das wird etwa der Hebel gewesen sein.) Dürfen wir annehmen, daß es sie entdeckte, weil es intelligenter war als die anderen Geschöpfe? Nein, sondern es fand sie durch Zufall (diese erste Mechanisierungsmöglichkeit einiger seiner notwendigen Erledigungen): aber sobald sie in seinem Gebrauch stand, *wurde* es intelligenter als die umgebenden Geschöpfe, das heißt, seine Kräfte verließen die Ebene, auf der nun Mechanisierung eingetreten war, und suchten ihre Anwendung auf der höheren. – Immer und überall gilt es: Sobald die Vorgänge auf dieser Ebene mechanisiert sind, treten die schöpferischen Kräfte (die Kräfte schlechthin) auf einer höheren Ebene in Erscheinung.«

Schon diese Worte, die einer Diskussion wohl wert sind, enthalten eine Anschauung, die der Autor später zu seinem zweiten, nicht minder ernsthaft umkreisten Thema macht; selber nennt er es: die Nichtexistenz der großen Tat.

»Das menschliche Arbeiten, das weltverändernde Wirken, vollzieht sich in drei Stufen. Diese sind – erstens: Die große Idee. Zweitens: Die (der großen Idee entsprechenden) Einzelvorstellungen; anders gesagt: die Applizierung der großen Idee, ihre Auflösung in kleine Ideen, Ideen des Einzelnen. Und drittens: Die (den Einzelvorstellungen entsprechenden) Einzelausführungen. Kurz gesagt: Die große Idee, die kleinen Ideen, die kleinen Taten.«

Er fährt fort:

»Und leider bleiben die meisten Menschen stets auf der ersten dieser drei Stufen stehen; bleiben stehen bei der großen Idee oder ihr gegenüber auf einer Art Aussichtspunkt; die Sache bekommt dann die Farbe und den Rang des ›Idealismus‹, der Phantasterei – Das Höhere als die große Idee sind also die kleinen Ideen, die aus einer großen Idee entsprungen sind; und das noch Höhere die kleinen Taten, die aus den kleinen Ideen entsprungen sind, vorausgesetzt, daß diese ihrerseits wieder aus einer großen Idee entsprungen sind.«

Ein andermal:

»Du habest die große Idee, dein Leben zu ändern (und haben nicht die meisten sie?); so laß die große Idee zerfallen in die ihr entsprechenden Teilauffassungen (wie viele gelangen so weit?), tue diese einzelnen Dinge (langsam, im Maße deiner Möglichkeit, deiner Kräfte nur, eins nach dem andern): Dein Leben ist geändert.«

Die Gedanken zu diskutieren, die das Werk vorlegt, überlassen wir gerne dem Leser – sie erscheinen uns in einer Prägnanz, einer fast verführerischen Prägnanz, der gegenüber es nicht leicht sein dürfte, daß unser Widerspruch oder unser Zuspruch sie nicht einfach verwischt und die geleistete Arbeit, die Arbeit in ihrem Sinne, nicht platterdings aufhebt.

Weisheit des Aphorismus liegt zum guten Teil schon in seiner Form – darin nämlich, daß er abbrechen kann, daß er an einer Erkenntnis nicht immer noch festhält, wenn diese lange schon wieder ins Leere weist. Man sagt, jeder Vergleich hinkt; er hinkt in dem Maße, als er zu lang, zu ausführlich ist. Der Aphorismus entzieht sich dieser Gefahr: durch Verzicht auf System, auf lükkenlose Entwicklung, die meistens von einer lebendigen Einsicht ausgeht und sie verhunzt. Anderseits ist es die Gefahr jeder Aphoristik, daß sie schroff, unversöhnlich, unsympathisch und anmaßend wirkt schon ihrer Kürze wegen; sie gibt nicht die epische Lage oder die dramatische Scene, die Umstände, die eine solche Stichflamme erzeugten, sie steht ohne alldas und erhebt eben dadurch den Anspruch, allgemein zu gelten. Unser Autor hat das Geschick, manchmal mit zwei oder drei Worten auch die Situation noch mitzugeben. Eine weitere Gefahr ist die Koketterie, die Kunst der sprachlichen Verblüffung; der Aphorismus wirkt oft als Feuerwerk, das man plötzlich, eben noch entzückt und gefesselt, satt bekommt, es fehlt ihm die Ruhe der Sonne. Sein Denken wirkt allein durch die Form, die ein Aufblitzen ist, zusammenhanglos oder exaltiert, ohne daß es in seinem wirklichen Gehalte das sein muß.

Auch über den Leser wäre einiges zu sagen – zumal bei uns erleben wir leicht, daß er seinen Ernst kündigt und von Arabesken spricht, wenn eine Anschauung nicht zu Tode systematisiert wird. Ein helvetischer Verdacht gegen alles, was nicht mehr schwerfällig ist, kommt hinzu; so überschwänglich wir es anderseits loben und lieben, wenn es in welscher Zunge geschieht. Begreiflicherweise! das andere Idiom dispensiert uns von der Qual neidvoller Vergleiche, es heißt: Im Französischen kann »man« das ...

Es gibt nun Stücke bei unserem Autor, die in der Kunst, in der Kühnheit der Balance allerdings weit gehen. Auch dafür ein Beispiel:

»Herr Meyer, das ist ein Herr, der von sich gerne behauptet, daß er festen Boden unter den Füßen habe. Nachdem es mir endlich gelungen war, Herrn Meyer zu definieren – als den Mann, der bei lauter Nichtgelegenheiten: also *nicht* beim Durchschreiten eines Sumpfgewässers oder Flusses (wo wir auf eine solche Auskunft gespannt wären, wo sie einen Sinn haben könnte), nicht beim Queren eines durch Neuschnee trügerisch gemachten Gletscherspaltengewirres; sondern wenn ein neuer Planet entdeckt wurde, oder wenn man von Johann Sebastian Bach redet, oder von den Kunsthändlern, die durch van Gogh reich geworden sind, oder von der Bedeutung der Träume: der bei lauter solchen Nichtgelegenheiten versichert, er habe festen Boden unter seinen Füßen –, habe ich gründlich nachgedacht, was das heißen soll.« u.s.w.

Man kann das Artistik nennen. Er stellt, kann man sagen, die Pyramide eines Gedankens auf die Spitze und dann zieht er den Finger darunter weg. Es ist Zirkus der Sprache, atembeklemmend. Wäre es mehr nicht als dies, so wäre es immer noch unterhaltender als der Trott, den die Sprache in sovielen anderen Büchern geht; der Mangel an handwerklichem Können ist eine fast vaterländische Vorliebe geworden. Wer aber bei solchem Vorwurfe bleibt, überhörte das Wichtigere: es ist in diesen Aphorismen ein Ernst des Denkens, fühlbar in einem fanatischen Ernst zur Präzision, eine Würde, die auch durch gelegentliche, menschlich wohl begreifbare, aber höchst schnoddrige Polemik nicht abzutragen ist; eine Haltung, der wir glauben:

»Man kann nicht etwas voll erkennen und nicht tun. Das Erkennen geht unmerklich in die Tat über . . . Es ist zwar klarer als irgendetwas, daß das Höchste nur im Erkennen, daß die einzige wirkliche Erlösung des Menschen nur im Erkennen sein kann: Aber dem Menschen folglich sagen ›Erkenne!‹ und meinen, irgendetwas getan zu haben, ist reiner Wahn. Es kommt darauf an, das Richtige zu tun; Arbeiten ist die Realisierung des Erkennens. Aus Erkennen genährt, nährt es das Erkennen. Das Erkennen nährt sich nicht selber.«

Mit diesen seinen eigenen Worten, die nicht eben von vielen erreicht werden, habe ich einen Verfasser anzuzeigen versucht, den nur wenige kennen: er heißt *Ludwig Hohl,* ein Mann in reifen

Jahren. »Vom Arbeiten / Die Notizen oder Von der unvoreiligen Versöhnung«, im Selbstverlag erschienen, Rue du 31 Décembre in Genf, ist ein Heft in der Größe eines Traktätleins – erstes Kapitel eines umfänglichen Werkes, das wir nicht kennen können, da es, wie nahezu alle Werke des Verfassers, in der Schweiz bisher keinen Verleger gefunden hat. (1943)

Stimmen eines anderen Deutschland?

Zu den Zeugnissen von Wiechert und Bergengruen

Die Aufgabe, die sich uns stellt, wenn wir die neulich erschienenen Werke eines Ernst Wiechert daraufhin betrachten, ob und wie weit sie als die Stimme eines sogenannten anderen Deutschland gelten können, diese Aufgabe ist leider eine peinliche, zugleich eine dringende.

Wir wissen, daß Ernst Wiechert zu den Männern gehört, die den Mut zum persönlichen Widerstand hatten, die eine Haltung zeigten, und zwar nicht in Übersee, sondern mitten im Dritten Reich selber, eine Haltung, der wir nur mit größter Achtung gegenüberstehen können; dies um so mehr, als ja kaum einer von uns schon bewiesen hat, daß er zu dieser Haltung, die wir von uns und den andern fordern, im entscheidenden Augenblick selber fähig ist.

Das ist das eine.

Das andere sind die literarischen Zeugnisse, die nun von diesen Männern des deutschen Widerstandes kommen, ihre Berichte, ihre Gedichte, ihre Erzählungen, deren künstlerischer Wert allein durch die Nachricht, daß ihr Verfasser im Kerker war, natürlich in keiner Weise berührt wird; dieser Umstand, daß beispielsweise Wiechert ein halbes Jahr lang in Buchenwald war, erhöht nur unsere Erwartung ihnen gegenüber, unseren Anspruch auf Antwort, wessen Geistes dieser tapfere Widerstand war, unsere Hoffnung, daß uns hier die Stimme jenes immer wieder verheißenen anderen Deutschland anrede, dem unsere Sehnsucht gilt und unsere ganze Bereitschaft zum Gespräch, zu europäischer Nachbarschaft.

Der Totenwald, ein Bericht

Wiechert erzählt, wie er der Winterhilfe seinen weiteren Beitrag verweigert, solange Niemöller, der zu Festungshaft verurteilt wurde und nach Dachau kam, nicht sein Recht geschehe; wobei es Wiechert durchaus als Ordnung und Recht empfände, wenn es beim Spruch des Gerichtes bliebe, also bei Festungshaft, die das Gericht als verbüßt erkannte. Das Gericht, sein Spruch, wird nicht in Zweifel gezogen. Es empört ihn erst die Willkür gegen den richterlichen Spruch, die offene Verletzung des Staates.

Hier war Recht und Gesetz gebrochen ... Und gleichviel, ob der Unglückliche die Kanzel mißbraucht hatte oder nicht: hier wollte man weder strafen noch bessern noch sühnen. Hier wollte man nur vernichten, wie der Mörder seinen Zeugen vernichtet.

Und gleichviel –

Wiechert träumt von Niemöller, wie er poetisch sagt: als schwebe das Haupt auf einem silbernen Nebel, wie das Haupt des Täufers auf der Silberschüssel; damals erkannte er, Wiechert, daß es ihm bestimmt sein würde, mit diesem Haupt zu leiden. Von sich selber sagt er:

Zwar hatte er in Reden und Schriften, in Briefen und Vorlesungen bekannt, was wenige seiner Zeit bekannt und gesagt hatten. Doch war ihm dies nicht nur durch den weiten und wohl auch tiefen Widerhall erleichtert worden, den seine Worte im Reich und jenseits der Grenze gefunden hatten. Er war auch darüber hinaus zuzeiten der Meinung, daß man nicht wagen würde, sich seiner Person mit den üblichen Mitteln der Gewalt und Gesetzlosigkeit zu bemächtigen, weil man das Aufsehen scheuen werde, das solch eine Tat bei allen rechtlich Denkenden erzeugen mußte.

Wiechert wird dennoch verhaftet. Er berichtet sehr eindrücklich seine Zeit im Gefängnis, zusammen mit den Namenlosen. Dann der Weg ins Lager, dessen Greuel er eben aus Erzählungen erfahren hat.

Wieder legte man ihnen Ketten an und führte sie ans Ende des Bahnsteiges, wo man sie eine Viertelstunde stehen ließ. Er war während seiner Vortragsreisen einmal in dieser Stadt gewesen, und er haßte sie seit vielen Jahren; nun erwies sie sich dieses Gefühles durchaus wert, denn die Ankunft dieser Wagen schien für die Bevölkerung ein gewohntes und sehr genossenes Fest zu sein. Zu Hunderten stand sie an den Gittern des Bahnhofgebäudes und erfreute sich mit lauter Heiterkeit an der Unterbrechung ihres Daseins. Doch sah Johannes auch zwei Damen stehen, die ihn wohl aus seinen Büchern kennen mochten und die schweigend mit strömenden Tränen zu ihm herüberblickten. Er konnte die linke Hand bewegen und machte eine Gebärde mit ihr, als lohne es sich nicht, um so weniges schon Trauer zu zeigen.

Vermutlich handelt es sich um die gleiche deutsche Bevölkerung, die heute, wie wir hören, leider von allem nichts wußte, nichts ahnte. Aber nicht darum geben wir diese Stelle; sie kennzeichnet den Ton, der durch das ganze Buch geht:

Es war ihm, als seien die Augen aller seiner Leser auf ihn gerichtet, und er nickte ihnen beruhigend zu. Für ihn sollte der Hahn nicht krähen.

Das ist wichtig. Nicht weil es uns eine alte Hoffnung zerschlägt, die Hoffnung, das große und vor allem das allgemeine Leiden könnte uns davon befreien, daß wir von uns selber so eingenommen sind. Wichtig ist dies: wir lesen den Bericht eines Bevorzugten. Dabei geht es nicht einmal um die kleinen und dennoch wesentlichen Vergünstigungen, die Wiechert auch in Buchenwald noch genießt gegenüber den Namenlosen, die kein Machthaber kennt und die nicht herauskommen mit dem Versprechen, zu schweigen. Der Vorzug besteht darin, daß dieser Leidende, Wiechert, stets die Augen einer großen Leserschaft auf sich versammelt fühlt und daraus eine Kraft zur tapferen Haltung gewinnt, die das Heer der Namenlosen, welche sich in keinem Rampenlicht wissen, aus einer ganz anderen Tiefe beziehen müssen. Somit ist das, was wir eben einen Vorzug nannten, vielleicht auch ein Fluch; jedenfalls vermindert er die Gültigkeit dieses Berichtes. Es ist, wenn auch auf einer künstlerisch viel geringeren Stufe, der gleiche Fall wie beim »Rumänischen Tagebuch« von Hans Carossa; auch jenes ein gefährliches Buch, wenn man es als Kriegstagebuch nahm und darin eine mögliche Haltung gegenüber dem Kriege suchte, wo es in Wahrheit nur das Tagebuch eines Arztes ist, eines Heilenden und Helfenden, also eines Bevorzugten, der nur ein einziges Mal vor die wesentliche Frage des Krieges gestellt wird: das Gebot des Vaterlandes, das uns zum Töten verpflichtet, oder das andere Gebot, daß man nicht töten soll. Man erinnert sich jener Stelle: Carossa steht vor einem Scherenfernrohr, entdeckt als einziger die schanzenden Feinde und hat die Wahl, zu schweigen oder zu sprechen, was das tödliche Feuer der deutschen Batterie bedeutet, und die Stelle, die wesentliche in bezug auf den Krieg, bleibt offen, ohne Entscheidung, unverbindlich in der Frage, woran Millionen von Soldaten zerbrochen sind, Millionen von Namenlosen und Nicht-Bevorzugten. Carossa war sich wenigstens bewußt, daß er keine Antwort gibt; Wiechert stellt sich nicht einmal eine klare und nüchterne Frage; unverwandelt, wie er ist, was schon aus der Melodie und der Metaphorik seiner Sprache hervorgeht, begnügt er sich mit Klagen einer gefährlich verschwommenen Art:

Welche Scham für das Menschengeschlecht, zu meinen, daß mit körperlicher Züchtigung Weltanschauungen zu rächen oder auszutreiben wären!

Welch ein vernichtender Maßstab auch für die Kultur so mancher Völker der Gegenwart! Und waren nicht hundertundfünfzig Jahre vergangen, seit Mozart die Arie reiner Menschlichkeit in der Zauberflöte geschrieben hatte?

Man lese solche Sätze genau.

Wovon ist die Rede? Daß sich das Menschengeschlecht – nicht der Deutsche, sondern das Menschengeschlecht – schämen muß über Dinge, die in Buchenwald geschehen sind, 1938, also vor dem Krieg und vor irgendeinem Greuel, den später auch andere aus Notwehr und Ansteckung begangen haben; es wird, solange es um Versagen und Schuld geht, ganz allgemein von der Kultur so mancher Völker der Gegenwart gesprochen, immer hymnisch verschwommen, und genau wird Wiechert erst da, wo es um die erhabene Leistung geht, die Arie der Menschlichkeit, erschaffen von einem Deutschen, Mozart.

Oder, als Wiechert ein einziges Mal im Steinbruch arbeiten muß und sieht, wie dort die Juden auf höhnische Weise zu Tode geschunden werden, heißt es:

Und mochten jene (die Juden) schuldig sein an manchem in der Summe ihres Lebens, mochte das ganze Volk schuldiger sein als andere Völker: hier zerging ihre Schuld in nichts vor der Schuld derjenigen, die sich als das neue Volk priesen. Furchtbarer war niemals gebüßt worden, als jene büßten. Und mehr Schande war niemals auf die Stirne eines Volkes gefallen als auf jenes, das nun ihre Henker stellte.

Das ist übrigens alles, was Wiechert auszusprechen hat, als er die deutsche Lösung der Judenfrage sieht. Man achte auf die Wörter: »Mochte das ganze Volk (der Juden) schuldiger sein als die anderen.« Und: »Furchtbarer war niemals gebüßt worden, als jene büßten.« Auch für Wiechert, den Widerstandsdeutschen, den man bei uns ohne Zögern als die Stimme des edlen Deutschland begrüßt und in Mengen liest, steht es also fest, daß es das Phänomen einer kollektiven Schuld gibt. Wenigstens solange es das jüdische Volk betrifft. Er erschrickt nicht einmal über diesen Gedanken, der ihm so geläufig und selbstverständlich scheint, daß er nicht mit einem Wort erwähnen muß, wofür »jene« büßen. Und daß dieses sein eigenes Denken vielleicht schon eine Mitschuld sein könnte an alledem, was er mit Ekel und Entsetzen sieht, wird nicht erwogen. Eine kollektive Schuld des deutschen Volkes, darauf kommt Wiechert überhaupt nicht zu sprechen, persönlich unschuldig, wie er sich weiß; er sagt von sich:

»Des Reiches Schande war nicht seine Schande.«

In diesem gefährlichen Mangel an Denkkraft, der sich so gerne für Tiefe des Gemütes hält, verliert sich das ganze Buch, unseres Erachtens unerträglich, noch bevor unsere Meinungen als solche auseinandergehen; das tun sie allerdings schon im Vorwort:

Dieser Bericht will nichts sein als die Einleitung zu der großen Symphonie des Todes, die einmal von berufeneren Händen geschrieben werden wird.

Eben das, scheint uns, ist es nicht, was die Welt jetzt erwartet; kein deutsches Kunstwerk wird Deutschland retten, im Gegenteil, die Symphonie ist vielleicht der einzige Beweis, den Deutschland nicht mehr zu erbringen hat: daß es aus allen Katastrophen früher oder später mit Kunstwerken hervorgegangen ist, die ihm selber den Glauben gaben, die Kultur über den Kulturen darzustellen, aber noch kaum einmal mit der Gestaltung einer staatlichen Gemeinschaft und eines lebbaren Verhältnisses zu den anderen Völkern, die Kultur haben. Diese Aufgabe ist heute, wo die begreiflichen und unbegreiflichen Fehler der Besetzungsmächte hinzukommen, ungeheuer. Melancholisch steht Wiechert unter einer Eiche, die Goethe und Charlotte von Stein beschattet habe, im Grunde auch schon getröstet, da er sich näher bei Goethe fühlt als bei der deutschen Wirklichkeit und Gegenwart, die unter dieser Eiche stattfindet; ohne auch nur die augenblicklange Frage: warum dieser Goethe, dessen Geisteshöhe uns bekannt und lange genug als Aushängeschild benutzt worden ist, und alle die anderen Schätze, die diesem Volk geschenkt wurden, Mozart und Hölderlin, die er anruft, warum all dies gerade das deutsche Volk vor nichts bewahrt hat.

»Gott ist gestorben.«

Weil er von der Mehrzahl des deutschen Volkes verhöhnt wurde? Dieser Gedanke, aufschlußreich in seiner Art, spukt auch durch ein anderes Werk von Ernst Wiechert: »Totenmesse«. Im Gedanklichen unterscheidet es sich kaum von dem Bericht; nur in der Form, es ist eine Dichtung in Reimen.

Hab keine Kameraden, kein Fahnentuch,
keine Trommel, die mir zum Tode schlug.

Oder:

Will fluchen dem Schoß, in den er Samen gesenkt,

will fluchen der Brust, die sieben Söhne getränkt.

Oder:

Endlich aus unsrer unlöslichen Hüllung
trägt uns der Tod in das flutende All,
und in dem Becher der tödlichen Kühlung
löst sich, ach, endlich der Tropfen der Qual.

Im Nachwort zum »Totenwald« heißt es:

Der Verfasser dieser Erinnerungen glaubt zu wissen, daß sein Name in der abendländischen Welt als der Name eines stillen und wahrhaftigen Menschen guten Willens geachtet wird ... Er gehört zu den Menschen, die mit den Dingen des Lebens eine Verwandlung vornehmen müssen, um sie in sein Schicksal einordnen zu können. Nicht eine Verwandlung in eine andere Wirklichkeit, sondern in eine höhere Wahrheit, eben in die der Kunst.

Das ist ein Bekenntnis, das uns nachdenklich machte, auch wenn die Verse, die Wiechert schreibt, wirkliche Kunst wären; auf die Frage, die wir unter der deutschen Eiche bei Buchenwald-Weimar erwartet haben, hier die unbewußte Antwort eines Mannes, der durch Buchenwald gegangen ist, der sich guten Willens weiß und den Sterbenden versprochen hat, er werde sie niemals vergessen:
»Nicht Verwandlung in eine andere Wirklichkeit ...«

Der junge Verlag der Arche, der in kurzer Frist eine achtenswerte Leistung zustande gebracht hat und sich mit Ernst darum bemüht, der deutschen Stimme ein Forum wiederzugeben, bringt eine weitere Arbeit von Ernst Wiechert, die sich mit dem Krieg befaßt, eine Novelle: »Der brennende Dornbusch«. Warum hat dieser Ton uns einmal bezaubert; warum stößt er uns heute ab? Die erwähnte Novelle, die wir mindestens streckenweise, gemessen am Ernst ihres Anliegens, als blonden Edelkitsch empfinden, ist die angenehmste Art, am abendländischen oder mindestens am deutschen Leiden mitzutrauern. Der Leser wähnt sich erschüttert, wo er im Grunde nur beglückt ist über eine Gefühligkeit in seiner Brust, die er für Erschütterung hält. Was aber ist erschüttert? Im Grunde nichts. Wir können weiterleben wie vorher – ohne Verwandlung in eine andere Wirklichkeit –, denn nichts auf Erden kann geschehen, was sich nicht mehr ins Gemüthafte poetisieren ließe; umsonst ist die Sintflut, sooft sie kommen mag, es bleibt uns immerdar die Ausflucht ins Pathos, in das vertraute Pathos des bloßen Gemütes. Gerade dieses Vertrauen, das des Teufels ist, wird nicht erschüttert, keinen Atemzug lang. Und es ist so schön, traurig zu sein; aber nicht genug, bloß traurig zu sein. Gerade wir Außenstehenden, die sich bewußt bleiben, daß sie die Not nicht unmittelbar erlitten haben, sondern nur aus der Ahnung der jahrelang Gefährdeten, hätten eigentlich erwartet, daß uns ein vollkommen veränderter Ton begegne, ein Ton der tiefen Ernüchterung, ohne Hymnik, ohne die verfängliche Ehrfürchtigkeit vor allem Unklaren, die sich auch überall dort, wo man die Dinge durchaus beim Namen nennen kann, im Ahnungshaften begnügt und berauscht; ein Ton ohne Weihrauch, ein Ton ohne die einlullende Wehmütigkeit, die nicht einmal Trauer, sondern nur Selbstgenuß der Trauer ist; ein Ton ohne die Ausflucht in den Nebel, die Ausflucht ins Gemüthafte. Jedenfalls bei Wiechert finden wir diese Veränderung nicht, obschon er durch das Leiden hat gehen müssen, und jeder Leser, der auch nur einen Löffel voll eigenen Gemütes hat, wird ihm getreulich Folge leisten: gerade weil er nirgends hinführt. Nichts trägt sich leichter als dieser Schleier von alles umfassender Ehrfürchtigkeit. Brecht hat ihn zerrissen, lange schon, in seiner Art und an seinem Ort. Ohne Sorge um die Poesie, die einer hat oder nicht hat. Gerade aus dem Bewußtsein, daß das Geheimnis groß und uferlos bleibt, noch wo ihm mit allen Mitteln menschlichen Geistes begegnet wird, gerade aus dieser Verzweiflung ekelt uns vor jenen Zeichnern, die mit dem Daumen über jeden Strich ihres Bleistiftes fahren, um ihn poetisch zu machen, schummern, um geheimnisvoll zu sein und somit bedeutsam. Eben das nennen wir Kitsch. Das Gemüt in Ehren, das Gemüt als solches! Nur wissen wir wenigstens für unsere Lebenszeit, wie leicht und ungestört das Tier gedeihen kann hinter diesem Nebel. Man betrachte sich noch einmal die Architektur der Hitlerzeit, den Wohnbau: die Heime und Schulungsburgen voll Schmiedeisen und Geschmack, voll Holz und Naturstein und Leuchter für Kerzen und Gemüt, bezaubernd für jeden, der mit Gemüt zufrieden ist. In Wahrheit, die über das bloße Gemüt hinausgeht, waren es die Kinderstuben für Henker. Was heißt das? Wiechert hätte schon darüber stutzen können, daß Hunderttausende zu seinen begeisterten Lesern gehörten und ebenso zur Partei, die ihn später einsperrte. Warum das? Das bloß

Gemüthafte, was er seinen Lesern vorzüglich bietet, stellt noch keine Alternative. Und eben darum wird das Gemüt, sogar das edle Gemüt, wie es in Wiechert eine so erfolgreiche und allein durch diesen Erfolg bedeutsame Stimme gefunden hat, niemals genügen, um Deutschland vor sich selber zu retten, nicht einmal, um eine benutzbare Brücke herzustellen zwischen der Welt und dem deutschen Menschen, die beide einander brauchen. Er wende sich ja gar nicht an die Welt, kann man entgegnen. Die Frage aber, was Deutschland zu tun gedenkt, und zwar das wirkliche gegenwärtige Deutschland, kann in diesem Jahrhundert, nachdem Deutsche einen großen Teil der abendländischen Welt zerstört und Millionen von Außerdeutschen erschossen oder verbrannt haben, kein innerdeutsches Selbstgespräch bleiben; die Welt, die in Reden oft angerufene, wartet auf Antworten, nicht auf Wehmut.

Betreffend Antwort:

Dieser Tage konnte man den Hirtenbrief eines deutschen Bischofs lesen, worin die entsetzliche Not, die heute auch über Deutschland hereingebrochen ist, als Sühne begriffen wird; unter anderem als Sühne auch dafür, daß man die guten Generäle durch schlechte und verantwortungslose ersetzt hat. Zum Schluß heißt es: »Aber das Schlimmste ist der Verlust der deutschen Ehre.« Von hier ist es noch ein Schritt, den der Bischof nicht getan hat, und wir stehen da, wo heute noch, wie uns verschiedene Berichte zeigen, die große Mehrheit des deutschen Volkes steht: in der bitteren Reue darüber, daß der Versuch nicht gelungen ist, im offenen Bekenntnis, daß die Ausführung eines Wollens, das man als solches keineswegs verneint, häßlich war und fehlerhaft, für Deutschland unehrenhaft. Wie der Bischof sagt: Aber das Schlimmste ist der Verlust der deutschen Ehre. Ein Mensch steht vor den Leichen derer, die er, befallen von einem Wahnsinn, ums Leben gebracht hat: Was habe ich getan! ruft er: Ich habe mein Leben verpfuscht, meine Ehre verpfuscht! Das aber ist eine Verzweiflung, die ganz und gar auf seine eigene Person beschränkt bleibt, und ein solcher Mensch schiene uns unendlich weit auch nur von der Reue entfernt. – Obschon er es selber als Reue ausgibt.

Die Gerechtigkeit verlangt nun, daß wir von Ernst Wiechert auch ein Gedicht erwähnen, das in keinem seiner Bücher steht, uns aber dennoch erreicht hat, ein Zeugnis offenbar der jüngsten Zeit, das die meisten Einwände, welche wir den genannten Werken gegenüber auszusprechen für nötig hielten, nicht verdient. Es heißt:

Rings um ihn still die Wälder stehn,
rings um ihn still die Ströme gehn,
und goldne Sterne scheinen.
Wie haben wir doch zugebracht
wie ein Geschwätz bei Tag und Nacht
so Lachen wie Weinen.

Nun lassen Habe wir und Haus;
wir ziehen unsre Schuhe aus
und gehn mit nackten Füßen.
Wir säten Tod und säten Qual,
auf unsern Stirnen brennt das Mal,
wir büßen, wir büßen.

Und nächtens pocht es leis ans Tor,
und tausend Kinder stehn davor
mit ihren Tränenkrügen.
Und weisen still ihr Totenhemd
und sehn uns schweigend an und fremd
mit schmerzversteinten Zügen.

O gib den Toten Salz und Korn
und daß des Mondes Silberhorn
um ihren Traum sich runde!
Und laß indessen Zug um Zug
uns leeren ihren Tränenkrug
bis zu dem bitt'ren Grunde.

Und gib, daß ohne Bitterkeit
wir tragen unser Bettlerkleid
und Deinem Wort uns fügen.
Und laß uns hinterm Pfluge gehn,
solang die Disteln vor uns stehn,
und pflügen und pflügen.

Und führe heut und für und für
durchs hohe Gras vor meiner Tür
die Füße aller Armen.
Und gib, daß es uns niemals fehlt
an dem, wonach ihr Herz sich quält:
ein bißchen Brot und viel Erbarmen.

Wäre uns dieses Gedicht allein begegnet, wir hätten die Geistesart seines Verfassers vermutlich keinen Augenblick lang befehdet. Und das wäre auch für uns angenehmer gewesen.

Eine andere Stimme:

Völker der Welt, die der Ordnung des Schöpfers entglitt,
Völker, wir litten für euch und eure Verschuldungen mit ...
Völker der Welt, der Abfall war allen gemein:
Gott hatte jeden gesetzt, des Bruders Hüter zu sein.
Völker der Welt, die mit uns dem nämlichen Urgrund entstammen,
zwei Jahrtausende stürzten vor euren Grenzen zusammen,
alles Schrecknis geschah vor euren Ohren und Blicken,
und nur ein Kleines war es, den frühen Brand zu ersticken ...
Sicher meintet ihr euch hinter Meeren und schirmendem Walle
und vergaßt das Geheimnis: was einen trifft, trifft alle.
Jeglicher ließ von der Trägheit des Herzens sich willig verführen,
jeglicher dachte: Was tut es, an mich wird das Schicksal nicht rühren,
ja, vielleicht ist ein Vorteil, das Schicksal läßt mit sich reden!
Bis das Schicksal zu reden begann, ja, zu reden mit einem jeden.
Bis der Dämon, gemästet, von unserem Blute geschwellt,
brüllend über die Grenzen hervorbrach, hinein in die Welt.
Völker der Erde, ihr haltet Gericht; vergeßt dieses Eine nicht:
Immer am lautesten hat sich der Unversuchte entrüstet,
immer der Ungeprüfte mit seiner Stärke gebrüstet,
immer der Ungestoßene gerühmt, daß er niemals gefallen.
Völker der Welt, der Ruf des Gerichtes gilt uns allen.
Alle verklagt das gemeinsam Verratene, gemeinsam Entweihte,
Völker, vernehmt mit uns allen das Göttliche: Metanoeite!

Betrachten wir diesen Anruf, ohne zu fragen, wo er steht und wen er zum Verfasser hat. Ein Deutscher sagt den Völkern der Welt: Wir litten für euch und eure Verschuldungen mit. Sagt es zu einem Kreis von Völkern, die unter deutscher Besetzung immerhin das ihre gelitten haben. Gott hatte jeden gesetzt, des Bruders Hüter zu sein; er sagt es nicht der deutschen Bevölkerung, die die Pogrome am nächsten gesehen hat, sondern den Völkern jenseits der Meere. Und ein Kleines war es, den frühen Brand zu ersticken. Ganz sachlich: Wie? Mit einem Präventivkrieg gegen Deutschland? Ein Verbrecher, heißt das, klagt das menschliche Gericht an, erstens, daß es ihn nicht von Geburt an eingesperrt habe, um seinen Amoklauf zu hindern, zweitens beruft er sich darauf, daß vor Gott alle Menschen schuldig sind: die Verbrannten von Oradour nicht anders als jene, die sie in die Kirche sperrten und verbrannten. Ein deutscher Dichter ruft ihnen zu: Vernehmt mit uns allen das Göttliche: Metanoeite, tut Buße!

Geht das an?

Wenn auch vieles, was dieses heikle Gedicht sagt, unsrer Meinung nach wahr ist, bleibt immer noch die entscheidende Frage, wer diese Dinge sagt; entscheidend darüber, ob einer die Wahrheit sagt, die auszusagen als seine nächste Aufgabe ihm aufgetragen ist, oder ob er sich nur auf eine Wahrheit beruft, um seine eigene und unvertauschbar eigene Wahrheit aufzulösen in eine allgemeine. Das letztere aber bedeutet, daß er, wenn ein Deutscher unsrer Tage das sagt, die deutsche Schuld auf eine religiöse Weise auflösen will in die allmenschliche Schuld. Was diese allmenschliche Schuld betrifft, überlasse er es getrost den Dichtern aller anderen Völker, ihren Anteil daran auszusprechen und auf sich zu nehmen, und auch uns gebe er die Chance, daß wir ins reine kommen mit unserem Teil an babylonischem Hochmut; so wie wir ihm diese Chance geben. Einmal mehr spüren wir aus diesem Gedicht, daß die Wahrheit nicht in einem Wort liegt, sondern im Verhältnis zwischen Wort und Standort, wo es gesprochen wird, und hier stimmt dieses Verhältnis nicht.

Werner Bergengruen, den wir als einen der großen deutschen Dichter der Gegenwart verehren, stellte dieses Gedicht, das wir nur auszugsweise zitieren konnten, ans Ende von insgesamt achtzehn Gedichten – »Dies irae«, ebenfalls im Verlag der Arche erschienen – und man tut Bergengruen selber Unrecht, wenn man es allein vorliest, ohne die siebzehn anderen; das aber wird noch häufig geschehen, genehm, wie es dem deutschen Munde ist. Vorher aber heißt es zum Beispiel:

> In der gnadenlosen Schwüle
> tödlich lagen wir gefangen.
> Mahlte noch die dunkle Mühle
> oder war auch sie zergangen?
>
> Manchmal hörten wir ein Knistern.
> klopften nachts die Totenuhren –
> bis erlösend aus Kanistern
> blanke Feuer niederfuhren.

Hier spricht, was wir das andere Deutschland nennen dürfen,

jenes nämlich, das weiß, warum die Kanister fielen. Wer uns bloß seine persönliche Unschuld beteuert und vielleicht sogar beweisen kann, zählen wir noch nicht dazu, im Gegenteil. Ein anderes Deutschland sehen wir erst in jenen, die die deutsche Schuld gegenüber der Welt einsehen und bekennen, möglichst unverblümt, die den überpersönlichen Fluch auf sich nehmen, diesem Volke anzugehören, Fluch im antiken Sinne, und die zur Sühne bereit sind, und zwar schon im Diesseits, ohne Vertröstung auf das Jüngste Gericht, das, wie der Gläubige sagt, gerade auch jene Bereitschaft in der Zeit wägen wird.

Ich hatte dies Land in mein Herz genommen,
Ich habe ihm Boten um Boten gesandt.
In vielen Gestalten bin ich gekommen,
Ihr aber habt mich in keiner erkannt.

Ich klopfte bei Nacht, ein bleicher Hebräer,
ein Flüchtling, gejagt, mit zerrissenen Schuhn.
Ihr riefet dem Schergen, ihr winktet dem Späher
und meintet noch Gott einen Dienst zu tun.

Ich kam als zitternde geistgeschwächte
Greisin mit stummem Angstgeschrei.
Ihr aber spracht vom Zukunftsgeschlechte.
Und nur meine Asche gabt ihr frei.

Verwaister Knabe auf östlichen Flächen,
ich fiel euch zu Füßen und flehte um Brot.
Ihr aber scheutet ein künftiges Rächen,
ihr zucktet die Achseln und gabt mir den Tod.

Ich kam als Gefangener, als Tagelöhner,
verschleppt und verkauft, von der Peitsche zerfetzt.
Ihr wandtet den Blick von dem struppigen Fröner –
Nun komm ich als Richter: Erkennt ihr mich jetzt?

Wichtig scheint uns hier, daß nicht nur vom deutschen Leiden oder von einem allgemeinen Leiden gesprochen wird, sondern von dem Vielfachen an Leiden, das Deutsche über die anderen Völker gebracht haben und das ganz genau benannt werden kann. Mit dem Bewußtsein, das Bergengruen hier ausspricht, ist die Versöhnung noch nicht geleistet, aber ohne dieses Bewußtsein, das nicht nüchtern genug sein kann, ist sie überhaupt nicht möglich; es ist die Schwelle, die Millionen von Deutschen noch nicht einmal sehen, und dann ist immer noch die Frage, ob sie die

Schwelle auch wirklich betreten wollen, und zwar mit wirklichen Füßen, ohne Mystifikation. Es ist, was das Schicksal von diesem anderen Deutschland verlangt, ein ungeheurer Gang; es ist aber der einzig mögliche, der es in die Welt zurückführen kann. Alles andere ist der Untergang. Wie groß oder klein, wie allgemein oder vereinzelt es sein wird, dieses andere Deutschland, davon hängt nun alles ab. Auch für uns, die wir deutscher Sprache sind. Wir entgehen unserem Schicksal nicht, das mit dem deutschen niemals identisch ist, dennoch verkettet mit ihm; darüber hilft uns kein Amerikanismus, kein Sowjetismus hinweg. Die immerhin noch kleine Anzahl von Schweizern, die heute entschlossen sind, den deutschen Nachbarn mit jeder uns möglichen Hilfe beizustehen, sind sich bewußt, daß ihre Bereitschaft zum Gespräch nicht eine Huld, sondern eine blanke Forderung der Not ist, sogar der eignen; wir können nicht auf die Dauer neben einem Abgrund wohnen. Und gerade darum wehren wir uns gegen jede Tendenz, die den vorhandenen Abgrund leugnen, vergessen, ästhetisieren oder sonstwie übertünchen will. Helfen heißt nicht vergessen. Es heißt nur, daß wir uns der Hoffnung auf ein mögliches demokratisches und europäisches Deutschland, die auch für uns die einzige Hoffnung auf Zukunft ist, nicht bloß hingeben, sondern verpflichtet fühlen. Wir können eine Nachbarlichkeit nicht erwarten, zu der wir nicht unsrerseits bereit sind, und zwar jetzt, wo sie eigentlich gegründet werden muß, nicht bloß angeknüpft an eine frühere, an Fäden, denen wir nicht mehr vertrauen können und die auch für uns endgültig zerrissen sind. (1946)

Zu Bert Brecht: »Furcht und Elend des Dritten Reiches«

Für die dramaturgischen Einwände, deren es auch diesem neuen Brecht gegenüber so viele gäbe, daß man ein ganzes germanistisches Seminar davon speisen könnte, möchten wir keine Zeilen verbrauchen. Man kann diese Einwände überall hören. Was ihnen entgegensteht, das ist weniger die Theorie vom Epischen Theater, die Brecht vertritt, sondern die erschütternde Wirkung, die auch von diesem Stück ausgeht, obschon es keines ist – es ist eine Folge von Szenen, ohne eine durchgehende Person, es sind Facetten einer Tragödie, die alle erfaßt. Eine dieser Szenen ist die folgende:

Eine Jüdin, verheiratet mit einem blonden Arzt, packt für die Abreise, obschon er sich nicht verändert hat. Er verlangt auch nicht, daß sie geht. Nur sieht sie, daß er in der Nacht nicht mehr schläft. Darum packt sie geheim. Nur eines hofft sie von seiner Liebe: Er soll nicht sagen, es sei ja nur ein Abschied für vier Wochen, und ihr zugleich den Wintermantel geben, jetzt im Frühjahr. Der Gatte, als er die Koffer sieht, ist entsetzt; er will nicht, daß sie geht, nicht seinetwegen. Erst als sie behauptet, sie tue es ihretwegen, nimmt er es gerne an, sofort, und tröstet sie und sich mit den Worten, es sei ja nur ein Abschied für vier oder fünf Wochen. Sie läßt es darauf ankommen: Willst du mir vielleicht den Wintermantel geben? sagt sie. Und er gibt ihn – gefällig ...

Die Geburt der Lüge!

Man kann sich kaum einen Menschen denken, den eine solche Szene nicht anginge, eine solche Gebärde, womit ein Mensch seine Liebe und sich selber verrät, ganz unmerklich und gefällig, ganz alltäglich, so, daß er später nie begreifen wird, wo es angefangen hat, später, wenn er sich wirklich nicht dagegen wehren kann, weil es ihm mit Tank und Galgen begegnet: was mit einem Pelzmantel anfing.

Eine andere Szene zeigt uns Vater und Mutter, wie sie plaudern bei Tisch, nicht allzu kühn; dennoch erschrecken sie, als sie gelegentlich bemerken, daß ihr Bub, ein Hitlerjunge, plötzlich verschwunden ist. Was haben wir gesagt? Die Angst, daß er seine eigenen Eltern anzeigen könnte, der Verdacht gegen das eigene Kind, die Groteske, wie sie sich voreinander rechtfertigen wollen, indem sie ihre Aussagen selber umdeuten, sie ins Harmlose zurückziehen, sich selber aufgeben. Später klingelt es. Der Vater, blaß vor Schrecken, zieht noch das Eiserne Kreuz an, gewärtig, daß sein eignes Kind ihn an den Galgen liefert. Es ist aber nur das Kind, das zurückkommt, der Pimpf, der sich für den Sonntagsbatzen, den die Eltern ihm gaben, eine Leckerei kaufte. Was sollte er sonst getan haben? Noch jetzt, erleichtert wie ein Begnadigter, mißtraut ihm der Vater –

Furcht und Elend, das ist das einzige Verbindende in diesen Szenen, nur das: das Elend, daß ein Vater nicht mehr seinem Sohne trauen kann, die Furcht, die durch alle Ritzen dringt und wie eine Säure alles zersetzt, was den Menschen macht. Das Ungeheuerliche, zugleich das Wertvolle, liegt meines Erachtens darin, daß Brecht zeigt, wo der Verrat beginnt und wie: immer ganz unscheinbar, fast unfaßbar. Ohne den historischen Ausblick, wo man auf großer Bühne steht und weiß: Jetzt entscheide ich die Geschichte, jetzt muß ich ein Held sein! Es ist die Geschichte vom kleinen Finger, den man dem Teufel gibt; aber noch das ist eine Übertreibung, denn es ist weniger als ein kleiner Finger. Es ist ein Stäubchen von Lüge, von Verrat, von Furcht, nur ein Stäubchen, ein Pilz, der in den Ritzen unseres Alltags hockt; später gibt es Risse in den Mauern, sichtbare, und ganze Städte sinken in Trümmer. Ein Freund sagte mir: Das alles, was Brecht hier zeigt, erscheine ihm heute fast harmlos, gegenüber den späteren Ereignissen. Darin liegt vielleicht der größte Vorzug; die Ergebnisse kennen wir, wir suchen die Anfänge. Brecht ist Marxist; es kann nicht verwundern, daß er auf dieser Suche immer wieder die Macht der äußeren Verhältnisse zeigt; das Zwingende, das er über all diesen Menschen sichtbar werden läßt, enthüllt sich als das Versöhnliche: den Menschen gegenüber. Und als das Kämpferische: den Verhältnissen gegenüber.

Jemand fragte: Wo bleibt die Kunst?

Man bemerkt sie kaum. Sie besteht vielleicht schon darin, daß er uns zu Einsichten führen kann, ohne sie auszusprechen. Sicher gibt es einzelne Szenen, denen man kaum Unrecht tut, wenn man sie als Kabarett und sogar als schwaches Kabarett bezeichnet. Aber niemals würde ich das Ganze, wie manche es tun, eine Reportage nennen. Es gibt nicht eine einzige Szene, wo das Leben, das sie uns zeigt, nicht durch eine Einsicht erwählt und geformt ist; wo es sich nicht als Deutung abspielt. Und damit ist es gedichtet. Die Aufführung, die Ernst Ginsberg herausbrachte, machte die Probe auf diese Behauptung; bewußt und sicher verzichtet er auf alle Naturalismen, richtig im besten Sinne dieses Werkes, das keineswegs von der illusionistischen Schilderung, sondern ganz und gar vom deutenden Geiste lebt. Nur darum ist es auch möglich, das ganze Stück auf einem roten Podium abzuspielen, ohne Kulissen, die den Raum geben. Küche oder Straße, Gericht oder Moor, das alles braucht es nicht, nicht als Illusion, es genügt die knappe Andeutung, das Gerät für den Schauspieler; denn der Spielort ist ein geistiger. Wir achten einmal mehr auf die entscheidende Bedeutung, die das Bühnenbild, das dienende, haben kann; Caspar Neher zeigte sich als Meister dieser Transparenz, die das Stück, wäre es wirklich nur eine Reportage, rettungslos ins Leere gestoßen hätte.

Der Vergleich mit dem Werk eines anderen Deutschen, der sich mit der deutschen Tragödie befaßt, wäre verlockend und ergiebig; wir denken an das Schauspiel von Carl Zuckmayer, das soviele Menschen erleichtert. Brecht gibt diese Erleichterung nicht. Als ich einer Dame erzählte, wann das Stück geschrieben worden sei, fragte sie mich, warum man es damals denn nicht gespielt hätte, und besann sich mit plötzlichem Schrecken darauf, wie es damals mit unserer Freiheit bestellt war. Man vergißt das so gerne. Sicher ist es gut und wichtig, daß dieses Stück auf der Bühne gezeigt wird, und wer es eine Revue nennt, nenne es eine Revue für das Gedächtnis. Vielleicht ist es darum so unangenehm. Wenn der Mensch ein Gedächtnis besäße, wäre nicht manches schon besser? Er würde sich eine Kugel in die Schläfe geben oder sich verändern. Brecht hofft auf das Letztere. Darum redet er so nüchtern zu uns, rauschlos, ohne Ausflucht ins Verschwommene, das sich oft für Poesie hält; seine Poesie ist sein Ernst, seine Liebe zum Menschen. Und seine Schönheit, scheint mir, liegt in der Würde seines Anliegens. (1947)

⟨Rede für Bertolt Brecht⟩

Wer Brecht auch nur wenig kennt, spürt sofort, daß man diesen Mann nicht loben kann, ohne sich lächerlich zu machen. Sein Werk erwartet mehr von uns: mehr als Verehrung. Es gehört zu den Werken, die unseren Blick nicht auf den Verfasser richten, sondern auf die Sache, die er vorträgt. Man kann Brecht gegenüber nur zweierlei: Man kann seine Aussage bestreiten, dazu haben wir das Recht, oder wenn man sie nicht bestreitet, muß man sie verwirklichen. Sie läßt uns nicht im bloßen Gefallen verharren. Es ist keine Schrulle der Bescheidenheit, sondern ein wesentliches Kennzeichen dieses äußerst unangenehmen Dichters, daß er uns nicht einmal die Ausflucht in die Verehrung gönnt. Auch das wäre eine Art von Genuß, und was Brecht mit seinem Werk will, Sie wissen es, ist nicht Genuß, sondern eine Veränderung. Eine Veränderung aus der Erkenntnis, die mitzuteilen die Aufgabe seiner Kunst ist. Es gibt Dichter genug, und vor allem in deutscher Sprache, die uns in die genußreiche Stimmung der Tiefe versetzen, ihre Tiefe besteht meistens darin, daß sie in unserem Trüben fischen. Brecht erstrebt das genaue Gegenteil. Sein Streben, wie er selber in den »Anmerkungen zum epischen Theater« sagt, geht nicht nach einem Erlebnis, sondern nach Erkenntnis. Unser Erlebnis als solches verändert nichts. Der Zuschauer, wenn Brecht ihn entläßt, ist nicht erschüttert oder soll es nicht sein, er ist herausgefordert, er ist vor eine Entscheidung gestellt. In Berlin spielen sie zur Zeit die Bilderfolge: »Furcht und Elend des Dritten Reiches«. Das Parkett ist nicht voll, wie es sonst immer ist, ein deutscher Begleiter sagte mir: Das alles, was Brecht hier zeigt, erscheine ihm fast als Bagatelle gegenüber den späteren Ereignissen. Darin liegt vielleicht der eigentliche Vorzug: Die späteren Ereignisse kennen wir, die Zeit, wo sich niemand mehr wehren konnte; wir suchen die Anfänge. Wir wollen lernen. Oder genauer gesagt: Brecht will, daß wir es wollen. Brecht ist Marxist. Es wird niemand verwundern, daß er auf seiner Suche nach den Ursachen immer wieder die Macht der äußeren Verhältnisse zeigt. Die Haltung, die Brecht in diesem Stück einnimmt, gilt unseres Erachtens für seine ganze Arbeit: sie ist versöhnlich gegenüber dem Menschen, kämpferisch gegenüber den Verhältnissen. Die Schärfe und

Härte, die sein Wort hat, erscheint als Ausdruck der Liebe, sie richtet sich nicht gegen den Menschen, sondern gegen alles, was den Menschen versklavt, und es ist natürlich ein barer Unfug, wenn man von Nihilismus redet. Hinter dem Nein, womit das erwähnte Stück schließt, steht das Ja zu einer andern Welt. Der Wille zur Veränderung, der den Dichter immer wieder zum Unterrichter macht, wäre ohne ein solches Ja nicht möglich.

(1948)

Selbstanzeige

Niemand wird annehmen, daß ich den Schriftsteller, der unter meinem Namen schreibt, besser und wirklicher erkenne als andere, die nicht in seiner Haut leben und also nicht mit ihm auskommen müssen, solange sie leben wollen. Was ich für den Almanach erzählen kann, sind einige äußere Dinge und Daten. Geboren bin ich in Zürich, wo ich auch immer gewohnt habe, also schon siebenunddreißig Jahre lang. Der Name, den ich trage, ist nicht schweizerischen Ursprungs. Ein Großvater, der als junger Sattler einwanderte, brachte ihn aus der österreichischen Nachbarschaft; in Zürich heiratete er eine Hiesige, Nägeli mit Namen. Auch der mütterliche Stamm ist vermischt. Dort war es ein Urgroßvater, der als Bäcker von Württemberg kam, und schon mit seinem Sohn, meinem Großvater also, fing es an: er nannte sich Maler und trug eine entsprechende Krawatte, kühner als seine Zeichnungen und Aquarelle; er heiratete eine Baslerin namens Schultheß, die nie ganz vergessen konnte, daß ihre Familie einmal eine eigene Droschke besessen hatte, und leitete die Kunstgewerbeschule unsrer Stadt. Mehr über meine Herkunft weiß ich nicht. Meine Mutter, um einmal hinauszukommen, arbeitete als Kinderfräulein im zaristischen Rußland, wovon sie uns öfter erzählt hat, und mein Vater war Architekt. Da er sich als Sattlersohn keine Fachschule hatte leisten können, war es natürlich sein Ehrgeiz, daß seine Söhne jedenfalls Akademiker würden. Im übrigen konnten wir wählen. Mein Bruder, der mir voranging, wählte die Chemie, die schon seine ganze Jugend und unsere Küche oft genug mit stinkenden Zaubereien erfüllt hatte. Ich weiß nicht, warum ich von allen Kameraden wohl der einzige war, der keinen Karl May las, aber auch keine anderen Bücher. Außer Don Quixote und Onkel Toms Hütte. Was mich begeisterte, war Fußball und später, ohne den Fußball darum auszuschließen, das Theater. Eine Aufführung der »Räuber«, eine vermutlich sehr schwache Aufführung wirkte so, daß ich nicht begriff, wieso Menschen, die genug Taschengeld haben und keine Schulaufgaben, nicht jeden Abend im Theater verbringen. Eine ziemliche Verwirrung, ich erinnere mich, verursachte das erste Stück, wo die Leute in unseren alltäglichen Kleidern auf die Bühne traten; das war schon, als begegnete man zum erstenmal seinem eignen Leben. Unser Alltag als Schüler war natürlich nichts dagegen. Zwei Monate später bekam Max Reinhart, Deutsches Theater Berlin, die schriftliche Ankündigung meines ersten Werkes, das den Titel trug: »Stahl«. Es spielte, nur soviel weiß ich noch, auf dem nächtlichen Dach eines Hochhauses, und am Ende rauchte es aus allen Fenstern der Großstadt, und der Held hatte keinen anderen Ausweg als den Sprung in die Tiefe. Die Karte mit fremder Marke, wo höflich um Einsendung genannten Werkes ersucht wurde, war das erste Schriftstück, das mich als Herr anredete. Ich war sechzehn Jahre alt. Leider hatte mein Vater, der das Ganze wie einen Witz oder einen Streich behandelte, die Karte aus dem Briefkasten genommen und sie bei Tisch vorgelesen, worauf ich das Zimmer verließ. Nach sieben Wochen, denen es nicht an verwegenen Hoffnungen fehlte, kam das Heft zurück, das auf einer gemieteten Schreibmaschine droben im Estrich, wo die Konfitüren standen, getippt worden war; ein ausführlicher Brief war dabei, den ich nicht begriff. Eine Einladung, spätere Arbeiten einzusenden, war das Einzige, was ich der Familie entgegenzuhalten hatte. In einem Warenhaus entdeckte ich später die gesammelten Werke von Ibsen, dessen Namen man öfter hörte, und bis zur Matur, die ich natürlich als förmlich und überflüssig erachtete und nur dem Vater zuliebe machen mußte, waren noch drei oder vier Schauspiele entstanden, darunter eine Komödie der Ehe (ich hatte noch nie ein Mädchen geküßt), ferner eine Farce über die Eroberung des Mondes. Das einzige, was die Welt von alledem anerkannte, war die Matur, und der Gang an die Universität war unvermeidlich. Ich erinnere mich an zwei sonderbare Jahre, die ich in den Hörsälen und fast ebenso angeregt in den Gängen verbrachte, immer erwartungsvoll, einsam, meistens in eine heimliche Liebe verstrickt, wovon die Geliebte nichts wußte. Gedichte gelangen auch in diesem Zustande nie. Die reine Philosophie, wo ich mit wirklicher Inbrunst auf einen Rat hoffte, offenbarte mir nur den eignen Mangel an Denkkraft. Mein Hauptfach war Germanistik. Wirklicher und näher am Geheimnis schienen mir andere Vorlesungen; Professor Cleric, der sich später das Leben nahm, zeigte uns die menschliche Existenz sozusagen im Spiegel ihrer verbrecherischen Verzerrung. Ebenso herrlich wie fremd, jenseits unserer Wirrnis, stand der alte Wölfflin, der einmal in der Woche, eine Lanze aus Bambus in der rechten Hand, seine Grundbegriffe entwickelte; alles wie in Marmor gesprochen. Ich hörte auch Theologen, wo die wissenschaftliche Rechthaberei besonders verblüffte und der Glaube, indem er bewiesen wurde, sich selber erledigte. Natürlich verdankt man auch unbefriedigenden Zeiten mehr, als der Unbefriedigte meint. Das zunehmende Gefühl aber, daß alles Gehörte ohne eine gemeinsame Mitte ist, das warenhaushafte Nebeneinander in dieser Anstalt, die sich Universität nennt, die babylonische Verwirrung der akademischen Sprachen, wo keiner mehr den andern verstehen kann, all das mochte ein durchaus wirkliches Gefühl sein, vielleicht sogar eine Erkenntnis; zugleich diente es als willkommene Ausrede für das eigene wissenschaftliche Unvermögen. Als ich zweiundzwanzig war, starb der Vater, und ich mußte nun sehen, wovon ich mein Leben fristete. Als Journalist beschrieb ich, was man mir zuwies: Umzüge, Vorträge, Feuerwerke, Kabarett siebenten Ranges, Feste von Vereinen, Wettschwimmen, Frühling im Zoo, Weihnachten im Warenhaus. Auch das war keine unnütze Schule. In Prag, las ich, fanden die Weltmeisterschaften im Eishockey statt; ich war noch nie über die Grenze gekommen, meldete mich als Reporter und startete, nachdem ich noch einen Koffer erstanden hatte, mit einer Barschaft von hundertzwanzig Franken. Die Reise führte weiter mit jedem Artikel, der zuhause oder in Deutschland gedruckt wurde; sie führte über Ungarn und kreuzundquer durch Serbien, Bosnien, Dalmatien, wo ich einen ganzen Sommer verweilte, tagelang an der Küste segelte, ledig jeder Pflicht, bereit für jede Gegenwart; das ist meine eigentliche Erinnerung an Jugend. Später ging es noch ans Schwarze Meer, wovon die Mutter so gerne erzählt hatte, endlich auf die Akropolis und als Fußwandrer, der im Freien übernachtete, durch das mittlere Griechenland. Das war, obschon verdüstert durch den jähen Tod einer Freundin, eine volle und schöne Zeit. Das Ergebnis war ein erster, ein sehr jugendlicher Roman, der, wie viele Erstlinge, ganz in der Autobiographie stecken blieb. Ich brauchte noch zwei Jahre, um einzusehen, was es mit dem literarischen Journalismus, wie ich ihn betrieb, auf sich hat und wohin es führt, wenn man auch zu Zeiten, wo man nichts zu sagen hat, ins Öffentliche schreibt, um leben zu können. Mit fünfundzwanzig Jahren, was mir schon ein bedenkliches Alter schien, mußte ich nochmals auf die Schulbank zurück. Eine Freundin, als wir das Heiraten erwogen, war der Meinung, daß ich nichts erlernt hätte, was man einen Beruf nennen kann, und sie hatte ja nicht unrecht; auch sagte sie nur, was ich selber dachte; aber es war ein Schock, es war zum erstenmal die ernsthafte Vorstellung, daß das Leben mißlingen kann. In jener Zeit, und zum Glück hatte ich es nicht eher getan, las ich zum erstenmal den »Grünen Heinrich«; das Buch, das mich seitenweise bestürzte, daß ich kaum weiterzulesen wagte, war natürlich der beste Vater, den ich jemals hatte, und zum Entschluß, der allein nichts vermocht hätte, gesellte sich das entscheidende Glück: mein Freund, der für den Lebensunterhalt von vier Jahren aufzukommen sich anerbot, schenkte nochmals die Chance, zu studieren. Diesmal an der Eidgenössischen Technischen Hochschule. Im Anfang war ich erstaunt und äußerst entzückt, daß man sich an einem Werktagmorgen hinsetzen konnte, unbekümmert um das monatliche Einkommen, und höhere Mathematik treiben durfte. Mit der Zeit wurde es schwierig, als Ältester unter den fast knabenhaften Studenten herumzusitzen, und aus dem Gefühl, seine Zeit verpaßt zu haben, wuchs eine Minderwertigkeitsangst, die alle Maße verzerrte, die jede Beziehung zur Welt verwirrte. In kurzer Folge scheitern auch alle menschlichen Verbindungen; sie wurden unmöglich in dem Grad, als man ihrer bedurfte. Ob der Beruf eines Architekten, sofern ich jemals dazu taugte, diese Beziehung zur Welt herzustellen vermochte, ließ sich nicht entscheiden, solange alles nur Papier blieb; was mich wesentlich zu diesem Beruf bewogen hatte (obschon ich die Tatsache, daß es der Beruf unsres Vaters gewesen, als Belastung empfand), war ja gerade das andere, das Unpapierene, das Greifbare, das Handwerkliche, die stoffliche Gestalt, und erst das wirkliche Bauen, insbesondere die Verwirklichung eigner Entwürfe konnte zeigen, ob nicht auch dieser zweite Anlauf verfehlt war. Dann aber, und dieses Bewußtsein lastete auf den ganzen vier Jahren, war es Schluß. Einmal wurde alles Geschriebene zusammengeschnürt, inbegriffen die Tagebücher, und alles wird dem Feuer übergeben. Ich mußte zweimal in den Wald hinauf gehen, soviele Bündel gab es, und es war, ich erinnere mich, ein regnerischer Tag, wo das Feuer immer wieder in der Nässe erstickte; ich brauchte eine ganze Schachtel voll Streichhölzer, bis ich mit dem Gefühl der Erleichterung und der Leere weitergehen konnte. Das heimliche Gelübde, nicht mehr zu schreiben, wurde zwei Jahre lang nicht ernstlich verletzt. Erst am Tag der Mobilmachung, da ich als Kanonier einrückte, wurde nochmals ein Tagebuch begonnen; ich war überzeugt, daß uns der Krieg nicht erspart bliebe und daß wir nicht zurückkehrten. Die Erinnerung an einen Hauptmann, der mich nicht ausstehen konnte, was sein gutes Recht ist, und der mir am dritten September ins Gesicht sagte, er werde mich schon auf einen geeigneten Posten schicken, wenn es losginge, möchte ich nicht unter den vaterländischen Tisch fallen lassen; erst nach Jahren habe ich begriffen, daß die kurze Begegnung mit diesem Offizier ein entscheidendes Erlebnis war. Die Gelegenheit bekam er allerdings nicht; nach fünf Wochen, da die italienische Grenze ruhig blieb, wurden wir in den Urlaub entlassen. Das begonnene Tagebuch ist später erschienen unter dem Titel: »Blätter aus dem Brotsack«, 1940. Der Urlaub gestattete im gleichen Jahr auch das Diplom als Architekt, so daß ich fortan, wenn wir keinen Dienst hatten, als Angestellter meinen Unterhalt verdienen konnte. Nun war das Heiraten möglich; aber es war nun ein anderes Mädchen, eine Architektin, die mir am Reißbrett half und dann das Mittagessen richtete. Wir wagten es, nachdem wir zusammen ein erstes Haus erbaut hatten. Das nächste war ein Roman: »J'adore ce qui me brûle oder Die Schwierigen«, 1943. Unter den drei oder vier Briefen, die das Echo darstellten auf diese Arbeit, befand sich eine kurze Zuschrift vom Dramaturgen des Zürcher Schauspielhauses, der sich das Buch sogar gekauft hatte und in einem Nachsatz meinte, ich sollte es einmal mit einem Schauspiel versuchen. Auch wenn der Mann, wie ich wohl weiß, keinen eigentlichen Dramatiker entdeckt hat, bin ich ihm für jene Aufmunterung doch dankbar; das Theater war unterdessen schon eine alte Liebe geworden, die bereits die Runzeln des Verzichtes annahm, und ich bereue nicht, daß ich mich von jenem Nachsatz nochmals habe verlocken lassen, die schriftstellerische Aussage und das Verlangen nach stofflicher Gestalt miteinander zu verbinden, was natürlich kein Drama ergibt, bestenfalls Theater. Überhaupt begann eine Zeit langsamer Zuversicht. Zusammen mit dem ersten Kind, das mich aus dem Arbeitszimmer verdrängte, kam die kleine Erzählung: »Bin oder Die Reise nach Peking«, die wir vor der Veröffentlichung noch ein Jahr lang lagerten, und Glück in einem architektonischen Wettbewerb, der einen großen und schönen Auftrag der Stadt Zürich einbrachte, ermöglichte nun auch das eigene Büro und somit eine freiere Einteilung der Arbeitszeit. Es handelt sich um das Volksbad am Letzigraben, eine Anlage, die fast fünftausend Menschen eine schöne

Freizeit ermöglichen soll; eine fröhliche Aufgabe also, wovon es nicht allzuviele gibt. Die Schriftstellerei läßt sich dennoch nicht verdrängen. Als erstes Bühnenstück entstand »Santa Cruz«, eine Romanze, die zwei herbstliche Monate hindurch viel Freude machte; überhaupt sind es die Zeiten der Arbeit, die man wie wenig andere als glücklich bezeichnen kann, schon weil wir nur dann, wie mir scheint, wirklich bescheiden sein können; erst hinterher, wenn die Enttäuschung sich einstellt und die bekannte Leere alles Gemachten, kommt auch wieder der Ehrgeiz, das öde Bedürfnis, daß wenigstens die andern daran glauben. Ein halbes Jahr später, ebenfalls in wenigen Wochen verfaßt, folgte der Versuch eines Requiems: »Nun singen sie wieder«, das als erstes Stück auf die Bühne kam, Ostern 1945, als der Krieg zu Ende ging und der Friede hätte beginnen müssen. Die Zeit der Proben, denen ich aus dem Versteck beiwohnte, war vielleicht das Schönste, was ich im Theater habe erleben dürfen; es war auch das erstemal, daß man das eigene Wort sozusagen von außen hören und wägen konnte. Nach einer ersten Reise durch das zerstörte Deutschland, deren Eindruck niederdrückend war und den Boden auch unter den eignen Füßen erschütterte, entstand ein drittes, ein etwas gewagtes Bühnenstück: »Die chinesische Mauer«, eine Farce, die gleichfalls im Zürcher Schauspielhaus zur Uraufführung gelangte, Herbst 1946. Es folgen, so oft die laufenden Arbeiten als Architekt es gestatten, weitere kurze Reisen nach Italien, wo das lang ersehnte Wiedersehen mit dem Meer sich erfüllt, eine wunderbare Herbstwoche in Florenz, Aufenthalte in Prag, in Frankfurt, in Paris und in Wien. Das Verlangen, Zeitgenossen andrer Länder kennenzulernen, wird mich, solange es möglich ist, noch auf weitere Reisen schicken. In einer Welt, die auf Vorurteile verhext ist, scheint mir das eigene Anschauen äußerst wichtig. Im vergangenen Frühling verbrachte ich vier Wochen in Berlin, das nur noch mit dem Flugzeug erreichbar war, und erlebte den Nervenkrieg einmal nicht durch unsere Zeitungen, deren Meldungen und Schilderungen, wie wir nicht vergessen dürfen, immer auch helvetischen Parteizwecken dienen. Die bisher letzte Reise führte nach Polen, insbesondere nach Warschau, dessen Wiederaufbau einen großartigen Eindruck macht; zudem scheint mir, daß unsere Beschäftigung mit der deutschen Frage immer unwirklicher und sentimental wird, wenn wir nicht eigene und lebendige Eindrücke haben aus den Ländern, wo die Deutschen gehaust haben; man verliert sonst einfach die Maßstäbe. Unterdessen war es auch endlich soweit, daß unser Bau, den die Stadt aus wirtschaftlichen Gründen mehrmals hatte verzögern müssen, zur Ausführung gelangte; Bagger und Rollwagen erscheinen auf dem Platz, und unsere Pläne verwandeln sich endlich in die greifbare Gestalt, die lang erwartete. Der Schriftsteller muß sich mit dem Wochenende begnügen und mit dem Feierabend. Zwischenhinein erschien noch ein Band kleiner Prosa: »Tagebuch mit Marion«, ein Buch, das ich eigentlich fortzusetzen hoffte. Die Ausübung eines doppelten Berufes, soviel segensreiche Wirkungen er haben mag, ist natürlich nicht immer leicht. Es ist eine Frage nicht so sehr der Zeit, aber der Kraft. Segensreich nenne ich das tägliche Arbeiten mit Männern, die gelegentlich zwar erfahren, daß man schreibt, aber es nicht übel nehmen und nicht wichtig, nicht wichtiger als Kegelspielen oder eine andere Liebhaberei. Die bisher letzte schriftstellerische Arbeit, die eine Geschichte aus dem zerfallenden Berlin behandelt, ist ein Schauspiel, das ich für besser halte als die früheren; es soll noch in diesem Jahr auf die Zürcher Bühne gelangen, wenn nichts dazwischen kommt. Wie es weitergeht, weiß ich natürlich nicht; nicht einmal im Äußerlichen. Im kommenden Frühling wird unser Bau, der mich bisher mit unverhohlener Freude erfüllt, fertig sein, und ich spähe natürlich nach neuen Aufträgen, ohne daß ich sie irgendwo schon sehe. Als Schriftsteller habe ich noch nie meine kleine Familie erhalten können. (1949)

Friedrich Dürrenmatt

Zu seinem neuen Stück »Romulus der Große«

Eine Kritik, wie sie sich gehört, eine wirkliche Kritik, die Einblicke eröffnete und wertvoller wäre als eine persönliche Huldigung, wäre mir auch auf größerem Raume kaum möglich, weil ich zum wesentlichen Anliegen gerade dieses Dichters, trotz persönlicher Bekanntschaft, letztlich keinen Zugang habe, so daß auch die Bewunderung, die ich seinem Schaffen gegenüber empfinde, nicht über die literarischen Vorhöfe hinausführt. Das wesentliche Anliegen, das Dürrenmatt zur Gestaltung treibt, ist das Religiöse; offensichtlich schon in seinem ersten Werk »Es steht geschrieben«, dessen bildnerische Kraft bei jedem Wiederlesen verblüfft; offensichtlich auch in seinem zweiten Werk »Der Blinde«, wo sich, was kein Grund zur Enttäuschung ist, gewisse Grenzen und Gefahren seiner Anlage abzeichneten. In seiner neuen Komödie, wo von Gott kaum die Rede ist, offenbart sich das Religiöse, wie mir scheint, allein schon in der Tatsache, daß einer, ohne unsrer Zeit und unsrer Lage auszuweichen, überhaupt imstande ist, eine Komödie zu geben. Nicht irgendeine Komödie, sondern unsere Komödie. Zwar ist es, um die Nerven zu schonen, nicht unsere Kultur, die da unter den Hammer kommt, sondern die römische Antike; aber die Situation ist die unsere: Ausverkauf einer Kultur – und da sitzt nun dieser Romulus, der letzte Kaiser eines Weltreiches, löffelt sein tägliches Ei und fragt so gelassenbeiläufig, ob Kultur denn etwas sei, was man retten könne; nämlich retten vor den barbarischen Germanen, die drei Akte lang im Anmarsch sind, während er, unerschütterlich passiv, in einer verfallenden Villa sitzt, umgackert von Hühnern, die römische Namen tragen. Das ist, und zwar auch auf der Bühne, eine Groteske von visionärem Format. Der ganze zweite Akt, eine Begegnung von blutigem Ernst, spielt vor der Folie dieses Gegackers; die kaiserliche Tochter, Rea, verbringt ihre Zeit, indem sie Antigone rezitiert: »Vaterlandes Bürger, seht wandeln mich den letzten Pfad.« So wohl gesprochen und so ahnungslos, als käme sie von unsrer Universität. »Dagegen dem Acheron bin ich vermählt.« Und sie ist es; die Begegnung mit der Realität, die Begegnung mit Aemilian, ihrem Bräutigam, der als Verstümmelter aus germanischer Gefangenschaft kommt, ist nicht die einzige grandiose Szene, aber die erste, wo Romulus, bisher ein halb witziger und halb weiser Unheld, seine wirkliche Perspektive gewinnt; hier brichts herein, was nicht mehr Burleske ist, das Grauenhafte, und Romulus hält stand. Er ist kein geistreicher Scharlatan, wie man vielleicht im ersten Akt, der zuweilen an Shaw erinnert, noch meinen konnte; er ist ein Vollstrecker, passiv, aber durchaus ein Vollstrecker, ein bewußter Wille; er will, daß dieses Imperium untergeht. Ein schändlicher Kaiser, wie die Vaterländischen ihn nennen. In einem dritten Akt, der sich an theatralischem Wurf mit Wedekind messen kann, scheitert die vaterländische Verschwörung; Romulus der Große, von seinen Mördern umstellt, soll sich rechtfertigen; ein Angeklagter, der zum Ankläger wird: Rom kannte die Wahrheit, aber es wählte die Macht, und woher nähme es das Recht, sich zu wehren? Seine Anklage, die wörtlich an unser unchristlich-christliches Europa gerichtet werden könnte, hindert seine Mörder zwar nicht, ihre sinnlosen Dolche zu erheben; nur die Ankunft der Germanen hindert sie an ihrer zwecklosen Tat; das ist, vom Geistigen her, eine durchaus folgerichtige Lösung; woher kommt es, daß es theatralisch, wie mir scheint, keine Lösung ist? Deus ex machina; ich muß es hinnehmen, wie wenn plötzlich ein Bild von der Wand fällt, und die Szene bleibt irgendwie verpufft, auch wenn ich sie hinterher, sobald Romulus wieder allein ist, als notwendig begreife. »Wenn dann die Germanen da sind«, sagt Romulus, »sollen sie hereinkommen.« Nicht weil die Germanen besser sind; aber weil das römische Imperium, so wie es sich verschuldet hat, unaufhaltsam zu Ende ist. »Gerechtigkeit ist etwas Fürchterliches«, sagt Romulus einmal. Seine Haltung ist von einer Unerbittlichkeit, die unser Lachen durchaus zum Einfrieren brächte, wäre nicht der burleske Schluß. Wieso, fragt man sich später, konnte ich überhaupt lachen? Jede große Komödie setzt eine Bejahung voraus, eine durchaus zweifellose, und vielleicht gibt es drum kaum eine moderne Komödie; es scheint mir entscheidend, daß Dürrenmatt nicht einfach den Ausverkauf einer Kultur zeigt, was eine zynische oder sarkastische Farce lieferte und weiter nichts, sondern im Mittelpunkt einen Menschen, der diesen Ausverkauf vollzieht im Sinne einer Erkenntnis, im Sinne einer unerschütterlichen Bejahung, die allein alles andere was geschieht, als Komödie erscheinen läßt. Woher aber die Bejahung? Zweierlei ließe sich denken.

Ein Revolutionär, der den Untergang einer Kultur bejaht, weil er eine bekömmlichere erwartet; nur ist die Bejahung der Revolutionäre, wie es scheint, selten so krampflos, daß ihnen das Verneinte wirklich zur Komödie würde. Wieviele Revolutionäre gibt es, die Humor haben? Das andere ist die Bejahung, wie sie Dürrenmatt besitzt, die religiöse – die zu erläutern, wie gesagt, nicht meine Sache ist; nur wissen wir, daß das Religiöse, wo es ernst wird, immer eine erschreckende Erscheinung ist, ein Ding, das nicht unterzubringen ist in unsrer christlichen Gartenlaube, ein Ärgernis.

Die Uraufführung, die das Stadttheater Basel herausbrachte, ist durch zwei hervorragende Leistungen bestimmt: die Regie von Ernst Ginsberg, der dem Wesen dieser Dichtung spürbar verbunden ist, und die schauspielerische Leistung von Kurt Horwitz, der in diesem Romulus eine seiner besten Rollen gefunden hat; eine Kongruenz der eignen Persönlichkeit. Von den übrigen Darstellern sind es Margrit Winter und Bernard Wicki, die als Rea und Aemilian eine der großartigsten Szenen zur Erfüllung bringen. Erwähnt sei auch das glückliche Bühnenbild, das von Eduard Gunzinger stammt, und die Tatsache, daß die Premiere zu einem Triumph wurde – und das für einen Dichter, der das gefällige Mittelmaß so rücksichtslos überragt! Nun müßte es bloß noch so sein, daß dieser Mann nicht zum Auswandern genötigt wird, weil seine Heimat, das reichste Land in Europa, ihn nicht zu ernähren vermag. (1949)

Varlin

Ich liebe seine Bilder, weil ich darauf anspringe jedesmal. Warum? Das weiß ich nicht, und es genügt mir, daß ich anspringe –. Die Bank von England, das Porträt seiner Mutter, das man nicht mehr vergißt, und die vogelhaften Weiß-Schwarz-Kellner, Palmen-Öde in Locarno, eine Metzgerei, Kasernen, Hospitale, ein Gendarm in Birmingham, das ist's, was ich unter Poesie verstehe, die frappante Geste, die das Banale überwindet, ohne es zu fliehen. Aber das soll keine Theorie sein, kein Postulat, keine Ideologie! Herrlich ist Varlin, weil er kein Ideologe ist, sondern ein Temperament, kindlich über allen Witz hinaus. Ich fürchtete die Begegnung. Ich verstehe mich nicht auf Malerei. Ich mußte lachen, als ich die große Leinwand sah, nur teilweise grundiert, aber groß genug für das Porträt eines Generals – dazu das Versprechen: Zweimal eine Stunde! ... Heute Morgen, als ich zur zweiten Sitzung komme, reibt er die Hände im kalten Atelier, selig wie ein Kobold, nämlich es war eine junge Bekannte da, die sofort gefragt hat:

»Soll das der Frisch sein?«

Stolz (wie ein Dilettant) über die bestätigte Ähnlichkeit, hochvergnügt, daß ich mich ein zweites Mal ausliefere, bietet er sofort ein Pflümli an – dazu die Geschichte von der Hure in Pigalle, die feierlichen Ernstes, als sie sich auf seinem Straßenbild sah, Protest erhob: »Monsieur, c'est mon corps!«

– er malt, auch einen Stumpen im Mund, und während er eine Farbtube ausquetscht (es scheint, als nehme er, was gerade zur Hand ist, ohne Wahl) und mit dem Pinsel auf die Leinwand schreibt, daß die Leinwand nur so wackelt und wippt, reden wir über Stumpen, über Frauen, über Spanien, das Varlin noch nicht kennt, und über Theater, über Wetter, über Zürich, über Heimat.

»Ich glaube«, sagt er, »ich höre auf, sonst mache ich's kaputt. Oder was meinen Sie? – jetzt nur noch die schwarze Hose!«

Varlin kniet, die Leinwand wackelt, denn sie lehnt einfach am Fenster, Varlin hat keine Staffelei ... Ich unterhalte mich mit einem Traumwandler, der für Augenblicke erschrickt, beispielsweise wenn ich finde, ein Weiß sei zu fettig, oder wenn ich von einem Rot entzückt bin. Ob er die andere Hand auch zeigen soll? fragt er. Ob ich noch Zeit habe? Ich freue mich auf die eigne Arbeit, aber ich habe Zeit wie noch nie.

»Jetzt habe ich's aber verpfuscht.«

Ich muß mich nochmals hinsetzen.

»Ihre Nase!«

Sein Pinsel mischt Farben –

»Nein«, sagt er, »– ich laß sie!«

Weg mit dem Pinsel.

»Jetzt aber ein Pflümli!«

Dazu ein Blick in den alten Spiegel, um das Bild in der Umkehrung zu prüfen, Schweigen, Achselzucken, Zweifel nebenher – als habe man sich nicht um dieses Bildes willen getroffen ... Ich habe, in der Tat, noch keinen Mann von Reife getroffen, der spontaner wäre als Varlin, wenn er vor seinem Bild steht und sich dem eignen Urteil aussetzt, wenn er sagt, was ihn betrifft, oder schweigt. Intelligenz ohne Theorie!

Er putzt sich die Finger. Es ist später, als wir meinten; die Zeit verging im Ereignis auch für mich.

»Nein«, sagt er, »es ist gut!«

Er klatscht in die Hände.

»Wo gehen wir essen?« sagt er.

Wir stehen im Mantel, Blick zurück:

»Nein«, sagt er, »das sind nicht Sie.«

Wie soll ich's befinden!

»So sind Sie gar nicht«, sagt er, »Sie sind ja viel fröhlicher, Hergottnochmal, und überhaupt –«

Jetzt wirft er den Putzlappen hin.

»Ich lade Sie ein!« sagt er, »auch wenn ich's verpfuscht habe, das wollen wir feiern, Frisch, und ich schicke es nach Sankt Gallen, so wie es ist, aber jetzt gehen wir essen.«

Varlin ist ein Maler, er malt nicht nach einem Vorsatz, er lacht, wenn er malt, und sieht sich selbst nicht zu, sondern erzählt (von jener Hure, die gesagt hat: Monsieur, c'est mon corps! und von dem lieben Gendarm und von dem Mord in Lausanne, der ihm den leeren Vordergrund seines Bildes rettete) – er erlebt, er liebt die Welt (noch im Hinterhof eines Grandhotels) und meldet, was er gesehen hat, er drückt die Tuben aus, so schien mir, eilig wie ein Koch, wenn alles schon siedet, dabei keineswegs nervös, er hört sogar zu – aber malt, das ist alles: er malt, er hat den Blick

Varlin (Willi Guggenheim), Der Schriftsteller Max Frisch. 1958
Mit freundlicher Genehmigung der Öffentlichen Kunstsammlung, Basel

eines Traumwandlers, der nachher selber ein wenig erschrickt.

»Komisch«, sagte er, »unser Beruf!«

Ich verlasse ihn voll Mut. (1958)

Peter Suhrkamp

Daß ein Mensch, den wir überleben, unersetzbar bleibt, beruht weniger auf der nennbaren Leistung, die er hinterläßt, als auf dem Geheimnis, das er mit sich nimmt, und das Geheimnis läßt sich nicht rühmen.

Wir begegneten uns 1947.

Als ich Suhrkamp zu seinem letzten Geburtstag besuchte, wußte er, daß er das Krankenhaus diesmal nicht eigenmächtig verlassen würde. Noch hoffte er aber, daß er es verlassen und sich in den Schwarzwald zurückziehen dürfte, wenigstens zeitweise; er wollte leben. Er freute sich über jeden Besuch in jenen Ostertagen. Es ist schön, sagte er zu jedem, sich noch einmal zu sehen. Ich blieb drei Tage; unser Abschied aber fand in den ersten fünf Minuten statt. Dabei kam es zu einer Geste von meiner Seite, die mich mehr überraschte als ihn; Suhrkamp nahm sie an, es blieb bei unserem Sie, das wir vor Jahren als endgültig beschlossen hatten, einem Sie, das kostbar war in seiner Richtigkeit und offen aller Herzlichkeit, sogar Zärtlichkeit, richtig für die persönliche Anteilnahme, die nie in Anbiederung überging. Später, nach einigem Schweigen, erkundigte sich Suhrkamp nach dem Stand der Dinge, vor allem der persönlichen, und wenn er Luft genug hatte zum Sprechen, äußerte er seine Meinung kurz und blank, fast grob. Sein Tisch war voller Geburtstagsgaben; Suhrkamp bat die Krankenschwester, die nur noch mit der Miene widersprach und auch mit ihrer Miene nur so, daß Suhrkamp es nicht sah, um zwei Gläser, und wir tranken einen Sherry. Zwar erkundigte er sich auch nach der Arbeit, aber um eine Nuance anders als bisher; er gab sich Mühe, und als es um Daten ging, setzte sein Zuhören aus. Mit einer wegwerfenden Geste der Hand, als wollte man ihn hinters Licht führen, sagte er: Zählt nicht mehr auf mich! In Hinsicht auf mein Leben hingegen wollte er alles wissen, als müßte er es noch ordnen, und sagte einmal mehr: Machen Sie's bloß nicht wie ich! Aber er redete nicht von sich. Ein einziges Mal, früher, hatte Suhrkamp erzählt vom Bauernhof seines Vaters, von seinem Leiden unter der Gestapo auch nur ein einziges Mal und sehr wenig. Suhrkamp hatte ein Bauernschweigen. Einmal in einem Gespräch über Selbstmord, einem Arbeitsgespräch, erfuhr ich ohne Ausschmückung, wie er im ersten Weltkrieg, seinen Tod suchend, Stoßtruppführer geworden war. Etwas von seinem Drang nach Selbstgefährdung erlebten alle, die um Suhrkamp besorgt waren. Er tat mit Vorliebe, was die Ärzte ihm verboten. Auf seinen leichten Stock gestützt, schweratmend mit gepreßtem Mund, so daß er für Augenblicke nicht antworten konnte, dabei freundlich aus blauen Augen, mehr als freundlich, auf männliche Weise zärtlich erwartete er am Bahnhof seine Freunde, die nicht immer wußten, wie viele Spritzen diesen Gang zum Bahnhof, den er sich nicht nehmen ließ, ermöglichen mußten. Wenn ich vernünftig wäre, sagte er gerne, wäre ich tot! Viele haben Suhrkamp geliebt, auch wenn sie mit ihm haderten. Man konnte nervös werden vor so viel Undurchschaubarkeit, aber nicht einen Augenblick daran zweifeln, daß dieser Mann, wo immer er wahrnehmbar wurde, nicht nur Charakter hatte, sondern Größe. Eigentümlich waren sein Mut und seine Treue. Als der Boykott gegen Brecht im Gange war, wenn nicht ausgerufen so doch gebilligt von manchen Leuten, die heute diesen selben Brecht als ihren Klassiker zitieren, zeigte Suhrkamp die Schriftproben für eine neue Brecht-Ausgabe, unbekümmert um die Tagesbörse der Meinungen. Suhrkamp hatte den stillen und langen Mut, er hielt gar nichts von Radau-Mut. Er hatte den Mut zum Zögern, wo alle Welt entschieden war, und zur Entscheidung, wo viele zögern. Man sagt, Suhrkamp war eigensinnig; er war nicht starrköpfig, schien mir. Suhrkamp hatte die Treue, die nicht durch Versteifung auf ein bequemes Einverständnis und unter Verzicht auf Verwandlung unfrei und unlebendig wird, eine sehr geheimnisvolle Treue. Er konnte ein anderes Mal sehr anders sprechen, aber was seine Sprünge und Widersprüche veranlaßte, war nie ein Anschlußbedürfnis; er konnte mit seinem Urteil lange allein sein. Das einzige, womit Suhrkamp schmeichelte: er hatte immer Zeit. Sonst schmeichelte er kaum. Er hatte Zeit für Manuskripte, auch für die unbefriedigenden, Zeit für Gespräche, Zeit für Proben im Theater, Zeit für Briefe, die nichts unter den Tisch fallen ließen, was für den Partner von Interesse sein konnte; unter den Tisch fielen Erfolgsmeldungen, Polemiken und alles, was zum Jahrmarkt der Eitelkeit gehört. Ob ein Buch oder ein Stück zu einem Erfolg wurde oder nicht, änderte nichts an seiner Skepsis, nichts an seiner Zuneigung, und Suhrkamp erwartete auch vom Schriftsteller, daß ihn das Eintreffen oder Ausbleiben öffentlicher Ehren nicht veränderte. Er hatte Sinn für Ruhm, aber nicht für Erfolg. Er arrangierte keine Erfolge. Er sträubte sich gegen die Auswertung von Erfolgen. Alles Modische war ihm zuwider, was nicht heißt, daß er konservativ oder gar reaktionär war. Suhrkamp redete von Beckett, als der Name noch in keiner deutschen Zeitung stand. Er hatte Vertrauen zum Versuch, aber nur zum Versuch des Einzelnen, zum wirklichen Abenteuer, nicht zum Abenteuer als Mode. Vor allem aber: Suhrkamp liebte die Produktion. Suhrkamp gehörte zu den seltenen Menschen, deren Verzicht auf die eigene Produktion nicht zur Rankune wird; seine Kritik, der es nicht am großen Maßstab fehlte, wurde nie lähmend, auch wenn sie zu einem Nein führte. Er liebte die Produktion der andern und nicht nur der Meister. Jene seltsame Herablassung, daß sich ein Kritiker, nur weil er auf eine Produktion unsres Formates verzichtet hat, im trauten Bund mit den Großen fühlt, wenn er zu uns spricht, war bei Suhrkamp nie zu finden; er hatte eine innere Geste, die den Dünkel verwies und Mut machte zugleich. Dabei glaube ich, daß es nicht seine Urteilskraft war, was uns das Vertrauen zu Suhrkamp gab, nicht in erster Linie. Er hatte einen Halt, dem Irrtümer nichts anhaben konnten, einen Halt jenseits der Thesen. Im Aussehen alles andere als ein Bauer, grazil, auch kein Intellektueller, ein Grandseigneur, der als möblierter Herr lebte und unbequem, hatte er im Umgang mit der Welt, die ihn nie betörte, wohl die Geduld und die Zähigkeit eines Bauern, sonst nichts Bäuerisches, aber auch nichts Städtisches, er hatte in jeder Lage, noch in der bedrängtesten, die stille Unabhängigkeit eines Mannes, der sich allein verantwortlich weiß für seinen Hof – auch wenn es ein andrer war als der zugedachte – und eine patriarchalische Besorgtheit um alle, die einmal zu diesem Hof gehörten.

Man gehörte zu ihm –

Aber wer war er selbst?

Ich wußte es nie.

Am Ostersonntag, als es Suhrkamp schlechter ging, bat er mich, im Zimmer zu bleiben, die Zeitung zu lesen. Er hatte Angst vor dem Alleinsein. Ich nahm mir einen Whisky, wie er befohlen hatte, und ließ ihn in Ruhe. Nach einer Weile hörte ich, wie sein Röcheln zunahm, dann aussetzte, und sein Gesicht mit den geschlossenen Augen zerfiel in wenigen Augenblicken fast zur Unkenntlichkeit. Ich glaubte, daß die Agonie begonnen habe, und wagte Suhrkamp nicht anzusprechen; der Vorname paßte plötzlich nicht. Als ich aufstand, um den Arzt zu holen, vor allem weil es mir nicht zukam, sein letzter Begleiter zu sein, hörte er aber das Rascheln der Zeitung, und sein Gesicht war wieder da. Nachdem er ganz sicher war, daß alle Fenster offen standen, wollte er wissen, wovon wir gesprochen hatten, und beharrte darauf, daß wir von mir gesprochen hätten. Wieder hatte er seine Phase der befehlerischen Ansichten, mit denen ich nichts anzufangen wußte, so daß ich sie ohne Zustimmung und ohne Widerspruch anhörte; sie erschienen mir immer wie Abfallprodukte einer wirklichen Ahnung, die früher oder später ganz anders zum Vorschein kam. Am Ostermontag, als wir Suhrkamp zum letzten Mal besuchten, setzte er das Gespräch genau da, wo wir es hatten abbrechen müssen, fort. Suhrkamp saß im Sessel, wie immer sehr gepflegt, und freute sich am Besuch der jungen Frau, die sich auf sein Bett setzen und Ostersachen kosten mußte. Es war ein blauer sommerlicher Tag. Eine Weile lang glaubte man wieder, von seiner Wachheit bestochen, an die tröstliche Unsterblichkeit eines Hypochonders. Es war, nachdem Suhrkamp zuerst mit der Besucherin allein unter vier Augen gesprochen hatte, ein heiteres und galantes Gespräch. Als die Ärzte eintraten, war plötzlich keine Zeit mehr da. Ich wußte, daß ich ihn jetzt, hier in diesem Sessel neben dem offenen Fenster, zum letzten Mal sehen würde. Wir machten es kurz, kein Händeschütteln, eine lasse Berührung der Hand nur, Suhrkamp nickte sein Jaja, um Eile bittend, und als ich in der Türe stand, als hätte ich noch etwas vergessen, winkte er mit der rechten Hand nicht anders als so manches Mal auf den Bahnhöfen von Frankfurt oder Zürich. Er war sehr schön.

Nach dem Gespräch mit den Ärzten, die wir im Korridor draußen erwartet hatten, trat ich – obschon man nur hätte klopfen müssen, um nochmals sein Ja zu hören – nicht mehr ins Zimmer, sondern wir fuhren sofort nach Hause, wo uns am andern Morgen, rascher als erwartet, die Todesnachricht einholte.

Ich habe Peter Suhrkamp geliebt. (1959)

Nachruf auf Albin Zollinger, den Dichter und Landsmann, nach zwanzig Jahren

Es war kurz vor seinem Tod, als ich Albin Zollinger, den Verehrten, zum erstenmal traf, zufällig, in einer Bauernwirtschaft am oberen Zürichsee, wo ich ihn nach langem Zögern und Bangen, kurz bevor er aufbrach, so ungeschickt anredete, daß ich mein Unternehmen schon bereuen wollte. Ich hatte ihn gefragt, ob er Albin Zollinger sei. Er antwortete, offensichtlich nicht an Verehrung gewöhnt und unlustig, als wolle ich eine Beschwerde anmelden, mit der trockenen Frage: Warum? Ich war begeistert von seinem letztveröffentlichten Buch, war in Liebe mit der Sprache dieses Mannes, verlegen vor seinem Gesicht; er distanzierte mich, indem er mich beharrlich als Herr Doktor anredete, aufs allerhöflichste, und nachdem der erste Satz, der mir von Herzen kam, wie eine Floskel verflattert war vor seiner verdankenden Miene, wußte ich keinen Weg, um meine Verehrung an den Verehrten zu bringen. Wir redeten sehr lebhaft, ich erinnere mich, über die Unmöglichkeit, einen Text zu schreiben, der vor Mißverständnis geschützt ist durch sich selbst. Das schien ihn zu peinigen. Da ich selbst noch keine Erfahrung mit der Öffentlichkeit hatte, verstand ich ihn nur vom Kopf her. In höflicher Rücksicht auf die zwei Frauen, seine und meine Begleiterin, brach er das rege Gespräch ab, das von Tisch zu Tisch geführt worden war, und wünschte guten Appetit; Schinken auf dem Teller war damals, 1941, eine feierliche Rarität. Eine Weile lang taten wir nun, als könnten wir wie zuvor, jeder an seinem Tisch, jeder mit seiner Begleiterin, über etwas anderes sprechen. Wir verabschiedeten uns, nachdem er den Rest des rationierten Schinkens eingepackt hatte, mit einer plötzlich sehr herzlichen Vereinbarung eines baldigen und ausgiebigen Wiedersehens, sei es in einem Café der Stadt oder auf einer gemeinsamen Wanderung an einem schulfreien Mittwochnachmittag. Ich war sehr glücklich, und wie ich später von seiner Frau erfuhr, war auch Zollinger sehr erfreut. Drei Wochen später war sein Begräbnis. Das war vor zwanzig Jahren. Zollinger war damals sechzehn Jahre älter als ich; heute hingegen, da ich aus Anlaß dieser Buchausgabe seines erzählerischen Werkes über Zollinger schreiben soll, bin ich älter, als Zollinger geworden ist. Schreibe ich über den Älteren oder über den Jüngeren? Es ist eine seltsame Verlegenheit darin, daß ein Toter jünger wird.

»Verehrung eines Dichters, die uns blind machen würde für die Grenzen seiner Begnadung, verbietet sich schon aus der Überzeugung, daß wir ein Wesen erst lieben, wo wir ganz lieben, ohne Angst auch vor seiner Fragwürdigkeit. In der stürzenden Überfülle seines erzählerischen Schaffens, das Albin Zollinger in den letzten Jahren heimsuchte, sehen wir zweierlei Dinge, die ihm auch der kritische Geist, dem der Landsmann ausgesetzt ist, nicht absprechen wird. Das eine ist die hinreißende Glut seines menschlichen Herzens, das sich selbst bis in die Abgründe folgt, seine Zeit, insbesondere sein Volk in einer männlichen, von eidgenössischer Verantwortung getragenen Weise erlebt, die den Menschen und Zeitgenossen ehrt, so wie sie den Künstler oft gefährdet. Andere stellen ihre Kunst in ein schützendes Gewächshaus, wissend, was sie ihren Talenten schuldig sind; Zollinger ging es so sehr nicht um sich und darum, ›seine Verzierung zu schonen‹, als um das Reich des Geistigen schlechthin, und das ist das andere, was ihm nicht abzusprechen sein wird: Künstlerschaft als Schicksal, nicht als eine Sache bloß des Geschmackes oder des Ehrgeizes, Künstlerschaft als Wagnis auf Leben und Tod, das Unbedingte seines Schaffens, das unbändig und hinreißend Echte, das Zollinger, unsres Erachtens, einigermaßen einsam über die Schar der erfolgreicheren Talente erhebt. Meisterschaft im Erprobten, im Oft-schon-Gelungenen haben wir genug ... Zollinger selber drückte es als Schwäche aus, wenn er sagte, es fehle ihm die Gabe der Erfindung, was nur zur Hälfte stimmt, da jede Eigenart, die einer hat, als Schwäche wie als Stärke aufzutreten pflegt. Seine Bücher, im ganzen oft mißlungen und hinreißend in Verschwendung des Schönen, sie ergreifen uns kaum durch das Einprägsame einer besonderen Handlung, durch Architektur ihres Ablaufs; selten finden wir eigentliche Epik, die im schlichten Bericht einer bedeutenden, an sich schon gesteigerten und das Leben verdichtenden Situation besteht. Herrliche Ausnahmen übersehen wir nicht. Zollingers eigentliche Art der Erfindung aber, unverwechselbar, seine Art von Verdichtung verlagert sich immer wieder ins Wort, das zum herrschenden und erregenden Ereignis wird. Die äußere Handlung, in der Wahl ihrer erzählten Stationen oft zufällig und belanglos und mit Vorliebe chaotisch, versickert hinter einem Gespinst von Visionen, die unerhört sind. Es sind Funde im Kleinen, Blumen in den Ritzen einer steinernen Alltäglichkeit, dann wieder sind es Visionen einer ganzen Erde, die mitten aus seinem Erzählen heraufschwebt, Ozeane, Gebirge, Wolken, Ländereien ihrer zerfransten Kontinente. Wir stehen in einer geisterhaften Luft, voll des Vergangenen, endlos lebend, Völkerschicksale wölken aus Jahrtausenden herauf, zeitlos . . . Man lese Zollinger nicht als Erzähler, sondern als Sprachschöpfer, um das Wundern zu lernen.«

Dies, unter anderem geschrieben in einem Nachruf kurz nach seinem Tod, 1942, sei nicht widerrufen, aber ich denke, ich habe es zu messen an dem Eindruck, den ich heute, zwanzig Jahre später, von Zollinger als Erzähler habe, und davon zu sprechen in Offenheit, wie sie sich einem Toten gegenüber ziemt. Zwanzig Jahre sind eine lange Zeit, zwanzig Jahre nach dem Tod. Sein Ruhm ist nicht gekommen. Ob diese neue Ausgabe seiner Werke ihn stiften wird? In aller Liebe zu Albin Zollinger, die nie geschwunden ist, nie als Irrtum empfunden worden ist, so daß sie mit schroffem Vergessen gerächt worden wäre, in aller Treue also und entgegen dem Wunsch, daß es anders wäre, glaube ich nicht, daß sein Ruhm je kommen wird. Es ist merkwürdig: wir halten Ruhm für zeitlos, weil er ja, im Gegensatz zum bloßen Erfolg, eine gewisse Dauer hat, und dabei ist die Entstehung des Ruhms immer geschichtlich, sie kann auch verpaßt werden, und die Idee, daß Ruhm sich jederzeit nachholen lasse, ist naiv. Talent ist nicht etwas Absolutes. Wie so viele andere, die im Krieg oder in der Verfolgung gefallen sind, und andere, die nicht gefallen, aber im Nationalsozialismus verkommen sind, was mit Talent allein nicht aufzuwiegen ist, so ist Albin Zollinger, der Schweizer, durch eine geschichtliche Situation um seine schöpferische Entfaltung, die Voraussetzung eines frühen oder späten Ruhmes, beraubt worden. Albin Zollinger erscheint uns als ein Opfer. Sein Talent und sein Temperament, versetzt in eine andere Zeit, würden andere Werke hervorbringen, ich glaube, ruhmfähige. Das ist eine schmerzliche Einsicht, und es wäre verkehrt, die Schweiz dafür anzuklagen; wie es anderseits verkehrt wäre, den Mangel nur bei Zollinger zu sehen. Vielleicht lieben wir ihn nicht zuletzt darum, weil wir seinen Mangel als familiär empfinden. Die schweizerische Literatur (ich meine den Beitrag zur Literatur, der von schweizerischen Staatsbürgern stammt) aus dem Provinzialismus herauszuführen, war Albin Zollinger nicht vergönnt. Das ist die Tatsache, mit der wir uns abzufinden haben. Die Schweiz befand sich im Zustand der sogenannten »geistigen Landesverteidigung«. Gefragt war nicht der Dichter, sondern der Schweizerdichter (so geschrieben) und somit etwas, was es nicht geben kann. Zollinger wehrte sich dagegen; aber die geschichtliche Situation, gegen die er sich zu wehren hatte, prägte auch ihn. Vielleicht muß man selbst geschrieben haben, um an Hand damaliger Texte zu erkennen, wie unfrei uns der notwendige Kampf um die Freiheit machte. Das ist erschreckend. Angewiesen auf eine Leserschaft, die nur auf Dichtung erpicht war, soweit sie der geistigen Landesverteidigung diente, ein freundlicher Verleger mit beschränkter Wirkungsmöglichkeit, zwei oder drei treue Freunde, die in die gleichen Verhältnisse verstrickt waren wie er, ein paar junge Verehrer, die zwar die Kraft seiner Begabung sahen, aber auch keine Welt heranbrachten, und dazu die bürgerliche Presse, die ihn auf die Würde der »reinen« Dichtung verwies, als Albin Zollinger – ich erinnere mich, denn es war das erstemal, daß ich diesen Mann sah – im Rathaussaal von Zürich meinte, Mussolinis verbrecherischen Krieg gegen Abessinien anklagen zu dürfen im Vers, dies war die Situation, in der Albin Zollinger dichtete. Ich spreche nicht gegen die geistige Landesverteidigung jener Jahre; sie war unumgänglich. Aber wir müssen uns an die Wirklichkeit erinnern, nicht nur um Albin Zollinger gerecht zu werden, sollte er uns heute enttäuschen, sondern um den Wert zu erkennen, den sein Werk, wenigstens für uns, hat; es ist ein Schweizerspiegel. Wir vergessen so leicht, indem wir weiterleben mit der Zeit; das ist natürlich. Wie hat Albin Zollinger sich empört, als unsere freisinnige Presse damals die Leute, die 1938 gegen den Faschismus in Spanien die Waffen ergriffen, als Banditen bezeichnete! Das Gefühl, »in Watte zu sprechen«, bedrückte Albin Zollinger mehr als der Ausfall von Ehrung. Außerhalb war das Hitlerreich, das wir nicht mehr betraten; Albin Zollinger war auf seine Landsleute angewiesen. Es gab damals einen schweizerischen Kritiker von Rang, Eduard Korrodi, dessen Lob oder Tadel nicht über Schaffhausen und Buchs hinausdrang. Wie hat Albin Zollinger um diesen ebenso klugen wie launenhaften Mann gerungen; wie dörflerisch war das, wie verständlich! Und wie schade. Es fehlten die Vergleichsmaßstäbe. Man konnte lesen, gewiß, Kafka, Proust, Joyce, die Brüder Mann, die Angelsachsen, die neuen Franzosen, man konnte alles lesen. Nur: das war wie ein Jenseits, das antwortete nicht auf die eigene Arbeit, die aktuelle Konfrontation blieb aus. Albin Zollinger war in der Lage eines Emigranten, ohne aber einer zu sein; die Emigranten hatten ein andres Hinterland, wenn auch zur Zeit ein verlorenes, Berlin oder Wien oder Prag, die Schweiz war für sie nur eine Station, nicht ein Maßstab. Albin Zollinger hatte kein anderes Hinterland als das Land, wo er lebte, und dieses erwies sich als zu klein, um ein produktiver Raum zu sein in sich selbst, zu lange schon geschichtslos, um ein wirkliches Abbild der Welt zu liefern. Albin Zollinger lesend nach zwanzig Jahren, von heute aus, wo auch die Schweiz durch die offenen Grenzen wieder etwas anderes ist, können wir uns des schmerzlichen Eindrucks nicht erwehren: Er hat sich kleiner gemacht, um eine Umwelt zu haben, die Umwelt, die damals als einzige zur Verfügung stand. Seine schöne Wildheit, da sie nicht auf Welthaltiges stößt, sondern auf eine Aussparung der Geschichte, wird skurril; seine Leidenschaft deformiert sich auf Lokales, und er versucht, um durch Vision zu entkommen, aus dem Bachtel einen Vesuv zu machen. Ein Dörflein namens Pfyn (ad fines) muß ihm das römische Weltreich einbringen. Manchmal gelingt das, erstaunlicherweise, wie in seiner kleinen großen Erzählung »Die Russenpferde«. Aber der Versuch, die Heimat durch metaphorische Überhöhung zu erweitern, größer zu machen, als sie ist, nicht größer an Landfläche und Heeresstärke natürlich, größer an Weltgegenwart, endet er nicht öfter in einer rührenden Art von Heimatverzücktheit, die provinzlerisch ist, nämlich nicht nachzuvollziehen von irgend jemand, der anderswo in der Welt lebt? Jeder Fleck dieser Erde, ich weiß, kann die Menschenbühne sein. Warum ist Oerlikon es nicht? Der Schnittpunkt mit der Geschichte, in Oerlikon, war die bekannte Waffenfabrik, die sowohl Hitler wie seine Gegner belieferte; dieser wirkliche Schnittpunkt aber war mit der Heimatliebe, so wie sie das Gebot der Stunde war, wiederum kaum darzustellen von einem Schriftsteller, der in Oerlikon als Volksschullehrer arbeiten mußte, um leben zu können. Nicht daß es Albin Zollinger an Mut fehlte! Ich glaube es jedenfalls nicht; er hat ihn oft genug gehabt, ohne ein Echo zu haben. Je kleiner der Raum ist, in den man spricht, je abgeschlossener, um so dringender vielleicht will der Schriftsteller schon vom nächsten Nachbarn verstanden werden, zumindest gehört; er wird seiner Umgebung ähnlich gegen seinen Willen; er wird lokal, nicht weil er Lokales darstellt, sondern weil er es selbst mit der Zeit nicht mehr von außen sieht. Er geht ein. So sehe ich das Werk von Albin Zollinger als das Vermächtnis eines Opfers, und als solches sollten wir, seine Landsleute, es nicht bloß pflegen, was bequem ist, sondern es sehr ernst nehmen.

Was ich damals aber, als der jüngere Verehrer, über die Kunst dieses Dichters zu sagen versuchte, über seine Sprachkraft, davon habe ich auch nach zwanzig Jahren nichts zurückzunehmen:

»– er öffnet Fenster der Sprache, Ausblicke in das Wunder des Unerwarteten, Urland des dichterischen Wortes. Auf Wegen des Niegesagten umschreitet er einsam die Welt, die alte und ewige. Aus einem Jenseits eigener Schau schenkt er uns allen Vertrautes zurück, tiefer beglänzt aus den Klängen eines Unverbrauchten. Seine Sprache zu hören, flößt Mut in die Verzweigungen unsres eignen Lebens hinein. Ich wüßte nicht, was man Rühmlicheres von einem Dichter sagen könnte! Man lese Zollinger nicht als Erzähler, sondern als Sprachschöpfer, um das Wundern zu lernen.« (1961)

Hinweis auf Ludwig Hohl

... Am Rang dieses eigentümlichen Werks habe ich zusammen mit einigen anderen, vor allem Jüngeren, nie gezweifelt; daß die Verleger, aufmerksam gemacht, nie eingestiegen sind, ist verwunderlich und auch wieder nicht, verwunderlich, da die Sprachleistung doch so offensichtlich ist, aber Ludwig Hohl deckte sich niemals mit der Nachfrage auf dem intellektuellen Markt, tut's auch heute nicht – und besteht trotzdem oder gerade drum und nicht einmal als sogenannter Geheimtip: sein Werk besteht seit Jahrzehnten. Wieviele Werke tun das, wenn nicht Ruhm sie in permanenter Mode hält? Ein Werk, angelegt vor dreißig Jahren, vor dem Zweiten Weltkrieg, oder literarisch datiert: vor dem Kafka-Ausbruch, vor so manchem Klassikerwechsel, vor der postumen Krönung eines Wittgenstein, vor den Sprachexperimenten, die heute zur Pflichtkür jedes Mittelbegabten gehören, und vor der Ausrufung der »Texte«, dabei kein prophetisches Werk, also nicht postum-aktuell, weil die Zeitgeschichte es bestätigt, aber virulent jetzt wie vor Jahrzehnten und lesbar, als wäre es jetzt entstanden, abseitig-gegenwärtig, »unberühmt«, aber vorhanden, als Sprache akut, ich denke, das ist Rang ... (1964)

Rede zum Tod von Kurt Hirschfeld

Kurt Hirschfeld ist gestorben, Direktor des Zürcher Schauspielhauses und einer seiner Begründer. Er verschied in der Morgenfrühe des 8. November in Tegernsee, zweiundsechzigjährig, nach einem Sommer schweren Leidens.

Einige von uns haben einen Freund verloren.

Lassen wir, wenn einer gestorben ist und wir stehen in seinem Haus, die Kälte um uns sein, nicht Feierlichkeit, die so flüchtig ist; wir wissen: in vierundzwanzig Stunden, in anderthalb Stunden tönen wir wieder anders. Und ich möchte Trost auch nicht suchen in der Fülle der Erinnerung, die plötzlich so einseitig geworden ist, und nicht in jener Besitzergreifung, wenn der Weiterlebende von sich aus bestimmt, wieviel Gewicht eine Freundschaft gehabt habe, eigenmächtig-herzlich. Im Bewußtsein, daß wir über einen Wehrlosen sprechen, ist es erschreckend, die eigene Stimme zu hören. Stünde ich am Grab, wüßte ich nichts zu sagen –

auf der Bühne vielleicht dies:

Hier ist eine Epoche zu Ende. Sie ist bezeichnet mit den Namen von Oskar Wälterlin und Kurt Hirschfeld gleichermaßen, mit den Namen eines Schweizers und eines Emigranten. Das Zürcher Schauspielhaus ist entstanden (verzeihen Sie, daß ich es nochmals sage) in der Hitler-Zeit als Notwehr: also aus der Gefahr, nicht aus dem bloßen Ehrgeiz, der, wie groß er in jedem einzelnen auch sein mag, nie gereicht hätte.

Es ist nicht zu denken ohne die Nötigung, Kunst zu machen in der Konfrontation mit der Tagesweltgeschichte; es ist ohne die Emigranten nicht zu denken. Zürich und sein Schauspielhaus, so darf es nennen, wer Kurt Hirschfeld zu Zürich rechnet. Wir wollen nicht trauerhalber verhehlen, was wir wissen: Kurt Hirschfeld hatte es nicht leicht bei uns. Ein deutscher Jude, herangewachsen in den legendären zwanziger Jahren, jung im Romanischen Café, Rationalist vom Wesen her oder geworden aus Widerspruch gegen den Ausbruch einer plebejischen Mystik, geprägt durch ein frühes Exil, was mancherlei heißt: Verlorensein, Namenlosigkeit mit befristeter Niederlassung, Dankbarseinmüssen, Korrektseinmüssen, Geduldetsein, ein Mann, der sich von Vorurteilen belauert weiß und sich behaupten muß gegenüber Mitleid, ein Flüchtling unter Einheimischen, einer, der nur noch Weltbürger sein kann, und ein Weltbürger, der anwächst durch Arbeit, wo seine Existenz nur provisorisch ist und das Gegenteil zum Hiesigen: das ungefähr war Kurt Hirschfeld, als ich ihn kennenlernte auf der Straße. Es war noch Krieg und dessen Ende nicht abzusehen. Er hatte wenig Wahl; es war, was man Schicksal nennt, eine geschichtliche Situation, die er zu bestehen hatte: neben uns, mit uns.

Wie soll man einem Toten danken?

Man kann ihn bewachen, seinen Namen schützen auch vor der sanften Geschichtsverfälschung durch Nachruhm, und mein erster Halt ist doch der Ton dieses Hauses, gegeben im Mai 1940, als zu rechnen war mit Tod, und abverlangt jedem Schauspieler, der hier auftrat, dieser Ton war die einzig mögliche Würde in der Ohnmacht, entstanden aus zwei Elementen, so scheint mir: aus der geschärften Wachsamkeit der Vertriebenen, die auf der Hut sein müssen, und aus Helvetischem, aus der Kleinstaatler-Idiosynkrasie gegenüber Großmäuligkeit. Es ist der Ton derer, die sich nicht berauschen dürfen, sondern wissen müssen, was wirklich los ist in der Welt und im Text der Klassiker. In diesem Ton hat Kurt Hirschfeld auch inszeniert. In diesem Ton möchte ich Abschied nehmen von ihm, der dreißig Jahre hier gearbeitet hat. Gestützt durch Emil Oprecht, dessen Verlag als erster den blanken Kampf gegen Hitler aufnahm, und ermuntert durch die Reverenz, die Thomas Mann stets diesem Haus erwies, verbunden mit Brecht, beraten und bestätigt von seinen Mitarbeitern, war Hirschfeld doch ein ziemlich einsamer Mann, glaube ich. Nicht daß er keine zürcherischen Freunde gehabt hätte; privat. Einsam in der Öffentlichkeit. Was da gelang, nämlich lebendiges Theater durch einen Spielplan, der nicht bei andern abgeschrieben wurde, dankte das öffentliche Bewußtsein mehr und mehr: aber wem? Es gibt einen genius loci: aber nur, wenn jemand da ist, der ihn durch leidenschaftlichen Einsatz herausfordert und der ihm sein Können zur Verfügung stellt. Nun wäre es ungerecht, und ich würde mich schämen vor ihm, zu sagen oder auch nur vermuten zu lassen: dies alles, kurz als lebendiges Theater bezeichnet, sei allein Kurt Hirschfeld zu verdanken. Da sind die andern, von Anfang an dabeigewesen unter Wälterlin und Hirschfeld: Teo Otto, Horwitz, Ginsberg, Gretler, Paryla, Steckel, Langhoff, Heinz, die

Giehse, die junge Becker, viele. Einige von ihnen sind heute nicht hier; wir wissen von ihrem schweren Leiden und denken an sie. Ich habe einen Namen nicht vergessen, sondern sage ihn zuletzt, damit er nicht überhört werde: Leopold Lindtberg, der, auch als er 1961 nicht zum Direktor gewählt worden ist, diesem Haus und Hirschfeld verbunden blieb; wir danken ihm. Der sie alle, Deutsche und Schweizer und Österreicher, Katholiken und Kommunisten, Juden und Nichtjuden, zum Ensemble gemacht hat, war Hitler, und so war es natürlich, daß die meisten nach dem Krieg früher oder später wieder gingen: nach Wien, nach Ost-Berlin, nach West-Berlin, nach München. Wieso bestand das Schauspielhaus weiter? Das hatte mancherlei Gründe: wir, die Einheimischen, waren stolz auf dieses Theater, das sich nie, obzwar in einer Mausefalle spielend, vor Hitler geduckt hat, und da war nun unversehens – als Echo aus der Welt – der Ruhm, der neue Leute anzuziehen vermocht hat, berufen von Wälterlin und Hirschfeld. Warum ging Kurt Hirschfeld nicht? Er hatte noch immer keine schweizerische Staatsbürgerschaft und hatte sie nie; wir haben am Fuß unseres Uetliberges einen Staatenlosen begraben. Er war auch, als der Aufbruch ins befreite Theater deutscher Sprache begann, hier noch nicht Direktor, nur derjenige, der, wie immer sein Titel lautete, immer zur Stelle war. Konnte er das nicht auch anderswo und mit größeren Mitteln und mit einem Ruf? Ein Weltbürger, der anwächst durch Arbeit: 1948, als wir zusammen von Berlin kamen, wo ihm eine Intendanz angeboten war, und als wir bei Basel über die Grenze fuhren, sagte er, Gott sei Dank sind wir wieder daheim. War er's? Er bewunderte an unsrer Stadt mancherlei. Er scheute sich, unsere Mundart zu lernen. Er nahm etwas an, was sich nicht ohne Leid ergeben hatte, ein für allemal. Er buhlte nicht um Hiesigkeit, er erschuf sich eine andere Art von Zugehörigkeit: hier. Seine Heimat war der Pfauen mit den literarischen Horizonten der Welt, ein Bezirk, der Heimat geworden ist für manche von uns, die hier geboren sind.

Ich traure um einen Freund.

Kälte soll um uns sein, meinte ich: Bewußtsein des Verlustes, der durch Lob nicht aufzuheben ist und nicht durch Reue.

Ja, wer war er?

Von seinen Leistungen wird zu sprechen sein, wo immer man die Geschichte des deutschsprachigen Theaters der letzten 25 Jahre schreibt, in einem andern Ton, als er hier und heute möglich ist;

im Ton der Geschichtsschreibung. Ich spreche von einem Menschen, von einem Gesicht, das nur noch in der Erinnerung verschiedener Menschen ist, und es gibt keine Einigung, wer einer war. Er war, so schien es mir, je näher ich ihn kannte, ein Unsicherer, leidenschaftlich im Urteil und streitbar und entschieden im Handeln und doch ein Verschwiegen-Unsicherer, das Gegenteil eines sicheren Pharisäers, sicher aber in seinen Zuneigungen und zäh im Vertrauen und wie so mancher, der einmal und für immer aus seiner Herkunft verstoßen worden ist, der persönlichen Treue sehr bedürftig. Er rechnete nicht mit ihr, nicht wehleidig. Er war nur selbst ein Meister der Treue, einer, der noch nach Monaten der Vernachlässigung seinerseits verläßlich war. Daran gewöhnte man sich, als wäre das nicht ein Wunder. Es geht ja unter Menschen nicht ohne Verrat; nun habe ich nie, auch nicht in Hitzigkeiten, gehört, daß er jemand verraten hätte, als dessen Freund er sich bekannte, und auch nicht einmal durch Schweigen. Das machte ihn nicht eben gesellschaftlich, wie sehr er Geselligkeit brauchte. Seine Art von Sympathie war ungewöhnlich, nicht blind und nicht hörig, aber unbedingt, nicht durch ein Versehen zu verscherzen. Wer einmal sein Freund war, als solcher von ihm erwählt, war nicht Vasall: man mußte nicht um der Freundschaft willen bewundern. Man konnte sich nur auf etwas verlassen, etwas Unausgesprochenes. Ich spreche persönlich und zugleich von dem, was das Zürcher Schauspielhaus zusammengehalten hat, als die Schweiz nicht mehr ein Unterstand für Flüchtlinge war und als der Sog nach außen, die Anziehungskraft größerer Städte, dieses Haus zu bedrohen begann. Das begann vor 15 Jahren. Was da zusammenhielt und gegen die Ungunst der veränderten Situation erreichte, daß Zürich wieder und wieder die ersten Schauspieler und Regisseure deutscher Sprache und also Theater zu sehen bekam, das das Geistesleben einer Stadt prägt, das war nicht so sehr unsere Stadt, das war ein Mann:

Hirschfeld.

Eine Epoche ist zu Ende, sagte ich. Eine neue ist zu bestehen. Was uns im Augenblick bleibt, ist ein Maß. Und das ist eine Art von Denkmal, das wir nicht umgehen können; es steht hier, wenn die Blumen verwelkt sind, im Arbeitslicht. (1964)

Grass als Redner

Günter Grass als Wanderredner zur Bundestagswahl – auch in der Ferne hat man reichlich davon gelesen, dazu geplaudert: Alle Achtung! oder aber: Schon wieder eine Grass-Show?

Freunde, die ihn in Lübeck gehört haben, bringen ihn uns auf Band, und eben haben wir es abgehört, Rede samt Echo im Saal. Das ist wichtig: Reden muß man hören, und zwar als Ereignis an einem Ort, nicht als Gesang über den Wassern.

Die meisten Reden deutscher Schriftsteller (beispielsweise aus Anlaß einer Preisverleihung) sind keine; bemerkenswert als Text, lesenswert, sogar hörenswert, da ihre Sprache durch Aussprechen an spezifischem Gewicht gewinnt, sind es Vorträge und nicht Reden; das Dialogische daran bleibt Floskel, es wird durch die höfliche Anrede zwar versprochen und gelegentlich durch Wiederholung dieser Anrede als unerfüllt in Erinnerung gebracht, und am Schluß, wenn der Redner sich bedankt, ist es zwar sympathisch wie immer, wenn jemand sich bedankt, aber eigentlich stilwidrig: Nämlich der Zuhörer war die ganze Zeit nicht einbezogen als Partner, und jetzt dankt uns ein Einsamer dafür, daß wir seinen Monolog belauscht haben.

Rede ist nicht Hymnus, sondern Szene: zwischen einem Mann, der vierzig Minuten lang das Wort hat, und einer Zuhörerschaft, der er auf suggestive Weise (aber die Suggestion kommt nicht aus der Deklamation, sondern aus der Konzeption der Rede als Antwort) Meinungen unterstellt, um sie zu widerlegen oder zu bestätigen, zu verspotten, zu ermutigen. Kontakt ist nicht Einverständnis, das kann sich daraus ergeben; Kontakt entsteht aus der suggestiven Fiktion, es handle sich um ein Gespräch und die Rede antworte spontan auf die Gedanken und Gefühle im Saal, dabei entstehen die Gedanken und Gefühle im Saal eben durch die Rede selbst.

Genau das ist Günter Grass gelungen:

Man war dabei, man hat reagiert, man ist haftbar geworden durch eine Unterstellung, die man angenommen hat: welche Unterstellung? Das Entscheidende, was Grass liefert, ist nicht die trefferreiche Entlarvung der Machthaber, sondern das persönliche Exempel, daß man wählen kann, ohne blindlings hingerissen zu sein, mit dem Temperament der Vernunft. Die Unterstellung, womit er den Saal für seinen Beifall haftbar macht, ist kühn: daß sein Zuhörer (die Jugend) reif sei für einen Geist, der in Deutschland noch wenig Geschichte gemacht hat, für den Geist der Aufklärung. (1965)

Erinnerungen an Brecht

Ich erinnere mich, wie ich Brecht im November 1947, wenige Tage nach seinem Eintreffen in Europa, zum ersten Mal gesehen habe: in der kleinen bücherreichen Wohnung von Kurt Hirschfeld, Dramaturg des Zürcher Schauspielhauses, das drei Brecht-Stücke in deutscher Sprache uraufgeführt hat.

1940/41 »Mutter Courage«
1942/43 »Der gute Mensch von Sezuan«
1943/44 »Galileo Galilei«

Brecht saß da, wie man ihn von wenigen Fotos kannte, auf der Bank ganz in der Ecke: grau, still, schmal, wach, etwas verkrochen, ein Mann in der Fremde, die aber wieder seine Sprache spricht. Er schien froh um die Wände an seinen Schultern links und rechts. Ein Bericht über die »hearings«, die Brecht gerade hinter sich hatte, wurde abgebrochen, als ich dazukam. Ich war damals 38, Architekt, übrigens der einzige Schweizer in dem Kreis: es kamen kurz darauf Carl Zuckmayer, Horst Lange, Erich Kästner, Lernet Holenia, Werner Bergengruen, die sich damals in Zürich aufhielten. Brecht als Kollege, dessen »Dreigroschenoper« man kennt, Brecht sozusagen als der Gestrige, verglichen mit Thomas Mann und den Anwesenden, die sich freier in dem vertrauten Zimmer bewegten. Horst Lange, angetrunken, fand umarmende Worte für den stillen Fünfziger in der Ecke: »Die Jugend erwartet Sie, Herr Brecht, Sie sind ein Mythos für uns«, worauf Brecht mager kicherte, was Lange offenbar als Bescheidenheit auslegte; Lange nochmals: »Das wissen Sie nicht, Herr Brecht, in Deutschland sind Sie ein Mythos.« Brecht: »Dem werde ich abhelfen.« Er blieb verkrochen, hörte aus der Ecke zu. Die treibende Kraft war Erich Kästner; es ging um einen Aufruf zuhanden der damaligen Gipfelkonferenz. Sechs Schriftsteller, einig darin, daß die Völker den Frieden wollen, sollten miteinander einen Satz formulieren. Ein gewisses Pathos (»Schriftsteller aller Länder«) erfüllte das Zimmer, Gläubiges, Schwungvolles. Hirschfeld bewirtete, Brecht rauchte, ich machte den Sekretär. Die Sache drängte; Hirschfeld und ich fuhren in den nächsten Tagen nach Berlin, sollten den Text an die Russen aushändigen. Lernet Holenia fand endlich die Wendung: »Das Schicksal der Völker usw.«

Brecht: »Wieso Schicksal?« Es wurde mühselig. Horst Lange hatte etwas vor und mußte gehen, gab aber seine Blanko-Unterschrift, Schicksal hin, Schicksal her. Erich Kästner wurde langsam ungeduldig, Carl Zuckmayer schweifte ab und erzählte, Lernet Holenia bildete Sätze ohne Schicksal, was auch gelang; Brecht anerbot sich, Heinrich Mann auch zur Unterschrift zu gewinnen, und war sehr dafür. Insofern war man sich einig und einigte sich auch auf den Satz: Die Völker wollen Frieden. Ich hatte für Kopien zu sorgen. Zur Frage, ob denn die sowjetischen Schriftsteller unterzeichnen würden, meinte Brecht, man könne es ja versuchen, sonst hätte es überhaupt keinen Sinn. Werner Bergengruen zweifelte: er kenne die Russen besser als Brecht. Als Balte. Brecht: »– versuchen.« Kurz darauf erhob er sich, und da er Zürich nicht kannte, zeigte ich ihm den Weg hinunter zum Stadelhofen. Die Stadt, wo er sich auf unbestimmte Zeit niederzulassen gedachte, beachtete er mit keinem Blick. Hingegen war er der erste deutsche Autor, der sich erkundigte, ob es schweizerische Autoren gebe; ich sollte ihm das Beste gelegentlich beschaffen. Unterwegs dann die Frage: »Wer ist Werner Bergengruen?« Ich berichtete ihm von Deutschland, soweit ich es von Reisen kannte, vom zerstörten Berlin. Ich solle bald nach Herrliberg kommen, um mehr zu berichten. Natürlich war Brecht über Tatbestände informiert. Aber wie reden die Leute? Was denken sie? Was tun sie? Sicher waren meine Berichte, von heute aus gesehen, geradezu euphorisch bei aller Nüchternheit, dabei doch immer Berichte eines Nachbarn, zudem eines Jüngeren, der das Berlin, das Brecht hatte verlassen müssen, nur vom Hörensagen kannte. »Vielleicht kommen Sie auch einmal in diese interessante Lage«, sagte Brecht auf dem Bahnsteig, »daß Ihnen jemand von Ihrem Vaterland berichtet und Sie hören zu, als berichtete man Ihnen von einer Gegend in Afrika.«

PS.

In Berlin, empfangen vom sowjetischen Oberst Dimschitz, trugen wir die Sache vor. Mittagessen mit Wodka. Nach einer Woche kam die Antwort des sowjetischen Schriftstellerverbandes, der Text könne in dieser Form nicht unterzeichnet werden. Hingegen hatte Oberst Dimschitz seinerseits eine Bitte: wir möchten, da wir nach Zürich zurückfahren, einen Brief persönlich überbringen, Einladung an Bertolt Brecht, sofort nach Berlin zu kommen. Wie dieser Brief genau lautete, wußte ich als Überbringer nicht; Brecht schwieg sich aus: »Wen haben Sie in Berlin sonst getroffen?«

Die Wohnung, zur Verfügung gestellt von dem jungen Ehepaar Mertens, war gratis; seine wirtschaftliche Lage, als Brecht in Zürich lebte, war miserabel: die Reise nach Europa wurde finanziert aus dem Verkauf von Haus und Möbeln in Amerika; die damaligen Einnahmen (Reiß-Verlag, Basel) hätten kaum für einen Studenten gereicht; zwar begannen Verhandlungen mit Peter Suhrkamp, der aber damals auch kein Kapital hatte. Vielleicht täuschte mich sein einziger Luxus: die guten Zigarren. Und seine Gastlichkeit. Brecht, der seine wirtschaftliche Lage nie erwähnte, wirkte nicht mittelloser als später, später nicht wohlhabender als damals.

Empfanden wir Brecht als Deutschen? Als Bayern? Als Weltbürger? Das letztere hätte er sich verbeten: als Marxist. In einer Hinsicht wirkte er, verglichen auch mit andern Emigranten, sehr undeutsch: er analysierte auch den Krieg, den Hitler ausgelöst hatte, nie in nationalen Kategorien. (Später einmal in Weißensee, nach seiner Meinung über bestimmte SED-Funktionäre befragt, wurde er unwillig: »Vergessen Sie nicht, Frisch, es sind Deutsche!« Dieser Ton war die seltene Ausnahme.) Was Brecht aus seiner Emigration mitbrachte, war Immunität gegenüber dem »Ausland«; weder ließ er sich imponieren dadurch, daß andere Leute andere Bräuche haben, noch mußte er sich deswegen behaupten als Deutscher. Sein Zorn galt einem gesellschaftlichen System, seine Achtung einem andern; die Weltbürger-Allüre, die immer eine nationale Befangenheit kompensiert, erübrigt sich. Ein Augsburger mit Berlin als Arbeitsplatz, ein Sprachgebundener, Herkunft nicht als Wappen, sondern als unvertauschbare Bedingtheit: die selbstverständliche Anerkennung dieser Bedingtheit; Dünkel wie Selbsthaß, national-kollektiv, erweisen sich dann als Relikte, nicht der Rede wert.

23. 4. 1948: erstes öffentliches Auftreten von Bertolt Brecht in Zürich, es blieb das einzige. In einem kleinen Keller, Antiquariat der Volkshaus-Buchhandlung, sitzen hundert oder hundertzwanzig Leute gepfercht zwischen Bücherwänden wie üblich, die Buchhändlerin veranstaltet ab und zu solche Lesungen. Brecht hört

sich gehorsam meine kleine Begrüßung an, dankt mit höflichem Nicken, setzt sich an den kleinen Tisch, ohne sich auszubreiten, eher hilfsbedürftig, ohne die Zuhörer anzublicken, Brecht mit Brille und mit einem Blatt in der Hand. Ob der Titel, den er rasch genannt hat, in den hinteren Reihen verstanden worden ist, scheint fraglich. Bedrängt von der Nähe der Zuhörer – die vordersten könnten ihre Arme auf den kleinen Tisch legen, was sie natürlich nicht tun, sie sitzen mit verschränkten Armen – verliest er halblaut das Gedicht an die Nachgeborenen, erhebt sich dann flink, das Blatt in der Hand, nein, drei Blätter, und tritt zur Seite, wo es dunkel ist. Weg mit seiner Person! Es lesen Therese Giehse und Helene Weigel, die großen Könnerinnen, Gedichte, und man vergißt, daß Brecht zugegen ist. Nachher, oben in der Buchhandlung, gibt es wenig von Brecht; vieles ist noch ungedruckt. Einige von den Zuhörern, als sie ihre Mäntel nehmen, mustern den grauen Mann aus Distanz; Brecht wird nicht bedrängt. Später sitzt man als kleines Grüppchen bei einem Bier: Brecht, Weigel, Giehse, die dankbare Buchhändlerin, die für die Lesung nicht viel zahlen kann, das Übliche; Brecht scheint ganz zufrieden.

Literarische Urteile von Brecht? Es kam vor, daß ihm ein Urteil entschlüpfte. Urteilen als Gesellschaftsspiel (»Was halten Sie vom neuen Sowieso?«) gab es um Brecht herum so wenig wie Klatsch über Personen; es interessierte nicht. Dann lieber Geschichten, Fälle, Fakten oder Anekdoten, also Material. Meistens war es politischer Zorn, der ihm ein literarisches Urteil entlockte: über Thomas Mann, über Hofmannsthal, über Ernst Jünger; auch dann blieb es meistens bei einem einzigen Satz, mitunter genügte ein Zitat, gestisch apostrophiert. Waren es literarische Urteile? Es war eine Bewegung mit dem Besen. Hingegen über Heinrich Mann und andere, über Neruda, aber nicht nur über Leute seiner Generation, auch über Werdende in allen Ländern redete Brecht, wenn der Name gefallen war, wie über Klassiker: nicht lobend, nur mit großem Respekt; er rühmte sie kaum ausdrücklich, sondern dadurch, daß er ihre Namen einsetzte wie Triangulationspunkte zur Vermessung des Jahrhunderts. Die Vokabel war dann nicht: großartig, meisterhaft; sondern: wichtig.

Einmal als ich wieder nach Herrliberg kam, saßen zwei Brecht in der Diele, beide mit demselben Haarschnitt und in derselben grauen Leinenjacke, einer davon etwas hagerer und linkisch, kollegial-geniert, der andere war Paul Dessau.

Caspar Neher war öfter da.

Dann war er locker, beinahe gemütlich, anders als sonst; es kam kaum zu theoretischen Erörterungen; Brecht war vergnügt, Neher der Schweigsamere, und ich blieb kürzer als sonst: als störte man ein Paar.

Brecht in Gesellschaft von Leuten, die er nicht näher kannte – meistens waren es jüngere Leute, und man traf sich in einer Wohnung, selten in einem Restaurant, wo Unbefugte hätten zuhören können – liebte es, einer der Stilleren zu sein, derjenige, der sich vorallem erkundigt: Schwerpunkt der kleinen Gesellschaft, aber nicht Mittelpunkt, ungefeiert, im Mittelpunkt war immer ein Thema. Ich erinnere mich kaum, daß Brecht erzählte. Er gab ungern Rohstoff. Er breitete nicht aus, verkürzte wennmöglich auf Anekdote hin, die, wenn auch vielleicht zum ersten Mal erzählt, immer schon etwas Fertiges hatte. Nur selten hatte er ein Bedürfnis zu schildern. Daß Brecht fabulierte, sich in Erfindungen gehen ließ, einen Einfall vergeudete aufs Geratewohl oder vor Ulk überbordete, habe ich nie erlebt; aber was die Fabulierer dann nicht können, das konnte er: zuhören auf eine aufmunternde geduldige lebhafte ungeizige Art, sofern etwas berichtet wurde; er brauchte nichts zu sagen oder fast nichts: seine Kritik an den Vorfällen übertrug sich auf den Erzählenden. Mehr als dem Debatteur erlag man dem Zuhörer Brecht.

Einmal besichtigten wir Siedlungen für die Arbeiterschaft, Krankenhäuser, Schulhäuser etc. Der Herr vom Bauamt, das ich um die offizielle Gefälligkeit gebeten hatte, ein Adjunkt, der uns mit einem amtlichen Wagen an alle Ränder der Stadt fuhr, verstand die Fragen des Gastes nicht, erläuterte von Siedlung zu Siedlung dasselbe, während Brecht, anfänglich sehr verwundert über soviel Komfort für die Arbeiterschaft, sich mehr und mehr belästigt fühlte durch eben diesen Komfort, der Grundfragen nicht zu lösen gedenkt; plötzlich, in einem properen Neubau, fand er sämtliche Zimmer zu klein, viel zu klein, menschenunwürdig, und in einer Küche, wo nichts fehlte und alles glänzte, brach er ungeduldig die Besichtigungsfahrt ab, wollte mit der nächsten Bahn an die Arbeit, zornig, daß man den Begriff »Sozialismus« mißbraucht für solchen Unfug (also zornig auf mich) und daß eine Arbeiterschaft auf diesen fortschreitenden Schwindel hereinfällt; noch hoffte er, das sei nur in dieser Schweiz möglich, daß Sozialismus zu ersticken ist durch Komfort für alle. Übrigens redete Brecht erst, nachdem der Herr vom Bauamt sich beim Bahnhof Stadelhofen verabschiedet hatte; auch dann, unter vier Augen, wartete er, bis er seinen Zorn beherrschte, wartete auf den Zug, dankte, kaufte Zeitungen am Kiosk, rauchte vor sich hin, bis er sich in Witzen ausdrücken konnte.

Brecht muß ein manischer Aufschreiber gewesen sein, machte aber nie diesen Eindruck. Das Gefühl, als Besucher unterbreche man ihn, hatte ich nie; er machte einen Sessel frei von Papieren oder Büchern, wechselte sofort vom Schreiber zum Zuhörer, zum Frager, wobei er sofort auch den Gegenstand seines Interesses wechselte. Kein Wort von seiner Arbeit; die war ausgeschaltet. Verließ man ihn nach zwei oder drei Stunden, wirkte er wach wie vorher; es kam nie zum Ausleiern eines Abends. Ob er danach arbeitete, weiß ich natürlich nicht; ich stelle ihn mir vor wie Galilei: nicht emsig, nur immer gegenwärtig, jederzeit anfällig für Entdeckungen. Eigentlich hätte zu ihm ein Stehpult gepaßt. Ich kann mir nicht denken, daß Brecht, ob er über dem »Kleinen Organon« oder über den »Antigone«-Versen sitzt, wie vor einem Mausloch lauert; eher so: er pflückt, was reif wird zur Niederschrift hier und dort, er erledigt, er merkt vor, er hält fest, er probiert, immer locker bleibend durch Wechsel. So jedenfalls vermute ich, wenn ich mich an Brecht erinnere, wie er aus dem Arbeitszimmer kommt: vollkommen unversunken, immer bereit. Anders wäre die Fülle seines Nachlasses kaum zu begreifen, die ihm übrigens, wie es scheint, nicht recht bewußt war: Peter Suhrkamp erzählte einmal, wie Brecht, als sie die Satzproben zu den Stück-Bänden besprachen, auf einen größeren Schriftgrad drängte, damit, wie Brecht meinte, sein Werk doch eine gewisse Ausdehnung bekäme, wenigstens fünf Bände sollten es schon sein.

»Legende von der Entstehung des Buches Taoteking auf dem Weg des Laotse in die Emigration«, ich las das Gedicht in den Kriegsjahren auf der Straße, wie man Tagesmeldungen liest, stehend; die Kohlepapierkopie fast unleserlich, man bekam sie mit dem Auftrag, weitere Kopien herzustellen und die Gedichte weiterzu-

leiten; in meinem Atelier (ich hatte zwei Zeichner, keine Sekretärin) tippte ich mit acht Durchschlägen:
»Denn man muß dem Weisen seine Weisheit erst entreißen,
Drum sei der Zöllner auch bedankt: Er hat sie ihm abverlangt.«

Heute bin ich beschämt, wenn mir diese Zeilen in den Sinn kommen, und es gehört zu den Erinnerungen, die man sich selber ungern glaubt: da saß ich in der Herrliberg-Wohnung mindestens einmal in der Woche, aber der Gedanke, Brecht etwas abzuverlangen, kam mir nicht, auch als Helene Weigel einmal verriet, was der Überseekoffer dort in der Ecke enthielte. Ich war 38, aber Anfänger, und Brecht war 51, der Meister, wie kollegial er sich auch verhielt, und dem Jüngeren fiel nicht ein, daß es ihn vielleicht freuen könnte, wenn man etwas verlangte aus dem Gepäck, das heute als Klassiker-Ausgabe ein ganzes Gestell füllt. Ich weiß nicht, was er herausgegeben hätte: »Der Kaukasische Kreidekreis«, Gedichte, »Der aufhaltsame Aufstieg des Arturo Ui«, Prosa, das Riesenbündel undatierter Varianten zu »Me-Ti«? Er arbeitete damals am »Kleinen Organon« unter anderem. Auch das hätte ihm der Jüngere nicht abverlangt, wenn Brecht es nicht eines Tages von sich aus gegeben hätte: wie eine Hausaufgabe. Er möchte wissen, sagte er, ob das verständlich werde. Geschmeichelt war ich wohl, zugleich ungläubig: Brecht will wissen, was unsereiner findet? Natürlich las ich es noch in der Nacht, aber meldete mich Tage lang nicht; als ich das Manuskript gelegentlich zurückbrachte, glaubte ich noch immer nicht recht, daß Brecht, der Meister, auf Urteil wartete, und legte das Manuskript auf den Tisch, dankend, von anderem redend, schamlos genug: ich überließ es Brecht, das Gespräch darauf zu bringen. Das war wieder einmal draußen auf dem Kiesklebedach; die Weigel kochte. Brecht fragte, Brecht äußerst aufmerksam, unverdrossen-aufmerksam, interessiert noch an meinen Mißverständnissen, bereit zu prüfen, ob das am Leser liege oder am Text. Was mir zunächst aufgefallen war: die Absage ans Lehrstück, die so betont-muntere und hartnäckig-locker-wiederholte Verkündung, Theater sei Unterhaltung. Daß das Vergnügen darin bestehe, die Welt als veränderbar zu zeigen, verstand sich von selbst, die Betonung lag auf Vergnügen ganz und gar. Brecht kichernd: Warum verwundert Sie das? Ich dachte an »Die Maßnahme« und anderes. Brecht bereitete sich damals auf Berlin vor. »Man weiß nie, was eines

Tages von uns verlangt wird«, sagte er abschließend, »plötzlich heißt es, wir lehren das Falsche. Man muß die Leute nicht im Unklaren lassen: wir sind Seiltänzer, wir brauchen das Seil, um drauf zu tanzen – sonst verwenden sie das Seil plötzlich, um jemand dran aufzuhängen.« Später gab er eine revidierte Fassung, die eleganter war, schlicht-schlauer.

Es blieb meine einzige Manuskript-Lektüre. Hingegen hielt es der Anfänger für selbstverständlich, daß der Meister abverlangte, auch selbstverständlich, daß er nicht, wie ich, das nächste Wiedersehen abwartete, sondern sich an die Schreibmaschine setzte und sofort antwortete:

»Lieber Frisch, Ihr neues Stück, das ich für mich selbst immer noch ›Berliner Thema‹ betitle, hat mich weiter beschäftigt, abgesehen von den Siedlungen, durch die es führt und die so sehr anders sind als die Züricher. Ich schreibe im Augenblick an einem kleinen Organon für das Theater und unterbreche die Gedankengänge nicht eigentlich, wenn ich eine Wahrnehmung anläßlich Ihres Stückes zu Papier bringe. Es handelt sich dabei um einen Einwand und er betrifft nicht den Stoff, noch die dichterische Absicht und an der Ausführung nur Eines, nämlich daß dem Theater als einer Institution erheblich weniger zugemutet wird, als es von früheren Stückeschreibern Ihrer Begabung geschah. Ich würde diesen Einwand kaum erheben, wenn ich nicht dächte, daß er auch gegen Stücke, die ich selber geschrieben habe, erhoben werden sollte. Und es sind ›äußere‹ Umstände, die uns veranlassen, mitunter über einen Gegenstand das erst beste, anstatt eines der letzt besten Stücke zu schreiben. Plump gesprochen: ich habe den Eindruck, daß Sie es einfach ablehnten, zu analysieren, warum Ihnen der Stoff (in der Behandlung, die Sie ihm gleich zu Anfang zuerdachten) so fruchtbar erschien. Er enthält, und zwar so wie Sie ihn behandelten, sehr bedeutende Aspekte und es kommt mir so vor, als hätten Sie dafür nicht die adäquate Form gewählt, nämlich die sogenannte Große Form. Damit sind natürlich nicht Verse usw. gemeint, sondern eben eine Form, die die großen Aspekte herausarbeitet. Bei der Form, die Sie wählten, und die zweifellos gewisse Schönheiten produzierte, werden diese Aspekte lediglich leicht angedeutet, als hofften Sie, dieselben gerade dadurch zu eröffnen, aber für mich ist dies eine Hoffnung, welche von einer Gesellschaft ermutigt wird, die ein tieferes und vor allem allgemeineres Verständnis der gesellschaftlichen Vorgänge nicht wünscht und die gesellschaftliche Maschinerie nur ›berührt‹ und nicht etwa kräftig angegriffen haben will. Sie wollen nicht, daß mit dem Zaunpfahl gewinkt wird – so wenig wie das die Diebe wollen. Aber die Geschichte des großen Dramas zeigt, daß der Zaunpfahl ein legitimes Instrument ästhetischer Veranstaltungen ist. – Von der klassischen Tradition aus gesehen, behandeln Sie das Judiththema und die neue Wendung besteht darin, daß die Vergewaltigte sich in den Vergewaltiger verliebt, als Vergewaltiger nunmehr den ›rechtmäßigen Besitzer‹ ansehen muß und den Ansprüchen des Geliebten, der eine höhere Sittlichkeit vertritt, nicht gerecht werden kann. Das jedenfalls scheinen mir die angedeuteten, aber nicht gedeuteten Aspekte in Ihrem Stück zu sein: es sind politische. Ich hoffe, Sie nehmen diese Reklamation auf die leichte Achsel, die wir alle haben müssen, die wir es mit Kunst zu tun haben. Bei der Einstudierung des Stücks, der ich mit wirklichem Interesse entgegensehe, könnten wir vielleicht derlei allgemein Ästhetisches noch näher diskutieren.

Sehr herzlich Ihr (brecht), Zürich, Juli 48«

Eine Zeitlang bedrängte mich Brecht, ich solle als Schweizer endlich ein Tell-Stück schreiben. Zu zeigen wäre, daß der Bauernaufstand der Vierwaldstätte zwar erfolgreich war, aber reaktionär gegenüber der Habsburg-Utopie, eine Verschwörung von Querköpfen. Ich verstand schon: Rebellion, nicht Revolution. Aber das müsse schon ein Schweizer schreiben. Die These, die er vom Theatralischen her verlockend machte, ist der geschichtlichen Wahrheit zumindest näher als der Hymnus, den wir Friedrich Schiller mit dem Rütli-Denkmal gedankt haben, nur schien sie mir allzu beliebig verwendbar als Legitimation heutiger Vögte. Ich wußte nie, ob Brecht, wenn er pfiffig war, seine Pfiffigkeit für undurchschaubar hielt. Oder ließ er's einfach draufankommen? Ein andermal: Henri Dunant, der Begründer des Roten Kreuzes, das wäre ein landsmännischer Stoff für mich, ein Schimpfer großen Stils, ein Wohltäter, der von allen Seiten bekämpft wird und siegt und dann sein Werk mißbraucht sieht. Schließlich sein letzter Vorschlag: die »Celestina« von De Roja einzurichten für die Giehse, Brecht anerbot sich für das Verfassen der Songs, die ich da und dort brauchen würde. Ich hätte viel gelernt. Ich saß in einem öffentlichen Park mit dem geliehenen Buch, das er bereits mit Zeichen gespickt hatte, mit Titeln für fällige Songs. Es war verlockend. Ich bekam es mit der Angst. Brecht, wenn man sich einließ, baute jeden um. Die Entscheidung war mir bewußt.

Etwas in der Denkart von Brecht, sowohl im Gespräch wie in den theoretischen Schriften, machte den Eindruck: Das ist nicht er, sondern etwas das Brecht sich abverlangt. Je rationaler er argumentierte, um so größer war seine Genugtuung; er überzeugte dann sich selbst. Wie ein Mann auf dem Markt, wenn er ein fabelhaftes Büchsenöffner-Patent anbietet, formulierte er gerne immer wieder dasselbe wortwörtlich, oft frappant. Dabei war an seiner Überzeugung nicht zu zweifeln. Trotzdem der Eindruck: Das ist nicht er, das ist seine Therapie. Drum sind Brechtianer gefährdet: sie perfektionieren die Therapie gegen ein Genie, das sie nicht haben.

Ein ehrenwerter Mann des Widerstands, Schriftsteller, unterbreitete ein Gedicht zur Erinnerung an 1848; das Gedicht sollte demnächst in allen deutschen Theatern verlesen werden. Brecht, nachdem er das lange Gedicht gelesen hatte, schwieg sich aus, dann bat er den Genossen, uns das Gedicht vorzulesen. Brecht-Imitation. Man hörte zu, bis der Verfasser fand, einiges wäre noch zu überarbeiten, und abbrach. Brecht, ohne Kommentar zum Gedicht, das der Verfasser wie eine unbezahlte Rechnung in die Tasche steckte, und ohne jede Ermunterung, einiges zu überarbeiten, erkundigte sich nach dem Verbleiben von Leuten aus dem deutschen Widerstand.

Die erste Brecht-Regie (zusammen mit Caspar Neher) hatte fast unter Ausschluß der Öffentlichkeit stattgefunden: in Chur, Februar 1948. In Zürich sahen wir die »Antigone«, gespielt von Helene Weigel, nur in einer Matinee, die einmalig war und nicht ausverkauft; Hauptsache für Brecht, daß er hatte probieren können. Er hatte keine come-back-Eile. Ob Chur oder Zürich, Brecht probierte für Berlin. Das Stück, das er dem Zürcher Schauspielhaus zur Uraufführung überließ, war ein vergleichsweise harmloses , »Herr Puntila und sein Knecht Matti«, geschrieben in Finnland vor langer Zeit, und daß er aus fremdenpolizeilichen Gründen nicht für die Regie zeichnen konnte, war ihm nicht unangenehm. Das alles waren Vorbereitungen, je unauffälliger um so lieber. Während der Proben blieb er im Hintergrund –

Ab und zu ein Tip:
Eine junge begabte Schauspielerin, Tochter aus reichem Haus, sollte da eine kleine Magd spielen mit einem Wäschebottich. Als Brecht kicherte, wußte sie nicht, was sie verkehrt machte. Sie trug ein Requisit, das kein Gewicht hat. Höflich, nicht ohne die begabte Bürgertochter im übrigen zu loben, verlangte er bloß, daß bei jeder folgenden Probe ein Klumpen nasser Wäsche in dem Bottich sei, nichts weiter. Nach drei Wochen sagte er: Sehen Sie! Ihre Hüften hatten kapiert.
Meistens beobachtete er bloß.
Brecht auf der Bühne: immer etwas geniert, als gehörte er da nicht hin; trotzdem sah man die besondere Geste, die er wünschte und die er nicht vormachen konnte, die er bestenfalls parodierte, sofort und genau.
Ich hatte schon einige Regisseure gesehen.
Was war anders?
Er konnte unschlüssig sein. Was heute nicht geht, vielleicht geht's morgen oder übermorgen, wenn man sich heute nicht abfindet, wenn man die Unbefriedigtheit aushält und nicht vorgibt zu wissen, wie und ob es jemals gehen wird.
Probieren: forschen.
Ein Lehrmeister, aber er berief sich nicht auf Theorie, sondern schaute und reagierte; der Eindruck hatte den Vorrang; freilich wußte Brecht, was er abbilden wollte, und erlag nicht dem Beliebig-Eindrucksvollen. Was man Geschmack nennt, war bei Brecht sensibel vom Politischen her. Vielleicht ist Geschmack das immer: eine politische Reaktion, aber unbewußt, naiv in dem Sinn, als man sich in seinem ästhetischen Urteil ebenso sicher wie frei fühlt und sozusagen unbedingt. Wenn Brecht etwas »schön« fand oder »unschön«, verstellte er sich nicht; im Augenblick, glaube ich, war er naiv. Ein Ästhet. Er brauchte auf Proben (jedenfalls in Zürich, wo er es großenteils mit »unpolitischen« Schauspielern zu tun hatte) nie eine politische Vokabel, um zu argumentieren; wenn Matti, der Knecht, sich die Landschaft ansehen muß unter der Begeisterung des Puntila, des Großgrundbesitzers, war die Geste und Mimik der Indifferenz, die den Knecht schweigen läßt, einfach »schöner«, »lustiger«, »natürlicher«, so wie es sofort viel »schöner« ist, wenn die Magd, die mit dem Wäschebottich, trotz ihrer strammen Jugend nicht allzu aufrecht (wie eine Tennis-Spielerin etwa) einhergeht. Lauter Geschmacksfragen! Ich fand

eine Szene ziemlich ordinär. Brecht betreten: Nanu? Meine Begeisterung über anderes schob er beiseite: »Was finden Sie dran ordinär?« Nun wußte ich es nicht. »Wir treffen uns nachher«, sagte er, »überlegen Sie es sich!« Es zeigte sich, als man genau darüber redete, das Unbewußt-Politische meines Geschmackes; Brecht lachte: »Sie wollen, daß Puntila sich wie ein Herr benimmt, aber das tut er ja, gerade wenn er ordinär wird«, dann: »– aber vielleicht haben Sie recht, man muß aufpassen, nicht die Szene soll abstoßend sein, nur Puntila, wir werden's probieren.«

Was für unsere Schauspieler neu war:

Es wurden keine Regie-Ideen ausgeführt; Regie schien sich zu ergeben aus der unvoreingenommenen Prüfung dessen, was die Schauspieler anboten; der Text war den Probe-Ergebnissen unterworfen; Hirschfeld arrangierte, und Brecht baute ab, was nicht die Fabel erzählt; es gab Löcher, und sie wurden nicht voreilig mit Einfällen gestopft; Brecht ließ Zeit, bis die Fabel sich einstellte Punkt für Punkt wie etwas Natürliches, das sich scheinbar von selbst spielt, das sich ohne Krampf überhöhen läßt, das endlich, ganz in Spiel übersetzt, eine Realität entlarvt; alles Vorsätzliche fiel ab; die Proben, schien es, bestanden aus Anschauen.

Manche Schauspieler wurden unsicher.

Sie waren besser als je.

Da die Giehse, die zum ersten Mal unter Brecht spielte, stärker war als die vorgesehene Rolle, kam Brecht mehrmals mit einer verlängerten Erzählung der Schmuggler-Emma; Hirschfeld wurde nervös, was Brecht nicht verstand: »Sie haben da eine ungewöhnliche Schauspielerin, das muß man nutzen.«

Neu für mich:

Sein Humor, den ich erst begriff, nachdem ich Brecht persönlich gesehen hatte. Seine Stücke, bevor Brecht sie selbst inszeniert hatte, erschienen mir grau, im Grunde böse, zumindest so, als belustigten sie nicht einmal den Angreifer. In den »Puntila«-Proben waren Schauspieler oft verdutzt, daß da plötzlich einer hellauf lachte im hinteren Parkett: Brecht.

Plötzlich, bei einem nächsten Zusammentreffen, hatte er wieder das Häftlingsgesicht: die klein-runden Augen irgendwo im flachen Gesicht vogelhaft auf einem zu nackten Hals. Dabei konnte er grad sehr munter sein. Ein erschreckendes Gesicht: abstoßend, wenn man Brecht nicht schon kannte. Die Mütze, die Joppe: wie von dem pralleren Dessau entliehen; nur die Zigarre steckte authentisch. Ein Lagerinsasse mit Zigarre. Man hätte ihm ein dickes Halstuch schenken mögen. Sein Mund fast lippenlos. Er war sauber, nur unrasiert; kein Clochard: kein Villon. Nur grau. Unansehnlich. Sein Haarschnitt wirkte dann wie eine Maßnahme gegen Verlausung oder wie eine Schändung, die ihm angetan worden ist. Sein Gang: da fehlten Schultern. Sein Kopf erschien klein. Nichts von Kardinal, aber auch nichts von Arbeiter. Überhaupt sah Brecht nie wie ein Arbeiter aus, das wäre ein Mißverständnis seiner Tracht; eher so, wie Caspar Neher etwa einen Handwerker stilisieren würde, Tischler vielleicht: mit einem Kopf, daß die Römische Kirche nur in ihren Fundus hätte greifen müssen, um einen sehenswerten Kardinal zu haben. Jetzt aber, wie gesagt, war da nichts vom Kardinal, und man ging neben einem Brecht, der einen verlegen machte wie ein Beschädigter. Er klagte über nichts, im Gegenteil, er rühmte die Giehse. Wir saßen im Café Ost, das es heute nicht mehr gibt, gegenüber einem leeren Stammtisch mit studentischem Couleur-Firlefanz an der Wand, der ihn nicht verdroß. Was macht einen Schauspieler aus? Man überlegte, als hätte Brecht nie eine Zeile darüber geschrieben. Er hatte Zeit, Lust zu sprechen, im Gespräch war er wach und lebhaft, alles andere als ein Beschädigter, denklustig. Erst draußen auf der Straße ging er wieder wie einer, dem man nicht viel zutrauen würde, der unser Mitleid erweckt wie ein Zukurzgekommener, ein Geschundener, die graue Schirmmütze in die Stirne gezogen. Vorallem der Hals: so nackt. Er ging geschwind, aber die Arme machten nicht mit. Die graue Farmerjacke: als habe man ihn aus Beständen einer Anstalt eingekleidet, und nur das Bündel von Schreibstiften, die er immer in der oberen Tasche trug, war privat, die Zigarre unerläßlich, sonst wußte er nicht, wohin mit den Händen, und schob sie dann wie etwas Entblößtes flach in die Rocktaschen.

5. 6. 1948, »Puntila«-Uraufführung in Zürich: das Publikum jubelte nicht, Brecht hingegen war zufrieden. »Solche Stücke muß man immer und immer wieder spielen, bis sie sich dran gewöhnen«, sagte er, »wie sie sich an Schiller gewöhnt haben. Das braucht einige Jahre.« Infolgedessen redete er wie nach einer Probe.

Die Ideologie-Diskussion, in der ersten Zeit unumgänglich, hörte nach und nach auf – nicht wegen meines Widerspruchs, sondern weil ich ihm zu ungeschult war, und Brecht hatte andere Aufgaben als mich zu schulen, zwar Lust am Gespräch, aber das Gespräch mußte auch für ihn etwas abwerfen; er ließ sich lieber auf meine Baustelle führen und Konstruktionen erklären, Probleme moderner Architektur, auch Schlichteres: die Organisation einer größeren Baustelle. Fachkenntnisse, vor allem wenn sie sich in Betätigung zeigten, erfüllten ihn mit Respekt. Ruth Berlau war dabei, als Frau bald gelangweilt, während Brecht pflichtschuldig, wenn auch ängstlich, Gerüst um Gerüst erstieg, schließlich sogar einen Zehnmeter-Sprungturm, wo man das Areal am besten überblicken konnte; hier oben war er allerdings für Erläuterungen nicht zu haben, nur für Respekt: Alle Achtung, Frisch, alle Achtung! und als Ruth Berlau, die Kamera vor dem Gesicht, auch noch wünschte, daß Brecht weiter hinaustrete auf die Plattform, weigerte er sich; erst unten war er für Statik-Unterricht empfänglich. »Sie haben einen ehrlichen Beruf.« Sein Gruß, wenn man sich verabschiedete, war manchmal flüchtig, nie herablassend, aber kurz und leicht; jetzt, nach der Besichtigung meiner Baustelle, war er sehr ausdrücklich: kollegial. Daß das gute Einvernehmen nicht auf ideologischer Kongruenz beruhte, war weiterhin klar. –

Einmal zu einer Rolle:

»Sie sagen: eine Dame der Bourgeoisie, aber eine große Frau. Ich sage: eine große Frau, aber eine Dame der Bourgeoisie.«

Oder:

»Sie sind gegen Zensur. Wenn diese Leute genau so weiterschreiben würden wie bisher, brauchte es keine Zensur. Aber das ist es ja: kaum sind sie nicht mehr im Kapitalismus, entdecken sie, daß sie Gewalt nicht ertragen, plötzlich haben diese Leute etwas zu sagen.«

Usw.

August 1948, als wir die Grenze bei Kreuzlingen-Konstanz passierten, war Brecht fünfzehn Jahre nicht mehr auf deutschem Territorium gewesen. Es war auch nur ein Ausflug für einen Abend. (Im November desselben Jahres, später also, reiste Brecht nach Berlin über Prag und kehrte dann nochmals für einige Monate nach Zürich zurück, bevor er sich 1949 endgültig in Ost-Berlin niederließ.) Ein Zürcher Bühnenarbeiter, der einen alten Lancia besaß, fuhr uns bis zum Schlagbaum. Brecht: »Gehen wir zufuß!« Der äußere Anlaß, für Brecht ein willkommener Vorwand, war eine Aufführung bei Heinz Hilpert, Deutsches Theater in Konstanz, von meinem ersten Stück, das ich lieber nicht wiedergesehen hätte. Die Kontrolle der Pässe, damals noch immer als sanfte Sensation empfunden, ging reibungslos. »Kostbarkeiten zu verzollen?« – »Keine.« Brecht betontermaßen unberührt. (Ich weiß nicht, was für ein Papier er damals hatte. Das »U.S. exit permit«, das Brecht als Staatenloser gebraucht hatte, um die Vereinigten Staaten zu verlassen, sollte verlängert werden, aber die Verlängerung wurde verweigert, und das Papier kam nie aus Chicago zurück; damals bewarben sich Brecht und Helene Weigel, die ehemals Österreicherin war, um die österreichische Staatsbürgerschaft, die aber erst sehr viel später, als Brecht längst in Berlin arbeitete, plötzlich verliehen wurde, April 1950.) Wir gingen also zufuß in das Städtchen, ein schon sehr deutsches Städtchen unzerstört mit Schildern »Speisewirtschaft« in einer Schrift, die es nur in Deutschland gibt, Fraktur. Nach hundert Metern, mitten in einem Gespräch über irgend etwas, blieb Brecht stehen, um die Zigarre, die offenbar ausgegangen war, wieder anzuzünden, Blick zum Himmel: »Der Himmel ist hier nicht anders!«, dazu jene unwillkürliche Geste, die öfter vorkam: er schob den hageren Hals im weiten Kragen hin und her, ein Zucken, das ihn lockerte. Später die Begrüßung bei Heinz Hilpert und seinen Getreuen; Überschwang machte Brecht immer linkisch, er hielt sich an ein Bier, Brecht höflich-verkrochen-aufmerksam-mißtrauisch, während ein junger Schauspieler (er hatte schon von der Dreigroschenoper gehört) das Unternehmen in Konstanz zu lobpreisen nicht ermüdete; Brecht staunte: über das Vokabular, das ihn stumm machte. Nach der Aufführung verbreitete sich Brecht über deutsches Bier, das nachwievor das beste Bier sei; kurz darauf: Gehen wir! Er schwieg sich aus, bis man wieder in Kreuzlingen war; eine Bemerkung von Wilfried Seifert, der uns begleitete, brachte ihn plötzlich zum Bersten: das Deutsche Theater befinde sich in Berlin, meinte er, nicht in Konstanz, nur weil Heinz Hilpert heute in Konstanz sitze. Er begann mit einem kalten Kichern, dann schrie er, bleich vor Wut, erschreckend; Seifert verstand nicht, was mit Brecht los war. Das Vokabular dieser Überlebenden, wie unbelastet sie auch sein mochten, ihr Gehaben auf der

Bühne, ihre wohlgemute Ahnungslosigkeit, die Unverschämtheit, daß sie einfach weitermachten, als wären bloß ihre Häuser zerstört, ihre Kunstseligkeit, ihr voreiliger Friede mit dem eigenen Land, alldies war schlimmer als befürchtet; Brecht war konsterniert, seine Rede ein großer Fluch. Ich hatte ihn so noch nie gehört, so unmittelbar wie bei dieser Kampfansage in einer mitternächtlichen verschlafenen Wirtschaft nach seinem ersten Besuch auf deutschem Boden. Plötzlich drängte er zur Rückfahrt, als habe er Eile: »Hier muß man ja wieder ganz von vorne anfangen.«

War Brecht naiv?

»Nehmen Sie dieses Foto nach Polen«, sagte er, »wahrscheinlich treffen Sie auch Leute von der Regierung, fragen Sie, ob das stimmt.« Er gab mir eine Illustrierte, die nicht eigentlich berichtete, immerhin Bilder zeigte, so daß man vermuten mußte: Mißhandlungen in Schlesien, KZ-Zustände. »Fragen Sie überall, ob das stimmt!« verlangte Brecht, und ich konnte mir nicht vorstellen, daß Leute von der Regierung beispielsweise bei einem Bankett sich einlassen auf diese Illustrierten-Anklage; Brecht: »Fragen kann man immer.« Es war sein Ernst. »Wenn es in Polen diese Zustände gibt«, sagte Brecht, »muß etwas unternommen werden.«

Als ich von Polen zurückkam, war er begierig zu hören, rief an, sobald er von meiner Rückkehr wußte. Ich radelte also nach Herrliberg mit viel Stoff: Breslau, heute Wrocłav, Congrès International des Intellectuels pour la Paix, Warschau. Ich erwartete ein schwieriges Gespräch. Was ich zu berichten wußte, war zwiespältig, Brecht voll Erwartung. Grüße von Anna Seghers. Wie weiter? Allein mit Brecht, der die Ostblock-Länder noch nicht aus eigner Anschauung kannte, erzählte ich einfach drauflos. Fragwürdiges, Erfreuliches, Bedrückendes, Undurchsichtiges. Ich lieferte das Konkrete. Eindrücke von einer Fahrt durch Schlesien; Gespräch mit einem polnischen Bauern, der tadellos Deutsch redete: Knecht in Ostpreußen, wo er lernte und soviel ersparte, daß er zu einem eigenen Hof in Ostpolen kam, Krieg, von den Russen aus seiner Heimat vertrieben, jetzt angesiedelt auf schlesischem Boden; eine Lebensgeschichte. Brecht war ein offener Zuhörer, was die Berichterstattung erleichterte; ich sah ihn bestürzt oder erfreut jenachdem, alles in allem eher bekümmert. Die Art, wie

Fadejew und der brillante Ehrenburg manövrierten, verdroß ihn: »Wenn man schon einen Kongreß macht, das dürfte nicht vorkommen.« Ab und zu rief er die Weigel, aber wir blieben allein, Brecht aufgewühlt, wie ich ihn nie zuvor und nie wieder gesehen habe, oft stumm, unverhohlen-betroffen, weit davon entfernt, das Mißliche zu bestreiten oder in Dialektik aufzulösen. Einmal sein Vorwurf, daß ich beim Staatsempfang im Rathaus, wo Hunderte von Intellektuellen sich um ein Buffet sammelten, nicht rundheraus gewisse Fragen gestellt habe. In diesem Sinne hatte immerhin auch Picasso »versagt«. Was ich an beginnendem Aufbau und Planung in Warschau (das Projekt war ein Meisterwerk modernen Städtebaus, es wurde nach dem Sturz von Gomulka annulliert) gesehen hatte oder was man in Kellerkneipen unter Ruinen, abseits vom offiziellen Optimismus, an lebensfrohen und unmittelbaren und glücklichen Menschen erleben konnte, berichtete ich gern; Brecht nahm es als Beweis, daß ich nicht polemisierte, und verbuchte das Negative, das auch in seiner Ansicht negativ war, umso ernster. »So geht das ja nicht«, sagte er mehrmals, »das muß geändert werden.« Später setzte sich Helene Weigel dazu, ich sollte weiter berichten, teilweise wiederholen; es ging nicht mehr. Nicht nur die Weigel hatte auf alles, was der Augenzeuge meldete, die gebrauchsfertige Auslegung in maßregelndem Ton; auch Brecht war wie verwandelt jetzt, oder ich hatte ihn eine Stunde lang mißverstanden, plötzlich ungehalten nicht über Fadejew, sondern über mich. Ich saß in einer Prüfung, um durchzufallen. Unterrichtet darüber, was in Polen vorging, nahm ich mein Fahrrad.

1949, als Brecht definitiv nach Berlin ging, begleiteten wir ihn an die Hottingerstraße, wo er zuletzt in einem Hinterzimmer eingemietet war; Verabschiedung auf der Straße: »Kommt bald.« Ein Freund in Berlin schilderte mir später seinen Empfang im Kulturbund: Oberst Dimschitz und Johannes R. Becher (wenn ich nicht irre) würdigten das Ereignis, er saß zwischen beiden, zögerte einen Augenblick, erhob sich nicht sehr aufrecht in der Erwartung, daß Brecht nun Berlin begrüße, und gab beiden Sprechern höflich die Hand links und rechts, setzte sich, schwieg, trank weiter sein Bier. Ab und zu bekamen wir Briefe zweizeilig mit Bitte um ein Buch (historische Kostüme) oder um amerikanische Zeitschriften, einmal waren es mehrere Zeilen: »lieber Herr Frisch, haben Sie vielen Dank für die Zusendung. Tatsächlich verspürt man einen kleinen Schreck vor dem Beschriebenwerden, und durch geschätzte mehr als durch gelittene Beschreiber. Aber dann las ich Ihre schöne und freundliche Zeichnung des fremden Zugvogels doch mit Spaß – wie die eines Menschen, den ich selber flüchtig kenne. Sie machte mich neugierig auf das ganze Buch.

Zürich hatte durch Giehse und Steckel großen Erfolg in Berlin. Es wäre schön, wenn Sie es doch einmal möglich machen könnten, herzukommen. Ich bin auch gespannt auf Ihr neues Stück. Herzlich Ihr (brecht), Berlin, 23. 1. 50«

War Brecht herzlich?

Sicher ist Herzlichkeit nicht das erste, was auffiel an diesem Mann, der Rohstoff ungern preisgab, und Gefühle sind Rohstoff. Wärme in Worten, das war in seiner Gegenwart auch dem Partner nicht möglich; daß Brecht im persönlichen Umgang sich eines nahezu gleichen Vokabulars bediente für Duldung oder Achtung oder Zuneigung, gab ihm vorerst etwas Instanzhaftes, also Kaltes. Seine Gestik (ich komme immer wieder auf seine Gestik: dabei war sie sehr knapp, manchmal fast mechanisch-stereotyp) leistete vor allem Parodie. Was mußte da immer wieder parodiert werden? Brecht muß die Sentimentalität sehr gekannt haben, und was nur von ferne hätte ein Gefälle dahin haben können, verbannte er. Seine Höflichkeit, die sich nicht in Floskeln ausdrückte, sondern im Verhalten bei der Begrüßung oder bei Tisch, eine graziöse Höflichkeit war das einzige, was er als Ausdruck der Zuneigung zuließ. Ein Signal, das genügte; Gemütlichkeit torpedierte er sofort, und wenn nötig, ziemlich grob. Er fühlte sich sichtlich nicht wohl. Der erste Eindruck war Sprödigkeit; nach und nach erschien sie eher virtuos, Resultat eines Trainings, willentlich, fast fakirhaft. Nur im Gedicht, also unter artistischer Kontrolle, war gestattet, was Brecht sonst durch Witz und Gestik isolierte: Gefühle. Brecht war schamhaft. Sentimentalität, in den frühen Songs monumentalisiert durch Persiflage, erscheint in späteren Gedichten rehabilitiert durch Volksliedhaftes, Innigkeit destilliert zur Spruchweisheit. Nichts von alldem verriet sich im Gespräch. Brecht hatte Zärtliches; es war dann lediglich eine Frage sozusagen des Aggregatzustandes: es durfte nicht warm werden, nicht flüssig, sonst explodierte es zur Zote über sich selbst. Freilich kennen wir Brecht nur im Umgang mit Männern. Waren Frauen zugegen, zeigte Brecht, im Gegensatz zu den meisten Männern, keinerlei Veränderung, keine Imponier-Geste; Frauen in Gesellschaft waren Genossen, somit neutralisiert, oder sie waren Gänse, die, als solche erkannt und behandelt, das Gespräch nicht lang störten. Dann zeigte Brecht mehr als sonst und so, daß man sich wunderte, Herzlichkeit gegenüber Männern.

Frühling 1950

»Der Hofmeister«, Tragikomödie von Lenz in der Bearbeitung des *Berliner Ensembles,* zum ersten Mal der Vorhang mit der weißen Picasso-Taube, nachher Brecht draußen auf dem Platz vor dem Deutschen Theater: ohne Aura. Meine Verlegenheit (Wie sagt man einem Großen, daß es groß ist, was er macht?) bezog er auf die Kastration: »Ein delikates Thema!« Es freute ihn offensichtlich, daß man nach Berlin kam, um die Arbeit des Ensembles zu sehen. Kein berühmter Schauspieler, ein paar Bekannte aus Zürich: Hans Gaugler, Regina Lutz, Benno Besson. Es war wie ein Schock: zum ersten Mal sehe ich, was Theater ist. Bestätigung seiner Theorie? Man vergaß sie, indem ihr Versprechen eingelöst wurde – wahrscheinlich sehr unvollkommen, verglichen mit den späteren Produktionen des Berliner Ensembles oder des Piccolo Teatro in Mailand, die heute in Gefahr sind steril zu werden.

Brecht wirkte jünger als sonst.

Er schlug vor, daß ich in Weißensee schlafe, er wollte Diskussion; nur war da noch eine gesellige Mai-Feier im Theater, eine Anstandspflicht. Keine Kundgebung; diese hatte tagsüber in den Straßen stattgefunden. Jetzt wurde getanzt, Geselligkeit mit betontem Verzicht auf Krawatte; alle zeigten etwas Entschlossen-Wohlgelauntes, Stimmung mit Gutscheinen, die man an einem Buffet einlösen könnte. Die Frage: Wie gefällt's Ihnen hier? machte mich etwas verlegen. Wolfgang Langhoff, auch ein alter Bekannter aus Zürich, grüßte mißtrauisch; ich sah mich, ob ich wollte oder nicht, in der Rolle eines Westlers, der die Ost-Zone beschnüffelt mit der verstohlenen Gier, Unfreiheit und Armut und Trostlosigkeit festzustellen. Ich fühlte mich nicht wohl. Brecht war anwesend, wie es sich gehörte, im übrigen unauffällig. Begeistert von der Aufführung, die ich eben gesehen hatte, verfiel ich doch einem öden Unbehagen an dieser Feier; selbst das Buffet (ich hatte Hunger) schien unterrichten zu wollen, wie hier gelebt wird, und wie alles einander grüßte: Welche Kameradschaft! Alles hatte eine leichte Nötigung, und wenn man sich ihr verweigerte, spürte man das krasse Mißverständnis, das die Nötigung verschärfte, alles positiv zu sehen; schon Schweigen wirkte feindselig. Das war ich aber nicht, nur bedrückt. Helene Weigel, festlich-liebenswürdig, holte den Außenseiter zu einem Tanz; ich war schon nicht mehr zu retten: alles erschien mir jetzt demonstrativ, also verdächtig. Draußen über schwarzen Ruinen fand ein Feuerwerk statt; jetzt stellte Brecht sich wie alle an ein Fenster, wartete auf das knallende Schluß-Bukett, rauchend, kurzdarauf kam er: »Wir können gehen, Frisch, oder möchten Sie noch bleiben, aber es ist spät.« Nach unauffälligem Abgang, jetzt wieder draußen auf der finsteren Straße, redete er über Fachliches. Das tat gut. Wir lobten die kühle Frühlingsluft, überhaupt das Klima von Berlin. Die Ruinen waren nicht aktuell, nichts Nebensächlicheres als Ruinen. Brecht war in bester Verfassung: elastisch, nüchtern-warm, leicht.

Weißensee:

Das Gerücht, daß Brecht, von den Russen in einen Palast gesetzt, wie ein Großfürst hause inmitten der Armut von Ost-Berlin und daß die Weigel (»Barrikaden-Duse«) kostbare Antiquitäten aus der armen Zone käuflich erbeutet habe, fand ich, wie erwartet, nicht bestätigt. Eine Villa wie tausend andere in Berlin: unzerstört, nur etwas vernachlässigt in einem verlotterten Garten, geräumig und, wenn ich mich richtig erinnere, fast teppichlos. Ein schöner alter Schrank, ein paar Möbel bäuerlichen Stils, alles in allem wenig, Provisorisches wie immer um Brecht. Ich schlief in einer Dachkammer, ehedem Dienstmädchenzimmer; Wände voll marxistischer Klassiker. Am andern Morgen: Brecht schon an der Arbeit, aber er hat Zeit; fünf Minuten steht er mit dem Gast, der den Weißensee noch nie gesehen hat, unten am Weißensee, dann lieber im Arbeitszimmer als unter dem Mai-Grün einer Weide. Selbstkastration des Hofmeisters: als dramaturgisches Problem. Mein Eindruck, daß man in Weißensee etwas anders redete als in Herrliberg, wäre kaum zu belegen; trotzdem hatte ich damals diesen Eindruck. »Es müssen jetzt Stücke geschrieben werden von Leuten, die die Sorgen dieses Staates aus Erfahrung kennen«, sagte Brecht, »das kann einer nicht von drüben.« Es gab, wenn auch noch ohne Mauer, ein Hier und ein Drüben. Zugleich lag ihm sehr daran, daß kein Boykott entstehe; ich sollte mit Barlog sprechen wegen eines Schauspielers, der, da er bei Brecht spielte, drüben Schwierigkeiten bekam. Im übrigen erinnere ich mich nicht mehr an das lange Gespräch, aber daran: wie Brecht den hochbürgerlichen Grundriß dieser Villa umfunktionierte, ohne sie etwa umzubauen, mühelos; er brauchte sich nicht im mindesten zu wehren gegen die Architektur, Brecht war stärker, indem er saß oder ging, immun, und es wirkte nicht wie Beschlagnahme, nicht einmal wie Besitzwechsel; die Frage, wem die Villa gehörte, stellte sich nicht, Brecht benutzte sie, wie der Lebende immer Bauten der Ausgestorbenen benutzt, Lauf der Geschichte. Später fuhr man ins Theater; Brecht mit Schirmmütze und Zigarre am Steuer eines alten offenen Wagens, Spruchbänder der gestrigen Mai-Feier in verkehrlosen Straßen, ringsum Ruinen unter dem dünnen Berlin-Himmel, Brecht heiter: »Wann kommen Sie hieher?« Halt unterwegs, um ein Eis zu essen: »Sehen Sie, so etwas gibt's hier auch schon!« Im Theater bat ich um Fotos von der »Hofmeister«-Aufführung, um sie »drüben« zeigen zu können. Auftrag beim Abschied: »Sagen Sie Ginsberg, er soll kommen.« Meinen Hinweis, daß Ginsberg praktizierender Katholik sei, überging er ohne Anzüglichkeit: »– ein guter Schauspieler!«

Brecht und die Theorie –

Was man, vorallem mit zunehmender Entfernung, für den ganzen Brecht zu halten versucht ist: der lehrende Brecht, der Verkünder ästhetischer Begriffe, der Anti-Aristoteles, jener Brecht, der sich auch kein Gelingen durchgehen ließ, ohne es der Theorie zu unterbreiten und es von der Theorie genehmigen zu lassen, mag sein, es war der sichtbarere Teil von Brecht, jenen, den er zeigte, den er stilisierte; die Aufmachung mit Werkjoppe und kurzem Haar ist klassisch geworden, zwar meistens verstanden als Demonstration seiner Solidarität mit dem Proletarier, aber man kann sie auch anders sehen: als demonstrierte Männlichkeit, nicht Stier-Männlichkeit (das wäre mit einem Bart zu demonstrieren), aber Denk-Männlichkeit. Wann hat Brecht dieses Kostüm eingeführt? Als Anarchist noch nicht; da sieht man den jungen Brecht, Verfasser von »Trommeln in der Nacht« und »Baal«, gelegentlich noch mit weißem Hemd und Krawatte, so bürgerlich verkleidet wie Wedekind. Es ist erstaunlich, wie hartnäckig er es weiterhin in allen Lebenslagen beibehielt, dieses Image der harten Männlichkeit, auch ein Image der Askese; ein Mann, der sich sichern mußte durch Stilisierung. Sichern wogegen? Nicht gegen Bürgerlichkeit – da war Brecht unbedroht – eher gegen etwas

Chaotisches, etwas Weibliches, das er in hohem Grad besaß, das zu seinem Genie gehörte als Untergrund, als Kraft und Gefährdung. Er brauchte als Schaffender (spätestens nach der »Hauspostille«) einen Widerstand, einen Katechismus, Zwangsjacken einer Doktrin, die so manchen andern, der nicht die empirische Sensibilität und die vegetative Phantasie von Brecht besitzt, auf die Dauer steril macht. Seine stete Beflissenheit, Denker zu sein (zur Züchtigung des Bänkelsängers), und sein oft rührender Respekt vor Wissenschaftlichkeit (bis zum knabenhaft-ernsten Gebrauch eines Lichtmessers während der Proben, um die Helligkeit auf der Bühne nicht nach Gefühl zu beurteilen), alldies gehörte zu Brecht wie das Rote zum Grünen, komplementär. Er brauchte Theorie: als Axt immerzu, um nicht wie die Leute des Cortez (in seinem Gedicht) elendiglich verschlungen zu werden von der Natur. Er fand, was er brauchte, im Marxismus. Daß man Stücke schreibe oder Gedichte, um die Welt zu verändern, daran schien Brecht zu glauben; es setzt keinen Zweifel in die Ernsthaftigkeit seines politischen Engagements – schließlich bestimmte es seine ganze Biographie – wenn man dem Anschein, daß die Kunst sich in den Dienst der Doktrin stelle, widerspricht: Brecht brauchte die Doktrin für die Kunst, nicht umgekehrt. Brecht ohne Marxismus? Es war der entscheidende Akt, der den Anarchisten rettete als Artist, damit er nicht im bloßen Nonkonformismus degenerierte.

Ich sah es auch schon anders:

»Wir stellen auf der Bühne nicht eine bessere Welt dar, aber eine spielbare, eine durchschaubare, eine Welt, die Varianten zuläßt, insofern eine veränderbare, veränderbar wenigstens im Kunstraum. (. . .) Die Meinung von Brecht, daß die heutige Welt auf dem Theater wiedergegeben werden könne, aber nur wenn sie als veränderbar aufgefaßt wird, erscheint wie die Übersetzung einer schlichten Kunst-Erfahrung in ein politisches Programm über den Kunst-Akt hinaus: der Wille, die Welt zu verändern, als eine Verlängerung des künstlerischen Gestaltungsdranges. Unser Spiel, verstanden als Antwort auf die Unabbildbarkeit der Welt, ändert diese Welt noch nicht: es entsteht immerhin ein Vergnügen sogar an tragischen Gegenständen, und dieses Vergnügen bedarf keiner Rechtfertigung daraus, daß unser Spiel didaktisch sei; es ist eine Selbstbehauptung des Menschen gegen die Geschichtlichkeit. (. . .) Allein dadurch, daß wir ein Stück-Leben in ein Theater-

Stück umzubauen versuchen, kommt Veränderbares zum Vorschein, Veränderbares auch in der geschichtlichen Welt, die unser Material ist: dies als Befund, ungesucht, aber fortan unumgänglich. Peter Suhrkamp, der noch den vor-marxistischen Brecht kannte, meinte möglicherweise dasselbe, als er einmal sagte: Brecht sei Marxist geworden durch Kunst-Erfahrung. Das würde bedeuten, daß das politische Engagement nicht der Impuls ist, sondern ein Ergebnis der Produktion, sekundär, aber nicht irrelevant, sofern eine Produktion überhaupt genuin ist, und daß der landläufige Versuch, Brecht als Dichter zu kultivieren, indem man den Marxisten subtrahiert, nicht nur müßig ist, sondern banausisch.«

(1964)

Ein andermal in Weißensee:

»Man hat Ihnen Formalismus vorgeworfen. Was verstehen die Leute, die diese Anklage erheben, unter Formalismus?« Brecht versucht es mit der leichten Schulter: »Nichts.« Es verdrießt ihn, daß ich genauer frage; er lehnt sich in seinen Arbeitssessel, raucht, gibt sich sorglos-belustigt: »Formalismus heißt, ich gefalle gewissen Leuten nicht.« Was ihn verdrießt, verrät der ungehaltene Nachsatz: »Im Westen hätten sie wahrscheinlich ein anderes Wort dafür.« Dann spricht man über anderes, und später erst, als ich dazu nichts mehr erwarte, in einem andern Zusammenhang kommt die eigentliche Antwort leichthin: »Daß wir für die Schublade arbeiten, sehen Sie, das lernte man in der Emigration. Vielleicht kommt eine Zeit, wo man unsere Arbeit ausgräbt und brauchen kann.«

Im Grund war ich immer (und bin es noch) unklar über die Art unserer Beziehung. Hatte er nicht Getreuere genug? Seine spontane Vertraulichkeit zumindest im ersten Augenblick des Wiedersehens versetzte mich jedesmal in Verwunderung mit schlechtem Gewissen, wozu ich keinen Grund sah. Hatte er Verlangen nach Leuten, die nicht seine Jünger wurden? Einmal besuchte ich in Berlin eine unöffentliche Probe, April 1953, probiert wurde der »Katzengraben« von Erwin Strittmatter; Brecht am Regie-Pult, als er die Eindringlinge bemerkt hatte, winkte, ließ die Schauspieler noch einen Gang ausführen, brach ab, erhob sich, um zu begrüßen: man störe gar nicht, im Gegenteil – unterdessen improvisierte Eisler am Klavier – im Gegenteil, ein Zuschauer von drüben war willkommen, einer, der in mancher Hinsicht nicht dazugehörte, was Brecht nicht spüren ließ, seine Jüngerschaft hingegen sehr.

(Jünger sind immer die Schwierigeren.)

Ich bin nur wenigen Menschen begegnet, die man als große Menschen erkennt, und befragt, wie sich die Größe von Brecht nun eigentlich mitgeteilt habe, wäre ich verlegen; eigentlich war es jedesmal dasselbe: kaum hatte man ihn verlassen, wurde Brecht umso gegenwärtiger, seine Größe wirkte hinterher, immer etwas verspätet wie ein Echo, und man mußte ihn wiedersehen, um sie auszuhalten, dann nämlich half er durch Unscheinbarkeit.

Über das Verhalten von Brecht während des 17. Juni 1953 befragte ich später zwei Ensemble-Leute, Egon Monk und Benno Besson. Hat Brecht am Vormittag, als die ersten Meldungen von der Stalin-Allee kamen, eine Rede gehalten vor seinen Mitarbeitern? Was feststeht: die Proben (»Der zerbrochene Krug« und »Don Juan«) wurden abgebrochen. Wohin hat Brecht sich im Laufe des Tages begeben? Wie hat er die Ereignisse, so weit sie ihm zur Kenntnis kamen, beurteilt: als Kundgebung der Arbeiterschaften, deren Unzufriedenheit er für berechtigt hielt, oder als Meuterei? Welche Informationen hatte Brecht? Argwöhnte er, daß der Westen sich den Volksaufstand, der ohne Führung war, zu Nutzen machen könnte und daß es zum Krieg kommt? Hatte er eine Möglichkeit einzugreifen? Welche? War Brecht hin und her gerissen? gleichmütig? kopflos? untätig? Verlangte er von seinen Mitarbeitern, wie sie sich zu verhalten haben? War Brecht (wie das Gerede es schon damals darstellte) feige, ein Verräter gegenüber der Arbeiterschaft? Oder war er verzweifelt, daß die Arbeiterschaft sich durch romantisches Vorgehen selbst gefährdete? War Brecht empört über das Eingreifen der sowjetischen Tanks oder hielt er es für unerläßlich, um den Westen vor Übergriffen zu warnen? – man wußte zu wenig und mutmaßte nach Belieben, und auch die beiden Ensemble-Leute, die ich befragte, lieferten mehr Auslegungen als Belege dafür; ihre Auslegungen waren unvereinbar. Peter Suhrkamp verschickte Kopien des Brecht-Briefes an Ulbricht: die vollständige Fassung. Sein Gedicht zum 17. Juni blieb vorderhand unbekannt. Zwei Jahre später, als ich Brecht wiedersah in seiner letzten Wohnung an der Chaussee-

Straße, fragte ich nicht: Wie ist es nun tatsächlich gewesen? trotz seines früheren Ausspruchs: Fragen kann man immer! Ich war zum Mittagessen eingeladen als Gast, nicht als Inquisitor.

Es war mein letzter Besuch vor seinem Tod, September 1955, ein kurzer und sogar etwas steifer Besuch. Ich war befangen; Benno Besson war gerade da, den ich persönlicher kannte als andere Ensemble-Leute, und es bestand damals ein Mißtrauen zwischen uns, das zu politischer Borniertheit führte. Wir hatten in letzter Zeit regelmäßig miteinander gestritten, Besson und ich, waren damals noch ganz und gar unversöhnt, und unsere Begrüßung, als ich bei Brecht eintrat, war entsprechend: auf Gegenseitigkeit blicklos. Ob Brecht davon wußte? Ich störte ein Arbeitsgespräch, man stand noch einige Minuten, Höflichkeit nötigte Brecht, daß er Besson, obschon Dringliches zu klären war, entließ mit einer Geste des Abbrechens. Allein mit Brecht, den ich lang nicht gesprochen hatte, blieb es etwas offiziell. Brecht: das Ensemble sei nun etabliert, sodaß er es andern werde überlassen können. Es drängte ihn, so tönte es, zu schreiben. Er sah krank aus, grau, seine Bewegungen blieben sparsam. Ich kam von Proben in West-Berlin; Hanne Hiob, seine Tochter, spielte eine Hauptrolle, und Caspar Neher machte das Bühnenbild. Beim Mittagessen: Wie denkt man im Westen über die Kriegsgefahr? Man kam jetzt, wenn man aus dem Westen kam, von weither. Die übliche Frage: Und was arbeiten Sie? blieb aus. Helene Weigel war dabei; sie befragte mich darüber, wie ich mich denn zur Verfolgung von Konrad Farner in der Schweiz verhielt. Zeitweise aß man ziemlich wortlos. Keine Witze. Ich blieb befangen. Ein unoffenes Gespräch, eigentlich überhaupt keines; das Gefühl, daß ich das Unoffene verschuldete, war peinigend, nicht zu tilgen durch Berichte, wie es Suhrkamp ging, nämlich schlecht. Wiedervereinigung? Dazu Brecht: »Wiedervereinigung heißt noch einmal Emigration.« Dann sprunghaft: »Dieser Besson, Ihr Landsmann, ist hochbegabt.« Brecht erkundigte sich, ob in der Schweiz noch Häuser zu kaufen wären, Ferienhäuser.

Besuch am Grab.

Es bleibt rätselhaft, daß Brecht sich einen Stahlsarg verordnet hat. Wovor soll der Stahlsarg schützen: vor den Machthabern? vor der Auferstehung? vor dem »Aas mit vielem Aas«?

Wir haben ihn nicht gekannt.

Tagebuch 1965.

»Von allen Traum-Figuren, die zu identifizieren sind und sich während des Traums nie in Metamorphosen verflüchtigen, ist diejenige, die in meinem Traum-Register weitaus am meisten vorkommt, nicht der tote Vater oder eine Frau, sondern Brecht: – das Bewußtsein, daß er gestorben ist, verschärft mein Glücksgefühl, ihm zu begegnen; ein ungeheures Glücksgefühl, das zugleich schmerzhaft ist. Und nie ist es einer der Orte, wo ich Brecht in Wirklichkeit begegnet bin. Neulich: Brecht in einem sehr kurorthaften Bergtal, umgeben von Hilfskräften, aber immer noch Flüchtling mit befristeten Aufenthalten. Ich biete Dienste an (als Einheimischer) und bin überflüssig. Höflicherweise nimmt Brecht immer noch an, man sei im Werden. Brecht immer der Ältere, obschon ich jetzt, da ich träume, genau das Alter habe, das Brecht zur Zeit unsrer Begegnungen hatte, und obschon er nicht älter wird. Sein Tod kündigt jede Nachvollziehbarkeit, eine Physiognomie des Absolut-Privaten, wie Totenmasken es haben; dabei ist er alltäglich lebendig. Manchmal bleiben genaue Sätze, die sich dann, bei Tag besichtigt, als nichtig erweisen, aber das liegt an mir. Darin besteht die Qual des glücklichen Traums. Heute Nacht: Brecht auf einer Ottomane, ich stehe, auf dringendes Bitten gibt er Einblick in ein Album: ein Stück in bunten Kinderzeichnungen, aber davon dürfe noch nicht gesprochen werden.«

Es gibt einen Satz, der Brecht gerecht wird, obschon er nicht auf ihn geschrieben worden ist: »Trotz der Einseitigkeit seiner Lehre ist dieser märchenhafte Mensch unendlich vielseitig«, ein Satz von Maxim Gorki über Leo Tolstoi. (1966)

Film als Einsicht

〈*Zu Alexander Kluge: »Abschied von Gestern«*〉

Der erste Eindruck – vor drei Tagen – war sehr stark, aber ich hatte irgendein Aber. Wer Alexander Kluge als Schriftsteller kennt, verspricht sich nicht nur sehr viel, sondern etwas Bestimmtes, zumal es sich hier wirklich um einen Autor-Film handelt, nicht um die Verfilmung eines Autors, und das ist eingetroffen: sein Film ist ebenso anti-belletristisch wie seine Prosa, befreiend durch den Anschein, als spreche die Faktizität sich selbst aus. Was sie natürlich nie tut. Es ist ein Anschein, Kluge kein Dokumentarist. Übrigens gestehe ich, daß ich die Geschichte, so simpel-grausam-alltäglich sie auch ist, nicht immer auf Anhieb verstanden habe; es ging mir zeitweise wie vor einem Menschen, dessen ungewöhnliche Intelligenz uns in Spannung hält über die Geschichte hinaus, so daß ich das Material, die Geschichte, die er reflektiert, nicht immer in Besitz bekomme. Hat sie nun das Kind bekommen oder wie? Man einigt sich dann begeistert-unsicher: ein starker Film, ein ungewöhnlicher Film, sogar ein poetischer Film. Dabei tut Kluge – eben habe ich den Film, da der erste Eindruck sich als aufsässig erwiesen hat, zum zweitenmal gesehen – nichts anderes als einen realen Fall sehr real mitzuteilen, so real, daß er vielfältiger wird und ohne die Unterstellung, daß der Fall exemplarisch sei, unversehens doch exemplarisch. Die Geschichte dieser jungen Frau ist nicht auf Sinn erfunden. So war es halt. Nur ist alles, fast alles, mit einer Präzision gesehn, daß es wie von selbst die Bedeutung gewinnt: so ist es. Ich habe beim erstenmal viele Schritte nicht begriffen, hingenommen, aber nicht wahrgenommen: eine Universitätssekretärin sagt dem Mädchen, daß sie zur Immatrikulation nichts anderes brauche als das Reifezeugnis, Schnitt, das Mädchen kann das Hotelzimmer nicht bezahlen und schleicht als Zechprellerin ab. Es braucht nämlich zum Studium (die Flüchtlingin aus dem Osten muß das noch lernen) nicht nur das Reifezeugnis, sondern auch Geld. Aber das und sehr viel mehr – ich habe hier das simpelste Beispiel genommen – wird nicht verkündet; es ergibt sich aus dem Schnitt, aus dem Rhythmus der Bilder, der nicht das Formal-Interessante sucht, sondern Erkenntnis. Auch die Poesie, die dieser harte Film hat, kommt vermutlich aus dem Schnitt; sie entsteht, sie wird nicht entliehen und aufgetragen. Es ist bestürzend, was der Film vermag, wenn Intelligenz am Werk ist, ich meine nicht die bloße Fachmann-Intelligenz; die haben viele und Alexander Kluge auch; was hier dazu kommt, ist die Intelligenz der Mensch-Erfahrung, die Einsicht, die schließlich den Rang eines Verfassers bestimmt auch im Film. Kluge braucht das Ungewöhnliche nicht von den filmischen Mitteln her zu suchen; er bedient sich ihrer sehr krampflos. Dieser Film ist eine Einsicht. (1966)

Boykott. In Sachen Konrad Farner

Zürich/Berzona, 20. April 1967

Sehr geehrte Herren,
Es ist denkbar, daß die Bundespolizei, wenn dieses Rundschreiben bekannt wird, eine Liste der Adressaten erstellt, vielleicht Überwachungen erwägt. Wir schreiben diesen Brief trotzdem, unsere kleine Aktion ist nicht verfassungswidrig, immerhin möchten wir darauf aufmerksam machen, daß die Bundespolizei sich vermutlich dafür interessieren wird, wer von Ihnen, sehr geehrte Landsleute, auf unser Bittgesuch eingehen wird. Der Einfachheit halber senden wir eine Kopie unseres Rundschreibens direkt an die Bundespolizei; die Namen der Adressaten überlassen wir vertrauensvoll dem Postgeheimnis.

Konrad Farner, wohnhaft in Thalwil, Inhaber zweier Doktorate und Verfasser wesentlicher zeitkritischer und kunsttheoretischer Werke (»Aufstand der Abstrakt-Konkreten«, »Gustave Doré, Der industrialisierte Romantiker«) ist dafür bekannt, daß er die Ideologie des Kommunismus vertritt. Dr. Farner ist auch Mitglied der PdA. Beides ist nicht verfassungswidrig. Trotzdem wird dieser Mann von der schweizerischen Presse, vom schweizerischen Radio und Fernsehen boykottiert. Seine Arbeiten können nicht an die Öffentlichkeit gelangen; sein Denken, das auf einer eminenten Bildung basiert, ist zur Wirkungslosigkeit verurteilt; seine Einsichten müssen in unserm Land nicht geprüft werden, seine Einwände gegen das Bestehende nicht widerlegt in offener Diskussion. Wir selbst, die Unterzeichnenden, sind nicht Kommunisten. Was Konrad Farner denkerisch vertritt, also kritisch, so daß er auch unter Kommunisten nicht ohne weiteres Liebkind ist, wird in aller Welt diskutiert, es bestimmt wesentlich die Geschichte unseres Jahrhunderts: auch wenn dieser Mann in Thalwil totgeschwiegen wird. Insofern ist der Boykott gegenüber Konrad Farner, dem strafbare Tätigkeit nie hat nachgewiesen werden können, ein Schildbürgerstreich, ganz abgesehen davon, daß Denkfreiheit in unserem Land als garantiert gilt.

Das ist die eine Seite.

Die Folgen des Boykotts sind hart. Zwar hat Konrad Farner, ein Mann von 60 Jahren, sich daran gewöhnt, nicht nur die öffentliche Verfemung mit Gelassenheit zu tragen, er hat sich auch daran gewöhnt, mit seiner Familie unter kärglichen materiellen Bedingungen zu leben und zu arbeiten. Wir wollen diese Bedingungen nicht schildern, sie sind schändlich, gemessen an der intellektuellen Leistung dieses Mannes. Leider hat sich nun eine weitere Verschärfung der wirtschaftlichen Situation eingestellt: durch eine schwere Krankheit von Frau Martha Farner. Es ist nicht abzusehen, wie die Familie weiterleben soll.

Unsere Hoffnung, unsere Forderung, daß die Boykotteure, eine geschlossene Phalanx von Personen, die sich als die öffentliche Instanz betrachten, zu einer Einsicht kommen, die dem Geistesleben unseres Landes zustatten käme, geben wir keineswegs auf, aber jetzt geht es um augenblickliche Hilfe: wir rufen Sie auf, sehr geehrte Herren, keineswegs zu einem politischen Bekenntnis, aber zu einem Akt der Solidarität unter Intellektuellen. Konrad Farner braucht Geld, ein Bürger dieses Landes, dem durch Boykott nach wie vor das Recht genommen ist, seinen Lebensunterhalt zu verdienen durch die Arbeit, die er leistet.

Wir nennen Ihnen das Postscheck-Konto:

Schweizerische Bankgesellschaft
VIII 2
Zürich
Mit dem Vermerk:
zugunsten von Frau Martha Farner, Thalwil/ZH

In der Hoffnung, daß Sie sich unserer Hilfe anschließen und daß durch kleinere oder größere Beiträge bald ein Fonds zusammenkommt, grüßen Sie

Max Frisch
Paul Nizon
Peter Höltschi

Skizze
⟨Zu Günter Eich⟩

Wer ist der Mensch, dessen Gedicht sagt:

Entscheidungen aussprechen
ist Sache der Nilpferde.
Ich ziehe vor,
Salatblätter auf ein
Sandwich zu legen und
unrecht zu behalten.

Wie macht er das?

Wir haben beide, ich gebe es zu, schon getrunken: im Durcheinander freundschaftlichen Palavers, dessen Pausen er rettet vor dem geläufigen Ernst, hätte ich es, so wie er spricht in Gesellschaft, nicht als Zitat erkannt:

Die Kastanien blühn.
Ich nehme es zur Kenntnis,
äußere mich aber nicht dazu.

Oder Debatten-Ernst parodierend:

Akazien sind ohne Zeitbezug
Akazien sind soziologisch unerheblich.
Akazien sind keine Akazien.

Das sagt er natürlich nicht, aber ähnliches: Kurzes, so unaufdringlich und immer wie am Rand gesprochen, angeboten als Spaß, nicht um die Breitleinwand-Erzähler zu unterbrechen, nur als höfliches Signal, daß er dabei und vergnügt ist; von Kollegen auf Literatur-Betriebliches befragt, könnte er, in Abwehr durch Zuversicht, ohne weiteres gesagt haben:

In Saloniki
weiß ich einen, der mich liest,
und in Bad Nauheim.
Das sind schon zwei.

Und da man so in der Natur sitzt und trinkt:

Wir haben unsern Verdacht
gegen Forelle, Winter
und Fallgeschwindigkeit.

Und noch immer hätte ich's nicht gemerkt, daß er, alles andere als vorlaut, Gedichte einschmuggelt; er tut's ja nicht, aber was er als Blödelei vorgibt, ist nicht weit davon. Andere spielen jetzt Pingpong.

Einmal, vor Jahren in Rom, hatte ich ihm eine Mitteilung zu machen, Privates betreffend; da entzog er sich gar nicht, sondern schwieg einen lauten Corso lang.

Jetzt nach herzlicher Begrüßung (es ist wahr, ich habe ihm auch nie geschrieben, aber noch leben wir, also trifft man sich eines Tages wieder) – jetzt entzieht er sich gesellig: Max, hast du schon Wachteln gegessen? Ich sage: Günter, wie geht's dir? Und das mit breitem Ernst zu fragen, ist, verglichen mit der Wachtel-Frage, tatsächlich blöd. Also sprich von Wachteln! Die verspeist er grad. Was er sucht, wie man Salz sucht auf dem Tisch, um die Speise ganz zu genießen, ist ein alter Vers, in dem eben die Wachtel, die wir zum ersten Mal verspeisen, lange schon vorkommt: Kennt Ihr ihn nicht? Und da der Vers ihm selbst nicht ganz einfällt, ist es ja auch egal, solange noch Wein auf dem Tisch ist, egal wie so manches. Comment allez-vous, Madame? fragt er: plötzlich der Sprache, die sein Sohn zur Zeit lernt, zärtlich ergeben, wenn auch nur mit wenigen Sätzen. Und wenn die Tischrunde sich aufgelöst hat, wenn man da im nächtlichen Sommergarten steht oder sich setzt: Laß mich, sagt er, auf den andern Stuhl, auf dieser Seite höre ich besser! Also wechseln wir, und jetzt unter vier Augen: was eigentlich? Er sagt, er fragt nicht, sondern sagt: Max, wie geht's dir. Es muß eine Vogelart geben, die so den Kopf hält; das kommt bei ihm, wir wissen es, von der Schwierigkeit auf einem Ohr. Wie ein Vogel, der den Kopf abdreht: um seitwärts wahrzunehmen. Ich sage: Spielen wir ein Pingpong? Er steckt an; man glaubt nicht mehr, daß etwas sich erzählen läßt, was nicht mit zwei Zeilen, und nur so, zu sagen ist. So hört er zu:

> mit List
> die Fragen aufspüren
> hinter dem breiten Rücken der Antwort.

Machmal hißt er Ernst, die Miene des Ernstes, die sich der andere erwartet; kommt es dahin, daß ihm derselbe Ernst unterstellt wird, ist's aus: weg in Witz. So fängt man diesen Vogel nicht. Da wird er launig, gescheit-vergnüglich für die andern, die seine Schwermut nichts angeht. Sprich von Wachteln oder von sonst was immer, und wenn schon von dir oder mir, schone unsern Ernst; ein einziges Gedicht, vierzeilig, verschlingt soviel davon. Das sagt er schon nicht mehr; da schont er schon seinen Ernst.

Einmal, vor Jahren auch, spielten wir Schach, eine endlose Partie; da war er ernst, weil er dazu schweigen konnte.

Unseren Freunden mißlingt die Welt: Es wäre möglich, daß er das im Laufe des Abends gesagt hat: unauffällig unter anderem. Es ist aber die letzte Zeile im letzten Gedicht des bisher letzten Bandes, den Günter Eich veröffentlicht hat:

Unseren Freunden mißlingt die Welt.

(1967)

⟨Nachwort zu Andrej D. Sacharow, »Wie ich mir die Zukunft vorstelle«⟩

Ein führender Wissenschaftler der UdSSR, Physiker, habe an die Staatsführung ein umfängliches Memorandum geschrieben, Gedanken über Fortschritt und geistige Freiheit als Voraussetzung des Fortschritts – so ungefähr hörte man es in diesem Sommer (1968) in Moskau. Ein Gerücht. Offenbar hatte der Verfasser, damit seine Mahnung nicht in behördlichem Schweigen untergehe, diese nicht nur an die Staatsführung geschickt, sondern Vervielfältigungen davon herstellen lassen und weitherum verteilt, hauptsächlich an Intellektuelle. Ob Vervielfältigung durch Druck oder durch Fotokopie, weiß ich nicht; jedenfalls ohne das Placet der Zensur, die eine reguläre Veröffentlichung nie zugelassen hätte. Da gegen Ende Juni davon zu hören war, muß die Verbreitung dieser Schrift, vom Verfasser auf Juni datiert, sehr rasch erfolgt sein. Bekanntgabe von Gedanken ohne behördliche Genehmigung der Bekanntgabe: also ein Apokryph. Wie es später in den Westen gelangt ist, ob mit oder ohne Wissen seines Verfassers, ist uns nicht bekannt. Die Frage, ob es richtig und in einem andern als nur verlagsrechtlichen Sinn erlaubt ist, eine apokryphe Broschüre zu verbreiten, ist zu stellen. Der Verfasser hat sie nicht für den westlichen Leser geschrieben, sondern für seine Landsleute: als Einladung zur internen Kontroverse, wobei dem Verfasser wahrscheinlich eine westliche Einmischung nicht erwünscht sein kann. Was er zu sagen hat, nicht zuletzt auch die Art seiner Argumentation, das hilft uns aber zu einer besseren Kenntnis seines Landes, als die Betreuer auf Reisen sie geben, zu einem Verständnis, das wir, eingespannt zwischen die beiden Supermächte, die heute über die Welt verfügen, für uns selbst benötigen; insofern halte ich es für richtig, daß diese Broschüre auch bei uns verbreitet wird.

Was wir vom Verfasser wissen:

Andrej Dmitriwitsch Sacharow, Jahrgang 1921, studierte während des Krieges an der Moskauer Universität und arbeitete nach 1945 an dem Lebedew-Institut für Physik. Er wurde Mitglied der Akademie der Wissenschaften, was die größte Auszeichnung für einen sowjetischen Wissenschaftler ist, schon mit 32 Jahren. Seine

Forschung, so heißt es, führte zur Entwicklung der sowjetischen Wasserstoffbombe. Dreimal erhielt er den Titel eines Helden der Sozialistischen Arbeit, dazu den Lenin-Preis. Seit er an der Wasserstoffbombe arbeitete, sind keine Publikationen von A. D. Sacharow erschienen. Sein Name tauchte 1966 auf, als sechs Mitglieder der Sowjetischen Akademie der Wissenschaften protestierten gegen die Einführung des Artikels 190 ins Strafgesetzbuch der UdSSR, ein Gesetz, »das der in unserer Verfassung proklamierten Bürgerfreiheit direkt entgegensteht«. Erst 1968 erschien wieder ein wissenschaftlicher Aufsatz von A. D. Sacharow in einem Almanach unter dem Titel: ›Symmetrie des Weltalls‹; es wird angenommen, daß A. D. Sacharow jetzt auf dem Gebiet der Kosmophysik arbeitet. Daß in dem Sammelband ›Die Zukunft der Wissenschaft‹ jeder Verfasser mit einem Foto vorgestellt wird, ausgenommen A. D. Sacharow, ist bemerkenswert; offenbar ist er Träger von Staatsgeheimnissen, seine Person daher strengstens gehütet.

Bedrohung der Welt durch atomaren Krieg und durch Hunger, darüber sagt die vorliegende Broschüre nichts Neues; auch die Konsequenz, die A. D. Sacharow daraus zieht, ist bekannt: die Notwendigkeit der friedlichen Koexistenz, was allerdings ein euphorischer Name ist für den tatsächlichen Zustand, der nicht mehr als ein Waffenstillstand ist und nicht einmal das, nur Waffenstillstand zwischen den beiden Supermächten als solchen, was sie nicht hindert an militärischen Einmischungen innerhalb ihrer Machtbereiche oder dort, wo es um Erweiterung des Super-Machtbereiches auf Kosten Dritter geht. Was einer Kooperation, die mehr wäre als eine Balance permanenter Drohung und die allein die globalen Probleme zu lösen vermag, entgegensteht, ist bekanntlich die Ideologie. Wieweit A. D. Sacharow in Ideologie verharrt, ist nicht leicht abzuschätzen. Manches in seiner tapferen Broschüre wirkt wie ein ideologischer Kotau, vielleicht nötig, um überhaupt weitersprechen zu können, und es fehlt nicht an dogmatischen Gemeinplätzen. Seine Sprache bleibt oft in der Tradition der Narodniki. Fürchtet der Verfasser, daß von der Obrigkeit, die er ja in erster Linie anspricht, die Sprache der wissenschaftlichen Intelligenz, deren spektakuläre Ergebnisse sie zieren, nicht verstanden würde? Berufung auf Lenin wie auf einen Kirchenvater, kritikfrei, als wäre es undenkbar, daß ein halbes Jahrhundert wissenschaftlicher Forschung in irgendeinem Punkt über den klassischen Marxismus-Leninismus hinausführen könnte, scheint unumgänglich zu sein, um nicht in den Verdacht der Konterrevolution zu kommen. Dieser Verdacht wäre grotesk. Einiges mag für einen biederen Funktionär anstößig sein, allein ein beiläufig eingeschobener Ausdruck wie dieser: »die Legende von der proletarischen Unfehlbarkeit«. Andere sind für weniger schon in die Verbannung geschickt worden. Aber die Kritik, die hier mit hinreichenden Beispielen vorgebracht wird, ist keinesfalls subversiv; es bleibt systemimmanente Kritik. Die Hoffnung lautet auf Sozialismus. Als dessen Widersacher braucht nicht wieder und wieder angeprangert zu werden, was man nicht hat, nämlich der Kapitalismus im Westen; der Widersacher im eigenen Land ist der Stalinismus. Es geht dem Verfasser aber, obschon er unter Stalin herangewachsen ist, nicht um »Bewältigung der Vergangenheit«, sondern um die Zukunft, die andere Möglichkeit, die er in der Gegenwart noch immer und immer wieder verhindert sieht:

Eine umfassende Analyse der Entstehung des Stalinismus und seiner Äußerungen enthält die ausführliche, 1000 Seiten starke Monographie von P. Medwedew. Dieses vom sozialistisch-marxistischen Standpunkt aus geschriebene Werk ist leider bis heute nicht veröffentlicht worden.

Zuversichtlicher heißt es:

Unser Land hat jetzt mit der Aufgabe der Reinigung von dem Übel des Stalinismus begonnen. Wir (...) lernen es, unsere Meinung zu äußern, ohne der Obrigkeit auf den Mund zu sehen und ohne Angst um unser Leben.

Der Leser wird nicht vergessen dürfen, daß der Verfasser, der dieses Memorandum herauszugeben wagte, in einer besonderen Lage ist; wollen die Sowjets auf den Mond, und zwar als erste, um den Stand ihrer Wissenschaft und ihr technisches Potential unter Beweis zu stellen, so ist ein Schriftsteller wie Solschenizyn, wenn er sich ebenso gegen die Zensur auflehnt, durchaus entbehrlich, nicht aber ein Kosmophysiker wie A. D. Sacharow. Hier spricht somit ein Privilegierter, allerdings einer, der sich daraus eine Pflicht macht, für andere zu sprechen, die es nicht wagen können, die Obrigkeit zu mahnen:

– wie inkompetente Zensur die lebendige Seele der sowjetischen Literatur im Keim erstickt. Das gleiche ist es mit allen anderen Gedankenäußerungen in der Öffentlichkeit, wodurch Stillstand, Fadheit, das Fehlen irgendwelcher neuer und tiefer Gedanken verursacht wird. Tiefgründige Gedanken werden nur in Diskussionen geboren, wenn Erwiderungen laut werden, bei der größtmöglichen Freiheit, nicht nur kontrolliert richtige, sondern auch zweifelhafte Ideen zu äußern. Das war schon den Philosophen des alten Griechenland klar, und heute gibt es wohl kaum jemanden, der dies bezweifelt. Aber nach 50 Jahren ungeteilter Herrschaft über die Gedanken eines ganzen Landes scheint unsere Führung sogar die Andeutung einer solchen Diskussion zu fürchten. An dieser Stelle sind wir gezwungen, die schändlichen Tendenzen der letzten Jahre zu erwähnen.

Es ist schon viel, die Namen von Daniel und Sinjawskij, von Ginsburg und Galanskow überhaupt zu erwähnen, Namen solcher, die in Arbeitslagern mindestens zur Vergessenheit verurteilt sind, oder den Namen von A. Solschenizyn, der in diesen Tagen (11. 12. 1968) seinen fünfzigsten Geburtstag begeht in schwerer Bedrängnis; der Verfasser geht noch weiter: er nennt auch Neostalinisten, die für diese Praxis verantwortlich sind, offen beim Namen, beispielsweise den Leiter der Abteilung Wissenschaft im Zentralkomitee der KP.

Die Leitung unseres Landes und unser Volk sollen wissen, daß die Einstellung dieses zweifellos klugen, verschlagenen und in seinen Ansichten und Prinzipien sehr konsequenten Mannes grundlegend stalinistisch ist (d. h. von unserem Gesichtspunkte aus die Interessen der bürokratischen Elite schützt) und daß sie sich fundamental von den Hoffnungen und Bestrebungen des größten und aktivsten Teils unserer Intelligenz unterscheidet, die nach unserer Meinung die wahren Interessen unseres ganzen Volkes und der fortschrittlichen Menschheit vertritt.

Über seine Hoffnung sagt A. D. Sacharow:

Heute liegt der Schlüssel zu einer fortschrittlichen Entwicklung des Regierungssystems zum Wohl der Menschheit in der Freiheit des Geistes. Das ist insbesondere von den Tschechoslowaken verstanden worden, und wir müssen zweifellos ihre mutige und für das Schicksal des Sozialismus und der ganzen Menschheit wertvolle Initiative sowohl politisch als auch durch Verstärkung der wirtschaftlichen Hilfe unterstützen.

Inzwischen ist die Antwort, die A. D. Sacharow auf sein Memorandum nicht erhalten hat, weltöffentlich erfolgt; sein Memorandum gestattet immerhin die Vermutung, daß die Antwort des Kreml an die Tschechoslowakei nicht im Einverständnis mit dem ganzen sowjetischen Volk erfolgt ist, zumindest nicht mit dem größten und aktivsten Teil der Intelligenz. Eine Antwort der

Funktionär-Kaste. Wer dabei konterrevolutionär und wer revolutionär ist, die Funktionär-Kaste oder die Intelligenz, die Sacharow vertritt, ist eine terminologische Frage. Sicher wünscht sich der Verfasser kein vorsozialistisches System, nur zeigt sich in seinen Forderungen, was die Russische Revolution übersprungen hat, nämlich die Französische Revolution; hier bleibt ein Nachholbedarf und darum geht es eigentlich in diesem Memorandum. Eben diese geschichtliche Phasen-Verschiebung, scheint es, erschwert das Verständnis nicht nur gegenüber dem Westen, der einmal bürgerlich geworden ist (was eine Progression war) und in Anpassung an die technische Entwicklung bürgerlich geblieben ist, sondern auch gegenüber westlichen Völkern, die nicht geradewegs aus dem Zarentum heraus, ohne die Errungenschaften der bürgerlichen Revolution, zum Sozialismus gekommen sind. Daß der Stalinismus, der so deutliche Züge von Zarismus hat, als »tragischer Zufall« gesehen wird, verwundert bei einem Wissenschaftler.

Ist das marxistisch gedacht? So könnte man sich auch beim Hitlerismus, statt ihn als immanente Tendenz eines Systems zu sehen, auf den tragischen Zufall berufen. Der Verfasser spricht von Sozialismus. Warum nicht von Kommunismus? Vieles bleibt undifferenziert. Protest gegen Willkür der Ämter, Beschwerden aus bitterer Erfahrung; zugleich wirkt diese Schrift durchaus fromm, als gäbe es keinen Galilei, der weiß, was sich um was dreht; das Begehren nach geistiger Freiheit, vorgebracht ohne Kritik an dem Ideologie-Vokabular überhaupt, muß vage bleiben. Das Ideologie-Vokabular bleibt tabu. Das ist aber schon Verzicht auf geistige Freiheit. Im Grunde ist diese Schrift, fürchte ich, nicht umwälzender als die letzte Enzyklika des Papstes, obschon sie sich mit der Zukunft befaßt.

Die Zukunft des Sozialismus hängt heute davon ab, ob es gelingen wird, ihn anziehend zu machen, ob sich die moralische Anziehungskraft der Idee des Sozialismus und der Arbeitsintensivierung als Gegengewicht gegen das egoistische Prinzip des Privatbesitzes und der Kapitalvergrößerung behaupten kann als ein entscheidender Faktor bei der ethischen Bewertung des Kapitalismus und des Sozialismus, ob die Menschen im Zusammenhang mit Sozialismus nicht in erster Linie an eine Beschränkung der geistigen Freiheit oder, schlimmer noch, an faschismusähnliche Kultregime denken werden.

Die Argumentation ist moralisch.

Ich betone die moralische Seite, da sowohl in der Frage der Sicherstellung von größtmöglicher Arbeitsauswertung als auch in der Steigerung der Arbeitskapazität, wie in der Sicherung des Lebensstandards des größten Bevölkerungsteiles, der Kapitalismus und der Sozialismus sich gleich gegenüberstehen.

Vieles in dieser Broschüre, vor allem wenn es um die Einschätzung des kapitalistischen Westens geht, widerspricht der verordneten Unkenntnis; vielleicht ist die Behauptung, »daß es einen qualitativen Unterschied in der Struktur der Gesellschaft der beiden Länder nach dem Merkmal des Güterverkehrs nicht gibt«, schon ketzerisch, auch wenn der Verfasser die moralische Superiorität der einen Gesellschaft, der sowjetischen, nie in Frage stellt, im Gegenteil, gerade von diesem Anspruch her setzt der Verfasser an. Das ist pädagogisch. Die Feststellung, daß die beiden Länder sich angleichen, deckt sich mit der Hoffnung des Verfassers, der von der unausgesprochenen, aber alle Erwägungen bestimmenden Annahme ausgeht, daß es gegenüber der UdSSR–USA keine Alternative gebe. Die Broschüre endet in einem futurologischen Versuch. China wird dabei nicht in Rechnung gesetzt, geschweige denn West-Europa, aber auch nicht Afrika: nicht als Subjekt der Geschichte, nur als Objekt; die UdSSR und die USA zusammen werden die Welt retten. Man braucht nicht Maoist zu sein, um mindestens zu zweifeln, ob der Maoismus, im Gegensatz zum sowjetischen Humanismus, sich mit den Begriffen von Barbarismus und Nationalismus hinreichend definieren lasse. Das ist in der heutigen Sowjetunion allerdings die herrschende Meinung, der Sacharow sich anschließt, bestimmt durch sein Entsetzen über Grausamkeiten, aber ohne Analyse. Stichhaltiger als der futurologische Versuch (in einer Fußnote heißt es: »Der Verfasser sieht die Primitivität seines Versuchs einer Futurologie, die Bemühungen sehr vieler Fachleute voraussetzen würde, ein.«) erscheint die Kritik an der heutigen sowjetischen Praxis, die als Pseudo-Sozialismus bezeichnet wird.

Ist die Verfolgung im Stil von Hexenjagden Dutzender von Vertretern sowjetischer Intelligenz, die gegen die Willkür von Justiz- und psychiatrischen Organen aufgetreten waren, der Versuch, ehrliche Menschen zum Unterschreiben von erlogenen und heuchlerischen Widerrufen zu zwingen, die Entlassung aus Arbeitsstellungen mit Eintragung in die ›Schwarze Liste‹, die Beraubung junger Schriftsteller, Redakteure und anderer Intellektueller aller Existenzmittel nicht eine Schande? (...) Ist der letzte antisemitische Vorfall in der Personalpolitik nicht eine Schande? (...) Ist die fortgesetzte Beschneidung der Rechte der Krim-Tataren, die durch die stalinschen Verfolgungen etwa 46% ihres Volkes verloren haben, nicht eine Schande?

Das hört der Kreml nicht gern.

Hören wir es gern?

Das wurde nicht gern gesagt.

Ein Akt staatsbürgerlichen Gewissens – so verstehe ich diese Broschüre – unter Bedingungen, wo es dazu eines außerordentlichen Mutes bedarf: ein Akt also, der als solcher unsere größte Hochachtung verdient. Man wird sich fragen, welche Wirkung er haben kann. Das ist von hier aus, auch wenn man über die heutige Praxis in der Sowjetunion das eine und andere weiß, schwer abzuschätzen. Die Broschüre ist in der Staatssprache verfaßt, damit die Funktionär-Kaste sie versteht. Damit aber ist von vornherein das ausgeschlossen, was der Leser über die Informationen hinaus vielleicht erhofft: ein Denk-Vorstoß, der weiter reichen würde als das gewohnte Vokabular der Politik. Daß dies in Gesprächen unter vier Augen stattfindet, ist anzunehmen; davon zeigt die Broschüre nichts an. Der Verfasser hält sich strengstens an die offiziöse Terminologie, wobei auffällt, wie sparsam er den Begriff Revolution verwendet, der im Westen zurzeit ein Lieblingsbegriff ist. Das muß nicht heißen, daß der Verfasser konservativ ist. Im Gegenteil; darin kann sich auch das Wissen ausdrücken, daß der Begriff Revolution überholt und mindestens in der hochentwikkelten Industriegesellschaft romantisch geworden ist, indem fundamentale Umwälzungen weniger von dieser oder jener politischen Ideologie ausgehen als von technologischen Entwicklungen und ihren unaufhaltsamen Konsequenzen, das heißt: weitgehend unabhängig vom gesellschaftlichen System. Hier begibt sich der Verfasser seiner großen Möglichkeit als Naturwissenschaftler: Politik zu entideologisieren und die politische Terminologie, auch unsere, zu entlarven als das, was sie ist: als Relikt, das ins Museum gehört, teilweise sogar in die Abteilung Mittelalter. Wir sind zwar, innerhalb dieser Terminologie, einverstanden mit dem Verfasser, wenn er für die Koexistenz plädiert; aber die auch im Westen geläufige Einsicht, daß das Atom-Patt zu einer friedlichen Koexistenz der Ideologie-Systeme nötige, ist im Grund keine: sie wahrt noch immer die Dogmatismen, die den Fortbestand der Menschheit gefährden, sie sanktioniert den Antagonismus, indem sie zwar auf seine Konsequenzen verzichtet, notgedrungen, aber daß dieser Verzicht (auf Selbstmord der Menschheit) nötig ist, heißt doch, daß die Ideologie-Politik vor der Realität versagt. Koexistenz der Ideologie-Systeme, unter Beibehaltung dieser Systeme, ist eine Einigung auf falschem Bewußtsein. Daher mag man es bedauern, daß A. D. Sacharow, der als Naturwissenschaftler dazu imstande wäre, nicht auf die System-Sprache verzichtet. (Gegen das falsche Bewußtsein eben mit dem Vokabular dieses falschen Bewußtseins zu protestieren, das fördert wieder nur das falsche Bewußtsein, indem man dessen Kategorien bestätigt.)

Diese Bedenken (sie treffen auch auf unsere eigenen Manifeste zu) können aber nicht vergessen lassen, was diese Broschüre, auch so und gerade so, zu bedeuten hat. Sie ist ein Signal der Not. Denn daß es der sowjetischen Intelligenz heute nicht möglich ist, anders als in der verordneten Terminologie zu sprechen, die nicht ihrer fortschreitenden Erkenntnis entspricht, sondern lediglich zur Legitimation der etablierten Herrschaft dient, das gerade ist ja ihre Not.

Der Text dieses Memorandums ist im Westen zuerst in englischer Übersetzung erschienen in der NEW YORK TIMES, kurz darauf in der deutschen Wochenzeitung DIE ZEIT, als deutsche Übersetzung aus dem Englischen; die deutsche Übersetzung aus dem Russischen, die hier publiziert wird, hat der Possev-Verlag, Frankfurt, zur Verfügung gestellt. (November 1968)

⟨Lunch im Weißen Haus⟩

Der Offizier, der wachsam im Vorraum sitzt, zeigt sich freundlich wie ein Concierge, dem unsere Pässe genügen; wir sind angemeldet. Der schwarze Taxi-Fahrer war eher mürrisch, als wir ihm unser Ziel nannten. Wir müssen warten. Der Offizier scheint sich zu langweilen, Mütze auf dem Tisch, Revolver am Gurt. Ich merke, daß ich mich nicht setzen kann; ich bin nervös, obschon an Ort und Stelle die Neugierde geringer ist, als ich sie mir eingeredet habe. Eine Sekretärin geht auf die Toilette; ein alter Neger leert die Aschenbecher im Korridor. Kein Zeichen von Alarm. Ab und zu gehen junge Männer hemdärmlig durch den Korridor, um sich ein Coca-Cola aus dem Automat zu holen; ihr small-talk dabei. Die Stimmung im Haus ist keineswegs nervös. Administration. Alltag bei der Weltmacht –

Seit vorgestern US-Einmarsch in Kambodscha, heute im Fernsehen die üblichen Bilder: Tanks von hinten, Helikopter in Schwärmen, Soldaten mit schiefen Helmen und mit schwerer Packung, Material, Waffen, Munition, Material; sie arbeiten oder stehen etwas verloren in der Gegend, warten auf Order, wohin in den Dschungel. Laut Sprecher wissen sie noch nicht, daß sie eine Grenze überschritten haben; das sieht man der Vegetation nicht an; als sie's von dem Sprecher erfahren, zeigt sich in ihren Mienen keinerlei Regung. Erst auf die Frage, was sie dazu meinen, sagt einer ins Mikro: »This is a mistake, I'm sure.« Ein anderer: »We're going to make history, that's all I know.«

Wir warten im Korridor, der eng ist, nicht zu vergleichen mit einem Korridor bei IBM. Weder Chrom noch Leder. Man sitzt in gepolsterter Kleinbürgerlichkeit. Keine Spur von Reichskanzlei. Es könnte das Wartezimmer eines Zahnarztes sein, abgesehen von den Fotos: Nixon in Hawaii mit einem Blumenkranz um den Hals, er lacht, Nixon mit den Männern von APOLLO 13 nach der gemeisterten Havarie, er lacht und winkt; Nixon mit Gattin auf einer Treppe, er winkt und lacht; Nixon beim Verlassen eines Flugzeuges, er winkt; Nixon im Garten als Haupt einer Familie, er winkt nicht, aber lacht; dann wieder Nixon öffentlich, er schüttelt Kinderhände; Nixon bei einem Gala-Dinner mit Negern links und rechts, lauter Onkel Tom, alle in Smoking; dasselbe Gala-Dinner nochmals –

Niemand kann angeben, wie groß die BLACK PANTHER PARTY ist. »The BLACK PANTHER PARTY regards itself as a socialist organisation and believes that means of production should be in the hands of the people. They declare that men only live creatively when free from the oppression of capitalism.« Man soll nicht mehr nach Harlem gehen als Weißer; wir fahren trotzdem nach Harlem und gehen zufuß; als einzige Weiße im Apollo-Theater. Keinerlei Belästigung; auch auf der Straße keine feindseligen Blicke, wenn man als Weißer nicht gafft. Ungefähr dieselben Konsum-Güter, dazu dieselbe Sprache: aber ein anderer Kontinent. Keine Kampf-Parolen an den Mauern. Es ist schwer zu sagen, was sich in 20 Jahren verändert hat; aber sehr viel. Im Kino: Gelächter über den weißen Helden.

Unser Gastgeber läßt sich entschuldigen, daß er noch einige Minuten beschäftigt ist, was wir leicht verstehen: seit vorgestern ein neuer Kriegsschauplatz. Ich wundere mich noch immer über diesen Korridor; abgesehen von den Nixon-Fotos, die in ebenso billigen wie geschmacklosen Rahmen hängen, brächte mich nichts auf die Idee, daß man sich in der Firma befindet, die Milliarden umsetzt in Krieg. Erst als ich die Toilette suche, finde ich in einem Seitengang auch ein Foto von Nixon in Vietnam: Soldaten bei der Entgegennahme seines väterlichen Ernstes –

Ich bin als Tourist im Land, hauptsächlich um die amerikanische Malerei zu sehen in ihrer Umwelt, Ateliers in der Lower East Side. Unterwegs kommt man in Demonstrationen: Fahnen des Vietcong wehen vor der Public Library, Lautsprecher, ein dicker Helikopter kreist über dem Park, wo sie auf dem Boden hocken oder auf Ballustraden, andere liegen unter den Bäumen, Jugend mit Guerilla-Bart und Jesus-Haar, lauter Jugend, männlich und weiblich, Gruppen mit Gitarre, die Polizei steht um den Park, die Jungen rufen: PEACE NOW, PEACE NOW, die Polizei schweigt und schaut niemand an, ihre Knüppel hängen mit einer Schlaufe an ihrer Hand, PEACE NOW, PEACE NOW, PEACE NOW. Niemand wird bedroht, die Polizei wirkt überflüssig, die Wolkenkratzer ringsum brauchen keinen Schutz. Einige rufen: REVOLUTION NOW, aber sie berufen sich auf die Verfassung. Es geschieht nichts; nur die Heilslehre, die Krieg führt, verfängt nicht mehr. Einige rufen: ALL POWER TO THE PEOPLE, dazu das Zeichen mit den zwei Fingern, dann rufen plötzlich fünfzehntausend: PEACE, PEACE NOW, PEACE, PEACE, PEACE.

Henry A. Kissinger, unser Gastgeber, begrüßt uns herzlich und bittet in sein Vorzimmer. Wir kennen ihn aus Harvard; damals als Professor für politische Wissenschaft war er gelegentlich schon Berater von Präsident Kennedy. Heute gehört er vollamtlich zum Weißen Haus, Berater für Militär-Politik. Er ist Mitte

40, untersetzt, auf eine weltmännische Art unauffällig; Akademiker nach deutscher Tradition, auch wenn er seine Hände in die Hosentaschen steckt. Der Anruf, der ihn nochmals eine Weile aufhält, kommt von Nelson Rockefeller, und also warten wir nicht nur verständnisvoll, sondern verlegen im Bewußtsein, wie kostbar seine Zeit ist. Zwei Sekretärinnen sitzen in seinem Vorzimmer und essen gerade ihren hot-dog. Auch hier ein Foto von Nixon: der Präsident, wie er Henry A. Kissinger, seinen stehenden Berater, im Sitzen anhört, umgeben von Flaggen; Szene wie aus einem Kipphardt-Stück – Henry A. Kissinger, jetzt dienstfrei, stellt uns eine Dame vor, die nicht zum Weißen Haus gehört, eine Schauspielerin; dabei scherzt er mit Bezug auf Siegfried Unseld: »my friend and leftwing-publisher«. Auch hier ein Foto von Nixon, Porträt mit Widmung an Henry A. Kissinger: »grateful for ever«, das Datum kann ich nicht lesen, da Henry A. Kissinger sich erkundigt, was ich zurzeit arbeite: Roman oder Drama? Sehr hungrig ist eigentlich niemand, aber es gibt noch andere Gründe für einen Lunch; schon das Bestellen ist ein willkommener Aufschub der Fragen, die unumgänglich sind, Fragen zur amerikanischen Invasion in Kambodscha. Wir einigen uns auf Mineral-Wasser. Nachdem der Weiß-Haus-Kellner uns verlassen hat, eröffnet Henry A. Kissinger mit einem Bericht zur persönlichen Situation: täglich Briefe mit Morddrohung. Der Mann vom Secret Service, der ihn infolgedessen beschattet, ist aber nicht zu sehen. Ist es der Kellner oder sind wir vollkommen vertrauenswürdig? Dann zum Generationen-Konflikt: es sei unsere Schuld, das Versagen der Väter und Lehrer, die jeder leeren Drohung nachgeben, resignieren, kapitulieren usw., statt zu vertreten, was sie als richtig erkennen, und Leitbilder zu geben. Henry A. Kissinger erzählt, wie er in einer Universität, zur Diskussion mit Studenten bereit, als »Kriegsverbrecher« angesprochen wird; ungefähr die Hälfte der versammelten Studenten stimmt dieser Beschuldigung zu, indem sie sich von den Sitzen erhebt und stehen bleibt; als er, Henry A. Kissinger, trotzdem zu einer akademischen Diskussion bereit ist, fällt wieder das Wort »Kriegsverbrecher«, daraufhin verläßt er den Hörsaal. Nicht wenige von den Jungen, sagt er, haben ihm brieflich für seine Haltung gedankt und sich für den Vorfall entschuldigt.

WAR CRIMES AND INDIVIDUAL RESPONSIBILITY, ein Memorandum von Richard A. Falk behandelt das Massaker von Song-My am 16. 3. 1968, wobei mehr als 500 Zivilisten niedergemacht worden sind: »The U.S. prosecutor at Nuremberg, Robert Jackson, emphazised that war crimes are war crimes no matter which country is guilty of them.« Die Charta des Nürnberger Tribunals bezeichnet als Verbrechen nicht allein Massaker, Deportation, Folter usw., sie enthält auch einen Artikel VI: »Crimes against peace: Planning, preparation, initiation or waging of a war of aggression in violation of international treaties, agreements or assurances.«

Was die Invasion von Kambodscha betrifft, sind wir nicht nur Laien, sondern uns dessen auch bewußt; Henry A. Kissinger hat seit Jahrzehnten theoretisch auf dem Gebiet gearbeitet, das der Laie schlichthin als Krieg bezeichnet, daher seine Gelassenheit zwei Tage nach der Invasion von Kambodscha. Das Essen: familiär-ordentlich, es lenkt also nicht ab. Was sollte ich denn erzählen: bloß um Henry A. Kissinger nicht die Frage zu stellen, die Millionen amerikanischer Bürger stellen? Er ist freundlich, vielleicht froh um einen Lunch mit Laien, fragt meinen Verleger nach seinem Verlag; aber Siegfried Unseld, sonst in jeder Lebenslage bereit, sofort und gründlich über die Pläne seines Verlages zu berichten, macht es kurz, um seinerseits eine Frage zu stellen, die Henry A. Kissinger (sie duzen einander aus der Zeit des Harvard-Seminars) leicht beantwortet; die Kambodscha-Aktion werde 14 Tage dauern, dann Regenzeit. Auch der Versuch unseres Gastgebers, das Gespräch auf Ehen zu bringen, gelingt nicht. Wieder entsteht eine Pause. Wer Präsident Nixon berät, hat es schwerer als ein Verleger oder ein Schriftsteller; er kann nicht, um von seinem Beruf zu schweigen, auf ein allgemeineres und wichtigeres Thema wechseln, zum Beispiel auf Krieg. Das ist ja sein Beruf, und da hilft auch keine persönliche Bescheidenheit, kein Takt unsererseits. Henry A. Kissinger sagt, daß ihnen der Kambodscha-Entscheid natürlich keine Freude macht. Man hat das kleinere Übel zu wählen (kleiner für wen?), und offenbar habe ich nicht richtig gehört: das kleinere Übel wird höchstens sechs Wochen dauern. Henry A. Kissinger, der seine Diät hält, spricht ohne Eifer und nicht viel; es drängt ihn nicht. Der Präsident weilt heute in seinem Landhaus. Um etwas zu sagen, könnte ich berichten, wie die Amerikaner, die ich getroffen habe, darüber denken; aber Henry A. Kissinger errät es, bevor ich es sage: das sind Studenten, Professoren, Maler, Schriftsteller, Intellektuelle. Er sagt: »Cynicals have never built a cathedral.« Der Protest im Land kann die

Verantwortlichen nicht verwirren; sie allein kennen die Fakten, die geheim sind. Henry A. Kissinger ist ein Intellektueller, der Verantwortung übernommen hat, wobei er sich darauf beruft, daß nicht »wir« diesen Krieg in Vietnam begonnen haben; er meint: nicht die Regierung Nixon. Ein undankbares Erbe. Was nochmals die Invasion von Kambodscha betrifft: die USA haben überhaupt kein Interesse an Kambodscha, es geht lediglich darum, eine Position für Verhandlungen zu schaffen. Er fragt, was wir zum Nachtisch wünschen. Meinungsforschung hat ergeben, daß heute 63% die Kambodscha-Invasion gutheißen, 25% sind dagegen. (Die NEW YORK TIMES ist dagegen.) Ich bestelle also Fruchtsalat und bin froh, daß ein Hemdärmliger kommt mit der leisen Meldung: »The President is calling.« Wir, eine Viertelstunde allein, löffeln unsern Nachtisch schweigsam; was unser Gastgeber uns sagen kann, hat Nixon schon im Fernsehen gesagt: –

Keine Verletzung der Neutralität von Kambodscha, denn diese Neutralität hat der Vietcong schon verletzt. Keine Aggression gegen Kambodscha, denn im vorgesehenen Bezirk befindet sich keine Bevölkerung, nur Vietcong, dessen Stützpunkte zerstört werden. Die Regenzeit wird sechs Monate lang verhindern, daß der Vietcong diese Stützpunkte wieder erstellt. Keine Eskalation des Krieges, im Gegenteil, es handelt sich um eine Vorbereitung für den Abzug der amerikanischen Truppen; nach der Regenzeit werden die südvietnamesischen Truppen allein imstande sein usw.

Das Restaurant im Weißen Haus: traulich-gediegen wie eine Zunftstube, Gemütlichkeit in dunklem Holz, man könnte sich am Bodensee befinden. Hier kein Foto von Nixon, dafür vier Ölgemälde von alten Schiffen; drei davon in Seenot . . . »The President is calling« . . . Ich esse Fruchtsalat, wo Millionen amerikanischer Bürger nicht zum Wort kommen. Was ist komisch daran? Ein Gastgeber unter täglicher Morddrohung; er zeigt keine Angst, auch keine Empörung darüber. Berufs-Risiko. Vielleicht schmeichelt es ihm sogar; es erinnert etwas an Caesar. Was sie jetzt am Telefon wohl sprechen? Ich stelle mir vor: Henry A. Kissinger, die rechte Hand in der Hosentasche, stehend, während wir Fruchtsalat essen. Ich überlege, warum ich einem Mann, der unter Morddrohung steht, ungern widerspreche: als schütze es ihn, wenn ich schweige, was immer er sagt. »Intellectuals are cynical and cynicals have never built a cathedral.« So denken auch Männer in unseren Behörden; es paßt zu dieser bräunlichen Zunftstube.

Professoren von Harvard besuchen Henry A. Kissinger wenige Tage später, um ihre bisherige Zusammenarbeit zu kündigen; sie bezeichnen die Kambodscha-Invasion als unverantwortbar und die Art, wie der Entscheid gefällt worden ist, als antidemokratisch.

Natürlich möchten wir das Weiße Haus besichtigen, aber es könnte uns ja irgendeiner führen, dessen Zeit weniger kostbar ist; offenbar möchte unser Gastgeber, nachdem der Kaffee getrunken ist, kein weiteres Kambodscha-Gespräch am Tisch, und wir nehmen's als Ehre, daß Henry A. Kissinger uns jetzt die Residenz zeigt. (Zu gewissen Zeiten kann jedermann sie besichtigen.) Die Palastwache, nicht zahlreicher als Wächter in einem Museum, grüßt nicht militärisch; unser Gastgeber mit der linken oder rechten Hand in der Hosentasche grüßt kurz-familiär, sodaß die Uniformen, gerade im Begriff sich zu erheben, sich schon wieder setzen. Das gibt auch uns eine leichte Aura des Familiären. Trotzdem wage ich nicht die gestopfte Pfeife anzuzünden, halte sie in der Hand oder im Mund, ohne zu rauchen. Wände weiß, Teppich rot. Ich bin unsicher, was ich denken soll ... Hier also haust die Macht. Sie gibt sich als ein Wesen, das Ruhe liebt, Sauberkeit, die beim Aschenbecher anfängt; ein Wesen mit Tradition; ein Wesen, das die stillen Parke liebt, die grünen Rasen und Blumen je nach Jahreszeit; wahrscheinlich liebt es keine Straßenschlachten, auch wenn die Opfer selber schuld sind, und Massaker wie in Song-My müssen ihm ein Greuel sein. Schon den gewöhnlichen Straßenverkehr mag es nicht. Überhaupt keinen Lärm, der seine Meditation stören könnte; es schätzt den Blick auf einen fernen Obelisk, das Geräusch eines Springbrunnens. Wer zum Haus der Macht gehört, ob als Militär-Berater oder als Wächter, geht ohne Hast, offensichtlich ohne Sorge, sodaß man nur mit einem Lächeln an die Rufe denken kann: REVOLUTION NOW. Lincoln und andere sind erschossen worden, zuletzt Kennedy; was hat das erschüttert? Ihre Porträts in Öl schaffen jene Stimmung, daß man als Besucher sofort leise spricht; selbst das Porträt von L. B. Johnson, der noch nicht aus dem Jenseits auf uns blickt, gibt uns das Gefühl, daß uns Bescheidenheit ansteht. Nur Henry A. Kissinger, der weniger erläutert als die gewöhnlichen Fremdenführer, nimmt einfach die Hände nicht aus den Hosentaschen, um ohne Worte zu versichern, daß es im Haus der Macht vollkommen natürlich zugeht, zivil, human, nämlich unsteif. Er macht sogar einen Witz über die Jacqueline, das darf man. Vorallem ist die Macht, so scheint es, immer aus guter Familie, ein Wesen, das Geschmack hat; Geschmack beispielsweise an Porzellan und Stil-Möbeln. Das verleiht allem, was hier geschieht, etwas Aristokratisches. Jeder Präsident hat sein Porzellan, das später, wenn er nicht mehr im Amt ist, in Vitrinen ausgestellt wird; so achtet jeder das persönliche Porzellan seiner Vorgänger, und alle sind verbunden durch ihren Sinn für Porzellan. Wir gehen, ohne viel zu fragen, nicht eigentlich in Andacht, aber schicklich; wenn wir die Marmor-Treppe hinaufgehen, lege ich beispielsweise meine Hand nicht aufs Geländer. Die Malerei, die zur Möblierung der Macht gehört, hält sich an das vorige Jahrhundert; kein Rothko oder Roy Lichtenstein oder Stella oder Jim Dine, kein Calder usw. Bedürfnis nach Tradition, aber sie beginnt mit Lincoln und Washington; daher keine Ritterrüstungen. Nixon liebt vorallem Vögel. Es gibt keine Gobelins, die militärische Siege darstellen, oder ich habe sie nicht gesehen; man protzt hier nicht militärisch und überhaupt nicht. Die Macht gibt sich als dezentes Wesen, das niemand erschrecken möchte; kolossal ist nur die Realität, aber nicht die Villa, wo dieses Wesen wohnt und empfängt. Wieder ein Blick auf den Park; schon ein Jumbo-Jet, den man gerade hört, paßt eigentlich nicht dazu. Hier geht Historie auf Spannteppich. Nichts erinnert an Erdöl, nichts an die Computer im Pentagon, nichts an die CIA, nichts an die United Fruit Company usw. Hier steht ein großer Tisch, und ich nehme die Pfeife aus dem Mund: Hier also – ich glaub's – arbeitet der Präsident, zur Zeit Richard Nixon. Hinter dem leeren Sessel steht das Sternenbanner, zur Seite die Flaggen aller Waffengattungen. Der Arbeitstisch ist leer und aufgeräumt, aber authentisch. Der einzige Gegenstand, der glaubhaft macht, daß von diesem Platz historische Verfügungen ausgehen, und zugleich der einzige, der nicht antiquarisch ist: ein Telefon-Apparat, weiß. Und so stehen wir denn wie in Escorial, wenn man sich sagen muß: Hier also –!

Nixon vor der Presse (8.5.) zur US-Invasion in Kambodscha: »Decisions, of course, are not made by a vote in the Security Council or in the Cabinet. They are made by the President with the advice of those. I, as Commander in Chief, I alone am responsible . . . I made the decision. I take the responsibility for it. I believe it was right decision. I believe it works out. If it doesn't then I am to blame.«

Um nicht zu fragen: Was haben im Fall einer Katastrophe, Bürgerkrieg oder Weltkrieg, die Opfer davon, daß Richard Nixon,

Commander in Chief, persönlich die Verantwortung übernimmt und sich allenfalls umbringt wie Hitler? frage ich seinen Berater, welcher Art die Intelligenz des Präsidenten sei. Sie sei groß, so höre ich, größer als bei Kennedy oder Johnson. Aber welcher Art? Ich höre, daß es eine analytische Intelligenz sei; die Besichtigung geht weiter ...

Zwei Tage später, 4. 5. 1970, werden in der Universität Ohio, Kent State, bei einer anti-war-demonstration vier Studenten erschossen von der National Guard, die aus Notwehr gehandelt habe, so heißt es, gegen Heckenschützen, was von sämtlichen Augenzeugen bestritten wird; die Fotos hingegen (LIFE) zeigen die National Guard, wie sie aus 30 Meter Entfernung, also nicht einmal von Steinwürfen bedroht, in die Menge schießt. Ohne Warnung. Sie hatten die Nerven verloren, so heißt es, weil ihr Vorrat an Tränengas zu Ende ging. Nixon sagt dazu: »The needless death should remind us all once more that when dissent turns to violence it invites tragedy«, wozu die NEW YORK TIMES bemerkt: »which of course is true, but turns the tragedy upside down by placing the blame on the victims instead of the killers.« Nixon schreibt persönliches Beileid an die Eltern.

Als nächstes besichtigen wir ein kleines Zimmer, wo der Präsident sich ausruhen kann, nicht größer als die Garderobe eines Schauspielers; eine schmale Couch, Sessel und Schrank, Waschbecken. Was hier fehlt: der Schminktisch. Ich sehe: Hier also ruht Nixon zwischen seinen Auftritten ... Langsam verliert sich meine Befangenheit; was wir sehen, hat nichts mit der Realität zu tun. Wozu besichtigen wir's eigentlich? So groß ist das Weiße Haus nicht; trotzdem das Gefühl, unser Gang sei endlos. Wände weiß, Teppich rot, es gibt den Korridoren etwas Heiteres; es ist fast schade, wenn unser Gastgeber unterbricht: Hier ist zum Beispiel gerade Bundeskanzler Willy Brandt empfangen worden. Dabei bin ich noch immer bei seinem Satz, der beim Lunch gefallen ist: Was in Kambodscha geschieht, wenn wir Vietnam verlassen, das ist nicht unser Problem! Ich nicke: Hier also mußte Willy Brandt speisen. Gegenüber einem Mitarbeiter, dem er uns vorstellt, wieder der scherzhafte Ton: »my friend and left-wing publisher«. Ich weiß jetzt, daß in diesem Haus ein offener Geist lebt. Wie die jungen Herren, die wir im Warteraum gesehen haben, ist auch dieser Mitarbeiter hemdärmlig-adrett-lässig; die ersten Nachrichten aus Kambodscha scheinen erfreulich zu sein, wie nicht anders erwartet. (Damals in Harvard, 1963, konnte Henry A. Kissinger noch offener sein, ein Intellektueller, der nicht die große Verantwortung trägt; damals redete er besorgter.) Eigentlich hätte ich eine Frage, aber es kommt nicht dazu; wir besichtigen einen Salon, wo Henry A. Kissinger und der Botschafter der UdSSR zu sitzen pflegen. Ich nicke, als bedürfe es meiner Bestätigung. Der Salon erinnert mich an das Kurhaus Tarasp: viele Fauteuils in kleinen Gruppen, alle unbequem, aber gediegen, Stil, vermutlich sind es echte Antiquitäten. Jetzt hat Henry A. Kissinger beide Hände in den Hosentaschen, um zu zeigen, daß er für die Innen-Architektur nicht verantwortlich ist. Das ist auch Nixon nicht. Die Wohnung, die der jeweilige Präsident sich nach eigenem Geschmack einrichtet, befindet sich ein Stockwerk höher; wir sehen lediglich die Staatsräume, die, wie gesagt, jeder amerikanische Bürger besichtigen kann zu gewissen Zeiten. Demokratie kennt kein Geheimnis vor den Wählern ... Hier also (jetzt nicke ich schon, bevor ich weiß, was es zu bestätigen gilt) versammelt sich das Kabinett. Ein überzeugender Saal. Um einen langen und breiten und schweren Tisch stehen Sessel aus Leder, nicht allzu prunkvoll, gerade richtig: Sessel, die zum aufrechten Sitzen verpflichten. Hier ließe sich verhandeln, ob Kambodscha überfallen werden soll oder nicht. Es sei aber, so höre ich, nicht oft der Fall, daß das Kabinett hier zusammenkommt, und dann sei es nur langweilig. Henry A. Kissinger lächelt; er wollte uns nur den Saal zeigen. Die Entscheidungen fallen nicht hier, sagt er –

Walter J. Hickel, Interior Secretary, beklagt in einem veröffentlichten Brief, daß ihn der Präsident in einem Jahr nur dreimal konsultiert hat; er schreibt: »Permit me to suggest that you consider meeting, on an individual and conversational basis, with members of your Cabinet. Perhaps through such conversations we can gain greater insight into the problems confronting us all –«

Meine Frage wäre gewesen, was Nixon mit der Macht eigentlich will. Es gibt Ziele, die man nur verwirklichen kann, indem man an die Macht gelangt. (Abschaffung der Armut im reichsten Land der Welt, Integration der Neger, Frieden ohne Ausbeutung anderer Völker usw.) Was ist das Ziel dieses Richard Nixon? – aber meine Frage erübrigt sich; es war sein Ziel, Präsident der Vereinigten Staaten zu werden, und er hat sein Ziel erreicht, indem er kein anderes hatte, Macht als Ziel der Macht, und daß Nixon durchaus den Frieden will, wenn es kein anderes Mittel gibt, um an der Macht zu bleiben, glaube ich ohne Frage –

Alles nimmt überhand: der Kehricht, die Jugend, das Haar, die Drogen, die Neger, die Unruhen, die Studenten, der Protest auf der Straße, die Angst vor Amerika. Die neuen Wolkenkratzer, auch die Gitarre nimmt überhand. Im Herbst, als sie wieder einmal nach Washington zogen, soll es eine Viertelmillion gewesen sein, die sich um das Weiße Haus versammelte, PEACE NOW, STOP THE WAR, PEACE NOW, es gab keine Toten; Präsident Nixon ließ sein Fenster schließen und schaute (wie er selber bekanntgab) Baseball im Fernsehen. Ein halbes Jahr später, 9. 5. 1970, lagern sie wieder um den Park, OUT OF CAMBODIA, diesmal nur Hunderttausend, viele glauben nicht mehr, daß sie gehört werden, aber Nixon hat eine schlaflose Nacht, laut Presse: in der Morgenfrühe begibt der Präsident sich zum Capitol, wo er mit einigen Studenten spricht und verlangt, daß sie ihn verstehen müssen, denn er trägt die Verantwortung dafür, daß die Vereinigten Staaten die führende Macht bleiben. Die Studenten sagen: Dann redete er über Sport. Laut Presse: Der Präsident frühstückte Schinken mit Ei. Gegen Krise hilft Krieg, aber was hilft gegen die Jugend, die überhand nimmt? 400 Universitäten treten in Streik wegen der erschossenen Studenten von Kent State.

Im Park, der, wie wir durchs Fenster schon mehrmals bemerkt haben, sehr schön ist, aber keine Frage beantwortet, sagt Henry A. Kissinger, er werde nicht allzu lange in seinem Amt bleiben; er habe kaum noch ein privates Leben. Das Weiße Haus jetzt von außen: wie man es von Bildern kennt. Hier im Freien zünde ich endlich meine Pfeife an, während wir gehen und nur unsere Schritte im Kies hören. Was reden? Ein sommerlicher Tag. Wer Entscheidungen fällt oder zu Entscheidungen rät, die Millionen von Menschen betreffen, kann sich nachträgliche Zweifel, ob die Entscheidung richtig ist, nicht leisten; die Entscheidung ist gefallen, das weitere abzuwarten. Man könnte jetzt durchaus einen Witz erzählen, aber es fällt mir keiner ein.

Heute früh in Jimmy's Coffee-shop: das Gespräch mit dem munteren Kellner, der mich für einen Deutschen hält und daher sagt, daß er nicht für Hitler sei, aber auch nicht gegen Hitler, »but perhaps we have to see that Hitler was a great philosopher.« Da er mein Zögern sieht, wechselt er auf McCarthy, »who was considered to be a fool«, aber heute sieht man es: hätte man damals auf McCarthy gehört, »we would not have all the trouble with Vietnam.« Er selber, der Kellner, ist eigentlich Grieche, Patriot auch dort; er findet Pattakos schon richtig, »only some communists can't stand him«. Wir sind übrigens nicht allein; der Mann, der nebenan Tabak verkauft, ist für Hitler. Warum? Hitler hatte einen großen Glauben. Nämlich? »He believed that the Germans are a superior race.« Er selber, der Tabakmann, ist Puertoricaner mit Kruselhaar, übrigens der Meinung, die Vereinigten Staaten hätten nach dem Krieg eben Europa besetzen sollen. Das erinnert mich an ein Gespräch in einem kalifornischen Motel, 1952, der Wirt versicherte: »depression is worse than war«, wobei er allerdings einen Krieg im alten Europa meinte. Warum in Europa? »because they are used to have wars over there«.

Im Park ist nichts zu besichtigen und Schweigen umso auffälliger; ich bin froh, daß Siegfried Unseld jetzt von seinem Verlag berichtet. Jede Firma hat ihre Probleme. Henry A. Kissinger, bescheiden, wie meistens die außerordentliche Intelligenz, fast eitel-bescheiden, ein Fachmann, der alle Möglichkeiten mit Vernichtungswaffen durchdacht hat und das beste will, nämlich die allergeringste Vernichtung der Welt, er weiß, was in dieser Stunde nur wenige in der Welt wissen (erst die Historiker werden's einmal wissen), und hört lieber einem andern zu, wenn auch etwas geistesabwesend. Ich habe noch keinen Mann getroffen, dessen möglicher Irrtum ein entsprechendes Ausmaß annehmen könnte; ein Chirurg, der einmal pfuscht, ein Lokomotiv-Führer, ein Bundesrat sogar, der versagt, ein Polizei-Chef, der sich irrt, ein Pilot mit 160 Passagieren oder ein Herbert Marcuse, ein Verleger usw., das alles sind ja Verantwortungen, die einer übernehmen kann. Aber Berater eines Weißen Hauses? Ich verstehe immer mehr, daß Henry A. Kissinger, so oft es nur geht, seine Hände in die Hosentaschen steckt; seine Verantwortung steht in keinem Verhältnis mehr zur Person, die einen Anzug trägt wie wir. Je mörderischer der Irrtum sein kann, um so weniger kann einer dafür. Ohne daß ich ein Wort durchlasse, sagt Henry A. Kissinger, er ertrage die Verantwortung lieber als Ohnmacht. Einen Nachsatz, zur andern Seite gesprochen, habe ich nicht genau gehört. Wir gehen sehr langsam. Was er machen wird nach seinem Rücktritt aus dem Weißen Haus, weiß Henry A. Kissinger noch gar nicht. Zurück zur Universität? Das dürfte, meint er, kaum möglich sein. Unser Gang über Kies wird bald zu Ende sein, und es scheint, daß es nichts mehr zu fragen gibt. Warum ist Henry A. Kissinger, vor der Wahl noch ein erklärter Gegner von Richard Nixon, trotzdem dessen Berater geworden? Schicklich hingegen ist die Frage meiner Frau: wie hat seine wissenschaftliche Theorie sich bewährt oder verändert durch Praxis? Das sei eine Frage, sagt Henry A. Kissinger, die er oft zu hören bekomme; er habe keine Zeit, um darüber nachzudenken. Ein schrecklicher Satz, aber wir befinden uns gerade in einer Pendeltüre; ich höre nur noch: Wenn man einmal auf dem Seil steht, gibt es kein Zurück – nach der Pendeltüre: – keine Politik ohne das Risiko einer Tragödie. Tragödie für wen? (1970)

G. H. Zur Person

Anfällig für Begeisterung, die ihn tätig macht und offen und menschengläubig, geht er ohne Deckung ins Gelände. / Er trägt kein Image, um sich dahinter zu verstecken. / Im Atelier trägt er Stiefel wie ein Erdarbeiter, dazu die blaue Schürze eines Schreiners oder Schlossers; ein Werktätiger. / Es kann vorkommen, daß er sagt: Wir sind doch Könige, wir sind doch Könige! / Sohn eines Arbeiters. / Er glaubt, was er sagt. / Mangel an Zynismus. / Er ißt wenig, trinkt kaum; Asket mit Neigung zum Übermut. / Er kümmert sich eifrig und tätig um öffentliche Angelegenheiten, was ihm keinen Nutzen bringt, im Gegenteil. / Sein Atelier in Gockhausen (ich habe es einige Wochen lang bewohnt) ist geräumig und einfach, praktisch, ohne Repräsentation; man könnte in diesen Baracken auch etwas anderes arbeiten, aber nicht lungern. / Er gehört zu den Menschen, die als arrogant gelten; er läßt sich ungern auf die Schulter klopfen. / Ein geborener Moralist, auch wenn seine Kunst-Arbeit es verschweigt; zum Beispiel vermeidet er es, auf Kosten andrer zu leben. / Wenn er die blaue Schürze ausgezogen hat, will er wissen, was der andere arbeitet. / Kein Spieler (Schach, Federball usw.), kein Wandersmann; Müßiggang fällt ihm schwer. / Erkenntnisse der Naturwissenschaft bewegen ihn. / In Manhattan oder in Paris bleibt er auf der Straße stehen, um zu zeigen, was nicht Kunst ist: was aber die Kunst uns sehen lehrt. / Einsiedler mit Bedürfnis nach Kontakt. / Ironie versteht er wie Englisch und Französisch, sie ist aber nicht seine Sprache. / Wenn er eine Meinung verficht, kann er wie Savonarola aussehen. / Dann wieder wie ein Uhu mit Menschenlachen. / Ist ihm eine Gemeinheit widerfahren, so ist er vorallem erstaunt; es fällt ihm dazu keine Rache ein; daher fürchtet man ihn nicht. / In Paris, Mai 1968, ist er in seinem Element. / Merkmal in allen Gemütslagen: Lebensbejahung, die sich gegen Kleinmut wehrt. / Auch wenn er gelegenheitshalber eine Krawatte trägt, ist es nicht ausgeschlossen, daß er johlt und die Leute erschreckt. / Auch mit Ziegen und Schafen kommt er ins Gespräch. / Er bevorzugt die Großstädte, aber er hängt an Zürich mit einer Gutgläubigkeit, die herausfordernd ist. / Utopist. / Manchmal gibt er's auf und meint es ernst wie alles, was er meint, und handelt danach: er steht in seinem neuen Atelier in Paris, Handwerker-Quartier, wo niemand ihn kennt, selig wie ein Rumpelstilz, bis ihn wieder ein Zutrauen zur Heimat erfaßt. / Zur Hälfte stammt er übrigens aus Sent, Graubünden. / Er kann Menschen rühmen. / Wofür er sie bewundert, Tote oder Lebende, verrät die eigene Hoffnung, die ihn zur Kunst führt: Kunst als Manifestation eines radikalen Verhaltens. / Manchmal sehen wir uns ein halbes Jahr nicht; dann nimmt er immer an, man sei weitergekommen. / Der Umstand, daß er inzwischen das Atelier erweitert und um einen Grad wohnlicher gemacht hat, heißt nicht unbedingt, daß er hier zu bleiben gedenkt. / Man trifft ihn nicht immer ohne Zweifel; dann holt ihn sein Humor. / Einmal vor Jahrzehnten machte ich ihm Mut zu einer Entscheidung, die er nicht bereut, seither nimmt er offenbar an, der andere habe selber Mut. / Er widerspricht jeder Resignation. / Seine Neugierde auf die Zukunft der Welt; er ist froh, daß er auf der Welt ist – (1972)

Partei ergriffen
⟨Zu Jakob Bührer⟩

Die Zeit, als ich ein Buch von Jakob Bührer besprechen durfte für die bürgerliche Zeitung, liegt weit zurück. Sein Titel : MAN KANN NICHT. Ort der Handlung: das Tram-Depot Burgwies in Zürich, das ich kannte, da ich einmal hatte Trämler werden wollen. Das Buch handelte von Streik, von Streikbrechern, von Schüssen, die der Verfasser nicht erfunden hatte. Der Verfasser nahm da Partei, statt über den Dingen zu stehen und dichterisch zu sein. Als ich nämlich Ihren Roman zu besprechen hatte, um 20 Franken zu verdienen, war ich Student der Germanistik; ich wußte, was undichterisch ist. Also ein Verriß. Natürlich hatte ich dabei nicht die mindeste Ahnung, wem ich da diente für 20 Franken. Damals hießen Sie übrigens nicht Jakob Bührer, sondern: Dieser Bührer. Dabei hätten Sie beliebt sein können im Land, weil lustig: DAS VOLK DER HIRTEN. Statt dessen nahmen Sie also Partei und nicht bloß zwischen den Zeilen, sondern im Tram-Depot Burgwies; nicht die Partei der Macht-Inhaber allerdings, die Literatur zu schätzen wissen. Dr. Eduard Korrodi (damals das literarische Bundesgericht, heute vergessen) empfand es als bedauerlich; ich erinnere mich an ein Gespräch in der Falkenstraße: Sie taten diesem Mann wirklich leid; Sie konnten den Generalstreik (Offiziere zu Pferd mit blankem Säbel und Wehrmänner-Bürger in Uniform, Bajonette gegen streikende Arbeiter und Angestellte) nicht vergessen –

ich erinnere mich an Ihr Foto im Schaufenster der Buchhandlung von Emil Oprecht in Zürich, also 1932. Sie waren bekannt als ein Sozi, was verfassungsmäßig ja erlaubt war, nur nicht förderlich für Sie. Auseinandersetzung mit der Literatur der politischen Opposition war nicht das Bedürfnis der bürgerlichen Literatur-Redaktionen, und was schlimmer ist: die eigene Literatur-Kritik, eine linke, war dürftig im Land. 1933 und in den folgenden Jahren waren sie dann gegen die Frontisten, sagen wir deutlich: die schweizerischen Nazi, wobei es ja nicht nur die 200 gewesen sind, nicht nur eine Gruppe hoher Offiziere und Industrieller, sondern auch Beamte, Mittelstand, auch Arbeiter. Sie waren gegen viele zu einer Zeit, da mancher, der heute noch das helvetische Gewissen in öffentlichen Ämtern und im Fernsehen vertritt, zumindest unsicher war, ob Hitler nicht die Werte des schweizerischen Bürgertums zu retten berufen war.

Sie hatten es schwer, Jakob Bührer, wie Albin Zollinger auch; schwerer als wir, glaube ich, weil Sie nicht allein Sozialist waren, sondern ein patriotischer Sozialist, und was Patriotismus verlangt, darüber befinden bekanntlich die Macht-Inhaber. Heute in Basel (nicht in Zürich) werden Sie also gefeiert, ein Mann von neunzig Jahren, während der eine oder andere Enkel, Ihnen durch politisches Gewissen verwandt, drei oder fünf oder sieben oder elf Monate im Gefängnis sitzt als Dienstverweigerer, weil nach Gesetz allein das religiöse Gewissen, nicht das politische, zum Ersatzdienst berechtigt, und ob ein Gewissen religiös ist, darüber befindet das Militär-Gericht.

Vor vier Jahren trafen wir uns in Verscio an Ihrem häuslichen Tisch; ich fand Sie nicht, wie man hätte erwarten können, in Resignation. Das ist es, Genosse Bührer, was wir von Ihrem hohen Alter zu lernen haben; Sie haben sich nicht beklagt, Sie haben aus Enttäuschungen gelernt, Sie haben das Gewissen und damit die Hoffnung nicht aufgegeben.

Herzlichst grüßt Sie

Max Frisch (1975)

Laudatio auf Alfred Andersch

Alfred Andersch, Sohn aus einem bürgerlichen Haus in München, als Buchhandelslehrling an Bücher geraten, die es schon vor der Bücherverbrennung in einem Bürgerhaus nie zu sehen gab und auch heute nicht zu sehen gibt, zur Nachdenklichkeit herausgefordert durch die Jugend-Arbeitslosigkeit damals, als Neunzehnjähriger aktiv im Kommunistischen Jugendverband in München, deswegen eine Zeitlang im KZ Dachau, dann frei unter Gestapo-Aufsicht, vorerst von der siegreichen Wehrmacht nicht gewünscht – lange bevor er Schriftsteller wird: ein politischer Zeitgenosse also ... Ich meine: jede Würdigung seines literarischen Werkes, die Alfred Andersch als einen Meister deutscher Prosa entpolitisiert, wäre ein Hohn.

Es wäre auch uns nicht angemessen.

Freunde aus nahen und ferneren Ländern, solche, die Zeitgeschichte machen, neigen oft zu der Meinung, die Schweiz sei eine Landschaft ... 1848 hat die Schweiz, als Avantgarde der bürgerlichen Demokratie, Geschichte gemacht. Sie hat ein Modell geschaffen. Daß dieses Modell, zu Recht bewundert, von der geschichtlichen Entwicklung überholt worden ist, das ist natürlich eine Erkenntnis, die zuerst mit Schrecken verbunden ist; aber ein solcher Schrecken aus Erkenntnis könnte kreativ machen. Ich wage zu sagen, daß diese Erkenntnis bis heute unser Volk, als Ganzes, noch nicht erreicht hat: weil sie verhindert wird. Wir wissen wie. Das Ergebnis ist eine diffuse Angst vor der Zukunft, die trotzdem kommt, ein Schwund der politischen Kreativität. Was von der Schweiz, unserem Vaterland, geblieben ist, ein internationaler Finanzplatz.

Warum ist Alfred Andersch in die Schweiz gekommen? Ich versuche ihn zu verstehen.

»Die Kirschen der Freiheit« – sein erstes erzählerisches Buch – nach einer frappanten Eröffnung als Essayist: »Deutsche Literatur in der Entscheidung« – berichtet von einer Handlung, die der Verfasser nicht erfunden hat, sondern geleistet; es ist, Sie wissen, das literarisch-öffentliche Bekenntnis eines Mannes, der in der Uniform begriffen hat, wo der Feind steht, der Menschenfeind, nämlich nicht vor ihm, sondern hinter ihm, und der bei Vetralla,

Italien, sein Gewissen umgesetzt hat in einen Akt der Selbstbestimmung, was ein lebensgefährlicher Akt ist; in Kriegszeiten bezeichnet als Desertion – wie bei Ulrich Bräker, dem Armen Mann im Toggenburg, bei der Schlacht von Lowositz.

Desertion – das ist die Vokabel aus der Herrschaftssprache für eine Haltung, die unter Umständen moralisch die einzig-verantwortbare ist. Eine hochgemute Stimme aus den fünfziger Jahren, eine junge, hat ihr den Glanz verliehen:

> Er wird verliehen
> für die Flucht von den Fahnen,
> für die Tapferkeit vor dem Freund,
> für den Verrat unwürdiger Geheimnisse
> und die Nichtachtung
> jeglichen Befehls.

(Du weißt, wen ich zitiere.)

Der Austritt aus der Nation als einer Gemeinschaft, der wir angehören durch Geburt, ist keine Episode in einem Leben. Es bleibt, wenn auch als ein Akt der Selbstbestimmung verantwortet, im Grund ein tragischer Akt . . . Es ist nicht verwunderlich, wenn Alfred Andersch einmal, und nicht beiläufig, von Jean Paul Sartre sagt: »Von allen Schriftstellern meiner Zeit derjenige, der mich am stärksten bewegt hat.« Warum Sartre? Das Ich, der Mensch, bestimmt sich durch die Tat, die fortan seine Existenz bestimmt; das ist seine menschliche Existenz, seine gewählte, seine Freiheit innerhalb aller Bedingtheiten. Eine dieser Bedingtheiten ist die Nation, der wir angehören durch Geburt. Freilich gibt es auch eine Desertion nach innen, die der Nation weniger auffällt . . . Ich sage: Desertion ist ein tragischer Akt; keine biographische Episode, die einer verdrängen und vergessen kann. Wie es der Filbinger-Typ kann. – Um bei Andersch zu bleiben: nicht weil ihm als Erzähler nichts anderes einfiele (um nur zwei Titel zu nennen »Ein Liebhaber des Halbschattens«, »Mein Verschwinden in Providence«) hat Alfred Andersch zwanzig Jahre später einen Roman geschrieben, der sein Thema, als ein tragisches, über die Autobiographie hinausführt. Winterspelt, die Geschichte von dem Versuch einer sittlichen Desertion und von ihrer Unmöglichkeit in einer allerseits militarisierten Welt.

»Die Kirschen der Freiheit« sind erschienen 1952: Die Teilung Deutschlands ist vollzogen, die Wiederbewaffnung wechselseitig in Gang. Gegen den Willen vieler Deutscher. Immerhin hat ein solches Buch erscheinen können; dann allerdings ist es kein Verlag aus den beiden deutschen Staaten gewesen, der sich um den Autor beworben hat, sondern der Walter-Verlag, Olten; danach ist es der Diogenes-Verlag, Zürich, dem Alfred Andersch seine Produktion anvertraut. Sein Thema aber bleibt:

O Deutschland, bleiche Mutter wie bei Brecht mit der Präambel:

Mögen andere von ihrer Schande sprechen, ich spreche von der meinen.

Zum erstenmal getroffen haben wir uns in Zürich, 1957 im Café Odéon. Wo sonst! Andersch als Herausgeber von »Texte und Zeichen«, der Zeitschrift, die der Barbarei im literarischen Bezirk ein Ende gesetzt und die deutsche Literatur, anknüpfend an ihre humanistische Tradition, wenn auch kritisch durch Erfahrung, auf eine humanistische Zukunft verpflichtet – wir saßen dort, wo ehedem, eine Generation vor uns, Leute gesessen haben wie Hans Arp, Hülsenbeck, Hugo Ball und andere Deserteure des Ersten Weltkrieges; wo sie das Dadaistische Manifest verfaßt haben: Gegen Krieg und Gewalt! Und wo heute eine Mode-Boutique ist ...

Zum zweitenmal trafen wir uns in Rom: Andersch als Romancier, »Sansibar oder der letzte Grund«, nach seinen Verdiensten als Mittler (er hat, aus der amerikanischen Kriegsgefangenschaft heraus, zusammen mit Hans Werner Richter die Zeitschrift gegründet: »Der Ruf«, ein Ruf nach Demokratie, der dann den Besatzungsbehörden zu weit gegangen und verboten worden ist; er hat das erstrangige Literatur-Studio im Südwestfunk gegründet und Jahre lang geleitet) jetzt, in Rom, als freier Schriftsteller voll epischer Projekte.

Unsere römische Freundschaft führte zu meiner Niederlassung in Berzona, Schweiz, wo Alfred und Gisela Andersch sich zur Arbeit eingerichtet hatten, weitab von Ascona: eine Klausur etwa 800 Meter über dem Meer ... Die Frage, wie denn zwei Schriftsteller sich vertragen in einem malerischen Kaff mit 82 Einwohnern, ist eine erlaubte Frage. Warum sollte ich sie nur einer linken oder rechten Tischnachbarin beantworten? Wassermangel im Dorf und den gelegentlichen Stromausfall haben wir, Marianne und ich, unseren deutschen Berzona-Pionieren nie übelgenommen. Was aber Sie, meine Damen und Herren, die Sie nicht von der Gilde sind, unter Schriftstellern für selbstverständlich halten, nämlich daß die über Literatur sprechen, über ihre Arbeit, das hat in unserem Fall tatsächlich stattgefunden: wir haben einander gelesen und das Gelungene nie verargt. Trotzdem gab es dann eine Zeit, da wir einander nicht aus dem Weg gegangen sind (das Dorf hat nur einen einzigen Weg), aber wir haben das Gespräch nicht mehr gesucht. Warum eigentlich? Wir wären nicht zwei Linke, wenn wir uns eignen würden für die intellekt-immune Kumpanei, wie sie unter Mitgliedern etwa eines Grundeigentümer-Verbandes natürlich ist. Ich will nicht übertreiben: nicht deswegen, weil unsere Urteile, die politischen wie die ästhetischen, dann und wann divergieren, sind die Andersch nach Spitzbergen gefahren, nach Portugal, nach Mexiko, und wir nach Küsnacht, Berlin ...

Ich bin froh, und nicht nur wenn ich in Berzona bin, froh um unsere Zweite Freundschaft.

Zur Örtlichkeit im Tessin:

So nahe zueinander, daß man die Schreibmaschine des andern hört, liegen unsere Behausungen nicht, aber auch nicht so weit auseinander, daß ich, wenn ich aus der eignen Schreibstube trete, nicht den Fleiß der schreibenden und malenden Nachbarn ahne in diesem Tal, das alles in allem ein stilles Tal ist, wo einmal auch Tucholsky und Silone sich verborgen und gearbeitet haben; ein grünes Tal, waldig wie zur Steinzeit; Bund und Kanton tun alles, damit es nicht ausstirbt: Post-Bus dreimal täglich. Ein Stausee ist nicht vorgesehen. Im Sommer, nachts, sind Sternschnuppen zu sehen, oder man hört ein Käuzchen.

1972 Verleihung der Schweizer Staatsbürgerschaft (so heißt es in deiner Vita), genau gesagt:

Alfred Andersch und Gisela Andersch sind, nachdem sie vierzehn Jahre dort gelebt haben, Bürger einer Gemeinde geworden, die zur Schweiz gehört, wo Dienstverweigerung aus politischem Gewissen mit Gefängnis geahndet wird.

Was ist ein politisches Gewissen?

Es sei (so hat Alfred Andersch einmal gesagt) immer ein fataler Anblick, wenn ein Schriftsteller sich mit einer Kirche oder dem Staat oder einer bestimmten Partei identifiziert. – Das ist ein strikter Satz, den ich auffächern möchte in Fragen. – Ob es ein Selbstmißverständnis des Schriftstellers ist, wenn er zuweilen als Staatsbürger auftritt, ohne sein politisches Gewissen einer Partei abzutreten oder der Nation; ob und wann das Schweigen, die Verweigerung gängiger Gelübde, zum politischen Gewissen gehört, weil zum Gewissen eben der Zweifel gehört, und ob es stimmt, daß das Gespräch über Bäume fast ein Verbrechen wird, »weil es das Schweigen über so viele Untaten einschließt« – d. h. inwiefern es ein Rückzug in den sogenannten Elfenbeinturm ist oder auch nicht ist, wenn einer sich dem Aufmarsch der militanten Inhumanität widersetzt durch Poesie, das ist die Frage, unsere lebenslängliche Frage: – inwiefern der Preis für politisches Gewissen (ich meine bei einem Schriftsteller) die Schändung der Imagination ist oder aber die Vereinsamung, die gesellschaftliche, das Exil zwischen den Fronten: weil nämlich Literatur (Kunst) ohne politisches Gewissen nicht auskommt, auch wenn es sich in einer Erzählung oder Malerei nicht inhaltlich manifestiert, das politische Gewissen, sondern als ästhetische Position.

Ich zitiere Andersch: »Es kann die Autonomie, das Für-Sich-Sein einer Welt der Kunst nicht geben. Sie ist eine von vielen Formen der Erkenntnis, freilich eine der vornehmsten. Nur indem Kunst sich auf den alles Erkennen voraussetzenden Begriff der Wahrheit bezieht, erfüllt sie die Aufgabe, die Gesellschaft geöffnet zu haben. Freiheit, die Bedingung der Kunst, ist nur in einer die Bemühung um die Wahrheit offen haltenden Gesellschaft möglich. So mag Kunst von allem abstrahieren – und ihre Abstraktion vom Inhalt ist heute noch eine Erscheinungsform des Wahren –, von der Wahrheit selbst abzusehen ist ihr, ihrem Wesen nach, unmöglich. In der totalen Unwahrheit der geschlossenen Gesellschaft verstummt sie.«

Ende des Zitats. – Gisela Andersch ist keine *Bauhaus*-Schülerin gewesen; die ästhetische Position, die sie als Malerin einnimmt, erlaubt es aber (meine ich) ihre artistischen Ahnen dort zu suchen: Erkundung von Formen, Recherche auf dem Hintergrund von Theorie, insgeheim die Hoffnung, die gute Form verwandle die Menschen, Form-Bewußtsein münde in Humanität –

Dazu eine historische Notiz:

»Am 10. April 1933 umstellen zwei Hundertschaften der Polizei das seit kurzem in Berlin untergebrachte *Bauhaus*, nehmen 32 Studierende in Haft und versiegeln alle Räume.« So gefährlich ist Kunst.

(Bis ein Sammler später mit ihr wohnt.)

Was ein politisches Bewußtsein ist, was es hervorbringt (neben den biographischen Unkosten) bei einem Schriftsteller – von Kampf-Strophen bis zum Prosa-Gedicht aus hohen Breitengraden – zeigt uns, im Überblick vor allem das literarische Werk von Alfred Andersch: exemplarisch in seiner Spannweite bewußter und verbindlich gelebter Widersprüche.

Sehr geehrter Herr Dr. Sigmund Widmer!

Wir freuen uns mit Ihnen. – Klopstock war hier, er oder ein anderer badete in der Sihl (zum Mißfallen von Lavater) splitternackend. Goethe war hier: auf der Durchreise nach Italien. Georg Büchner als junger Revolutionär im Exil, wo er starb. Richard Wagner war hier, Lenin kurz vor seiner Tat. Um bei den Schriftstellern zu bleiben: Joyce war hier. Musil nur kurz und verbittert, weil außer Pfarrer Lejeune ihn niemand erkannt hat. Vorher Gerhart Hauptmann kurz und unverbittert. Thomas Mann war hier: vor dem Krieg (Ich erinnere mich an seinen Auftritt im Corso: er wähnte sich da unter lauter Anti-Faschisten.) und dann wieder nach dem Krieg, Repräsentant des bürgerlichen Zeitalters. Brecht ziemlich unbemerkt in Herrliberg und unbehelligt. Vorher Ernst Wiechert und Werner Bergengruen in der Aula der Universität. Später Walter Mehring als nachmittägliches Gespenst in der leeren Kronenhalle. Viele waren hier. Der stille Ignazio Silone in seiner klugen Melancholie; Gast bei Emil Oprecht . . . Als Historiker wissen Sie, welche Namen ich im Augenblick vergesse, Namen, die unsere Vaterstadt nachträglich zieren . . . Erasmus war in Basel, Kleist in Thun, Bakunin im Jura, Paul Klee in Bern, wo sein Wunsch, Schweizer zu werden, nicht in Erfüllung gegangen ist, dafür gibt es jetzt eine schweizerische Briefmarke mit seinem Kopf. – Aber Albert Einstein war zuerst in Zürich, wo er an unserer Hochschule eher negativ aufgefallen ist. Elias Canetti besuchte hier das Gymnasium und ist in unseren Straßen dann und wann zu sehen. Ulrich von Hutten war hier. Viele Flüchtlinge. Die Schweiz als Exil; was nicht heißt: die Schweiz als Ziel. Als Gottfried Keller noch lebte: Herwegh und Lasalle, auch Geister, die heute keine Lehrerstelle bekommen könnten. Und Alexander Solschenyzin war hier und mit Ihnen in der Klosterkirche zu Einsiedeln . . .

Was ist es, das so viele Geister in unsere Stadt zieht? Einen lieblichen See hat auch Luzern, Genf, Biel. Ist es der freisinnige

Geist an unseren Hochschulen? Die Ansammlung von Bank-Instituten, denen Zürich seinen derzeitigen Ruf in der Welt verdankt, zieht Kapital an, Kapital jeder Art; aber was zieht die Dichter und Denker an? Unsere Mundart, die wir lieben, ist es nicht; schon eher die Aura um C. G. Jung. Der junge Peter Stein war hier, aber unseren Herren nicht zumutbar; die Peter-Stein-Gastspiele aus Berlin sind Ereignisse und kostbar, nur wissen wir: das Entstehende am Ort und nicht der Einkauf des Anderswo-Entstandenen erzeugt das spirituelle Klima eines Ortes. Die Höflichkeit, die ich in Aussicht gestellt habe, verbietet es, daß ich vom derzeitigen Verwaltungsrat-Theater im Schauspielhaus Zürich spreche. Irgend etwas aber muß es sein, was die Geister nach Zürich zieht. Der Föhn allein kann es nicht sein.

Meine Damen und Herren, was also ist es?

Ich lese Alfred Andersch:

am liebsten
schreibe ich jetzt
für freunde
genossen

aber noch immer nicht für
arbeiter
bürger   geschweige denn
adelige
sondern für
menschen
und erst allmählich

es gibt eben groschen
die fallen langsam

begreife ich
was es heißt
für menschen
zu schreiben

es heißt
gegen menschen schreiben
die andere menschen
unterdrücken

Was macht Zürich mit Strophen wie diesen:

ich bin
vorsichtig

noch behaupte ich nicht
sie hätten die arbeitslosigkeit
geplant

sie planen ja
überhaupt nichts

wahrscheinlich ist ihnen das alles
peinlich

wahrscheinlich sind sie nicht
böse
sondern bloß
unfähig

bewilligt ihnen
einen ruhigen lebensabend
        mit psychotherapeutischer
behandlung ihrer
neurosen

aber richtet euch
unerbittlich
eine neue
produktionsweise
ein

eine fähige

Eine Einmischung in schweizerische Politik, wie sie einem Ausländer von Gesetzes wegen nicht zusteht, ist mir von Alfred Andersch nicht bekannt – auch keine politische Aktion in unserem Land, wie sie ihm, seit einigen Jahren, als Schweizer Bürger erlaubt wäre, und ich glaube zu verstehen, was zu dieser bewußten Zurückhaltung führt. Das literarische Werk, das den Namen von Alfred Andersch trägt, ist bei aller Weltoffenheit geprägt von der deutschen Geschichte, und das politische Potential eines Schriftstellers (wenn es das gibt!) liegt allemal dort, wo einer durch Erfahrung, die lange Erfahrung, seine Authentizität gewonnen hat: als Darsteller eben seiner Erfahrung. Ich meine (in Verkürzung gesagt): Was der Schriftsteller sich schuldet, ist Authentizität.

Bevor wir uns zum festlichen Tisch begeben: Ein Umstand, der Alfred Andersch nach Zürich geführt hat oder wenigstens an den Rand unserer Stadt, dort wo es Wohnungen gibt, ist ohne Umschweife zu nennen: es ist die hohe Meisterschaft einiger Ärzte in Zürich:

Professor Walter Siegenthaler, Professor Felix Largiadiér, Doktor Ulrich Binswanger, Doktor Karel Zarubá.

Sie haben ein äußerst gefährdetes Leben gerettet, und dafür gebührt ihnen unser großer Dank.

Lieber Fred, ich lobe heute, daß du lebst, daß du weiter arbeitest, und daß du, zusammen mit Gisela, heute mit uns bist – als Herausforderer, der du bleiben wirst. Du bist nicht ausgetreten, um anderswo ein genehmer Untertan zu sein. Der Wille zum unabhängigen Denken und Sehen ist eine Herausforderung in Permanenz – und auch noch dann, wenn ein Schriftsteller, der Empörung ausgelöst hat, eines Tages schreibt, daß der Himmel blau ist. Du hast es auf eine Zeile gebracht, es ist dein jüngster Titel:

»Empört Euch, der Himmel ist blau« (1979)

⟨Vorwort zu Lew Kopelew, »Verbietet die Verbote«⟩

Kleinbürgerlicher Humanismus, Mitleid mit dem Feind – so lautete die Anklage gegen Major Kopelew, der auf dem sowjetischen Vormarsch in Hitler-Deutschland, wo er als Propaganda-Offizier die feindliche Bevölkerung und die Gefangenen aufzuklären hatte, in Ungnade fiel und von der stalinistischen Justiz zu zehn Jahren verurteilt wurde. Davon berichtet sein großes Erinnerungsbuch »Aufbewahren für alle Zeit«, ein Buch der Beichte wie auch des Erbarmens mit anderen; der Verfasser versagt sich nicht das fiktionale Element der Erinnerung, er erzählt, wie ein Romancier erzählt: mit der wörtlichen Wiedergabe langer Dialoge, die kein menschliches Gedächtnis über Jahrzehnte hin bewahren kann, und ohne Dokumentation; die Authentizität ergibt sich (wie bei den Aufzeichnungen aus einem Totenhaus) durch den Realismus im Detail, durch das Volumen seines Menschenverständnisses, ja, durch die Subjektivität des Betroffenen. »Verbietet die Verbote«, ein Epilog zu seinem Erinnerungsbuch, verfährt anders; hier gibt er Dokumente, die man kennen muß, um das Vermächtnis eines Mannes zu verstehen, der aus der Zuversicht, daß die Stalin-Ära beendet sei, noch einmal zu einer großen Hoffnung gefunden hat, noch einmal in die Partei eintritt und durch seinen unerschrockenen Einsatz für Menschenrechte abermals in Ungnade gefallen ist.

Zur Person Lew Kopelews:

Als er in unser Hotelzimmer trat – ein Hüne (damals ohne Bart) mit einem kleinen Blumenstrauß in der Hand – und sich vorstellte, hatte ich seinen Namen noch nie gehört oder gelesen. Wir waren grad beim Auspacken der Koffer, nachdem es seit unsrer Ankunft im Flughafen allerhand Schererei gegeben hatte: kein Abendessen, da wir keine Delegation waren, am andern Morgen dieselbe Schererei mit dem Frühstück, da wir noch immer keine Delegation waren – schließlich hatte ich mich doch beim Sowjetischen Schriftstellerverband anmelden lassen, um ein anderes Hotel in Moskau bittend, und seither klappte alles. Wie ein Herbergsvater stand er da, seine linke Hand auf einen Stock gestützt, die rechte ausgestreckt zum Gruß: Willkommen in Moskau! – im

Namen des Sowjetischen Schriftstellerverbandes, dessen wiederholter Einladung ich nie gefolgt war. Zu dritt, so hörte ich, hätten sie uns gestern am Bahnhof erwartet. Woher haben die von unsrer Reise gewußt? Sein einwandfreies Deutsch verwunderte mich weniger als das offene Gemüt dieses Mannes, seine ganz einfache Freude in den Augen, als er uns gegenüber saß, seinen Stock zwischen die Knie gestellt, die breiten Hände auf den Griff gelegt. Ich hatte nicht gewußt, daß in Moskau grad ein Stück von mir gespielt wurde, daß kürzlich ein Roman erschienen war, nein, keine Ahnung. Eine gute Aufführung, so sagte er und freute sich, daß ich Glück habe in Rußland. Viel Zeit, um uns Moskau zu zeigen, würde er leider nicht haben; er arbeitete als Germanist und Übersetzer. Er erkundigte sich nach Dürrenmatt und Böll. Was ich grad wußte, sagte ich gerne; es reichte nicht als Goldgrund für seine Ikonen. Seine Freude, daß man einander so gegenüber saß, als gäbe es keine Grenze, keine Teilung der Welt, war nicht wortselig, aber unumwunden; eine ansteckende Freude. Sofort nannten wir uns beim Vornamen. Anderntags brachte er mich in den Verlag, der mir 900 Rubel auszahlte für den Roman, obschon vertraglich nicht dazu verpflichtet, und ich hatte das Gespräch auf Kafka und Beckett gebracht; die offiziöse Meinung über Kafka, die einer für alle vorgetragen hatte, schien nicht die Meinung von Lew Kopelew zu sein, der sich in dieser Stunde schweigsam verhielt. War es die Meinung aller andern am Tisch? Meine Widerrede brachte keinen ins Eifern, und jede weitere Frage, die ich stellte, um vielleicht eine persönliche Antwort zu bekommen von dem einen oder andern, führte nur zur strikten Repetition der ersten Antwort. Danach wechselte ich auf Brecht, der sich selber für einen Marxisten gehalten hatte, und stieß nicht auf besonderes Interesse; keiner am Tisch sagte etwas gegen Brecht, nein, das war von ihnen nicht verlangt. Ein seltsames Gespräch unter sechs Leuten, dabei fast herzlich. Unter vier Augen erfuhr ich von Lew, daß ich mindestens zwei tapferen Leuten begegnet war, tapfer eben in dem Kampf für Kafka, also gegen die offiziöse Meinung. Ein andermal führte er uns in das Haus, wo Tschechow gewohnt hatte, abends in den berühmten Künstlerklub, wo die junge Achmadullina sich an unseren Tisch setzte, um drei von ihren Gedichten zu rezitieren für den Gast. Wir hatten das Gefühl, sie mögen ihn alle, diesen Lew Kopelew; ich sah, wie der eine und andere herbeikam, um über die Schulter mit ihm zu reden. Ich wußte, daß er unter Stalin zehn Jahre in Gefängnissen und Lagern verbracht hatte, doch davon erzählte er nicht. Es lag ihm daran, daß Rußland uns gefalle. Ein Patriot. Er wollte uns Karten besorgen für das Bolschoj-Ballett, aber das gastierte grad in London oder New York, und er brachte uns in eine Vorstellung des »Galilei« von Brecht, den er übersetzt hatte; eine geschlossene Vorstellung, denn es war noch nicht ausgemacht, ob das Stück verboten würde oder nicht. Ein Stück über den Klerus und die Wahrheit. Man war gespannt, ob der Klerus es merkte. Was für Lew Kopelew (er ist Stalinist gewesen noch im Lager) die Wahrheit ist, das war nur zu erraten, er belehrte nicht und redete kein Partei-Klischee. Er erzählte von Unmenschen wie von Menschen, von russischen Menschen; wenn sie nicht zu Unmenschen werden, sind sie menschlicher als wir. Am Tag unsrer Abreise nahm er mich zur Seite, um unter vier Augen zu sagen: du mußt verstehen, ich will in meinem Leben nur noch eins – nie wieder lügen müssen.

Das war 1966. Seither schreiben wir uns Briefe, und eine Zeitlang gelang es auch, Medikamente zu schicken, Bücher für seine Goethe-Arbeit, für seinen Wissensdurst überhaupt, keine konterrevolutionäre Literatur, ein Oxford Dictionary. Seine Briefe, geschrieben mit stürmischer Hand, sind nicht erfüllt von persönlichen Klagen, aber von Sorge um andere und von Neugierde, zum Schluß immer dringlich in der Bitte: Vergeßt uns nicht!

Als ich zum zweitenmal in Moskau bin – 1968, und diesmal als Gast des Schriftstellerverbandes – weiß ich, daß Lew wieder in Ungnade ist, wieder ausgeschlossen aus der Partei, da er sich gegen die Verbannung von Daniel und Sinjawskij eingesetzt hat, und daß er nicht mehr in der Gorkistraße wohnt. Wie erfahre ich seine neue Adresse? Meine Betreuerin vom Schriftstellerverband danach zu fragen, scheint mir nicht ratsam; es mißfällt ihr schon, daß ich den ersten Abend in Moskau für mich haben möchte, ohne zu sagen, wohin ich denn gehe. Ich lade sie zu einem Wodka ein, was sie nicht annehmen kann, sie begleitet mich trotzdem durch die Halle, und da steht er mit seinem Stock: Lew Kopelew, den meine Betreuerin kennt. Wir umarmen uns nach russischer Art. Meine Betreuerin, die er auch begrüßt, weiß jetzt Bescheid und verläßt mich. Er sieht älter aus. Wir machen einen Spaziergang; ein schöner Juni-Abend über dem Kreml. Diesmal kommt es mir vor, als brauche er seinen Stock. Kostja werde auch kommen, sagt er und führt mich wieder in den Künstlerklub. Die er da kennt, grüßt er, als ob nichts wäre. Sie grüßen zurück, aber diesmal bleiben wir allein an einem Tisch; nur Kostja kommt hinzu. Sie reden über den Prager Frühling, ohne zu flüstern, hoffnungsvoll. Rechnen sie damit, daß hier niemand Deutsch versteht? Sie sparen den Namen Dubček nicht aus. Ob es nicht klüger wäre, daß wir uns anderswo unterhalten? Sie sind gleicher Meinung: Wenn wir uns verstecken, so sind wir verloren, Angst können wir uns nicht leisten. Kostja Bogatyrjow, der Rilke-Übersetzer und ein Freund von Pasternak, ist schmächtig, im Gegensatz zu Lew, dem Hünen mit kurzem Grauhaar, ein Ironiker und melancholisch; beide sind russische Juden. Auch Kostja ist unter Stalin in Gefängnissen gewesen. Hier, so sagen beide, sei ihr Platz, was immer ihnen widerfahre. Beide also keine Zionisten. (1976 ist Kostja Bogatyrjow vor seiner Wohnung überfallen worden und später seinen Verletzungen erlegen, die Täter sind unbekannt geblieben.) Was bedeutet ein Ausschluß aus der Partei, ein Ausschluß aus dem Schriftstellerverband? Sein Goethe-Buch, eine Arbeit von Jahren und schon gedruckt, wird jetzt eingestampft. Unter Stalin, sagt Lew, war es schlimmer.

Der Leser dieses kurzen Buches wird über die Art der Proteste, die Kopelew erhoben hat, über die Vorladungen und die Art solcher Verhöre mehr erfahren, als ich damals von ihm erfahren habe.

Seine neue Wohnung, wo ich Lew nach der Wolga-Fahrt besuche, ist eng, sie hat aber einen kleinen Balkon, den er zeigt wie ein Hans im Glück. Ob außer seiner Frau, die aus dem Englischen übersetzt, auch die Tochter, die einmal vorbeigeht und der Schwiegersohn hier wohnen, wird mir nicht klar. In seiner Klause voller Bücher hängen Fotos, zum Teil gerahmt: Böll (mit Widmung), Brecht natürlich, Pasternak, Dürrenmatt, der junge Kafka, Romain Rolland, Sartre und andere, die ich nicht kenne. Wir unterhalten uns über Peter Weiss und Martin Walser, deren Werk er kennt, über die Prosa von Ingeborg Bachmann und über Christa Wolf, die ich auf der Wolga kennengelernt habe. Die meisten auf dem Schiff sind Funktionäre gewesen. Was redet man, wo jeder weiß, was hier jeder zu sagen hat und was zu denken zur Zeit nicht erlaubt ist, und wozu soll ein Fremder sagen, was er sich denkt? Sie fragen auch gar nicht, sie hüten sich; dann müßte wieder einer für alle die offiziöse Meinung über die Freundschaft von Gorki mit Lenin vortragen, und die haben wir auf dem Schiff schon dreißigmal angehört. Einen Mann wie Michalkow, Vorsitzender des Schriftstellerverbandes, stört es nicht, wenn man die eine oder andere seiner Behauptungen widerlegen kann, er kommt auch so zur gleichen Schlußfolgerung und nimmt es nicht persönlich, wenn man schließlich zeigt, daß man sich langweilt; ein Mann wie Michalkow ist ziemlich mächtig und braucht nicht zu überzeugen, und so redet man denn lieber über die Landschaft, die großartige. Sie wissen natürlich, daß ich Lew Kopelew kenne; sie erwähnen ihn nicht. Ich höre auch nichts gegen ihn. Ein Genosse in Ungnade, so scheint es, ist wie nicht vorhanden; weniger als ein Verstorbener. Ob eine Möglichkeit bestehe, daß der kränkliche Kostja Bogatyrjow ein Vierteljahr als mein Gast in die Schweiz kommen könnte, habe ich einen andern Funktionär gefragt, der, im Gegensatz zu Michalkow, kein Causeur ist, sondern ein besorgter Mann, wortkarg vor Verantwortungsbewußtsein, zum Beispiel besorgt wegen der Mai-Revolte in Paris, wovon ich erzählt habe; Spontaneität kann nicht zugelassen werden. Meine Frage, betreffend Kostja Bogatyrjow, den er sehr wohl kennt, hat er nicht überhört; er entschädigt mich durch die Sonderbewilligung, Nowosibirsk zu besuchen. Wie es Lew Kopelew gehe, frage ich unter vier Augen einen dritten Funktionär; denn vor zwei Jahren habe ich diesen Mann, der oft in den Westen reist, durch Lew kennengelernt bei einem Mittagessen. Er weiß natürlich, was ich weiß, nur sagt er's anders: unser Freund, ach ja, habe Dummheiten begangen. Dann redet er von Rom, wo er im Herbst sein werde. Einmal, in Gorki, auf einem Fest mit viel Wodka, plötzlich die Frage an unserem langen Tisch: Was ist ein anständiger Mensch? In meiner Antwort habe ich keinen Namen genannt, aber ein Funktionär – wieder ein andrer – hat daraufhin unsere Gläser gefüllt und ist aufgestanden, damit wir, er und ich, anstoßen unter vier Augen: Auf Kopelew! Es wäre ungerecht zu sagen, ein Genosse in Ungnade habe keine Freunde; nur erlauben die Verhältnisse eben keine Solidarität.

Ein Mann in Ungnade, wovon lebt er?

Nachdem wir Ikonen in einer ehemaligen Kirche besichtigt haben, bringt mich Lew zu einem verbotenen Maler, dessen Malerei an Morandi erinnert und der gerne zugibt, daß er vor vielen Jahren (ich schätze ihn auf sechzig) einen Farbdruck von Morandi gesehen habe. Ein Atelier ist das nicht; ein leeres und helles Zimmer, nebenan eine Koje mit Pritsche und Kochherd. Kein Sonntagsmaler; er macht nichts anderes. Malen also darf er, nur nicht ausstellen und nicht verkaufen. Ich hätte Dollars, doch Lew übersetzt meine Frage gar nicht; der Mann würde sich strafbar machen. Worüber die beiden reden, weiß ich nicht. Wer ermutigt wen? Als wir durch einen Hinterhof weggehen, erfahre ich, daß der Mann nicht verhungern wird; offenbar gibt es doch eine Solidarität ... Das Volk auf den Straßen, das wir unterwegs sehen, ist ein braves Volk, nach den Gesichtern zu schließen: nicht unzufrieden und auch nicht froh. Wie viele von ihnen wissen, was sie nicht wissen dürfen? Zum Beispiel über Prag oder über Paris oder über China. Einmal ein Faßkarren, wo Kwas ausgeschenkt wird wie zur Zeit von Maxim Gorki, dahinter Hochhäuser aus Stahl und Glas, das Sommerwolken spiegelt. Kein Bettler, das ist wahr. Die Masse lebt besser als unter dem Zarismus. Lew will mir einen Volkspark zeigen, und unterwegs sehe ich ein ungewöhnliches Bild: auf einem halbrunden Platz viele Gruppen von Menschen, alle gestikulieren. Ein öffentlicher Meinungsstreit? Hier versammeln sich die Taubstummen, alte und junge, wie auf einem Forum; ihr gestischer und mimischer Ausdruck ist lebhaft, für unsereinen ganz und gar unverständlich, man hat den Eindruck, sie sind offen zueinander und neugierig, im Vergleich zur schweigenden Mehrheit unbefangener, alles andere als stumpf. Im Weitergehen – jetzt durch den Volkspark – berichtet Lew von einer Denkschrift, die ein Physiker (Sacharow) dem Kreml unterbreitet habe. Davon wird das Volk in diesem Volkspark nie erfahren. Ein artiges Volk, Mütter und Kinder, die spielen, Soldaten auf Urlaub.

Wer informiert ist, geht hier als Außenseiter, auch wenn er sich zu Marx und Lenin bekennt und zu den Richtlinien des letzten Parteitags; er ist schon verdächtig, weil er, im Gegensatz zum Volk, informiert ist. Woher weiß Lew von jener Denkschrift? Die Angst vor dem Chaos für den Fall, daß das Volk informiert wäre, scheint erklärlich als die Angst einer Kaste, die im Namen des Volkes regiert und weiß, daß dieses Volk noch nie befragt worden ist, nur auf Gehorsam gedrillt, überhaupt nicht geschult in Selbstbestimmung. Ich wundere mich, woher Lew Kopelew seine gemütvolle Zuversicht nimmt, daß bessere Zeiten kommen. Im Volkspark gibt es Tee; ich sehe, wie Lew, als er in der Schlange wartet, jemand begrüßt, ohne sich in ein Gespräch einzulassen, und dabei hätten sie viel Zeit; der andere wirkt etwas devot, Lew nicht unfreundlich. Nachher erfahre ich beiläufig, wer der Mann ist, der sich mit seinem Tee an einen andern Tisch gesetzt hat; ein Genosse, der damals im Prozeß gegen Major Kopelew ausgesagt hat, später hat er um Nachsicht gebeten für seine falsche Zeugenaussage damals, die Kopelew zehn Jahre gekostet hat. Was heißt Schuft? Die Stalin-Justiz brauchte falsche Zeugen, und jedermann war damals gefährdet, sagt Lew, als wir unsern Tee trinken, und möchte hören, woran ich arbeite.

Laut Tagebuch:

Bankett in der Schweizerischen Botschaft: drei Literatur-Funktionäre und drei Männer in Ungnade, die geben einander die Hand; die in Ungnade sind, wirken freier, gelöst. Nur Ljubimow, der in diesen Tagen vernommen hat, daß sein Theater (sie spielen Brecht) geschlossen werden soll, hat Mühe mit der Geselligkeit. Wiedersehen mit Tamara, meiner Übersetzerin. Der melancholische Aksionow; wie ich später vernehme: Liebeskummer. Mein Funktionär: In diesen Räumen fühlen wir uns immer wie zu Hause. Ich komme diesmal nicht um einen Trinkspruch herum; so danke ich denn nicht zuletzt meinem Freund, der aus der Partei ausgestoßen ist, und die Funktionäre heben ihr Glas: fast gerührt, mindestens ohne Animosität. Sie mögen ihn ja, ich weiß. Auch wenn sie ein noch härteres Urteil gegen einen Genossen aussprechen oder billigen müssen, ein lebenvernichtendes, so nur, weil sie müssen.

Drei Wochen später Einmarsch in die ČSSR – und nach seinem nächsten Brief, der mich auf Umwegen erreicht hatte, wußte ich, daß Lew Kopelew nicht geschwiegen hatte. Ein verzweifelter Brief, der nicht von seiner Person berichtete, verzweifelt über sein Land. Sein Schwiegersohn gehörte zu dem Grüppchen, das auf dem Roten Platz demonstriert hatte gegen den Einmarsch in die ČSSR; er wurde mit seiner Frau verbannt. Sechs Jahre später treffe ich ihn, den Schwiegersohn, zufällig in New York; man braucht kein Prophet zu sein, um sagen zu können, daß dieser junge Mann, auch wenn er die englische Sprache einmal erlernt hat, an dieser Fremde immer leiden wird. Er wolle ein Buch schreiben, sagt er, und wenn ich richtig verstanden habe: kein politisches Buch und kein Pamphlet, sondern ein Buch über Menschen, die er in Sibirien getroffen hat, so viele gute und wunderbare Menschen.

Bekenntnis zum Wort

Daß es in der Sowjetunion einmal eine Öffentlichkeit geben könnte, ein Forum, wo die Klasse, in deren Namen regiert wird, selber zu Wort käme, wie es in Prag möglich gewesen wäre, das ist die Hoffnung von Lew Kopelew, eine verwegene Hoffnung, keine konterrevolutionäre, im Gegenteil. Er habe aufgehört, so schreibt Lew Kopelew, ein Kommunist zu sein. Ich sehe ihn deswegen nicht im Einverständnis mit Lesern, die diesem Geständnis eine schlichte Bekehrung zum Kapitalismus entnehmen möchten. Dazu ist er ein zu brüderlicher Mensch; ein Sozialist ganz und gar. Säße er hier, heute ein Mann mit weißem Bart, die starken Hände auf den Griff seines Stockes gelegt, niemand könnte mit Lew Kopelew wie mit einem Überläufer sprechen. Es gelänge nicht einmal (das weiß ich aus seinen Briefen) die bequeme Übereinkunft in Resignation. Das macht für alle, die ihn kennen, diesen Mann so wichtig; er bleibt ein Herausforderer mit seinem Glauben an die Macht des Wortes – gemeint ist allerdings das Wort, das sich deckt mit dem Verhalten der Person, die es ausspricht oder schreibt, das Wort in Kongruenz mit einer Leidensgeschichte.

(Berlin, November 1976)

⟨Laudatio auf Peter Bichsel⟩

Meine Damen und Herren! Oder wie die Anrede lauten würde in der Gemeinde, wo Peter Bichsel herkommt:

Liebe Mitbürgerinnen und Mitbürger!

– und schon schleicht sich in dieses festliche Zelt die zudringliche Frage: Warum bleibt Bichsel nicht in Solothurn? Ein sehr schönes Städtchen. Warum will er denn seine lieben Mitbürger verlassen? Und Sie in Bergen-Enkheim werden sich des Verdachtes nicht erwehren können: Da kommt uns einer, der Schwierigkeiten hat in seiner Heimat, und vielleicht liegt's an ihm.

Peter Bichsel ist ein Poet.

Das wußte man schon nach seinem ersten Buch, das aus einigen hundert Zeilen besteht, eigentlich möchte Frau Blum den Milchmann kennenlernen, und schon war er beliebt. Seine Landsleute gönnten ihm den deutschen Preis der Gruppe 47. Was noch dazu kam: Er war Volksschullehrer und kostete die Gesellschaft wenig. Ein Poet also wie gewünscht.

Als er eines Tages (in einem Film) unsere Volksschule so darstellte, wie er sie erfahren hat, wurde ihm noch verziehen: Man hielt ihm zugute, daß er sonst ein Poet ist. Das bestätigte sein zweites Buch: Jahreszeiten. Und auch wenn Peter Bichsel jahrelang kein neues Buch vorlegte, so schmälerte es seinen Ruhm nicht. Im Gegenteil, er störte nicht und blieb ein geliebter Poet und jung. Daß Peter Bichsel später das Lehreramt verließ, bevor er als Selbstdenker verwarnt worden ist wie andere oder von der Wiederwahl ausgeschlossen, galt als seine private Angelegenheit. Von seinen Kindergeschichten nicht bestrickt zu sein, war unmöglich. Das Gerücht, daß Peter Bichsel einem schweizerischen Bundesrat ab und zu die öffentlichen Reden schreibe, Reden zur Energie-Politik zum Beispiel, galt als pikant und verdeckte, was nennenswerter ist: ein Politiker und ein Poet, die sich nicht nur bei Festanlässen begegnen, sondern in alltäglicher Zusammenarbeit –

Der Bundesrat heißt Ritschard.

– der Politiker also, den man von vornherein für den Realisten hält, weil unsere Politiker sich auf den schlauen Umgang mit Sachzwängen beschränken, und der Poet, der nicht jeden sogenannten Sachzwang als Schicksal bezeichnet, sondern zwischen Schicksal und Lobby-Trick eines Konzerns unterscheidet, und ein Realist ist. Ich weiß nicht, was die beiden, der Bundesrat und sein Poet, jeden Sonntag auf langen Spaziergängen im Jura geredet haben. Ich weiß nur allgemein: Die Politiker haben viel zu erledigen und vergessen früher oder später (wenn nicht schon von Anfang an) die Realität, und der Poet erinnert an die Realität ... Geschichten zur falschen Zeit, geschrieben von Monat zu Monat und gerne gelesen auf Zeitungspapier, wo sie, als Bichselei zwischen Katastrophen-Bericht und Börsen-Bericht, so naiv erscheinen, zusammengefaßt in einem Band entpuppen sie sich merkwürdig: Peter Bichsel fuchtelt nicht mit Polit-Vokabeln, sondern nimmt wahr und erzählt uns, was er da und dort wahrgenommen hat, zögernd. Nur das Vorurteil zögert nie mit Wörtern. Und das poetische Zögern, wo die andern im Vorurteil ihre Ruhe und Ordnung finden, ist subversiv. Früher oder später mußten die Landsleute es merken. Ein Aufsatz zur geistigen Misere der Nation, veröffentlicht im SPIEGEL, vermag sie nicht mehr zu bestricken. Wie immer: Die das Nest schmutzig machen, zeigen empört auf einen, der ihren Schmutz bemerkt, und nennen ihn den Nestbeschmutzer. Und so weit hat Peter Bichsel es gebracht.

Und nun die andere Frage:

Was erwartet Bergen-Enkheim von ihm? Die kühne Gemeinde, die Schriftstellern nicht einen Lorbeer zustellt, sondern einen Wohnungsschlüssel überreicht, liegt im Land Hessen, und da denke ich zuerst einmal nicht an Goethe in Frankfurt, sondern an den Hessischen Landboten:

Friede den Hütten
Krieg den Palästen

und an das junge Genie, das seiner Gesinnung wegen das Land Hessen hat verlassen müssen, Georg Büchner, der damals nach Zürich geflohen ist – das ist lang her: Die Schweiz war damals freier als Hessen ... Inzwischen ist Hessen auch demokratisch geworden und die Unfreiheit europäisch: Die Herstellung der Neutronen-Bombe für Europa als Schlachtfeld entspricht einem Sachzwang für das amerikanische Selbstverständnis als Führungsmacht nach Korea und Vietnam.

Ja, was vermag ein Poet?

Die alte Frage – sie stellt sich immer weniger. Wer heute schreibt, ist sich seiner Ohnmacht bewußt. Die Zerstörung der

Menschenwelt ist in vollem Gang. Daß es zum großen Knall kommt, wünschen auch jene nicht, die das Zeug dafür bereitstellen und vermehren und vermehren; sie rechnen damit, daß die Angst siegt. Die Vernunft hat schon versagt. Unsere Aufrufe zur Vernunft wirken überholt und verkennen die Sachzwänge. Vielleicht läßt sich der große Knall beschränken, ja das ist ihre Hoffnung. Zum Beispiel eine atomare Schlacht nur in Europa. Vielleicht sogar geht es ohne das. Was wissen wir? Und übrigens ist die Zerstörung der Menschenwelt ohnehin in vollem Gang: ohne Sprengköpfe. Das weiß man langsam. Die Zerstörung der Menschenwelt durch die Sachzwänge der Produktionsweise, die nun einmal da ist. Was also? Es kann durchaus sein, daß unsere Kindeskinder noch geboren werden. Ob sie noch lesen werden, was heute so geschrieben wird? Johann Wolfgang von Goethe und Geringere, die vor uns geschrieben haben, sie alle rechneten mit einer Nachwelt. Das tut kein Schriftsteller heute, glaube ich, und trotzdem schreiben wir ...

Warum nicht!

Was meinen Landsmann und Freund betrifft:

Er wird hören, was Sie denken –

Ab und zu wird er sagen, was er denkt –

Ferner prophezeie ich:

1.

Peter Bichsel wird sein Solothurn nicht los.

2.

Die Schweiz wird Peter Bichsel nicht los.

3.

Ihr vorhandenes Schweiz-Bild, ob es ein nostalgisch-positives oder ein neckisch-negatives ist, wird er Ihnen zerstören. Dabei müssen Sie wissen, daß Peter Bichsel nicht die Stimme der Schweiz ist; er sitzt in keinem einzigen Verwaltungsrat. Manchmal wird er es vorziehen von Australien zu erzählen.

4.

Es ist nicht ausgeschlossen, daß Sie ihn einmal betrunken sehen. In der Regel, wie wir wissen, ist das eine Folge von Frustration. Aber denken Sie nicht sofort, die Frustration habe mit Bergen-Enkheim zu tun. Übrigens verträgt er ziemlich viel, lieber Wein als Hopfen und Malz, und seien Sie getrost: er wird nicht gewalttätig, sondern philosophisch. Dabei kommt es zu Thesen, die ihn selber so verblüffen, daß er auf keinerlei Zustimmung angewiesen ist.

5.
Seine Nüchternheit wird Ihnen zu schaffen machen. Das vor allem. Es ist schwer ihn zu betören mit Wörtern. Er nimmt sich selber beim Wort. Wenn er nicht genau weiß, was es zu sagen gibt, so schweigt er lieber. Und dabei ist er gesellig. Bis zum Morgengrauen. Es gibt einfach Wörter, die er nicht in den Mund nimmt, obschon sie als anständig gelten; er findet sie zu groß. Das macht ihm den Umgang mit gewissen Leuten nicht leicht, aber er kann nicht anders. Dabei ist er höflich, aber unbestechlich – das meine ich unter anderem, wenn ich sage: Peter Bichsel ist ein Poet.
6.
Ab und zu wird er Heimweh haben. Sie werden es kaum bemerken; gleichzeitig ist er nämlich froh, daß er im Ausland wohnt. Das geht manchen Schweizern so.
7.
Die Sprache, die ihn mit Deutschland verbindet, ist für den Deutschschweizer eine Sprache, die erlernt werden muß, und so wird Ihnen auffallen, daß Peter Bichsel, wie alle Deutschschweizer, etwas langsam redet. In einer Sprache, die man gelernt hat, redet man nicht flinker, als man denkt.

Was ich nicht prophezeien kann:

wie Bergen-Enkheim in die schweizerische Literatur eingeht. Ob überhaupt? Eine seiner Kindergeschichten hat den Titel: »Amerika gibt es nicht«, dabei ist Peter Bichsel auch in Amerika gewesen. Bürgerinnen und Bürger von Bergen-Enkheim:

Verwöhnt euren Gast nicht allzusehr!
Wir wollen Peter wieder zurück.
Nämlich wir brauchen ihn. (1981)

Rede zum Tod von Peter Noll

Unser Freundeskreis unter den Toten wird größer.

*

Im Dezember letzten Jahres, nachdem Peter Noll auf die alltägliche Frage am Telefon WIE GEHT'S DIR? zuerst mit halbem Lachen gesagt hat: VORDERHAND NOCH GUT, dann trocken: ICH HABE KREBS – haben wir uns im Zunfthaus zur Zimmerleuten getroffen, also nicht weit von hier. Er weiß es seit drei Tagen und ich finde ihn völlig gefaßt und bei Kräften, ein Mann, der noch gerne lebt. Aber der medizinische Befund ist klar und hoffnungslos. Ein halbes Jahr, ein Vierteljahr, höchstens ein Jahr. Er weiß genau Bescheid, was seinen Krebs betrifft, und er lehnt die Operation ab, das ist ebenso klar. Seine Entscheidung. Er will nicht sterben als entmündigtes Objekt der Medizin. Wie also stirbt man? Wir reden auch über Freitod (technisch) und über Sterbehilfe (juristisch) und während des Essens auch über anderes, was wir sonst besprochen hätten, und beide empfinden das nicht als Ausflucht. Es gibt keine Ausflucht. Warum soll man nicht auch lachen. Seine sokratische Ruhe läßt alles zu, nur keine Trösterei. Während wir dann auf die Rechnung warten, entsteht eine Pause und er kommt auf seine Bitte zurück, DU HAST JA NOCH ETWAS ZEIT, so sagt er zu seiner Bitte um eine Totenrede drüben im Großmünster. Als endlich die Rechnung bezahlt ist und meine Bedenkfrist abgelaufen, gebe ich ihm das Versprechen –

Deswegen stehe ich heute vor Ihnen.

Als Person ohne Amt.

*

Was hat in der Kirche ein Agnostiker zu sagen?

*

Als er 90 war, sagte Ernst Bloch bei einem Frühstück im Freien, er sei nur noch neugierig auf das Sterben – er war damals nicht krank – Sterben als die Erfahrung, die er noch nicht gemacht habe und die nicht aus Büchern zu beziehen sei. Das war kein Symposion, sondern ein geselliges Frühstück; nicht alle am Tisch mußten es hören, als er hinzufügte: er könne sich nicht vorstellen, daß nach unserem Tode einfach nichts sei. –

Andere sagen es anders:

Ich kann mir einfach das Nichts nicht vorstellen.

*

Peter Noll, Sohn aus einem Pfarrhaus und in protestantischem Denken geschult, eigenständig in seinem Denken und denklustig, dabei oft kühn in einer Weise, die ihn bei flüchtiger Bekanntschaft als zynisch erscheinen ließ, hat mich nie bepredigt – und wir sind in seinen letzten neun Monaten oft zusammengekommen, sei es zuhause oder in Wirtschaften ... Der Wunsch, daß einer, der denken gelernt hat wie Peter, für uns andere aufschreibt, was er denkt und wie er diese Welt erfährt mit dem sicheren Wissen um seinen nahen Tod, auch wenn er noch Ski fährt in Laax, und daß wir von ihm erfahren, was er glaubt bis in die Schmerzen hinein oder nicht glaubt bis zur letzten Luzidität, bevor das Morphium nicht die Sensibilität ausschaltet, wohl aber die Sprache dafür – dieser mein Wunsch, nicht ohne Scheu vorgebracht, machte ihn einen Augenblick lang verlegen: nämlich ein solches Log-Buch hatte er bereits begonnen. Und dieses Log-Buch ist groß geworden; es liegt vor.

*

Drei Abende am Nil –

(Das war um Ostern.)

Seine Ufer sind grün, soweit sie flach sind, sodaß der Nil sie mit seinem Schlamm befruchten kann; wo aber das Gelände sich hebt, sofort beginnt die Wüste. Die vollkommene Wüste. Gegenüber das kahle Gebirge, tagsüber knochenbleich, in der Dämmerung lila, der Himmel darüber violett, nachdem die große Sonne untergegangen ist, zwei oder drei Segel auf dem Strom, der jetzt heller erscheint als der Himmel, im Augenblick ein stilles Strömen ohne Glitzern –

Wir haben besichtigt:
Das Tal der Könige:
ihre Gräber alle ausgeraubt –
Ramses als Mensch-Gott:
seine Mumie verzollt als getrockneter Fisch –
Was glaubten die alten Ägypter?
Sie glaubten ungenau, meint Peter.
Wozu die Mumie?

Wir sitzen auf unserem Balkon, die baren Füße auf der Brüstung, und trinken einen Whisky und reden über die modischen Bestseller-Thesen: Licht-Effekte beim Sterben usw. als Garantie für ein Leben nach dem Tod –

Lieber spricht er zu Sokrates. Und wieder zu Jesus . . . Die Fahrt nach Edfu war zuviel: sein physischer Zusammenbruch am vierten Tag, die lange Nacht hinter Jalousien, draußen die Hitze und der Nil schwarz, das Gebirge gegenüber wie leichte Asche und ferner als es in Wirklichkeit ist. Und ein Tag hinter Jalousien, ein langer Tag; manchmal will Peter wissen, was ich mache. Und ich weiß es auch nicht. Draußen die Sonne und der glitzernde Strom, Palmen vor der Wüste, Getrappel von Hufen, dazwischen Hupen, ein arabischer Gärtner wässert wieder den Rasen vor dem Hotel. Und dann die zweite Nacht; wieder das Wiehern dieses Esels. Wenn er auf dem Bettrand sitzt nackt: was denkt Peter? Seine Augen sehr klein: was sieht er? Wenn er von der Toilette kommt: Wenig, sagt er, hauptsächlich Blut. Und anderntags, als wir zum Flughafen von Luxor fahren, auf der holprigen Straße vor uns der arabische Leichenzug, den Peter (wie ich später erfahre) nicht wahrgenommen hat; dann die schweizerische Rettungsflugwacht in der glühenden Wüste. Wir fliegen (Peter mit einer Infusion im Arm) über das Tal der Könige, später über Kreta, dann über Mykene vermutlich, aber es ist Nacht. Ich zwinge mich nicht wegzuschauen; das Ergebnis, ein Beutel voll Urin-Blut, ist verschwunden, die Farbe bleibt noch eine halbe Stunde lang über dem Horizont gegen Westen.

Woran er sich erinnert hat:

er sei bereit gewesen zum Sterben und eigentlich einverstanden, so sagt er später, ganz und gar einverstanden.

*

Seine Beschäftigung mit Jesus, den er immer anders gesehen hat, als Kirche-Staat-Gesellschaft ihn überliefern: Jesus und das Gesetz, Jesus und der Ungehorsam. Ich lese:

– Man würde heute Jesus wahrscheinlich nicht nur das Gesetzwidrige, sondern auch das Unchristliche seiner Verhaltensweise vorwerfen. Denn inzwischen (das heißt: seit das Christentum staatlich anerkannt ist) ist es ja christlich geworden, der Obrigkeit unter fast allen Umständen zu gehorchen.

Ferner:

– Das Gegenteil, das Jesus beispielhaft setzte, läßt sich nur setzen in der Anerkennung der Rebellion zur Freiheit und in der sehr gewagten Berufung auf Gottes Freiheitsgebot. Wer sich unter dieses Freiheitsgebot stellt, wird keine Ruhe haben; er wird immer

Außenseiter sein, aber er wird eine Gelassenheit und Distanz erreichen, die es ihm ermöglichen, gegenüber allen anderen Mächten, gegenüber ihren Drohungen und Verlockungen immun zu sein.

So heißt es in einer Laien-Predigt, die Peter Noll, Professor für Strafrecht, gehalten hat am 1. Dezember 1978 in der Predigerkirche zu Zürich.

Unsere Freundschaft war nicht zuletzt eine politische.

*

Wie wir die Spiegelgasse hinaufgehen: langsam wie zwei alte Männer. Er aber ist kein alter Mann. Das gibt ein anderes Verhältnis zum Tod, auch wenn wir etwas gemeinsam haben: einen Kalender auf Jahre hinaus machen beide nicht mehr. Er habe nichts im Haus, nein, auch nicht Käse oder so, deswegen gehen wir aus. Langsam braucht er jetzt Morphium, so höre ich, aber wir reden über anderes, Israel zum Beispiel. Was er zu sagen hat, ist von den Gedanken her scharf und klar, aber er spricht langsamer. Seine Augen liegen tiefer im Gesicht, so kommt es mir vor, und auch wenn er Anteil nimmt, manchmal kommt sein Blick plötzlich von weither. Und wieder Atemnot; dann raucht er trotzdem eine Zigarette, wenn auch nur kurz. Der Tod ist nicht einfach der Schluß (was eine Art von Trost wäre) und hat nichts zu tun mit dem Alter, das ihm erspart bleibt: Alter als die Erfahrung unsres langwierigen Schwundes – sondern der Tod ist von Anbeginn und ohne Ende.

*

Peter Noll –

das natürliche und naive Bedürfnis, einen Toten nochmals anzusprechen. Was aber im Ernst nicht möglich ist. Freitag morgens um zehn Uhr, bevor ich zum Flughafen fahre, die kurze Umarmung, wobei er sitzen bleibt und beide wissen: vielleicht sehen wir uns nochmals, wahrscheinlich nicht. Als ich die Wohnung verlasse, ist er nicht allein. Er stirbt Stunden nach Mitternacht, und dort, wo die Nachricht mich einholt, ist es noch nicht Mitternacht ...

Peter Noll ist bestattet.

Wir sind zum Gedenken versammelt.

Sein Leib ist bestattet.

Einmal im Tessin, als wir abends in der kleinen Loggia sitzen mit Wein und Wetterleuchten, es ist schwül und regnet nicht, plötzlich ein Geruch von Verwesung, mein Grundstück grenzt an den Friedhof, aber der Geruch kommt aus dem Wald herauf, kein Wunder, da ich gestern das verdorbene Fleisch aus der Kühltruhe, die bei Gewitter manchmal streikt, in den Wald hinunter geworfen habe – und plötzlich lacht er, da wir ja, schweigend, im Augenblick genau dasselbe denken, und aus seinen sehr hellen Augen trifft uns der Blick eines Befreiten, der zu wissen wagt, was er weiß, und uns ein gleiches zutraut.

Wir sind zur Trauer versammelt.

Einen Verstorbenen öffentlich zu loben und öffentlich zu versichern, daß man ihn vermissen werde, ist der übliche Ausdruck unsrer redlichen Trauer in Ahnungslosigkeit, was Tod ist. Kein Antlitz in einem Sarg hat mir je gezeigt, daß der Eben-Verstorbene uns vermißt. Das Gegenteil davon ist überdeutlich. Wie also kann ich sagen, immer größer werde mein Freundeskreis unter den Toten? Der Verstorbene überläßt mich der Erinnerung an meine Erlebnisse mit ihm ... drei Abende am Nil, ja, oder dieses letzte Mittagessen auf dem herbstlichen Pfannenstiel ... Er hingegen, der Verstorbene, hat inzwischen eine Erfahrung gemacht ohne uns, die Erfahrung, die mir erst noch bevorsteht und die sich nicht vermitteln läßt – es geschähe denn durch eine Offenbarung im Glauben. (1982)

II

Verdammen oder verzeihen?

Ein Brief an Bi, den Verfasser des Leitartikels in der NZZ vom 23. 5. 1945

»Es regen sich die Anwälte der Irregeführten«, schreiben Sie in einem Artikel, der sich mit dem deutschen Problem befaßt, und fahren fort: »Wenn beispielsweise in einem Schauspiel der Terror als Hervorlocker des Geistes beschönigt und die Schuld nicht der brutalen Unmenschlichkeit, sondern dem Versagen des Geistes vor der Gewalt zugeschrieben wird (›Nun singen sie wieder‹), so stehen wir hier vor den Anfängen einer unbewußten Strömung, die wiederum Recht in Unrecht und Wahr in Falsch verkehren will.«

Der Verfasser, der für jenes erwähnte Schauspiel verantwortlich ist, ließe sich, wenn er zu dieser Interpretation schwiege, öffentlich auf einer Gesinnung behaften, die nicht die seine ist.

Wenn der Terror beschönigt wird als Hervorlocker des Geistes: das bezieht sich zweifellos auf jene Gestalt, die ebenso Mörike rezitieren wie Geiseln erschießen kann. Denken wir beispielsweise an Heydrich, der ein begabter Cellist war. Die bloße dumpfe Bestie, die nichts anderes kann und kennt, ist nicht das Ungeheuerliche; denn sie ist leicht zu erkennen. Ungeheuerlich scheint mir die Bestie mit dem Geist, der so hoch fliegt, daß er den gleichen Menschen nicht hindert, eine Bestie zu sein. Ungeheuerlich ist das Januskopfige, die Schizophrenie, wie sie sich nicht nur innerhalb des deutschen Volkes, sondern innerhalb des einzelnen Menschen offenbart hat. Nicht wenige von uns hielten sich lange an den tröstlichen Irrtum, es handle sich um zweierlei Menschen dieses Volkes, solche, die Mozart spielen, und solche, die Menschen verbrennen. Zu erfahren, daß sich beide in der gleichen Person befinden können, das war die eigentliche Erschütterung; es erschüttert das Vertrauen gegenüber jedem einzelnen, auch wenn er Mozart spielt, auch wenn er Mörike liebt wie wir. In dem erwähnten Schauspiel heißt er Herbert, ein Schöngeist und Mörder aus eigener Leere, ein Verzweifelter, der sich, enttäuscht von der Unwirklichkeit des deutschen Geistes, dem Verbrechen überläßt, um wirklich zu werden, wenn auch schuldig. Daß er sich selber beschönigt, indem er sich als Hervorlocker des wirklichen Geistes betrachtet, als Bote, als Peitsche, als Bringer des Lichtes, das haben Sie deutlich gehört und mit Empörung vermerkt, die ich teile. Es ist eine mephistophelische Anmaßung, Gott zu zwingen durch das Böse, zu erfahren, ob es ihn gibt. Nicht alle Menschen wissen Gott in ihrer Tasche so sicher wie eine Schweizer Uhr. Betrachten wir aber nicht diese einzelne Szene, sondern das Stück, ihre Stellung im Ganzen, wenn Sie nicht dem landläufigen Fehler verfallen wollen, daß Sie das Bekenntnis einer Figur, die der Verfasser auftreten läßt, mit dem Bekenntnis des Verfassers verwechseln. Womit beginnt das Stück? Was ist der Ausgang, das, was das weitere verursacht? Es beginnt mit dem deutschen Verbrechen einer Geiselerschießung. Vor dieser Tat, die getan ist und nicht zu leugnen, stehen zwei Gestalten; die eine eben ist Herbert, der sie befohlen hat, und die andere ist Karl, der gehorcht hat, der die Schuld eines solchen Gehorsams erkennt, der sie bis zur Verzweiflung erleidet, der begreift, warum er seine eigene Mutter nicht mehr unter den Lebenden findet, der sich selber richtet, der zurückkehrt an den Ort der Schande und vor den Ermordeten kniet, der seine persönliche, seine eigene, seine unabwälzbare Schuld bekennt. Ich nehme an, daß Sie auch dies gehört haben; es war ein Schrei, und es war der einzige Mensch, der kniete. Ich glaube nicht, daß man auf die Frage nach der Schuld deutlicher antworten kann. Es heißt: Man kann seine persönliche Verantwortung nicht abtreten, damit ein anderer sie verwalte, es gibt keine Ausflucht in den Gehorsam, man kann die Last der persönlichen Freiheit nicht abwerfen, und eben das haben wir versucht, und eben das ist unsere Schuld. So der Sohn. Eine dritte Figur aus dem deutschen Lager, der Oberlehrer, ist mir in den letzten Wochen, da wir als Soldaten an der Grenze waren und mit vielen Deutschen redeten, erschreckend oft begegnet; das deutsche Gefühl der Unschuld, die deutsche Hybris, die sich als harmloses Staunen gibt, warum die Welt am deutschen Wesen nicht genesen will, die Ausflucht ins Unverbindlich-Gemüthafte, das alles sind Dinge, die wir, wenn wir lange genug reden, oft auch an jenen Deutschen gewahren müssen, die sich als die anständigen und die schuldlosen betrachten. Das Unverbindliche zwischen Innenleben und öffentlicher Wirklichkeit, das ist die Mitschuld des Oberlehrers, der zu häufige Mangel an bürgerlichem Mut, das, was die letzten zwölf Jahre in Deutschland überhaupt ermöglicht hat. Die Bedenken, ob wir unter den gleichen Umständen nicht ebenso schuldig hätten werden können, sind noch kein Grund, daß wir jene Schuld übersehen oder gar verzeihen. Auch Verzeihen ist eine Anmaßung. Wir müssen wohl als Schweizer durchaus darauf gefaßt sein, daß der Deutsche gerade uns nicht braucht, um seiner Schuld bewußt zu werden, ja, es könnte sogar geschehen, daß die Gerechten belehrt werden von den Schuldigen, vor allem die Selbstgerechten, und gerade von diesen habe ich in den letzten Wochen, da wir Flüchtlinge und Überläufer bewachten, nicht wenige gesehen in schweizerischer Uniform. Um davon zu erzählen, fehlt uns allenthalben das Papier. Wenn wir uns dafür mit der Tragödie des deutschen Volkes befassen, so sind wir uns wohl einig, daß es nur im bescheidenen Sinn einer Selbsterforschung geschehen kann; mehr kann unser Journalismus in seinem besten Fall, mehr kann auch das angeklagte Schauspiel nicht sein als ein Versuch, an der Klarheit zu arbeiten, die uns selber not tut, und uns vor der voreiligen Vereinfachung zu hüten. Satane sind es! war der Ruf in beiden Lagern; er war es in Wirklichkeit und im Schauspiel. Wie antwortet das Schauspiel als ganzes darauf? Beide Lager begegnen sich in der Reue um ihr vertanes Leben, finden sich als Menschen, wenn auch zu spät, wenn auch als Tote; der einzige, der als wirklicher Satan übrigbleibt, als der Gesuchte, das ist Herbert, der Nihilist nationalsozialistischer Prägung, der sich selber als Bringer des Lichtes, als Hervorlocker des Geistes beschönigt. Bringer des Lichtes, das heißt wörtlich: Luzifer. Auch werden Sie bemerkt haben, daß er von der Versöhnung ausgeschlossen bleibt, unwichtig für die Versöhnten, so unwichtig wie Mephisto für die erlöste Margarete, um es am großen Beispiel zu sagen. Nur für uns, die noch Anfechtbaren, bleibt er allerdings aufreizend wie jeder Luzifer; denn der Geist des Schöpfers glänzt noch in seiner Perversion. Gewiß, das Schauspiel läßt ihn nicht baumeln; es hätte sich damit viele Einwände erspart, auch den Ihren, und sich Beifall von bekannter Art gesichert. Nur kann der Verfasser nicht glauben, daß Luzifer aus der Welt geschaffen sei, auch wenn etliche erhängt sein werden. Er geht weiter; er hat noch andere Gewänder, noch andere Wappen, noch andere Muttersprachen. Darum scheidet Herbert aus dem Stück, ohne erledigt zu sein, was unbequem ist, unbefriedigend wie unser heutiger Friede ...

Zum zweiten Teil Ihres Satzes:

Wenn die Schuld nicht der brutalen Unmenschlichkeit, sondern dem Versagen des Geistes vor der Gewalt zugeschrieben wird, so stünden wir vor einer unbewußten Strömung, die wiederum Wahr in Falsch verkehrt. Was heißt das? Wir sind uns wohl einig: ein Tier, wie tierisch es tue, kann als solches niemals schuldig sein. Warum nicht? Es ist nicht beschenkt mit Geist, der es anders hätte führen können und sollen. Schuldig werden kann also nur der Geist, eben das, was uns vom Tier unterscheidet, was uns vor unserem Unmenschlichen bewahren könnte und sollte. Nun sträuben Sie sich dagegen, daß man die Schuld eben dem Geist gibt, der vor der Bestie versagt hat, und nicht dieser Bestie selber, nicht der brutalen Unmenschlichkeit, die sich nur in der Folge jenes Versagens auswirken kann. Ich verstehe das nicht. Sie machen eine Antithese aus Ursache und Wirkung. Auch dort, wo das Versagen des Geistes nicht zur aktiven Kriminalität reicht und sich nicht als Massaker darstellt, erkennen wir es als Schuld, beispielsweise in dem Umstand, daß unsere gesamte schweizerische Presse, solange es unser Vaterland hätte gefährden können, zu eben jenen Massakern schweigen mußte und schwieg. Nur daß wir es beim Nachbar als Mangel an bürgerlichem Mut bezeichnen, somit als Schuld, im eigenen Lande aber als Staatsraison. Das meiste, was heute die öffentliche Empörung weckt, hätte auch unser Volk schon lange wissen können und müssen; die Zensur hat uns davon dispensiert, die umlaufenden Gerüchte glauben zu müssen. Und wir haben die Zensur geduldet. Meines Erinnerns waren es kirchliche Kreise, die jene lange vorhandenen Nachrichten erstmals aus dem angenehmen Nebel des bloßen Privatgerüchtes hoben und sie öffentlich mit ihrem Namen beglaubigten. Die Schuld des Oberlehrers dürfte uns nicht unverständlich sein. Statt dessen sehen wir heute die kommerzialisierte Empörung über eine Schande, die im Grade unseres früheren Wissens und Schweigens auch unsere Schande ist – wenn wir nicht uns selber beschönigen. (1945)

Das Schlaraffenland, die Schweiz

Seit zwei Wochen lebe ich in München. Ich soll berichten, wie es in meiner Vaterstadt aussieht. Warum fällt es so schwer? Zürich ist ganz. Und München ist die erste zerstörte Stadt, die ich mit eigenen Augen sehe, Tag für Tag. Der Anblick ist erdrückend, aber nicht überraschend; es ist so, wie unsere Angst es sich vorstellte in all den Jahren, seit man sah, daß es zum Kriege kommt: da man sah, daß der Krieg verherrlicht wurde. Lassen Sie mich, wenn ich schon schreiben soll, offen sein und nüchtern, wie es der Not allein geziemt. Das einzig Überraschende ist der Umstand, wieviele Deutsche, wenn man mit ihnen spricht, überrascht sind von einem Elend, das schon seit sieben Jahren in der Welt ist und länger. – Und dann:

»Sie kommen aus der Schweiz, ach, die glückliche Schweiz, die freie Schweiz!«

Man schweigt.

Soll ich nun erzählen von Straßen ohne Schutt, von erleuchteten Schaufenstern, von Segelschiffen, die wie lichte Schmetterlinge draußen auf dem blauen Wasser sitzen, von Kinderwagen, von blühenden Alleen, von lachenden Paaren mit silberner Sonne im Haar, von hundert Freuden eines harmlosen Lebens –

Das alles gab es auch hier.

Und wir haben es den Deutschen nie genommen.

Sieben Jahre lang waren wir gefangen, und ich könnte erzählen, wie wir an der Enge dieser langen Jahre litten, als der deutsche Ring um uns lag, oder davon, was in diesen Jahren geleistet wurde. Aber danach hat mich von zehn Leuten, die ich sprach, kaum einer gefragt. Wir sind nun einmal, nach Gottes unerforschlicher Laune, ein Land des Glückes, vor allem des eßbaren Glükkes, ein Schlaraffenland mit Butter und Käse, mit Matterhorn und Freiheit, die auf den Alpen wächst, mit Schokolade, mit Kaffee und Speck . . .

Ist es nicht so?

Man schweigt.

Aus Scham, daß es uns besser geht?

Es geht uns besser, und wir schämen uns nicht einmal, wir sehen keinen Grund; wir haben uns nie von einem eroberten Nachbarland ernährt, und die Freiheit, um die Sie uns heute beneiden, haben wir niemals einem anderen Volke genommen, und wir haben sie niemals verhöhnt.

Und was den Speck betrifft:

Da fallen mir eben die zwanzig deutschen Zöllner ein, die vor einem Jahr über unsere südliche Grenze traten, als ich dort Wache hatte, entrüstet über die italienischen Partisanen, die ihnen, man höre und staune, ihre Uhren abgenommen hatten. Ich mußte sie bewachen, Gewehr bei Fuß, Mitleid bei Fuß; sie bekamen unsere Suppe, unser Brot, nicht anders als hunderttausend Flüchtlinge zuvor, dazu kramten sie Speck aus ihren Bündeln, daß mir das Wasser im Munde zusammenlief, Speck, den sie in Italien gefunden hatten. Was jeder von ihnen verzehrte, war für uns, die Schlaraffen, ungefähr die Zuteilung eines Jahres. Sie waren einverstanden, daß Himmler nun um Waffenstillstand bat, obschon das Leben in Italien, wie sie mir versicherten, bisher nicht übel war. Ich glaubte es ihnen aufs Wort. Sonst verstanden wir uns wenig.

Seither ist ein Jahr vergangen –

Verstehen wir uns heute schon besser?

Ich könnte erzählen, wie wir unsere Gärtlein umstachen, unsere Sportplätze, unsere öffentlichen Anlagen, damit wir Kartoffeln hätten. Große Betriebe mußten Land auftreiben und pachten, damit jeder städtische Angestellte pflanzen konnte. Unsere Zuteilungen an Brot und Fett, ich erinnere mich, waren kleiner als drüben in Deutschland. Das ist nicht schlimm. Es fehlte an Kohle, also an Gas, an Zement, an Backsteinen. Auch das war nicht schlimm. Es gab sozusagen nichts, was man ohne Marken bekam, was frei war. Ausgenommen das Denken, das Wissen um den Wahnsinn, der rings um unsere Grenzen herrschte. Nicht weil wir weniger Butter hatten als das Reich, solange es die dänische Butter aß, die jugoslawischen Eier, den holländischen Käse, nicht darum war es eine verzweifelte Zeit drüben im schweizerischen Schlaraffenland: sondern weil wir wußten um den holländischen und griechischen Hunger, um das französische Elend, um das Ausrotten in Polen, um das geknebelte Norwegen. Natürlich mußten wir helfen, soweit es unsere kleinen Verhältnisse erlaubten: das war wenig. Und soweit es das siegreiche Deutschland gestattete. Das war noch weniger. Und wir waren sechs Jahre lang gefaßt, daß auch wir an die Reihe kommen würden.

Immer wieder höre ich:

»Ach, Sie aus der friedlichen Schweiz, Sie haben ja keine Ahnung, was wir gelitten haben!«

Glauben Sie das im Ernst?

Wir hörten die Bomber, wenn sie in der Nacht nach München flogen, nach Ulm, Welle um Welle: wenn die Kinder wieder eingeschlafen waren, kamen sie zurück, Welle um Welle, und wenn wir nichts hatten, so hatten wir mindestens eines, was uns niemand absprechen wird: Angst. Und das heißt Ahnung. Wir hatten sie schon, als Warschau in Schutt und Asche sank. Wir sprachen mit Deutschen, die weniger zimperlich dachten als wir, damals, heldhafter und größer. Ich erinnere mich an die deutschen Berichte, als es gegen London ging: Der Tod hält eine reiche Ernte unter uns, und derlei mehr. Uns schien es ein Wahnsinn, schon damals. Wir zitterten; am deutschen Ufer drüben läuteten die Siegesglocken, sieben Tage lang, während wir Bunker bauten und Gräben, alles im vollen Bewußtsein, daß wir die deutsche Größe niemals aufzuhalten vermöchten, also nicht aus Hoffnung, nur aus Haß. Jeder Schweizer, der gesund war, hatte seine fünfhundert oder tausend Diensttage, und das ist nichts im Vergleich mit dem deutschen Soldaten, ich weiß: aber viel, wenn man überhaupt nicht erobern will, sondern arbeiten möchte und leben, Bücher schreiben, Bilder malen, Häuser bauen, Kinder haben und was der Dinge mehr sind, die der Spießer, wenn er zuweilen größenwahnsinnig wird, als spießig bezeichnet –

Immerhin:

Es wurden Bücher geschrieben, sogar gute, wie wir meinen, vor allem könnte man von der lyrischen Dichtung reden, von der bildenden Kunst, die in unserem Lande zur Zeit am besten vertreten ist, von wissenschaftlicher Arbeit, von schweizerischen Verlagen und von Dichtern aus aller Welt, die man hier auch kennenlernen wird. Was wirklich einen Wert hat, das wird ihn auch morgen noch haben. Oder ich könnte vom Zürcher Schauspielhaus erzählen, das so lange Jahre hindurch die einzige freie Bühne deutscher Sprache war, von Bert Brecht, von Georg Kaiser, von Jean Paul Sartre, von Eliot, von Garcia Lorca und anderen, die zum Bild der Moderne gehören. Oder von Maria Becker (der Tochter der emigrierten deutschen Schauspielerin Maria Fein), einer schauspielerischen Erscheinung, wie nicht jedes Jahrzehnt sie hat. Kurt Horwitz, den die Münchener kennen, geht als Intendant nach Basel, und Therese Giehse können Sie in dem Schweizer Film sehen, der zur Zeit läuft – nebenbei vermerkt: Brigitte Horney ist nicht tot, obschon es hier in der Zeitung steht, sie spielt zur Zeit die Hauptrolle in einem Schauspiel, dessen Verfasser eben diese Zeilen schreibt und Ihnen versichert, daß wir am Tage, als der deutsche Rundfunk ihren Tod meldete, zusammen an einem märzlichen Waldsaum saßen, ihre Rolle besprachen und uns der Sonne erfreuten und unseres Daseins, allen Daseins, das dieser Krieg noch gelassen hat . . .

»So groß, meine Freunde, so groß ist das Nichts, das All, der Tod, so selten das Leben, das Warme, das Vorhandene, das ihr begreift, das Lichtlein, das brennt; so selten ist das, was ist.«

Eines begreifen wir nie:

Die deutsche Vergötzung des Todes.

Schon bei unseren Müttern fängt es an: sie gebären nicht für das Vaterland, nicht für ein tödliches Denkmal der Ehre, sondern für das Leben, das ihnen schon verehrenswert genug scheint. Stolz auf gefallene Söhne, dazu fehlt ihnen jeder Sinn. Das menschliche Glück ist auch bei uns nicht die Regel, aber gestehen wir es offen: es ist unser Ziel. Das ist, ich weiß, nicht groß gedacht. Ich erinnere mich jener großen Aufschriften: Wir sind geboren, um für Deutschland zu sterben. Das kann man keinem Volk verbieten: wenn nicht auch seine Nachbarn dabei sterben müßten. Wir lieben die Völker, die solche Vergötzung des Todes nicht brauchen, weil sie das Talent zum Leben haben, so stark, daß sie den Tod geradezu fürchten. Das ist natürlich feige. Daß ein Gedanke edel sei, je sicherer er in den Tod führt, das nennen wir preußisch, und wir wissen, daß uns viele Deutsche wegen unserer unpreußischen Denkart verachten, jedenfalls solange sie siegen, das heißt, solange der Tod sich vor allem auf der anderen Seite abspielt. Wir Schweizer sind ein kleines Volk; Pestalozzi ist für uns schon ein großer Mann. Darüberhinaus fehlt uns der Sinn für geschichtliche Größe. Sie finden unsere deutschen Gäste, eingebürgerte und andere, die bereitstanden für den geschichtlichen Augenblick, der mehrmals nahe genug war. Sie saßen neben uns in der Straßenbahn und im Kaffeehaus, unsere Gauleiter von morgen, und wir konnten sie nicht einmal ausweisen. Denn es standen die deutschen Heere hinter ihnen, gehorsam und tapfer, wohin es auch immer ging. Und was stand hinter uns? Nichts als unsere unverbesserliche Meinung, daß der Mensch nicht größer und nicht kleiner ist, ob er einem Großstaat oder einem Kleinstaat angehört. Es wehte, wie wir wissen, das deutsche Hakenkreuz auf der Akropolis: aber ich habe noch keinen Deutschen getroffen, der dadurch ein Grieche geworden ist. Allerdings bin ich erst zwei Wochen hier, und das ist natürlich eine kurze Zeit: nach dreizehn Jahren, die uns tausend Jahre auseinander brachten. Was heute noch zwischen uns liegt, das ist nicht allein das Hindernis, daß wir uns kaum noch dem Namen nach kennen, sondern darüber hinaus ein großes und waches und zähes Mißtrauen. Mindestens von unserer Seite. Und anderseits: daß man die Menschen liebt, die man um ein wirkliches oder vermeintliches Schlaraffenland beneidet, das wäre gegen unsere Erwartung, gegen jede menschliche Erfahrung. Nehmen Sie auch uns das ehrliche Mißtrauen nicht allzu übel. Auf meiner Reise habe ich viele Menschen gesprochen, die offensichtlich eine Art von Verbrüderung erwarteten und von unserer nüchternen Zurückhaltung enttäuscht waren. Wir sind noch nicht so weit, auch wenn wir die Hast, die Ungeduld eines geprüften Volkes begreifen, das sich in der ganzen Welt vereinsamt fühlt. Es ist vereinsamt, in der Tat, oder genauer gesprochen: durch seine Tat. Unsere Bereitschaft, das Gespräch wieder aufzunehmen, ich darf nicht einmal sagen, es sei eine schweizerische Bereitschaft; auch in der Schweiz ist es erst die Bereitschaft einer geringen Zahl, und was uns dazu treibt, das ist nicht ein Übermaß an Edelmut, sondern einfach die Einsicht, daß wir Nachbarn sind und auch in Zukunft nebeneinander leben müssen. Wir suchen ein Deutschland, das seine Nachbarn nicht alle zwanzig Jahre überfällt oder mindestens bedroht, und wir hoffen, daß es ein solches gibt: wir müssen diese Hoffnung pflegen, noch wo ihre Keime gering sind. Wir können unser Land, so klein es ist, nicht ausgraben und in eine vernünftigere Gegend unserer Erde versetzen, wie wir es oft möchten. Die Gründe, die uns zur Hilfe gegenüber Deutschland zwingen, sind also nicht großartig, dafür glaubhaft, und das scheint uns wichtig: die Brücke, die den Deutschen jemals wieder mit der Welt verbindet und die auch wir brauchen, sie läßt sich nicht aus Redensarten bauen. Wir wollen keine Schwebebrücke, wo einem schwindlig wird, wenn man sie wirklichen Fußes betritt. Wir suchen den Boden, wo wir gemeinsam Fuß fassen können, und er ist, wie befürchtet, nicht leicht zu finden –

Sicher ist er nicht aus Schokolade.

Dieser Tage besuchte ich einen deutschen Intellektuellen, dem ich Grüße und Nachrichten überbringen mußte. Auch er schwärmt sofort von der Schweiz: Ich habe sie schon immer geliebt, wissen Sie, die Berge und Seen; wann werden wir wieder dahinkommen? Ich denke: vielleicht hast du auch Scheveningen geliebt, immer schon, und die dalmatinische Küste und die norwegischen Fjords und die griechischen Hirten, die später als Partisanen an den Bäumen hingen. Damit allein, daß er unsere Landschaft liebt, stiftet er noch kein Vertrauen. Er spürte es. Wir kamen uns nicht näher, auch als er den Emmenthaler lobte, die Schokolade: Ihr Emmenthaler, Ihre Schokolade! Nun bin ich aber Schriftsteller und Architekt ... Ich blickte auf die Uhr und erhob mich ...

Summa summarum:

Gerade jetzt, da ich auf deutschem Boden bin, glaube ich mehr denn je, daß wir in mancher Hinsicht helfen können. Wann wir es können, das allerdings hängt von den Deutschen ab. Wir können es von der Stunde an, wo sie uns nicht mehr mit dem Schlaraffenland verwechseln, das sie im Fieber ihres Elendes natürlicherweise erträumen: also von der Stunde an, wo sie uns ernst nehmen.

Unterdessen arbeiten wir weiter. (München, Ostern 1946)

Laßt uns positiv werden!

Liebes Schauspielhaus!

Ihr Wunsch betreffend Silvester trifft mich gerade am Reißbrett und mit kalten Füßen; draußen schneit es, und es räucheln die Kamine in einen grauen und nüchternen Morgen hinaus, in meinem Ofen knallt das erste Scheit, und eben habe ich die Post gelesen: Kalender kommen, Geschenk einer Ziegelei, Geschenk einer Fabrik für Sonnenstoren, ferner ein Brief aus Hamburg, wo uns die Engländer noch immer ein Stück verbieten, das die andern Angelsachsen, die Amerikaner, in ihrer Zone nicht nur erlauben, sondern fördern. Dann eine Rechnung für Blumen, die ich einmal geschenkt habe, so eine grüne Erinnerung an vergangene Hoffnungen, und endlich, wie gesagt, finde ich Ihre freundliche Aufforderung betreffend Silvester, aber ein Anruf unterbricht mich – ich setze mich auf die Fensterbank, kritzle auf Ihren vertrauten Umschlag, dieweil ich höre; ich lebe immer, wenn ich nicht gerade arbeite, in einer ebenso quälenden wie albernen Erwartung, ich öffne jeden Briefkasten und nehme jeden Hörer, als erwarte ich die frohe Botschaft, als könnte sie von draußen kommen – natürlich ist es nichts von Belang, eine kleine Enttäuschung, nur so, eine höfliche Lüge seinerseits und meinerseits – das alles, sehen Sie, es wird im neuen Jahr nie wieder vorkommen, und darum wollen wir Silvester feiern, ja, wir wollen anstoßen, daß es von Zuversicht klingelt; wir wollen einander wenigstens im Suff umarmen, damit es besser wird auf Erden; wir wollen Brüderschaft trinken, jene Allerweltsbrüderschaft mit glänzenden Äuglein, die keine Zonen kennt, und auch die Frauen umarmen, alle, damit sich niemand einsam fühlt. Solange der Wein fließt, und zwar in unsern Becher, warum sollten wir nüchtern sein und ratlos? Es gibt schon zu viele, die es im gleichen Augenblick sind. Laßt uns nicht von Sintflut schwatzen! Gott wird es schon schaffen. Wir wollen keine Fragen stellen, wenn wir nicht die Antwort schon in der Tasche haben. Gott ist ein alter Herr; warum sollte er nicht ebenfalls bürgerlich denken? Wir wollen getrost und gläubig sein; wir wollen auch keine Stücke mehr schreiben, die Ärgernis erregen; schön sollen sie sein, unsere kommenden Stücke, fünf Akte sollen sie haben, wie es im Lehrbuch steht, einen Raum mit vier sicheren Wänden, so, als hätte uns keine Erkenntnis erschüttert, und niemand soll merken, daß das neunzehnte Jahrhundert vorbei ist und leider sogar die früheren. Wozu soll sich das Theater verwandeln, nur weil sich unser ganzes Weltbild verwandelt? Auch ist die Welt, soviel man weiß, noch niemals untergegangen, jedenfalls nicht für jene, die in der Arche saßen.

Drum laßt uns positiv sein!

Aber sorgen Sie für Wein, damit wir es können, viel Wein oder Kirsch, damit niemand seine Zuversicht wieder erbricht; am besten Kirsch. (1946)

Drei Entwürfe zu einem Brief nach Deutschland

Erster Entwurf

Sie schreiben mir als Deutscher, als junger Obergefreiter, der vor Stalingrad war, und Sie schreiben sehr höhnisch; es empört Sie, daß ein Ausländer, ein Verschonter, vom Tod schreibt.

Was kann ich Ihnen antworten?

Sie haben nämlich Recht, ich habe nie gesehen, wie ein Soldat fällt, und es fehlte denn auch, wie Sie aus dem kleinen Vorwort wissen, nicht an eigenen Bedenken, ob uns eine Aussage überhaupt anstehe. Als kleiner Bub mußte ich meiner Großmutter eine Nelke in den offenen Sarg legen, es war mir widerlich, und schon größeren Eindruck machte mir ein sterbendes Pferd, das einmal vor unserem Hause lag; später dann, als ich Ihres Alters war, stand ich vor dem verzinkten Sarg einer jungen Frau, die ich liebte, übrigens war es eine Deutsche, und die Erinnerung an sie, der ich soviel verdanke, hat mich oft gesondert, wenn man die Deutschen haßt. Das alles und vieles andere, ich gebe es zu, war nur ein Anblick des Todes, oder wie Sie sehr spöttisch sagen, ein bloßes Schauspiel. Ich frage mich, was es ändern würde, wenn ich sehen könnte, wie ein Soldat fällt; für mich, der ich ihn überlebe, wäre es wiederum nur ein Anblick, und ich hätte, wie Sie mir beweisen, abermals nichts erlebt. Einmal stand ich vor einem Kinderbett und vor einem ganz kleinen Kind, das über Nacht erstickt war, und draußen war es ein herrlicher Morgen, während ich die junge Mutter halten mußte, die immer wieder versuchte, ob sich die bläulichen Ärmchen nicht wecken lassen; oder wir standen an einem friedlichen Bahnhof, schöpften Tee und gaben ihn den Skeletten, die damals gerade aus deutschen Lagern kamen; man konnte darauf warten, daß ihnen der laue Tee, den sie nicht mehr halten konnten, sofort wieder zum After hinauslief, und es ließe sich noch Vieles erzählen, was ich für ein Erlebnis hielt, und es änderte nichts daran, daß Sie irgendwie Recht haben; es gibt noch eine andere Seite des Todes, eine ungewöhnliche, die nur der Krieg zeigt: ich habe noch niemals schießen müssen, und vielleicht liegt darin das Entscheidende, was Sie erlebt haben, was Sie anders erlebt haben –

Warum sprechen Sie nicht davon?

»Die Einzigen, die uns raten und helfen können, werden letzten Endes nur wir selber sein. Die Erfahrungen haben uns gelehrt. Ich glaube, daß wir, die diese Erlebnisse hinter uns haben, eher dem Ausland helfen können als umgekehrt, ausgenommen vielleicht in materieller Hinsicht«.

Dennoch bitten Sie um eine Antwort, und je öfter ich Ihren leidenschaftlichen Brief lese, der mich bald eine Woche beschäftigt, umso ratloser bin ich; das alles haben Sie in bittrer Kälte geschrieben, hungrig, und ich sitze in einer kleinen warmen Dachstube; Sie sind für mich der junge Deutsche, und ich bin für Sie das bekannte Ausland, und Sie antworten auf Vorwürfe, die ich nicht erhoben habe:

»Es ist nicht wahr, daß das deutsche Volk all diese abscheulichen Dinge kannte, wie das Ausland meint, wohl hat mancher Vereinzelte um solche Erschießungen gewußt oder sie als Soldat selber mitgemacht, aber alle seine Kameraden, alle seine Freunde, seine Eltern und Bekannten wußten nichts davon und waren fürchterlich entsetzt, wenn ihnen davon berichtet wurde; nur die wenigsten schenkten solchen Berichten überhaupt Glauben –.«

Wenn Sie solche Sätze wiederlesen, haben Sie nicht selber den Eindruck, daß Sie im Kreise herumschlagen, daß Sie sich immerzu wehren und nicht wissen, wogegen Sie sich eigentlich wehren, und daß es wahrscheinlich genügen würde, wenn Sie selber es wüßten. Was Sie zuvor über Rat und Hilfe sagten, glaube ich auch, wenigstens zum Teil; das Stück, das Sie empört, ist nicht aus der vermessenen Absicht entstanden, dem deutschen Volk zu raten, sondern einfach aus dem Bedürfnis, eine eigene Bedrängnis loszuwerden.

»Was Ihr alter Pope über die Liebe sagt: sie sei schön, denn sie wisse, daß sie umsonst sei, und dennoch verzweifle sie nicht – woher wissen Sie das?«

Ich weiß es nicht.

Eine Deutung, die jemand versucht, ist kein Befehl, daß Sie sich dieser Deutung unterwerfen müssen. Ich werde mich auch der Ihren nicht unterwerfen, wenn Sie eine solche äußern, sondern wir müßten versuchen, ob ich Sie begreifen kann. Das bedeutet vorerst: ob ich hören kann, was Sie sagen möchten. Im weiteren müßte ich prüfen, wieweit Ihre andere Deutung, die aus Ihren anderen Erlebnissen hervorgeht, auch für mich gilt, wieweit sie meine bisherige Deutung erweitern, umstürzen, beschränken oder vertiefen kann. Das Ganze wäre dann ein Gespräch, und es wäre noch immer schwierig genug, daß wir zusammen über diese Dinge sprechen, die mindestens unseren ganzen Erdteil angehen und die wir an so verschiedenen Orten natürlicherweise sehr verschieden erlebt haben. Ihr Verhalten, das ein Gespräch so erschwert, kommt vielleicht daher, daß Sie bisher nur das Gehorchen und das Befehlen üben mußten, aber noch keine eigene Ansicht haben von den Dingen, die Sie aus nächster Nähe sehen; jedenfalls äußern Sie keine, sondern schreiben zum Schluß:

»Ich möchte übrigens betonen, daß alles, was ich Ihnen da schreibe, nichts mit einer politischen Ansicht zu tun hat!«

Wäre das ein Schaden?

Es ist nicht unmöglich, daß wir uns in den nächsten Monaten einmal in München treffen. Jedenfalls will ich Ihre Adresse bewahren. Vielleicht kommt mehr zustande, wenn wir mündlich über diese Dinge sprechen; solange ich kein Gesicht sehe, spüre ich mehr und mehr, daß ich nicht mit Ihnen rede, sondern mit allen deutschen Briefen, die bisher gekommen sind, und es ist eine ordentliche Schachtel voll. Fast alle, obschon sie uns wertvoll sein müßten, haben eine Arroganz, die keine Antwort mehr zuläßt, und aus dem empfindlichen Unwillen, daß man abermals den Krieg verloren hat, wuchert es von hastigen Mißverständnissen, mehr als man jemals berichtigen kann, und in der ganzen Schachtel ist fast kein Gedanke, den man nicht als Schablone schon kennt. Ich sage mir dann selber: Das ist der Hunger, die Kälte, das Elend.

Aber warum soll ich, und das fordern so viele, eben dieses Elend anbeten?

Elend bringt Reife, hin und wieder mag das stimmen, und jedenfalls fehlt es unserer Zeit nicht an Elend. Daß es auch Elend gibt ohne sittlichen Ertrag, Elend, das sich auch in Geist und Seele nicht lohnt, eben darin besteht das eigentliche Elend, das hoffnungslos ist, tierisch und nichts als dies, und jede Verbeugung davor schiene mir schamlos, eine Weihung der Bomben, eine literarische Ehrfurcht, die immer noch auf eine Vergötzung der Kriege hinausläuft, also auf das Gegenteil unsrer Aufgabe, die darin besteht, daß wir das Elend bekämpfen: mit Brot, mit Milch, mit Wolle, mit Obst und nicht zuletzt eben damit, daß wir das Elend nicht als solches bewundern, daß wir vor dem Elend nicht in die Kniee sinken und in Andacht verstummen, und zwar auch dann nicht, wenn der Leidende selber diesen Anspruch an uns stellt. Man kann sich, so schauerlich es ist, auch mit dem Elend brüsten; schon das spräche gegen den sittlichen Wert des Elendes. Daß es den Durchschnitt der Menschen verwandle und vertiefe und erhöhe, wenn sie auf Schutt und Asche leben, das bleibt eine Hoffnung, die wir aus der Belletristik kennen. Eine gefährliche Hoffnung, die vielleicht auch Sie bestimmt: Sie sind nicht mehr der Sieger, aber der Mann, der dabei war und als solcher erhaben über alle Andern, die nichts erlebt haben, weil sie nicht den Krieg erlebt haben; Ihr armes Volk ist nicht mehr das herrenhafteste, aber das Volk, das auf dieser Erde am meisten leidet, sofern wir die Juden und die Polen und die Griechen und alle anderen vergessen; es ist das Volk, das von Gott am meisten geprüft wird, woraus hervorgeht, daß Gott mit diesem Volk am meisten vorhat. Ihre besten Dichter finden Worte dafür: Völker der Welt, wir leiden für euch und eure Verschuldungen mit! Als ob es an den eignen Verschuldungen nicht genügte, als ob niemand gelitten hätte in den Jahren, da Ihre eignen Kameraden und Eltern und Bekannten, wie Sie sagen, solchen Berichten überhaupt keinen Glauben schenkten. Warum ist es niemals ein Volk unter Völkern? Das ist es, was ich vorhin mit der Arroganz meinte, und ich bitte Sie, daß Sie mich das böse Wort zurücknehmen lassen. Ich habe, solange ich in dieser warmen Dachstube sitze, weniger Anrecht als Sie, einem empfindlichen Unwillen nachzugeben. Immer wieder sehe ich Ihren handschriftlichen Nachsatz, der dringend um Antwort bittet. Was aber soll ich antworten können, solange Sie eine menschliche Gleichberechtigung, die uns selbstverständlich scheint, anzunehmen sich nicht begnügen?

Zweiter Entwurf

Sie schreiben mir als Obergefreiter, der vor Stalingrad war, und ich habe schon einmal eine Antwort versucht. Ihr Brief hat mich betroffen und zwar, wie ich glaube, in einem Bereich, wo es nicht darum geht, daß wir verschiedene Vaterländer haben. Anfang dieses Jahres war ich in Deutschland; auch dort verging kein Tag, ohne daß ich urteilte, bald so, bald anders, es reißt einen hin und her, und was es noch mühsamer macht: man macht sich Vorwürfe, daß man überhaupt urteilt. Und ich meine das ganz allgemein, irgendwie ist man immer ein Ausländer. Wie können wir über eine Frau urteilen, da wir niemals ein Kind gebären werden? Wie können wir über einen Vater urteilen, dessen Lebensalter wir noch nicht erfahren haben? Wie können wir überhaupt urteilen über einen Menschen, der immer ein andrer sein wird? Jedes Urteil bleibt eine Anmaßung, und darin hat Ihre Empörung wahrscheinlich recht, gleichviel, daß auch die Deutschen, wie Sie wissen, über andere Völker urteilen. Was tun? Niemand möchte ein Pharisäer sein, alles, nur das nicht; vielleicht ist man aber wirklich einer, vielleicht nicht immer, mindestens aber dann, wenn ich besorgt bin um den guten Anschein der eignen Person, nicht um das Elend, das wir vor Augen haben, nicht um die Erkenntnis seiner Gründe. Auch das Verzeihen, das sich als nächster Ausweg anbietet, setzt natürlich schon eine Verurteilung voraus; es ist eigentlich kein Unterschied in der Anmaßung, es kommt nur noch die Angst hinzu, daß man sich einer Anmaßung schuldig mache, und man ist also feige obendrein, man greift nicht zum Messer, weil man sich nicht ins eigne Fleisch schneiden will, indem man urteilt. Man schweigt und kommt sich christlich vor, indem man sein eigenes Erbarmen genießt, eine Art von Erbarmen, das nichts verändert; der bloße Verzicht, sich in das Wagnis eines Urteils einzulassen, ist ja noch keine Gerechtigkeit, geschweige denn Güte oder sogar Liebe. Er ist einfach unverbindlich, weiter nichts. Nun ist aber gerade die Unverbindlichkeit, das Schweigen zu einer Untat, die man weiß, wahrscheinlich die allgemeinste Art unsrer Mitschuld –

Dritter Entwurf

Sie schreiben mir als Obergefreiter, der vor Stalingrad war, und da ich Sie, je öfter ich den Brief lese, immer weniger begreifen kann, bleibt vielleicht nichts anderes übrig, als daß ich von unserem Standort berichte, wenn Sie dafür Interesse haben. Die Frage nach unsrer Zuständigkeit, die Sie aufwerfen, gehört tatsächlich zu den Fragen, die uns schon während des Krieges, als unsere Verschonung durchaus nicht sicher war, bis zur Verwirrung beschäftigt haben. Wer in jenen Jahren schrieb und zu den Ereignissen schwieg, die uns zur Kenntnis kamen und manches teure Vertrauen erschütterten, am Ende gab natürlich auch er eine deutliche und durchaus entschiedene Antwort dazu; er begegnete der Zeit nicht mit Verwünschungen, nicht mit Sprüchen eines Richters, sondern mit friedlicher Arbeit, die versucht, das Vorhandensein einer andern Welt darzustellen, ihre Dauer aufzuzeigen. Er äußerte sich zum Zeitereignis, indem er es nicht, wie Andere fordern, als das einzig Wirkliche hinnahm, sondern im Gegenteil, indem er ihm alles entgegenstellte, was auch noch Leben heißt. Vielleicht wäre das, sofern es nicht zur bloßen Ausflucht wird, sogar die dringendere Tat, die eigentlich notwendende. Die Gefahr allerdings, daß sie zur bloßen Ausflucht wird, liegt bei den Verschonten aller Art immer in nächster Nähe. Die Dichter eines Kriegslandes sind durch ein Feuer gegangen, ein öffentliches, ein allgemein sichtbares, und was zu sagen ihnen noch bleibt, hat jedenfalls eine Probe bestanden. Auch in unseren Augen, vor allem in unseren Augen erscheinen sie mit der Gloriole eines Geläuterten. Natürlich kamen auch falsche Gloriolen, und sie haben, wie erwartet, Helvetier auf Knien gefunden. Halten wir uns aber an die wirklichen. Was haben, verglichen mit ihnen, die Schaffenden unseres Landes auszusagen?

Die Frage scheint bedrängend.

Wir haben den Krieg nicht am eignen Leib erlitten, das ist das Eine, und andererseits haben natürlich auch wir ein gewisses Erleben von Dingen, die unser Schicksal bestimmen. Daß der Krieg uns im höchsten Grade anging, auch wenn er uns nochmals verschonen sollte, wußte jedermann. Unser Glück blieb ein scheinbares. Wir wohnten am Rande einer Folterkammer, wir hörten die Schreie, aber wir waren es nicht selber, die schrien; wir selber blieben ohne die Tiefe erlittenen Leidens, aber dem Leiden zu nahe, als daß wir hätten lachen können. Unser Schicksal schien die Leere zwischen Krieg und Frieden. Unser Ausweg blieb das Helfen. Unser Alltag, den wir auf dieser Insel verbrachten, war voll fremder Gesichter: Flüchtlinge aller Art, Gefangene und Verwundete. Wir hatten, ob wir mochten oder nicht, einen Anblick dieser Zeit, wie er für ein Volk, das außerhalb des Krieges steht, nicht aufdringlicher hätte sein können. Wir hatten sogar, was die Kriegsländer nicht haben: nämlich den zwiefachen Anblick. Der Kämpfende kann die Szene nur sehen, solange er selber dabei ist, der Zuschauer sieht sie immerfort. Zwar hatten wir durchaus unsere leidenschaftlichen Wünsche, aber nicht die Not des Kämpfers: nicht die Versuchung zur Rache. Vielleicht liegt darin das eigentliche Geschenk, das den Verschonten zugefallen ist, und ihre eigentliche Aufgabe. Sie hätten die selten gewordene Freiheit, gerecht zu bleiben. Mehr noch! Sie müßten sie haben. Es ist die einzig mögliche Würde, womit wir im Kreise leidender Völker bestehen können –

(Nicht abgeschickt) (1947)

Aus einem Tagebuch

Für Hermann Hesse

Gestern ein langer Abend mit zwei finnischen Dichterinnen. Wir sprechen über Thomas Mann, dessen Rede wir eben gehört haben, und über Hermann Hesse; sie fragen, ob der letztere eigentlich Deutscher oder Schweizer ist, und ich schlage vor, daß wir ihn Europäer nennen. Später kommt noch ein finnischer Wissenschaftler dazu, dem ich meinerseits allerlei Fragen stelle; eine Reihe von Erfahrungen, die man auch mit Vertretern anderer Völker macht, wiederholt sich in verblüffender Übereinstimmung –

Erstens:

Daß die Völker, die irgendwie an einer Grenze leben, wacher und grundsätzlicher denken; es kann die Grenze sein zwischen Mächten, zwischen Ideen, zwischen Rassen, aber auch die Grenze zwischen Leben und Tod; die Finnen grenzen an das Menschenlose, an das Eis der Arktis; ferner grenzen sie an Asien.

Zweitens:

Daß die Völker, die gegen Asien liegen, das Geistige auf eine Weise ernstnehmen, die an Jünglinge erinnert. Ich erzähle dann einige Eindrücke von Prag, die sehr ähnlich sind. Es ist der Ernst einer ungebrochenen Hoffnung; können wir uns vorstellen, daß ein Volltreffer in unsere Universität, wie es in Helsinki geschah, unser ganzes Volk in Trauer versetzte?

Drittens:

Daß in den Völkern, die in diesem Sinne jung sind, die Frau nicht nur äußerlich eine ganz andere Stellung einnimmt als bei uns; auch in Gebieten, die ihr hierzulande ebenso offenstünden, nimmt die Frau einen Anteil, der die Grazie der Selbstverständlichkeit hat; sie ist lebendiger und gescheiter als bei uns, im Durchschnitt geistiger, was unsereinen insofern überrascht, als wir eine entsprechende Geistigkeit nur mit gewissen Gesichtern kennen, mit einem Anflug von Lebensblässe; dort findet man sie auch in Gesichtern, die den Geist nicht als Ersatz brauchen, und ihr philosophischer Ernst, der weit über alle Frauenrechtlerei hinausgeht, vermindert nicht ihren Zauber, im Gegenteil, ihre andere Geistigkeit, die fünf Geburten hinter sich hat, wird zur erregenden Ergänzung: die Spannung zwischen den Geschlechtern, die wir nicht missen möchten, wird um so glühender, je wesentlicher das Gespräch wird.

Viertens:

Daß der weltbürgerliche Sinn, der allein unsere Welt erhalten kann, am meisten bei den kleinen Völkern lebendig und wirklich ist, vor allem bei den Skandinaviern, bei den Holländern und bei uns; die meisten Großstaatler wirken borniert; ihre geistige Grenze, je größer ihr Land ist, bleibt die Sorge um die Macht.

Fünftens:

Daß die Finnen und die Norweger, die Holländer, die Tschechen und die Griechen sich nicht damit brüsten, daß sie in den Krieg kamen; sie haben Gleiches erlitten wie der Deutsche, aber ihr Verhältnis zum Verschonten ist vollkommen anders; das gilt auch für die meisten Angelsachsen; die menschliche Gleichberechtigung ist ihnen selbstverständlich.

Sechstens:

Daß es ein Europa gibt, obschon wir alle fast ein Jahrzehnt lang in unseren Ländern gefangen waren; es begegnet sich eine Jugend, die Europa nur aus Zeitungen kennt, kaum aus menschlichen Gesichtern. Dieser Zustand, den der Krieg erzeugt und der sogenannte Frieden nicht verändert hat, ist der beste Boden für das Vorurteil; das Vorurteil ist der beste Dünger für den Haß; der Haß ist das Gefälle zum Krieg. Die Gefahr ist groß und deutlich genug. Die jungen Leute aller Völker haben ein persönliches Verlangen, über ihre Grenzen hinauszukommen, und schon dieses Verlangen ist ein Segen, ein Verlangen nach dem Menschen. Was dagegensteht, ist eine Bureaukratie von babylonischem Ausmaß, eine Geburt der Angst, die sich nicht überwinden, sondern sichern will. Die wenigen aber, die heutzutage durch die Schranken schlüpfen, ohne daß sie Schieber sind, und die einander treffen, erleben das Erfreulichste, was es zurzeit gibt: daß die Fragen, die sich an so verschiedenen Orten und nach so verschiedenem Erlebnis stellen, eine verblüffende Verwandtschaft zeigen; die Antworten sind sehr verschieden, natürlicherweise, oder bei den Vorsichtigen fehlen sie überhaupt; manchmal fehlt es auch an einer übereinstimmenden Benennung; aber wenn ein Wissenschaftler und ein Künstler zusammensitzen und bereit sind, einander ernstzunehmen, wenn ein Krieger und ein Verschonter einander kennenlernen, sind es nicht wesentlich die gleichen Fragen? Man denke sich das Gegenteil, um einzusehen, wieviel diese Erfahrung bedeutet, die man während des Krieges nicht im voraus vermuten konnte. Die Angst, daß unser Denken keinerlei Schnittpunkte mehr haben könnte, war lange genug die Not der Verschonten. Die Gespräche zweier Jahre zeigen eher das Gegenteil. Es gibt ein Europa. Oder sagen wir einmal: es gäbe ein Europa – .

Wenn die Finnin über Burckhardt redet:

»Euer großer Jakob –«.

Damit kommen wir noch einmal auf Hesse, nämlich auf seinen Pater Jakobus, und auf die Begegnung von Hitler mit Burckhardt; eine der ersten Parteigenossinnen, Gattin eines bekannten Verlegers, erzählte einmal, wie sie dem Führer seine erste Wohnung einrichten ließ; nachdem er sich aus dem Geld, das man für ihn gesammelt, Möbel von geschmacklosem Hochglanz erworben hatte, bat sie einen gewissen Architekten, die Wohnung nach eigenen Entwürfen einzurichten; dem Führer gefiel es in der Tat auch so, und der betreffende Architekt bekam später den Auftrag, auch das übrige Reich einzurichten. Er hieß Trost. Die Gönnerin, um die Bildung ihres Führers besorgt, gab ihm eines Tages auch die »Weltgeschichtlichen Betrachtungen«; der Führer kam wöchentlich mehrere Male zum Tee, sagte aber nichts von dem Buch. Nach einem halben Jahr, da ihr daran gelegen war, gab sie ihm ihr eigenes Exemplar mit ihren Hinweisen und Unterstreichungen; beim nächsten Tee brachte der Führer es zurück und bemerkte kurz, er könne das nicht lesen.

»Warum nicht?«

»Es stört mich.« (1947)

Ferngesteuerte Ruinen

Notizen aus Berlin und Wien

Eine Stunde am Alexanderplatz, Betrachtung der jugendlichen Gangster und Dirnen. Es wird viel verhandelt; Dreigroschenoper ohne Songs. Dann zum Brandenburger Tor. Allein. Manchmal stolpert man über die Geleise einer Rollbahn; ich wische die Hosen und horche in die Dämmerung. Stille wie in den Bergen; nur ohne das Rauschen eines Gletscherbaches. In der Zeitung gibt es eine Spalte für tägliche Überfälle; gelegentlich finden sie eine kleiderlose Leiche, und die Mörder stammen stets aus dem anderen Lager. Mit eignen Augen habe ich noch nichts bemerkt. Immerhin halte ich mich auf der Straßenmitte. Ganze Quartiere ohne ein einziges Lichtlein. Nicht abzuschätzen ist die Menge von Schutt; aber die Frage, was jemals mit dieser Menge geschehen soll, man gewöhnt sie sich einfach ab. Ein Hügelland von Backsteinen, darunter die Verschütteten, darüber die Sterne, und das Letzte, was sich da rührt, sind die Ratten – .

Abends in die »Iphigenie«.

Gibt es Maßstäbe, die mehr als persönlich sind? Und wer hat schon recht; die Hunderttausende, die diesen Schauspieler wie einen jungen Gott verehren und nur noch mit Kainz vergleichen können – oder du, der das nicht aushält, der es nur als vollendete Leere empfinden kann, vollendet im Getön der Stimme, vollendet im tänzerischen Wurf der Gewänder, eine Orgie der Könnerschaft, ein Narzißmus, daß man errötet und am Daumen nagt, eine Kunst, die im Grunde unmenschlich ist und nicht einmal tierisch, nur unmenschlich, nur ästhetisch. Wer hat recht? Vollkommen unsicher und verwirrt, unsicher, ob es ein Urteil von außerpersönlicher Gültigkeit gibt, stehe ich draußen in der Schumannstraße, zwei Akte lang, bis mein Begleiter kommt. Es braucht viel in Berlin, daß man das Theater verläßt; die einzige Unterhaltung, die mich die Kälte vergessen läßt, ist der Aufzug einer russischen Wache – .

Die unvergleichliche Luft dieser Stadt; man ist wacher als irgendwo, zum Umsinken müde, es brennen die Sohlen, aber der Kopf ist wie eine Fackel im Wind – . Rast im Tiergarten. Die baumlose Steppe mit den bekannten Kurfürsten, umgeben von

Schrebergärten; einzelne sind armlos, andere mit versplittertem Gesicht; einer wurde offenbar vom Luftdruck gedreht und schreitet nun wacker daneben; anderswo ist es nur ein Sockel mit zwei steinernen Füßen, und außer einem Hund, der mein Picnic riecht, bin ich allein. Im Hintergrund das Denkmal der Roten Armee.

Die Gesellschaft von gestern: Kaufleute, Künstler, Offiziere der Besatzung, Ärzte, aber alles redet wieder vom Theater, als gäbe es hier keine anderen Fragen. Zuerst ist es ja betörend, Kunst und Geistesleben und so. Dann erschrickt man langsam über diese Ausflucht. Später begreift man sie wieder; worüber sollen sie noch sprechen?

»Haben Sie schon Gründgens gesehen?« – »Noch nicht.« – »Müssen Sie aber!« – »Ich weiß.« – »Hier tut sich was, wissen Sie, vielleicht nirgends in der ganzen Welt – .« (Wie kann man widersprechen, solange man selber keine Botschaft hat, keinen genauen und sagbaren Begriff von der Kultur, die gegründet werden muß; man erspürt es bloß, daß sie ganz anderswo beginnt, oder genauer: daß wir verloren sind, wenn sie nicht ganz anderswo beginnt, wenn es nicht zur Klärung dieses verfänglichen Begriffes kommt, dessen Name durch tausend Verbände und Veranstaltungen wimmelt, unverdächtigt, ungeprüft, ungeklärt – .)

»Der Hauptmann von Köpenick«.

Paul Bildt, auch ein Name von früher, erscheint mir darum so großartig, weil aus seiner Könnerschaft, die immer Mittel zum Zweck bleibt, wirklich ein Mensch hervorgeht. Das war beglükkend. Nicht herausfinden kann ich, wer eigentlich das Publikum ist. Das bekannte Stück, das die Dinge noch sehr gelinde anfaßt, fällt wie in Lehm, und erst die Soldatenposse reißt das Gelächter an. Die kleine Szene mit dem jüdischen Trödler mußte gestrichen werden.

(Damit man das Publikum nicht herausfindet.)

In der Untergrundbahn, gepfercht mit fremden Leuten, deren Antlitz mir undurchsichtig bleibt. Fast alle mit einem Bündel, einem Rucksack oder einer Schachtel. Neben Gesichtern, die wie aus Lehm und Asche sind, gibt es andere, durchaus gesunde, aber ebenso verschlossen und fast maskenhaft; erst nach einer Weile bemerkt man die Armut am Kragen und an den Ellbogen. Noch hält sich Berlin in seinen letzten Anzügen. Die Frauen, auch wenn sie Hosen und schwere Schuhe tragen und ein Kopftuch, sind meistens sehr gepflegt, das ist schön. Und wichtig. Für sie sind es die Haare, die Lippen, die Fingernägel; für den Mann ist es die Fahne, woran er seine Selbstachtung heftet, und auf eine Weise, die sich kaum nennen läßt, bleibt um die Frauen eine viel größere und echtere Hoffnung. Vor mir, sitzend, eine Mutter mit ihrem Jungen; sie sagt wenig, und wir fahren zusammen fast eine Stunde; der Junge trägt die zerschlissene Mütze eines Landsers, wie man sie zu Tausenden sieht, und ich muß mich erst daran gewöhnen; die Achtung, womit die Frau mich erfüllt – beim Aussteigen hat alles ein anderes Gesicht; wie jedesmal, wenn eine Schablone zerfällt, halb ist man verwirrt und halb erlöst, weiß zumindest, daß man von allem keine Ahnung hat ...

Schon das lohnte die Reise.

Im Bühnenklub, in der sogenannten Möwe, Gespräch mit einem jungen Schauspieler, der gerade das begehrte Essen einnimmt, das die Russen hier spenden. Ein Teller mit zwei Kartoffeln und Fleisch, dazu eine Nachspeise. Sprechen wir vom Theater: Ensemble als eine Gemeinschaft, die um einer Aussage willen spielt, man sucht nicht den Star, sondern den Menschen, der auch in Nebenrollen vorkommt – eine Weile hört er mir zu, bis er den Mund wischt:

»Sicherlich«, sagt er höflich: »das hat auch was für sich – kann ich mir denken.«

E la Fama?

E la Fame?

Ruhm ist kein leerer Rausch, hier nicht: er bedeutet Butter, Kaffee, allenfalls sogar Eier. Und der persönliche Ehrgeiz wird heilignatürlich wie unser Bedürfnis nach Sauerstoff.

Am Kurfürstendamm gibt es wieder die ersten Schaufenster, klein, aber schmuck und sauber und geschmackvoll. Ein Labsal für das Auge: drei Täßlein von bestem Meißnerporzellan, ein alter Stich, darstellend die Garnisonkirche in Potsdam, ein geschmiedeter Aschenbecher, Ohrringe und was man sonst nicht braucht. Es ist die begreifliche Lust, wieder einmal etwas Ganzes zu sehen, etwas Sauberes, etwas Schönes. Es ist unerschwinglich, wenn man mit Löhnen rechnet, und billig, wenn man mit Zigaretten rechnet, billig in einem peinlichen Grade. Auch Deutsche kaufen. Der Wert liegt irgendwo in der Würde, wählen zu dürfen. Natürlich ist es ein Als-Ob. Ringsum die Trümmer, die sich nicht wegschaffen lassen; ein neuer Grundriß ist nicht möglich; so schmückt man denn die Ruine. – Was sollen sie tun?

Hundert Schritte weiter stehen die Trümmerweiber, die sich mit Schaufel und Eimer gegen das Unabsehbare verbrauchen; vierzig Mark in der Woche; das sind vier Zigaretten. Natürlich sind es nicht die Leute, die diese Ruinen verschuldet haben. Es sind Frauen, denen nichts anderes übrig bleibt, also meistens ältere Frauen; ihre einzige Schuld ist ihre Armut.

»Hier tut sich was.«

Was von Berlin geblieben ist: der Ruhm, der über gewissen Stätten schwebt, und die Untergrundbahn, die diese Stätten miteinander verbindet. Dazwischen die klaffende Frage, was wirklich ist. Vielleicht ist sie das eigentlich Erregende, was die Stadt noch immer hat, und niemand dürfte leugnen, daß es Stunden ansteckender Begeisterung gibt. Berlin ist ein Gefängnis, groß, aber umgeben von Stacheldraht; dennoch sagen viele, sie möchten nicht anderswohin. Auch wenn sie könnten. Wenn man länger zuhört, begreift man auch sie. Wer liebt nicht den Ort, wo er eine Rolle spielt? Und viele spielen eine Rolle, die sie sich selber nie zugemutet hätten. Die Arbeit, die aus solcher Begeisterung geleistet wird, ist erstaunlich und fast übermenschlich. Man getraut sich kaum zu fragen, ob die Ergebnisse, die nur aus einer Euphorie heraus möglich sind, wirklich einen Anfang bedeuten. Im stillen hört die Frage nicht auf. Oft haben sie eine beklemmende Verwandtschaft, die schmucken Schaufenster am Kurfürstendamm und die großen Bühnen, wo man das Geistesleben ausstellt. Irgendwie hängt beides in der Luft. Man beginnt nicht von unten, und wäre es noch so bescheiden, es hätte wenigstens die Hoffnung. Vielleicht geht es einfach nicht. Wegen dem Schutt aller Art. Man versucht es von oben, und alles wirkt zu hoch gegriffen; es rutscht ab. Wie eine Maske. Wie eine Tapete. Man spürt keine Wirklichkeit dahinter; das Geistesleben als ein betörender Fasching mit den Klamotten einer Gesellschaft, die es nicht mehr gibt und nicht mehr geben wird – .

Vielleicht täusche ich mich ganz und gar.

Die Achtzehnjährige:

»Haben Sie Eile? Oder haben Sie etwas Zeit?«

»Ich gehe ins Theater.«

»Schade.«

»Warum?«

»Ich hätte Ihnen einen netten Vorschlag gemacht – .«

Nachher gehe ich nochmals in die Kabine zurück; vielleicht ist es besser, daß ich sie nicht mehr finde und daß ich den Apfel nicht gegeben habe. Nicht weil es der letzte ist. Einem Kind kann man ihn geben, nicht einer jungen Frau, deren letzte Würde es ist, daß sie bettelt.

Kabarett – .

Ich frage mich, was unser eigenes Kabarett gesungen hätte unter fremder Besatzung, die mit verschränkten Armen in den vorderen Reihen sitzt und wartet, daß wir uns an die Brust schlagen. Es geht nicht. Die meisten Nummern, die man im deutschen Kabarett sehen kann, witzeln über die Welt, über die Besatzung, über hundert schiefe Dinge, wofür die Deutschen wirklich nichts können, mindestens nicht die guten Deutschen: also nicht die Zuschauer. Zur Selbstkritik muß man allein sein. Das ist sicher. Selbsterniedrigung an Stelle der Selbstkritik, auch das kommt vor; es ist gräßlich. Nicht so sicher scheint uns, ob dort, wo sie allein sind, die wirkliche Selbstkritik stattfindet. Wir sind zwar im Dreck, sagt das Kabarett, aber wenn uns die Welt nur machen ließe, wir würden es schon schaffen! Das ist komisch auch für unsere Ohren. Zwölf Jahre hat die Welt sie machen lassen. Auch das Kabarett scheint ohne Gedächtnis, und die schiefen Dinge, die es aufgreift, werden dadurch nicht gerade; es entlarvt keine Verzerrungen, es durchdringt nicht, es bringt keine andere und weitere Ansicht hervor, es befreit nicht, es bestätigt nur und reimt, was alle schon meinen. Es hat keinen anderen Standort als die Zuschauer. Es schwimmt auf dem Einverständnis, das keine Leistung ist, nämlich auf dem Einverständnis gegen die Sieger. Sogar einem Kopf wie Erich Kästner, der den wirklichen und durchbrechenden Witz hat, machen die Umstände es immer schwerer, nicht einzutauchen in das große Einverständnis, wo man den Horizont endgültig verlöre.

»Es ist schwierig, ein Deutscher zu sein!« Das Wort stammt von einem Kellner, nachdem wir eine Stunde lang geplaudert haben. In einer Pinte mit Musik und Wasserbier. Dazu das verkleckste Weiß seiner Weste, die Verlotterung allerenden, der groteske Frack eines Geigers, dem die Schwindsucht schon auf den Handgelenken sitzt – .

Heute der höfliche Empfang bei den russischen Offizieren, das ausführliche Mittagessen mit Wodka; ihre überlegene Kenntnis deutscher Philosophie und Dichtung; Gespräch über drei Stunden. Nachher so müde, daß ich sitzend einschlafe in einer Garderobe des Deutschen Theaters, das dem Jüngling einmal wie ein Olymp erschienen ist. Als ich erwache, sehe ich mich allein . . .

Wo gehöre ich hin?

Unser zweifelloser Wille, nicht zwischen Völkern zu unterscheiden, sondern zwischen Menschen und Unmenschen, und ebenso zweifellos das Bewußtsein, daß jeder, der den Menschen auf beiden Seiten sucht, zwischen zwei Dossiers enden wird, wo er in gleicher Weise verdächtig erscheint. Unser Reich bleibt die Einsamkeit. Ein Reich ohne Armee. Aber eine seiner Waffen könnte das Theater sein.

Abend bei Freunden.

Die Zuversicht, daß es überall Menschen gibt, die einander verstehen können, je offener und genauer jeder sagt, was er empfindet und denkt. Und ohne daß man die Unterschiede überheuchelt. Die Unterschiede, sobald wir sie begreifen und annehmen, werden zum Segen für beide. Warum gelingen uns die meisten Freundschaften gerade im Ausland? Und wie eine Stadt uns sofort anders erscheint, wenn wir ihr insofern verbunden sind, als wir ihr eine lebhafte Zukunft wünschen: um der Zukunft unserer Freunde willen. Vielleicht sehen wir weniger, wenn eigene Sorge und eigene Hoffnung hinzukommen, vielleicht auch mehr. Was überhaupt, wenn wir reisen, sehen wir? Das Absurde, daß sich alle Bücher und Briefe und mündlichen Berichte, die sich mit andern Ländern befassen, fast ausschließlich um die Unterschiede kümmern – der Abendländer hat einen Spürsinn entwickelt für alles Trennende, eine Wollust der feinen Unterscheidung, die ebenso reizvoll wie tödlich ist; dabei wäre es äußerste Zeit, daß wir die Scheinwerfer unseres Bewußtseins umdrehen: interessant ist jetzt das Gemeinsame. Und das auszusagen, dazu fehlt uns einfach die Übung und das bequeme Vorbild, selbst wenn der Wille vorhanden ist; unsere Gespräche verfallen doch immer wieder in das andere, das Gewohnte und Gekonnte und Genußreiche – .

Schlafwagen. Langer Halt – .

Draußen wieder ein Bahnhof, dessen Namen man nirgends lesen kann. Mitternacht ohne Dach. Das Volk auf Bündeln. Es regnet in Strömen.

Unser erster Abend in Wien gilt Mozart, dessen Denkmal auch nur noch ein Sockel ist, anzusehen, als wäre der Meister nebenan zum schwarzen Kaffee gegangen. Da die Staatsoper zerstört ist, spielen sie im alten Theater an der Wien, wo Mozart seine Uraufführungen hatte. Ein bezaubernder Abend. Die Fama lügt diesmal nicht: die Oper ist großartig.

Nachher ins Grinzing:

Die drei Musikanten, die unseren Damen ins errötete Ohr geigen, bekommen Zigaretten; wir dürfen wünschen. Es juckt mich, ich wünsche das Lied, das lange verbotene:

> Und der Haifisch, der hat Zähne
> Und die trägt er im Gesicht.
> Mackie Messer hat ein Messer,
> Doch das Messer sieht man nicht.

Auch im weiteren paßt es wunderbar, ich lasse die Musikanten nicht los, wir wollen es bis zur letzten Strophe, das Überholte dieser Lieder, die einmal Mode machten:

> Und die minderjähr'ge Witwe,
> Deren Namen jeder weiß,
> Wachte auf und war geschändet – .

Dann im Fiaker nach Hause.

Am Sonntagmorgen beim Bürgermeister. Ein alter Herr von unwiderstehlichem Charme. Wir stehen draußen auf dem Balkon des Rathauses, blicken über die kaiserlichen Plätze und fragen viel, da seine Antwort immer witzig und menschlich ist. Einmal bittet der Bürgermeister um gütige Erlaubnis, nach den Kartoffeln zu sehen, die er auf dem Herd hat; es ist Sonntag, und er ist Junggeselle; meine Frau geht als Beraterin mit. Später zeigt man uns eine Ausstellung: das Zimmer von Grillparzer, den Schreibtisch von Nestroy, das Bett von Metternich. Morgen sollen wir einen Wagen bekommen; wir sollen unbedingt nach Schönbrunn – .

Im Prater waren wir schon.

Das Riesenrad ist wieder in Gang – wir haben es gestern schon gesehen, als wir Wotruba in seinem Atelier besuchten, und wir haben nicht versäumt, das Riesenrad zu besteigen und emporzufahren in einen Abend voll regnerischer Dämmerung; der Blick auf die graue Stadt, die schwarzen Türme, die ferne Donau, die immer schon an Balkan erinnert – und unter uns also der Prater: da und dort ein Bombentrichter, ein Tümpel mit braunem Wasser, oder vielleicht sind es auch nur Baumlöcher, daneben eine

Ruine ohne Dach, das Unkraut auf dem Schutt, das Gras auf den Wegen und Plätzen, eine Tafel erinnert an frische Würstl, die Überreste eines Karussells, eine geborstene Rutschbahn, wo man ins Leere rutschen kann. Man denkt an den baumlosen Tiergarten in Berlin; dort sind es die Kurfürsten, hier das Tingeltangel, das versteppt. Außer der drolligen Frau, die uns die Kabine öffnete, sehen wir kaum einen Menschen, aber irgendwo gibt es einen Lautsprecher, der einen Walzer spielt, laut und blechern, während es langsam zu regnen beginnt.

In der Zeitung lese ich, daß die Bahnarbeiter zur Zeit einen Lohn haben, der nicht mehr genügt, um die ganze Lebensmittelkarte einzulösen, und dabei bleibt schon diese Lebensmittelkarte unter dem Nährwert, den der menschliche Körper mindestens braucht.

In der gleichen Woche noch einmal Mozart – leider gibt es nur noch eine Einzelkarte, so daß mir die Rolle des Gentlemans zufällt. Ich setze mich unterdessen in ein Kaffeehaus, wo die amerikanischen Soldaten sich mit ihren Mädels treffen. Immer zwischen sieben und acht. Sie kommen herein und lassen die Mädchen stehen, unterhalten sich untereinander, die Hände in den Hosentaschen, die Mütze in der Stirne, und die Mädchen wissen nicht recht, ob sie sich setzen sollen oder wie; sie wagen nicht, etwas zu bestellen. Es sind alles andere als Kokotten von Welt. Arme kleine Bummerl, die man sich als Näherinnen denken kann, als Zimmermädchen, denen auch der Lohn nicht reicht; meistens sind sie dick und bleich, schwammig, nur oberflächlich gepflegt, und man weiß nicht, wen man mehr bedauert. Im marmornen Hintergrund steht ein alter Wiener Kellner, der vielleicht noch Schnitzler bedient hat, mindestens aber Karl Kraus; auch er sieht sich die Sache an, wartend mit gewundener Serviette, bis die Jungens bestellen werden. Sie hocken nun rittlings auf den Sesseln, deren rotes Polster ziemlich zerschlissen ist, und einer, scheint es, ist ein Spaßmacher, alle lachen. Und die Bummerl stehen immer noch wie Maultiere, wenn der Bauer in die Wirtschaft geht und einen kippt. Später bekommen sie zu essen. Die Jungens, die ihre Beine von sich spreizen, haben schon in der Messe gegessen, sie kauen nur noch, wortlos, während die kleinen Wienerinnen sich stärken. Ich finde einen einzigen, der schäkert; im übrigen ist es ein Einkauf von beklemmender Öde und Langeweile. Dann zu Mozart zurück.

Die Premiere, die unterdessen vonstatten ging, mußte ein großer Erfolg sein, Beifall nach jeder Arie; sonst wäre die Vorstellung längstens zu Ende. Es warten über zweihundert Wagen. Da und dort ein Jeep, sonst lauter Glanz, es riecht nach Generalen aller Wappen. Gespräch mit einem Einheimischen; er berichtet mir von einer Sängerin, die jetzt bejubelt wird, eine gewesene Führerin im Bunde deutscher Mädel, jetzt Geliebte eines britischen und eines russischen Offiziers, eine der wenigen, die überall hin reisen können. Nachprüfen kann ich es nicht – die Vorstellung ist aus: bereits kommen die ersten Uniformen, Franzosen mit steiler Mütze, ein großer Brite, Damen mit langen Kleidern und Pelz. Amerikaner, Russen mit Stiefeln und breitem Gesicht . . . Gespielt wurde die »Zauberflöte«.

Berlin – wenn man es von Wien aus erinnert: an beiden Orten gibt es kaum eine sichtbare Brücke nach der Zukunft, aber Berlin hat wenigstens eine Gegenwart, die Gegenwart eines klaffenden Schlundes, und es ist immer wieder so, daß es den Atem verschlägt, wenn man in diesen Schlund blickt: Hunger und Verbrechen, Sterben, einmal ein Bummel im Grunewald, Sonne wie überall auf der Welt, ein alter Herr sammelt Zweige, dazu das Brummen eines fremden Bombers, Kinder auf Schutt, Schwindsucht und Gangstertum, Trümmerweiber, Tanz mit langen Abendkleidern. Man lebt von Tag zu Tag. Man hofft von Nacht zu Nacht. Man lacht von Flasche zu Flasche. Man weiß. Und das ist etwas wie eine letzte Würde. Man träumt nicht. Man fährt eine volle Stunde durch Trümmer und tritt in ein Haus, das der Zufall verschont hat, und steht in einem Zimmer mit Leuchtern, wo getanzt wird fast ohne Leichtsinn, aber mit dem Witz der Hoffnungslosen, ohne viel Wehmut, wach in einem Grade, der den Außenseiter immer wieder fasziniert. Das bißchen Leben, das sich unverschämt ausnimmt in einem Meer von steigendem Elend, hat oft eine Augenblicklichkeit, eine Heiterkeit, die unverlogen und schon jenseits des Mutes ist, eine klingelharte und funkelnde Gegenwart, bis eine Tanzende hinfällt – vielleicht betrunken; vielleicht ist es nur der Mangel an Kalorien.

Berlin ist ein Totentanz.

Wien – allerdings bin ich zum erstenmal in dieser Stadt, aber unsere Mutter hat oft davon geschwärmt, und zuweilen ist es in der Tat, als halten sich die Wiener durchaus an die Erinnerungen unserer Mütter. Vieles ist natürlich verlottert, aber nichts fällt aus der Reminiszenz. Die Lage ist grausam auch hier. Aber alles bleibt wie unter einem Schleier; man lebt noch immer aus der verlorenen Kaiserlichkeit, scheint es, und niemand, wenn man ihn nicht nötigt, redet von der Frage, was diese Stadt eigentlich für eine Zukunft haben soll. Die Berliner sagen: Wir werden's schon schaffen! Die Wiener sagen: Ach, schaun S', das wird sich schon wieder geben! Die russischen Gesichter, die man auf der Straße zuweilen als einzige Gegenwart empfindet, obschon sie nicht zahlreich sind, sie prallen auf keine andere Gegenwart; irgendwie geht alles aneinander vorbei, das Ganze wie ein Schattenspiel, ungreifbar und unverletzlich. Das weiche Nachgeben ins Lächelnd-Unverbindliche. Zuweilen auch gespenstisch: der frühe Abend ohne Laternen, wenn es in die Dämmerung schneit, ist wirklicher als der Tag; es ist das Wien des jungen Hofmannsthal, wenn er das Venedig des Canaletto besingt, und nie wäre man verwundert, wenn eine Karosse durch die alte Allee käme – der Sturm, der dieser Tage herrscht, hat einzelne Bäume geworfen, und es scheppert von Firmenschildern, die zerschossen oder sonst kaputt sind, Ziegelsteine fallen aus den Ruinen, zwei Menschen wurden getötet, und nebenan in der Ruine flattert ein eiserner Rolladen, den niemand holen kann, er poltert und knallt und flattert wie eine Fahne von Rost. Aber das Zimmer, wo wir sitzen, ist unversehrt; ein echtes Biedermeier, die junge Frau versichert, daß sie nie vergewaltigt worden sei, und macht uns einen Kaffee. Auch das kam vor. Überhaupt hat es vielleicht wenig Sinn, über Städte zu reden – wichtiger und meistens auch schöner, wo es auch sei, ist die Begegnung mit zwei oder drei Menschen.

Nachtrag.

Was mich nach dieser Reise beschäftigt: der Begriff der Provinz. Natürlich ist es nicht eine Frage der Einwohnerzahl. Provinz ist ein geschichtlicher Ort, wo ein eigenes und zugleich welthaftes Geistesleben nicht möglich ist: entweder ist es eigen, aber nicht welthaft, oder wenn es sich welthaft gibt, ist es nicht eigen. Wenn man es so nimmt, stellt sich zuweilen die Frage, ob nicht der deutsche Sprachraum, dem wir zugeboren sind, im Begriffe ist, Provinz zu werden, und zwar als Ganzes. Eine deutsche Klassik, das gibt es. Auch Hauptmann und Hofmannsthal und Brecht. Alles Junge, was die deutsche Bühne spielt, bezieht sie aus dem Ausland; aus Frankreich, aus den angelsächsischen Ländern, aus den wirklichen Hauptstädten der Welt. Ein deutsches Drama, das eigen und zugleich welthaft wäre, kann es das in diesem Augenblick geben? Man vertröstet sich immer mit der Zeit; die Talente werden schon kommen. Kein Zweifel. Es ist aber nicht eine Frage der Talente, sondern der geschichtlichen Lage, die ihre mögliche Bedeutung bedingt. Der Sprachraum, den sie vorfinden, ist eine Länderei ohne eigenen Kopf. Berlin und Wien, die sich noch immer für Hauptstädte halten, sind vielleicht die Spielplätze der Entscheidungen; aber selber entscheiden sie nichts. Nicht einmal ihren eigenen Alltag; also weniger als Lissabon oder Stockholm oder Zürich. Beide Städte, Berlin und Wien, sind ferngesteuerte Ruinen. Der Bankrott ist nicht von heute; er ist das Ergebnis eines Unvermögens, ein Volk unter Völkern zu sein. Was ein deutscher Dichter von dieser Ohnmacht her aussagen kann, das ist eine schwere Frage. Ich meine nicht, daß die Werke, die wir ersehnen, nur in einer Hauptstadt entstehen können, das natürlich nicht. Aber es handelt sich um das Verhältnis zur Welt, das bei den meisten Deutschen ziemlich verwundet ist; meistens ist es untertänig oder verschwörerisch. Oder man ist weltfremd, das ist der andere Weg, der keiner ist: der Rückzug auf Hölderlin und Beethoven, der berühmte Rückzug auf die Innerlichkeit. Zur gleichen Zeit gibt es italienische Bücher und Filme, die man als Brücke nach der Zukunft empfindet. Warum sollen solche Werke nicht auch aus Deutschland kommen? Italien hat allerdings eine Plattform, wo das Gespräch mit der Welt weiter möglich ist, nämlich die geschichtliche Tatsache eines Widerstandes, der sich zur Geltung brachte. Das soll nicht sagen, daß es außer dem Aufstand jener Offiziere, die bloß die deutsche Niederlage verhindern wollten und für die außerdeutsche Welt kaum ins Gewicht fallen, keinen wirklichen Widerstand gab; wohl in jeder Stadt kennen wir Männer, die das Äußerste getan haben; aber gerade sie leben nun in doppelter Ohnmacht: ohnmächtig gegenüber ihren eigenen Landsleuten – und darum auch wieder ohnmächtig gegenüber der Besetzung.

»Sehen Sie«, sagt der Mann in der Dachstube: »Wir kommen immer auf das gleiche – wir hätten uns selber befreien müssen, das ist nicht die Sache der Sieger. Vielleicht waren wir immer zu wenige; jedenfalls sind wir es jetzt. Es ist lächerlich, man kann der Besatzung keine Vorwürfe daraus machen, höchstens den Vorwurf der Heuchelei.«

Was läßt sich dagegen sagen?

Am Ende wehrt sich immer wieder das bloße Gefühl, daß das Ersticken eines ganzen Sprachraumes einfach nicht möglich sei, daß so viel Untergang nicht erlaubt sei – .

Ein Gefühl, daß sich jetzt bei jeder Heimkehr nicht nur wiederholt, sondern von Mal zu Mal verdichtet: das Gefühl von der Irrelevanz unserer schweizerischen Existenz. (1948)

Unbewältigte schweizerische Vergangenheit

Unter diesem Titel befaßte sich Peter Rippmann mit der schweizerischen Flüchtlingspolitik in der Hitler-Zeit, und natürlich wäre unter diesem Titel noch allerlei vorzutragen; aber davon soll jetzt nicht die Rede sein; was mich im Augenblick beschäftigt, ist der Titel selbst. Warum hat dieser Slogan (ich habe ihn auch schon gebraucht, wenigstens mündlich) keine Chance, etwas in Bewegung zu bringen? Wer von unbewältigter Vergangenheit hört, denkt an Deutschland; der Begriff ist in Deutschland formuliert worden. Sprechen wir von der unbewältigten Vergangenheit der Schweiz, so wirkt es peinlich, Gewissensqual aus zweiter Hand; es riecht nach intellektueller Anbiederung an Deutschland und somit provinziell; es wirkt sogar komisch durch die Verspätung. Vor allem verhindert dieser Slogan, daß uns die Dinge, die er etikettiert, wirklich zu schaffen machen. Erstens wird man sagen müssen: Himmler und unser Rothmund, das ist dann immerhin noch ein Unterschied. Die Verweigerung des Asyls (»Das Schiff ist voll«) und der Massenmord, das läßt sich in der Tat nicht unter den gleichen Slogan bringen. Zweitens erscheint ein Gewissen, das sich als Plagiat formuliert, wenig glaubhaft. Wieso formulieren wir's als Plagiat? Das ist nicht ungeschickt, im Gegenteil, das ist sehr geschickt; spricht man nämlich als Schweizer über die Schweiz, wörtlich von unbewältigter Vergangenheit, so wird eben durch die Übernahme der Terminologie schon der Vergleich mit dem damaligen Deutschland eingebaut, ein Vergleich, der selbstverständlich, was das Ausmaß der Schuld betrifft, zu unsern Gunsten ausfallen muß. Schließlich haben wir niemand vergast. Dies als Ergebnis der schweizerischen Selbsterforschung. Wir sind, indem wir uns terminologisch der deutschen Selbsterforschung anschließen, vergleichsweise immer die Unschuldigen, und was in der Schweiz geschehen oder unterlassen worden ist, scheint nicht der Rede wert. Tatsächlich ist meines Wissens wenig erzählt oder geschrieben worden, was als Bewältigung unserer Vergangenheit gewertet werden könnte, wenig im Vergleich zu den Memoiren, die heroisieren oder lieber noch idyllisieren. Dabei haben die meisten von uns durchaus Erinnerungen an die Realität, und wenn das Gedächtnis nachläßt, gibt es Dokumente, die zum Vorschein gekommen sind und die uns beschäftigen müßten, sofern wir die Schweiz als eine Realität wollen, nicht als Plakat, das niemals ein Lebensraum sein kann. Meine Frage:

Wieweit wird die schweizerische Vergangenheit, die Zeit von 1933 bis 1945, erkennbar in unserer Literatur? Was Peter Rippmann in seinem Aufsatz aufgreift: wieviel oder wie wenig davon hat Gestalt bekommen in der schweizerischen Literatur? Ich denke nicht an literarische Proteste gegen Hitler, die es gegeben hat (vor allem vor dem Krieg) und die noch nichts aussagen darüber, wie unser Volk sich verhalten hat im Guten und im Bösen, sondern ich frage nach Darstellungen des schweizerischen Verhaltens selbst, so wie die Deutschen sie haben, die Franzosen, die Italiener. Hat die Schweiz der letzten Jahrzehnte eine Literatur, in der sie sich erkennen muß, und wenn nicht, warum nicht? Freilich gibt es ein großes Stück, das unser schweizerisches Dilemma darstellt, aber es ist ein Stück von Brecht, nämlich »Der gute Mensch von Sezuan«; warum gibt es kaum eine Darstellung am schweizerischen Beispiel?

Private Krisen

Wir mußten Dinge tun, die Verrat an unseren Grundsätzen waren, und sie werden dadurch, daß wir die Erinnerung daran verdrängen und durch keine Literatur auf sie verwiesen bleiben, nicht aus der Geschichte geräumt; das versetzt uns lediglich in ein Vakuum; das wiederum macht unsicher und empfindlich. Bleiben wir bei der Literatur. Wir haben ein anderes Stück, nicht minder groß, ein Stück von Dürrenmatt, »Der Besuch der alten Dame«: anwendbar auf die Schweiz, gewiß, aber es meint nicht die Schweiz im besonderen, es ist anwendbar auch auf andere. (Dasselbe gilt von »Andorra«.) Gäbe es einen literarischen Atlas, so erschiene die Schweiz zur Hitler-Zeit als eine Terra incognita: weiß, was aber nicht Unschuld bedeutet. Wenn wir vom Eigenlob absehen, das zwar geschrieben werden kann, aber nie Literatur wird, zeigt sich, daß unser Land kaum noch ein Thema der schweizerischen Literatur ist. Insofern kann man allerdings von einer schweizerischen Literatur sprechen, die sich unterscheidet von französischer, deutscher, italienischer Literatur; wir befassen uns nicht mit Schuld. Wenn Schuld, dann Allerweltsschuld oder

Schuld einer Person, aber nicht Landesschuld. Haben wir keine? Jedenfalls scheint uns keine zu bedrängen; der große Roman, der sie darstellt und durch Darstellung bewältigt, ist mir nicht bekannt. Ist die Schweiz kein tragisches Thema? Wer an der Schweiz leidet, erscheint als Psychopath; sein Unbehagen reflektiert bloß seine Person, sein Versagen als Individuum, seine private Krise, das Ressentiment eines Kranken gegenüber dem Kollektiv, das gesund ist. Ich verwundere mich oft, wenn ich im Ausland anzutreten habe als Schweizer, über das Ausbleiben einer Frage, die von außen kommen könnte: Was ist euer Beitrag an verbindlicher Selbstdarstellung? Vielleicht hatte die Schweiz noch selten so viele Talente wie heute, stilistische Talente. Was schreibt die junge Generation? Die Geschichte des Landes, seine jüngste Vergangenheit, sein Verhalten angesichts der Katastrophe, deren Folgen auch unsere Existenz bestimmen, sind kaum ihr Gegenstand; die jüngere Literatur der Schweiz, die Generation, die in Deutschland vertreten ist durch Martin Walser, Uwe Johnson, Günter Grass, Hans Magnus Enzensberger, Alexander Kluge und viele andere, ist fast ausnahmslos apolitisch oder abstrakt-politisch, und es gibt hier nichts zu bewältigen, scheint es, im Gegensatz zu Deutschland und Frankreich und Italien; die Auseinandersetzung mit den gesellschaftlichen Utopien des Zeitalters spielt hinein, aber ist nicht der Brennpunkt. Das Vater-Sohn-Problem, ja, aber es stellt sich nicht geschichtlich; das Ich-Problem, das Realität-Problem, das Ehe-Problem, vor allem aber das Erzähl-Problem. Was schweizerisch ist: die landschaftliche oder städtische Szenerie, die soziale Gegebenheit als Szenerie, nicht als Thema. Was beim Älteren als Resignation bewertet werden mag, als Rückzug, erscheint bei den Jüngeren als Ausgangslage: ohne Resignation, blank und unbedenklich. Das ist kein Anlaß zum Vorwurf, aber zur Frage: Ist unser Land für seine Schriftsteller kein Gegenstand mehr? Und wenn es so sein sollte: Warum? Was heißt das in bezug auf das Land? Literatur ist eine Wünschelrute: wo sie nicht in Bewegung gerät, da ist keine Quelle. Ist das die Antwort? Ich weiß nicht. (1965)

Überfremdung I

Ein kleines Herrenvolk sieht sich in Gefahr: man hat Arbeitskräfte gerufen, und es kommen Menschen. Sie fressen den Wohlstand nicht auf, im Gegenteil, sie sind für den Wohlstand unerläßlich. Aber sie sind da. Gastarbeiter oder Fremdarbeiter? Ich bin fürs letztere: sie sind keine Gäste, die man bedient, um an ihnen zu verdienen: sie arbeiten, und zwar in der Fremde, weil sie in ihrem eignen Land zurzeit auf keinen grünen Zweig kommen. Das kann man ihnen nicht übelnehmen. Sie sprechen eine andere Sprache. Auch das kann man nicht übelnehmen, zumal die Sprache, die sie sprechen, zu den vier Landessprachen gehört. Aber das erschwert vieles. Sie beschweren sich über menschenunwürdige Unterkünfte, verbunden mit Wucher, und sind überhaupt nicht begeistert. Das ist ungewohnt. Aber man braucht sie. Wäre das kleine Herrenvolk nicht bei sich selbst berühmt für seine Humanität und Toleranz und so weiter, der Umgang mit den fremden Arbeitskräften wäre leichter; man könnte sie in ordentlichen Lagern unterbringen, wo sie auch singen dürften, und sie würden nicht das Straßenbild überfremden. Aber das geht nicht; sie sind keine Gefangenen, nicht einmal Flüchtlinge. So stehen sie denn in den Läden und kaufen, und wenn sie einen Arbeitsunfall haben oder krank werden, liegen sie auch noch in den Krankenhäusern. Man fühlt sich überfremdet. Langsam nimmt man es ihnen doch übel. Ausbeutung ist ein verbrauchtes Wort, es sei denn, daß die Arbeitgeber sich ausgebeutet fühlen. Sie sparen, heißt es, jährlich eine Milliarde und schicken sie heim. Das war nicht der Sinn. Sie sparen. Eigentlich kann man ihnen auch das nicht übelnehmen. Aber sie sind einfach da, eine Überfremdung durch Menschen, wo man doch, wie gesagt, nur Arbeitskräfte wollte. Und sie sind nicht nur Menschen, sondern anders. Italiener. Sie stehen Schlange an der Grenze; es ist unheimlich. Man muß das kleine Herrenvolk schon verstehen. Wenn Italien plötzlich seine Grenze sperren würde, wäre es auch unheimlich. Was tun? Es geht nicht ohne strenge Maßnahmen, die keinen Betroffenen entzücken, nicht einmal den betroffenen Arbeitgeber. Das ist natürlich. Es herrscht Konjunktur, aber kein Entzücken im Lande. Die Fremden singen. Zu viert in einem Schlafraum. Der Bundesrat verbittet sich die

Einmischung durch einen italienischen Minister; schließlich ist man unabhängig, wenn auch angewiesen auf fremde Tellerwäscher und Maurer und Handlanger und Kellner und so weiter, unabhängig (glaube ich) von Habsburg wie von der EWG. Ganz nüchtern: 500 000 Italiener, das ist ein Brocken, so groß wie der Neger-Brocken in den Vereinigten Staaten. Das ist schon ein Problem. Leider ein eigenes. Sie arbeiten brav, scheint es, sogar tüchtig; sonst würde es sich nicht lohnen, und sie müßten abfahren, und die Gefahr der Überfremdung wäre gebannt. Sie müssen sich schon tadellos verhalten, besser als Touristen, sonst verzichtet das Gastland auf seine Konjunktur. Diese Drohung wird freilich nicht ausgesprochen, ausgenommen von einzelnen Hitzköpfen, die nichts von Wirtschaft verstehen. Im allgemeinen bleibt es bei einer toleranten Nervosität. Es sind einfach zu viele, nicht auf der Baustelle und nicht in der Fabrik und nicht im Stall und nicht in der Küche, aber am Feierabend, vor allem am Sonntag sind es plötzlich zu viele. Sie fallen auf. Sie sind anders. Sie haben ein Auge auf Mädchen und Frauen, solange sie die ihren nicht in die Fremde nehmen dürfen. Man ist kein Rassist; es ist schließlich eine Tradition, daß man nicht rassistisch ist, und die Tradition hat sich bewährt in der Verurteilung französischer oder amerikanischer oder russischer Allüren, ganz zu schweigen von den Deutschen, die den Begriff von den Hilfsvölkern geprägt haben. Trotzdem sind sie einfach anders. Sie gefährden die Eigenart des kleinen Herrenvolkes, die ungern umschrieben wird, es sei denn im Sinn des Eigenlobs, das die andern nicht interessiert; nun umschreiben uns aber die andern –

Wollen wir das lesen?

Ein Buch dieser Art, das nicht eine These vorlegt, sondern Material, läßt sich nach verschiedenen Richtungen lesen, vielleicht am ergiebigsten, wenn ich es nicht als Schweizer lese, beispielsweise ganz literarisch: wie tönt es, wenn einfache Leute von sich selbst erzählen? Da gibt es Stellen fast in jedem Gespräch, die an die Bibel erinnern, in der Umständlichkeit des Vortrags so lapidar-konkret, daß ich aufhorche, selbst wenn mir die Tatbestände bekannt sind. Was erleben sie? Der Mensch als Arbeitskraft in einer Gesellschaft des freien Unternehmertums, gewiß, aber ihre Erfahrung bleibt durchaus unpolitisch, ein Gefühl, das sich als Heimweh versteht. Da spricht kein einziger Revolutionär. Das hat etwas Rührendes. Alle sprechen von der Familie. Das ist ihr

Ethos; ein christliches Ethos, auch ein sehr mittelmeerländisches. Trennung von der Familie, Sparen für die Familie, Wohnen mit der Familie, die Hoffnung auf ein kleines Haus nicht in der Fremde, sondern in Sardinien oder in der Romagna oder in Sizilien, davon ist immer wieder die Rede. Manchmal tönt es fast antikisch. Kultur kommt nicht als Bildung, sondern als praktisches Erbe; Humanität nicht als Theorie. Da spricht ein Menschenschlag, der höflich ist noch in der Beschwerde. Keine Welt-Erzieher. Und Geld als Geld ist kein Maß, nicht einmal bei den Dümmeren; auch wenn sie kaum wissen, was ihr anderes Maß ist, so haben sie es und sind nicht gefaßt darauf, daß andere es nicht kennen. Ein seltsamer Menschenschlag: eigentlich sehr demütig, naiv, nicht untertänig und nicht knechtisch, aber auch nicht arrogant, nur nicht auf Demütigung gefaßt, übrigens wenig nationalistisch noch in der Diaspora, nicht machtsüchtig, lebensgläubig wie Kinder erschrecken viele über den Schnee im fremden Land und brauchen lange Zeit, bis sie merken, welcher Art die Kälte ist, die sie erschreckt –

Die andere Seite ist uns bekannt:

der Mythos, den die Schweiz sich selber gibt, und die Tatsache, daß der Mythos keine Probleme löst, daher die Hysterie der Hilflosigkeit; jedes Problem, das wir selbst zu bewältigen haben, schickt den Begriff der Schweiz in die Reparatur.

Hoffentlich gelingt sie – (1965)

Überfremdung II

Was heißt Überfremdung?

Der junge Mann im Hotel, der meinen Koffer nimmt, das Zimmermädchen, dann der Kellner in der Bar, später der Nacht-Portier, der andere Kellner beim Frühstück, lauter Menschen, die mir den Aufenthalt im Vaterland angenehm machen, sind der Reihe nach: ein Spanier, der immerhin eine Landessprache spricht, nämlich Italienisch, eine Jugoslawin, ein Italiener, noch ein Italiener, ein dritter Italiener, ein (ich habe den Concierge vergessen) Rheinländer; wer das Geschirr spült und die Hemden wäscht, weiß ich nicht; Mundart spricht immerhin der Besitzer. Wie soll man es anders nennen als Überfremdung? Die Bezeichnung stammt bekanntlich aus der Zeit vor dem Ersten Weltkrieg; infolge sprachlicher Interferenzen (Überschwemmung, Überdruck, Überrumpelung, Übermacht, Überfall usw.) hat diese amtliche Bezeichnung von vornherein einen Alarm-Ton: man wittert Landesgefahr, und indem diese nicht als Folge eines eignen Versagens interpretiert wird, sondern etikettiert als Bedrohung von außen, hat die Bezeichnung etwas Patriotisches: Hier das Gesunde und Ein-für-alle-mal-Richtige und Einheimische und Weiß-Gott-Bewährte, kurzum das Schweizerische, und da kommen nun mitten in unseren Wohlstand unversehens Fremdlinge in Scharen, immer kleinere und immer schwärzere, Calabresen, Griechen, Türken. Hat der Einheimische das verdient? Wenn man an Stammtischen zuhört: die Schweizer fühlen sich als die Unschuldig-Bedrängten.

(Als Deutschschweizer, der im Tessin wohnt, wäre man versucht zu sagen: Nun haben wir eben die Italianità nicht in Locarno, sondern in Oerlikon. Man könnte die Sache auf die leichte Schulter nehmen; aber das gelingt mir, offen gestanden, nicht einmal im Tessin.)

Wir werden integriert

Die statistischen Tabellen, die mir zur Verfügung gestellt worden sind, brauche ich hier nicht vorzulegen, auch nicht die Weltkarte, die bekannt ist: Europa zwischen Amerika und Rußland, von

China zu schweigen; wir wissen, daß Europa sich nur noch als Union wird behaupten können. Es ist klar: wenn eine europäische Union nicht gelingt, dann gibt es auch keine Souveränität der Schweiz mehr, oder mit andern Worten: wenn wir von Souveränität sprechen, setzen wir voraus, daß eine europäische Union gelinge. Was tragen wir dazu bei? Nicht nur die Karte, wo die NATO-Länder schraffiert sind, auch die Europakarte, wo schraffiert ist, was zur EWG gehört, zeigt die Schweiz als weiße Enklave. Wir haben unsere Gründe dafür. Bisher vom Krieg verschont durch Schlauheit und Glück, neutral, wenn auch einseitig und eindeutig dem Westen verpflichtet, also angewiesen auf das Gelingen einer europäischen Union, aber neutral, wie gesagt, leben wir in einer Vorstellung von nationaler Souveränität, die uns verbietet, in verbindlicher Weise teilzunehmen an der Gestaltung eines neuen Europa. Andere betrachten uns infolgedessen als Nutznießer. Wir wollen einfach eigenständig bleiben. Vielleicht ist man drum, weil man sich selbst als Nutznießer empfindet, so militant im Kalten Krieg; man will ja kein Ofenhocker sein, nur eben neutral um eigenständig zu bleiben. Dieser Wunsch ist unser gutes Recht; es fragt sich lediglich, ob die Wirklichkeit darauf eingehen wird. Die Schweiz – wenn auch nicht das freie Unternehmertum, so doch der Bundesrat – unterläßt alles, was uns in Abhängigkeit bringen könnte von unserer Umwelt; diese oder jene Mitgliedschaft, unumgänglich für ein Land, das in Europa liegt, wird erst nach verantwortungsbewußtem Zögern eingegangen, so spät wie irgend möglich, und in dieser Hinsicht, glaube ich, vertritt unser Bundesrat tatsächlich den Geist unserer Bevölkerung.

Und nun die Paradoxie: Ausgerechnet das Land, das durch passive Neutralität hofft, seine Eigenständigkeit wahren zu können, sieht sich überfremdet wie kein anderes. Überschwemmt, überrumpelt, überfallen: überfremdet. Die weiße Enklave, darstellend die Schweiz als Nicht-Mitglied der europäischen Integration, gibt es offenbar nur auf der Karte: in Wirklichkeit werden wir integriert ... Hier weiß ich zu wenig, um mir klarzuwerden über Zufall oder Zwangsläufigkeit; ich notiere die Paradoxie. Das besagt nicht, daß einer Schweiz, die sich initiativ an der europäischen Integration beteiligt hätte, deswegen die Überfremdung erspart geblieben wäre; man würde sie vielleicht anders bezeichnen; vielleicht würde die Statistik etwa die selben Zahlen melden, und trotzdem wäre es nicht dasselbe, ob man sich integriert: aktiv, oder ob man integriert wird: passiv. Das ist nicht nationalökonomisch gesprochen, nur psychologisch: der Aktive fühlt sich eigenständiger. Und es geht hier (unter anderem) um Gefühle. Die Paradoxie, die wir zu notieren haben, besagt aber, daß die passive Neutralität, die Doktrin unseres Landes, seine Eigenständigkeit auch nicht zu schützen vermag. Die Erfahrung, daß eine parasitäre Isolation offensichtlich nicht möglich ist und daß das Dogma vom freien Unternehmertum, das als unser National-Dogma gilt, sich als gefährlich erwiesen hat, müßte eigentlich ein politischer Alarm sein: eine Erfahrung, die zum Umdenken zwingt.

Davon ist nichts zu bemerken.

Ob unsere Vorstellung von nationaler Eigenständigkeit, eine Vorstellung, die unser politisches Denken bestimmt, vielleicht eine atavistische Vorstellung geworden ist, diese Frage ist peinvoll; aber sie stellt sich.

Was ist zu tun?

Also die Überfremdung ist da.

14 Prozent.

Was ist zu tun?

Einmal angenommen, wir schaffen heute die Fremdenpolizei ab: – unsere Unternehmer sollen Ausländer einstellen, soviel sie wollen, und wer hier arbeiten will, weil er zuhause nicht genug verdienen kann, soll er; wer das Territorium, das uns als Heimat teuer ist, kaufen will, weil er genug Geld hat und nicht genug Vertrauen in das deutsche Wirtschaftswunder, soll er; wer keinen Anstoß nimmt an unserer Mundart und sich trotz unserer Anwesenheit in diesem schönen Land, das ihn staatsbürgerlich nicht behelligt, im großen ganzen wohlfühlt, soll er; und wer hier eine Fabrik bauen will oder gar nichts will, nur die Aussicht auf einen See mit Gedankenfreiheit und später einmal einen Paß, damit er überall reisen kann; wer meint, unsere Schulen seien besser, wer Höhenluft braucht für sein Asthma oder für das Asthma seiner Frau und wer einfach keine Lust hat, die Schweiz zu verlassen – und so weiter . . .

Oder umgekehrt:

Einmal angenommen, es kommt uns keiner mehr über die

Grenze, kein Italiener und kein Türke und kein Grieche, es sei denn, sie wohnen im Palace-Hotel und wir stellen ihnen eine Rechnung, daß sie von selber weiterziehen; arbeiten dürfen nur Schweizer, und lieber tragen wir unseren Koffer selbst, als daß ein stolzer Spanier uns bedient; kein Lehrstuhl für einen Ausländer; wir wollen unter uns sein, Einheimische unter Einheimischen, und wer noch nicht Mundart spricht, soll sich vorsehen, ausgenommen bei Kongressen; wir lesen die Literatur des Auslands, und unsere Ausstellungen zeigen die Kunst des Auslands, und überhaupt haben wir grundsätzlich nichts gegen Ausländer, wenn sie sich hier nicht niederlassen, um uns zu beeinflussen; wir sind stolz auf die Gräber berühmter Männer von Georg Büchner bis James Joyce, aber die Fremdenpolizei soll dafür sorgen, daß sie möglichst kurz vor ihrem Hinscheiden kommen; wir wollen, wie gesagt, unter uns sein; was den Boden betrifft, so erklären wir ihn nicht als volkseigen, aber als Nationalpark für einheimische Spekulanten, die unseren Boden lieben; der Flughafen Kloten wird weiterhin ausgebaut zwecks Weltoffenheit, was heißen soll, daß uns die Welt offensteht, aber die Schweiz nur den Schweizern – und so weiter ...

So oder so wäre es ein Schildbürgerstreich.

Der Mittelweg, der einzig mögliche und daher der einzige, der uns hier beschäftigt, ist dargestellt in der Schrift, die ich mit Hochachtung gelesen habe: »Bericht der Studienkommission für das Problem der ausländischen Arbeitskräfte, herausgegeben vom Bundesamt für Industrie, Gewerbe und Arbeit«, 1964.

Lassen Sie mich davon ausgehen.

Verteidigungs-Mentalität

Das erste, was mir dabei auffällt: die Schweiz erscheint als etwas Großartig-Gewordenes, das zu verteidigen ist, nicht als etwas Werdendes. Fast hat man den Eindruck, daß Zukunft überhaupt als Bedrohung empfunden wird. Daher immer und immer der Begriff der Verteidigung, der Abwehr. Eine andere Hoffnung als eben diese, daß wir trotz der geschichtlichen Entwicklung bleiben, was wir sind, kommt nicht zum Ausdruck; sie scheint nicht zu bestehen und nicht vermißt zu werden. Das finde ich, offen gestanden, beunruhigender als die Zahlen in den Tabellen. Wir leiden, so scheint mir, an einer Verteidigungs-Mentalität. Das gilt nicht nur von diesem sehr besonnenen und gründlichen und in seinen Empfehlungen humanen Bericht im besonderen; das ist die Geisteslage unseres Landes. Die Schwäche der Verteidigungs-Mentalität: man erreicht bestenfalls, was man schon gehabt hat, und das ist kein Ansporn, kein Anreiz zur schöpferischen Bewegung. Das hat etwas Rentnerhaftes. Insofern ist es nicht verwunderlich, daß unsere jungen Leute, wenn es um die Schweiz geht, sich unauffällig auf dem Absatz drehen, als ginge es um eine Angelegenheit der alten Herren. Was will die Schweiz von der Zukunft: ihre Vergangenheit? Es ist in der Tat sehr schwierig, ein Ziel zu nennen, das über das Erreichte (und das ist allerhand) hinausreicht, also ein Gefälle herstellt, einen Sog auf die Zukunft hin, eine Hoffnung, die kreative Kräfte auslöst. Wovon denn (nicht nur wenn es sich um Überfremdung handelt) ist die Rede? Vom Bestand, der zu schützen ist; nie von einem Entwurf, der zu verwirklichen wäre. Ich sage nichts gegen diesen Bestand; ich glaube nur, daß Selbstvertrauen, bei einer Gemeinschaft wie beim Einzelnen, weniger aus dem Bestand zu beziehen ist als aus der Schaffenskraft oder auch nur Schaffenslust, also aus dem Entwurf. Wo aber Selbstvertrauen ausfällt, kommt die Verteidigungs-Mentalität, Ängstlichkeit begleitet von empfindlichem Dünkel. Bestand gegen Entwurf, das heißt: als fremd empfindet man schließlich die Zukunft überhaupt, weil man ihr nicht mit einem Entwurf entgegengeht, und jede Veränderung ist infolgedessen eine unfreiwillige, eine unumgängliche, aber eine uneigene, eine bedrohliche, eine aufgezwungene, eine Überfremdung.

Sieben zu eins

Jeder achte Mensch, der in der Schweiz arbeitet oder Golf spielt, ist also ein Ausländer, oder mit anderen Worten, jeder Ausländer, den Sie auf Grund der gesetzlichen Bestimmungen zulassen, wohnt unter sieben Einheimischen.

Noch niemand hat gesagt:

Kommt nur, Ihr italienischen Arbeiter, Ihr Griechen, Ihr Türken, Ihr Spanier, Ihr deutschen Fachleute, Ihr alle, die Ihr noch nie eine Demokratie erfahren habt, Ihr verbohrten Kommunisten vor allem (das sind zwar wenige, und jedenfalls sind sie machtloser als die Statthalter der amerikanischen oder deutschen Industrie, die uns sicher nicht Marxismus ins Nest legen, die stillen Bodenkäufer, die Bankgeheimnis-Kunden, die Steuer-Erholungsbedürftigen, die Weltmarkt-Eroberer), aber kommt nur, Ihr alle, und lebt einige Jahre in unserem Land, und Ihr werdet, infiziert durch das tägliche Vorbild, Eure Länder verschweizern; Ihr werdet fortan anders denken, nachdem Ihr unsere Lebensart erfahren habt; in Spanien wird Franco sich langsam Sorgen machen müssen, da Ihr heimkehrt mit dem Wissen, was Menschenrechte sind, und in Italien können die kommunistischen Funktionäre sich als Vogelsteller betätigen, wenn Ihr heimkehrt aus der Schweiz, und in Bonn wird der Geist der Landsgemeinde überhandnehmen, Franz Josef Strauß kann sich einen Beruf suchen, und in Texas wird man dazu übergehen, die Verfassung zu achten.

Warum sollen nur wir infiziert werden?

Es ist doch wahr: ein Ausländer unter sieben Einheimischen, und wer ist besorgt, daß die andere Lebensart ihn anstecken könnte: die sieben Einheimischen. Soll das heißen, daß der Schweizer, der sich so gern seiner Bescheidenheit rühmt, tatsächlich bescheiden ist, zu bescheiden, oder handelt es sich um ein Eingeständnis, und wenn nicht Eingeständnis, so doch um eine uneingestandene Erfahrung, daß wir nur für uns selbst ein Leitbild sind? daß unsere Art zu leben, unsere Denkart, die wir in Wort und Tat anzubieten haben, nicht fasziniert? daß wir selbstzufrieden sind, aber nicht überzeugend mit alldem, womit wir uns zufrieden geben, nicht ansteckend, unser Wesen ohne Ausstrahlung, und was der Fremde hier findet, ein Credo ohne Virulenz?

Dies als Frage.

Unsere Eigenart

Was an dem erwähnten Bericht der Studienkommission weiterhin auffällt: es ist viel von unserer Eigenart die Rede. Sie braucht nicht definiert zu werden. Eigenart ist, was uns von 800 000 Ausländern unterscheidet, die zur Zeit im Land sind, und was es zu verteidigen gilt. Gemeint sind nicht nur unsere staatsbürgerlichen Einrichtungen, die zu definieren wären, sondern ein menschlicher

Typus, jener, der als der schweizerische zu betrachten ist und den es tatsächlich gibt. Das erkennt sogar der Ausländer, wenn auch nicht immer mit Wohlgefallen; das soll uns nicht kümmern. Vor allem in Fragen der geistigen Überfremdung, weniger wenn es um die Überfremdung der Wirtschaft und des Grundeigentums geht, berufen wir uns zur Rechtfertigung fremdenpolizeilicher Maßnahmen und darüber hinaus, im Sinn der Selbstbestätigung überhaupt, unentwegt auf unsere schweizerische Eigenart: ohne kritischen Kommentar zu dieser Eigenart. Schlicht und unentwegt: unsere Eigenart. Sie erscheint als etwas Numinoses. Das ist (Leute meines Jahrgangs erinnern sich) das Vokabular der Geistigen Landesverteidigung in den dreißiger Jahren, die den Faschismus nicht etwa marxistisch oder christlich widerlegte, sondern dem Völkischen, diesem ebenso verlogenen wie verfänglichen Etikett des Faschismus, völkisch sich widersetzte: Eigenart als sakrosanktes Positivum.

Kommen wir damit weiter?

Wir sind eigenartig – die Suisses Romands zwar anders als wir; das zeigt sich beispielsweise daran, daß die Gastarbeiter, laut Interviews, in der Suisse Romande sich wohler fühlen, als in der Deutschschweiz. Aber übersehen wir das; es ist üblich, daß wir, wenn es um das »image« der Schweiz geht, als Deutschschweizer etwas eigenmächtig verfahren. – Also wir sind eigenartig. Wir unterscheiden uns nicht nur untereinander als Bündner oder Berner, als Appenzeller oder Waadtländer; wir unterscheiden uns gemeinsam von Nicht-Schweizern. Es gibt, in der Tat, physiognomische Typen, die wir in der Fremde, dort vor allem, als schweizerisch erkennen, und wenn nicht die Physiognomie es signalisiert, so erkennen wir das Schweizerische untrüglich im Gespräch: Hang zum Pragmatischen, Mißtrauen gegen Utopie, Meisterschaft im Maßhalten, Solidität, die sich gegenüber flinken Angebern angenehm ausnimmt, gegenüber andern etwas biedermännisch, auch beim Gebildeten eine bäurische Wachsamkeit, man läßt sich nicht imponieren, und in bezug auf die eigene persönliche Leistung eine eingefleischte, fast masochistische, unsere republikanische Erziehung bezeugende Vorliebe für das »understatement« und so weiter – jedenfalls erkennen wir den Landsmann, auch wenn er sich einer Fremdsprache bedient. Also sind wir eigenartig. Die Italiener sind es auch, die Deutschen auch. Die Überfremdung – oder sagen wir einmal klaglos: die Konfrontation mit der Eigenart anderer Menschen – fördert allerdings die Ahnung, daß Eigenart noch keine unbedingte Auszeichnung ist, kein Freibrief; man hat sie, aber man kann sich nicht darauf berufen in Anfällen von Minderwertigkeitsgefühl. Diese Ahnung ist für viele, so scheint es, ein Schock. Darin sehe ich keinen Schaden.

Anti-Credo genügt nicht

Was fürchtet man eigentlich?

Einbuße an Eigenart.

Männer der Wirtschaft bezeichnen die Gefahr genauer; da ist die Rede von Automation, die wir uns durch ein Heer ausländischer Arbeitskräfte vorerst ersparen, und somit von einem Versäumnis auf lange Sicht, Konjunktur als Raubbau im Augenblick, man lebt von der Hand in den Mund, und zwar von den Händen der Fremden, die eines Tages plötzlich ausbleiben können, so daß wir uns selbst überlassen bleiben: ohne die Automation, die andere unterdessen aufgebaut haben.

Ist es das, was man fürchtet?

»Inzwischen hat sich die wirtschaftliche Prosperität entgegen den anfänglichen Vermutungen als dauerhaft erwiesen«, heißt es in dem Bericht, »weite Kreise rechnen mit ihrem Fortbestand auf lange Zeit. Der Beschäftigungsgrad wird kaum so bald absinken. Ausgebildete Arbeitskräfte sind im Ausland immer weniger zu gewinnen; um so notwendiger wird es, sich die anwesenden bewährten ausländischen Arbeitnehmer zu erhalten.« Und so weiter: »Die starke Abhängigkeit unserer Wirtschaft vom Außenhandel ist durch die Integration noch klarer zutage getreten, und die enge wirtschaftliche Zusammenarbeit unter den westlichen Ländern hat die gegenseitige Beeinflussung und Annäherung über arbeitsmarktpolitische und soziale Fragen gefördert. Die Zulassungspolitik kann in Zukunft nicht mehr ausschließlich nach nationalen Gesichtspunkten ausgerichtet werden; der Ausgleich von Angebot und Nachfrage auf dem europäischen Arbeitsmarkt bildet einen Bestandteil der Integration.«

Das sind realistischere Töne.

Manche erfüllt es mit Sorge, daß die Italiener, die wir uns als Arbeitnehmer zu erhalten haben, Katholiken sind. Aus dieser

Sorge hat man einmal aufs Veltlin verzichtet. Andere wiederum befürchten, daß die italienischen Arbeitnehmer kommunistisch sein könnten, oder wie die liberale Umschreibung lautet: »Soweit sie den wenig bemittelten Schichten mit ungenügender Schulbildung angehören, stehen sie traditionsgemäß der Staatsgewalt mehr oder weniger feindlich gegenüber, oder sie wollen zum mindesten möglichst wenig mit dem Staat, was für sie nicht viel mehr bedeutet als Verwaltung mit Befehlsgewalt, zu tun haben. Diese Einstellung macht sie politischen Schlagwörtern und einer extremen Propaganda leichter zugänglich –, die Ansteckungsgefahr für die schweizerische Bevölkerung darf nicht unterschätzt werden.« Wenn ich richtig verstehe: man hält es für möglich, daß gewisse italienische Gastarbeiter, die in Kalabrien etwa eine Boden-Reform wünschen, damit sie nicht mehr auswandern müssen aus ihrer Heimat, unsere Bevölkerung gesprächsweise auf ein Verständnis bringen könnten, das ihr unsere Presse vorenthält. Sicher befürchtet niemand, daß die Schweiz, wo man eine genügende Schulbildung hat, kommunistisch werden könnte; offenbar beunruhigt es uns schon, daß der Antikommunismus, das Credo der heutigen Schweiz, vielleicht von den wenig bemittelten Schichten, deren Arbeitskraft wir uns erhalten müssen, nicht als ausreichendes Credo empfunden und übernommen wird. Ist Antikommunismus ein ausreichendes Credo?

Sicher ist der Einheimische, der diesen Titel verdient, Schlagwörtern nicht zugänglich, es seien denn solche, die ihm schmeicheln und denen der andere nicht zugänglich ist, und bekanntlich ist der Einheimische vor allem ein nüchterner Kopf: aber genügt das? Antikommunismus ist noch keine Stärke, nicht einmal eine Eigenart, das ist halt nicht genug.

Fremdenhaß

Wie steht es mit dem Fremdenhaß?

Ich kenne viele Landsleute, aber leider nicht aus allen Bevölkerungsschichten; Bauern beispielsweise nicht. Beispiele von Fremdenhaß habe ich selber kaum erlebt; ich muß aber annehmen, daß es ihn gibt. Fremdenhaß ist natürlich. Er entspringt unter anderem der Angst, daß andere in dieser oder jener Richtung begabter sein könnten; jedenfalls sind sie anders begabt, beispielsweise begabter in Lebensfreude, glücklicher. Das weckt Neid, selbst wenn man der Bessergestellte ist, und Neid ist erpicht auf Anlässe für Geringschätzung. Man ist tüchtig, aber nun zeigt sich, daß andere es auch sind: aber ohne die Mißmutigkeit, die wir nördlich der Alpen als Voraussetzung oder schon als Beweis von Tüchtigkeit zu betrachten gewohnt sind. Daß die Südländer schmutzig sind, das ist eine Hoffnung, dann sind wir, wenn wir in dieser Welt nicht singen, dafür wenigstens sauberer; aber nicht einmal diese Hoffnung bestätigt sich ohne weiteres: ein Landarzt versichert mir, daß die Italiener, im Gegensatz zu einheimischen Kunden, mit gewaschenen Füßen kommen. Von Rassenhaß in der Schweiz, wie es in italienischen Zeitungen heißt, würde ich nicht sprechen; Fremdenhaß genügt. Das ist keine Ideologie, sondern ein Reflex. Das Fremde: was man, auch wenn man Vorzüge daran sieht, nicht übernehmen kann und infolgedessen ungern vor Augen hat, weil es herausfordert zur Selbstprüfung. Da ist man empfindlich, und es braucht wenig, daß man, um sich die Selbstprüfung zu sparen, zu Verurteilungen übergeht: das Fremde als das Schlechtere. Insofern ist jede Messerstecherei eigentlich willkommen; da sieht man's wieder, daß man besser ist. Das Kindermachen, was soll man dazu sagen? Da manifestiert sich offenbar ein natürliches Frauenstimmrecht, das uns zu schaffen macht, da werden Ehemänner oder Liebhaber weggewählt, und das kann im Privaten peinvoll sein, aber nicht verfassungswidrig in einem Land, das auf den freien Wettbewerb schwört. Aber auch wenn die Fremden, wie es sich für Fremde gehört, sehr brav sind, etwas bleibt schwierig: sie sind da. Und wie beharrlich man sie auch als ausländische Arbeitskräfte bezeichnet, es sind Menschen. Wir geben ihnen Baracken, und sobald es geht, auch Wohnungen; ein Inserat in einer schweizerischen Zeitung, das einen Hühnerstall für die Unterbringung von Italienern anbietet, darf als unglückliche Ausnahme bezeichnet werden. Im allgemeinen sind wir nicht so. Im allgemeinen sind wir die Erfinder des Pestalozzi-Dorfes. Vielleicht ist, was man an Stammtischen hört, nicht einmal als Fremdenhaß zu bewerten; es ist lediglich ein Ausdruck der Irritation, man macht sich Luft und nicht viel mehr, beispielsweise keine eigentlichen Krawalle, so daß die Fremden, nachdem die Fremdenpolizei sie ratenweise zugelassen hat, von unserer anderen Polizei geschützt werden müßten. Im allgemeinen bleibt's bei Schimpfnamen, Unverständnis, das sich flegelhaft im Recht fühlt;

Herablassung ist noch kein Haß, nur Ausdruck hilfloser Selbstgerechtigkeit. Die Konfrontation mit einer andern Lebensart, das irritiert jenes Selbstbewußtsein, das der Einzelne bezieht aus dem sakrosankten Eigenlob eines nationalen Kollektivs.

Die ausländischen Intellektuellen

Spricht man von Überfremdung, so meint man ja nicht allein die Italiener, nicht allein die Arbeiter. Ich vermute sogar, daß der italienische Arbeiter mit seiner lauten Familie, der griechische oder der spanische oder der türkische, überhaupt die Arbeitnehmer, denen die maßgebenden Posten versagt bleiben, trotz der offenkundigen Folklore, die sie auf unsere Bahnhöfe und in gewisse Wirtschaften bringen, weniger Einfluß haben auf die Einheimischen als die unauffälligeren und stillen Fremden im Land: etwa die deutschen Grundeigentümer, Inhaber wirtschaftlicher und somit gesellschaftlicher Positionen. Die Kopfzahl, die uns die Statistik angibt, bedeutet da wenig; der Bessergestellte hat immer den größeren Einfluß. Eine schweizerische Wochenzeitung etwa, die mit einem deutschen Konzern verschwistert ist, schiene mir in Fragen der Überfremdung gewichtiger als ein ganzes Dorf von Griechen, die uns die Kehrichtabfuhr abnehmen und sich im übrigen mit sich selbst unterhalten müssen. Abgesehen davon, daß das deutsche Wesen expansiver ist als das italienische, da ist mehr Macht, und wenn es vorerst auch nur ökonomische Macht ist.

Warum ist davon die Rede so schüchtern?

Eine andere Gruppe sind die Intellektuellen, Wissenschaftler, Professoren und Assistenten, Künstler, namhafte und andere, Gebildete in Beruf oder Ruhestand, die Hitler-Deutschland verlassen haben, und andere, die später gekommen sind, übrigens nicht nur Deutsche oder Ehemals-Deutsche, auch Ungarn oder Polen, auch Angelsachsen, Menschen von da und dort, Staatenlose und solche, die einfach Gebrauch machen von dem Menschenrecht zu wohnen, wo man will, sagen wir: Vertreter des Geistes, der zwar nicht über den Wassern schwebt, sondern seine Herkunft hat, aber darüber hinaus reicht. Ohne sie wären wir nicht geistlos, aber wahrscheinlich kurios. Persönlich gesprochen: unter den Menschen, denen ich in Sympathie verbunden bin, weil ich ihnen Herausforderung und somit Anregung verdanke, sind die Ausländer oder Halb-Ausländer in großer Zahl; ohne ihre Anwesenheit in unserem Land würde ich mich (darf ich's sagen?) weniger heimisch fühlen. Dabei denke ich in erster Linie, aber nicht ausschließlich, an das Zürcher Schauspielhaus während des Krieges und in der Zeit danach; dieses Institut, ohne die Emigranten nicht denkbar, hat wesentlich zu unserem Selbstverständnis beigetragen. Auch in anderen Fällen wäre zu gestehen, daß Leute, die hier leben, ohne unsere Mundart zu sprechen und ohne den Gemeinderat zu wählen, nicht wegzudenken sind aus einer Schweiz als unserer geistigen Heimat. Wir brauchen Nicht-Schweizer. Und zwar nicht nur als Handlanger oder Handelspartner, sondern intellektuell. Zwar können wir reisen, aber das ist etwas anderes, das berührt das Einheimische nicht; oder wir können auswandern, aber das ist wieder etwas anderes. Ich habe mich einige Jahre lang als Auslandschweizer versucht, um festzustellen: ich brauche die Nicht-Schweizer in der Schweiz.

Und sie sind also da.

Was die Schweiz für viele Leute so anziehend macht, daß sie sich hier niederzulassen wünschen, ist vielerlei: ein hoher Lebensstandard für solche, die ihn sich leisten können; Erwerbsmöglichkeit; die Gewähr eines Rechtsstaates, der funktioniert. Auch liegt die Schweiz, geographisch, nicht abseits: sofort ist man in München oder Paris oder Mailand oder Wien. Man muß hier keine abseitige Sprache erlernen; wer unsere Mundart nicht versteht, wird trotzdem verstanden in einer Sprache, in der er überlegen ist. Nicht zu vergessen die Auswahl an Landschaften. Und so weiter. Nicht zuletzt aber, vermute ich, ergibt sich eine Anziehung daraus, daß dieses Land keinen politischen Sog hat; ich meine: man wird hier nicht in Kämpfe verstrickt. Wer sich hier niederläßt, hat sich an die Gesetze zu halten, aber diese sind nicht umstritten; er wohnt nicht zwischen Revolutionären und Konterrevolutionären, die ein Für und Wider abverlangen, und geschossen wird nur sonntags an geeigneten Plätzen. Der Nicht-Schweizer kann die Schweiz auf sich beruhen lassen, sogar Schweizer können das. Er hat Steuern zu leisten, aber keine Bekenntnisse. Er braucht nicht zu wissen, was der Ständerat behandelt; hier droht kein Notstandsgesetz. Wer Bundesrat wird, beschäftigt ihn weniger als die Wahlen in England. Die Währung gilt als stabil. Die Politik, die die Schweizer beschäftigt, bleibt ihre Familienangelegenheit. Tatsächlich kenne ich keinen Ausländer in der Schweiz, der sich einzumischen das Bedürfnis zeigt; Jura-Frage oder Mirage-Affäre, das kümmert ihn weniger als der Wetterbericht. Höchstens die Konjunkturdämpfung könnte ihn etwas angehen. Aber wenn er kein Neuling im Lande ist, weiß er auch schon, daß alles, was hier geschehen kann, ein Kompromiß ist, also maßvoll. Das gefällt ihm an diesem Land, daß es ihn als Land ja nichts angeht. Hier läßt sich leben, »Europäer sein«. Eine Anhänglichkeit, wie sie sich nach Jahren einstellt auch bei Leuten, die sich zuerst eher herablassend umgesehen haben, halte ich für ehrlich; oft entsteht fast eine Liebe zur Schweiz, genauer vielleicht: eine Vorliebe, hier zu leben und nicht anderswo, sagen wir: ein Gefühl unverbindlicher Eingesessenheit. Von Überfremdung in dem Sinn, daß wir von politischen Widersachern durchsetzt sind, kann nicht die Rede sein; gerade die Leute, die sich niedergelassen haben, rütteln ungern an dem Sessel: die Schweiz ist ihnen gut genug. Und das ist sie auch: als Gebrauchsgegenstand. Nur wer sich mit dem Land identifiziert, sitzt unruhig. Kommt es dann zu Gesprächen, wo wir die heutige Schweiz in Frage stellen, so enden sie immer (und zwar ziemlich bald) mit Trost seitens der Nicht-Schweizer mit Aufenthaltsbewilligung: Euer Land ist schon in Ordnung. Ihr politisches Nicht-Interesse gibt sich als Takt; es ist dann, als belästige man die Freunde mit seiner Ehekrise, also peinlich, die Schweiz als Privatsache.

Was ich damit sagen will:

Wer befürchtet, daß die Nicht-Schweizer im Land – ich spreche immer noch von der Gruppe der Intellektuellen – ohne Stimmzettel, aber durch Gespräche unsere staatsbürgerlichen Entscheidungen verunschweizern, irrt sich. Ein intellektuelles Interesse an der Schweiz besteht kaum. Was diese Menschen, die an Weltpolitik interessiert sind, beiläufig an Eidgenossenschaft wahrnehmen, findet nicht ohne weiteres auch ihr Verständnis, aber eher Lob als Kritik; sie begnügen sich mit einer Art von sympathischem Respekt, der sie nicht engagiert. Daß sie als staatsbürgerliche Hefe wirken, habe ich noch nie bemerkt.

Schweizerisch gleich konservativ

Überfremdung also bedeutet: es leben in der Schweiz immer mehr Menschen, die, obschon sie lieber hier als anderswo leben, die Schweiz als solche nicht interessiert.

Weil wir ein Kleinstaat sind?

Ich glaube nicht, daß das der wesentliche Grund ist, im Gegenteil, das ist eher ein Grund, warum sie lieber hier als anderswo leben; der Kleinstaat bietet – ich scheue mich vor dem Wort: Freiheit – einen größtmöglichen Spielraum für persönliches Denken, weil der Kleinstaat, ohnmächtig wie er ist, kein Götze werden kann, dem der Einzelne sich zu opfern hat. Gerade darum ist er der Staat, der uns interessiert. Ich sehe einen andern Grund, warum trotzdem ein intellektuelles Interesse an der Schweiz kaum besteht: die Schweiz begreift sich, wie gesagt, als etwas Gewordenes, nicht als etwas Werdendes. Das engagiert keinen Geist, und daß wir die Landesgefahr in der Überfremdung erkennen, hat nur seine halbe Richtigkeit: die Feststellung nämlich, daß in der Schweiz immer mehr Leute leben, die die Schweiz als solche nicht interessiert, gilt auch für die Schweizer selbst. Auch für viele Schweizer ist die Schweiz heute ein Gebrauchsgegenstand, nicht mehr ein schöpferisches Unternehmen. Was diese Einsicht auslöst, nennt man Malaise. Dabei ist unser Unbehagen nicht, wie es Professor Karl Schmid diagnostiziert, ein »Unbehagen im Kleinstaat«, sondern ein Unbehagen in der Stagnation, die auch im Kleinstaat nicht sein müßte. Die allgemeine Reaktion auf die Anwesenheit der ausländischen Arbeitskräfte ist bezeichnend: jede Veränderung wird als Bedrohung empfunden. Sagen wir statt Arbeitskräfte einmal Menschen. Die Ansteckungsgefahr für die schweizerische Bevölkerung sei nicht zu unterschätzen; damit ist eigentlich schon gesagt, daß alles Neue, was diese Menschen möglicherweise bringen, ein Bazillus ist, und das wieder heißt, daß es als schweizerisch-gesund gilt, konservativ zu sein, das Bisherige als das Einzigmögliche zu weihen. Das als Gebot unserer National-Hygiene. Damit unterbinden wir genau die Kräfte, die unser Land brauchen würde zur Regeneration. Übrigens ist das Gebot überflüssig; tatsächlich reagiert das Einheimische, von der Herrenzunft bis zur Gewerkschaft, vornehmlich mit Konservativismus, nicht progressiv. Je konservativer aber, je defensiver man die Eidgenossenschaft betreibt, um so größer ist (nicht quantitativ, aber qualitativ) die Überfremdung: um so fremder nämlich fühlt sich jeder Mensch, der sich hier niederläßt. Die Schweiz des neunzehnten Jahrhunderts, die manche als die einzig mögliche verteidigen, kann keine Menschen von heute assimilieren.

Sie werden sich langsam fragen, meine Herren, wo der Sprecher eigentlich hinauswill, und ich frage mich selbst, was Männer der Fremdenpolizei anfangen sollen mit Glossen über die eigenen Landsleute, die nicht der Fremdenpolizei unterstehen. Was Sie beschäftigt: Zulassung oder Abwehr der ausländischen Arbeitskräfte. Soll man verfahren wie bisher? Soll das Verfahren verschärft werden? Das ist wohl die Frage; sie ist aber nicht zu beantworten, ohne daß wir überlegen, wie wir uns die Zukunft der Schweiz überhaupt vorstellen.

Wie stellen wir sie uns vor?

Ich setze freilich voraus, daß es nicht zum Weltkrieg kommt, ich halte es für möglich; kommt es zu einer Zukunft, so ist zu rechnen mit einer technisierten Welt, in der wir zu bestehen haben. Nicht nur der Bundesbrief, auch unsere heutige Verfassung rechnet noch mit einer andern Welt. Wenn es, wie wir zu glauben gewohnt sind, stimmt, daß es keine Schweiz geben würde ohne Föderalismus, der sie zustande gebracht hat, ohne Gemeinde-Autonomie, ohne die schöne und charaktervolle Eigenbrötelei der Kantone, ohne die Detail-Demokratie mit ihrem Apparat, der sowohl der Verwaltung dient wie auch der ehrenamtlichen Freizeitgestaltung; wenn wir der Überzeugung sind, und zwar unerschütterlich, daß die Schweiz nur so, wie wir sie aus dem schöpferischen neunzehnten Jahrhundert übernommen haben, überhaupt bestehen kann, dann muß uns allerdings Angst befallen angesichts der Zukunft. Standardisierung ist eine unabwendbare Folge der Technik; ob schade oder nicht, das ist eine müßige Frage: die Einrichtungen gleichen sich an, Beton beispielsweise hat in allen Ländern eine geradezu perfide Uneigenart; ein Walliser-Dorf und ein ostfriesisches Dorf, das waren Welten, ein Hochhaus in Zürich und ein Hochhaus in Hamburg sind vertauschbar; Waschmaschine und Kühlschrank haben keine nationale Physiognomie, die Technik ist antiregional, ihre Formsprache ist ein Esperanto, und da sie die Bedürfnisse schafft, die sie zu befriedigen vermag, unterscheidet sich unsere Lebensart allerdings nach sozialen, immer weniger aber nach nationalen Kategorien. Der Verkehr zieht die Distanzen ein, Stockholm und Madrid liegen näher zusammen als früher Schaffhausen und Brig; daß sich deswegen ein Spanier und ein Schwede nicht mehr unterscheiden nach Temperament und Gesinnung, meine ich nicht, und selbst ein Schaffhauser und ein Walliser sind noch immer zu unterscheiden, nur ergibt sich eine Weltläufigkeit: vorerst allein der technischen Errungenschaften. Auch was man nicht selber erfunden hat und nicht selber herstellt, man hat es, und zwar sehr bald, Import und Export, oder man produziert nach, Verschwisterung durch Lizenzen. Eine Wirtschaft, die national bliebe, würde bankrott machen. Die Einheiten, die im Wettbewerb zu bestehen vermögen, werden immer größer. Die Zentralisierung, die unserem politischen Temperament zuwider ist, zwingt sich auf. Dies alles – ich brauche es nicht zu schildern, es ist bekannt, und man kann es beklagen, aber nicht ändern – führt dazu, daß die Schweiz, die wir als die einzig denkbare verteidigen sollen, die föderalistische und neutral-souveräne, und die Schweiz, die in der Tat und Wahrheit besteht, sich immer weniger decken. Die Nationalstraßen (so benannt, obschon die Sache weder unsere Erfindung noch in ihrer Ausführung anders ist als in anderen Ländern) sind mit Gemeinde-Autonomie kaum zu machen, aber wir brauchen sie. Es fragt sich, zu welcher Schweiz wir uns bekennen: zu einer vergangenen oder zu einer gegenwärtigen, die aus jener hervorgeht, aber sie verwandeln muß im Umgang mit den Wirklichkeiten des Zeitalters. Um nicht mißverstanden zu werden: ich finde nicht die Schweiz romantisch, aber die offizielle Interpretation, die sie sich gibt, die mit der Betonung auf Begriffen, die mehr einem Mythos entsprechen als dem Sachverhalt. Und drum sind wir denn auch so empfindlich. Ob unsere Armee, wichtig als Erwachsenen-Volksschule im Frieden, im übrigen noch ein realistisches Unternehmen darstellt, wer dürfte es auch nur erwägen und noch hoffen, daß er als rechter Schweizer genommen wird? Die Armee in der Schweiz ist ein Tabu wie nirgends sonst: vielleicht weil man spürt, daß sie einem Mythos angehört. Übrigens würde ich nicht für ihre Abschaffung stimmen; wir brauchen sie als Spielraum für nationales Empfinden, das dort, wo wir unsere Existenz wirklich bestreiten, kaum unterzubringen ist: dort handeln wir realistisch, gottlob – und eine Folge dieses realistischen Verhaltens, dem wir unsere heutige Existenz verdanken, ist unter anderem die Erscheinung, die wir, bestürzt in unserer romantischen Schweiz-Vorstellung, als Überfremdung bezeichnen. Es wäre zu überlegen, ob dieser Sachverhalt, der uns erschreckt, nicht ein Wesenszug einer kommenden, einer noch zu gestaltenden Schweiz ist, und ob wir ihn nicht bejahen müssen.

Also die Schweiz als neue Aufgabe.

Ich sagte, daß Selbstvertrauen weniger aus einem Bestand zu beziehen sei als aus der Kraft, zu gestalten ... Einen nicht geringen Teil seines kollektiven Selbstbewußtseins bezieht der Schweizer aus der Sage, nicht aus der Tell-Sage, sondern aus der Sage, daß wir in der Welt seit eh und je (somit auch heute) ein sehr hohes Ansehen genießen, ein ganz besonderes Ansehen, anders als etwa das kleine Dänemark oder Norwegen oder Holland. In dieser schlichten Gewißheit, ohne Großmannssucht, die wir infolge unserer weltweiten Hochangesehenheit nicht nötig haben, wachsen wir heran. Was einer in die Waagschale werfen mag, kann einmal dieses sein, einmal jenes: unsere Turbinen, überhaupt unsere Präzision oder die unbestrittene Tatsache, daß jeder von uns ein Gewehr und Munition zu Hause hat, überhaupt unsere älteste Demokratie, die Freiheit und so weiter. Unser sehr hohes Ansehen in der Welt, weswegen auch immer, ist ein Axiom. Wie steht's in Wirklichkeit? Lassen wir dabei unsere deutschen Nachbarn aus; zwar ist unser Ansehen, vermute ich, gerade in Deutschland noch am besten, aber von daher lassen wir uns ungern einschätzen. Daß man, als Schweizer, in Moskau keine Sonderzulage an Respekt bekommt, wird nicht verwundern; die wissen, wie man als Tourist feststellen kann, so gut wie überhaupt nichts von der Schweiz. In Warschau ist es schon besser. Wie in Israel? Da läßt man uns gelten, abgesehen von gewissen Lieferungen an Nasser. Wer in Italien oder in Griechenland oder in Spanien erwartet, daß er als Schweizer lieber gesehen sei als etwa ein Bundesdeutscher, wird von diesen Ländern oft enttäuscht sein. Lassen wir auch unsere französischen Nachbarn; von daher würden wir uns gerne geschätzt sehen, Paris ist bei uns beliebt, aber die schätzen sich selbst, oder wenn sie einen Schweizer schätzen, Corbusier – Honegger – Giacometti, so wird ihm seine Herkunft sozusagen erlassen, und er wird Franzose. Also England! Die gelten als fair; nur halten gerade die Engländer, obschon sie nicht auf dem hohen Roß sitzen, sondern lediglich auf einer Insel, von der heutigen Schweiz besonders wenig. Es ist schmerzlich: viele Engländer zeigen geradezu eine Aversion gegen die Schweiz, die sie für teutonisch halten, aber dazu für unbedeutend, geizig, humorlos, kleinlich und unsympathisch. Wieso? In Bagdad, wo ich auch einmal war, verwechselt man die Schweiz zuweilen mit Schweden, und ähnlich in Mexiko und anderswo: die denken an Neutralität und viel Schnee. Wie ist es in den Vereinigten Staaten? Die haben nun einmal Mühe, man weiß es, sich ein kleines Land vorzustellen, aber sie bemühen sich gelegentlich um Verständnis für Dänemark und Finnland und Norwegen. Österreich gefällt ihnen besonders, und die auf dem Weg nach Italien durch unser Land gereist sind, finden die Schweizer (das höre ich immer wieder:) servil. Von Morgarten also keine Ahnung. Das sehr hohe Ansehen der Schweiz in der Welt kennen wir aus unseren eigenen Zeitungen; man kann freilich vereinzelte Stimmen sammeln und den Rest unterschlagen, um sich selber zu täuschen. Unsere persönliche Erfahrung geht dahin: wer in der heutigen Welt antritt als Schweizer, genießt keinen Vorschuß an Ansehen, im Gegenteil, er muß etwas wettmachen.

Wie kommt das?

Was besagt das?

Ansehen und Geltung gewinnt das Kollektiv, das etwas beizutragen hat zur Gegenwart, das seine Zukunft zu stiften versucht. Dabei geht es selbstverständlich nicht um Ansehen und Geltung: als Ziel. Bewältigung der Gegenwart, fürchte ich, ist mit Mythos nicht zu machen. Das Problem der ausländischen Arbeitskräfte ist unlösbar, wenn wir uns der Einsicht verweigern, daß die Schweiz von morgen anders sein wird als die Schweiz von gestern. Schon die Schweiz von heute ist anders, als der Mythos wahrhaben will. Daß man es nicht wahrhaben will, macht die Stagnation. Ich glaube nicht, daß wir um eine Umgestaltung herumkommen. Die Schweiz ist mit Fremden-Abwehr allein nicht zu halten, wenn wir den Veränderungen, die das Zeitalter gebracht hat und weiterhin bringt, nicht begegnen durch freiwillige (das heißt: schöpferische) Veränderung unseres Landes selbst.

Überfremdung als Chance

Die Arbeit der Fremdenpolizei verdient unseren Dank. Ich stelle sie mir unangenehm vor. Gesetz und Verordnungen, denen ihre Arbeit unterstellt ist, sind von hohem Anstand und vernünftig für jeden voraussichtlichen Fall; sicher gibt es immer wieder Fälle, die nicht ohne weiteres in einen Raster passen, also Ermessensfragen, wo die Gesinnung des Beamten entscheidet über Lebensläufe anderer. Von Freunden, die mit der Fremdenpolizei zu tun haben, höre ich öfter, daß in Ermessensfragen vielleicht nicht auf Anhieb, dann aber doch Großzügigkeit sich manifestiert, eine sorgfältige Großzügigkeit. Hört man Beschämendes, Beispiele sturer Verständnislosigkeit, so liefert sie meistens die Bevölkerung.

»Die Ausländer in der Schweiz.«

Was ich zu dem Thema, das Sie mir gestellt haben und das Sie gründlicher kennen als ich, zu sagen weiß, sozusagen als Passant, der auf dem Weg zu seiner Arbeit angehalten und befragt wird, wäre also in Stichworten: die Paradoxie, daß ein Nicht-Mitglied der Integration sich überfremdet sieht wie kein anderes Land, passiv integriert. Ich sehe in dem Tatbestand, daß wir ohne einen großen Zuzug ausländischer Arbeitskräfte nicht auskommen, ein Signal: die parasitäre Isolation, die man sich von der Neutralität verspricht, ist offenbar nicht möglich. Eine Feststellung: wir berufen uns so gern auf die schweizerische Eigenart, als sei Eigenart schon eine Legitimation. Was mich beunruhigt: die Verteidigungsmentalität, die noch kein kreatives Verhalten zur geschichtlichen Entwicklung ist; die Schweiz begreift sich als etwas Großartig-Gewordenes, nicht als etwas Werdendes. Ein privates Geständnis: ich brauche Nicht-Schweizer in der Schweiz. Die wirtschaftliche Überfremdung: darüber möchte ich mehr wissen, als man als gewöhnlicher Bürger weiß; ich vermute, daß die Gemeindeautonomie, die uns das traute Gefühl der Selbstbestimmung liefert, wenig vermag gegenüber Trustmächten, die das Land wirtschaftlich unterwandern. Was die intellektuellen Ausländer betrifft: sie sind keine Hefe im staatsbürgerlichen Sinn, im übrigen eine Bereicherung, und zwar nicht nur die berühmten; ihr intellektuelles Interesse an der Schweiz als Politikum ist gering. Die Frage: wie kommt das? Ein Hinweis: Konservativismus, die dominierende Reaktion auf die Überfremdung, ist das sicherste Mittel, daß der Nicht-Schweizer, selbst wenn es zur Einbürgerung kommt, sich nicht assimilieren kann; was assimiliert, ist die gemeinsam bestandene Aktualität, nicht die Berufung auf Vergangenheit. Was insbesondere die Italiener betrifft: das Ressentiment, dem sie vielerorts begegnen, ist natürlich, man spürt noch an den wenig bemittelten und wenig geschulten Söhnen einer großen Kultur, daß andere uns an Lebensart womöglich überlegen sind; das irritiert, aber diese Irritation ist kein Schaden. Eine persönliche Meinung, die mir wenig Wählerstimmen eintragen würde: die Schweiz bedarf einer Regeneration. Alles in allem: ob der Zuzug ausländischer Arbeitskräfte, die sich als Menschen entpuppen, unser Land deformiert oder reformiert, hängt von der Vitalität der Einheimischen ab; sollte es daran fehlen, kann uns auch die Fremdenpolizei nicht auf die Dauer schützen. Ich halte das Problem der ausländischen Arbeitskräfte (es ist ein Problem, ein schweizerisches) für eine Chance, die Position der Schweiz aktuell zu bestimmen.

Einer davon bin ich

Zum Schluß, meine Herren und Landsleute, kurz etwas Konkretes: irgendwann im neunzehnten Jahrhundert, so zur Zeit des reifen Gottfried Keller, trat über die schweizerisch-österreichische Grenze ein junger Geselle, Sattler von Beruf, um hier zu arbeiten. Er heiratete eine Tochter aus dem Kleinbürgertum, Nägeli mit Namen, in Zürich und machte Kinder, Söhne, die sich einbürgerten, einer davon wurde Architekt. Ungefähr zur selben Zeit, die eine große Zeit für die Schweiz war, kam ein anderer aus Württemberg, Sohn eines Bäckermeisters, auch einer, der dann nicht mehr ging, der sich einbürgerte und eine Baslerin heiratete, Schulthess mit Namen, er wurde Maler und Kunstlehrer in Zürich und machte ebenfalls Kinder, aber Töchter. Später dann, kurz nach der Jahrhundertwende, heirateten eine dieser Basel-Töchter und einer jener Zürich-Söhne, und das gab wieder Kinder, Söhne – einer davon bin ich ... Dies zum Problem der Assimilation; vielleicht finden Sie, daß der Sprecher, den Sie in diesen Großratssaal eingeladen haben, noch nicht so richtig dazugehört. Selber weiß ich nur, daß ich nicht anderswo dazugehöre. (1966)

⟨Zu einer Einstellung des Krieges in Vietnam⟩

Als erstes empfinden wir natürlich Erleichterung: es werden seit heute in Nord-Vietnam keine Bauern auf ihren Feldern getötet und keine Kinder in den Schulen . . . Daß Völkermord, wenn er nicht rentiert, eines Tages abgebrochen wird, ist aber noch kein Wunder. Es rentiert eben nicht, weder militärisch noch politisch. Auch läßt sich ausrechnen, daß der tägliche Prestigeverlust in der ganzen Welt, seit sie informiert ist, die Zerstörung vietnamesischer Dörfer zu kostspielig macht. Man hat sich verrechnet und zieht die Konsequenz, das ist alles. Saigon wartet auf den nächsten Angriff; im Dschungel mehren sich die verlorenen Posten, auf denen uns die amerikanischen Soldaten leid tun; der Entschluß von Präsident Johnson ist patriotisch: die Teilkapitulation, die sich als Friedensangebot gibt, erfolgt zur Erhaltung der imperialistischen Macht, die anderswo, z. B. in Lateinamerika, ohne allzu offenen Krieg wirtschaftet. Bombenstopp gegen den Norden als amerikanisches Entgegenkommen, das verdankt sein will: dafür soll die amerikanische Okkupation im Süden unbehelligt bleiben. Das vietnamesische Volk wird sich aber weiterhin in seine eigenen Angelegenheiten einmischen. Somit wird kein Friede sein, bevor die Invasionsarmee sich einschifft.

Wer wird übrigens dieses Vietnam, das sich für die USA nicht rentiert hat, wieder aufbauen? Da die amerikanische Invasion in Vietnam nicht ein persönlicher Fehler von Kennedy oder Johnson gewesen ist, sondern die Konsequenz eines Herrschafts-Systems, das die Unterdrückung anderer Völker braucht, um zu bestehen, ändert der Rücktritt von Johnson wenig; ein System hat sich entlarvt, und die Revolutionen gegen dieses System werden wachsen.

»C'est pire qu'un crime, c'est une faute«, sagte Talleyrand und meinte vermutlich: ein Fehler rächt sich, ein Verbrechen nicht unbedingt. Die Nachricht von heute zeigt an, daß der Krieg in Vietnam ein Fehler gewesen ist, die Eskalation eines System-immanenten Fehlers . . . Unsere Erleichterung ist flüchtig. (1968)

Jemand hat sich geirrt

Sie fragen mich nach meinem Eindruck.

Als erstes hatte ich den Eindruck, daß jemand sich irrt. Der Zustrom überraschte mich nicht; die Studenten-Unruhen in aller Welt, wie immer unsere Korrespondenten sie darzustellen lieben, beschäftigen die Machthaber in Bonn und in Warschau, in Rom, in Prag, in Madrid, sie beschäftigen ein Heer von Polizei und die Justiz, sie beschäftigen die Zeitungen aller Länder und somit auch die Zeitungsleser – es war nicht anzunehmen, daß diese Ereignisse nicht auch unsere Studenten beschäftigen. Deswegen ging ich dreiviertel Stunden vor Beginn in die Universität, um noch einen Platz zu bekommen. Was insbesondere die Leute vom SDS betrifft, so hat unsere führende Presse sie hinreichend verteufelt, und schließlich möchte man die Teufel einmal in Person sehen. Schon daher war mit tausend Leuten zu rechnen, noch abgesehen von einigen hundert andern, die kommen könnten, um sich ein eigenes Urteil zu bilden. Das Auditorium, das die Behörde bewilligte, war von vornherein zu klein. Ich war auch gespannt, wie es nun weiterginge. Daß die Aula »in Zukunft« nur noch für festliche Anlässe geöffnet wird, das finde ich in Ordnung: die Aula als die gute Stube. Wir haben dort einmal Churchill gehört; vielleicht kommt auch Kiesinger einmal. Es war lustig, zu sehen, wie im Lichthof gerade die Sessel abgestaubt wurden, während man verhandelte um einen Raum, der groß genug wäre für die »verschwindende« Minderheit, die diesen Abend veranstaltete. Nicht minder zu loben als der Hauswart wäre der Rektor, der die Tatsache gelten ließ, daß das Interesse an der Zukunft auch bei der zürcherischen Studentenschaft größer ist, als der Regierungsrat es sich wünscht. Genauer gesagt: Herr Regierungsrat König. Zum Glück war ein anderer Regierungsrat zur Stelle, der ebenfalls die Tatsachen gelten ließ. Es kamen eben, wie der Hauswart als Kenner der Verhältnisse schätzt, etwa 1500 Interessenten. Die FSZ zählt 48 Mitglieder; das ist, in der Tat, eine Minderheit, aber keine verschwindende, wie sich gezeigt hat. Jemand hat sich geirrt.

Da die Argumente, die die Leute vom SDS vorbringen, jedermann bekannt sind, der nicht nur unsere Presse liest, war ich gespannt vor allem auf die Reaktion der zürcherischen Studenten. Wo stehen unsere Studenten heute? Die Reaktion war nicht überraschend. Ein Teil ist bereit, Argumente anzuhören und zu prüfen. Ein sehr viel grösserer Teil, scheint es, bleibt bei emotionaler Reaktion, die sich im Buh erschöpft. Ansätze zum Randalieren kamen ausschließlich von dieser Seite; einige erhofften sich einen Plausch. Das traute Gefühl, en famille zu sein und somit im Recht, ohne dieses Recht artikulieren zu müssen, führte jedesmal zum großen Gegröle, wenn ein Sprecher, indem er unterschied zwischen Einverstandenen und Nichteinverstandenen, die Versammlung anredete: Meine Damen und Herren, Genossinnen und Genossen. Das letztere ist offenbar ein Schandwort, obschon unser Land eine starke und im Bundesrat vertretene Partei hat, deren Mitglieder sich als Genossen bezeichnen. Viele Vokabeln, die historisch-politische Begriffe bezeichnen, wurden instinktiv abgelehnt, nicht reflektiv. Der Begriff des Imperialismus, zum Beispiel, braucht offenbar nicht analysiert zu werden; ein langes Buh genügt. Es war sehr provinziell. Wohlig wurde es dieser Majorität, wenn ein deutscher Redner sich gegen den historischen Nationalsozialismus wandte; denn da haben wir (man weiß es!) eine saubere Weste, und der Beifall war patriotisch. Er setzte aus, sobald die Gegenwart analysiert wurde. Eine Kritik an der »Neuen Zürcher Zeitung«, die als Bonn-Trabant bezeichnet wurde, wirkte schon wie eine Kirchenschändung. Ich war neugierig auf die Diskussion; es ist zu den Thesen des SDS sehr viel zu sagen. Daß die neue Linke, ob in Deutschland oder in den USA, sich gegenüber der UdSSR nicht in höriger Bewunderung befindet, sondern in ablehnender Kritik, das scheint ein zürcherischer Student, der sich zur Diskussion meldet, noch nicht zu wissen; sein Eifer, konserviert aus dem Kalten Krieg, gab ihm das Gefühl, endlich den SDS-Nagel auf den Kopf getroffen zu haben. Sie machten es den Gästen leicht, sich selbst noch leichter. Immer noch das Denkschema: Es gibt im Westen nichts zu reformieren, da es im Osten so arg ist. Wer sind die Lehrer dieser Studenten? Ein Vertreter der Liberalen Studentenschaft ließ uns wissen, daß sie, die Liberale Studentenschaft, auch Dutschke eingeladen habe, aber er kam nicht, wogegen er die Einladung der FSZ angenommen hat. Was kann man Vernichtenderes sagen gegen diesen SDS? usw.

Eine Auseinandersetzung mit der neuen Linken war es nicht, denn diese ist rational-politisch, und um darauf antworten zu können, genügt es nicht, daß man Buh ruft und pfeift und sich versteckt, wenn man ans Mikrophon gebeten wird; das ist unartikulierte Emotion, die etwas kompensiert, nämlich Mangel an politischem Denkvermögen und Wissen – im Lichthof unsrer Universität. (1968)

Demokratie ohne Opposition

Allem Anschein nach haben wir, im Gegensatz zur Bundesrepublik, eine parlamentarische Opposition. Eine Demokratie ohne Opposition – darin sind wir uns einig – wäre keine Demokratie. Für den Fall, daß die Regierung sich taub stellt, haben wir das Referendum. Es wird selten ein Referendum ergriffen; das zeigt an, daß unser Volk sich im Parlament, im Gemeinderat wie in der Bundesversammlung, im allgemeinen hinreichend ausgedrückt findet. Das ist in manchen Ländern mit parlamentarischer Demokratie nicht der Fall. Insofern können wir also zufrieden sein, und die Mehrheit unseres Volkes ist es auch, die überwältigende Mehrheit. Es gibt nichts, was nicht in unserem Parlament vorgebracht werden könnte als Opposition, und somit braucht eine Opposition bei uns nicht auf die Straße zu gehen.

Was sollte sie wollen?

Gibt es sie überhaupt?

(abgesehen von Randalierern!)

Was sollte sie wollen?

Die Sozialdemokratie, vertreten bis in den Bundesrat, verhindert eine Allein-Regierung der bürgerlichen Parteien, aber sie ist ohne eine eigentliche Alternative; auch unsere Sozialdemokratie will nichts anderes als das, was das Bürgertum selbst an Zugeständnissen zu machen bereit ist, um Sozialismus zu verhindern. Auch der Landesring der Unabhängigen, nicht vertreten im Bundesrat, aber in der Stadt-Regierung und im Bundesparlament, tritt nicht mit einer Alternative auf. Der Landesring ist (und er versteht sich auch so) ein Sammelbecken derer, die unabhängig zu sein wünschen von ideologischen Alternativen: man ist sozial, nicht sozialistisch, und man ist für die Freiheit des Unternehmertums, ohne unsozial zu sein. Der Landesring, im Zunehmen begriffen, ist der geometrische Ort aller Punkte, deren Abstand von Sozialismus und Liberalismus in der Summe konstant ist, eine Kurve, die etwas Reales beschreibt, nämlich das politisch-ideologische Vakuum unserer Gesellschaft. Eine parlamentarische Opposition in dem Sinn, daß sich ihre Negation des Bestehenden bestimmt aus einer Alternative, ist eigentlich nur die Partei der Arbeit, die nicht nur ihrer Größenordnung nach unbedeutend bleibt; die Bedeutung dieser PdA besteht darin, daß sie unsere Demokratie als intakt zeigt, denn keine Partei ist verboten.

Ferner darf man wohl sagen:

Unsere Parlamente leisten eine solide Arbeit. Sie verwalten das Land durch Kompromiß zwischen Gruppeninteressen. Bund und Kanton, Kanton und Gemeide, aber auch Inhaber der Produktionsmittel und Konsumenten, Hauseigentümer und Mieter, Kapital und Gewerkschaften, das sind die Kontrahenten, deren Kompromiß unseren politischen Hausfrieden ausmacht. Dieser Hausfriede, seit dem Generalstreik 1918 nicht mehr gebrochen, ist allen heilig, auch den Konsumenten; man ist gut damit gefahren. Ein politischer Entwurf, eine Opposition im Sinn einer Alternative zum Bestehenden, erscheint in unserem Land überflüssig; man weiß: ein politischer Entwurf würde Unruhe bringen, nämlich Politik, und das heißt Kampf, nicht unbedingt Straßenkampf, aber etwas anderes als unsere sogenannten Wahlkämpfe, wo es nicht um Alternativen geht, sondern um die Wahl von Physiognomien, die wohl verschiedene Interessen vertreten, aber einig sind in der Erhaltung des status quo. Nimmt man, was durch unsere Neutralität erlaubt scheint, die Schweiz für sich selbst, so drängt sich eine fundamentale Veränderung nicht auf; das äußerste wäre eine Anpassung unserer Verfassung an die Gegenwart, nicht Veränderung, sondern Anpassung. Schon die Einführung des Frauenstimmrechts macht Mühe, aber sie wird kommen. Auch die Altersversicherung ist gekommen. Es gibt genug zu tun, wie wir aus Parlamentberichten sehen, auch ohne fundamentale Opposition: die solide und im allgemeinen humane, durch Kompromiß humane Verwaltung des status quo.

Das Problem, so scheint mir, beginnt damit, daß man die Schweiz, trotz Neutralität, nicht für sich selbst nehmen kann. Das wäre schön. Wir sind aber in ein Herrschaft-System integriert, auch wenn wir auf Außenpolitik verzichten, wir sind es de facto. Wir verdanken der Integration in die US-Herrschaft nicht nur unseren nationalen Wohlstand, sondern die Möglichkeit, unsere Art von Demokratie betreiben zu können. Die Frage, wem wir unsere Status-Quo-Freiheit verdanken – oder richtiger gesagt: innerhalb von welchem Herrschaft-System wir privilegiert sind –, diese Frage ist nicht nur erlaubt, sondern unumgänglich; Neutralität kann uns nicht dispensieren von dem Wissen, was in Vietnam geschieht. Das geht uns, als Integrierte, etwas an: sowohl moralisch wie politisch. Wir bezeichnen unsere Freiheit als heiliges Gut; wenn sich herausstellt, daß sie auf der systematischen Ausbeutung anderer Völker beruht, so werden wir sie anders bezeichnen müssen. Wir wissen von den Aktionen der CIA in Venezuela, von der Schweinebucht-Invasion, von dem US-Übergriff auf Santo Domingo; wir wissen von Staatsstreichen in Latein-Amerika, die von den USA finanziert werden, und es gibt eine Reihe von Ländern, die ihre Diktatoren immer wieder der United Fruit Company verdanken; wir wissen von dem Plan, eine philo-imperialistische Armee in Latein-Amerika zu schaffen, die in jedem Land einzugreifen hätte, das sich durch Aneignung seiner eigenen Bodenschätze als subversiv erweist. Der Vietnam-Krieg ist nur die Eskalation einer systematischen Praxis, die nicht Völkermord intendiert, aber auch nicht davor zurückschreckt. Die Schweiz, zumindest als Staat, hat nichts damit zu tun, aber wir sind integriert in das Herrschaft-System, das damit zu tun hat.

Hier liegt unser Konflikt.

Zur gleichen Zeit, als auf der Limmat ein städtisch-bewilligtes Mahnmal für den Ungarn-Aufstand schwamm mit christlichem Kreuz, verbot der Stadtrat von Zürich, daß eine Ausstellung von Vietnam-Fotos auf öffentlichem Grund gezeigt werde. Dieser Beschluß, so ist anzunehmen, wurde begründet mit Neutralität, was mit dem Mahnmal auf der Limmat nicht vereinbar sein mag, aber der Beschluß des Stadtrates von Zürich ist auf andere Weise begreiflich; er richtet sich gegen das unerwünschte Bewußtsein einer Realität: daß unser Status quo nutznießerisch ist.

Hier beginnt unsere Opposition.

Das Schweigen eines Vasallen

Unsere Opposition, die sich nicht fundamental gegen die praktizierte Verwaltung der Schweiz richtet, aber fundamental gegen das Herrschaft-System, in das die Schweiz integriert ist, befindet sich in einer widersprüchlichen Lage. Die Schweiz, als Staat, ist neutral. Das wissen wir, aber es ist nötig, daß man es immer wieder sagt, weil es nicht stimmt. Daß die Schweiz sich jeder offiziellen Parteinahme in den internationalen Auseinandersetzungen enthält, ändert nichts daran, daß sie in die US-Herrschaft integriert ist. Ihre Neutralität (heute) ist das korrekte Schweigen eines Vasallen. Wie sollte die Schweiz, als Enklave in der US-Herrschaft, sich anders verhalten als »neutral«? Unsere Opposition zu einer parlamentarischen Opposition zu machen, ist daher nicht möglich: unser Parlament befaßt sich mit der Verwaltung der Schweiz, unsere Opposition befaßt sich nicht mit der Verwaltung der Schweiz. Wo und wie soll sie sich manifestieren? Sie bleibt Gespräch, Publizistik, und selbst wenn man zur Demonstration übergeht, bleibt es eine Opposition, die nichts Offizielles nach sich ziehen kann, schlimmstenfalls ein Straßenverbot, bestenfalls eine offizielle Caritas-Aktion für die Opfer, eine achtbare Aktion, die aber keine Veränderung bewirkt, sie nicht einmal intendiert. Unsere Opposition bleibt hinter Glas. Eine Aktivität von unserem Bundesrat zu verlangen, der auf Neutralität verpflichtet ist, um unsere Integration in die US-Herrschaft nicht zu belasten, ist unmöglich; das einzige, was der Bundesrat kann und auch tut: er kann jedem Schweizerbürger seine Privat-Gesinnung lassen, die für die Schweiz, als Staat, unverbindlich bleibt. Daraus ergibt sich für uns natürlich ein seltsames Verhältnis zur Staatsbürgerlichkeit; die Schweiz reduziert sich zum Wohnsitz, wobei wir Ausländern gegenüber den großen Vorteil haben, daß wir keine Niederlassungsbewilligung brauchen, dazu das Stimmrecht haben und sogar, wenn wir genug Wähler überzeugen, im Gemeinderat sitzen können, um Gemeinnütziges zu leisten innerhalb unserer Integration in ein Herrschaft-System, dem unsere Opposition gilt: als Privat-Opposition. Eine nationale Revolution ist nicht fällig, eine internationale wohl. Unsere Opposition also bleibt theoretisch, und da sie ohne Praxis bleibt, unsere Praxis repressiv, unsere Staatsbürgerlichkeit ohne Relevanz für die Bewegung der Welt.

Zufriedene Schweiz

Wie wenig interne Opposition fundamentaler Art es gibt, da die Schweiz – auf sich selbst bezogen – im Prinzip funktioniert, spüren wir bei jeder Heimkehr sofort nach der Grenze. Technisch alles auf dem Stand der Epoche. Weltverbundensein im Restaurant und im Plakat. Trotzdem fühlt man, ob Schweizer oder nicht, sofort: Schweiz. Die Sorgen um die schweizerische Eigenart, die Adolf Guggenbühl sich macht, kann ich nicht teilen: etwas Eigenartiges ist eklatant. Was ist es? Unsere Presse, bis hin zum Boulevard-Blatt, das Skandale braucht, spiegelt durchwegs, daß die Schweiz nicht ein Skandal an sich ist; sollte gelegentlich etwas Skandalöses zu finden sein (beispielsweise im Strafvollzug), so sind es Verstöße, Entgleisungen aus dem Prinzip, ein Mißstand eben als Ausnahme, eine Havarie, die nichts gegen das politische Modell sagt, im Gegenteil: das Modell bleibt Ideal. Die Schweiz – auf sich selbst bezogen – fordert nicht zur fundamentalen Opposition heraus. Round-table-Diskussionen im schweizerischen Fernsehen, verglichen mit bundesdeutschen oder britischen, verblüffen immer wieder durch ihren Ton: man ist nie so weit auseinander, daß einer als Opposition erscheint. Wer etwa Peter Dürrenmatt widerspricht, gibt lediglich zu bedenken, ob nicht auch und anderseits und immerhin und so weiter. Eine Sendung über die Mirage-Affäre läßt nicht erraten, worin die Affäre eigentlich bestanden hat; ich sehe lauter Offiziere, die mit der Maschine höchlich zufrieden sind und in imposanter Weise starten. Die Möglichkeit, eine integrale Kritik auszusprechen, scheint nicht im eidgenössischen Kanal zu liegen. Das Offiziöse gibt sich bescheiden: aber tabu. Meinungsverschiedenheit wird gepflegt. Ob Renten gerecht sind, bleibt eine Maß-Frage. Ziel jeder Diskussion, nicht vorgeschrieben von der PTT, sondern selbstverständlich unter Eidgenossen, die diesen Namen verdienen, ist der Hausfrieden.

Täuscht das schweizerische Fernsehen?

Ich glaube nicht. Tatsächlich gibt es in der Schweiz nur Vereinzelte, die so weit gehen, daß sie die Toleranz auf die Probe stellen; sie gelten als suspekt, ihre Haltung nicht als Haltung, sondern als Renitenz, nicht als Opposition im Sinn einer Alternative. Entschieden zu weit geht der Dienstverweigerer; er soll zwar belehrt werden, aber durch Strafe. (Ich bin nicht Dienstverweigerer, mein Dienstbuch quittiert ungefähr 800 Diensttage ohne Auszeichnung und ohne Strafe; aber der Dienstverweigerer interessiert mich.) Hier zeigt sich, daß einer, der anders denkt und dies in Aktion umsetzt, einfach kein Schweizer mehr ist, sondern ein Schandfleck, und zwar nicht nur im Mund militärischer Richter; die große Mehrheit der Bevölkerung, dem Begriff der politischen Opposition entwöhnt, verurteilt den Dienstverweigerer ebenso. Neulich las ich in einem Leserbrief an eine Zeitung: »Die Mehrheit des Schweizervolkes denkt wie Hans Habe«, womit gesagt ist, daß der Andersdenkende sich schämen soll. Dafür gibt es Beispiele haufenweise. Die »Neue Zürcher Zeitung« in einem wichtigen Bericht aus Washington, meldet die Vietnam-Bedenken von Senator Fulbright, die weltbekannt sind, aber nicht unsere Opposition bestätigen sollen; Senator Fulbright ist, obschon Gegner des Vietnam-Krieges, ein Ehrenmann, sein Protest nicht zu verwechseln mit dem Protest der »Betschwestern, Randalierer und Linkser«, womit im Vorbeigehen ein weiteres Mal gesagt ist, was man von der Opposition zu halten hat. Auch Konrad Adenauer bezeichnete die Opposition (damals die Sozialdemokratie, die später das CDU-CSU-Debakel meinte sanieren zu müssen) schlichtweg als Unglück der Nation. Ludwig Erhard nannte sie: »Pinscher«. Die Bezeichnungen sind beliebig. Neuerdings, in Berlin, heißt es: »Studentensau« oder »langhaarige Affen«. Die Intellektuellen, die den Ungarn-Aufstand ausgelöst haben, oder die Arbeiter, die am 17. Juni in Ost-Berlin streikten, oder die Studenten in Warschau, die auf die Straße gehen, sind von solchen Verdikten ausgenommen; die Studenten in Rom wieder nicht; die Studenten in Madrid erfreuen sich unserer Neutralität.

Opposition, die sich nicht formiert

Demokratie ohne Opposition?

Dieser Eindruck entsteht, weil unsere Opposition sich nicht formiert. Wie soll sie? Keinesfalls kann sie sich als parlamentarische Opposition formieren. Eine Partei, die gegen den beschleunigten Ausbau unserer Nationalstraßen nichts einzuwenden hätte, aber gegen die United Fruit Company und ihre systematischen Repressionen in Guatemala oder Honduras oder Venezuela protestiert oder gegen das Verbot des *Free Speech Movement* in Berkeley, California, oder gegen die NATO-Militär-Junta in Griechenland usw., was sollte sie in einem Gemeinderat oder im Bundesparlament? Hinter solcher Lächerlichkeit liegt ein wirkliches Dilemma. Unsere Opposition greift über den Bezirk unserer Souveränität hinaus. Sie könnte sich nur international formieren, und so lange sie das nicht tut, bleibt sie privat-intellektuell, ohne Effekt, verbal, platonisch. Oder aber, aktiviert im Bezirk unserer Souveränität, läuft sie Gefahr, daß sie ihren Gegenstand verwechselt; sie wird Querulantentum, was nicht der Sinn von Opposition ist. Unser Land, intern-human, ist ja nicht der Initiant des neokolonialistischen Systems; unser status quo profitiert von diesem System, aber das Verlangen, daß die Schweiz sich desintegriere, wäre nicht realistisch. Unsere Opposition kann sich nur auf die Basis beziehen, und an der Basis haben wir keine Wählerstimme, wenn auch Investitionen, die eben die Schweiz nicht nur geographisch integrieren. Diese Investitionen sind freilich der Grund, warum unsere Opposition gegen die Basis diffamiert wird im Namen der Neutralität, nicht im Namen der Banken: Solidarität mit der amerikanischen Opposition wird »empfunden« als Anti-Amerikanismus, als wären die Leute, die nur durch eine Phalanx von Bajonetten und Maschinenpistolen vom Pentagon abzuhalten sind, keine amerikanischen Staatsbürger.

Generalstreik

Es sind jetzt 50 Jahre seit dem Generalstreik.

Eine Umfrage: Wie werten Sie dieses historische Ereignis? würde bei der Mehrheit des Schweizervolkes ergeben: Glückliche Bewältigung eines drohenden Unglücks, ein Sieg unseres gesunden Schweizersinns. Die Fotos, die zum Jubiläum aus den Archiven kommen, bestätigen es: Offiziere mit Helm und mit blankem Säbel in der Bahnhofstraße, Gruppen von verschüchterten Streikenden und Gesichter befriedigter Zuschauer. Der Jahrgang, dem ich angehöre, hat nur noch kindliche Erinnerungen: das Sammeln von Eicheln im Wald, um zuhause daraus Kaffee zu machen, ich fand's lustig. Schulfrei. Einer aus der Verwandtschaft, ein junger Postangestellter, fragte mich, warum ich mit Kreide an die Mauern schrieb: Bolschewiki. Vielleicht war er auch einer, obschon ich ihn gerne mochte. Ich erinnere mich: ein Student, mit Couleur-Mütze führte das Tram, eskortiert von zwei Soldaten mit Helm und aufgepflanztem Bajonett; ich wäre auch gern ein Student gewesen, um einmal ein richtiges Tram führen zu dürfen. Aber dann, wie gesagt, kam der Sieg des gesunden Schweizersinns.

Anlaß zu diesen Notizen gab ein Gespräch mit Berliner Studenten, Mitgliedern des SDS, der in der Bundesrepublik die außerparlamentarische Opposition manifest gemacht hat, die sehr viel breiter ist als der SDS. Es gelang, wie man weiß, allein durch Provokation; jahrelanges Petitionieren um eine Hochschul-Reform blieb ohne Effekt, bis die Regierung, indem sie ohne Polizeiknüppel und Schußwaffe nicht mehr auskommt, das Vorhandensein einer Opposition verifiziert hat. Meine Gesprächspartner, von Erfahrung belehrt, sind der Meinung: anders geht es nicht. Jetzt gilt die Hochschulreform als dringlich. Etwas zu spät, auch wenn die Hochschul-Reform kommen sollte: die Opposition, zumindest ihre Avantgarde, lehnt es ab, daß sie in das System integriert wird, das sich als Pseudo-Demokratie entlarvt hat. Vorgänge in andern Ländern, auch in den USA, sind äquivalent; überall sind es Minderheiten, überall rekrutiert aus der Intelligenz des Landes. Wer, indem er von Randalierern spricht, eine chaotisch-emotionale Bewegung vermutet und hofft, daß sie zur Räson zu knüppeln sei, verkennt die Räson, die eben die Knüppel herausfordert; das ist Praxis auf Grund rational-politischer Analyse, Negation, aber nicht Negation um der Negation willen, sondern auf Grund einer Alternative. Krise der Demokratie? Es sind nicht die Studenten, die sie machen; sie definieren sie. Die Ursachen einer Demokratie ohne Opposition, also der Demokratie-Krise, können verschieden sein: Oligarchie des Kapitals; Militarisierung des Staates: Entmündigung der Wählerschaft, indem die Parteien, einmal an der Regierung, ihr Programm kompromittieren und damit den Wähler-Auftrag ignorieren; Parlament als Fassade vor Machenschaften, die sich der öffentlichen Kontrolle entziehen unter dem Schutz einer Monopol-Presse; Notstandsgesetze als präventive Drohung, daß Opposition jederzeit mit Diktatur beantwortet werden kann; Diskriminierung der Intelligenz, damit Politik betrieben werden kann als Geschäft ohne Alternative usw. –. Wie steht es bei uns?

Wir haben eine intakte parlamentarische Verwaltung des status quo, der, so lange die Welt sich nicht bewegt, unseren Wohlstand garantiert, und das Recht auf freie Meinungsäußerung, wobei allerdings die Meinung, Demokratie sei die Politik der permanenten Reform, schon fast als subversiv gilt; in bezug auf die Welt haben wir normalisierte Schizophrenie: einerseits die Neutralität als Staat, der sich die kommentarlose Integration in einen Machtblock als Souveränität auslegt, und anderseits die politische Privat-Gesinnung, die, sollte sie eben diesen Machtblock kritisieren als Welt-Herrschaft durch koloniale Konterrevolutionen, Kritik bleibt, verbal, Opposition hinter Glas, Stuben-Politisiererei – sobald der Schweizer sein politisches Interesse und Gewissen nicht auf die Schweiz beschränkt, eine integrierte, aber politisch nur auf sich selbst bezogene Schweiz ... Es ist paradox: das politische Gewissen gegenüber der Welt bleibt bei uns privat.

Vor wenigen Tagen hat Präsident Johnson, wenn auch nicht wegen unserer Privat-Opposition, seinen Beschluß gefaßt, der allerdings das Herrschaft-System nicht zu ändern, aber zu retten versucht. Was dabei, nebensächlich, in unsern Zusammenhang gehört: das »Stop the war now« ist jetzt, seit Montag, auch in jener schweizerischen Presse, die dem Völkermord im Namen unserer Freiheit neutral beipflichtete, nicht mehr anti-amerikanisch. Die Diffamierung der Opposition wird deswegen nicht eingestellt werden, nur umgestellt; es kann nicht sein, daß die Opposition recht hat.

Heute die Nachricht von Martin Luther King:

Der große Mann der gewaltlosen Opposition, Friedens-Nobelpreis-Träger, Kämpfer gegen die Armut im reichsten Land der Welt und für die Bürgerrechte der amerikanischen Neger, wird von einem Weißen erschossen. Brutalisierung außen, Brutalisierung innen. Die Konsequenz, die evident ist, läßt sich nicht abfangen mit Trauer um einen großen Mann; der Bankrott eines Herrschaft-Systems zeichnet sich ab. Diffamierung der Opposition ist lange zu betreiben, aber sie tendiert zum Bürgerkrieg.

(1968)

Politik durch Mord

Der große Mann der gewaltlosen Opposition, Kämpfer gegen die Armut im reichsten Land der Welt und für die Bürgerrechte der amerikanischen Neger, wird von einem Weißen erschossen. Dieses Ereignis in der Ferne, das uns hier zusammenführt, ist nicht abzufangen mit der Trauer um eine Persönlichkeit. Überall ist die Rede von tiefer Erschütterung. Fragen wir: Was ist erschüttert worden?

Die USA haben ihre Flagge auf Halbmast gesetzt, heißt es, auch auf ihren Kriegsflotten in aller Welt: für einen Prediger des Friedens. Die Opposition, die Martin Luther King vertreten hat, hatte nicht die Macht im Staat, um den Krieg in Vietnam zu verhindern; die einzige Chance dieser Opposition ist düster: daß die Geschichte ihr recht gibt. Das ist eingetreten. Und jetzt fällt der Schuß: nicht auf die Staatsmacht, die den Völkermord in Vietnam zu verantworten hat, sondern auf die Opposition im Staat. – Schüsse auf die Opposition fallen in West-Berlin.

Wir sprechen heute von Martin Luther King.

Der Einzelne von Memphis

Nun kann man sagen: Attentate hat es immer gegeben, Attentate von einem einzelnen Irren. Warum lösen sie manchmal etwas aus, so daß sie zu einem Datum werden in der Geschichte einer Nation? Vermutlich weil sie, wenn auch vollstreckt von einem einzelnen Irren, die politische Struktur einer Nation zum Vorschein bringen. Es wäre aber widersinnig zu sagen oder auch nur zu vermuten, daß die Staatsmacht der USA diesen Mord veranstaltet habe. Erstens sieht es anders aus, wenn die Staatsmacht mordet; zweitens kann es der Staatsmacht alles andere als erwünscht sein, daß gerade dieser Mann, Prophet der Gewaltlosigkeit, ermordet worden ist; man ist gerade jetzt angewiesen auf die Gewaltlosigkeit der Unterdrückten im eignen Land; man weiß, was der Vietnam-Krieg gekostet hat, und die Armen im eignen Land werden gerade jetzt, wie schon immer, Geduld haben müssen. Der Marsch gegen die Armut, den Martin Luther King in diesem

Frühjahr hat führen wollen, sollte friedlich sein wie alle seine Reden und Taten zuvor. Sein Tod kann die Armut der amerikanischen Neger nicht abschaffen, möglicherweise aber ihre Geduld, ihre Hoffnung auf einen friedlichen Einzug in das Gelobte Land, wie der unerschrocken-sanfte Dr. Martin Luther King ihn predigte. Warum sollen die Neger, als amerikanische Soldaten in der Gewalttätigkeit gegen vietnamesisches Volk geschult, dieselbe Gewalttätigkeit nicht anwenden gegen ihre wirklichen Feinde? Es ist nicht zu wünschen. Die Staatsmacht hat die Panzer, die Flugzeuge, die notfalls auch auf kurze Strecken einzusetzen sind. Was sollen die Neger tun? Sie sollen nicht die Nerven verlieren, weil ein Weißer, weiß Gott nicht im Auftrag der Staatsmacht, geschossen hat, ein Einzelner. Der schon mehrmals ein Attentat gegen Martin Luther King versucht hat: der die Steine geworfen hat in Chicago: der die Drohungen verbreitet in diesem weiten Land, so daß jeder Pilot, wenn dieser Priester in der Maschine sitzt, befürchten muß, diesmal sei die Zeitbombe dabei: der schon viele Neger liquidiert hat in vielen Städten: der die andern Führer der Bürgerrechtsbewegung telephonisch wissen läßt, sie werden drankommen: das ist immer dieser Einzelne von Memphis gewesen? – der so schwer zu finden ist in diesem Land, das bei Rassenkrawallen, nach Photos zu schließen, über ein immer wieder imposantes Polizeikorps verfügt. Das Gewehr, das man gefunden hat, kann nur von einem Einzelnen bedient werden; die Darstellung aber, Martin Luther King sei von einem Einzelnen ermordet worden, wäre trotzdem eine Lüge. Man wußte in Memphis von den Drohungen. 40 Mann dieses Polizeikorps, bewährt im Einsatz gegen renitente Neger, bewachen in Memphis das Hotel des bedrohten Priesters, offenbar nicht das Hotel gegenüber; der Schuß ist zu hören, der Zielfernrohr-Schütze in 70 Metern Entfernung nicht zu ergreifen: nämlich die Hinterausgänge sind nicht bewacht. Ein günstiges Land für Mörder. Das Weiße Haus mahnt die Nation: mit Gewalt könne nichts erreicht werden. Es ist erreicht: Martin Luther King ist still. Die Presse der Freien Welt ist sich einig: jetzt ist es an den Negern zu verzichten auf Gewalt. Kundgebungen der Neger, so steht zu lesen, arten in Ausschreitungen aus, womit gesagt ist: die Gewalttätigkeit kommt von den Negern. Diese Darstellung ist ebenfalls eine Lüge.

Die »Neue Zürcher Zeitung« schreibt:

»Nach vergeblichem Warten auf die Durchführung der bahnbrechenden Entscheidung des Obersten Bundesgerichts über die Aufhebung der Rassentrennung in den Schulen, die, wenn überhaupt, an allzuvielen Orten nur symbolisch befolgt wurde, organisierte der damals als Pfarrer tätige King in den späten fünfziger Jahren in Montgomery im Staat Alabama den Autobus-Boykott der Neger. Es ging um ihr Recht, im öffentlichen Autobus der Stadt jeden freien Platz einzunehmen. Bis dahin war es im ganzen Süden Vorschrift, daß Neger nur die hintersten Plätze besetzen durften, selbst wenn die vorderen Plätze frei waren.«

Das sind Fortschritte. Nur der Randalierer wird leugnen, daß das Fortschritte sind. Der Neger, der von der Arbeit kommt, darf sich im öffentlichen Autobus setzen, wo er will: wenn nicht der Weiße da sitzt, und das schon heute. Oder ist das vielleicht kein Fortschritt? Er ist erzwungen worden: wenn nämlich die Neger den öffentlichen Autobus nicht benutzen, kommen sie nicht an den Arbeitsplatz, und der weiße Boß, der mit seinem Wagen dahinfährt, steht allein. Also ein Fortschritt, ein kleiner, aber immerhin: der als Pfarrer tätige King aus Alabama hat es in den späten fünfziger Jahren in Montgomery im Staat Alabama erreicht, daß Neger auch vorn sitzen können im Autobus. Was wollen die Neger eigentlich mehr? Man kann den Fortschritt nicht überstürzen. In einer Gesellschaft, hier in Zürich, hörte ich einmal eine Dame sagen: kaum gibt man ihnen den kleinen Finger, wollen sie die ganze Hand. Da ist etwas dran. Warum eigentlich – so muß man sich fragen, so oft man die Schlagzeile liest: Rassen-Krawalle, und wenn man dazu die Bilder sieht mit Negern drauf, die verprügelt werden müssen – warum kann diese Rasse eigentlich nicht friedlich sein? Auch Martin Luther King, scheint es, wollte zu viel, als er sich, statt in Atlanta zu predigen, einmischte in das Problem der nördlichen Gettos: Harlem, Chicago, Baltimore, Los Angeles ...

»– das Problem der nördlichen Gettos, das viel schwerer zu lösen ist, weil es ein wirtschaftliches und soziales Problem ist, das sich in der Form eines Rassenproblems präsentiert. (...) Mehr und mehr blieben die Erfolge (von Martin Luther King) aus. Und mehr und mehr gewannen die radikaleren Negerführer Gehör, die die schwelende Not der Gettos auszubeuten begannen.«

Womit gesagt ist, wer in diesen Gettos die Ausbeuter sind, nicht jene, die die Arbeitskraft der Neger ausbeuten in einer Weise, daß es zur schwelenden Not der Gettos kommt, sondern die Negerführer, die diese Not abschaffen wollen.

»In Memphis streiken die Kehrichtabfuhrleute – alles Schwarze – seit langem, und zwar nicht nur, weil sie von der Stadt eine Lohnerhöhung wollen, sondern auch weil sie sich gewerkschaftlich zu organisieren wünschen.«

Die Gewerkschaft als legales Instrument, womit die Arbeitnehmer, um der Macht des Kapitals nicht bedingungslos ausgeliefert zu sein, die Macht ihrer Arbeitskraft manifestieren können – das muß verhindert werden.

»Am nächsten Montag sollte ein zweiter Protestmarsch durchgeführt werden, obschon ein lokales Gericht dagegen eine sogenannte ›injunction‹ eingelegt hatte. Der Weg aller amerikanischen Sozialreformbewegungen, vor allem auch der Gewerkschaften, ist mit solchen ›injunctions‹ gepflastert. Sie sind immer wieder mißachtet worden.«

Memphis ist also kein Sonderfall, sondern Muster: man unterdrückt Recht, und da die Unterdrückten, aufgeklärt von Pfarrer King, die Mißachtung ihres Rechts mißachten, herrscht Erbitterung bei den Unterdrückern.

»In der heutigen im Lande verbreiteten Stimmung tiefen Unbehagens, ja des Haßes und der Bitterkeit, führte Kings Herausforderung des weißen ›Establishments‹ von Memphis nun zu seiner Ermordung.«

Unser Gewährsmann in Washington, der einer links-tendenziösen Darstellung kaum zu verdächtigen ist, schreibt über die Gewerkschafts-Bewegung in den USA allgemein:

»Es war ein opferreicher Weg. Er bedeutete Gefängnis und oft Schlimmeres, allzu oft den Tod für die, die sich an diesen Aktionen beteiligten.«

Das betrifft nicht die Neger allein.

In den zwanziger Jahren wurden zwei italienische Einwanderer, Sacco und Vanzetti, verhaftet unter dem Verdacht, Angestellte mit Lohngeldern ermordet zu haben. Während des Prozesses in Boston, der 63 Tage dauerte, meldeten sich zahlreiche Augenzeugen: sie hatten Vanzetti mit seinem Fischkarren gesehen, 32 Meilen vom Tatort entfernt. Das Todesurteil wurde trotzdem gefällt. Sacco und Vanzetti gehörten einer politischen Opposition an, einer Arbeiter-Bewegung. Ein Protest ging durch die zivilisierte Welt. Sacco und Vanzetti kamen trotzdem auf den elektrischen Stuhl.

Sacco and Vanzetti got arrested there,
On a trolley-car by the plain clothes men.
Carried down to the Brocktom jail –
The folks in Plymouth town did say
Vanzetti sold fish in Suasso's Lane.
His fish cart was thirty two miles away
From old Pearl Street this fatal day.
It was twenty or thirty or fifty more,
Said: Sacco was not in that robber car.
Judge Webster Thayer could not allow
The Morelli Gang's confession to stop him now,
Sacco and Vanzetti are Union-men,
And the verdict, guilty, must come in.

Politik durch Mord und Politik durch Justizmord, das ist keine Spezialität der amerikanischen Herrschaftsform, nicht einmal der faschistischen; der Stalinismus zeigte diese Methode in monströser Perfektion. – Der Justizmord (und darum habe ich ihn zu erwähnen) ist immer ein Test, er zeigt auf eklatante Art, was einer herrschenden Schicht, ihrem System, besonders gefährlich erscheint, also vernichtet werden muß: in den USA ist es von jeher der Sozialreformer, der Anwalt der Arbeiter.

Joe Hill, eigentlich Hillström, kam 1907 aus Schweden in die USA und wurde bald zum populären Sänger der amerikanischen Gewerkschaftsbewegung *Industrial workers of the world.* Im Januar 1914 verhaftete man Hill im Staate Utah, wo sich die großen Kupferminen befinden, heute noch sehenswert für jeden Touristen, und verurteilte Hill wegen eines Mordes, den er nicht begangen hatte, zum Tode. Nach einer Haft von 22 Monaten, während ein weltweiter Protest stattfand, wurde das Urteil, das die Kupferminen-Besitzer forderten, vollstreckt am 19. November 1915.

Ein halbes Jahrhundert später: »In Memphis streiken die Kehrichtabfuhrleute – lauter Schwarze – seit langem (...), weil sie sich gewerkschaftlich zu organisieren wünschen«, so entsteht »die Stimmung tiefen Unbehagens, ja des Hasses und der Bitterkeit«, die den gewaltlosen Martin Luther King liquidiert. – Nicht durch Justizmord.

Es gibt verschiedene Verfahren.

Am 24. April 1963 befand sich der Briefträger William Moore auf dem US-Highway 11. Moore, geboren in Mississippi, war unterwegs, um dem Gouverneur Ross Barnett eine persönliche Bittschrift zur Anerkennung der Bürgerrechte der Neger zu überreichen. Moore war Weißer. Er wurde von hinten erschossen, Täter unbekannt.

Oh, Bill Moore walked the lonesome Highway.
He dared to walk there by himself,
None one of us here were walking with him,
He walked the highway by himself.
Yes, he walked to Alabama,
He walked the road for you and me,
In his life there was the purpose:
That Black and White might both be free.
They shot him down in cold blood murder,
Two bullet holes were in his head,
His body lay upon the road-way,
Where lynchers left him cold and dead.

Kein günstiges Land für Bittschriften.

In Tallageda, Alabama, marschierten 200 College-Studenten zum Rathaus: sie protestierten wider die Ausschreitungen gegen die Anhänger der Bürgerrechts-Bewegung und wider die Brutalität der Polizei gegenüber den Anhängern der Bürgerrechts-Bewegung. Der friedliche Marsch wurde von 40 Staatspolizisten gestoppt, die mit Tränengas schossen; die Studenten blieben stehen und sangen:

We shall not, whe shall not be moved.
We shall not, whe shall not be moved,
Just like a tree, planted by the water,
We shall not be moved.
We are fighting for our freedom,
We shall not be moved,
We are black and white together,
We shall not be moved,
We will stand and fight together,
We shall not be moved.

Das Sing-in als Antwort auf Tränengas und Knüppel, als Antwort auf Verhaftungen und Anlaß für Verhaftungen; die naive Zuversicht wirkt schon als Provokation; Songs ohne eigentliche Kampfansage, sogar ohne Anklage; der Protest besteht allein in der singenden Hoffnung aus Gläubigkeit: es ist legitim, daß die Melodie oft aus Spirituals übernommen wird. Anläßlich eines Streiks in Charleston, 1945, *Negro Food and Tobacco Union Workers*, entsteht ein Song für Jahrzehnte, seine Tonart: with quiet determination:

We shall overcome, we shall overcome,
We shall overcome someday.
Oh, deep in my heart, I know that,
I do believe, oh, we shall overcome someday.
The truth will make us free ...
We'll walk hand in hand ...
The Lord will see us through ...

Was sollen die Neger hoffen?

Was folgt auf die Ermordung von Martin Luther King?

Präsident Johnson, um die Welt zu trösten, hat sofort seinen Justiz-Minister, Ramsey Clark, nach Memphis geschickt zwecks Untersuchung des Mordes. – Unser Glaube wird zögernd sein.

Nicht nur weil man den Warren-Bericht kennt; nicht nur weil der Polizei-Bericht zu den schweren Krawallen 1966 in Watts, dem Neger-Getto von Los Angeles, dem Bericht von Augenzeugen widerspricht – sondern weil der Bericht der amerikanischen Rassen-Kommission, eingesetzt von Präsident Johnson, nach der Vernehmung von 1200 Zeugen zu dem Schluß kommt:

»Unser Volk zerfällt in zwei Teile, in zwei verschiedene Gesellschaften: die eine schwarz, die andere weiß. Was die weißen Amerikaner nie begriffen haben, können die Neger niemals vergessen: daß die weiße Gesellschaft entscheidend zur Bildung des Gettos beigetragen hat. Weiße Institutionen haben es geschaffen, weiße Institutionen erhalten es aufrecht, eine weiße Gesellschaft billigt es.«

Ich melde nichts Neues: im Jahr 1966 sind in amerikanischen Slums, laut offizieller Untersuchung, 14 000 Babies und Kleinkinder von Ratten gebissen worden. Ein Entwurf, der zur Rattenbekämpfung in den Slums einen Bundeszuschuß von 40 Millionen Dollar vorsah, wird gestrichen.

Ein Kriegstag in Vietnam kostet wieviel?

Dies zum Verständnis für Plünderer, auch wenn wir die Plünderungen nicht gutheißen, aber die Situation in den Slums eben auch nicht, und sie ist die Ursache.

1964 beschließt der Kongreß in Washington ein bedeutendes Bürgerrechtsgesetz: es verbürgt den Negern gleiches Recht an den Wahlurnen. Die Praxis im Süden sieht so aus: um seine Stimme abgeben zu können, muß der Neger 30 Dollar zahlen; oder er muß eine Prüfung bestehen, und die seinen Bildungsgrad prüfen, sind Weiße; drittens braucht er vielleicht einen Autobus, um an die Urne zu gelangen, und die über den öffentlichen Autobus-Betrieb entscheiden, sind Weiße. Aber es steht dem Neger natürlich frei, einen Tag lang zu Fuß zu gehen, wenn er wählen will.

Wichtig: der Bildungsgrad. 1966, zwölf Jahre nach einem Grundsatzurteil des Obersten Gerichtshofs in Washington, sind es von drei Millionen Negerkindern erst 10 Prozent, die eine integrierte Schule besuchen.

Präsident Johnson – und das war sein guter Tag, den er selber als historischen Tag empfand; nur machte er keine Historie, wenn auch einen guten Eindruck in der Welt – erläßt ein bedeutendes Bürgerrechts-Dekret: Aufhebung der Rassentrennung in den Schulen; die Weißen im Süden halten sich nicht daran; die Regierung in Washington setzt nicht ihre Macht ein, um die Durchführung des Dekretes zu erwirken, sie kann nicht, die USA sind föderalistisch; ihre Macht – die Bundestruppen – erscheint erst, um den schwarzen Protest niederzuschlagen: wie soll ich, als Demokrat, diesen Tatbestand bezeichnen? Und wenn ich Neger wäre: worauf hoffen?

My mother, yeah, she told me
On her dying bed:
Son, if you don't get your freedom,
You know I'd rather see you dead.

Well, I want my freedom
And I want it now
And no matter what happens
I'm gonna fight on anyhow.

Es wäre billig, Präsident Johnson zum Sündenbock zu machen, und eine falsche Hoffnung; Johnson tritt ab, das System nicht.

1965, anläßlich der Unterzeichnung der *Voting Right Bill,* sagt Präsident Johnson:

»Heute zählt ein Triumph der Freiheit so viel, wie alle Siege auf dem Schlachtfeld in der Vergangenheit ... Heute brechen wir die letzte große Fessel bedrohlicher und altertümlicher Versklavung.«

Was auf diese feierliche Unterzeichnung folgt: im Lauf eines Jahres werden in den Südstaaten zahlreiche farbige und weiße Anhänger der Bürgerrechts-Bewegung ermordet; die Prozesse gegen die Mörder, sofern sie gefunden werden, enden meist nach kurzem Verfahren mit Freispruch.

(Auch der Kriminalobermeister Kurras, der in Berlin den Studenten Ohnesorg niedergeschossen hat, ist freigesprochen worden und steht weiterhin in Dienst.)

Die stärkste Macht der Erde

Wir trauern um Martin Luther King. Der andere Sprecher an diesem Ostermontag, Pfarrer Kurt Marti, wird als Christ über den Christen sprechen. Ich spreche vom politischen Mord, der, eben, weil er politisch ist, sich nicht isolieren läßt aus der Herrschaftsform unserer Schutzmacht. Was sie betrifft, unsere Schutzmacht, so stimmt es, was unsere Presse sagt: »Wenn man ihre Flugzeugträger, Unterseeboote, Interkontinentalraketen, Megatonnen, ihre Industriekapazität, ihr Produktionspotential zusammenrechnet, sind die Vereinigten Staaten nach wie vor die bei weitem stärkste Macht dieser Erde.« Es ist jedem von uns, seinem moralisch-politischen Gewissen, überlassen, darin Trost zu sehen oder Schrecken. Es stimmt schon, wir haben uns über die USA nicht zu beklagen. Sie lohnen unsere neutrale Kollaboration. Der Privilegierte weiß ungern, wer in der Welt aufzukommen hat für seine Freiheit im Wohlstand. Es ist aber in der Geschichte unsres Jahrhunderts nachzulesen, bei einiger Aufmerksamkeit sogar in den täglichen Meldungen aus vielen Teilen der Welt, die man die Dritte nennt.

Worauf basiert unsere Schutzmacht?

1859 Invasion der USA in die neutrale Zone von Panama, um (so heißt es) die Ordnung wiederherzustellen.

1868 Kriegsschiffe und Truppen der USA vor den Küsten von

Uruguay, um (so heißt es) auf Ersuchen der uruguayischen Behörden die Interessen nordamerikanischer Staatsbürger zu schützen.

1898 Bombardierung und Landung der USA in Puerto Rico.

1899 Die USA schicken Schiffe und Truppen nach Nicaragua: zum Schutz von Besitz nordamerikanischer Bürger.

1902 Landung amerikanischer Marinesoldaten in Haiti, die Plantagen gehen in den Besitz nordamerikanischer Bürger über.

1903 Kuba wird gezwungen, bestimmte Gebiete für die Errichtung von US-Flottenstützpunkten abzutreten. Neue Intervention der USA in die Dominikanische Republik zum Schutz der amerikanischen Zuckerrohrplantagen und »zur Verhinderung eventueller Unruhen.« Vertrag mit Kuba, demzufolge es nur mit Genehmigung der USA ein Handelsabkommen mit dritten Ländern abschließen darf.

1905 Die USA unterstützen eine Niederlassung der United Fruit Company, die die Eisenbahn von Costa Rica in Besitz nimmt.

1906 Der US-Verteidigungsminister Taft erklärt sich auf einer Durchreise durch Kuba zum »General-Gouverneur der Republik Kuba.«

1907 Friedensvertrag mit den mittelamerikanischen Staaten auf dem Prinzip, aus inneren Unruhen hervorgegangene Regierungen in diesen Ländern nicht anzuerkennen.

1908 Der US-Außenminister Root erklärt: »Wann immer das investierte amerikanische Kapital in Gefahr ist, ist eine militärische Intervention gerechtfertigt.«

1909 Militärische Intervention der USA in Nicaragua.

1910 Landung von US-Streitkräften in Honduras.

1912 Außenminister Root erklärt: »Es ist nur eine Frage der Zeit, wann sich Mexiko, Mittelamerika und die Karibischen Inseln, die wir noch nicht besitzen, unsrer Fahne anschließen.« Root erhält den Friedensnobelpreis. Die USA bombardieren und besetzen Nicaragua, Besetzung bis 1925.

1920 10 000 Marine-Infanteristen, die in Kuba stationiert sind, marschieren in Guatemala ein, um das Land zu befreien.

1921 In Haiti ernennen die USA einen Hohen Kommissar mit absoluter Gewalt.

1924 Landung der USA in Honduras zum Schutz von Leben und Besitz nordamerikanischer Staatsbürger.

1925 Militärische Intervention der USA in Panama wegen anormaler Situation.

1928 Aufstand der Studenten in Venezuela, der Aufstand scheitert. Die United Fruit Company, unterstützt vom US-Botschafter Caffery, unterdrückt den Streik der kolumbianischen Arbeiter: 1500 getötet, 3000 verwundet.

1929 Marinesoldaten zerstören 70 Ortschaften in Nicaragua. – Bombardierung von Las Limas (Honduras) durch die amerikanische Luftwaffe.

1931 Die United Fruit Company kauft »El Diario«, die Oppositionszeitung in Costa Rica, ebenso »Excelsior«, die Oppositionszeitung in Guatemala.

1933 Beginn der Politik der Guten Nachbarschaft des Präsidenten Franklin D. Roosevelt.

1935 Die US-Polizei verübt ein Attentat auf den Führer der nationalen Partei in Puerto Rico.

1936 Ubico, der Diktator in Guatemala, erweitert die Konzessionen für die United Fruit Company.

1937 Massaker von Ponce, Puerto Rico: Hunderte von Nationalisten, die Demonstrationserlaubnis hatten, werden zusammen mit ihren Familien von der US-Polizei erschossen.

1948 Die USA anerkennen die Militär-Junta in Venezuela, Gegenleistung: Beteiligung am Erdölertrag.

1951 Die USA anerkennen die Militär-Junta in Bolivien.

1954 In Paraguay kommt General Stoessner an die Macht, unterstützt von den USA.

1963 Wahlen in der Dominikanischen Republik: gewählt wird Bosch. An der Zeremonie nimmt Vizepräsident Johnson teil. Nach einem halben Jahr wird Bosch abgesetzt durch die Armee. Der amerikanische Senator Morse erklärt: »Viele nordamerikanische Unternehmungen haben den Staatsstreich bezahlt.«

1965 Rede von Präsident Johnson in Mexiko: »Die Außenpolitik der USA beruht auf den Prinzipien der Selbstbestimmung, der Nichteinmischung, der friedlichen Lösung von Konflikten.«

1967 Die USA schlagen erneut die Errichtung eines interameri-

kanischen Heeres vor, das der OAS unterstellt ist und im Fall von internen »Umstürzen« sofort in die verschiedenen Mitgliedstaaten einrücken kann.
usw.

Rassenkampf oder Klassenkampf?

Was hat das mit Martin Luther King zu tun?

Der Brutalisierung außen entspricht die Brutalisierung innen ... Die Neger-Frage (das weiß man, auch wenn man nur ein Vierteljahr in einem amerikanischen Neger-Viertel gewohnt hat) ist nicht so leicht, wie es sich der Humanist am Schreibtisch vorstellt. Nicht ein Dekret, nur eine systematische Evolution kann sie lösen, das ist bekannt, eine sehr langwierige Evolution, was aber etwas anderes ist als eine systematisch verzögerte Evolution. Die Neger-Frage (deswegen haben wir aus dem Kalender der amerikanischen Außenpolitik gelesen) impliziert einen Widerspruch: wie entkolonisiert man im eignen Land, während man außerhalb des Landes gleichzeitig das Gegenteil betreibt, nämlich die koloniale Konterrevolution? Spricht man von Rassismus, so verdeckt man, indem man das Problem in die Psychologie verlagert, das politische Phänomen; was die USA, als politische Macht, in ihrem Herrschaftsbereich betätigt, ist ja nicht Rassismus, sondern – wem das Wort mißfällt, gebe ein anderes, das den Tatbestand nicht verschleiert – Imperialismus: nicht Verfolgung von Rassen, nur wirtschaftliche Okkupation, militärisch gedeckt, verbunden mit einer grandiosen Förderung technischer Art, aber nicht Förderung der Unabhängigkeit und des Selbstbestimmungsrechts dieser Völker, im Gegenteil; dafür ist man zu sehr angewiesen auf ihre Rohstoffquellen und auf ihre Arbeitskräfte. Neigung zum Rassenhaß a priori ist bei amerikanischen Menschen, meine ich festgestellt zu haben, geringer als bei vielen anderen, ethnisch homogeneren Kollektiven im alten Europa. Was in den Südstaaten und überall da, wo die amerikanischen Neger quantitativ dominieren, sich in Rassismus umsetzt, ist der permanente Reflex darauf, daß Menschenmassen, ursprünglich als Sklaven importiert, auf Grund der gleichen Staatsbürgerschaft sich auf die Verfassung berufen. »All men are equal.« Hier hat die Regierung, auch wenn sie guten Willens ist, es schwer: mit den Weißen; die sich den Dekreten widersetzen und damit der Evolution.

Was die Evolution betrifft:

Die intellektuellen Neger sagen es uns deutlich, daß es ein Irrtum wäre zu meinen, die Rassenfrage wäre annulliert, wenn ein Neger (wie Robert Kennedy einmal nobel gesagt hat) in 40 Jahren auch Präsident werden könnte. Die Hoffnung der Liberalen, der Neger wünsche dereinst ein Weißer zu werden, verkennt das Problem. Er will etwas anderes, nicht Selbstpreisgabe durch Gleichberechtigung, sondern Gleichberechtigung, um ein Neger sein zu können ohne Verfolgung durch die Weißen, aber nicht wie ein Weißer sein, sondern ein Neger, ein Mensch andrer Art. So sehr hat ihn ja der Weiße nicht überzeugt – nicht nur der Weiße als Sklaven-Halter damals, der Weiße als Ausbeuter nach der Sklaven-Befreiung, der Weiße als Polizist usw. – der Weiße überhaupt, der Weiße in seiner eignen Welt, die er für die Menschen-mögliche-Welt schlechthin hält, kann die Neger nicht überzeugen, sobald sie zu ihrem Selbstverständnis gelangen. Die Imitation, die Kopie des weißen *way of life* und damit die Annullierung der Rasse, die Erlaubnis zur Integration in die entseelte Konsum-Gesellschaft ist nicht das Ziel der Neger-Emanzipation, und das ist es vielleicht auch, was die Weißen, wenn auch vielen noch unbewußt, im Grunde bestürzt: das Urteil über ihr Leben, nicht Rache, aber die Konfrontation mit einem andern Mensch-Sein.

Sie wird kommen.

Im zeitlichen Vordergrund steht etwas anderes: Kampf zwischen einer privilegierten Schicht und einer deklassierten Schicht, das ist Klassenkampf. Dieser Begriff, heißt es, sei veraltet, und wer ihn verwendet, nicht auf der Höhe unserer Zeit; sagen wir also: die USA, Protagonist der Heilslehre vom freien Unternehmertum, sind nicht auf der Höhe der Zeit. Der Kampf gegen die Deklassierten, im täglichen Leben etabliert durch die Gettos in den Metropolen des Nordens, im Süden immer wieder geführt mit tätlicher Willkür der Privilegierten, wobei die Staatsmacht, allzeit bereit und machtlos gegen die weißen Steinschleuderer, zur Schußwaffe erst greift, wenn ein jugendlicher Neger plündert, diese Seite des Klassenkampfes ist nicht nur evident, sondern klassisch; der Kampf von unten nach oben, unumgänglich, sucht noch seine Methode. Martin Luther King predigte die Methode der Gewaltlosigkeit. Wollte er sterben, um nicht die Methode ändern zu müssen? Ermordung der Opposition, das ist der einseitige Bürgerkrieg – in einem Land, das als Schutzmacht aller Demokratie auftritt und selber keine Demokratie ist.

Das ist die Erschütterung.

Das zu sagen, denke ich, ist nicht Anti-Amerikanismus, es sei denn, man verstehe unter Anti-Amerikanismus die intellektuelle Solidarität mit der demokratischen Opposition in den USA, die in ihrem großen Mann liquidiert werden sollte. *Count-down of nonviolence.* Die Hoffnung, daß der zweiseitige Bürgerkrieg nicht ausbricht, hat zwei Gesichter: das eine schaut vertrauensvoll auf die militärische Macht der Regierung; das andere schaut – weniger vertrauensvoll als fordernd, daß der einseitige Bürgerkrieg aufhöre – auf eine fundamentale Veränderung der Herrschaftsform; das heißt: daß die USA, unterstützt von den Demokraten der Welt, begännen mit der Menschheits-Befreiung auf ihrem eignen Territorium. (1968)

Die große Devotion

Über die Ereignisse in Zürich und über die Jugend

Die Ereignisse in Zürich (29. 6. bis 2. 7.) haben viel zum Vorschein gebracht. Wer sich jetzt Gedanken macht und sie der Öffentlichkeit meint vorlegen zu müssen, weil Demokratie, wie jedermann versichert, Diskussion sei, hat vorerst und mit Entrüstung, die von Analyse dispensiert, und ohne einen Unterton von Frage, was sonst noch undemokratisch ist, öffentlich zu beteuern, daß er selbst noch nie einen Pflasterstein geworfen hat, daß er das Werfen von Pflastersteinen in einer Demokratie mißbilligt.

Ich beteuere es.

Was sich ereignet hat, gilt als bekannt: eine winzige Minderheit von Jugendlichen (das ist die freundlichste Bezeichnung) hat nicht das Rathaus gestürmt, sie hat nicht die Hochschule besetzt, auch nicht eine Fabrik, die Napalm herstellt, sie hat weder geplant noch versucht, ein Zeughaus zu plündern, um Sprengstoff für einen Staatsstreich zu holen, sie hat auch das alte Warenhaus nicht gestürmt, das, wie sie meint, sich als Jugendhaus eignen würde; sie ist aufmarschiert, sie hat gepöbelt: »eins, zwei, drei, Globus frei!« sie hat Pflastersteine und Bierflaschen geworfen gegen Wasserwerfer – das ist nun einmal nicht zu leugnen – die Wasserwerfer waren nötig, da sie den Verkehr gestört hat, und so kam es zur Straßenschlacht in Zürich.

Der gute Rat ist nicht teuer:

»Man kann diese Gruppe nicht verbieten.« So schreibt eine zürcherische Zeitung und trifft ohne Zweifel unsere öffentliche Meinung vor allem mit dem zweiten Satz: »Aber man kann sie ächten.«

Die Jugendlichen: –

Die meisten sind immerhin stimmberechtigt, also nach Gesetz nicht unmündig. Sie könnten nach ihrem Lebensalter auch schon bei der Polizei sein, der ich, wenn sie mir eine Park-Buße anhängt, nicht sage: ihr Jugendlichen! Unsere eigenen Söhne oder Töchter, wenn sie in diesem Alter sind, lernen wir als Partner zu betrachten oder wir verlieren sie. Man kann in diesem Alter auch schon Lehrer sein. Einer davon, man weiß es, ist Lehrer gewesen. Es gibt

Leute in diesem Alter, denen wir vertrauen: einem Straßenbahnführer, einer Krankenschwester. Albert Einstein, geboren 1879, wurde 1902 Experte im eidgenössischen Patentamt in Bern; die Aufstellung seiner Relativitätstheorie fällt noch in seine Berner Zeit. Ich gebe zu, das sind Ausnahmen. Auch wenn einer kein Genie ist, aber in diesem Alter auftritt als Leutnant und Befehle erteilt, sagen wir nicht: Sie Jugendlicher!

Der Stadtrat von Zürich verbietet Demonstrationen bis auf weiteres. »Die überwältigende Mehrheit der Bevölkerung ist empört über die von Jugendlichen hervorgerufenen Unruhen während der letzten Nacht.« So heißt es in einem Aufruf unseres Stadtpräsidenten: »Auch ich bin empört.« Ferner: »Wenn es nötig ist, werden die Ordnungskräfte verstärkt.« Zum Schluß: »Die Jugend wird durch Trotz und Gewalt nicht an ihr Ziel gelangen.« Damit ist das Verbot von Demonstrationen bis auf weiteres verständlich (ich nehme an, daß das Verbot auch rechtlich zu vertreten ist) als Aufschub des Konfliktes, bis wir der Tatsache, daß unsere Gesellschaft einen Konflikt auszutragen hat, ohne Empörung gewachsen sind.

Der Stadtrat erklärt:

»Die Behauptungen, wonach Übergriffe durch einzelne Funktionäre vorgekommen seien, wird abgeklärt.« (Gemeint sind die Behauptungen, daß Verhaftete im Globus-Keller, wo es keine Zeugen mehr gab, im Spießrutenlauf verprügelt und in wehrlosem Zustand getreten worden sind, also Strafvollzug durch die Polizei.) »Der Stadtrat tritt ohne Ansehen der Person für die rechtsstaatliche Ordnung ein.«

Wir nehmen dieses Versprechen sehr ernst.

Es muß häßlich zugegangen sein. 169 Verhaftungen und 41 Verletzte in der ersten Nacht. »Die Herrschaft des Pöbels auf Zürichs Straßen.« Text zu einem Photo von einem jungen Mann, der kauert: »Der kräftige Wasserstrahl läßt keine heldenhafte Haltung mehr zu.« Ich vergleiche mit einem andern Photo: »Ein verletzter Polizist wird von seinen Kameraden vom Platz geführt.« Ich finde beide Haltungen sehr natürlich, für den Zustand körperlichen Schmerzes, daher ähnlich –

Man versteht die Polizei.

Schwieriger ist es mit den Demonstranten. Warum ihr Ungehorsam? Das ist nicht nur schwieriger zu verstehen, sondern unangebracht und überflüssig und ungehörig; es lähmt, was die Behörde und die Bevölkerung und die Presse einigt, die Empörung über den Aufruhr, der als grundlos zu betrachten ist, mindestens als unverständlich, als ungerechtfertigt, als verbrecherisch, sagen wir kurz: als unschweizerisch. Es waren denn auch 11 Ausländer unter den Verhafteten. (2 Italiener, 2 Deutsche, 2 Franzosen, 1 Spanier, 1 Engländer, 1 Holländer, 1 Finne, 1 Grieche.) Sie werden abgeschoben, heißt es. Aber was mit den Schweizern? Sie kennen doch unsere Gesetze. Warum ihr Ungehorsam? Daß schon die Uniform der Polizei, noch bevor der dazugehörige Knüppel gezogen wird, offenbar etwas Aufreizendes hat, vor allem, wenn eine ganze Phalanx von Uniformen erscheint, muß einen Grund haben, und ich denke, man müßte ihn erforschen. Die bloße Empörung erforscht nichts. Vielleicht sind die Männer, zu deren Beruf diese Uniform gehört, die Opfer einer Projektion; die Pflastersteine gelten nicht ihrer Person, sondern einer Uniformität überhaupt, der Uniformität unserer überwältigenden Mehrheit. Das würde bedeuten: Gewalttätigkeit aus der Erfahrung der Ohnmacht. Dann wird aber jede Maßnahme, die, wie rechtschaffen auch immer, der Minderheit ihre gesellschaftliche Ohnmacht bestätigt, weiterhin die Gewalttätigkeit herausfordern, auch wenn diese nichts erreicht – als eben dies, daß sie das Überwältigende der Mehrheit (auch ohne Übergriffe einzelner Funktionäre) zum Vorschein bringt.

Die überwältigende Mehrheit: –

Noch keine Volksabstimmung ist deutlicher ausgefallen. Insofern ist dieses Wochenende, so sehr wir jeden Verletzten bedauern, eigentlich ein Triumph. Man spürt ihn auch fast durch die ganze Presse. Eine Welle der Dankbarkeit, ausgesprochen von den maßgebenden Parteien und von der Bevölkerung empfunden, Dankbarkeit gegenüber unserer Polizei folgt auf die Welle der Empörung, eine Kundgebung von Einigkeit, von Gefühl, fast von Begeisterung, der etwas Rührend-Familiäres niemand absprechen wird:

»Seit Montag treffen laufend Geschenke – vor allem Schokolade, Blumen, Getränke, Raucherwaren und Geld –, Briefe der Anerkennung und Angebote zur aktiven Unterstützung der Polizei auf dem Wachtlokal ein. Ein Landwirt aus Herrliberg beispielsweise gratulierte der Polizei zu ihrem Vorgehen und anerbot sich, bei Bedarf sämtliche Landwirte der Umgebung für eine Hilfeleistung im Kampf gegen die Demonstranten zu mobilisieren. Ein Akademiker ließ die Polizei wissen, daß er sie voll und ganz unterstütze, und wünschte, als Passivmitglied im Turnverein der Polizei aufgenommen zu werden. Ein Männerchor aus Zürich 4 teilte mit, daß der ganze Verein sofort zu Hilfe eile, falls dies gewünscht werde. Ein Anrufer versicherte, daß er und seine Metzgerkollegen sich als Freiwillige zur Verfügung stellen würden, und ein Mitglied des Schweizerischen Unteroffiziersvereins erklärte sich bereit, im Büro oder bei einem Einsatz Hilfe zu leisten.

Am Dienstagnachmittag wurden auf der Hauptwache innert einer halben Stunde vier Geschenke persönlich überbracht. Vorerst war es eine betagte Frau, die, ohne ihren Namen zu nennen, der Polizei als Schmerzensgeld einen Tausendfrankenschein überbrachte; eine Versicherungsgesellschaft ließ den Beamten drei große Tragtaschen voller Schokolade überreichen.« (NZZ No. 401).

Es wird kaum nötig sein, aber es wäre jederzeit möglich, einen freiwilligen Volkssturm zu haben gegen die Jugendlichen.

Sie haben es besser denn je, sagt man, und das stimmt in Hinsicht auf Wohlstand. Wer die Ordnung nicht stört, kann am Wohlstand teilhaben, mindestens hoffen, daß er einmal daran teilhaben könnte, wenn er sich einfügt. Warum fügen sie sich nicht ein? Offenbar haben sie ein anderes Ziel. Welches? Daß sie es noch kaum formulieren können oder nur sehr utopisch, hat sich immer wieder erwiesen. Auch als Sartre sich mit Cohn-Bendit unterhielt, blieben die meisten Fragen offen, was Sartre nicht zur Herablassung bewog; der Geist kann nicht erst suchen, wenn er gefunden hat. (Ich sehe schon die Leserbriefe: was haben Pflastersteine zu tun mit Geist!) Das Werfen von Pflastersteinen, als Demonstration des Ungehorsams, macht die Empörung am leichtesten, es macht sie moralisch, es setzt die Empörten ins Recht. Dabei beginnt die Verweigerung des Gehorsams viel eher, lange bevor die Zuzüger aus der Halbwelt sie verhunzen, und viel tiefer. Geist beginnt mit Fragen: Fragen ist vorerst eine Verweigerung gegenüber dem Bestehenden, das sich für die Antwort hält. Dabei hat unsere Gesellschaft alle Machtmittel, um ihr Ziel zu erreichen, und sie erreicht es ja auch in einem hohen Grad; aber ihr Ziel wird in Frage gestellt –

Ist das nicht die eigentliche Provokation?

Der Protest, die Verweigerung gegenüber dem Ziel, das die vorgefundene Gesellschaft anbietet, hat sich in vielerlei Formen angekündigt: – Kinder von Eltern, die wohlhabend sind und so ziemlich alles kaufen können, was der Markt anbietet, ziehen es vor, in verschlissenen Bluejeans aufzutreten und Espadrilles zu tragen statt Schuhe; Überdruß am Wohlstand vorerst als kindische Laune, als Mode; die Reklame, die unsere Bedürfnisse vorschreibt, stecken sie sich an ein verwaschenes Hemd und verhöhnen den Ernst des Marktes: *all you need is love*; Beat als Erlösung; der Bart, der nicht jedem steht, und das lange offene ungekämmte Mädchenhaar und Plausch als Protest, der sich selbst nicht versteht, noch nicht, später sektiererisch; die Hippies, die das Leben als liebenswert deklarieren und mit Blumen vorgehen gegen den lustleeren Standard, der lediglich den Markt befriedigt, die Gitarre gegen Hi-Fi-Technik für die Tauben; anderswo sind es die Provos, die genau wissen, was sie nicht wollen, und daher sich auflösen, sobald sie zur Institution werden; die Happenings als Protest gegen den Kunst-Sinn, der unser Erlebnis programmiert; Protest durch Nonsense; die asoziale Allüre als Protest gegen die moralischen Postulate, die in der Gesellschaft nur scheinbar verwirklicht werden; lange bestand die Provokation gerade im apolitischen Verhalten; Abkehr von jeder Ideologie vorerst; Pop als Ausweg aus der Entfremdung; das sind Moden, aber Mode ist vorerst das einzige, was sich unter dem Diktat der Industrie-Gesellschaft überhaupt in die Welt setzen läßt als Ausdruck der Spontaneität; der Trotz gegen das Vorgesetzte (Sigmund Widmer sagte es) erreicht nichts, eine produktive Partizipation nicht verwechselt mit Reproduktion des Vorgesetzten; der passive Protest, der hoffnungslose Protest, der Kult des Außenseitertums, die Romantik der Gammler – und unterdessen Weltgeschichte, die immer offenere Krise des Vorgesetzten: Vietnam und anderes, was zur Formulierung des Protests führt, zur politischen Formulierung und damit zur offenen Konfrontation mit der Macht.

In der Sowjetunion, wo sich der Schreiber eben umgesehen hat, wäre die Antwort nicht anders. Wir diskutieren über Paris. Man sieht in dieser Jugend keine Parteigänger, im Gegenteil, man hält sie für gefährlich. Zu Recht. Daß in Paris neben der roten Fahne (ohne Sichel und Hammer) auch die schwarze Fahne gehißt worden ist, beunruhigt mehr als eine faschistische Militär-Junta und alles, was sich auf den Ost-West-Konflikt beziehen läßt und somit das klassische Denk-Schema nicht erschüttert. Jeder Versuch, die vorgesetzten Ziel-Werte umzudenken, weil sie gerade durch ihre annähernde Verwirklichung sich als fragwürdig erweisen, hat vorerst ein anarchistisches Element, das erschreckt; die Absage an das Vorgesetzte hat ein Gefälle zur Illegalität, und zwar in dem Grade, als die Legalität als unbeweglich erscheint, als Verunmöglichung eines Umdenkens, als Apparat, der zur Herstellung von Ruhe und Ordnung konstruiert ist, nicht der Entwicklung fähig.

Was wollen diese Leute denn anders?

Die Frage ist öfter gestellt worden, aber der Hohn, daß die Unruhigen nicht ein Partei-Programm aus der Hosentasche ziehen können, verfehlt das eigentliche Ereignis: die Unruhe als Symptom.

Symptom wofür?

»Wehret den Anfängen!« Zürich ist wieder ruhig. »Positive Auswirkung des Demonstrationsverbotes.« Ich bin auch froh, daß es keine Verletzten gibt. »Spielregel der Demokratie.« Es gibt keinen Zweifel: »eine winzige Minderheit und eine überwältigende Mehrheit«. Trotzdem: »Vorbereitung der Basler Polizei auf allfällige Demonstrationen.« Nur die Welschen sind wieder komisch: »Auch die Kommentierung in der Presse ist im allgemeinen eher dürftig, stellenweise sogar oberflächlich und naiv.« Ein welscher Redaktor verficht sogar die These: »daß in Zürich, der einzigen wirklichen Großstadt der Schweiz, die Beschleunigung der Geschichte am ausgeprägtesten sei«. Der verantwortungsbewußte Deutschschweizer ist nicht so oberflächlich, wenn er analysiert: »die Jugendlichen und ihre Hintermänner«, »ihre Drahtzieher im Ausland«. Namen werden nicht genannt, aber ich tippe auf Mao, der Breschnjew bekämpft, und auf Breschnjew, der Mao bekämpft, aber Zürich ist ihnen gerade gut genug. »Eine fehlgeleitete Jugend.« Das gibt zu denken; denn abgesehen von einigen Professoren, die sich von der Jugend fehlleiten lassen, wissen die zürcherischen Lehranstalten um ihre Aufgabe und haben alle Mittel, die Jugend zu leiten; genauer gesagt: nicht genug Mittel, aber die einzigen Mittel. »Es wäre aufs höchste zu bedauern, wenn das Verhältnis der Öffentlichkeit zu den Hochschulen entscheidend verschlechtert würde in einem Augenblick, wo es gilt, unsere Wissenschaftspolitik auf neue Grundlagen zu stellen.« Es geht um Geld. »In diesem Zusammenhang verdient festgehalten zu werden, daß in den letzten Tagen von sämtlichen einschlägigen Körperschaften der Verzicht auf ein Referendum gegen die Hochschulvorlage ausgesprochen worden ist.« Es drohte nämlich Gefahr, aber unsere Kinder und unsere Forschung haben noch einmal Glück, scheint es, wenn sie sich nie wieder zusammenrotten. »Die Bewertung der Tatbestände wird den Richtern obliegen, die in voller Unabhängigkeit und unberührt vom eventuellen Druck der Straße zu urteilen haben«, gemeint ist natürlich: unabhängig von jedem Druck. »Unser Gemeinwesen läßt sich nicht von der Straße erpressen«, ich hoffe: es läßt sich überhaupt nicht erpressen, auch nicht von Interesse-Verbänden, die nicht auf die Straße gehen, weil sie's nicht nötig haben, und von einschlägigen Körperschaften, von Industrie und Gewerbe usw. »Wiederherstellung der Demokratie.« Das ist zu wünschen, aber es fragt sich, ob gewisse Strukturen nicht durch die geschichtliche Entwicklung überholt sind, ob Demokratie möglich ist ohne die Bereitschaft zum Umdenken. Initiative und Referendum sind großartige Ideen, nur funktionieren sie offenkundig nicht; sonst hätten wir nicht den Konflikt zwischen der Minderheit und der Mehrheit, die von einer andern und allerdings überwältigenden Minderheit gebraucht wird, um den Anschein von Demokratie zu wahren. Schon das Axiom, die Mehrheit habe mehr zu sagen als die Minderheit, wäre zu überdenken von Zeit zu Zeit. Wir wollen keinen Totalitarismus; es fragt sich, ob es nicht auch einen Totalitarismus durch die Mehrheit gibt. Schon daß die Frage nicht erlaubt wäre, würde dafür sprechen. Die Empörung, die jetzt ausgebrochen ist, hat etwas Erlösendes; man ist froh um den moralischen Anlaß für die Empörung, die im Grunde, vermute ich, schon der intellektuellen Auseinandersetzung mit unserem Status quo gilt. Man spricht von Rechtsstaat. Wir alle sind für den Rechtsstaat; aber Rechte sind von Menschen geschaffen und daher geschichtlich; sie können von Menschen verändert werden, wenn die geschichtliche Entwicklung es verlangt.

Warum geschieht es nicht?

Die Mehrheit ist das Beharrungsvermögen; jede Evolution kam von einer Minderheit und somit aus einem Konflikt, der ausgetragen worden ist. Die Blumen-Spender und die Raucherwaren-

Spender, die der Polizei danken, und die Landwirte von Herrliberg, die sich marschbereit melden, und der turnwillige Akademiker und die Metzger-Kollegen und der Männerchor und der Unteroffiziersverein und die Versicherungsgesellschaft, die Schokolade stiftet – sie alle in Ehren! aber damit gestalten wir nicht die Zukunft, die trotzdem kommt.

Unsere Demokratie heute:

Die Polizei erscheint jetzt in Zivil. Eine Gruppe junger Leute, die verspricht, daß sie keinen Widerstand leistet, und die dieses Versprechen hält, die auch den Verkehr nicht stört, läßt sich von Detektiven (Polizei in Zivil) ihre Transparente abnehmen, sie gehorcht der Aufforderung, nach Hause zu gehen. Die Gruppe, die uns zur Ächtung empfohlen ist, findet keinen öffentlichen Saal, um sich zu versammeln; auch Wirte, die über Räumlichkeiten verfügen, verweigern sie den Geächteten. Die Aufwiegelung durch die Presse, vor allem durch die »Neue Zürcher Zeitung«, zeitigt die ersten Resultate: ein Student namens Thomas Held, der als Sprecher der FSJ bekannt wurde, ist nicht nur aus seiner Lehrstelle entlassen, sondern steht unter anonymer Morddrohung und hat sich bis auf weiteres zu verbergen. Die Regierung berät über den Grad der Sanktionen. Um den Anschein zu wahren, daß natürlich und nach wie vor die freie Meinungsäußerung besteht, gibt es Einladungen zur Diskussion; es wäre erwünscht, wenn die Prominenz durch ihr Erscheinen bestätigen würde, daß die Meinungsfreiheit in keiner Weise eingeschränkt ist; wer nicht Arbeitnehmer ist, kann sie sich ohne weiteres leisten; er kann Anstoß erregen, soviel er will. Wer Unterschriften sammelt für ein Manifest, das zur Besinnung aufruft, aber zur Besinnung der Behörde, sammelt die folgenden Antworten: macht das, ich kann's mir nicht leisten, ich bin Assistent, ich bin Staatsangestellter. Oder: ich bin Redaktor. Oder: ich bin beim Fernsehen, das werden Sie verstehen, aber macht das. Aber nicht nur der Angestellte hat Grund zur Angst; einer sagt: meine Frau fühlt sich bedroht. Vielleicht ist sie hysterisch, sie übertreibt, denn nicht jede anonyme Drohung wird eingelöst. Aber: es gibt jetzt die Angst. Die Ächtung ist eingeführt. Die Formulierung dieser Ächtung überläßt man den Leserbriefen ohne volle Namenszeichnung. Die Verlautbarungen, daß man mit der geächteten Minderheit nichts zu tun hat und sie aufs strengste verurteilt, kommen unverlangt von studentischen Verbänden, von Mittelschulen. Wer nicht leugnen kann, daß Reformen unumgänglich sind, hat zu versichern, daß nie und nimmer eine fundamentale Reform gemeint war. Man fordert jetzt nicht, um nicht suspekt zu sein; man erlaubt sich eine alte Bitte, nicht ohne beflissen zu versichern, daß damit aber keine Kritik an den Behörden und an den wirklichen Machthabern gemeint ist. Die Gewerkschaften bekräftigen, daß sie nicht links sind; es könnte den Lohnabhängigen nur schaden. Es gibt auch Zorn, es gibt Sorge, aber sie weiß zu schweigen in der Öffentlichkeit. Wer es wohlmeint mit seinen Freunden, rät zur Vorsicht. Es gibt nur eins: Devotion.

Das Ergebnis:

»Der Regierungsrat ließ sich in seiner Sitzung vom 4. 7. 1968 durch die zuständigen Direktionsvorsteher über die Situation, die als Folge der Unruhen in Zürich entstanden ist, orientieren. Staatsanwaltschaft und Bezirksanwaltschaft haben zahlreiche Strafuntersuchungen eingeleitet, um die Schuldigen dem Richter zu überweisen. Die Fremdenpolizei ist angewiesen, Ausländer, die sich festgestelltermaßen aktiv an den Unruhen beteiligten, auszuweisen. Die Behörden der Universität und der Mittelschule werden gegen Studenten und Schüler, die sich strafbar gemacht haben, Disziplinarmaßnahmen ergreifen. Der Regierungsrat wird zusammen mit den Behörden der Stadt Zürich alle seine Mittel einsetzen, um die Aufrechterhaltung der öffentlichen Ordnung und die Sicherheit der Bürger« (auch der Geächteten?) »zu gewährleisten. Die Kantonspolizei ist einsatzbereit.«

Es wird gestraft.

Macht.

Das ist die ganze Erkenntnis.

Um zum Schluß keinen Zweifel übrig zu lassen, wo der Schreiber selber steht, möchte ich als einer von den Begünstigten, die nicht zu schweigen haben, um nicht ihre Stellung zu verlieren, in Kürze sagen: unsere Gesellschaftsform ist in Frage zu stellen. Eine fundamentale Kritik halte ich nicht nur für berechtigt, sondern für unumgänglich, wenn unser Land bestehen soll, also nicht nur eine Kritik, die die Praxis mißt an der Ideologie, sondern eine Kritik an der Ideologie selbst. Die Schweiz befindet sich in einer Welt, die umzudenken ist; infolgedessen ist auch die Schweiz umzudenken. Sie funktioniert nur noch scheinbar. Der Begriff der Demokratie, die wir als die direkte Demokratie bezeichnen, ist kein Tabu. Eine Regierung, die auf die Unruhe lediglich mit polizeilichen Maßnahmen zu antworten vermag, hat zwar die Macht, aber sie ist kein Gesprächspartner. Es erübrigt sich, daß man sich mit Männern dieser Behörde freiwillig an einen Tisch setzt, solange die Unruhigen als die Schuldigen gerichtet werden, um das Versagen des Staates, der diese Unruhe verursacht, nicht untersuchen zu müssen und zu Erkenntnissen zu kommen, die Veränderung bewirken. Dieser Staat ist nicht mein Vaterland, er ist ein Apparat und einer, der leerläuft, um zu funktionieren. Die Schweiz als Inhalt in unserer Zeit ist neu zu konzipieren. Das ist nicht die Aufgabe der Behörde, sondern unsere Aufgabe, nicht zuletzt die Aufgabe der Jugend, die sich mit Recht gegen die Behörde stellt, wenn auch mit Ungeschick, destruktiv, solange die Männer der Behörde und der Parteien, nur weil sie älter sind, nicht bereit sind mitzulernen. Die Besänftigung durch gönnerhafte Angebote, um auch junge Wähler zu bekommen, genügt nicht. Unser Land braucht eine Jugend nicht als Nachbeter, sondern als Gründer.

(1968)

Zurück zum Kalten Krieg?

Die Anfrage: Und was sagt Ihr jetzt, Ihr von der Linken? ist berechtigt. Angst um persönliche Freunde, Ungewißheit, Nachricht (auf Umwegen) über ihre Verzweiflung, Hilferufe und dazu das Bewußtsein unserer Ohnmacht – wir sind verzweifelt. Wir stehen (wenn ich nur mein Gefühl anhöre) wieder einmal am Ende einer Hoffnung.

Welcher Hoffnung?

In Moskau, vor sieben Wochen, hörte man von einer Botschaft, die ein Wissenschaftler an die Machthaber im Kreml adressiert hat; sie wurde nicht veröffentlicht, aber offenbar unter Intellektuellen verbreitet. Inzwischen ist die ausführliche Schrift, deren Inhalt man nur gerüchtweise kannte, in Übersetzungen erschienen (»New York Times«, »Die Zeit«): ihr Verfasser, Andrej D. Sacharow, ein sowjetischer Physiker, Mitglied der Akademie der Wissenschaften und 1958 Nobelpreisträger, ist Kommunist. Seine Botschaft verurteilt die stalinistische Periode, deren Opfer er auf mindestens zehn Millionen schätzt, und untersucht das Erbe dieser Periode, die Situation heute. Sacharow schildert den sterilen Bürokratismus, der sich für Sozialismus ausgibt und daher als ein Tabu gilt; er spricht offen vom idiotischen Dogmatismus der Funktionäre, der die Probleme der Welt-Zukunft zu lösen nicht imstande ist, also von einer tödlichen Gefahr für die kommunistischen Länder selbst und für die Welt. Seine Kritik, die Sacharow als Eingeweihter zu begründen vermag, hat den Ernst eines Alarms und führt zu einer nüchternen Mahnung: daß beide Lager, Ost und West, aus ihrem erstarrten Denkschema herausfinden zu einer globalen Kooperation (was mehr ist als die bloße Koexistenz, wie sie sich heute versteht: Übereinkunft der atomaren Großmächte, die ihre Machtinteressen aushandeln auf Kosten Dritter) als der einzigen Chance für eine Zukunft der Menschheit. Sacharow verweist auf Prag; seine Hoffnung deckt sich mit der unseren: daß Sozialismus sich endlich entwickle in der Richtung seines großen Versprechens.

Ist dieser Versuch gescheitert?

Die sowjetischen Panzer in der Tschechoslowakei erinnern, so heißt es, an den 17. Juni in Berlin und an Ungarn 1956, nur ist der

Vergleich verfehlt: in Prag war kein Aufstand, sondern die kommunistische Partei selbst hat den Versuch unternommen, Sozialismus zu demokratisieren, und die tschechoslowakische Regierung hat keinen Tag lang die Kontrolle verloren über diesen Versuch. Die sowjetischen Truppen verteidigen nicht, wie vorgegeben wird, den Sozialismus gegen Konterrevolution; sie verteidigen lediglich das heutige sowjetische Establishment, das Furcht hat vor einer Evolution des Sozialismus, die unabwendbar ist auf die Dauer, unabwendbar auch für die Sowjetunion; ihr militärischer Aufmarsch ist die Manifestation dieser Furcht, die aber nicht die Furcht des russischen Volkes ist, sondern die Furcht der Funktionäre vor dem eigenen Volk. Der tschechoslowakische Versuch ist nicht gescheitert, aber unterdrückt.

Resignation?

Was sofort zu erwarten war, ist sofort eingetreten: die Wiedergeburt unserer Kalten Krieger, die laut von einer Tragödie sprechen und dabei frohlocken. Schluß mit der Entspannung! Die sowjetische Okkupation in der Tschechoslowakei ist nicht ein Schlag gegen die westlichen Imperialisten, sondern deren Bestätigung, ein Verrat an der westlichen Linken. Für uns, die Entspannung nicht als Unterwerfung verstehen, aber als Voraussetzung für eine Humanisierung auf beiden Seiten, ist eine schwere Niederlage nicht zu leugnen. Was sich der Resignation widersetzt, ist die Vernunft. Allein die Tatsache, daß das H-Bomben-Arsenal des einen wie des andern Lagers heute schon ausreicht, um die gesamte Erdbevölkerung mehr als ein Dutzend Mal zu vernichten, fordert die Fortsetzung des Versuchs, einen beiderseits reaktionären Ost-West-Konflikt abzubauen. Das ist der Versuch, den Prag unternommen hat. Wir haben keine andere Alternative. Das wissen Leute wie Andrej D. Sacharow (er ist nicht der einzige in der Sowjetunion), und sie setzen sich auf ihrer Seite dafür ein; wir tun's hier. (1968)

⟨Rede nach der Besetzung der Tschechoslowakei⟩

Wer heute von Sozialismus spricht als einer erstrebenswerten Gesellschaft – und das werden wir weiterhin tun –, ist sich bewußt, daß er als ein Verblendeter erscheint. Haben wir auch von Prag noch nichts gelernt? Die Abschaffung der Freiheit für wenige, die auf Kosten des arbeitenden Volkes geht, ist zwar im Osten vollzogen durch die Revolution vor fünfzig Jahren; solange aber daraus nicht Freiheit für das arbeitende Volk resultiert, sprechen wir nicht von Sozialismus oder im Sinn der Forderung, der Herausforderung, wie die Tschechoslowakei sie gewagt hat. Daß dieses Volk, das endlich das große Versprechen der Revolution einzulösen versucht, seiner Souveränität beraubt wird, ist, so meinen wir, kein Beweis, daß Sozialismus nicht möglich ist; die sowjetischen Panzer beweisen lediglich, daß Sozialismus – heute – im Machtbereich des Kremltums nicht möglich ist.

Eindrücke von Reisen in die Sowjetunion (1966 und 1968) reichen natürlich zur Erklärung nicht aus. Eine Gewißheit immerhin geben sie: Die Funktionäre, deren Gesichter ich im Gedächtnis habe, können unseren Schrecken nicht verstehen. Unerschütterlich, nur kalt vor Enttäuschung, daß wir von einem Verrat am Sozialismus zu sprechen wagen, würden sie mich heute wie immer belehren, daß das Einzigrichtige geschehen ist. Man kennt diese Diskussion, die nie eine werden kann. Unser Verdacht, daß diese Leute, sofern sie intelligent und sogar informiert sind, einfach heucheln, ist leichtfertig; die meisten, wenn auch nicht alle, aber die allermeisten, denke ich, versuchen zu glauben, was sie sagen müssen: um wenigstens zu einer subjektiven Aufrichtigkeit zu gelangen. Und es gelingt ihnen. Ein Beweis, daß der Kreml gegen eine Konterrevolution eingegriffen hat, ist für Funktionäre nicht nötig: der Kreml hat eingegriffen, also muß es dort eine Konterrevolution gegeben haben. Was Sozialismus ist, bestimmt der Kreml. Daraus ergibt sich: Der Kreml tut immer das Einzigrichtige, und es ist Sache eben der Funktionäre, je und je das Einzigrichtige zu sagen. – Das ist es, was ich als Kremltum bezeichne: – wer, so denke ich, durch Kerker oder auch nur durch die Erinnerung an Genossen, die dahin verschwunden sind, einmal oder mehrmals in seinem Leben erfahren hat, daß einer nicht denken soll, was nicht das Einzigrichtige ist, tut zweifellos ein menschenfreundliches Werk, wenn er allen andern Genossen sagt, was sie jeweils denken sollen, eben das jeweils Einzigrichtige. In der Tat, die Funktionäre sind oft die Freundlichkeit in Person, auch ohne Wodka. Was der Wodka zum Vorschein bringt: kein Widerruf etwa, keine Kritik; ich habe nur bemerkt, daß sie dann überhaupt nicht davon sprechen: Urlaub vom Staat. Was sie ohne Wodka verschwiegen haben, ist keineswegs Opposition, sondern die russische Seele: Du ein Mensch, ich ein Mensch! wobei die russische Seele, man weiß es aus der Literatur, sehr weit ist: Auch ein Genosse, der gerade in Ungnade ist, verfemt von eben diesen Funktionären, gilt als Mensch; ich habe erlebt, wie ein Funktionär sein Glas hebt auf einen Verfemten und sagt: Auf unsern Freund! Es ist unheimlich, aber wahr: sie mögen ihn, und wenn ihr öffentliches Urteil gegen ihn eines Tages noch härter ausfällt, lebensvernichtend, so nur, weil sie müssen: um öffentlich zu beweisen, daß sie glauben, was sie sagen: wogegen der Freund öffentlich gesagt hat, was er glaubt.

Heute heißt dieser Freund: Tschechoslowakei.

Solschenizyn und Sacharow und einige Hunderttausende, deren Namen nicht zu uns kommen, wissen natürlich, was dem tschechoslowakischen Volk geschieht, und wahrscheinlich besser als wir; sie wissen, was dem sowjetischen Volk geschieht. Solschenizyn, so hörte man gerade, soll in ein Irrenhaus gebracht werden. Er forderte Freiheit der Literatur. Das ist aber, so wie die Dinge liegen, ein irres Verlangen. Das Kremltum, wie das Zarentum, kann es nicht zulassen; das Gottesgnadentum mit seinen Popen ist abgeschafft, die Unfehlbarkeit des Kremls ist geblieben, wenn auch nicht Unfehlbarkeit im Namen des Himmels, aber im Namen des Volkes: und Literatur ist (unter anderem) Zweifel an der Unfehlbarkeit des Menschen und seiner Veranstaltungen, Selbstkritik. Daß es ohne sie besser gehe, war von jeher der Irrtum der Alleinherrscher. Zwar gibt es, wie geschichtliche Resultate zeigen, Kritik innerhalb des Kremls; ein Resultat solcher Kritik war der Sturz von Chruschtschow, der vorher den toten Stalin vom Sockel gestürzt hatte. Der eben noch Unfehlbare, plötzlich hat das Volk ihn zu verdammen, während die Nachfolger seine Unfehlbarkeit erben, und die einzige Kritik, die dem Volk zu praktizieren bleibt, ist die Kritik am Westen; diese ist Pflicht und simpel; Kritik am Kremltum steht ihm nicht zu. Es ist klar, daß das Unternehmen von Prag nicht geduldet werden kann: es wäre Kritik durch das Volk.

Eindrücke von Reisen: –

Das russische Volk lebt heute besser (zumindest wirtschaftlich) als je in seiner Geschichte. Viel ist zu loben. Ich sehe Leistungen vor allem zivilisatorischer Art, Aufbau nach einem Krieg der verbrannten Erde, Industrie, Stauseen an der Wolga, Bauern in Jet-Flugzeugen, Völkerschaften, die ein Jahrhundert, das ihnen das Zarentum gestohlen hat, aufzuholen haben und die den Frieden brauchen. Ich lobe gern. Aber ich sehe auch die Enge überfüllter Wohnungen in großen Häuserblocks, die ich von außen zu loben habe. Ich sehe ein, daß auch das schon ein Fortschritt ist, gemessen nicht am Westen, aber an der Rückständigkeit des alten Rußland. Als Gast wohne ich in einem Parade-Hotel; Parade gibt's überall. Ich habe kein Paradies erwartet, aber mehr Freude. Ich sehe Denkmäler mit ihrem erstarrten Jubel in Richtung auf die Zukunft, die ich als Gegenwart sehe: die Apathie des Volks in sauberen und imposanten Boulevards, Menschen, denen es nicht an Nahrung und Kleidung fehlt, Menschen ohne Anzeichen von Lust. Ich sehe keine Polizei im Einsatz, keine Knüppel, keine Wasserwerfer.

Hier rührt sich nichts. Ich frage mich: Nichts mehr oder noch nichts? Auch ich liebe Tschechow sehr; hätte die Behörde, wenn er heute schriebe, Papier für soviel Traurigkeit in vergeblich wartenden Seelen? Unter den Bildnissen des scharfköpfigen, wenn auch auf Väterchen entschärften, aber Intelligenz strahlenden Lenin, die überall zu sehen sind, sehe ich eine Großmacht von Spießbürgern. Es ist wahr: Ich sehe keine Not in den Städten, keinen Slum; das ist genug, um viele Bedenken aufzuwiegen, aber nicht alle. Ich sehe keine Ausbeutung durch Ausbeuter, aber Verschleiß von Menschenzeit durch Bürokratie. Ich sehe die entfremdete Arbeit auch hier: Entfremdung durch einen Apparat, der, da er sich volkseigen nennt, unanfechtbar ist, auch wenn er versagt. Ich sehe – und man schweigt, um nicht zu kränken, aber es beschleicht mich Zorn, wenn die Ideologie-Popen verlangen, daß ich die heutige Sowjetunion schon für die beste aller möglichen Welten halten soll. Was ich sehe: ein Volk von unwahrscheinlicher Geduld, ein unbefragtes Volk, ein verwaltetes Volk, verwaltet von einem Dogmatiker-Büro, das überzeugt ist von einem russischen Weltmonopol auf Humanität.

Ich habe gesagt: Zorn; nicht Haß.

In Novosibirsk, ob im Institut für Mathematik oder für Genetik oder für Physik oder für Biologie, tönt es allerdings anders: nicht konterrevolutionär, aber popenfrei. Wissenschaft arbeitet mit dem Zweifel, und der Zweifel macht human. Hier, in der Forscherstadt weitab vom Kreml in einem sibirischen Birkenwald, tönt es nach Galilei: Und sie bewegt sich doch! Aber man weiß, die Inquisitionen dauern lang und fordern zu viele Opfer. Unsere Hoffnung, daß die Wahrheit siege, wäre zynisch-romantisch, gäbe es nicht faktische Anzeichen dafür; allein die Panzer-Reaktion auf Prag zeigt an, daß etwas im Gang ist, was das Kremltum mit Furcht erfüllt: Evolution – was jedes Establishment mit Furcht erfüllt.

Unsere Kritik an der Sowjetunion, eine Kritik ohne Schadenfreude, kann einen Sinn nicht haben: daß sie die Kritik am Westen, unsere Selbstkritik, annulliert. Untat gegen Untat aufzurechnen, das bringt uns nicht weiter. Eine Bilanz der Inhumanität wäre kein Trost, selbst wenn sie stimmen würde; sie stimmt übrigens nicht, solange Krieg in Vietnam ist. Aber schon der bloße Gedanke an solche Bilanz ist hoffnungslos, ein Denkschema des Kalten Krieges, den die Welt sich nicht leisten kann. Der Effekt des Kalten Krieges, der einen Machtkonflikt ideologisiert, ist intellektuelle Stagnation, und zwar auf beiden Seiten. Man weiß auf beiden Seiten, daß Probleme der nahen Zukunft nur durch Kooperation zu lösen sein werden. Die bloße Koexistenz, erzwungen durch das Atom-Patt, wird nicht genügen. Was der Kooperation aber im Weg steht, sind die Dogmatismen. Die Aufgabe, diese Dogmatismen abzubauen durch Kritik an ihren Ergebnissen, ist auf beiden Seiten gestellt, schwierig auf beiden Seiten, aber unumgänglich, und sie ist nur zu lösen, wenn sie auf beiden Seiten zugleich in Angriff genommen wird. Von wem? Von jedermann, der Worte in den Mund nimmt. Auch Sozialismus ist ein Wort, Demokratie auch. Entdogmatisieren bedeutet: Wirklichkeit wahrnehmen, Konflikte von der Wirklichkeit her formulieren, Denkschemata aufgeben. Und genau das verhindert der Kalte Krieg. Die Ereignisse in diesem Sommer sind ein gefährlicher Rückschlag, den wir zur Kenntnis zu nehmen haben. Aber die Hoffnung kann ich deswegen nicht auswechseln; ich habe nämlich nur eine: daß das Versprechen, das dort Sozialismus heißt, und das Versprechen, das hier Demokratie heißt, zu verwirklichen sind durch ihre Vereinigung. (1968)

Bundestagswahl – von außen gesehen

Paris, 6. November 1972

Bundeskanzler Rainer Barzel – achtzehn von hundert bundesdeutschen Wählern, so vernehme ich gerade, sind noch unentschieden. Dabei haben sie's gehört oder gelesen, daß es die letzte freie Bundestagswahl gewesen sein könnte, wenn nicht Rainer Barzel sie gewinnt oder wenigstens so viele Stimmen macht, daß die Freidemokraten noch einmal in sich gehen, ja, daß es schon heute – laut Franz Josef Strauß – kaum noch freie Wahlen sind, weil nämlich die Regierungsparteien so öffentlich von ihren Leistungen reden können wie die Opposition von ihren Versprechungen, von ihrem Verdruß mit Nobelpreisen und wie sie irgendwie fertig würden mit der Inflation sowie mit den arabischen Flugzeugentführern, mit Umweltschutz und Kriminalität und DDR und so weiter, sowie mit Baader-Meinhof, wenn sie nicht schon verhaftet worden wären. Worauf warten die Zögernden noch? Deutschland am roten Rand des Abgrundes, all das ist seit Wochen gesagt.

Enttäuscht von Brandt?

Einen von achtzehn habe ich kürzlich gesprochen, einen deutschen Rentner, der allerdings nicht auf staatliche Renten angewiesen ist. Er seufzte durchaus ungefragt. Leider könne er ja nicht mehr für Brandt stimmen, sagte er. Offenbar hat er's einmal getan. Er sagte: Leider, denn die Physiognomie dieses Rainer Barzel finde er – (ich zitiere besser nicht). Daß das kein politisches Kriterium ist, wußte er selbst; der Mann ist belesen (er brachte mir ein Buch von Borges) und übrigens Katholik, was ihn aber nicht, wie ich entgegenkommenderweise annahm, mit Franz Josef Strauß verbindet. Darüber sei, so meinte der Rentner, tatsächlich kein Wort zu verlieren, nein, da konnte er nur lachen.

Ich kochte uns ein Essen, und wir hatten Zeit. Willy Brandt hat ihn enttäuscht. Ernst eines Geständnisses. Um nicht mißverstanden zu werden: nicht wegen der Ostverträge. Sie haben der Bundesrepublik eine neue Glaubwürdigkeit verschafft, so findet er, und zwar im Osten wie im Westen. Ein Anfang, wenn auch noch kein Wunder, ein später Anfang sogar. Daß die Opposition, nachdem sie diese Ostverträge bis zuletzt und ohne eine realistische Alternative bekämpft hat, im Wahlkampf mit Klauen und Zähnen nicht mehr davon redet, das schon spricht für diese Ostverträge.

Was heißt Verzicht? Daß Adolf Hitler seinerzeit den Krieg verloren und dadurch Verhältnisse geschaffen hat, die keine parlamentarische Rhetorik aus der Welt schafft, weiß natürlich auch diese Opposition; nur hat sie, als sie lang genug an der Macht war, lang genug mit der Illusion gewisser Wähler kokettiert, um an der Macht zu bleiben, und das geschichtliche Erbe anzutreten versäumt durch feierliche Nichtanerkennung geschichtlicher Tatbestände – nein, auch das hat kein Wunder ergeben und nicht einmal einen Anfang. Also die Ostverträge sind es nicht, warum mein Gast von Bundeskanzler Brandt enttäuscht ist. Auch nicht die Rentenreform. Sondern einfach so. Willy Brandt und seine Mannschaft waren nicht unfehlbar, wie Rainer Barzel an der sicheren Leine von Franz Josef Strauß es sein wird. Das ist ja nicht zu leugnen; die Havarien dieser Regierung verursachten nicht allein die Freidemokraten, die gerade stark-schwach genug sind, um das feine Zünglein an der großen Waage zu spielen, eine Funktion, die für den einzelnen immer verführerisch sein muß. Was wäre in der Geschichte der Bundesrepublik Deutschland (die für Europa entscheidend ist, wie auch der Ausländer ohne Wählerstimme weiß) ein Erich Mende zum Beispiel, wenn er nicht durch Parteiwechsel ins Gewicht fallen könnte?

Was der Regierung Brandt/Scheel aber nicht hätte passieren dürfen: Professor Karl Schiller, der die Aufwertung durchgesetzt hat, wir erinnern uns, gegen Kiesinger und gegen Franz Josef Strauß und gegen Erhard. Nichts gegen die Aufwertung, mein Rentner ist durchaus dafür und der Meinung, daß Franz Josef Strauß sich damals geirrt habe; nur machte es nichts, da der Besserwisser nicht an der Macht war. Und mein Gast will ihn ja auch nicht an der Macht, um Gottes willen, wie gesagt, er ist nur enttäuscht von Bundeskanzler Brandt, nicht von der Opposition, die sich jetzt mit dem beschimpften Karl Schiller bedenkenlos einläßt. Er konnte sich eben einem Mehrheitsbeschluß des Kabinetts, dem er angehörte, nicht unterziehen; Demokratie liegt ihm nicht. Wer ihn jetzt wählt, weiß das.

Fortschritt durch Stabilität, dagegen ist wirklich nichts einzuwenden. Was dabei die Stabilität betrifft, so lese ich den Slogan allerdings als Bürger eines Landes, das für Stabilität berühmter ist als für irgend etwas sonst. Ich meine die Schweiz, wo heute die Preissteigerung höher ist als in der Bundesrepublik, ohne daß unsere Regierung sich in sozialen Reformen versucht hätte, und wo eine Erhöhung der Steuern ganz lakonisch verlautbart wird, ohne konservative Kassandraszenen; unsere Regierung ist ja schon konservativ. »Gescheiterte Regierung Brandt« (wobei Walter Scheel, als Freidemokrat, schon sorgsam ausgespart wird) eine Genugtuung; die Schlagzeile stammt allerdings aus der Presse der schweizerischen Banken, die einen Stopp der bundesdeutschen Steuerflucht nicht begrüßen, ganz zu schweigen von anderen Reformen.

Wieso gescheitert?

Es stimmt, daß die Regierung Brandt/Scheel ihre parlamentarische Mehrheit eingebüßt hat. Der Verdacht, daß es bei den Mandatsüberträgern zu Bestechungen gekommen sei, ist im Augenblick so unbewiesen wie das Gegenteil. Immerhin sind Mandatsüberträger sofort mit sicheren Listenplätzen honoriert worden. Das persönliche Gewissen in Ehren! Selbstverständlich hat ein Mann, der sich im Namen einer Partei hat wählen lassen, jederzeit das Recht zu sagen: Ich denke anders als zur Zeit meiner Wahl, nein, ich kann's nicht mehr mit dieser Partei, mein Gewissen, und so weiter. Daran ist kein Makel. Das Gewissen weht, wohin es will. Warum sollte ein Abgeordneter nicht zu einer anderen Einsicht kommen dürfen? Daß einer aus Gewissensnot, die ja plötzlich eintreten kann, vor einer Abstimmung aufsteht und seinen Hut nimmt, das muß gestattet sein. Wo bliebe sonst die Freiheit? Etwas anderes ist es, daß die Verfassung es ihm erlaubt, sein Mandat mitzunehmen wie seinen Hut und als Mandat an die Gegenpartei auszuhändigen, was ein schlichter Betrug gegenüber seinen Wählern ist. Daran ist die Regierung Brandt/Scheel handlungsunfähig geworden, nicht gescheitert in ihren Unternehmungen, die in drei Jahren auch erst eingeleitet werden konnten, sondern an einer verfassungsmäßig leider zulässigen Transaktion mit Wählerstimmen.

Stabilität durch Stagnation

Natürlich habe ich nicht nur mit dem deutschen Rentner im Tessin gesprochen – es wäre noch nachzutragen, daß der Mann unter Hitler gelitten hat, aber wie gesagt, Willy Brandt hat ihn einfach etwas enttäuscht –, sondern auch mit jungen Deutschen, die hier in Paris als Lehrer tätig sind. Brandt-Wähler. Ich fragte: Warum? Wie sich herausstellte, kennen sie den »Bayernkurier« nicht, die Springer-Presse nur flüchtig; sie lesen die französischen Zeitungen: Bahr verhandelt mit der DDR mühsam, aber nicht hoffnungslos, Brandt in Brüssel, Scheel in Peking, Heinemann in London, wo er empfangen worden ist wie noch kein Bundesdeutscher seit dem Krieg. Meine neutrale Frage, ob diese Unternehmungen der handlungsunfähigen Regierung nicht den Untergang des Abendlandes vorbereiten, nahmen sie als Witz, als einen blöden. Sie fernsehen auch Löwenthal nicht. Sie sind jung, wie gesagt, sie haben nicht mehr unter Hitler gelitten, hingegen noch unter dem Mißtrauen gegen Deutsche. Sie sind froh, daß das ein Ende genommen hat, nein, nicht allein dank Bundeskanzler Brandt, keinesfalls aber dank Franz Josef Strauß. Schon daher wählen sie Brandt. Was Walter Scheel betrifft, so hoffen sie, daß seine Partei über die fünf Prozent kommt, was ihnen weniger selbstverständlich scheint. Warum also, wenn sie Brandt–Scheel ihr Vertrauen geben, nicht taktisch wählen, also Freidemokraten? Sie möchten sich nicht an einer Lotterie beteiligen, sondern selber wählen. Was ihnen als Fortschritt erscheint: Gleichberechtigung der Frau im Staat, der verheirateten und der unverheirateten, der Frau als Mutter, der Frau als Arbeitnehmerin. Was hat die frühere Regierung diesbezüglich unternommen? Und was man die Krise im deutschen Bildungswesen nennt: ist sie denn seit 1969 entstanden, seit Kiesinger gehen mußte? Was haben die Unionsparteien, die sich als die Hüter der Werte bezeichnen, zur Lösung der evidenten Krise im Bildungswesen getan zu ihrer Zeit? Fortschritt durch Stabilität – die Zauberformel ist bekannt, nur bleibt sie unverbindlich, was den Fortschritt betrifft, und außer Zweifel steht nur, wer den Preis für die Stabilität zu entrichten habe: die

Arbeitnehmer und die Arbeitnehmerinnen. Das bedeutet nicht Fortschritt und Stabilität, sondern Stabilität durch Stagnation – wobei vor allem einmal die Stagnation als sicher gelten kann.

Bundeskanzler Barzel–Strauß

Wer Barzel wählt, der wählt auch Strauß, das ist keine Unterstellung, das weiß man aus dem Mund von Franz Josef Strauß, aber vorerst wäre es also Rainer Barzel, und es sind ja auch immer die Unionsparteien gewesen, die den deutschen Wähler ermahnt haben: Auf den Kanzler kommt es an!

Rainer Barzel braucht nicht beschrieben zu werden. Er hat keinen möglichen Auftritt versäumt seit Jahren, dabei auch gelernt, was dem Fernseher auf die Nerven geht, und sich entsprechend umgeschult auf besorgte Väterlichkeit, sanft und streng und je nachdem. Vielleicht wirkt er als Bundeskanzler, wenn er zum Beispiel von Moskau oder auch nur von Brüssel zurückkommt und nicht verhehlen kann, was er tatsächlich erreicht hat, nochmals anders als bisher, wer weiß, weniger streng-herablassend und weniger rosig-aufgeblasen und weniger entzückt, wie weit er's in der Bundesrepublik Deutschland gebracht hat, und weniger auf parlamentarischen Pointenbeifall bedacht als bisher auf dem Fernseh-Gratis-Schießstand einer Opposition, die Kritik an der Regierung (was bekanntlich die Aufgabe der demokratischen Opposition wäre) nicht selten mit taktischer Obstruktion verwechselt hat. Wem Gott ein Amt gibt, und so weiter. Hingegen Willy Brandt kennt man schon als Bundeskanzler. In Washington, so erinnere ich mich, schätzte man einen deutschen Bundeskanzler, der seinerzeit gegen Hitler angetreten ist. In Paris, so weit ich nach meinen bescheidenen Möglichkeiten höre, halten sie Brandt für einen Wegmacher in ein vereintes und zwischen den Blöcken lebensfähiges Europa. Einige allerdings, darunter Kommunisten, sähen lieber Franz Josef Strauß: zwecks Wiederherstellung ihres Deutschland-Feindbildes.

Was sich ein Ausländer fragt

Die Zeitungen von heute, eben am Kiosk geholt, berichten nichts Neues: Ostberlin läßt weitere Häftlinge frei, mehrere tausend Übersiedler erwartet, Vier-Mächte-Vereinbarung von der Bundesregierung begrüßt, Egon Bahr verhandelt weiter – nichts Neues, nur Entspannung, oder sorgsam gesagt: Versuche einer Entspannung (wobei sich der Ausländer, vor allem wenn er durch Sprache mit deutschen Menschen verbunden ist, insgeheim doch fragt, warum die einen Deutschen offenbar die andern Deutschen für die unmöglichsten Partner halten auf dieser Welt, ja ja, durchaus gegenseitig).

Partei-Pech als Pech der Nation?

Es gibt, in der Eile etwas einfach gesagt, zwei Typen von Politikern, wobei der Unterschied nichts damit zu tun hat, ob konservativ oder progressiv. Der eine Typ will etwas, weil er denkt. Perikles zum Beispiel, wohl auch Friedrich der Große. Es gibt auch Kleinere von diesem Typ, der etwas will für die Gesellschaft, für die Nation oder für die Gesellschaft der Nationen. Zum Beispiel Nero würde ich, wenn ich richtig informiert bin, nicht zu diesem Typ rechnen; der war ein schwacher Gitarrist, der Kulisse brauchte. Hingegen Abraham Lincoln, der im Theater ermordet wurde, oder Richelieu oder Garibaldi. Ich meine, kurzum, den Typ, der einen politischen Entwurf hat. Was man einen Staatsmann nennt. Dieser Typ hat sich, wohl oder übel, um Macht zu bemühen, um sein Ziel zu erreichen, vielleicht zu erreichen, teilweise zu erreichen. Zu diesem Typ gehört zum Beispiel, um bei der konservativen Seite zu beginnen, General de Gaulle und auf einer andern Seite vermutlich Tito.

Der andere Typ (nicht erst aus historischer Sicht zu unterscheiden, sondern schon am Fernsehen) bemüht sich um Macht zwecks Selbstbefriedigung, wobei er natürlich, um zur Macht zu kommen, ebenfalls von Zielen reden muß, nicht unbedingt von den wirklichen Zielen derer, die ihm die Macht verschaffen können, sondern von höheren Werten, je höher, um so unverbindlicher; zur Macht kommt er durch bedenkenlose Anpassung an die aktuellen Machtverhältnisse, sofern er diese auch richtig erraten hat, als deren williger und wendiger Diener. Wenn auch nicht ungefährlich durch seine Bedenkenlosigkeit, bleibt er, was man im Theater eine Charge nennt. Das Unterwürfige, was ihn schließlich an die Macht gebracht hat, kompensiert er durch eine verbürgerlichte Cäsaren-Allüre.

Zu diesem Typ rechne ich Rainer Barzel. Seine eignen Ideen sind nicht aufzuzählen, weil nicht vorhanden; Schlauheit an sich ist keine Idee, sondern ein Wesenszug, der noch keinen Staatsmann macht. Sicher hätten die Unionsparteien ernsthaftere Männer, darunter auch Christen; nur haben sie, wenn auch ohne Begeisterung, aber aus Gründen, die sie selber wissen müssen, jedenfalls Rainer Barzel zu ihrem Kanzlerkandidaten erkoren. Ein Partei-Pech. Der Wähler und die Wählerin können es mit ihrer Stimme am 19. November 1972 nicht rückgängig machen – aber sie können es erweitern zu einem Pech für die Nation (und wenn sie das interessiert: zu einem Pech für Europa).

Nur noch die Methode

Die Zeitungen von heute (8. November 1972) berichten: Bonn und Ostberlin billigen den Vertrag. »Vieles wird möglich sein, was bis gestern unvorstellbar war« (Willy Brandt). »Nicht die Ostpolitik Brandts, nicht die Suche nach einem Interessenausgleich, nach tragbaren Kompromissen, nach einer fruchtbaren Rolle in den weltweiten Verständigungsbemühungen ist es, die zum Widerspruch herausfordert. Die Methoden sind es. Man fühlt sich nicht zum erstenmal unter Druck gesetzt« (»Frankfurter Allgemeine«). »Bevölkerung der DDR ist erleichtert« (»Frankfurter Rundschau«). »Beide Staaten werden, wenn der neue Bundestag dies beschließt, ihre Mitgliedschaft bei den Vereinten Nationen beantragen. Die vier Mächte haben sich auf eine Erklärung verständigt, wonach auch dann ihre Rechte und Verantwortlichkeiten unberührt bleiben. Sie sind der Ausdruck der Tatsache, daß es keinen Friedensvertrag gibt und daß die Bundesregierung – aber auch alle Parteien im Bundestag – festhalten an dem Ziel, die Selbstbestimmung für das ganze deutsche Volk zu verwirklichen« (Bundeskanzler Brandt). »Mr. Barzel was plainly unhappy with this turn of events, saying he preferred to view the election as a choice of domestic alternatives« (»International Herald Tribune«).

Überhaupt wir Deutschen und so weiter – ich mußte meinem deutschen Gast, dem Rentner im Tessin, doch widersprechen, und zwar als Ausländer. In mancher Hinsicht ist die heutige Bundesrepublik demokratischer als das heutige Frankreich, als die Schweiz, die sich mit ihrer demokratischen Tradition brüstet. Die Rede, daß »die« Deutschen eben nie die demokratischen Spielregeln so recht verstehen werden, ist als Selbstbezichtigung nicht abzunehmen. Der herrenhafte Ausspruch, wenn die betroffenen Herren nicht selber und allein regieren: »Man fühlt sich nicht zum erstenmal unter Druck gesetzt«, das sind Rückstände feudaler Mentalität, die es überall gibt, nicht in Deutschland allein. Daß aber »die« Deutschen nicht demokratiereif seien, das glaubt heute, 1972, kein einigermaßen entwickelter Ausländer mehr; das glauben nur noch, wie aus ihrem Wahlkampf hervorgeht, die Führer der Christlichen Union.

Das ist, von außen gesehen, das Erschreckende an diesem Wahlkampf: daß von dieser Seite, die sich vaterländisch gibt, der deutsche Wähler nach wie vor als dummer Michel behandelt wird, im Ton herrenhaft vom einen, stammtisch-humorig-wetternd von dem andern. Daß der Bundeskanzler nicht in Betrieben sprechen soll, während die Kirche sich einmal mehr mit Hirtenbriefen einmischen darf, ist eine Sache für sich. Brandt und Scheel argumentieren, was mühsam ist; Barzel und Strauß trumpfen. Womit? Die Panik, die sie zu stiften sich mühen, ist ihre eigene, da sie heute, durch den Wahlkampf zur Rede gestellt, außer ihrem Willen zur Macht um der Macht willen wenig vorzutragen haben an konstruktiven Projekten, die einer Gesellschaft im ganzen und nicht nur ihren Großverdienern zugute kämen. Was bleibt ihnen anderes als Demagogie, die bei den Wählern, sofern sie nicht Großverdiener sind und wissen, worum es in Wirklichkeit geht, einen beträchtlichen Analphabetismus voraussetzt. Man kann weit in der Welt herumreisen und findet niemand, der von der Intelligenz des deutschen Volkes heute eine so schäbige Meinung hat wie Franz Josef Strauß; schon Rainer Barzel wirkt dagegen, trotz entschlossener Süffisanz, vergleichsweise unsicher, wenn er auf den vermeintlichen Mangel an Intelligenz der deutschen Wähler baut. (1972)

Notizen von einer kurzen Reise nach China
28. 10. - 4. 11. 1975

Bundeskanzler Helmut Schmidt, nachdem er in Bonn (Militärflughafen) die Begleiter der Reihe nach mit Händedruck begrüßt hat, erläutert, sobald wir uns in der kahlen Halle gesetzt haben, den Mantel auf den Knien, alles in allem zweiundzwanzig Leute, die das offizielle Gefolge bilden, und während er sich eine Zigarette klopft, frei von Reisefieber, so scheint es, im Gesprächston, was von chinesischer Seite etwa zu erwarten sei (mehr antisowjetische Töne als anderes) und wie der deutsche Bundeskanzler sich dazu verhalten werde, als Befürworter einer Entspannung ohne Illusionen; zum Schluß seiner kurzen Ansage, indem er sich die geklopfte Zigarette anzündet, empfiehlt er uns, sich in China einfach rezeptiv zu verhalten. Es ist noch nicht Zeit, in die Maschine zu steigen; er raucht und unterhält sich mit Einzelnen, eine Hand in der Rocktasche, jetzt als Helmut Schmidt.

Maos revolutionärer Romantizismus ist also das Verlangen des Helden, mehr als das Mögliche zu tun, den Tod zu riskieren und sogar herauszufordern, um dem Leben und dem Tod einen anderen Sinn zu geben, den »Himmel zu stürmen« und die Ansprüche bestehender Götter, politischer wie theologischer, in Frage zu stellen, um sie durch den Anspruch revolutionärer Unsterblichkeit zu ersetzen.

ROBERT JAY LIFTON

Die letzte sittliche Grundlage seines politischen Handlungswillens mag einer in seiner religiösen Vorstellung vom Sinne des Menschen gefunden haben oder in der Philosophie oder anderswo: sie allein reicht für konkretes politisches Handeln in keinem Falle aus: die geistige (gleich »theoretische«) Durchdringung des Möglichen und der Folgen möglichen Handelns gehören ebenso dazu wie eigene Erfahrung und Einübung im eigenen Handeln, d. h. eigene Handlungsfähigkeit i. e. S. des Wortes.

Deshalb ist kritische Grundhaltung demjenigen nötig, der politisch handeln will. Kritische Haltung und der Wunsch, andere zu überzeugen, sind zwei entgegengesetzte Antriebe. Aber kritische Menschen werden – auf diese Hoffnung gründet sich mein Vertrauen in die Demokratie – auf die Dauer nur den kritischen Geist auch überzeugend finden. Deshalb ist ein theoretischer, d. h.: ein kritischer Geist eine notwendige Voraussetzung für eine erfolgreich verändernde, d. h.: fortschrittliche Politik.

HELMUT SCHMIDT

Unter uns Wüste im Streiflicht der frühen Sonne, Sand und nichts als Sand, das regelmäßige Muster der Wanderdünen, die in die Mulden violette Schatten werfen. Ob das die Gobi ist? Der Navigator weiß es nicht, da der Computer nicht mit Namen arbeitet. Im Cockpit zwei chinesische Lotsen, die in Teheran zugestiegen sind. Frühstück nach unsrer Zeit um Mitternacht. Später das erste Menschenwerk in der Steppe: eine Flugpiste. Ohne eine Siedlung weit und breit. Der Navigator hat inzwischen nachgesehen: Es war also die Gobi.

– ein schweigender Gott, der alles überschauen konnte und durch seine bloße Gegenwart Hunderttausenden (manchmal Millionen) von jungen Leuten ein Gefühl verlieh, in Reinheit erwacht zu sein. Er verhielt sich ganz wie ein indischer Heiliger, der gewöhnlichen Menschen nur kurz erscheinen muß, um ihnen seine göttliche Macht zu übertragen. Aber der große Führer wird zum Despoten, wenn er das Vertrauen in seinen Anspruch auf Unsterblichkeit verliert. Wenn er sich vom biologischen und symbolischen Tod bedroht fühlt, wird er von der Sucht nach dem bloßen Überleben besessen. Er kann seine Todesschuld nicht mehr länger wirksam in den Dienst einer edlen Mission stellen und wird statt dessen ein »ewig Überlebender«, der die Niederlage oder den Tod einer endlosen Reihe von Feinden braucht, um seinem eigenen Leben zu neuer Kraft zu verhelfen und seinen ewig schwankenden Unsterblichkeitssinn neu zu beleben.

ROBERT JAY LIFTON

Landung in Peking um zehn Uhr vormittags: auf die Minute genau. Ich kenne Staatsbesuche nur aus dem Fernsehen, und es macht mir schon Eindruck, daß es genau wie im Fernsehen zugeht, die Begrüßung vor dem Flugzeug, auch ich gehe von Handschlag zu Handschlag durch das Spalier wichtiger Chinesen, hingegen die Fahne hat der Bundeskanzler allein zu grüßen, indem er kurz und ernst den Kopf senkt, seine Mütze in der Hand. Das alles sehen sie zuhause jetzt auch. Via Satellit. Dann die viertausend bunten Kinder, vor allem Mädchen, in Reih und Glied gestellt wie von Da Hing Yen, dem Zeremonienmeister des Herbstes. Ich gestehe, daß ich, allem kritischen Bewußtsein zuwider, im Augenblick gerührt bin; ich winke mit der Hand –

Es wird nichts zu berichten geben, was nicht schon in vielen Büchern steht; die Zeiten von Marco Polo sind vorbei sogar für Rot-China, das von der Schweiz schon 1950 anerkannt worden ist.

Ja, das Hotel ist sehr ordentlich.

Bei der ersten Begegnung zwischen Teng Hsiao-ping und Helmut Schmidt dürfen wir dabei sein; sie umarmen einander nicht wie Montezuma und Cortez. Was sie einander sagen, wird übersetzt; die Mienen beider, so verschieden sie sind, können kaum verhehlen, daß sie eigentlich die Übersetzung nicht brauchen, um dann zu nicken – es war nicht anders zu erwarten. Eine Überraschung sind die weißen Spucknäpfe auf dem Boden; Teng Hsiao-ping benutzt den seinen.

Menschen zufuß, Menschen im Bus, die meisten auf Fahrrädern – wie nie zuvor habe ich ein Bild zu dem Begriff: Masse. Alles in allem blau-grau-grünlich. Fast alle tragen die Mütze, die man kennt. Die Masse der Arbeitenden, die es überall gibt, hier aber beherrscht sie das Straßenbild. Auch wo keine Fabrik zu sehen ist, keine Baustelle, keine Äcker, läßt sich nicht vergessen, daß ungefähr alles, was uns dient, aus Arbeit entsteht: was unser Straßenbild leichter vergessen läßt. Es wimmelt, ich denke trotzdem nicht an Ameisen; ich sehe Menschen, ihre Gesichter gelassen und lebendig. Auch die Frauen und Mädchen tragen Hosen, aber nicht Hosen, die das Geschlecht demonstrieren; ihre Weiblichkeit zeigt sich in den Gesichtern. Viele bäurisch, selbst in der Stadt. Manchmal ein Karren, gezogen von einem Maulesel und beladen mit Kohl. Dann und wann eine Schar von Kindern, die in Zweier-Kolonne gehen; die Kinder sind bunt gekleidet, und die Erwachsenen, grau im Schatten unter den Platanen, erscheinen in der Sonne auch etwas farbiger; da und dort eine geblümte Bluse, Zöpfe mit Schleifen. Alles in allem aber stimmt der erste Eindruck: grau-grünlich-blau als Grundton, das Uniforme der Kleidung, wie wir es kennen als ordentliche Kleidung einer Belegschaft. Was ist der Unterschied zwischen Masse und Menge? Man braucht im Gedränge keine Ellbogen, um zu bestehen. Eine gesittete Masse. Auch in den breiten Hauptstraßen gibt es (wie es der Taxi-Fahrer in Zürich schon prophezeit hatte) nur wenige Autos, abgesehen von den Bussen; sie hupen sich durch. Sonst ist China leise. Auch wo der Bundeskanzler nicht hingeführt wird, sehe ich das gleiche: Volk auf Fahrrädern und zufuß, alle ohne Hast. Es scheint hier niemanden zu geben, der nicht zur großen Belegschaft gehörte; keiner trägt eine Kleidung, die bei der Arbeit nicht zu tragen wäre.

In meiner Erinnerung habe ich vor allem ein anderes Bild: In Dürrezeiten kämpften die Dörfer gegeneinander um das wenige Wasser; nicht selten ging es dabei um Leben oder Tod. Aus Nordchina, der Großen Erde, flüchteten in Dürreperioden Millionen von Menschen in den Süden, bepackt mit Bambuskörben, in denen sie ihre wenigen Habseligkeiten oder ihre kleinen Kinder trugen. Oft waren sie gezwungen, Kinder zu verkaufen, um selbst überleben zu können. Vom Reis mußten sie mit der Kleie vorlieb nehmen. In Kriegszeiten wurde ihr bitteres Los unerträglich; als Sklaven wurden sie zur Arbeit, als Gefangene zum Soldatendienst gezwungen.

CHANG SIN-REN über China vor Mao Tse-tung.

Ein Mann von der Presse ist nicht abzuschütteln. Das ist alles sehr ärmlich! sagt er, nachdem er siebenfach geknipst hat. Haben Sie das bemerkt? fragt er und zeigt auf den Boden: Da ist für unsere Besichtigung eben erst gescheuert worden. Tatsächlich ist der Boden in den Ecken noch feucht, und sicher ist die Volkskommune, die dem Bundeskanzler und Frau Schmidt gezeigt wird in der Nähe von Peking, nicht die schlechteste im chinesischen Reich. Hundert Kinder der Volkskommune, die Mädchen mit bunten Schleifen und Blusen, stehen Spalier (nicht stramm) und klatschen, wenn der Bundeskanzler kommt; sicher nicht spontan. Was sie rufen, heißt übersetzt: Herzlich Willkommen! Herzlich Willkommen! Herzlich Willkommen! und sie klatschen auch noch, wenn wir, der Pressemann und ich, vorbei gehen. An einem weißen langen Tisch, wo das Revolutions-Komitee uns begrüßt mit Tee, Nüssen, Äpfeln, Süßigkeiten und einer kurzen Rede, sagt er: Die Äpfel sind ja ganz gut! Offenbar hat er gemerkt, daß ich vom Sozialismus etwas erhoffe. Jetzt im Spital: vier Ärzte, klein und schlitzäugig, alle in weißen Kitteln, einer mit Brille, haben ehrerbietig die Hand gegeben, ja, auch dem Pressemann. Was die von Medizin verstehen? Ein Plakat an der Wand betrifft Säuglingspflege, ein anderes (ich lasse mir den chinesischen Text übersetzen) fordert, daß jedermann sich auf Tuberkulose untersuchen lasse. Das sind, gemessen am Standard schweizerischer Fremdenverkehrswerbekunst, ziemlich kitschige Plakate. In der Apotheke steht eine junge Chinesin vor einem Schrank mit Medikamenten, eine Turandot im weißen Kittel und mit schwarzen Zöpfen; was sie an Flaschen und Dosen zu verwalten hat, ist nicht allzuviel, und sicher hat sie für den Bundeskanzler (er ist nicht hier, sondern besichtigt gerade die Viehzucht, aber Frau Schmidt ist hier) einen ganz frischen Kittel angezogen. Im nächsten Raum (auch dieser viel zu klein für das Gedränge der westlichen Besichtiger) sind zu sehen: Instrumente im Glas, Verbandstoff, Spritzen. Inzwischen hat der Pressemann etwas herausgefunden, und da man einander in der Erkenntnis hilft, sagt er: Hier wird ja nur ambulant behandelt! Er knipst trotzdem. Eine Pritsche ist da, ein Leintuch darauf; es deckt knapp die Pritsche, nicht groß genug, daß man es noch unter die Pritsche krempeln könnte, und es ist nicht weiß wie Schnee, wenn auch nicht schmutzig, sicher kommt das Leintuch auch grad aus der Wäsche, aber es ist weniger gebleicht. Hier sagt mein Begleiter: Na, Herr Frisch, möchten Sie hier behandelt werden?

Wurde ein Bauer krank, so trugen vier oder mehr Verwandte eine Buddhastatue auf einem Altar querfeldein. Kippte die Statue nach vorn, so grub man an der Stelle, auf die ein am Altar befestigter Stock wies, ein Loch in die Erde; die Wurzel, auf die man dabei stieß, war die gesuchte Medizin ... Auf meinem Schulweg, der ein Stück weit über Land führte, fand ich eines Tages am Straßenrand ein neugeborenes Kind, das mit einem Spaten in Stücke gehauen war. Es stellte sich heraus, daß ein Bauernpaar statt eines Knaben immer nur Mädchen bekam, bis sie überzeugt waren, dahinter müsse ein Teufel stecken.

CHANG SIN-REN

Vorher haben wir besichtigt: eine Schulklasse, die Englisch lernt. Der Lehrer spricht vor, die Schüler sprechen lauthals nach; sicher nicht zum ersten Mal, denn es klappt ganz ordentlich. Was sprechen sie nach? Sätze des Vorsitzenden Mao in englischer Sprache. Was für Weisheiten haben wir, als wir Latein oder Englisch übten, nachgesprochen oder nachgeschrieben? Ferner eine Klasse, die Mathematik lernt; die Stuben sind klein, und wieder komme ich erst hinein, nachdem Hannelore Schmidt herauskommt: beklatscht von der chinesischen Klasse: sie trägt die Staatswürde unbefangen-zivil, eine Frau mit der Grazie natürlicher Neugierde an Ort und Stelle, dabei nicht ohne Skepsis, aber offen für Verwunderung, so scheint es mir, frei von der Herablassung, die manche nicht loswerden. Was noch auf der Wandtafel zu sehen ist, scheinen nicht Zinsrechnungen zu sein wie in unserer Volksschule. Ferner eine Klasse, die vorführt, wie sie singen kann zu einem lottrigen Klavier: laut wie über Verstärker, das schneidet ins Ohr, ihre Gesichter blühen dabei. Sicher singen sie nicht: Amsel, Drossel, Fink und Star! sondern ein Lob auf die Partei, aber es tönt wie: Alle Vögel, alle! Und noch eine Klasse, wo ich wieder zu spät komme, daher ohne Information bleibe; ich sehe bloß: ein

Menschenkörper aus Gips, über und über betupft mit blauen und roten Punkten, und am kleinen Tisch sitzt ein junger Chinese mit vielen Nadeln in seinem linken Arm und am Schädel, die er sich selber gesteckt hat, Akupunktur. Zum Schluß sehen wir einen kleinen Hof, das einstöckige Haus für eine Familie. Der Herd, wo gekocht wird, heizt durch einen Kanal für die abziehende Wärme auch die Schlafstätten in den Nebenräumen. Im Hof, wo die Familie sonst unter sich bleibt, ein Anschluß für Wasser; das soll besonders beachtet werden, offenbar eine neue Errungenschaft. Der alte Bauer gibt der Übersetzerin zwar Auskunft, aber was macht ihn so schüchtern: die Partei oder die Kamera-Leute? Ein Baum, der bewässert werden muß, gibt Schatten im Hof. Ein schwarzes Ferkel in einem kleinen Koben: das Privat-Ferkel, das die Familie sich mästet.

Mao Tse-tung auf dem Langen Marsch, so lese ich, war gekleidet wie alle andern, nur hatte er eine Wolldecke mehr, dazu noch einen Regenschirm, damit die Bücher in dem Bündel, das er an einem Stecken trug, nicht durch den Regen verdorben würden; die Werke von Marx und Lenin. Das Sein bestimmt das Bewußtsein. Darin ist Mao Tse-tung mit dem Marxismus einig. Was er der Weisheit der Klassiker später hinzufügt: Das Bewußtsein bestimmt wiederum das Sein.

Einiges ist klar schon nach dem zweiten Frühstück in China. Von der Prominenz der Industrie höre ich: China als Handelspartner vorderhand nicht interessant. Von der Prominenz der Gewerkschaften: Gewerkschaften in unserem Sinn gibt es nicht. Das hat man eigentlich schon gewußt. So stehen wir denn, zum Glück bei schönem Herbstwetter, eher touristisch in der Gegend herum. Gibt es einen chinesischen Schriftstellerverband? Wir besichtigen den Palast der einstigen Himmelssöhne. Der rote Lack der Säulen, der von Zeit zu Zeit erneuert werden muß, habe auch nicht mehr die Qualität von einst, so höre ich von einer deutschen Sinologin. Da und dort in den kaiserlichen Höfen stehen Gruppen von chinesischen Arbeitern, offenkundig Statisten, denen das Schauspiel und ihre kurze Aufgabe darin nicht allzu klar sind; vermutlich sollen sie bezeugen, daß die Masse hier dieselben Interessen hat wie der Bundeskanzler und Frau Schmidt, die leider wenig Zeit haben. Ich habe mich bei einer Bildrolle aus der Ming-Zeit verspätet, dankbar für die Kennerschaft der deutschen Sinologin, die hier lebt; der Bundeskanzler ist schon in die schwarze Limousine gestiegen. Es ist anstrengend. Wohin es weitergeht, weiß Wang, der Übersetzer, der Professor Carl Friedrich Freiherr von Weizsäcker und mir zugeteilt ist. Ein Chinese mit schmalem Gesicht; der Fahrer hat das runde Gesicht. Wang redet wenig, wenn er nicht befragt wird, und auch dann redet er keine Werbung, fragt nie, wie uns denn China gefalle. Eine Kolonne von vierzig Wagen, das sieht das Volk nicht alle Tage und klatscht. WIR GRÜSSEN DEN BUNDESKANZLER UND FRAU SCHMIDT HERZLICH! so heißt es auf den Spruchbändern, die über unseren Weg gespannt sind, WIR UNTERSTÜTZEN DIE EUROPÄISCHEN NATIONEN IN IHREM KAMPF GEGEN DIE HEGEMONISTEN. Die Deutschen, Meister der Organisation, haben kein einziges Mal den Kopf zu schütteln über die Chinesen; es klappt alles auf die Minute, alles so gefällig-unauffällig.

Auf dem großen Platz, gegenüber dem alten Kaiserpalast, die mittelgroßen Bildnisse von Marx, Engels, Lenin, Stalin: die vier Ausländer. Das größere Bildnis von Mao Tse-tung, das bekannte, erscheint immer allein, nicht oft übrigens; es zeigt keinen Befehlshaber, eher einen väterlichen Betreuer.

Das leidige Gefühl auf solchen Reisen: daß man nur potjemkinsche Dörfer zu sehen bekomme. Ich frage mich, was den ausländischen Delegationen bei uns gezeigt wird, zum Beispiel im Tessin: – sicherlich nicht die alte Heimarbeiterin in unserem Bergdorf, die zehn Stunden am Tag stickt für zwei Franken in der Stunde und nicht weiß, wieviel eine solche Stickerei kostet an der Bahnhofstraße in Zürich, schweigsam aus Angst vor Arbeitslosigkeit.

Nein, Mao Tse-tung habe ich nicht gesehen –

Peking-Universität, eine Klasse im Deutschunterricht. Wir behandeln heute den deutschen Dichter Georg Weerth, sagt der chinesische Lehrer mit einer Aussprache, die sich jeder einzelnen Silbe annimmt; das Verständnis sichernd durch Wiederholung: Georg Weerth. Ich bin froh, nicht geprüft zu werden. In der ersten Übung kommt es darauf an, daß die Schüler prompt antworten. Frage: Wer sind die Zeitgenossen von Georg Weerth? Es kommt prompt: Karl Marx, Friedrich Engels. Und? Heinrich Heine. Gut, sagt der frohe Lehrer. Was hat Heine geschrieben? Die Antwort sollte prompter kommen, aber dann kommt sie: »Ein Wintermärchen«. Sehr gut. War Friedrich Engels auch ein Dichter? Eine zu leichte Frage, so daß die Schüler chinesisch lächeln. Was also hat

Friedrich Engels geschrieben? Es kommen die deutschen Titel, der Lehrer wiederholt sie, denn es geht um gute Aussprache. In der zweiten Übung sollen die Schüler sich Zeit lassen, um in freier Rede korrekte Sätze zu bilden. Kennen Sie ein Gedicht von Georg Weerth? Erzählen Sie, was in diesem Gedicht steht. Der Lehrer wiederholt, da der Titel nicht deutlich genug ausgesprochen wird, und er genießt seine eigene tadellose Aussprache: Der Kanonengießer, der Kanonengießer. Der Schüler wagt sich in die freie Rede: Ein Arbeiter, der Kanonen gießt, will keine Kanonen mehr gießen, denn er will Frieden, er sagt: Nein, er will Kanonen gießen, denn er will den Arbeitern dienen, jetzt will er Kanonen gießen für die Arbeiter, das kann er, denn er ist ein guter Arbeiter. Sehr gut. Und ein Mädchen möchte noch einen Titel von Heine sagen. Die Klasse lacht plötzlich, ich verstehe nicht warum. Der Lehrer verkündet jetzt, daß die Ehrengäste auch etwas sagen, in deutscher Sprache. Wir sagen auch etwas, und es scheint die Klasse zu vergnügen, daß es Menschen gibt, die tatsächlich in dieser schweren Sprache reden: die Klasse klatscht. Besichtigung der neuen Bibliothek: die zwei Professoren aus der Bundesrepublik finden sofort Lücken, nein, das ist keine Harvard-Library, und die Studenten im Lesesaal könnten Statisten sein, man weiß das nie. Ich sehe Burschen, die wahrscheinlich mit einem Schweißbrenner umzugehen wissen, und Mädchen, die mit einer Sichel arbeiten können. Unterwegs im Park mit alten Bäumen und mit einem großen Teich hätte ich eine Frage an den Vertreter des Revolutionskomitees; es gibt aber keine Antworten unter vier Augen, nur Höflichkeit; Fragen sind an das Kollektiv zu richten beim Tee in einem würdevollen Saal, Architektur aus der Herrenzeit. Nach einem Vortrag, den nicht der Vertreter des Revolutionskomitees hält, sondern einer der Professoren, dürfen wir fragen. Was man über das Bildungssystem nach der Kulturrevolution gelesen hat, stimmt also: Nicht nur die Studenten, auch die Lehrer müssen von Zeit zu Zeit körperliche Arbeit leisten wie die Masse; man will keine Kluft zwischen den Gebildeten und der Masse. Auch wenn ich Verständnis zeige für die Idee, Schwierigkeit der Diskussion: wir fragen nach den Problemen, die sich bei der Durchführung dieses Programms ergeben haben, und die Antwort besteht in der schlichten Wiederholung der großen Idee. Das ergibt kein Gespräch. Dabei reden sie nicht fanatisch. Jeder der Professoren sagt dasselbe: Zulassung zur Universität, darüber befindet die Masse. Das heißt wohl: die Genossen in der Kommune, wo der Oberschüler zwei Jahre gearbeitet hat. Gesichtspunkte für eine Empfehlung: erstens politisch-ideologische Zuverlässigkeit, zweitens intellektuelle Fähigkeit, drittens körperliche Tüchtigkeit. Da die Hochschulzeit gekürzt worden ist, drei Jahre für das Studium einer Sprache – wobei ein Drittel auch dieser Zeit wieder der Arbeit in Industrie oder Landwirtschaft zu widmen ist –, fragen die deutschen Professoren: wie soll es da zu wissenschaftlichen Spitzenleistungen kommen? Die Frage irritiert unsere Gastgeber nicht. China hat seine Atombombe, offenbar gibt es Chinesen, die länger als drei Jahre studieren können. Davon reden sie nicht. Auch das leuchtet ein: achthundert Millionen Chinesen brauchen nicht drei Spitzenärzte, die Herzen verpflanzen, hingegen Millionen braver Sanitäter. Mehr zu irritieren scheint sie die Frage, ob die Studenten, die der Masse verbunden sind, Kritik üben können an den Professoren: Selbstverständlich, Schüler kritisieren Lehrer, Lehrer kritisieren Schüler. Und was geschieht, wenn ein Schüler und der Lehrer sich nicht einigen können? Unauffällig versiegt die Auskunft: eine Studentin, die unserer Konferenz beiwohnen darf, bekommt das Wort, doch scheint es, daß sie meine Frage nicht verstanden hat; sie bestätigt, daß sie zwei Jahre auf dem Land gearbeitet hat, und ich habe nicht den Eindruck, daß das Mädchen sich irgend etwas anders wünscht. Ihre Vorfahren haben keine Schule besuchen können. Sie lebt in einer glücklichen Epoche.

Die Nächte waren auch für uns Studenten voller Angst. Um Mitternacht oder auch frühmorgens drohten Blitzaktionen der Kuomintang. Deren Geheimpolizei drang ins Studentenheim ein und verhaftete, wen sie als Kommunisten verdächtigte ... Ein andermal rannte ich sofort zum Fenster und blickte verstohlen auf den Hof und auf das große Tor hinunter. In der Morgendämmerung sah ich Schatten von Menschen hin und her huschen; und dann konnte ich genau feststellen, daß jemand mit Gewalt abgeführt wurde. Welcher Kamerad mochte es sein? Neunzig Prozent der Verhafteten kamen zu jener Zeit nicht mehr zurück; die Foltermethoden waren so grausam, daß kaum einer sie überlebte.

CHANG SIN-REN

Vieles, was für uns zur Lebenslust gehört, scheint zu fehlen. Bisher habe ich kaum ein Schaufenster gesehen; keine einzige Reklame, die Glückseligkeit verspricht durch Besitz von Ware. Es muß eine andere Art von Hoffnung geben; ihre Gesichter sind nicht unfroh, nicht grau, nicht verbittert. Es scheint keinen Anlaß für Neid zu geben –

Was geschieht in China mit den Dissidenten?

Claude Broyelle, die französische Feministin, weiß es zu rechtfertigen, daß die Chinesen nicht vor dem siebenundzwanzigsten Lebensjahr heiraten dürfen; die frühe Ehe erschwert die Emanzipation der Frau, die frühe Mutterschaft hindert sie, Revolutionärin zu werden. Andrerseits sei der uneheliche Liebesverkehr verboten, zumindest verpönt. Stimmt das? Dabei gibt es die Pille. Was weiß ich von einem Land, wenn ich nicht weiß, was die jungen Leute machen mit ihrer Sexualität, bis sie siebenundzwanzig sind?

Wie steht es mit der Kriminalität?

»Die deutsche Nation ist eine Nation von Schöpfergeist«, sagt Teng Hsiao-ping in seiner Tischrede, »das deutsche Volk hat zur Entwicklung der Weltgeschichte und zur Bereicherung des geistigen Schatzes der Menschheit hervorragende Beiträge geleistet.« Mein Tischnachbar, der etwas Englisch versteht, ist Physiker und läßt es sich nicht nehmen, wieder und wieder mit den Stäbchen in seiner zitternden Greisenhand mich zu bedienen mit Haifischflossen, Ente, Bambussprossen usw. Die hundert Mädchen in weißen Kitteln, die beim Bankett bedienen, sind lautlos da und wieder weg, im rechten Augenblick wieder da, ihre Miene verändert sich nicht, wenn man durch Nicken dankt für den nächsten Reiswein; einige tragen Zöpfe, andere das Haar kurzgeschnitten; alle in schwarzen Hosen; keine Kinder, aber immer wieder halte ich sie für Kinder. Eine chinesische Kapelle spielt deutsche Märsche und Lieder. Was Teng Hsiao-ping in seiner Tischrede sagt, um Europa zu warnen vor Illusionen, ist ein Zitat: Der Wind hört nicht auf zu blasen, auch wenn die Bäume Ruhe haben möchten! – als Spruchweisheit unwiderlegbar ... Der sowjetische Botschafter, der kürzlich von einem solchen Bankett aufgestanden ist und den Saal verlassen hat, ist diesmal sitzen geblieben. Jetzt geht Teng Hsiao-ping von Tisch zu Tisch, um jedem von uns die Hand zu geben, dieser ungewöhnlich kleine und wurzelkräftige Mann, der zu jedermann emporschauen muß. Das Bankett dauert anderthalb Stunden. Auch mit meinem andern Tischnachbarn kommt es zu keinem Gespräch; sie fragen nicht zurück, ihre Höflichkeit bleibt undurchdringlich, sie sind nicht erpicht darauf, uns zu überzeugen; sie haben andere Aufgaben.

Ein närrischer Greis wird verspottet, weil er zwei Berge abzutragen versucht, die ihm den Weg versperren. Darauf sagt er: Sterbe ich, so bleiben meine Kinder; sterben die Kinder, so bleiben die Enkelkinder, und so werden sich die Generationen in einer endlosen Reihe ablösen. Die zwei Berge sind zwar hoch, aber sie können nicht mehr höher werden; um das, was wir abtragen, werden sie niedriger; warum sollten wir sie da nicht abtragen können.

MAO TSE-TUNG in der Schlußrede des 7. Parteitages am 11. Juni 1945.

Soldaten, einzeln, im Gedränge auf den Straßen, auffällig durch das Grün ihrer Uniform; sie tragen einen Gürtel, keine Waffe. Ein roter Stern an der Mütze. Ob sie eine Art von Ordnungsdienst versehen, weiß ich nicht; man hat nicht den Eindruck. Sie gehen ihres Wegs, ihr Gehabe verrät kein Privileg, sie wirken nicht staatlicher als die Arbeiter, nur etwas musterschülerhaft.

1. Hänge die Türen wieder ein, die du ausgehängt hast, um dein Lager darauf zu bereiten.
2. Ersetze das Stroh, das du für deine Lagerstatt genommen hast.
3. Sprich höflich.
4. Bezahle für alles, was du gekauft hast, den angemessenen Preis.
5. Gib alles, was du entliehen hast, zurück.
6. Bezahle für alles, was du beschädigt hast.

Zu diesen Regeln der Disziplin für die Soldaten der Roten Armee fügt Mao Tse-tung noch 1929 zwei weitere Punkte hinzu

7. Bade nicht, solange Frauen in der Nähe sind.
8. Gib Verwundeten der Weißen Armee Medizin, behandle Gefangene der Weißen Armee nicht schlecht.

Abend in der Peking Oper; gespielt wird vor Ansichtskartenkitsch und besungen eine Episode aus dem Kampf der Bauern um 1928, DER AZALEENBERG, kein Lehrstück für Brecht-Schüler, vermutlich für Arbeiter und Bauern ein Augenschmaus und als Fabel beglükkend wie der Wilhelm Tell für schweizerische Bürger. Die akrobatische Pantomime (Rückzug im Schneesturm, Kampf, um den Anschluß an die Truppe von Mao Tse-tung zu finden) ist exzellent ... Danach, in der deutschen Botschaft, ergibt sich die Gelegenheit, kurz mit Helmut Schmidt allein zu sprechen. Mao Tsetung habe die Sitzung begonnen mit einem Gespräch über Kant, Clausewitz, Häckel; zwar sei er im Sprechen behindert, aber klar im Verstand. Das letztere, so hoffe ich, gilt von den meisten Staatsmännern, die der Bundeskanzler trifft; es scheint aber, als sei dem Bundeskanzler noch etwas anderes begegnet heute nachmittag – er hat nicht die prompten Worte dafür, der schlagfertige Bundeskanzler Helmut Schmidt, dem es an Witz nie fehlt, und ich habe auch nicht das Gefühl, daß er jetzt ein Ohr hätte für meine Rezension der Peking Oper.

Mao hat den Ruf eines verzauberten Lebens. Er ist mehrmals von Nanking für tot erklärt worden, um wenige Tage später wieder in Zeitungsberichten aufzutauchen, aktiv wie immer ... sein Ruf scheint jedoch nicht ganz unbegründet zu sein, insofern er, obwohl er an vielen Kämpfen teilgenommen hat, einmal von feindlichen Truppen gefangengenommen worden und entflohen ist und auf seinen Kopf die höchste Prämie der Welt ausgesetzt war, während all der Jahre nicht ein einziges Mal verwundet worden ist.

EDGAR SNOW

Auch bei der Fahrt über Land: – Menschen, alle in der gleichen Art gekleidet, Menschen auf Fahrrädern rudelweise; sie radeln ohne Hast. Anders als in unseren Gegenden: hier arbeiten sie in Scharen auf dem Acker, in Scharen auf einer Baustelle. Wie auf Darstellungen aus der frühen Zeit, als es nur die Handarbeit gegeben hat. Dann und wann ein Traktor. Immer wieder Alleen, zum Windschutz gepflanzt, und man fährt lang, ohne eine Siedlung zu sehen; also lange Arbeitswege. Die Straße ist gut, Asphalt, Lastwagen halten seitlich an, damit die Bundeskanzler-Kolonne freie Fahrt hat zu den Ming-Gräbern. Eine große Landschaft. Da und dort eine rote Fahne im Wind, die anzeigt, wo die Leute sich nach der Arbeit sammeln; eine Brigade beim Ausheben von Kanälen. Sie arbeiten gelassen, so scheint es. Das Rot dieser Fahnen ist heller und dünner als das Rot in unseren Fahnen; es erinnert nicht an Blut, sondern an Papierdrachen. Während man über anderes redet, links und rechts Felder; Mais oder Kohl oder Kürbisse oder Baumwolle für die Masse. Die Ebene verliert sich im Herbstdunst hinter der Allee von gelben Pappeln, die kahlen Berge in der Ferne silbergrau. Manchmal sind es auch Erlen. Stimmt es, daß für jedes geborene Kind ein Baum zu pflanzen ist? Eine Zement-Fabrik; die Gruppen, die am Straßenrand stehen, sind vermutlich dahin befohlen; sie klatschen. Auch wo sie nicht Spalier stehen, sondern überrascht sind von dem fremden Besucher, sehe ich keinen zerlumpten Menschen, keine Slums, wenn auch äußerst bescheidene Wohnstätten, kein einziges Hungergesicht.

Wie kaum je auf Reisen in der roten Welt begleitet mich ein

Glücksgefühl. Hier muß ich mich nicht wieder und wieder durchringen zu Überlegungen, die zur Gutheißung zwingen; ich bin froh, hier zu sein. Die Frage, ob man hier leben möchte, ist müßig; wir könnten es nicht, dafür sind wir zu verwöhnt. Das Glücksgefühl ergibt sich aber nicht daraus, daß ich nicht in China leben muß; man möchte es können. Anderswo kommt es vor, daß mich die Angst befällt, zum Beispiel bei der Vorstellung, ein Neger zu sein. Und wo es keine Neger gibt, kommt es vor, daß mich zwar nicht Angst befällt, aber eine Melancholie der Zugehörigkeit, die Hoffnungslosigkeit: Es ist schade um die Menschen! Natürlich weiß ich zu vieles nicht, was den Menschen hier schwerfällt, und vielleicht täusche ich mich: es scheint keine Verzweiflung zu geben, nicht einmal Resignation; viel Geduld, aber nicht Apathie. Vermutlich kommt es daher, daß mir die Chinesen kindlich erscheinen, nicht nur die jungen Soldaten, auch der alte Physiker und der alte Bauer. Ein so altes Volk, ein Reich mit so langer Geschichte, und wie noch nirgends habe ich hier das Gefühl, daß es für die Menschheit einen Anfang geben kann, für einen Teil der Menschheit.

Heute auf der Großen Mauer. Zum Glück sind die großen und platten Steinplatten trocken, sonst würde man auf den steilen Stellen ausrutschen. Wenn man dasteht, um zu verschnaufen und festzustellen: Genau wie erwartet und wie schon beschrieben, ja, genau so ist es. Ein Morgen mit dünner Herbstsonne; gegen Norden ist eine Ebene zu sehen, dann aber wieder Berge. Warum verläuft die Mauer grad hier? Hinauf und hinunter und hinüber und wieder hinauf; der Verlauf wirkt oft launisch (anders als die Berliner Mauer, deren Zickzack nach Kataster bestimmt ist, bürokratisch durchaus begründbar) und streckenweise sogar widersinnig; da und dort könnte die Mauer kürzer geführt werden, als Verteidigungswall zweckmäßiger. Offensichtlich wurde nicht mit Arbeitsstunden gerechnet; ihr Verlauf scheint bestimmt durch das Bedürfnis nach einem Monument, das irgendwo im kahlen Bergland zeigt: Hier beginnt China, das Reich der Himmelssöhne! Oder von innen her gesehen: Hier endet die Welt, der Rest ist barbarisch. In der Ferne, wo die Mauer wieder zu sehen ist, ihre gezahnte Silhouette am Horizont, wie ein Reißverschluß. Das ist mehr als eine Maginot-Linie, mehr als ein militärischer Schildbürgerstreich; die steinerne Geste eines Imperiums, das sich selbst genug ist.

ERRICHTE HOHE WÄLLE, LEGE GETREIDEVORRÄTE AN, ERKLÄRE DICH NICHT ÜBERALL ZUM KÖNIG, ein Zitat aus dem Jahr 1357, das Mao Tse-tung umformt zur Parole: GRABT TIEFE TUNNEL, LEGT GETREIDEVORRÄTE AN UND TRACHTET NIEMALS NACH HEGEMONIE.

Zum Frühstück setze ich mich an den Tisch mit den deutschen Fernseh-Technikern. Im großen ganzen finden sie die Speisen eßbar. Ich sehe einmal mehr, wieviele Apparate vonnöten sind, um Bild-Qualität und Ton-Qualität zu liefern. Einige zeigen, daß sie mit Stäbchen speisen können, aber es gibt auch Gabeln und Messer. Die Mädchen im weißen Kittel bedienen hier nicht anders als beim Bankett mit Bundeskanzler und Ministern. Übrigens gibt es auch Kaffee, nicht nur Tee; sogar Brot. Kein Gespräch über China, auch nicht über den Bundeskanzler. Es sind gehetzte Leute; morgen geht's nach Sinkiang mit allen diesen Apparaten –

Liegt es nur an der Sprache? Die Chinesen, die wenigen, die eine europäische Sprache beherrschen, geben zwar Antwort, aber sie selber fragen nicht. Es gibt Kulturen, in denen das direkte Fragen als ungehörig empfunden wird, als barbarisch. Ein Gespräch ist kein Verhör. Auch mögen die Chinesen es nicht, wenn man sich auf der Straße oder in einem Park vor sie hinstellt und knipst; sie wenden sich ab – nicht unwirsch und nicht verschüchtert, nur befremdet durch unseren Mangel an Sitte.

Ich habe keinen chinesischen Schriftsteller getroffen. Wie schreibt man für ein Volk, dessen Mehrheit erst seit einer Generation überhaupt die Möglichkeit hat, lesen zu lernen? Literatur im Anfang einer Epoche –

Ein Kaufhaus zu besichtigen habe ich versäumt. Es soll allerlei vorhanden sein, so höre ich, an ordentlicher Ware, und es tönt, als sei das Angebot von Ware schlechthin der Maßstab für die Güte einer Gesellschaft. Allerdings fehle jegliches Verpackungsmaterial.

Peking als Stadt? Wir haben zu wenig gesehen, die Zeit ist zu kurz, um sagen zu können, wie Peking aussieht. Der große Platz für den Aufmarsch der Masse, den ich nur leer gesehen habe, dazu die Architektur der staatlichen Paläste, die öde ist, da und dort ein einzelnes Hochhaus, ein internationales Hotel – der Rest erscheint wie ein immenses Dorf; großstädtisch sind nur die breiten Boulevards, die meisten Häuser einstöckig. Statt ins Kaufhaus bin ich durch Nebengassen gegangen. Hier kein Asphalt, aber die

Gassen sind sauber. Häuser aus grauem Backstein; gegen die Gasse verschließen sie sich durch eine fensterlose Mauer; Pforte mit Ornamenten und zum Teil mit schönen Rundziegeln. Es ist sehr still hier, ländlich. Hinter jeder Pforte eine Mauer, die den bösen Geistern den Eintritt verwehrt; der kleine Hof als Raum der Familie: Wäsche, ein Tisch, Pflanzen, ein Fahrrad, Hausgeräte, ein paar Blumen. Man wohnt nach innen, nicht auf die Gasse hinaus.

Unterzeichnung eines deutsch-chinesischen Schiffahrtsabkommens; das Protokoll wünscht, daß auch die Herren des Gefolges anwesend sind zwecks Gruppenbild mit Bundeskanzler und Teng Hsiao-ping. Ein Peloton mit gezückten Kameras wartet schon vor dem dreistufigen Podest, das wir zu besteigen haben. Was die beiden Verkehrsminister gegenzeichnen, ist kein Stalin-Hitler-Pakt; kein Anlaß also zu gestrengen Mienen. Da sein Witz zuerst übersetzt werden muß, hat der Bundeskanzler, damit die gemeinsame Wohlgelauntheit auf das historische Gruppenbild kommt, etwas länger zu lachen als die Chinesen.

Auch wenn das Volk auf der Straße nicht gafft, weiß man, daß man auffällt schon als Einzelner, als Gruppe erst recht; ich vermute, daß wir den Chinesen auch uniform erscheinen: lauter Herren. Wie verschieden sie denken, die Herren von der Industrie und von den Gewerkschaften und von der Wissenschaft, zum Beispiel über die Mitbestimmung oder über das Berufsverbot für Radikale, können Chinesen nicht sehen. Was ihnen auffallen mag an uns: vielleicht eine gewisse Steifheit, wenn wir uns unterhalten, etwas Forsches, auch wenn die Herren nur eine Bitte haben, und Hastigkeit, wo es nichts zu tun gibt, etwas Ungeschmeidiges und Weltmännisches zugleich. Ich glaube nicht, daß wir auf die Chinesen besonders würdevoll wirken, nur selbstsicher und in der Regel einen Kopf zu hoch. Ich bemerke nichts, was auf Xenophobie schließen läßt. Wenn sie in uns den Klassenfeind sehen, so tun sie es ohne Furcht. Ohne die Genehmigung durch ihren Vorsitzenden wären wir ja nicht hier; somit besteht kein Grund, nicht höflich zu sein mit den Fremden. Eine Diskussion mit einem wichtigen Chinesen (zu erkennen am feineren Stoff seiner Joppe) über die chinesische Außenpolitik, die zur Zeit zynisch ist, wird nicht stattfinden – so wenig wie gewisse Diskussionen in der Sowjetunion – weil niemand, den ich ansprechen könnte, für die Staatsräson zuständig ist.

Ein Bulletin in deutscher Sprache, das ins Zimmer gelegt worden ist, erinnert an die Ereignisse in unserer westlichen Welt: General Franco ist noch nicht tot.

Die beiden Trident-Jets, die den Bundeskanzler und sein Gefolge, inbegriffen die Presse, von Peking nach Nanking und von Nanking nach Sinkiang fliegen, sind von den Chinesen komfortabler eingerichtet als der deutsche Luftwaffen-Jet, der nicht anders ist als ein Streckenflugzeug mit First Class und Tourist Class, allerdings mit Bedienung durch freundliche Unteroffiziere; dagegen bei den Chinesen: je in einem Coupé ein fester Tisch mit Fauteuils, auf der andern Seite des Korridors eine breite Couch mit weißen Kissen – nicht für einen Kaiser, aber für einen Staatsmann, der sich einmal ausruhen möchte, bevor er wieder in die Weltöffentlichkeit tritt, und der auch das Recht hat, sein Gefolge zeitweise nicht sehen zu müssen. Vergleicht man die Einrichtung der beiden Flugzeuge, so erscheinen die Bundesdeutschen demokratischer, die Chinesen humaner. Warum in jedem Coupé ein chinesischer Übersetzer? Es gibt nichts zu übersetzen zwischen uns. Wie würde der höfliche Chinese es uns beibringen, daß man keine Kamera mit Teleobjektiv benutzen soll? Nie habe ich in anderthalb Stunden so viele Stauseen gesehen, kleine und große, manche ohne Stützmauer, gestaut durch einen langen Wall. Wo kein Gebirge ist, überall die bebauten Felder. Trotz Dunst über der Ebene sind zu sehen: Hochkamine, Industrie-Gelände, manchmal eine Bahnlinie und immer wieder ein schnurgerader Kanal. Da und dort Dörfer, keine einzelnen Weiler. Eine Flugpiste. Die Sonne hilft zu erkennen, daß die dunklen Linien, die ein Raster über die Ebene zeichnen, ebenfalls Wassergräben sind; wo sich die Sonne spiegelt, glitzert es wie Quecksilber in dem braunen oder grünlichen Land. Der Gelbe Strom; seine riesenhaften Windungen bis hin zum Horizont. Keine Brücken.

China – ein Entwicklungsland, aber das Ziel seiner Entwicklung ist nicht unser Wohlstand in einer pluralistischen Gesellschaft der Ängste. Wir sind hier nicht das Wunschbild, unser Urteil also nicht das Maß für ihre Anstrengungen. Das irritiert mehr als die chinesische Atombombe.

In Nanking landen wir früher als der Bundeskanzler, auch hier warten drei- oder viertausend Kinder, um den Gast zu begrüßen mit Wimpeln oder Ringen und Tanz; jetzt sitzen sie noch auf dem Boden, alle in farbigen Kostümen und geschminkt. Eine Gruppe übt noch einmal den Tanz des Löwen mit offenem Rachen. Die Freude, die die Kinder werden zeigen müssen, ist geübt; sie sind aber fröhlich. Groß die Schrift: Wir grüßen den deutschen Bundeskanzler und Frau Schmidt herzlich! und zahllos die roten Fahnen im Wind. Ob die Kinder den deutschen Bundeskanzler erkannt haben in dem Knäuel von deutschen Presseleuten? Man hätte ihnen sagen müssen: Schaut auf den Mann, der keine Kamera und eine Frau hat.

Wieder Straßen voll Chinesen mit der gleichen Mütze, aber im Verhalten etwas anders; lebhafter als im Norden. Es ist wärmer hier. Platanen-Alleen wie in Aix-en-Provence.

Die Brücke über den Jangtse, das ruhmreiche Werk der Arbeiterklasse, wie sie es nennen, hat ungefähr die Länge der Golden Gate Bridge, die allerdings schöner ist. Es lohnt sich kaum, die Kamera zu heben. Eine Brücke mit neun Pfeilern, zweistöckig für Bahn und Straße, die Konstruktion plump-solid. Die Besucher aus dem Westen zeigen sich nicht begeistert. In der Bundesrepublik gibt es schönere Brücken. Es sind zwei militärische Boote, die uns auf dem Jangtse fahren. Die Soldaten, grün mit dem roten Stern an der Mütze, sind blank wie in der Peking Oper, nur nicht geschminkt. Der Jangtse: breit wie ein See, aber eine wühlende Masse von Wasser, ein Strom, milchkaffeebraun. Die Dschunken halten sich in Ufernähe. Sicher ist es kein Zufall: als das Schiff mit dem Bundeskanzler grad unter der Brücke fährt, rollt ein Zug darüber, und aus den Wagenfenstern wird gewinkt. Der Stolz der Chinesen ist rührend. Danach muß die Brücke auch noch begangen werden, und nicht genug: ein alter Chinese, der beim Bau dabei gewesen ist, erläutert an einem Modell allerlei technische Selbstverständlichkeiten. Der Bundeskanzler mit der Prinz-Heinrich-Mütze hört zu, wie es sich gehört; andere nehmen von den Nüssen. Die Konstruktion, so erläutert der alte Chinese, war anders geplant; dann aber lieferte die Sowjetunion den versprochenen Stahl nicht und zog ihre Ingenieure ab; die chinesischen Arbeiter (7000) berieten und beschlossen, trotzdem eine Brücke zu bauen, so gut sie's damals konnten ohne fremden Stahl und ohne fremde Ingenieure. Aus eigner Kraft. Ihre Brücke über den Jangtse, wichtig für den Aufbau des Landes, hält auch den schweren Taifunen stand.

Es liegt nicht an Helmut Schmidt, daß die Begleiter, die er sich ausgesucht hat, an Ort und Stelle kaum je mit dem Bundeskanzler sprechen können, es liegt auch nicht an den Chinesen, sondern an den deutschen Kamera-Leuten: – kaum hebt einer die Kamera, so müssen die andern auch, sonst hat die Konkurrenz das verkäuflichere Bild vom Bundeskanzler bei der Besichtigung chinesischer Enten, oder auf der Brücke über den Jangtse. Das läßt sich nicht verhindern, sonst bringen sie die böseren Schnappschüsse ins Wahljahr.

Mittags beim Bankett in Nanking wieder die flinken und sanften Mädchen in weißen Kitteln, die uns bedienen wie Töchter des Hauses, nicht familiär wie Kellnerinnen. Meine Frage an den jungen, kräftigen Mann aus dem Revolutions-Komitee, wer ihn wähle. Die Masse. Wie hat man sich das vorzustellen? Der Übersetzer wiederholt aber nur die Antwort: Gewählt von der Masse. Und gewählt auf wielange? Da der Übersetzer tut, als sei das keine Frage, frage ich: Kann mein Nachbar, also gewählt von der Masse, auch von der Masse wieder abgesetzt werden? Der junge Mann vom Revolutions-Komitee, der mich dabei nie anblickt, nickt zum Übersetzer. Das scheint selbstverständlich zu sein. Wie soll ich weiter fragen, da der Mann kein Bedürfnis hat zu erzählen? Sein Gesicht: wie man sich Chinesen gerne vorstellt, ein Mondgesicht, die Nase steht kaum hervor, keine Augenhöhlen, die Augenschlitze schmal wie ein Pinselstrich hinauf zu den Schläfen, der Mund klein mit vollen weichen Lippen, die Haut gespannt und sanft wie bei Kindern ... In Budapest (vor einem halben Jahr) ist das Tischgespräch leichter gewesen, wenn auch nicht angenehm; ein Funktionär, ein hoher, machte Herrenwitze für Ausländer: Wissen Sie, wieso die Arbeiter in Ungarn nicht streiken? Weil es nicht auffallen würde. Wissen Sie, warum die Arbeiter in Ungarn nicht arbeiten? Weil die herrschende Klasse nie gearbeitet hat ... Der junge Mann vom Revolutions-Komitee in Nanking, zum Bankett in schwarzer Joppe, ist Landarbeiter; er macht keine Herrenwitze, sondern ißt – das ist ein Festessen.

Sie sagen: Nach der Befreiung. Gemeint ist 1949, nach unsrer Zeitrechnung. Da es in China bekanntlich keine Meinungsfreiheit gibt, können Berichterstatter aus dem Westen nicht umhin, diese Bezeichnung jedesmal in Anführungszeichen zu setzen: »Befreiung«. Gemeint ist ja nicht nur die Befreiung von den Japanern, sonst könnte man die Bezeichnung allenfalls hinnehmen; gemeint ist die Befreiung von den Kapitalisten, vom Klassenfeind.

Es ist nicht nur die bei manchen Marxisten (aller Provenienzen) zu beobachtende fatale Neigung zur Freund-Feind-Kategorisierung, zum totalen Alternativdenken, die sie zur Ablehnung des »piecemeal social engineering« führen kann; es ist darüber hinaus die Geringschätzung für ein politisches Handeln, das sich nicht an einem umfassenden Endkonzept, an einer einzigen gesellschaftlichen Gesamtzielleistung orientiert. So kann es dazu kommen, daß schrittweise Reform, welche Schritte nach dem jeweils Möglichen (»Machbaren«) bemißt, als »Pragmatismus« denunziert wird. Dabei wird nicht an jene Pragmatismus genannte amerikanische philosophische Denkschule von Peirce bis Dewey gedacht; der Vorwurf des »bloßen Pragmatismus« meint vielmehr eine »theorielose« Durchwurstelei ohne klare Zielsetzung; er will insinuieren, der als »bloßer Pragmatiker« kritisierte Politiker sei, weil nicht von einer umfassenden (und allein richtigen!) Theorie geleitet, in Wahrheit ein Opportunist, der infolgedessen keineswegs zum Endziel führen könne – auch wenn er (was dann widerwillig zugegeben wird) im Einzelfall die Mehrung oder die Bewahrung des allgemeinen Wohlstands der Arbeitnehmerschaft bewirke.

HELMUT SCHMIDT

In Urumtschi (Sinkiang) ein Flughafen, der eben erstellt worden ist, groß und einwandfrei und beinahe leer; die Stadt dazu scheint noch zu fehlen. Kurz vor der Landung hat man Gebirge gesehen, 6000 Meter hoch, weiß vor der lila Dämmerung. Wir beziehen ein Hotel, das eben erstellt worden ist; die Zufahrt ist noch eine Baustelle. Zimmer mit Bad; die Armaturen sind neu, aber im Stil des 19. Jahrhunderts; das Wasser fließt zuerst etwas bräunlich, dann warm nach Wunsch. Ein geräumiges Zimmer. Ein junger Uigure in weißem Kittel, der geklopft hat, zeigt wortlos, wo die Lichtschalter sind, und knipst, und es wird Licht. Er ist stolz. Wir sind die ersten Gäste. Vor dem Fenster: die Steppe, Maste einer Hochspannungsleitung, sonst nichts als Steppe. In der Nacht ist da kein einziges Licht. Am andern Morgen sehe ich über der Steppe das hohe Gebirge, Rauch aus einem fernen Hochkamin.

Bundeskanzler Helmut Schmidt, als ihm beim letzten Bankett das buntgestickte Käppchen der Uiguren auf den Kopf gesetzt wird, was eine hohe Ehrung des Gastes bedeutet, fühlt sich nicht wohl damit; seiner Gattin steht es besser. Nur unsere Begleiter sind noch Chinesen; die Gastgeber sind Uiguren, die eher wie Türken aussehen, und Tataren, Russen, Tibeter. Nachher im Theater (es wird Mitternacht und wir sind müde) singen sie in ihren Sprachen. Tanz eines Mädchens mit Gewehr; einmal knallt es auch. Zum Schluß muß der Bundeskanzler auf die Bühne treten, wie schon in der Peking Oper; beklatscht wie ein Stückeschreiber, der sein Stück nicht wiedererkennt, aber den Darstellern die Hände schüttelt –

Die Meinungen im Gefolge gehen auseinander. Die grüne Wassermelone, dem Bundeskanzler zum Nachtisch präsentiert, war verziert mit eingeritzten Mustern. Was ich rührend finde. Der Wasserhahn, der zwar das Waschbecken zu füllen vermag, ist so angebracht, daß man die Hände nicht unter den Wasserstrahl halten kann: eine Fehlkonstruktion, das muß ich zugeben.

1955 gab es in Sinkiang nur eine Hochschule, heute sind es acht. Die Zahl der Mittelschulen ist von neun auf 1400 angestiegen. Sinkiang besitzt heute 9800 Grundschulen. Eine große Anzahl von sogenannten Barfußärzten dienen den breiten Massen der armen Bauern (Hirten) und unteren Mittelbauern, es gibt schon 20 größere Krankenhäuser, es sind über 6000 medizinische Arbeiter tätig.

Aufbau ohne Feindbild?

»Die Renegatenclique um Breschnew, die das Erbe der alten Zaren angetreten hat, sendet seit Jahren immer wieder Spione und Agenten in das chinesische Gebiet Sinkiang; sie versucht, Verräter anzuwerben und offenen Aufruhr anzuzetteln, sie hat mehrmals bewaffnete Aggressionen und militärische Provokationen verübt und jede Untat begangen«, sagte ein Redner zum 20. Jahrestag der Gründung des autonomen Gebiets Sinkiang. »In Urumtschi herrschte an diesem Festtag eine Atmosphäre der Freude und Einheit«, schreibt die Peking-Rundschau vom 21. 10. 1975: »Ein begeisterter Applaus brandete auf«, als der Redner sagte: »sollten der Imperialismus und der sowjet-revisionistische Sozialimperialismus es wagen, uns anzugreifen, so werden wir sie in den Fluten des Volkskrieges vernichten.«

Zwischen kahlen Bergen eine Talsohle, die bisher Steppe gewesen ist, jetzt ein Raster von Wassergräben, dazwischen die grünenden Felder, Baumreihen zum Windschutz – das sehen wir als gebasteltes Modell in einer Ausstellung; die Schülerin, die artig daneben steht, gibt Auskunft in uigurischer Sprache, ein paar auswendig gelernte Sätze, die uns übersetzt werden, die Rede der Partei. Ein anderes Modell zeigt eine Raffinerie: Plexiglas mit Lämpchen, die etwas anzeigen, mit Eisenbähnchen in Betrieb; die nächste Schülerin in schwarzer Jacke und Hose (Socken weiß, Hemdkragen weiß) gibt Auskunft, scheu wie ein Hirtenmädchen. Ferner gibt es zu sehen: Baumwolle, Kohle, Bergschafe verschiedener Arten, Fahrräder, Dünger, Zucker, Schuhe, ein paar Kugellager, die in

Sinkiang hergestellt werden, Textilien, Motorsägen, ein Traktor, Obst usw., was alles in allem den Herren aus dem Westen wenig Eindruck macht. Fotos eines Atompilzes; ohne Hirtenmädchen, das Auskunft geben könnte. Nach dem Besuch der Ausstellung sagt mir ein Fachmann der westlichen Wirtschaft: Wenn sie uns investieren ließen, so hätten sie in fünf Jahren, wofür sie auf diese Weise dreißig oder vierzig Jahre brauchen! und da ich als Laie nicht widerspreche, sagt er: Aber China hat Zeit! und schließlich im Ton eines Respektes, den man kaum verweigern kann: Die wollen einfach ihre Unabhängigkeit! Später sieht man übrigens vom Flugzeug aus, was das Modell in der Ausstellung gezeigt hat, als Wirklichkeit: das geometrische Menschenwerk in der Steppe, Raster von Wassergräben, Urbarmachung – dringlicher als die Meinungsfreiheit in der Steppe.

Was kommt nach Mao Tse-tung? Das chinesische Fernsehen verhehlt nicht ganz, wie gebrechlich der Alte heute ist, und die ihm ein Leben von zehnmal-zehntausend Jahren wünschen, sind nicht blind; sie werden die Nachfolger an ihm messen.

Im Luftwaffen-Jet habe ich den Sitz hinter dem Bundeskanzler. Warum ich eingeladen bin, ist nie ausdrücklich gesagt worden. Vor sechs Wochen die erste Begegnung mit Helmut Schmidt in Bonn: Kampfpause für den Bundeskanzler, ein schwarzer Kaffee und Zigaretten vor der nächsten Runde drüben im Bundestag, es fehlt die Muße für die Pfeife. Irgendetwas in jener Unterhaltung (35 Minuten) scheint für den Bundeskanzler erholsam gewesen zu sein; die Naivität meiner Fragen vermutlich. Keinesfalls fliege ich hier als Berater wie die Vertreter der Gewerkschaften, der Industrie, der Wissenschaft. Mein Beitrag kann nur die Neugierde sein. Gehört den Chinesen die Zukunft? Einmal allein mit Helmut Schmidt (– zu sehen ist grad der Berg Ararat, wo damals die Arche gelandet ist) bin ich zu langsam, um dem Bundeskanzler sagen zu können, was mir in vier Tagen aufgefallen ist; dabei nimmt er sich Zeit, das rechte Bein über das linke geschlagen, jetzt mit der Pfeife. Was Helmut Schmidt selber zu China denkt, hat er vorhin im kleinen Kreis gesagt (– zu sehen war grad der Himalaja, seine fernen Spitzen über den Wolken) durchaus nüchtern, klug, klar und pragmatisch-bündig; die Vision vom neuen Menschen überläßt er den Chinesen. Was in der nächsten Woche bevorsteht und vermutlich seinen Sinn beschäftigt: der Parteitag in Mannheim. Unterwegs sein Besuch beim Schah; Entwicklungsland mit

Badezimmer-Armaturen in Gold, zum Abschied der dröhnende Start von sieben Kampfflugzeugen. Später ist Athen zu sehen, die blaue Bucht von Salamis, wo eine Entscheidung zu Gunsten des Abendlandes gefallen ist; nicht der Olymp, es ist dunstig, auch die europäischen Alpen sind verhüllt, erst Stuttgart ist wieder zu sehen. Der Bundeskanzler, eben noch hemdärmlig und wach über ein Schach gebeugt, muß sich schon im Flugzeug verabschieden. Seine Fraktion erwartet Berichterstattung. Knapp drei Stunden nach unsrer Landung in Bonn (ich bin inzwischen nach Berlin weitergeflogen und habe mich geduscht) zeigt ihn das Fernsehen in der Bundestagssitzung: live. Dieser Mann ist immer da, wo er sich befindet, ein Mann der rationalen Präsenz.

Totale Utopien können zur totalitären Gewaltanwendung verleiten. »Offene«, d. h. demokratische Gesellschaften (oder modisch: pluralistische Gesellschaften) sind mit den politischen Maximen einer totalen Utopie oder Handlungsanweisung zur Verwirklichung eines total anderen gesellschaftlichen Systems nicht vereinbar. Eine demokratische, eine offene Gesellschaft pervertiert nur zu leicht zum geschlossenen, totalitären Staat, wenn zugunsten eines abstrakten Ideals die Pluralität der politischen Zielsetzungen selbst aufgegeben wird. Wenn man unseren Staat davor bewahren will, so bleibt der Politiker angewiesen auf eine dergestalt schrittweise Veränderung, daß jedem einzelnen Schritt ein dafür ausreichender Konsensus (und das heißt: Kompromiß!) vorausgeht. Nur dies kann der Demokrat eine rationale Art der Politik nennen.

HELMUT SCHMIDT

Wie ich der westlichen Presse entnehme, hat China in diesem Jahr eine Rekord-Ernte, und das ist nicht unwichtig, nur nicht der letzte Zweck dieser Politik. Was mir in China aufgefallen ist: ein andrer Alltag, sie leben wie in einer andern Zeit, und plötzlich ist man nicht so sicher, wer da rückständiger ist; ein anderes Denken, das sich manifestiert überall; eine Politik, die über den Ökonomismus hinaus zielt und in erster Linie eine sozialethische Entwicklung anstrebt (trotz so dürftiger Lebenshaltung notfalls mit ökonomischen Einbußen) und allein daraus die Rechtfertigung der Staatsmacht ableitet; der praktizierende Glaube an eine gewisse Wandlungsfähigkeit der Menschen. Das alles verläuft zurzeit, so wenigstens scheint es, in großer Ruhe, aber Ruhe ist nicht des Chinesen erste Pflicht; ihr Vorsitzender weiß, daß keine Ordnung die letzte ist, und wenn es das gibt, Politik mit Transzendenz, so gibt es sie in China. (1976)

Als Gulliver die Schweiz besuchte

Wir alle wissen, was Gulliver bei den Zwergen erlebt hat und später bei den Riesen, BELIEVE IT OR NOT; man vergißt nicht, was man als Kind auf einem Kupferstich gesehen hat: zum Beispiel, wie dieser Gulliver, der fast immer einen Schlapphut trägt, im Meer steht (bis zu den Waden!) und mit den Kriegsschiffen der königlichen Zwerge spielt... Auch wissen wir, daß Jonathan Swift, sein Verfasser, ein gestörtes Verhältnis zu England gehabt habe, infolgedessen er, Jonathan Swift, und nicht der königliche Hof in Verbitterung starb.

Das ist lang her!

Als Gulliver, dieser gewitzte Bursche, der durch das gestörte Verhältnis seines Verfassers zu England nicht abzubringen ist von der Neugierde auf andere Völker, endlich die Schweiz besuchte – das war in diesen Tagen, und ich habe Verständnis dafür, daß man Gästen aus dem Ausland, insbesondere solchen, die nicht über Export-Import-Geschäfte verhandeln und denen man trotzdem irgend etwas bieten möchte, allemal auch einen schweizerischen Schriftsteller vorführt.

Warum eigentlich nicht? Das letzte Mal waren es drei Chinesen, die unser Land besichtigt hatten unter freundlicher Führung. Warum es in der Regel ein alter Schriftsteller sein muß, der bei solchen Mittagessen vorgeführt wird, wäre eine berechtigte Frage. Die Chinesen (manchmal sind es auch bloß Bulgaren) waren sehr höflich; wir unterhielten uns nicht über die Schweiz, sondern sogleich über China, das ich weniger kenne, und so kam es zu einer ungezwungenen Unterhaltung.

Kurz und gut:

Als Gulliver die Schweiz besuchte – übrigens ist auf Kupferstiche kein Verlaß: als wir heute mittag in der Kronenhalle saßen, trug Gulliver weder sein langes Haar noch den Schlapphut, sondern eine Krawatte und dazu auch beinahe eine Glatze.

Ja, was reden??

Trotz meines Übergewichts verknusperte ich sofort ein ganzes Püürli, so gespannt war ich, was dieser Gulliver, der schon bei den Zwergen und bei den Riesen gewesen ist, sagen würde über die Schweiz als Sonderfall.

Wir empfahlen ihm Leberli mit Rösti.

Man darf (das sagte ich mir draußen in der Toilette) nicht vergessen, daß Jonathan Swift, sein Verfasser, noch keine Demokratie erlebt hatte: wie sollte sein Gulliver sich äußern können etwa zu der Frage, ob ein unbescholtener Bürger, der JAGMETTI heißt, auch als ROCOMETTI gewählt werden kann – bei einer genauen Nachzählung aller Stimmen auch für die Lieberherr?

Ich hatte Kutteln bestellt.

Das eine und andere in unserem Land machte Gulliver schon Eindruck; nur zeigt das ein klassischer Engländer oder Ire kaum. Gösgen hatte er offenbar im Vorbeifahren gesehen; zumindest berichtete Gulliver von einem köstlichen Kelch, der in der Landschaft steht, verkehrt und so groß, daß auch die Riesen ihn nimmer in der Hand halten könnten, und (ich zitiere Gulliver) von einer weißen Rauchwirbelsäule . . . Über Atomenergie rede ich nicht, da ich kein Fachmann bin; über Atommüll-Lagerungen können erst unsere Kindeskinder urteilen.

Es entstand eine Pause.

Wieso Gulliver grad die Schweiz besuchte, vielleicht aufgrund der Reklame: SICHER SEIN / BANKVEREIN, ich weiß es nicht, und so stießen wir an:

AUF JONATHAN SWIFT!

– mit Hallauer Beerli.

Meine beiläufige Frage, wen Mister Gulliver denn in diesen zehn Tagen getroffen habe, war, wie ich sofort spürte, eine ungehörige Frage nicht bloß für einen Engländer, sondern auch für den Mann von unserer gastgebenden Behörde, der bisher sich schweigsam gegeben hatte, da Literatur nicht sein Fach ist – jetzt aber, wie aus heiterem Himmel, erläuterte er sehr genau, was ein Beerliwein ist.

Ja, wie weiter?!

Kein Leser von Jonathan Swift wird daran zweifeln, daß sein Gulliver ein scharfer Beobachter ist, und so verwunderte es uns nicht, als Gulliver mit deutlichem Respekt feststellte: Ein Land ohne Kinderarbeit! Wir nickten, als sei das selbstverständlich, und wunderten uns bloß über seine Verwunderung: Ein Land ohne Kinderarbeit! – so zuvorkommend waren die Unternehmer zu seiner Zeit noch nicht; damals gab es noch keine Arbeiterbewegung (wenn das Wort gestattet ist) . . . Ich erläuterte ihm, um seinen Respekt zu stützen, sofort die Drei Säulen der Altersversicherung. (Jonathan Swift ist noch in Armut gestorben!) Was die unbestreitbaren Vorzüge und Leistungen unseres Landes sind, das aber wußte Gulliver schon; offensichtlich hatte er in diesen zehn Tagen die rechten Leute getroffen.

Um genau zu sein:

der Mann von der gastlichen Behörde, der zuvor erläutert hatte, was ein Beerliwein ist – und das in Englisch! –, machte mich aufmerksam, daß die Höhe der Drei Säulen sich inzwischen wieder geändert habe – das in Mundart.

I BEG YOUR PARDON, sage ich.

Endlich kam wenigstens der Tellerwärmer.

Einmal war es der Mann von der gastlichen Behörde, der das Gespräch in Gang zu halten versuchte, indem er mich, Mister Gulliver zuliebe, anredete auf meine historische Freundschaft mit Friedrich Dürrenmatt, und dann wieder versuchte ich es. Nach meiner Frage: DO YOU KNOW NIKLAUS MEIENBERG? hatte ich den Eindruck, daß dieser Gulliver überhaupt nichts liest. LA RÉALITÉ, so sagte ich, SURPASSE LA FICTION, was ein Lieblingssatz von Niklaus Meienberg ist (der deswegen keine Romane oder Stücke schreibt) ... In diesem Augenblick kam, zum Glück, die ehrbare Hulda Zumsteg an den Tisch, die Neunzigjährige, die den Mister Gulliver begrüßte, als gäbe es ihn, und fragte:

ISCH ES RÄCHT GSY?

– dabei begannen wir erst zu speisen.

(Vielleicht ist es nicht erwähnenswert, wenn auch eine Tatsache, daß ich die Kalbsleber aß, Gulliver hingegen die Kutteln; die Rösti aßen wir gemeinsam.)

HOW DO YOU LIKE OUR POTATOES?

Was den Reichtum der Schweiz betrifft, so darf man es Gulliver (so meine ich) nicht verargen, daß er, als Kind seiner Zeit, in aller Unschuld meinte: so reich werde ein Land nur durch Herrschaft über Kolonien! Als ich – durchaus gelassen, aber im ersten Reflex immer Patriot – in einem betont-sachlichen Ton zu betonen wagte, daß wir, SWITZERLAND, keine Kolonien besitzen, daher auch keine Kolonien ausbeuten, sagte er:

ARE YOU SURE?

Ich erwartete natürlich, daß der Mann von der gastlichen Behörde mich unterstütze, sei es auch nur durch Nicken. Statt dessen winkte er der Kellnerin; der Beerliwein ging zu Ende, was hauptsächlich an mir lag – jemand mußte schließlich unsere Neutralität erläutern! . . . YOU KNOW, sagte ich und hörte immer öfter: IS THAT TRUE / ARE YOU SURE? – bis ich mich langsam eines Verdachtes nicht erwehren konnte: irgendein Landsmann hatte, wenn auch beiläufig, Gulliver gewarnt vor gewissen Intellektuellen, die es leider sogar in der Schweiz gibt. Zwar glaubte er, Gulliver, nach wie vor, daß er Kalbsleber esse, und fand sie genießbar. Wenn ich aber, zum Beispiel, in guten Treuen erwähnte, daß jeder Schweizer (ausgenommen mich) drei Landessprachen spricht – dazu Anglo-American, of course – sagte er lässig: IS THAT TRUE? . . . Gulliver traute mir einfach nicht. Ich nahm die Serviette, wischte mir den Mund und schwieg; langsam ahnte ich, wen Mister Gulliver in seinen Schweizer Tagen getroffen hat! Eine Zigarre nahm ich trotzdem an.

Ein Gespräch (DIALOG oder DISKURS, wie ehemals im Duttweiler-Institut, oder BEGEGNUNG, wie man es in Boldern nennt) kann man es nicht nennen, was wir heute mittag in der Kronenhalle hatten. Übrigens lud ich Gulliver zu eurem Risotto ein; es ist ein Jammer, daß er gerade heute weiterfliegen mußte. Immerhin hatte er in diesen Tagen zufällig eine Guggenmusik erlebt . . . Auf meine letzte Frage (ich bitte um Verständnis: nachdem ich wußte, daß Gulliver zu einem gewissen Mißtrauen gegenüber gewissen Intellektuellen angehalten war, fiel mir wirklich nichts mehr ein), auf meine Frage also: HAVE YOU MET A GENTLEMAN, und dabei mußte ich grad Asche abklopfen, FRED LUCHSINGER? nahm er, Gulliver, nicht einmal den Zahnstocher aus seinem Mund, was ich, offen gesprochen, mindestens so ungehörig fand wie meine Frage, wenn auch verständlicher als meine Frage; Gulliver hatte schon größere Riesen gesehen . . .

Die Rechnung ging mich diesmal nichts an. Der Mann von der gastlichen Behörde, glaube ich, fand sie ebenfalls peinlich, die Zahnstocherei, und mit einem nicht unauffälligen Blick auf die Kronenhalle-Uhr sagte ich, indem ich die Zigarre in den Aschenbecher quetschte:

I WILL DRIVE YOU TO KLOTEN.

Und also geschah es.

Eigentlich sollte Gulliver (das erfuhr ich auf der Fahrt nach Kloten) schon im Frühjahr nach Zürich kommen: zur Wehrschau. Wer je seine Berichte gelesen hat, weiß, daß Gulliver sich auf militärische Veranstaltungen versteht: hat er nicht damals, bis zu den Waden im Wasser, dem königlichen Generalstab gezeigt, wie man mit Schlachtschiffen spielt?

HERE WE ARE! sagte ich –

Das war in der Parkgarage, und wir hatten noch viel Zeit; Gulliver hätte ohne weiteres noch Uhren kaufen können oder Juwelen. Statt dessen nahm er (während ich, um besser informiert zu sein, die NZZ kaufte) aus seinem Reisesack erstens eine Perücke, die er sich, ohne dafür eines Spiegels zu bedürfen, auf den Kopf setzte, dann seinen Schlapphut gemäß Kupferstich; offenbar wollte er in London landen als einer, der etwas zu erzählen hat . . . Und noch immer hatten wir Zeit! viel Zeit! Ich hörte im Geist (ohne Lautsprecher) eine Stimme: MIT DIR IST MAN IMMER ZU FRÜH! – während ich sah: Gulliver mit seinem Schlapphut geduldig in einer langen Schlange vor dem Schalter; heutzutage reisen eben viele, nicht bloß die Abenteurer, die später etwas zu erzählen haben. Gulliver übrigens der einzige ohne Kamera. Und jetzt, als er endlich seine BOARDING-CARD hatte, zog er sich auch noch die Stiefel an, die hohen, wie sie sich für einen Seefahrer gehörten . . . Was für ein unbefangener Bursche! – schon in der Kronenhalle, also noch ohne Schlapphut und Stiefel, hatte er sich nicht einschüchtern lassen von einer Schweiz als Sonderfall; auch Frankreich (sagt Gulliver) verkauft Waffen ohne Scham . . . Und jetzt in der Halle zu Kloten, als er die Stiefel geschnürt hatte, seine unbefangene Frage, wer eigentlich die Schweiz regiere. Ich wurde auf der Stelle sauer und hoffte nur noch, daß seine Maschine keine Verspätung habe. Was soll man diesem Burschen sagen? – ich sagte:

LET US HAVE A BLOODY MARY!

Dafür war er zu haben, und der Kellner, der uns an der Bar bediente, machte auf Gulliver einen besseren Eindruck, so schien es mir, als der Mann von der gastlichen Behörde und ich zusammen: der mixte flink und dazu mit Lebenslust. Ich verschwieg, daß der ein Gastarbeiter ist . . . Gulliver flog Swissair, was mir, offen gestanden, auf der Stelle wieder schmeichelte: trotz meines Verhältnisses zur Schweiz, das als ein gestörtes bezeichnet wird (was sich vielleicht daraus erklärt, das der Freisinn sich für die Schweiz hält), und also stießen wir nochmals an:

AUF JONATHAN SWIFT!

(1667-1745)

Was dessen Gulliver betrifft: zwar winkte er, als ich auf der Inlandseite blieb, ausgiebig mit seinem Schlapphut; dennoch glaube ich nicht, daß Gulliver von seinem Besuch in der Schweiz viel erzählen wird – als Geschöpf von Jonathan Swift (La fiction surpasse la réalité) hatte er schon kleinere Zwerge gesehen.

(1979)

III

⟨Festrede zum Nationalfeiertag am 1. August 1957⟩

Liebe Eidgenossinnen und liebe Eidgenossen. Wir sind heute abend zusammengekommen, um uns darüber zu freuen, daß wir Schweizer sind. Was heißt das: Ein Schweizer sein? Wenn Sie nochmals hören möchten, wie mutig der Wilhelm Tell antwortete, als ihm der Landvogt über den Weg kam, wie nobel Winkelried sich opferte für seine Landsleute, wenn Sie alle die sehr schönen Heldengeschichten nochmals hören möchten, sind Sie an die falsche Augustfeier geraten.

Mich interessiert, was für Helden wir heutigen Schweizer sind. Es wird, wie Sie schon merken, eine nicht sehr feierliche Rede geben. Wenn ich mir vorstelle, wie heute abend überall von der Freiheit gesprochen wird, die wir Schweizer haben; wenn ich mir vorstelle: in jeder Stadt und in jedem Dorf wird heute abend unsere Schweiz gelobt, in jedem Hotel klopft einer an sein Glas und steht auf, während die Kinder und vielleicht auch die Erwachsenen lieber ihr Glace fertiglöffeln würden, wenn wir uns das vorstellen: Schweiz und Freiheit und Freiheit und nochmals Freiheit und nochmals Schweiz, dann lockt es mich, die Freiheit nicht zu loben, sondern von unserer gelobten Freiheit etwas Gebrauch zu machen.

Liebe Eidgenossinnen und Eidgenossen. Ich glaube, daß die Schweiz sich selber überschätzt. Das ist eine persönliche Ansicht, und alles, was in dieser Viertelstunde gesagt wird, sind nicht mehr und nicht weniger als persönliche Ansichten eines einzelnen Schweizers, der zur Feier des Tages Gebrauch von der Freiheit macht, eigene Ansichten zu haben und sie zu sagen, ob es den Landesherren gefällt oder nicht gefällt.

Ich glaube, die Schweiz hat Angst. Das hängt damit zusammen, daß sie sich wahrscheinlich selber überschätzt. Wir bilden uns alle sehr gern ein, beliebt zu sein in der ganzen Welt, oder wenigstens in der freien Welt, weil unsere Zeitungen alles melden, was Lobendes über die Schweiz geschrieben wird, und alles Kritische nicht oder nur dann, wenn die Kritik an der Schweiz so stockdumm ist, daß wir sie gar nicht ernst nehmen können oder jedermann lachen muß. – Korruption zum Beispiel. Korruption gibt es in Mexiko, und Korruption gibt es in Frankreich und sogar, wenn ich so etwas Böses sagen darf, in Amerika, aber in der Schweiz, das weiß jeder gute Schweizer, gibt es keine Korruption, und wenn einmal etwas zum Vorschein kommt, was man in Frankreich als Korruption bezeichnen würde, ist es bei uns nur eine Ausnahme. Im Grunde genommen sind wir feine Leute von zu unterst bis zum Oberst.

Ich habe gesagt, die Schweiz habe Angst. Ich meine das ganz einfach: Jeder, der eine Rolle spielt, die nicht ganz mit der Wirklichkeit übereinstimmt, muß ja Angst haben, und darum erträgt er sehr wenig Kritik. Ich bin ziemlich viel und ziemlich weit herumgereist. Ich habe manches Land in Europa und außerhalb Europas gesehen, und ich bin gern Schweizer, aber ich fühle mich nicht verpflichtet, die Schweiz für besser zu halten als andere Länder.

Ich liebe die Schweiz so wie sie ist; aber weil sie so ist, wie sie ist, und weil ich sie liebe, geht es nicht ohne Kritik, ohne Selbstkritik. Wer ist eigentlich die Schweiz? Die Schweiz sind wir. Einmal, im Balkan, hat mich eine alte Bauernfrau gefragt, ob es wahr sei, daß es in der Schweiz kein einziges Gefängnis gebe, weil die Schweizer so ehrlich seien. Ich fragte: »Wer hat Ihnen das gesagt?« Sie sagte: »Wir haben das in der Schule so gelernt.«

Die Schweiz als ein Traumbild, die Schweiz als ein Märchenland trifft man hin und wieder, aber man trifft auch andere Leute, die unsere Schweiz nicht als Märchen kennen, sondern als Wirklichkeit, – sogar amerikanische Touristen. Als ich das letzte Mal in Amerika war, lernte ich ein Ehepaar kennen, das von Europa zurückkam. Es sagte mir frank und frei: »Wir hassen sehr die Schweiz!« Warum? »Wir können die Schweiz nicht ausstehen. Sorry.« Ich fragte nach dem Grund. Ich erhielt die Antwort: »Die Schweizer kriechen vor dem Dollar. Erst in Italien unten konnte man wieder atmen wie unter Menschen. In der Schweiz kriechen sie vor dem Dollar.«

Ein anderes Beispiel unserer Beliebtheit: In jenen Tagen, als Hitler noch ziemlich wacker war, lernte ich einen Engländer kennen, einen Internierten der RAF, einen gebildeten jungen Mann, der über Tobruk abgeschossen worden war. Eine Schweizerin, eine Dame vom Zürichberg, war seine Gastgeberin. Sie wartete vergeblich auf sein Lob über die Schweiz. Der junge Engländer wollte nicht sagen, was er dachte, und freute sich über den Witz:

»Sechs Tage lang arbeiten die Schweizer für den Sieg Hitlers, und am siebenten Tag beten sie für den Sieg der Freiheit.« Er selber, der Engländer, wurde abgeschossen durch eine ausgezeichnete Schnellfeuerkanone aus Oerlikon-Switzerland.

Was hätten wir anderes machen können? Ich meine nur: Wir sollten am 1. August vorsichtig sein, wenn wir uns rühmen, und uns nicht ohne weiteres mit den tapferen Ungarn vergleichen, die heute abend ohne Zweifel in jeder Augustrede als unsere Brüder vorkommen, obschon die meisten der ungarischen Freiheitskämpfer gefallen sind für eine Art von Freiheit, die unseren Landesherren nicht unbedingt passen würde, nämlich für eine sozialistische. Was ich sagen wollte: Ich bin Schweizer, auch wenn andere finden, sie seien die richtigen Schweizer, weil sie nur von der Schweiz reden, soweit sie unser Lob, unsere Liebe, unsere Begeisterung verdient, und nicht von ihren blühenden Geschäften zum Beispiel mit Adenauer-Deutschland, das sich demnächst, sobald genug deutsche Helme und deutsche Stiefel und Atomgeschosse fabriziert sind, als Gegenteil einer Demokratie entpuppen wird. Aber eben: Heute ist heute, morgen ist morgen. Geschäft ist Geschäft, und der 1. August ist der 1. August.

Um nochmals auf die Angst zurückzukommen: Ich meine nicht die Angst, die in den Ländern herrscht, in denen es jederzeit, wenn an der Wohnungstür geläutet wird, die Staatspolizei sein kann, die den Vater oder den Sohn holt auf Nimmerwiedersehn. Das ist eine natürliche Angst. Ich meine nicht die Angst, die man haben kann, wenn man sieht, wie Deutschland wieder die alten Nazigeneräle einsetzt. Das ist eine natürliche Angst. Ich meine nicht, wir sollten keine Angst haben vor Rußland, vor Amerika, vor der Radioaktivität. Wir haben Grund zur natürlichen Angst. Wenn ein Mann des Generalstabes sagt, wir brauchten keine Angst zu haben vor der Radioaktivität, weil wir Bunker bauen können, ist das keine Angst, sondern hochbezahlter Schwachsinn, und Angst ist besser als Schwachsinn.

Was ich meine: Die Schweizer haben Angst vor allem Neuen. Wir haben viele Schweizer auf allen Wissensgebieten, die ausgezeichnete Köpfe sind und darum auswandern, weil unser Schweizervolk Angst hat vor Ideen. Unser Land weiß nicht, was es mit dem Geld machen soll, aber wenn einer auftaucht mit einer schöpferischen Idee, muß er meistens ins Ausland, um Geld zu finden. Etwas Neues wagen wir erst dann, wenn die andern es schon ausprobiert haben. Wir leben in der Nachahmung, weil wir Angst haben vor dem Risiko, je besser es uns geht. Das ist komisch, aber wahr: Es wird nie so wenig gewagt wie in der Konjunktur. Je besser der Arbeiter lebt, desto weniger ist er zu haben für eine Idee, sogar nicht einmal für die genossenschaftliche Idee. Es ist die Tendenz, nur nichts zu ändern. Es wird nichts mehr geändert, aber die Konjunktur ist nichts Ewiges, und darum haben wir Angst. Denn Geld kann jederzeit entwertet werden. Dann kommt es darauf an, wer Ideen hat, und dann sind es die anderen, die gewohnt sind, ihre Ideen und Probleme selber zu entwickeln. Ich frage Sie: Ist es so, wie ich sage, oder irre ich mich? Ich sage folgendes: Weil die heutige Schweiz lebt, als habe sie keine eigenen Ideen, weil die Ideen, die in der Schweiz auftauchen, nicht verwirklicht werden, und das allermeiste, was in der Schweiz verwirklicht wird, Nachahmung ausländischen Fortschrittes ist, darum die Angst. Ihre Symptome sind Minderwertigkeitsgefühl und Dünkel.

Liebe Eidgenossinnen, die Ihr noch kein Stimmrecht habt, und liebe Eidgenossen. Wir sind zusammengekommen, um schöne Lieder zu singen. Ich habe nicht die Absicht, Ihnen und mir die Stimmung zu verderben. Wir haben allen Grund zu singen, weil uns niemand zwingt zu singen, und weil niemand bestraft wird, wenn er nicht auf diesen Platz gekommen ist. Stimmung ist etwas Herrliches, und darum, kurz gesprochen: Was meinen wir, wenn wir unsere Schweiz besingen? Meinen wir die Heimat oder das Vaterland? Ich meine eher die Heimat, die Leute und die Landschaft.

Vaterland ist bei mir etwas, das beim Zeughaus beginnt und aufhört auf einem Soldatenfriedhof. Meinen wir Vergangenheit oder Gegenwart? Meinen wir den Wilhelm Tell oder den Emil Landolt?

Ich meine nicht die Vergangenheit, ich meine nicht die Gegenwart, sondern die Zukunft: Eine Schweiz, die nicht mehr regiert wird von den Spekulanten und in der die Gewerkschaften etwas mehr sind als eine müde Gesellschaft von satten Kleinbürgern. Was meinen wir, wenn wir die Freiheit besingen? Das ist ein ungeheuer heikles Thema. Jeder Arbeitnehmer – ein schönes Wort: er nimmt die Arbeit ja gar nicht, sondern er macht sie – jeder Arbeitnehmer hat die Freiheit zu sagen, was ihm in seiner Bude nicht paßt, und jeder Arbeitgeber – auch ein schönes Wort:

er gibt sie nicht, sondern er nimmt sie, weil er sie braucht und bezahlt – hat die Freiheit, mich zu entlassen, und ich habe die Freiheit, mir eine andere Stelle zu suchen. Ist das schon Freiheit? Wir meinen, daß kein Mensch auf dieser Erde so frei ist, wie man dem Schweizer einredet, daß er frei sei, und doch gibt es, wenn auch keine absolute Freiheit, Unterschiede in der Unfreiheit, die ins Gewicht fallen, die wir, bei aller Kritik an der Schweiz, nicht vergessen dürfen. Nehmen wir als Beispiel den heutigen Abend: Das Vereinskartell Industriequartier hat mich gefragt, ob ich eine kleine Augustrede halten würde. Ich habe es mir überlegt bis zum anderen Morgen. Dann sagte ich: »Ja, abgemacht.« Niemand hat mir vorgeschrieben, was ich da unter einem Schweizerkreuz zu sagen habe. Niemand hat auch nur gefragt: Was werden Sie sagen? Um Gottes willen sagen Sie nichts von dem oder dem! Ich bin ja nicht ein Mann aus dem Quartier.

Was ich Ihnen jetzt gesagt habe, das sagte ich auf eigene persönliche Verantwortung, und das ist ein Punkt, der für die Freiheit sehr viel zu bedeuten hat: die eigene persönliche Verantwortung, das Risiko. Es gibt keine Freiheit ohne Risiko. Hätte das Vereinskartell auch nur eine höfliche Andeutung gemacht, was ich sagen sollte und was nicht, so säße ich heute abend in meinem Arbeitszimmer in Männedorf und wäre jedenfalls nicht hier. Ich weiß, daß ich wegen dem, was ich Ihnen sagte, auf keinen Fall nach Sibirien komme und auch nicht nach Dachau.

Wenn Sie, liebe Landsleute, gar nicht einverstanden sind mit dem, was ich hier sage, kann ich doch das sagen, was meiner Denkart entspricht. Es kann sein, daß man sich ein paar Feinde macht, und ich zweifle nicht daran, daß sie mir schaden können, aber niemand zwingt mich, etwas zu sagen, was ich nicht glaube. Das ist ein Grund zu singen: ». . . wie so innig, feurig lieb ich dich!« – Zum Schluß möchte ich noch etwas sagen, was ich ziemlich feierlich meine: Machen Sie Gebrauch von der Freiheit, deren wir uns rühmen, der Freiheit der Gedanken und der Freiheit der Rede. Machen Sie Gebrauch von der Freiheit, bevor sie verrostet ist. Machen Sie Gebrauch von der Freiheit, denn sie gehört zu den Dingen, die sehr rasch und rettungslos verrosten, wenn man sie nicht braucht. Mit einem Wort: Machen Sie Gebrauch von der Freiheit.

(1957)

Öffentlichkeit als Partner

Gehört man zu den Schriftstellern, die das leichte Glück haben, daß sie auch in Fällen von Gelingen keinerlei Berufung empfinden, sondern den Beruf des Schriftstellers ausüben, weil ihnen Schreiben noch eher gelingt als Leben und weil für diesen Versuch, das Leben schreibend zu bestehen, der Feierabend nicht ausreicht – gehört man zu dieser Art von Schriftstellern, wie der Redende, so ist man weniger beglückt als verdutzt, wenn man die Folgen sieht: – man soll, zum Beispiel, Reden halten, man soll sich zeigen. Das wird verlangt. Und noch mehr: plötzlich soll man etwas zu sagen haben, bloß weil man Schriftsteller ist. So rächt sich die Öffentlichkeit dafür, daß wir sie angesprochen haben!

Wer ist die Öffentlichkeit?

Oder was?

Öffentlichkeit ist die Einsamkeit außen, schrieb ein Dichter, den ich liebe. Ist das, wenn auch von der Enttäuschung her, ein Eingeständnis, daß der Mensch, der veröffentlicht, etwas erwartet, was ihn aus der Einsamkeit befreien könnte, eine Partnerschaft also? Solche Erwartung muß nicht immer bewußt sein. Wie kommt es, daß der Schriftsteller, indem er schreibt, Schamhaftigkeit überwindet und Regungen preisgibt, die er unter vier Augen noch nie ausgesprochen hat? Man ist immer bestürzt, wenn man Publikum sieht, und möchte vor Scham versinken. Wie kommen wir dazu, uns derart preiszugeben, und was stellt sich der Mensch, der solches tut, unter Öffentlichkeit vor? Sicherlich nicht eine öffentliche Versammlung, und wenn es die ehrenwerteste wäre; sicherlich nicht das Publikum, das hoffentlich ins Theater strömt, nicht einmal den stillen Einzelmenschen, der als Käufer aus dem Buchladen geht. Was haben denn wir, das reale Publikum und ich, miteinander zu schaffen? Wie einer, dessen Steckbrief an öffentlichen Mauern klebt, versucht man an den Leuten vorbeizukommen oder tarnt sich, einmal gestellt, mit Bescheidenheit, man verwirrt seine liebenswürdigen Verfolger durch unverblümte Geringschätzung des eignen Werkes gerade dort, wo es dem Verfolger oder der Verfolgerin so sehr am Herzen liegt, und redet sofort über Ionesco. Es ist da, in der Tat und jenseits der Mode, etwas Absurdes, und die Frage des Lesers, die immer wieder peinliche Frage, warum der Schriftsteller eigentlich schreibt, stellt sich uns selbst – nie so sehr wie im Anblick des Publikums.

Versuchen wir eine Antwort.

Faulkner, in einem Interview anläßlich des Nobelpreises, wehrte sich mit der Behauptung, er schreibe, um Geld zu verdienen. Andere mögen sagen: Um die Welt zu verändern. Wieder andere (und zu ihnen zählt sich der Redende) sagen heimtückisch-simpel: Um zu schreiben! Um die Welt zu ertragen, um standzuhalten sich selbst, um am Leben zu bleiben. Beginnt es aber nicht mit einem lauteren und unbekümmerten Spieltrieb vorerst, mit einer Selbstverständlichkeit und Verwunderung zugleich, daß uns etwas einfällt, mit einer geradezu natürlichen Machlust, naiv und rücksichtslos, verantwortungslos. Man fängt einfach an. Genauer: Es hat schon angefangen. Insgeheim, und weil man bei allen Kapriolen des Größenwahns nicht an Veröffentlichung glaubt, ohne einen Schatten von Verantwortung. Eines Tages erwacht man und sieht sich veröffentlicht, das ist alles; die heikle Frage, welche Verantwortung der Schriftsteller gegenüber der Gesellschaft habe, stellt sich anständigerweise ja erst von einer gewissen Wirkung an. Lange vorher aber, fast von Anfang an, tritt etwas andres ein, was die Keuschheit unseres Machens trübt: die Eitelkeit, die Versuchung, daß man schreibt, bloß um in der Öffentlichkeit zu sein. Wieso dies eine Ehre sein soll, bleibt rätselhaft; in der Öffentlichkeit zu sein gelingt auch jedem Rennfahrer und jedem Minister. Sind nicht vielleicht manche Schriftsteller nur darum so kämpferisch gegen dies oder das, um es selber nicht als Eitelkeit zu erkennen, wenn sie immer und immer in die Arena springen? Im Grunde, wer weiß, haben sie gar nichts gegen den Stier. Wie aber steht es mit wirklichen Ehrungen, nach denen wir lechzen, je unglücklicher wir mit unsrer Arbeit sind? Natürlich bringen sie nie eine Genesung, nur Linderung durch Selbstironie. Warum also, meine ich, veröffentlichen wir trotz solcher Erfahrung? Es muß noch etwas andres sein, was uns drängt, nicht nur jener Spieltrieb und der Drang, Dämonen zu bannen, indem man sie an die Wand malt, nicht nur die naive Machlust, die ja auch hinter geschlossenen Türen sich austoben könnte, sondern etwas anderes, was über das Machen hinaus zur Veröffentlichung des Gemachten drängt, etwas ebenso Naives: Bedürfnis nach Kommunikation ... Man möchte gehört werden; man möchte nicht so sehr gefallen als wissen, wer man ist. Bin ich ausgefallen, so wie ich meine Zeit erfahre, oder bin ich unter Geschwistern? Man gibt Zeichen von sich. Man ruft über jene Sprache hinaus, die Konvention ist und die Einsamkeit nicht aufhebt, sondern nur verbirgt, man schreit aus Angst, allein zu sein im Dschungel der Unsagbarkeiten. Man hat Durst nicht nach Ehre, aber nach Menschen, nach Menschen, die nicht im persönlichen Leben mit uns verstrickt sind. Man hebt das Schweigen, das öffentliche, auf (oft, wie gesagt, über alle Scham hinaus) im Bedürfnis nach Kommunikation. Man gibt sich preis, um einen Anfang zu machen. Man bekennt: Hier steh ich und weiß nicht weiter. Und all dies ungefragt! Kein Schriftsteller, so glaube ich, schreibt für die Sterne, so wenig wie für das Publikum, sondern er schreibt für sich selbst in bezug auf Menschen, die möglicherweise noch nicht geboren sind. Das heißt: Die Unverständlichkeit (wie sie heute vor allem der Lyrik vorgeworfen wird) wäre also in jedem Fall, wo sie mehr als snobistische Tarnung eines Unvermögens ist, nur eine Noch-nicht-Verständlichkeit. Denn jedes Kunstwerk hat es in sich, daß es wahrgenommen werden will. Es will, wie monologisch es auch ausfallen mag, jemand ansprechen. Und wenn auch dieser Jemand, den wir ansprechen, von uns durchaus als Fiktion gemeint ist, so bleibt der Verfasser nicht gefeit vor den Folgen: daß nämlich ein Leser, ein leibhaftiger, sich angesprochen fühlen kann und daß der Verfasser, ob es ihm paßt oder nicht, eine Wirkung angetreten und eine gesellschaftliche Verantwortung übernommen hat.

Wie verhält der Verfasser sich jetzt?

Spreche ich (um mich nicht wichtig zu machen, sondern um mich auf die Dinge zu beschränken, die ich weiß) von mir selbst, so müßte ich sagen, daß ich die gesellschaftliche Verantwortung des Schriftstellers nicht bloß angenommen, sondern mich, rückläufig sozusagen, sogar zum Irrtum verstiegen habe, daß ich überhaupt aus solcher Verantwortung heraus schreibe . . . Einem Musiker oder Bildhauer wird dieser Irrtum weniger unterlaufen als einem Schriftsteller, der auf die Dauer, trotz immer wiederkehrender und immer wieder notwendiger Versuche, die Inhaltlichkeit des Wortes nicht vermeiden kann. Nicht nur der Leser, der Bücher liest, um seine Privatsache einmal zur Sprache gebracht zu finden, also vom Inhalt hofft, daß er ihm helfe, und immer dazu neigt, diesen oder jenen Schriftsteller zu seinem unverbindlichen

Privat-Priester zu machen, sondern auch die öffentliche Kritik, die mittelmäßige jedenfalls, lotst uns in diesen Irrtum. Eine Bemerkung unsrerseits, man habe ein Theaterstück geschrieben aus Lust, ein Theaterstück zu schreiben, verstimmt unsere Konsumenten tief. Wo bleibt denn (was ihres Erachtens den Schriftsteller ausmacht:) der Drang nach »Aussage«? Natürlich hat man seine Meinungen, manchmal sogar leidenschaftliche, die moralischen und die politischen Interessen als Mensch und Staatsbürger; das Interesse des Künstlers aber gilt der Darstellung. Wenn das Abenteuer der Darstellung nicht aufregender ist als unsere Meinungen, so braucht das nicht am Leser zu liegen, auch nicht an der Anstößigkeit unsrer Meinungen; es ist unser künstlerisches Versagen, wenn sie sich nicht in Darstellung auflösen. L'art pour l'art, als verächtlicher Begriff bei Leuten, die nie erfahren haben, was an Leben geleistet werden muß, um eine reine Figur der Kunst hervorzubringen, und der Gegenbegriff: la poésie engagée, begrüßt unter der unausgesprochenen Bedingung, daß uns die Ideen passen, denen das Engagement dient, all dies ist schon oft und mit Scharfsinn diskutiert worden, und doch, so scheint mir, bleibt unsere Praxis der Urteilssprechung vage und willkürlich in ihrer Mischung von künstlerischen und moralischen Kategorien. Man denke nur an den Fall Brecht. Unsere Erfahrung als Verfasser geht dahin, daß nicht nur der Leser, der Literatur als Aspirin gegen Einsamkeit einnimmt, sondern auch die zünftige Kritik dazu neigt, unsere Arbeit künstlerisch besser zu finden, wenn sie ihre eignen Meinungen moralischer Art bestätigt findet oder wenigstens nicht in Frage gestellt sieht. Um ein mögliches Mißverständnis zu bannen, sei ein Aspekt, der eigentlich nicht hierher gehört, immerhin erwähnt: Daß ein Mensch, der sich etwa darauf hinausredet, als Künstler ein unpolitischer Mensch zu sein, wenn er, um seine Karriere zu sichern, sich mit Verbrechern verbrüdert, keinem moralischen Urteil unterstehe, das ist nicht gemeint, wenn ich meine, das Kunstwerk möchte als Kunstwerk beurteilt werden, also nach dem Grad seiner Gestaltung, denn daß das Kunstwerk als Kunstwerk besteht, ändert ja wiederum nichts daran, daß der Verfasser, wenn er sich als Staatsbürger vergeht, von der Gesellschaft zu richten ist. Talent ist kein moralisches Alibi für den Menschen, der es hat. Dies nebenbei! . . . Ich sagte: Schreibend, um zu schreiben, um schreibend der Welt standzuhalten, schreibend aus Machlust und Drang, Dämonen zu bannen, aber auch aus Bedürfnis nach Kommunikation, was Veröffentlichung verlangt, gelangen wir über die Hürden der Eitelkeit (mehr oder minder strauchelnd) in eine Verantwortung, die man eigentlich nicht vermutet hat, nicht gesucht, sie ist eine Folge des Erfolges.

Daher ein Wort über Erfolg:

Ich halte Erfolg nicht für eine Schande, aber für ein Geschick, in jedem Sinn unseren Absichten entzogen. Ob nämlich (und davon hängt der Erfolg oder der Nicht-Erfolg ab!) die Dämonen, die mich heimsuchen und nur gebannt werden können, indem ich sie darzustellen versuche, viele Zeitgenossen heimsuchen oder nur ganz wenige, darüber habe ich keine Wahl. Sowenig wie über meine Herkunft. Das ist, ganz karrieremäßig gesprochen, Glück oder Pech – das größte Pech freilich, das ein Schriftsteller haben kann, ein ernsthafter, ist Erfolg auf Grund eines oder mehrerer Mißverständnisse, wohl die übliche Art von Erfolg: wenn nämlich unsere Ausdruckskraft so schwächlich ist, so geläufig-uneigen, daß die baren Meinungsinhalte, die der Leser sowieso sucht, tatsächlich unsere Arbeit dominieren. Man sieht sich dann, von Auflage zu Auflage, unversehens in der Rolle eines schriftstellernden Seelsorgers, Eheberaters und Rattenfängers, beziehungsweise Jugendführers. Auch eine Rolle, deren Fehlbesetzung man ist, wird man aber nicht ohne weiteres los. Das heißt: ein Erfolg beruht darauf, daß eine Partnerschaft gar nicht stattfindet, sondern nur eine buchhändlerisch ergiebige Anbiederung seitens der Leser, die wir haben, weil wir, unfähig unsere Einsamkeit auszudrücken, immer noch vom Klischee her »verstanden« werden können.

»Öffentlichkeit ist Einsamkeit außen.«

Dann allerdings!

Öffentlichkeit als Partner – nicht ohne Vorsicht habe ich mir ein Thema gewählt, das in fünfundzwanzig Minuten keinesfalls zu bewältigen ist; noch nicht einmal gestreift ist der Widerspruch, daß Öffentlichkeit einerseits, vom Schriftsteller her gesehen, eine Fiktion ist, anderseits eine Realität, der wir uns durch keine Fiktion entziehen können. Die deutsche Öffentlichkeit, zum Beispiel, ist eine andere als die schweizerische, die Öffentlichkeit 1938 eine andere als 1958. Und zu meinen, daß unsere Arbeiten, wie sehr wir uns um Nicht-Aktualität bemühen, davon nicht geprägt werden, wäre Illusion. Nicht nur bei der Wahl des Stoffes, meine ich, nicht nur in unsrer Einstellung zum Stoff, der mit unsrem geschichtlichen Standort und seinen aktuellen Problemen gar nichts zu tun haben mag, sind wir bedingt, sondern darüber hinaus: nämlich in der Art unseres Sagens. Selbst wenn man sich nach Muzot zurückzöge, es spielt die unentrinnbare Partnerschaft mit der Öffentlichkeit, die eine mehr oder minder bekannte Realität ist, eine meist anonyme oder durch fragwürdige Personen vertretene Macht, die ich vielleicht erst wahrnehme, erst ernstnehme, wenn sie mich mit Boykott oder Verhaftung bedroht. Sie ist aber immer da, ob feindlich oder freundlich oder gleichgültig. Ihre Feindlichkeit, zum Beispiel, macht unseren Stil vorsichtig, und es schärfen sich uns, angesichts einer solchen Öffentlichkeit, die Waffen der Ironie; das Gefühl, daß die Öffentlichkeit unser Gegner wäre, wenn sie uns verstünde, verfeinert den Stil erheblich. Ihre Freundlichkeit, anderseits, macht unseren Stil vertraulich, spannungslos in voreiliger Versöhnung und unstichhaltig, herzhaft-einseitig, schön, positiv; schon das unausgesprochene Einverständnis beispielsweise, daß alles Übel aus dem Osten kommt, macht uns melodisch. Das Schlimmste ist wohl die gleichgültige Öffentlichkeit, der Partner, der überhaupt nicht zuhört, der nicht daran denkt, eine Partnerschaft mit uns anzutreten, und der uns alles schreiben läßt, ja, der uns sogar liest, mindestens konsumiert, vielleicht sogar mit einem aufsehenerregend-sparsamen Industrie-Preis garniert, ohne uns auch nur als Störenfried ernstzunehmen, auch ein solcher Partner (besser gesagt Unpartner) prägt die Art unseres Sagens, paradoxerweise vielleicht sogar am schlimmsten: Die Gleichgültigkeit macht mich zum Schreihals, und der Stil vergröbert sich, unsere Ironie wird vulgär, unser Humor erstirbt . . . Und so weiter! Ich meine bloß dies: Was aus einem Schriftsteller wird, hängt nicht nur von seinem eignen Charakter und seinem Talent ab, die Umwelt kann ihn stimulieren oder kastrieren, beides hat nichts mit Auflageziffern zu tun. Die Partnerschaft, die beispielsweise die schweizerischen Schriftsteller vorfinden, ist heute noch eine ziemlich intakte Bürgerlichkeit, die, wenn uns auch mancherlei als Atavismus erscheinen mag, nicht nur Persönlichkeiten aufweist – Persönlichkeiten gibt es überall und überall wenige – sondern die Physiognomie einer Gesellschaft, und das ist unter anderem, wie wir wissen, die Voraussetzung der Komödie. Die »Alte Dame« von Dürrenmatt, die so ziemlich die ganze Welt besucht, ist keine Schweizerin, sondern ein Monstrum aus der Fantasie eines Dichters, der die schweizerische Bürgerlichkeit als anreizende Folie hat. Gesellschaftslosigkeit, und wenn sie noch soviel Macht akkumuliert, scheint den Schriftsteller mehr zu lähmen als zu reizen, – wenn ich als Gast unter freundlichen Gastgebern das sagen darf und wenn ich die jedenfalls bemerkenswerte Tatsache, daß sich so viele deutsche Schriftsteller (und nicht die schlechtesten) mit Vorliebe in irgendeinem Ausland aufhalten, nicht gänzlich mißdeute.

Jetzt sollte ich zum Schluß kommen!

... Öffentlichkeit als Realität, das ist ja nur eine Art von Partnerschaft, Öffentlichkeit als Fiktion vielleicht die wichtigere. Der erste schöpferische Akt, den der Schriftsteller zu leisten hat, ist die Erfindung seines Lesers. Viele Bücher mißraten uns nur schon darum, weil sie ihren Leser nicht erfinden, sondern einen Allerweltsleser ansprechen, den es gibt, oder wir erfinden einen Leser, der uns gar nicht bekommt: er macht uns böse oder rechthaberisch oder hochmütig von vornherein, jedenfalls unfrei, er zwingt uns, beispielsweise, zur Gescheitelei, weil er, obschon von uns erfunden, uns imponiert, so daß auch wir, statt uns auszudrükken, vor allem imponieren wollen. Dies, und ähnliches in vielen Variationen, ergibt keine Partnerschaft. Was der Schriftsteller sich unter seinem Leser vorstellt, wieviel Treue er aufbringt zu diesem Du, das nie als leibhaftige Person auftritt und uns nie einen Brief schreibt, wieviel an Partnerschaft ich mir zumute und aushalte, wieviel an lebendiger Gegenseitigkeit, die mich widerlegt von Satz zu Satz und bindet, so daß ich mich immer wieder befreien muß, und die mich nach jeder Befreiung wieder in Frage stellt und mich eben dadurch zur Reife treibt, soweit sie mir je möglich ist, dies ist für den Schriftsteller eine Frage auf Gedeih und Verderb, eine Ehe-Frage mehr als eine Talent-Frage. Man sei, so sagte ich zu Anfang, immer bestürzt beim Anblick seines Publikums, wie ehrenwert es auch sein mag, bestürzt in Scham: Euch habe ich mich nicht preisgeben wollen. Wem denn? Ich habe es überhaupt nicht gewollt, sondern ich habe es gekonnt – getragen von einem Partner, der mich durchschaut, so daß ich ihm alles zu sagen habe, soweit meine Sprache je reicht. Er ist kein Untersuchungsrichter und keine Verliebte, sondern eine Instanz, eine unsichtbare, aktiv spätestens im Augenblick, wo eine Sache leider schon gedruckt ist, in glücklichen Fällen schon früher. Selbst nach dem Besuch einer solchen Buchmesse erholen wir uns zu dieser merkwürdigen Ehrfurcht vor dem gedruckten Wort. Während die Gewißheit, daß unsere Sache auf einer Bühne gespielt wird, zwar unsere Neugierde, wieweit diese Sache spielbar sein wird, alarmiert und Kummer machen kann, aber uns hinter allem Eifer noch lächeln läßt, weil eine Aufführung etwas Momentanes und Lokales bleibt, nie etwas Endgültiges, und während bei dem Gedanken, daß man von drei Millionen Rundfunkhörern vernommen wird, erfahrungsgemäß die meisten Schriftsteller kaum Scham noch Schreck empfinden, werden wir angesichts des Buchdrucks, und wenn es sich nur um 500 Exemplare handelt, ernst. Man erschrickt, man schämt sich ... Vor wem? Die Alten nannten es: Die Nachwelt. Wir Heutigen sind, über die persönliche Bescheidenheit hinaus, nicht so getrost, daß es überhaupt eine Nachwelt gibt. Wir nennen es einfach Öffentlichkeit, was da als fiktive Instanz vor uns steht, strenger und liebevoller zugleich als Freund oder Feind, unbestechlich auch im Falle sogenannten Erfolges, den diese Instanz sowenig verrechnet wie Mißerfolg. Sie ist in uns, diese Instanz, nicht immer wach, aber spätestens erwacht angesichts von Publikum. Öffentlichkeit ist Einsamkeit außen! – in diesem Sinn: Ich habe meinen Partner, den erfundenen, sonst niemand. Und dies zu erfahren, als Schock von Zeit zu Zeit, ist schon Anfang der Befreiung, Befreiung zum Anfang: zum Spieltrieb, zur Machlust, zum Schreiben, um zu sein.

(1958)

Emigranten

Rede zur Verleihung des Georg-Büchner-Preises 1958

Bezüge zu Georg Büchner, zu Hessens großem Sohn, sind für einen Zürcher auf der Straße zu finden; auf der Anhöhe über meiner Vaterstadt, beim sogenannten Rigiblick, befindet sich sein zweites Grab, das ich als Bub, meinen Fußball unterm Arm, mit ungeduldiger Andacht zu besichtigen angehalten wurde, und unten in der Zürcher Altstadt, wenn wir nach Wirtschaftsschluß, von der freundlichen Polizei auf die Straße gestellt, die mitternächtlichen Hausfassaden betrachten, findet sich die Inschrift (früher eine Tafel, jetzt leider eine Inschrift im Mörtel):

Hier wohnte im Winter 1836/37 und starb dreiundzwanzigjährig der Dichter und Naturforscher Georg Büchner.

In der selben Häuserreihe, am Nachbarhaus links, findet sich übrigens eine andere Tafel, weithin lesbar:

Hier wohnte vom 21. Februar 1916 bis 2. April 1917 Lenin, der Führer der Russischen Revolution.

Emigranten! Revolutionäre! – mit Unterschieden freilich: der eine hinterläßt »Woyzeck«, der andere hinterläßt die Sowjetunion. Es gibt wenige Emigranten, denen sich die Hoffnung aller Emigranten erfüllt: das Land, das sie haben fliehen müssen, nicht bloß wiederzusehen, sondern umzustürzen durch ihre Heimkehr. Einer dieser wenigen ist Lenin. Büchner stirbt im Exil, wie die Inschrift meldet: als Dichter und Naturforscher. Er ist nicht zufällig Naturforscher, nicht beiläufig; er erforscht die Natur (nicht die Moral) der Fische und Amphibien, ebenso die Natur der Menschen, wenn diese beispielhalber mit Erbsen gefüttert werden, und es ist ihm eine entsetzliche Ahnung, jedoch nicht verwunderlich, daß eine Revolution, die zwar Köpfe liefert und einige Freiheiten, aber kein Brot für die hungernde Masse, scheitern muß. Er ist ein Realist, wie das Junge Deutschland wohl keinen mehr hatte, nicht ein Stürmer und Dränger, dessen Leidenschaftlichkeit sich einmal auch ins Politische verrennt, sondern ein politisches Genie selbst, und Herwegh hat recht, wenn er den Verlust nicht allein eines Dichters, sondern eines politischen Führers beklagt: »Doch hätt er uns ein Leitstern sollen sein in dieser halben, irr gewordenen Zeit.« Denn was den Dichter betrifft, diesen Dichter, so ist das Politische nicht Illustration, sondern seine Leidenserfahrung selbst; er ist ein politischer Mensch. Er ist es in der Agitation, in der Kapitulation, in der Vision des »Woyzeck«-Fragmentes, indem für ihn zu einer Zeit, da Deutschland noch auf die bürgerliche Revolution hinzögert, bereits die nächste Revolution wetterleuchtet, die proletarische, deren Führer später im Nebenhaus wohnt: genau achtzig Jahre später, Spiegelgasse 12 und Spiegelgasse 14, getrennt durch eine sogenannte Brandmauer . . . Zwar nicht von Büchner, aber von Becker, seinem Freund, notiert der deutsche Untersuchungsrichter schon 1839:

So mußte es kommen, daß er in der Schweiz, wo auch die Zügellosigkeit freien Spielraum findet, einem Kommunismus verfiel, welcher leider nur allzutief sein Wesen schon ergriffen hatte – .

Wie wenig wandeln sich die Untersuchungsrichter! Zwar kommt 1848.

Aber dann wieder lesen wir:

Heute fand bei etwas betrüblichem Wetter die Büchnerfeier statt. Der schwarz-rot-goldenen Fahne der deutschen Studierenden folgten vom Polytechnikum aus ca. 150 Teilnehmer, vorwiegend Studierende aller Nationen; stark vertreten war auch die Professorenwelt; weniger die Deutschen Zürichs, denen die Sympathie für einen Republikaner vom Schlag Büchners infolge der politischen Änderungen in Deutschland etwas ferner liegen mag.

Das war 1875.

Die Liste deutscher Emigranten, die in der Schweiz auf ein anderes Deutschland hofften, ist imposant, selbst wenn wir uns, in diesem Zusammenhang, nur auf Schriftsteller beschränken . . . Unweit von Zürich, draußen auf der kleinen Ufenau, hat Ulrich von Hutten, Streiter mit Schwert und Feder, die Ruhe der Verbannung gefunden. Nicht alle, die bei uns sterben, sind verfolgt, Rainer Maria Rilke zum Beispiel; auch Stefan George, dessen Geist sich mit der Schweiz überhaupt nicht berührt, war 1933 noch nicht verfolgt, im Gegenteil, er floh vor dem Einverstandenwerden, und bei Thomas Mann findet sich zweierlei, ein erster Aufenthalt, weil das Vaterland ihn verstößt, und ein letzter, weil die sprachliche Heimat ihm genügt. Nicht zu vergessen ist Nietzsche, der sich selbst in die Höhe des Engadins verbannt; Richard

Wagner gehört zu jenen, die hier ein kurzes Gewitter abwarten, da und dort eine Marmortafel hinterlassend. Hermann Hesse hingegen läßt sich endgültig nieder, schon nach dem Ersten Weltkrieg, und wird Staatsbürger, so daß die Schweiz zu ihrem zweiten Nobelpreis für Literatur kommt. Dann aber – nach einer Emigration der Avantgarde, einer unblutigen, aber nicht unbedeutenden, nach Wedekind, nach Hugo Ball und Tristan Tzara und anderen, die im Café »Odeon« sitzen und den Dadaismus starten – kommen schon wieder die klassischen Flüchtlinge, die, wie Georg Büchner, einem Todesurteil entfliehen. Dachau oder Schweiz! Ich schweige von den Namenlosen, aber ich schweige nicht von der Tatsache, der vielleicht verständlichen oder mindestens begründbaren, aber durch kein Eigenlob verdeckbaren Tatsache, wie viele Namenlose damals zurückgewiesen wurden in den sicheren Tod. Georg Kaiser verbirgt sich, Zuckmayer macht noch Première, verbeugt sich und verschwindet, Thomas Mann spricht öffentlich wider Hitler, Musil geistert unerkannt durchs Land. Viele auch bleiben in der Mausefalle, was die Schweiz nun ist – nicht Loge, sondern Mausefalle –, Juden vor allem, verbunden mit uns auf Gedeih und Verderb. Daraus geht das Zürcher Schauspielhaus hervor (wie auch schon die Zürcher Universität, wenige Jahre vor Büchners erster Vorlesung gegründet, nicht zu denken ist ohne den Anteil deutscher Emigranten). Nach 1945 dann, als die Emigranten der Hitler-Zeit teils bleiben, weil sie mit uns in eine Symbiose geraten sind, die von beiden Seiten nicht vorgesehen war, teils aber aufbrechen, um mit kleinem Gepäck und großer Hoffnung in ihre Heimat zurückzukehren, besuchen uns Schriftsteller, die ich nicht zur Emigration rechnen möchte, Flüchtlinge zwar vor der bitteren Kälte und dem öden Hunger jener Jahre, aber hochmütige, die außer der Idee, mehr erlitten zu haben als alle Welt, wenig bringen und außer Lebensstandard, um dessentwillen sie uns als Spießer verachten, gar nichts aufnehmen, bis die deutsche Währungsreform, Gott sei gedankt, solche Verbrüderung tilgt. Aber die Emigration, die wirkliche, bleibt unvergeßlich – eines Tages sitzt da (und er sei der Letzte in dieser flüchtigen Liste) Bert Brecht, eintreffend von Deutschland via Dänemark, Finnland, Moskau, China, Hollywood, schüchtern sich erkundigend, wie es in Deutschland drüben wohl aussehe jetzt.

Die Vaterstadt, wie find ich sie doch?
Folgend den Bomberschwärmen

Komm ich nach Haus.
Wo denn liegt sie? Wo die ungeheuren
Gebirge von Rauch stehen.
Das in den Feuern dort
Ist sie.
Die Vaterstadt, wie empfängt sie mich wohl?
...

Ich erinnere mich, wie er den Brief öffnet und liest, den wir, von Berlin kommend, wie antike Boten von Hand zu Hand überbringen: eine Einladung nach Deutschland, unterzeichnet von einem russischen Offizier. Und ich erinnere mich, wie Brecht die deutsche Grenze übertritt, probeweise, beim Zollhaus in Konstanz, zum ersten Mal nach fünfzehn Jahren, befangen von seinem Willen zur Unfeierlichkeit, eine Weile stumm, dann seine Zigarre anzündend, die der arme B. B. doch hat ausgehen lassen, und dann, seinen Hals herumschiebend im hemdlosen Rockkragen, was seine unwillkürliche Geste der Verlegenheit war, äußert er sich über das Wetter in Deutschland, um uns abzulenken, verstohlen musternd die Heimat, die er aus großem Schmerz besungen hat als Bleiche Mutter.

Kehren wir zu Büchner zurück!

»Ich habe mich seit einem halben Jahr vollkommen überzeugt«, schreibt Büchner aus Straßburg, »daß nichts zu tun ist und daß jeder, der im Augenblick sich aufopfert, seine Haut wie ein Narr zu Markte trägt.«

Dieser Satz soll uns beschäftigen.

Büchner war ein Dichter des politischen Engagements, auch wenn er seinen »Danton« nicht geschrieben hat, um Revolution zu lehren, sondern »um sich Geld zu machen«, wie sein Bruder zitiert, und wie man hinzufügen müßte: aus Lust an seinem Genie und aus Not, nämlich aus der Not eines politischen Menschen. Ekel vor dem Handeln, die tödliche Langeweile, die seinen Danton befällt, so daß er lieber nicht mehr reden würde, der Wortmächtige, und sich eigentlich nicht wehrt, die Langeweile, die Leonce sich mit sprachlichen Seifenblasen verspielt, während sie bei Lenz zum Irrsinn erstarrt, das ist Büchner, der eben noch die Welt, nämlich das Großherzogtum Hessen, verändern wollte und in einem Liebesbrief schreibt: »Ich fühle mich wie zernichtet unter dem gräßlichen Fatalismus der Geschichte.« Und im gleichen Brief: »Was ist das, was in uns lügt, mordet, stiehlt? Ich mag den

Gedanken nicht weiterdenken. Könnte ich aber dies kalte und gemarterte Herz an deine Brust legen!« Es ist, meine ich, nicht Dispens von der Politik, wenn Büchner dichtet. Im Gegenteil. »Ich finde in der Menschennatur eine entsetzliche Gleichheit, in den menschlichen Verhältnissen eine unabwendbare Gewalt, allen und keinem verliehen. Der Einzelne nur Schaum auf der Welle«, heißt es im gleichen Brief an die Braut: « – ein lächerliches Ringen gegen ein ehernes Gesetz, es zu erkennen das Höchste, es zu beherrschen unmöglich.« Und man möchte beifügen: es darzustellen die einzige Genesung aus unsrer Ohnmacht. – Weder »Danton« noch »Woyzeck« sind Tendenzstücke; dennoch wüßten wir, wo Büchner steht, auch ohne den »Hessischen Landboten«, und spüren sein politisches Engagement gerade dort, wo er durch Gestaltung sich persönlich davon befreit – sogar noch im Lustspiel, in »Leonce und Lena«, wo das Gelächter, so wenigstens höre ich es, aus der Inversion des Engagements entsteht.

»Friede den Hütten, Krieg den Palästen!«

So tönt der Aktivist.

»O, wer sich einmal auf den Kopf sehen könnte! das ist eins von meinen Idealen. Mir wäre geholfen.« So Leonce: »Was die Leute nicht alles aus Langeweile treiben! sie studieren aus Langeweile, sie verlieben, sie verheiraten und vermehren sich aus Langeweile und sterben endlich aus Langeweile, und – das ist der Humor davon – alles mit den wichtigsten Gesichtern, ohne zu merken warum, und meinen weiß Gott was dazu.«

Das ist der Ton, der uns zurzeit vertrauter ist, der Ton des Anti-Engagements, Humor aus Ekel, Endspiel-Töne, Clownerie mit dem Nichts, heute als Ionesco-Ulk in jeder deutschen Stadt geläufig –»und das ist der Humor davon: alles mit den wichtigsten Gesichtern, ohne zu merken warum, und meinen weiß Gott was dazu« . . . Man fragt sich, was Georg Büchner wohl sagen möchte zur heutigen Gesellschaft.

»Friede den Hütten, Krieg den Palästen!«

– nun: Die Hütten sind rar geworden, das muß man sagen, wenigstens im Westen, und was er vielleicht für Paläste halten würde, gehört keinem Fürsten, sondern einem Trust, und Büchner würde staunen, wie er damals gestaunt hat:

Überall freundliche Dörfer mit schönen Häusern, und dann, je mehr Ihr Euch Zürich nähert und gar am See hin, ein durchgreifender Wohlstand ... die Straßen laufen hier nicht voll Soldaten, Akzessisten und faulen Staatsdienern, man riskiert nicht von einer adligen Kutsche überfahren zu werden –

Wir haben Georg Büchner zu melden: Die Republik, zu seiner Zeit noch ein gefährliches Wort, ist ausgerufen hüben und drüben. Ein durchgreifender Wohlstand findet sich nicht nur, wenn Ihr euch Zürich nähert; die Sorge von einer adligen Kutsche überfahren zu werden, ist unsere geringste, und zudem ist jedermann versichert. Der Kapitalismus kann es sich leisten, sozialer zu sein als seine Gegner, und die Unterdrückung ist ohne Willkür; kein Rechtdenkender kommt heute ins Gefängnis, und von Inquisition kann nicht die Rede sein, jedenfalls geht die Inquisition, wo immer möglich, nicht über Boykott hinaus; jedenfalls stellt uns niemand nach, wenn wir von Freiheit reden, im Gegenteil, wir sollen von unsrer Freiheit reden, je lauter um so lieber, und wenn wir nicht von Freiheit reden, so nur, weil die Regierungen selbst so viel davon reden, und in der Tat, nehmt alles nur in allem, wenigstens über Gott, wenn auch nicht über Atomwaffen, dürfen wir befinden, wie wir wollen – Georg Büchner würde staunen! und doch, wieder unter uns Zeitgenossen gesprochen, fühlen wir uns kaum wohler als sein Hauptmann: »'s ist so was Geschwindes draußen!« Man fühlt das Rasiermesser am Hals.

»Red er doch was, Woyzeck! Was ist heut das Wetter?«
»Schlimm, Herr Hauptmann, schlimm: Wind!«

Geheuer ist uns nicht.

»Hohl, hörst du? alles hohl da unten!«
»Ich fürcht mich.«
»'s ist so kurios still. Man möcht den Atem halten. –
Andres!«
»Was?«
»Red was!«
Regienotiz: (Starrt in die Gegend.)

Betrachten wir die Gegend, wo's so kurios still ist, wenigstens literarisch – nicht im Hinblick auf ästhetische Fragen, sondern fragend nach unserem Engagement als Schriftsteller heute –, so scheint es auf den ersten Blick, daß die jüngere Literatur (die nach Brecht) eher zum Anti-Engagement neigt, zum »Leonce«-Ulk unter der Etikette französischer Avantgarde. Ich weiß nicht, wie lange das Abenteuer, das darin besteht, daß der Zuschauer sich als Narr erlebt, wenn er Sinn erwartet, als Abenteuer besteht; denn der Mensch hat einen seltsamen Hang zum Sinn; ich weiß nur soviel: Was hinter dem »Leonce«-Ulk steht, ist nicht Hang zum Unsinn als Mode, sondern Georg Büchner, und das heißt (gestatten Sie das längst vermodete Wort) Verzweiflung, wie wir sie aus seinen Briefen kennen:

Zu was soll ein Ding, wie diese (gemeint: die Gesellschaft), zwischen Himmel und Erde herumlaufen? Das ganze Leben derselben besteht nur in Versuchen, sich die entsetzlichste Langeweile zu vertreiben. Sie mag aussterben, das ist das einzig Neue, was sie noch erleben kann.

Das ist mehr als Spiel mit dem Anti-Stück.

Und die große Klasse selbst? Für sie gibt es nur zwei Hebel: materielles Elend und religiöser Fanatismus. Jede Partei, welche diese Hebel anzusetzen versteht, wird siegen. Unsere Zeit braucht Eisen und Brot – und dann ein Kreuz oder sonst so was.

Ich zitiere diese bekannte Briefstelle an Gutzkow, weil sie zeigt, wo Büchner, rasch von Erfahrung belehrt, sein Engagement kündigt. Und dann ein Kreuz oder sonst so was! – das ist nicht blasphemisch, aber anti-ideologisch, wie schon im »Danton«, wenn es angesichts des Kerkers heißt:

Geht einmal euren Phrasen nach bis zum Punkt, wo sie verkörpert werden. Blickt um euch, das alles habt ihr gesprochen.

Das ist noch Entdeckung.

Und dann ein Kreuz oder sonst so was.

Das ist schon Erfahrung – mit einer Handbewegung, die alle Embleme hinter sich wirft, nicht das Kreuz im besondern, sondern alles, womit man Kreuzzüge etikettieren mag.

Spricht dieser Büchner nicht wie ein Heutiger?

Vor die Wahl gestellt, ein Engagement auf die Dogmen des Ostens oder ein Engagement auf die Dogmen des Westens einzugehen, entscheiden sich die meisten von uns (nach ihren Werken zu schließen) für l'art pour l'art, was meistens eine Tarnung ist. Was bleibt uns andres übrig, um wahrhaftig zu bleiben? Wir können das Arsenal der Waffen nicht aus der Welt schreiben, aber wir können das Arsenal der Phrasen, die man hüben und drüben zur Kriegsführung braucht, durcheinander bringen, je klarer wir als

Schriftsteller werden, je konkreter nämlich, je absichtsloser in jener bedingungslosen Aufrichtigkeit gegenüber dem Lebendigen, die aus dem Talent erst den Künstler macht. Alles Lebendige hat es in sich, Widerspruch zu sein, es zersetzt die Ideologie, und wir brauchen uns infolgedessen nicht zu schämen, wenn man uns vorwirft, unsere Schriftstellerei sei zersetzend. Wir brauchen's nicht an die große Glocke zu hängen; aber das ist ja unser Engagement! Was die Zeitungen, im Auftrag der Macht, täglich in schlachtbereite Fronten bringen, wir zersetzen es mit jeder echten Darstellung einer Kreatur. Indem wir keine Stellung nehmen (so sagt man doch?) zu Alternativen, die keine sind, haben wir durchaus eine Wirkung. Seien wir diesbezüglich unbesorgt! Was hassen sie denn mehr, hüben wie drüben, als Darstellung vom Menschen, die das Hüben und Drüben aufhebt?

Das ist das eine –

Der andere Punkt, der unser Anti-Engagement bestimmt, ist heikler zu besprechen ... Georg Büchner, als er über die Landesgrenze floh, und die deutschen Emigranten alle, die sich im Solothurnischen trafen, wo unsere Polizei sie am Ärmel nahm, damit sie mit der Fackel der Republik nicht etwa ins fürstendienerische Deutschland liefen, sie alle glaubten noch an das Vaterland. In ihren tapferen Herzen brannte ein einziger Wunsch: Zurück ins Vaterland! oder besser: Vorwärts in ein neues Vaterland! Sie warteten und hofften, wo wir, glaube ich, nicht mehr warten und hoffen. Glauben Sie an ein neues Deutschland? Ich frage. Glaube ich an eine neue Schweiz? Ich bin Schweizer und begehre nichts andres zu sein, mein Engagement als Schriftsteller aber gilt nicht der Schweiz.

»Man ist immer noch ein Nationalist!« so lese ich im eignen Tagebuch 1946:»–wenn ich hier (in Mailand) meine Landsleute sehe, wie sie mit ihrer Währung die italienischen Läden plündern, ärgere ich mich bleich. Warum eigentlich? Die offenbare Enttäuschung verrät unsere heimliche Annahme, daß das eigene Volk, nur weil wir ihm selber gerade angehören, schließlich doch ein Mustervolk sei – und somit würde es also genügen, daß ich mich über mich selbst ärgere.«

Dies ist der andere Punkt, die Frage, ob wir das Nationale, bloß weil es untilgbar ist, zum Ziel machen oder aber (was zurzeit geläufiger ist) zum Ärgernis in uns selbst; ich denke an deutsche Freunde, die in Italien oder Griechenland, kaum hat man sich die Hand geschüttelt, ihren Unwillen kundgeben darüber, wieviel

Deutsche man in Italien oder Griechenland trifft. Ist das kosmopolitische Liebedienerei oder steckt mehr darin? Die Frage drängt sich auf, ob und inwieweit die deutsche Intelligenz willens und imstande ist, den eignen Menschenschlag zu lieben. Nicht zu lobpreisen oder zu verpönen, sondern zu lieben, das heißt: anzunehmen. Und gemeint ist natürlich, wenn wir von Menschenschlag sprechen, nicht das Volk der Dichter und Denker, sondern das deutsche Volk. Haben die deutschen Schriftsteller es lieb? Gemeint ist auch nicht Volkstum mit alten Bräuchen, sondern das aktuelle, das Volkswagenvolk. Denn das übliche Bedürfnis, immer sofort von Elite zu reden, wobei die gerade Anwesenden stets zur Elite gehören, ist bedenklich: der Menschenschlag als solcher wird desavouiert – von Volksverächtern, die zwar keine Fürsten sind, aber wie Büchner schrieb:

– sie reden eine eigene Sprache, das Volk aber liegt vor ihnen wie Dünger auf dem Acker.

Büchner liebte sein Volk und litt:

– da man bei aller Vorliebe für sie doch sagen muß, daß sie eine ziemlich niederträchtige Gesinnung angenommen haben, und daß sie, es ist traurig genug, fast an keiner Seite mehr zugänglich sind als gerade am Geldsack.

Schon Börne spricht anders vom Volk:

»Ich mußte lachen«, schreibt er aus Paris, »als ich nach Darmstadt kam und mich erinnerte, daß da vor wenigen Tagen eine fürchterliche Revolution gewesen sein soll . . . Es ist eine Stille auf den Straßen gleich der bei uns in der Nacht« (bei uns: in Paris!) »und die wenigen Menschen, die vorübergehen, treten nicht lauter auf als die Schnecken . . . Das ist deutsches Volksmurren.«

Das ist, so sagen wir, die Melodie der durchschnittlichen Elite von heute, der weltmännische Hohn auf den deutschen Spießer, jener Groll, der bei Nietzsche noch die Dimension des Fluchs hatte, heute zum Vokabular touristischer Anbiederung gehört: Desavouierung des eignen Menschenschlags, sobald man als Volk zum Vorschein kommt . . . Unsere durchaus literarische Frage geht dahin: Wie sollen Schriftsteller, wenn sie eigentlich den eignen Menschenschlag nicht leiden können, Menschen darstellen, ohne bloße Satiriker zu werden oder abzuwandern auf die Gefahr hin, daß wir im Allerweltsmenschen eben den Menschen verfehlen? Für Proust, zum Beispiel, ist es selbstverständlich, daß die Menschen allesamt, ob großartig oder niederträchtig, Franzosen sind; er rühmt nicht Frankreich, wenn einer, den er darzustellen hat, menschliche Größe gewinnt, und er geifert nicht auf Frankreich, wenn die meisten sich als Ekel erweisen. Auch bei Musil (und überhaupt liegt es in Österreich wieder anders) sind die Österreicher, die er seziert, immer österreichische Menschen, Menschen, die halt Österreicher sind. Oder Garcia Lorca! wie spanisch müßte der uns vorkommen, wenn er seinen Menschenschlag nicht ein für allemal angenommen hätte; erscheinen seine Menschen nicht gerade dadurch, daß Spaniersein für sie keine Frage wird, als Menschen? Es ist eine alte Einsicht, daher nicht weiter auszuführen: daß Weltliteratur nie entsteht aus Flucht vor der eignen Art, sondern aus Darstellung der eignen Art. Man kann den Menschen nur darstellen, wo man ihn erfahren hat. Aber genügt Erfahrung? Man müßte auch noch den Wirtschaftswundermenschen, fürchte ich, akzeptieren können; denn mit bloßer Satire ist wenig getan – zum Dichter werden wir nicht daran ... Und vor allem: Satire macht uns noch nicht vaterlandslos! Mit anderen Worten: Wenn also Vaterlandslosigkeit erwogen wird als etwas, dem unser Engagement gilt, so meine ich keineswegs die Desavouierung des eigenen Menschenschlags, im Gegenteil, sondern die Freiheit gegenüber dem eignen Menschenschlag, indem wir ihn in seiner Realität einmal akzeptieren.

Ich komme zum Schluß! ...

Georg Büchner als Dichter aus politischem Engagement, Büchner als Emigrant, davon sind wir ausgegangen, um unseren eignen Standort als Schriftsteller zu suchen – wobei es mich von Herzen locken würde (aber ich tu's nicht!), Namen deutscher Schriftsteller zu nennen, denen ich mich auf dieser Suche, ohne persönliche Bekanntschaft, zeitgenössisch verbunden fühle, sei es im Engagement oder Anti-Engagement, verbunden nicht zuletzt durch etwas Emigrantisches. Nicht zufällig habe ich mich mit Emigranten befaßt! Das Emigrantische, das uns verbindet, äußert sich darin, daß wir nicht im Namen unsrer Vaterländer sprechen können noch wollen; es äußert sich darin, daß wir unsere Wohnsitze, ob wir sie wechseln oder nicht, überall in der heutigen Welt als provisorisch empfinden. Wir können in München oder in Zürich oder in Rom wohnen. Es sind Wohnsitze nach Wahl, ach, nach Laune und Zufall der Bequemlichkeit, bestimmt vor allem durch einzelmenschliche Beziehungen. Wir stellen eine Bedingung: Unser Wohnort soll uns das unausgesprochene Gefühl der Unzugehörigkeit gestatten. Oder wie Friedrich Dürrenmatt, von einem schweizerischen Kritiker befragt, wie er sich zum Problem Schweiz stelle, sehr einfach sagte:

Sie irren sich, Herr Doktor, die Schweiz ist mir kein Problem, es tut mir leid, sondern halt ein angenehmer Ort zum Arbeiten.

Gemeint ist also, wenn ich vom Emigrantischen spreche, das bei vielen Existenzen nachzuweisen wäre, und nicht bei deutschen allein – denken wir an die amerikanischen Schriftsteller, die nur besuchsweise oder paßhalber die Staaten sehen, sonst aber in Spanien leben, womöglich mit Bart, oder in Rom, mindestens in Paris, ja sogar die Franzosen selbst, denen Paris bisher die Welt bedeutete, ziehen aufs Land, lassen sich nieder am Genfersee oder auf Capri –, gemeint ist also nicht die viel und gern genannte Heimatlosigkeit der Linken, sondern ein Gefühl der Fremde schlechthin, das übrigens nicht melancholisch ist, ein klares und trockenes Gefühl, ein modernes Gefühl:

»Heimat ist unerläßlich, aber sie ist nicht an Ländereien gebunden.« (Tagebuch 1949.) »Heimat ist der Mensch, dessen Wesen wir vernehmen und erreichen. Insofern ist sie vielleicht an die Sprache gebunden. Vielleicht: denn in der Sprache allein ist sie ja nicht. Worte verbinden nur, wo unsere Wellenlängen übereinstimmen –«

Wir sind also nicht heimatlos, indem wir vaterlandlos sind. Und gemeint ist auch nicht (oder nicht in erster Linie) das wachsende Bewußtsein heutiger Menschen, daß Radioaktivität sich nicht an Landesgrenzen hält. Das kommt hinzu! Dieses Bewußtsein, das uns kein Leitartikel mehr ausreden kann, macht freilich ironisch, indem uns mancherlei, was sich nach wie vor als vaterländische Politik gibt, wie Spuk aus Schießscharten einer mittelalterlichen Burg erscheint, nämlich nutzlos und irr; aber das Gefühl der Fremde, das wir meinen, wurzelt tiefer. Wir sind Emigranten geworden, ohne unsere Vaterländer zu verlassen; wir müssen es nur noch uns selbst zugeben. Die erste Station für Büchner war Straßburg; unsere erste Station ist die Ironie. Die zweite Station für Büchner war Zürich, wo er arbeitete, während der Freund im Vaterland zugrunde ging, so sauber wie möglich, wo er anhand eigner Präparate über vergleichende Anatomie der Fische und Amphibien las; auch unsere zweite Station ist Arbeit, ob in Zürich oder anderswo, so sauber wie möglich, so wahrhaftig wie möglich, so zersetzend wie möglich – es gibt auch für uns (auch ohne Typhus) kein Zurück ins Vaterland.

»Unter meinem Fenster rasseln beständig die Kanonen vorbei, auf den öffentlichen Plätzen exerzieren die Truppen, und das Geschütz wird auf den Wällen aufgefahren ... das Ganze ist doch nur eine Komödie«, schreibt Büchner aus Straßburg. »Der König und die Kammern regieren, und das Volk klatscht und bezahlt.«

Sind denn wir, die wir schreiben, nicht Streiter gerade im Bewußtsein, daß vieles eine Komödie ist? Es fragt sich nur immer wieder, wie man streiten kann. Ist Schweigen schon eine Waffe? Der König und die Kammern warten auf unseren Treueid, ich hoffe: vergeblich, es sei denn, sie erfoltern ihn wieder einmal. Wir wollen nicht versprechen, Märtyrer zu sein, aber Schriftsteller solange wie irgend möglich. Sind denn wir, die wir versuchen, das Leben schreibend zu bestehen, nicht vereidigt einer andern Instanz, treu in einem andern Sinn, Zeugen einer andern und unbedingten, vom Wechsel der Könige und Kammern freien Freiheit? – über die Landesgrenzen hinweg, über die Sprachgrenzen hinweg, über die Rassengrenzen hinweg verbunden in unsrer Bejahung des Einzelnen, selber nichts andres als Einzelne, gemeinsam in unsrer produktiv-stillschweigenden Absage an die Vaterländer überhaupt. Ich frage! – und ich möchte nicht mißverstanden werden: wir sind keine Idealisten. Nicht als ob es keine Geschichte gäbe, die uns prägt auch als Einzelne! Wir sind abhängig von unsrer Herkunft. Nicht Internationalisten wollen wir sein, keine Träumer. Seid umschlungen, Millionen! ist nicht unsere Melodie. Welche denn? Wir suchen sie ... Wir wissen nur, daß wir fertig werden müssen mit dem Nationalen, ohne es zu leugnen oder zum Ziel zu machen, und das heißt: Die Landesgrenzen zwischen der Bundesrepublik und der kleinen Schweiz, beispielsweise, die Landesgrenze zwischen der kleinen Schweiz und Frankreich, das stets voran ist und schon wieder dabei, Grande Nation zu machen, möchte ich deswegen nicht aufgehoben wissen; wir meinen nicht die europäische Integration, die wohl kommen muß, aber die etwas andres bedeutet; denn der Umstand, daß der gleiche Jeep und der gleiche Düsenbomber jetzt in Griechenland, in Spanien, in Deutschland, in Frankreich, in der Türkei und in der neutralen Schweiz bereitstehen, löscht ja die Vaterländerei in keiner Weise – man verbündet sich bloß, um einer Ost-West-Front willen, zur Standardisierung der Waffen, was auch für den Fall, daß man sie wieder einmal gegeneinander verwendet, nur begrüßenswert ist: Jedem das gleiche Florett! das ist nichts als fair ... Was aber uns verbindet, ist die geistige Not des Einzelnen angesichts solcher Fronten, das Gefühl unsrer Ohnmacht und die Frage, was tun.

Ich habe mich seit einem halben Jahr vollkommen überzeugt, daß nichts zu tun ist und daß jeder, der im Augenblick sich aufopfert, seine Haut wie ein Narr zu Markte trägt.

Das schrieb Georg Büchner, dem es an Mut nicht fehlte, auf seinem Weg in die Emigration, und es tönt wie Resignation; aber welch eine Tat hat dieser selbe Georg Büchner vollbracht, indem er eine einzelne Kreatur, Woyzeck mit Namen, so dargestellt hat, daß wir sie unter keiner heutigen oder künftigen Ideologie je vergessen können!

Wir haben nicht sein Genie –

Wir haben Talente.

Schon das ist Auftrag. Die Wahrhaftigkeit der Darstellung, und wäre es auch nur eine übliche oder ausgefallene Ehe, was da zur Darstellung gelangt, oder die ungeheuerliche Deformation des Menschen, der von Staats wegen hat töten müssen, eines Soldaten also – gleichviel, wo Wahrhaftigkeit geleistet wird, sie wird uns immer einsam machen, aber sie ist das einzige, was wir entgegenstellen können: Bilder, nichts als Bilder und immer wieder Bilder, verzweifelte, unverzweifelte, Bilder der Kreatur, solange sie lebt:

»Ich verlange in allem«, so heißt es im »Lenz«, »Leben, Möglichkeit des Daseins, und dann ist's gut; wir haben nicht zu fragen, ob es schön, ob es häßlich ist. Das Gefühl, daß, was geschaffen sei, Leben habe, stehe über diesen beiden und sei das einzige Kriterium in Kunstsachen.«

Es ist eine Resignation, aber eine kombattante Resignation, was uns verbindet, ein individuelles Engagement an die Wahrhaftigkeit, der Versuch, Kunst zu machen, die nicht national und nicht international, sondern mehr ist, nämlich ein immer wieder zu leistender Bann gegen die Abstraktion, gegen die Ideologie und ihre tödlichen Fronten, die nicht bekämpft werden können mit dem Todesmut des Einzelnen; sie können nur zersetzt werden durch die Arbeit jedes Einzelnen an seinem Ort. (1958)

⟨Jerusalempreis-Rede⟩

Verehrter Herr Bürgermeister
Freundliche Preisrichter
Meine Damen und Herren.

Jerusalem ... Es gibt Namen von Orten, die es auf Erden gibt, Namen der Geographie, und wenn man an den Ort kommt, ist man nicht verwirrt, daß es ihn wirklich gibt – und es gibt Jerusalem: ein Name von Kindheit an, wo immer wir geboren sind, ein Name auch für den Andersgläubigen, sogar für den Ungläubigen: ein Name für Vorstellungen jenseits der Geographie ... Und nun bin ich also in Jerusalem. Und ich sehe eine Stadt, die mich begeistert, so wie sie da ist, und die mich verwirrt, weil sie da ist. Ich bin begeistert, aber bin ich in Jerusalem? Ich meine: kann man in Jerusalem sein wie in Paris, in London, in Tokio? Es scheint so. Ich zweifle nicht, daß ich hier bin: geographisch. Und dennoch: Jerusalem bleibt ein Name ohne Breitengrad, ein Name von Kindheit an, ein Name für eine, nein, für die Stadt, jene, die man als Kind gezeichnet und angemalt hat mit dem Farbstift des Traums. Daran ändert sich nichts durch Reise, nichts durch Augenschein. Man kann Jerusalem nicht besichtigen. Vielleicht bin ich drum so lange nicht gekommen.

Heute bin ich hier, um zu danken.

Ob Max Frisch den Preis von Jerusalem verdient oder nicht verdient hat, darüber hat einer nicht zu richten, nämlich ich. Sagen aber darf ich, daß diese Auszeichnung mich überrascht und beglückt; daß ich die Begründung des Preises (»ein Beitrag im Kampf um die Freiheit der Menschen«) als eine Verpflichtung empfinde für die Zukunft. Hoffentlich bin ich ihr gewachsen. In jedem Fall, glaube ich, geht es hier nicht um eine literarische Ehre. Es ist Israel, das diesen Preis verleiht, das Volk, das wie kein anderes geschändet worden ist, und der diesen Preis empfängt, ist ein Schriftsteller deutscher Sprache. Darum spreche ich hier und jetzt diese Sprache, die meine Muttersprache ist. Wie belastet sie auch ist mit Schmach und Schuld, man kann seine Muttersprache nicht wählen. Man kann sich nur zu ihr bekennen, indem man sie reinigt, und man kann sie nur reinigen, indem man sich zu ihr bekennt. Wie soll man sie aber reinigen? Nicht durch Vergessen.

Freunde! Ich habe in wenigen Tagen sehr viel gesehen vom heutigen Israel, das ich verstehe als eine Antwort auf die Welt von gestern, eine Antwort, die uns in tiefe Bewunderung versetzt. Manche haben mich gefragt, was denn dieses Israel, das sich da aufbaut, für Europa bedeute; ich kann es ihnen sagen mit einem einzigen Satz: Israel ist das Land, das Ereignis, das uns wie kein anderes erfüllt mit Zuversicht in die Zukunft der Menschheit.

So danke ich hier nicht allein für den Preis, den ich empfangen darf, und nicht allein für die überwältigende Gastfreundschaft, die ich bei Ihnen erfahren habe auf Schritt und Tritt, sondern ich danke Ihnen – und dies im Namen von Millionen – für das Geschenk eines großen Vorbildes, das den Namen Israel trägt. Schalom. (1965)

So wie jetzt, geht es nicht

Es geht – in der Schweiz wie anderswo – um unser Überleben in einem veränderten Zeitalter. Um ein menschenwürdiges Überleben. Die Probleme, die das Zeitalter stellt, sind vielgestaltig, aber sie haben eins gemeinsam: sie sind nicht nur dringlich, sondern neu von Grund auf, das heißt sie sind nicht nach bisherigem Muster zu lösen. Sind sie überhaupt zu lösen? Erwiesen ist lediglich: sie sind innerhalb des bisherigen Profitsystems unlösbar.

Was also?

SOZIALISMUS ist für mich kein Zauberwort, so wenig wie FREISINN, was buchstäblich ein feines Wort wäre. Als Wähler, der keiner Partei angehört, ist man nicht von vornherein für oder gegen eine Partei; hingegen bin ich gegen die Katastrophe, die sich abzeichnet in unserer Landschaft und in unseren Städten und Vorstädten und Dörfern. Wem gehört eigentlich die Luft? Alle Parteien reden jetzt von Umweltschutz. Wer soll da geschützt werden vor wem? Ich hätte auch fragen können: Wem gehört eigentlich die Erde? Das weiß man; daher gibt es kaum einen Umweltschutz und keinesfalls eine Umwelt-Gestaltung (was allein eine Lösung bringen könnte) ohne ein neues Bodenrecht –.

So wie jetzt, geht es nicht.

Nun glauben wir ja an Demokratie, weil wir hin und wieder wählen können. Einige allerdings haben die effektive Macht im Land, ohne gewählt werden zu müssen: die Inhaber von Wirtschaft und Industrie. Menschen auch sie. Ohne Zweifel haben sie ein redliches Interesse daran, daß die Mehrheit sich wohl fühlt im Land: daß sie munter kauft und munter arbeitet, um munter kaufen zu können. Fühlt die Mehrheit sich wohl? Die fröhlichen Gesichter, die täglich in der Reklame erscheinen, sehe ich in der Wirklichkeit kaum; wir leben in einer Konsum-Galeere. Nur so erhält sich die wirtschaftliche Macht der Inhaber. Die Angst, wie es denn weitergehen soll, kommt ungern zur Sprache; das eben kennzeichnet die Angst. Die Inhaber der wirtschaftlichen Macht, selber, die großen und die kleineren, wissen es nicht; sie wissen bloß: jeder Versuch einer wirklichen Lösung unserer nationalen Probleme kostet sie ihre bisherigen Vorrechte. Und es fällt schwer, Vorrechte aufzugeben aus Vernunft. Vorrechte sind meistens durch Revolution gefallen. Sie wissen aber genau, daß die schweizerische Arbeiterschaft nicht an Revolution denkt; nur haben sie noch immer kein anderes Steckenpferd, um die Herrlichkeit ihres Freisinns vorzureiten, als Antikommunismus. Schon wer ihnen auf die geschäftlichen Finger schaut, macht sich verdächtig. Das glauben sie in vollem Ernst: sie, die Inhaber der wirtschaftlichen Macht, halten Wache für uns, sie verteidigen Ruhe und Ordnung und die Schweiz – .

Welche Ruhe?

– ihre Ruhe.

Welche Ordnung?

– ihre Ordnung.

Welche Schweiz?

– wir sehen, was sie, die heutigen Inhaber der Schweiz, als Schweiz bezeichnen: ein Land mit dem Anspruch, Vorbild zu sein für andere, und mit Fremdarbeitern als Menschen zweiter Klasse, mit privatem Waffengeschäft (Beihilfe zum Völkermord) und öffentlicher Caritas; eine korrekte Schweiz, korrekt gegenüber der griechischen Militär-Junta und überall zu Investitionen bereit, auch wenn sie die faschistischen Diktaturen befestigen; eine Gesellschaft, in der 3 Prozent der Landsleute so viel besitzen wie die andern 97 Prozent, aber mit einer Volksarmee, die uns lehrt, daß ihr Land, wenn es um die Verteidigung geht, unser Land ist, und die sich schon einmal, 1918, gegen die Arbeiterschaft bewährt hat; eine Ordnung, die unsere Umwelt nach wie vor der Boden-Spekulation überläßt mit schüchternen Einschränkungen; eine offizielle Schweiz, die sich zu ihrem Eigenlob auf Henry Dunant beruft (zum Beispiel) ohne Verbot gewisser Firmen oder auf Heinrich Pestalozzi (zum Beispiel) mit einer Volksschule, die nicht Menschenkinder begabt mit menschlichen Fähigkeiten, sondern sie vornehmlich erzieht zur Leistungsfähigkeit im Sinn des Profits; ein Land mit einer hervorragenden Wissenschaft, die sich die Ziele ihrer Forschung vorschreiben lassen soll von Industrie und Wirtschaft, und nebenher mit einem Fernsehen, das die Zensur selbst ist; eine Schweiz mit sehr viel Gold, das international eingreift aus Solidarität zur Plutokratie, und mit geringer Entwicklungshilfe, gierig auf Touristen und offen für internationale Defraudanten, aber nicht zu haben für ein Vereintes Europa, das allein unser Überleben ermöglicht, und dabei eingebildet auf ihren guten Ruf in der Welt, den sie längst nicht mehr hat . . . Der

Rest ist Ruhe und Ordnung: mit einem polizeilichen Verhältnis zu einer enttäuschten und ratlosen Jugend, Verlegenheit vor jeder neuen Idee, bis wir sie dem Ausland nachäffen können, Vertuschung von Konflikten durch Verfemung von Personen, die nicht vertuschen, und durch Reklame-Slogans kostenlos:

DEMOKRATIE als hätten wir sie schon.

UNABHÄNGIGKEIT

wobei die schweizerische Industrie und Wirtschaft sich mit amerikanischem Kapital verschwistern, ohne den Wähler je fragen zu müssen.

MEINUNGSFREIHEIT

sofern sich einer die wirtschaftlichen Folgen leisten kann, also nicht lohnabhängig ist.

GLEICHHEIT VOR DEM GESETZ

wobei, in der Tat, Herr Dr. Dieter Bührle zusehen muß, wie seine Vizedirektoren ins Gefängnis kommen; er zahlt 20 000 Franken, einen Bruchteil der Schmiergelder, die das 90-Millionen-Geschäft ermöglicht haben, und das Bundesgericht anerkennt, daß Gewinnsucht nicht vorliegt, hingegen Verantwortungsbewußtsein betreffend Landesverteidigung.

TOLERANZ

wobei General Westmoreland, der unter dem Verdacht des Kriegsverbrechens steht, mit Bundesehren empfangen wird, aber ein linker Wissenschaftler keine Einreisebewilligung bekommt.

GEISTIGE LANDESVERTEIDIGUNG

siehe Zivilverteidigungsbüchlein usw.

Das ist nicht die Schweiz. Es ist nur ihre Schweiz. Daß wir nicht ihre Untertanen sind, ist zu verhindern nur durch eine andere Macht, die sich nicht auf das verfassungsmäßige Recht auf Eigentum beruft, sondern auf die menschliche Arbeitskraft. Sie hat sich gewisse Rechte bereits verschafft in jahrzehntelangem Kampf, aber noch lange nicht ihr volles und verfassungsmäßiges Recht.

Dazu würde gehören:
das Recht auf sinnvolle Arbeit,
das Recht auf Wohnung,
das Recht auf Mitbestimmung,
(und was die Voraussetzung dafür ist:) das Recht auf Bildung.

Als Wähler sehe ich nur eine einzige Partei, die sich eindeutig und glaubhaft dafür einsetzt auf demokratischem Weg. (1971)

Die Schweiz als Heimat?

Rede zur Verleihung des Großen Schillerpreises

Herr Präsident, meine Damen und Herren.

Da es die Schweizerische Schillerstiftung ist, die uns versammelt, ließe sich über Friedrich Schiller sprechen, der, als schwäbischer Dichter, nicht die historisch-reale Schweiz zu besingen hatte, und also über Wilhelm Tell; es ließe sich darlegen, warum dieser Armbrust-Vater mit Sohn (bei Hodler ohne Sohn, nie aber ohne Armbrust) von Zeit zu Zeit demontiert werden muß: nicht weil er nie existiert hat – das kann man ihm nicht verargen –, sondern weil er, lebendig als Gestalt der Sage, die eine skandinavische ist, und so wie Friedrich Schiller ihn mit deutschem Idealismus ausgestattet hat, einem schweizerischen Selbstverständnis heute eher im Weg steht –

Ich möchte aber von etwas anderem reden.

Eine Ehrung aus der Heimat (und so sehe ich diesen Anlaß hier und bin bewegt) weckt vor allem die Frage, was eigentlich unter Heimat zu verstehen ist.

Laut Duden:

»Heimat, die (Plural ungebräuchlich): wo jemand zu Hause ist; Land, Landesteil oder Ort, in dem man (geboren und) aufgewachsen ist oder ständigen Wohnsitz gehabt hat und sich geborgen fühlt oder fühlte.« Was der Duden sagt, gilt auch für die Mundart: »Wird oft angewandt, um eine besonders gefühlsbetonte Stimmung auszudrücken oder zu erwecken.« Seit einiger Zeit allerdings nehmen wir das Wort ungern in den Mund; man beißt auf Anführungszeichen: »Heimat-Stil«, »Glocken der Heimat« usw., es erinnert an die Maxime: »Wer nicht schweigen kann, schadet der Heimat«, es riecht weniger nach Land oder Stadt, wo man, laut Duden, zu Hause ist, als nach einer heilen Welt und somit nach Geschichtsfälschung als Heimatkunde.

Liebe Landsleute:

Ich bin in der Helios-Straße geboren . . . Quartier als Heimat; dazu gehört das erste Schulhaus (es steht noch) so wie eine Metzgerei, wo ich Fliegen fangen darf für meinen Laubfrosch, ferner ein Tunnel der Kanalisation (zwischen Hegibach und Hornbach): hier stehe ich gebückt, ein Knirps, barfuß im stinkigen Abwasser, erschreckt schon durch den Hall der eigenen Stimme, und dann dieser andere Hall, wenn sie, die Bande da oben, die deinen Mut prüft, durch einen Schacht hinunter pfeift in die hohle Stille, diese Schreckensstille zwischen einzelnen Tropfen, in der Ferne das viel zu kleine Loch mit Tageslicht – Angst also auch, Überwindung der Angst um der Zugehörigkeit willen: lieber durch die Scheißwässer waten als im Quartier ein Außenseiter sein.

Was weiter gehört zur Heimat?

Was der Duden darunter versteht, ist nicht ohne weiteres zu übersetzen. MY COUNTRY erweitert und limitiert Heimat von vornherein auf ein Staatsgebiet, HOMELAND setzt Kolonien voraus, MOTHERLAND tönt zärtlicher als Vaterland, das mit Vorliebe etwas fordert und weniger beschützt als mit Leib und Leben geschützt werden will, LA PATRIE, das hißt sofort eine Flagge – und ich kann nicht sagen, daß mir beim Anblick eines Schweizerkreuzes sofort und unter allen Umständen heimatlich zumute wird; es kann sogar das Gegenteil eintreten: nie (wenn ich mich richtig erinnere) habe ich so scharfes Heimweh erfahren wie als Wehrmann in der Armee, die sich Unsere Armee nennt.

Wie ist es mit dem Pfannenstiel?

Landschaft als Heimat ... Da kenne ich Flurnamen, die nicht angeschrieben sind, oder wenn ich sie nach Jahrzehnten vergessen habe, so erinnere ich mich, sie gekannt zu haben. Heimat hat mit Erinnerung zu tun; nicht mit Erinnerung an ein einmaliges Ereignis – Akro-Korinth, wenn die Sonne aufgeht, ist nicht Heimat geworden oder in Mexiko der Monte Alban – Heimat entsteht aus einer Fülle von Erinnerungen, die kaum noch datierbar sind. Fast meint man: diese Landschaft kennt dich (mehr als du es vielleicht willst), diese Kiesgrube, dieser Holzweg ... In diesem Sinn, Landschaft als Szenerie gelebter Jahre, wäre allerdings vieles zu nennen, nicht bloß der Pfannenstiel und der Lindenhof und der Greifensee: auch eine Düne an der Nordsee, einige römische Gassen, ein verrotteter Pier am Hudson –

Unsere Mundart gehört zu meiner Heimat.

Viele Wörter, vor allem Wörter, die Dingliches bezeichnen, bietet die Mundart an; oft weiß ich kein hochdeutsches Synonym dafür. Schon das läßt die Umwelt, die dingliche zumindest, vertrauter erscheinen, wo ich sie mundartlich benennen kann. Als Schriftsteller übrigens, angewiesen auf die Schriftsprache, bin ich dankbar für die Mundart; sie hält das Bewußtsein in uns wach, daß Sprache, wenn wir schreiben, immer ein Kunst-Material ist. Natürlich reden Mundart auch Leute, denen man nicht die Hand gibt oder nur unter gesellschaftlichem Zwang. Wenn wir uns überhaupt nicht kennen, so kann die Mundart, die gemeinsame, sogar befremden: zum Beispiel im Speisewagen eines T.E.E. von Paris nach Zürich: der Herr gegenüber, der mit dem Kellner das bessere Französisch spricht, eben noch urban und sympathisch, aber schon verleitet uns diese unsere Mundart: wir reden plötzlich nicht mehr, wie wir denken, sondern wie Schweizer unter Schweizern zu reden haben, um einander zu bestätigen, daß sie Schweizer und unter sich sind. Was heißt Zugehörigkeit? Es gibt Menschen, die unsere Mundart nicht sprechen und trotzdem zu meiner Heimat gehören, sofern Heimat heißen soll: Hier weiß ich mich zugehörig.

Kann Ideologie eine Heimat sein?

(dann könnte man sie wählen.)

Und wie verhält es sich mit Heimat-Liebe? Hat man eine Heimat nur, wenn man sie liebt? Ich frage. Und wenn sie uns nicht liebt, hat man dann keine Heimat? Was muß ich tun, um eine Heimat zu haben, und was vor allem muß ich unterlassen? Sie scheint empfindlich zu sein; sie mag es nicht, die Heimat, wenn man den Leuten, die am meisten Heimat besitzen in Hektaren oder im Tresor, gelegentlich auf die Finger schaut, oder wer sonst, wenn nicht diese Leute und ihre honorierten Wortführer, hätte denn das schlichte Recht, uns die Heimatliebe abzusprechen?

Quartier, Landschaft, Mundart –

Es muß noch anderes geben, was Heimatlichkeit hervorbringt, Gefühl der Zugehörigkeit, Bewußtsein der Zugehörigkeit. Ich denke zum Beispiel an eine Baustelle in Zürich: ein Platz der beruflichen Tätigkeit. Der Schreibtisch ist ein solcher Platz auch und trotzdem nicht vergleichbar; mein Schreibtisch kann auch in Berlin stehen. Es hat schon, wie der Duden sagt, mit dem Ort zu tun. In erster Linie war es (für mich) das Zürcher Schauspielhaus. Ein öffentlicher Ort, zürcherisch und antifaschistisch. Proben draußen im Foyer, Proben hier (was immer dabei herausgekommen ist) in einem politischen Konsens, der beim Ausschuß des Verwaltungsrates, einem mehrheitlich fachkundigen Ausschuß, nicht aufhörte. Auch wenn ich kein eignes Stück in der Tasche oder im Sinn hatte: Zugehörigkeit auch bei den Proben andrer, damals auch bei Proben von Friedrich Dürrenmatt. Das war jedesmal, kaum hatte ich den Koffer im Hotel abgestellt, das erste Ziel in Zürich: das Schauspielhaus, dann erst die eine oder andere Pinte, BODEGA GORGOT – die gibt es noch, besetzt von den Nachfahren, so daß man sich vorkommt wie Rip van Winkle im Märchen: Vergangenheit (Perfekt) als Heimat in der Gegenwart.

Aber es fehlt noch immer etwas.

Die Literatur, die sich um Heimatlichkeit bemüht, indem sie sich mit Geschichte und Gegenwart unsres Landes apriori versöhnt, ist beträchtlich. Heimatlicher zumute wird mir bei Robert Walser: Exil als Schein-Idylle, der Diminutiv als Ausdruck heimlicher Verzweiflung, ein großer Landsmann auf der Flucht in die Grazie. Gottfried Keller gewiß; nur beheimaten mich seine Briefe und Tagebücher mehr als sein Seldwyla, dieses verfängliche Modell der Begütigung. Gotthelf macht mich zum staunenden Gast im Emmental, nicht zum Einheimischen. Pestalozzi beheimatet mich in seinem revolutionären Ethos mehr als in unserer Umwelt – aber dann denke ich auch schon an Georg Büchner, an Tolstoi . . .

Oder genügen ganz einfach die Freunde?

Übrigens nicht zu vergessen sind die heimatlichen Speisen, köstliche wie einfache; Weine, die spätestens nach dem zweiten Schluck das gute Gefühl verschaffen, man kenne sich aus in der Welt wenigstens hier. Und vergessen habe ich den Hauptbahnhof der Vaterstadt; anders als alle Bahnhöfe der Welt: Hier kam man nicht zum ersten Mal an, hier fuhr man zum ersten Mal weg.

HEIMAT:

wo dieser Begriff sich verschärft: in Berlin, wenn ich Woche um Woche die Mauer sehe (von beiden Seiten); ihr Zickzack durch die Stadt, Stacheldraht und Beton, darauf das Zementrohr, dessen Rundung einem Flüchtling keinen Griff bietet, Spitzensportler haben getestet, daß diese Grenze kaum zu überwinden ist, selbst wenn nicht geschossen würde, die Wachttürme und Scheinwerferlicht auf Sand, wo jeder verbotene Tritt zu sehen ist, Wachthunde – hüben und drüben dasselbe Wetter und fast noch die gleiche Sprache; die verbliebene Heimat, die schwierige Heimat und die andere, die keine mehr wird.

Mit Freunden ist es so: einer ist Fallschirmspringer der deutschen Wehrmacht gewesen, einer in russischer Gefangenschaft, ein andrer in amerikanischer Gefangenschaft, einer als Schüler im Volkssturm mit Panzerfaust, ein andrer ist in Mecklenburg erzogen worden und vergißt es nicht; ein amerikanischer Freund ist in Korea gewesen und spricht nie davon; wieder ein andrer, Jude, ist unter Stalin zehn Jahre im Kerker gewesen – und man versteht sich nicht weniger als mit Freunden in Biel oder Basel oder Solothurn oder Zürich; nicht weniger, doch anders. Jene sind Freunde, diese sind Freunde und Landsleute: unsere Erfahrungen sind ähnlicher, unsere Lebensläufe vergleichbar, und bei allem Unterschied der Temperamente haben wir schließlich den gleichen Bundesrat, die gleiche Landesgeschichte.

Also doch: Schweiz als Heimat?

Außer Zweifel steht das Bedürfnis nach Heimat, und obschon ich nicht ohne weiteres definieren kann, was ich als Heimat empfinde, so darf ich ohne Zögern sagen: Ich habe eine Heimat, ich bin nicht heimatlos, ich bin froh, Heimat zu haben – aber kann ich sagen, es sei die Schweiz?

Schweiz als Territorium:

kommt man nach Jahren etwa von Rom, so ist der Tessin vergleichsweise helvetisch, um die Seen herum sogar in einem erschreckenden Grad; wenn die Einheimischen sagen: IL NOSTRO PAESE! so bin ich gerührt, sofern sie damit nicht die verkauften Hänge meinen, sondern die Schweiz: die gleichen Bundesbahnmützen und die gleiche Wehrsteuer, IL NOSTRO PAESE, wobei man in diesen Tälern der schwindenden Italianità natürlich den Unterschied zwischen Deutschschweizern und Deutschen kennt, nur überzeugt er die Einheimischen nicht ganz, und ich selber, wohnhaft im Tessin, würde nie sagen, der Tessin sei meine Heimat, obschon ich mich dort wohlfühle.

Muß man sich in der Heimat wohlfühlen?

Außer Zweifel steht ferner, daß Heimat uns prägt – was sich beim Schriftsteller vielleicht besonders deutlich zeigt, nämlich lesbar. Versammle ich die Figuren meiner Erfindung: BIN auf seiner Reise nach Peking, STILLER, der in Zürich sich selbst entkommen möchte, HOMO FABER, der sich selbst versäumt, weil er nirgendwohin gehört, der heimelige HERR BIEDERMANN usw., so erübrigt sich das Vorzeigen meines Schweizer Passes. ANDORRA ist nicht die Schweiz, nur das Modell einer Angst, es könnte die Schweiz sein; Angst eines Schweizers offenbar. GANTENBEIN spielt den Blinden; um sich mit der Umwelt zu vertragen. GRAF ÖDERLAND, Figur einer supponierten Legende und seinem Namen nach eher skandinavisch, greift zur Axt, weil er die entleerte und erstarrte

Gesellschaft, die er als Staatsanwalt vertritt, am eignen Leib nicht mehr erträgt, und obschon eine Revolte dieser Art nicht hier, sondern 1968 in Paris stattgefunden hat, schreibt die französische Presse: »un rêve helvétique« ... so geprägt ist man.

Man wählt sich die Heimat nicht aus.

Trotzdem zögere ich zu sagen: MEINE HEIMAT IST DIE SCHWEIZ. Andere sagen SCHWEIZ und meinen etwas anderes. Unsere Verfassung bestimmt nicht, wer eigentlich zu bestimmen hat, was SCHWEIZERISCH oder UNSCHWEIZERISCH ist – wer: die Bundesanwaltschaft? der Stammtisch? der Hochschulrat? die Finanz und ihre gediegene Presse? die Schweizerische Offiziersgesellschaft?

HEIMAT:

ist Heimat der Bezirk, wo wir als Kind und als Schüler die ersten Erfahrungen machen mit der Umwelt, der natürlichen und der gesellschaftlichen; ist Heimat infolgedessen der Bezirk, wo wir durch unbewußte Anpassung (oft bis zum Selbstverlust in frühen Jahren) zur Illusion gelangen, hier sei die Welt nicht fremd, so ist Heimat ein Problem der Identität, d. h. ein Dilemma zwischen Fremdheit im Bezirk, dem wir zugeboren sind, oder Selbstentfremdung durch Anpassung. Das letztere (es gilt für die große Mehrheit) braucht Kompensation. Je weniger ich, infolge Anpassung an den Bezirk, jemals zur Erfahrung gelange, wer ich bin, um so öfter werde ich sagen: ICH ALS SCHWEIZER, WIR ALS SCHWEIZER; um so bedürftiger bin ich, als rechter Schweizer im Sinn der Mehrheit zu gelten. Identifikation mit einer Mehrheit, die aus Angepaßten besteht, als Kompensation für die versäumte oder durch gesellschaftlichen Zwang verhinderte Identität der Person mit sich selbst, das liegt jedem Chauvinismus zugrunde. Chauvinismus als das Gegenteil von Selbstbewußtsein. Der primitive Ausdruck solcher Angst, man könnte im eignen Nest der Fremde sein, ist die Xenophobie, die so gern mit Patriotismus verwechselt wird – eine andere Vokabel, die auf den Hund gekommen ist; auch sie brauchen wir nur noch in Anführungszeichen. Zu Unrecht. Ein Patriot (ohne Anführungszeichen) wäre einer, der seine Identität als Person gefunden oder nie verloren hat und von daher ein Volk als sein Volk erkennt: ein Pablo Neruda, ein Aufständischer also, im glücklichen Fall ein großer, ein Poet, der seinem Volk eine andere Sprache als die Sprache der Anpassung vorspricht und dadurch seine Identität zurückgibt oder zum ersten Mal verleiht, was unweigerlich, in beiden Fällen, revolutionär ist;

denn die Masse der Angepaßten hat keine Heimat, sie hat nur ein Establishment mit Flagge, das sich als Heimat ausgibt und dazu das Militär besitzt – nicht nur in Chile . . .

Was unser Land betrifft:

Es scheint, daß die jüngeren Landsleute weitaus gelassener sind, nicht unkritisch, aber gelassener. Die Schweiz, die sie erfahren, ist die Schweiz nach dem Zweiten Weltkrieg, das heißt: sie fühlen sich weniger, als es für uns viele Jahre lang der Fall gewesen ist, auf dieses Land angewiesen. Wo wir uns aus Erinnerung ereifern, zucken sie die Achsel. Was beheimatet sie? Auch wenn sie im Land bleiben, leben sie im Bewußtsein, daß Vokabeln wie Föderalismus, Neutralität, Unabhängigkeit eine Illusion bezeichnen in einer Epoche der Herrschaft multinationaler Konzerne. Sie sehen, daß von ihrem Land nicht viel ausgeht; die Maulhelden aus dem Kalten Krieg haben ihre Karriere gemacht, sei es als Bankier oder in der Kultur-Politik oder beides zusammen. Was sie, unsere jüngeren Landsleute, politisch beheimaten könnte, ein konstruktiver Beitrag zur Europa-Politik, davon ist wenig zu sehen. Was hingegen zu sehen ist: LAW AND ORDER, und nach außen: eine Schweiz, die sich ausschweigt im Interesse privater Wirtschaftsbeziehungen, verglichen mit andern Kleinstaaten wie Schweden oder Dänemark mehr als zurückhaltend mit offizieller Willenskundgebung, die zwar das Weltgeschehen nicht ändern könnte – immerhin könnte sie unsere moralische Partizipation am Weltgeschehen entprivatisieren, und das wäre schon etwas: wir könnten uns mit der Schweiz solidarisieren.

»UNBEHAGEN IM KLEINSTAAT«

das ist es wohl nicht, verehrter Professor Karl Schmid, was dem einen und anderen Eidgenossen zu schaffen macht; nicht die Kleinstaatlichkeit. BESOIN DE GRANDEUR, das zielt nicht auf Großstaat; die Nostalgie ist eine andere. So gefällig sie auch ist, die These, Unbehagen an der heutigen Schweiz können nur Psychopathen haben, sie beweist noch nicht die gesellschaftliche Gesundheit der Schweiz. Wie heimatlich der Staat ist (und das heißt: wie verteidigungswürdig), wird immer davon abhängen, wieweit wir uns mit den staatlichen Einrichtungen und (das kommt dazu) mit ihrer derzeitigen Handhabung identifizieren können. Das gelingt in manchem. Und dann wieder nicht. Mit der schweizerischen Militär-Justiz, wo die Armee als Richter in eigner Sache richtet, kann ein Demokrat sich schwerlich identifizieren. Wage ich es dennoch, mein naives Bedürfnis nach Heimat zu verbinden mit meiner Staatsbürgerschaft, nämlich zu sagen: ICH BIN SCHWEIZER (nicht bloß Inhaber eines schweizerischen Reisepasses, geboren auf schweizerischem Territorium usw., sondern Schweizer aus Bekenntnis), so kann ich mich allerdings, wenn ich HEIMAT sage, nicht mehr begnügen mit Pfannenstiel und Greifensee und Lindenhof und Mundart, nicht einmal mit Gottfried Keller; dann gehört zu meiner Heimat auch die Schande, zum Beispiel die schweizerische Flüchtlingspolitik im Zweiten Weltkrieg und anderes, was zu unsrer Zeit geschieht oder nicht geschieht. Das ist, ich weiß, nicht der Heimat-Begriff nach dem Schnittmuster der Abteilung HEER UND HAUS; es ist meiner. Heimat ist nicht durch Behaglichkeit definiert. Wer HEIMAT sagt, nimmt mehr auf sich. Wenn ich z. B. lese, daß unsere Botschaft in Santiago de Chile (eine Villa, die man sich vorstellen kann, nicht grandios, immerhin eine Villa) in entscheidenden Stunden und Tagen keine Betten hat für Anhänger einer rechtmäßigen Regierung, die keine Betten suchen, sondern Schutz vor barbarischer Rechtlosigkeit und Exekution (mit Sturmgewehren schweizerischer Herkunft) oder Folter, so verstehe ich mich als Schweizer ganz und gar, dieser meiner Heimat verbunden – einmal wieder – in Zorn und Scham.

Ich komme zum Dank.

Ich danke der Schweizerischen Schillerstiftung für die hohe Ehre aus der Heimat, nicht ohne zu wissen um die ernste Verlegenheit des einen und anderen Aufsichtsrates; um so ernster danke ich. Ich danke Adolf Muschg für seine Rede. Ich danke Ihnen, daß Sie hierher gekommen sind. (1974)

Wir hoffen

Rede zur Verleihung des Friedenspreises des deutschen Buchhandels 1976

Der Preis, der hier von Jahr zu Jahr verliehen wird zur Zeit der Messe, ist kein literarischer Preis. Hier ist nicht zu sprechen über Literatur als Notwehr oder Ware. Die diesen Preis verleihen, verstehen Literatur als ein Vehikel für Gesinnung und verbinden die Ehre, die durch die Anwesenheit hoher Behörden unserem Berufsstand erwiesen wird, mit der Herausforderung, etwas über den Frieden zu sagen.

»Ich erschrak,« so Sigmund Freud an Albert Einstein, der 1932 in einem Brief gefragt hatte, was man denn tun könne, um das Verhängnis des Krieges von den Menschen abzuwehren: »Ich erschrak zunächst unter dem Eindruck meiner – fast hätte ich gesagt: unserer – Inkompetenz, denn das erschien mir als eine praktische Aufgabe, die den Staatsmännern zufällt.« Den Nachsatz könnte auch der sogenannte Mann-von-der-Straße gesagt haben. »Ich verstand dann aber«, so schreibt Freud weiter an Einstein, »daß Sie die Frage nicht als Naturforscher und Physiker erhoben haben, sondern als Menschenfreund, der den Anregungen des Völkerbundes gefolgt war«, und vor seiner Analyse, warum es unter Menschen zum Krieg kommt, nochmals die Bescheidenheit des Gelehrten: »Ich besann mich auch, daß mir nicht zugemutet wird, praktische Vorschläge zu machen.« Sieben Jahre später brach der Weltkrieg aus ... Unser Wunschdenken nach Hiroshima, die Meinung nämlich, daß die Atombombe nur noch die Wahl lasse zwischen Frieden oder Selbstmord der Menschheit und infolgedessen den Ewigen Frieden herbeigeführt habe, hat nicht lang gehalten: Krieg in Korea, Krieg im Nahen Osten. Begnügen wir uns mit der Hoffnung, daß es ohne Atombombe geht? Der Krieg in Vietnam, geführt und verloren von unsrer Schutzmacht, hat im Einsatz von Vernichtungswaffen den letzten Weltkrieg übertroffen – ohne Atombombe – und zudem wiederholt, was seit Nürnberg als Kriegsverbrechen definiert ist. Die neueste Hoffnung, man weiß, geht dahin, daß ein nuklearer Schlagabtausch (Krieg wird da ein romantisches Wort) zwar keineswegs auszuschließen ist, daß er aber nicht das ganze Menschengeschlecht vernichte, sondern nur die Hälfte etwa, vielleicht sogar nur ein Drittel. Wer heute von Frieden redet und unter Frieden etwas anderes versteht als eine temporäre Waffenruhe bei unentwegter Pflege der Feindbilder wechselseitig, sodaß die Abschrekkungs-Strategie die einzig denkbare bleibt, spricht von einer Utopie, und dasselbe gilt für die Freiheit, ohne die (wie es an dieser Stelle schon dargelegt worden ist) kein Friede ist. Zu fragen bleibt also nach unserem politischen Umgang mit der Utopie.

Beginnen wir mit der Freiheit.

Sicher in der Verneinung jeder Art von Diktatur, sowohl einer sogenannten Diktatur des Proletariats als auch einer Diktatur der Besitzenden, die sich freilich nie so nennen wird, bin ich Demokrat, als Demokrat nicht euphorisch. Demokrat ist man in der Hoffnung, daß Herrschaft in rationale Autorität übergeführt werde. Wir brauchen den Staat, nicht seine Vergötzung als Obrigkeit, was ein Relikt feudaler Herrschaft ist. Man weiß es: je mündiger wir wären, umso weniger Staat wäre vonnöten; schon das macht den Staat zum steten Ärgernis: seine Notwendigkeit verweist auf unseren Mangel an Solidarität, unsere Unzuverlässigkeit, unseren Mangel an Vorstellungskraft, wie mein Tun und Lassen sich für die Nachbarn auswirkt oder für die Nachkommen. *Eigentum verpflichtet,* so sagt das Grundgesetz und fügt hinzu: *Sein Gebrauch soll zugleich dem Wohle der Allgemeinheit dienen*. Kann man es höflicher sagen? *Noblesse oblige;* wenn aber die Eigentümer-Macht, zum Beispiel die Boden-Spekulation, auf solche Noblesse, die ihr die Väter des Grundgesetzes unterstellen, gar keinen Wert legt? Wir brauchen also den Staat. Der Ruf nach Freiheit, mehr Freiheit vom Staat, ist prüfenswert; kommt er von Mitbürgern, die zugleich die Polizei verstärkt haben möchten, so wissen wir, wessen Freiheit da gemeint ist: die Freiheit für die Wenigen, die den Staat, sobald sie ihn in der Hand haben, lieber nicht als Staat bezeichnen, sondern als Vaterland, das Opfer verlangt von der Mehrheit . . . Der Grund, warum ich als Demokrat nicht euphorisch bin, ist dieser: die parlamentarisch-demokratische Apparatur, eingespielt auf Kompromiß in Permanenz, erzieht nicht nur zur Toleranz, was ja eine humane Qualität wäre über den staatsbürgerlichen Bezirk hinaus, mehr noch erzieht sie zur Resignation, zur Preisgabe jeder Utopie. Unter Demokratie-

Praktikern ist Utopie das schlichte Synonym für Hirngespinst. Was eines Tages bleibt: eine Technokratie, als solche effizient; es schwindet die spirituelle Substanz der Politik. Es bleibt: Politik als Fortsetzung des Geschäfts mit andern Mitteln, ein gewisser Wohlstand für die meisten als Köder zum Verzicht auf Selbstbestimmung, die Verkümmerung unsrer Humanität in Komfort-Hörigkeit ... Die Jugend, die in den späten Sechzigerjahren als Außerparlamentarische Opposition auftrat, merkte diese schleichende Resignation und wehrte sich: in Frankreich mit Allüren aus der Erinnerung an die Erstürmung der Bastille, es kam zu Bildern, die an Delacroix erinnern; in der Bundesrepublik theorie-rabiat und mit der Intransigenz von Revolutionären, die sich ohne Massen-Basis sehen. Das ist gewesen. Schüler und Lehrlinge, sogar Studenten, befragt nach ihren Gedanken über die Aufgaben einer Demokratie, zucken heute die Achsel. Sie wissen, was es sie kosten kann, wenn sie Gebrauch machen von dem verfassungsmäßigen Recht auf Meinungsfreiheit. Daß es gelungen ist, sogar die Jugend in die Resignation zu zwingen, ist kein Triumph der Demokratie. Die hektische Suche nach dem Verfassungsfeind, wobei man sich selber für verfassungstreu hält, ohne die großen Versprechen der Verfassung zu erfüllen, die Suche nach dem Sündenbock also, begleitet von dem pharisäerhaften Erbarmen mit den Dissidenten anderswo, kennzeichnet eine Gesellschaft, die Angst davor hat, daß ihr Bekenntnis, das demokratische, beim Wort genommen wird: eine Profit-Konkurrenz-Gesellschaft mit demokratischem Vokabular, wobei es eine Lüge wäre zu sagen, eben die Konkurrenz garantiere ja, daß die Leistung entscheide; es bleibt, wie liberal man sich in der Rede auch gibt, eine Konkurrenz zwischen Bevorzugten und Benachteiligten. Um aus der öffentlichen Diskussion zu verbannen, was die Bevorzugten ungern hören, nämlich Kritik an der veritablen Struktur unsrer Gesellschaft und Zielvorstellungen, demokratische, genügt heute schon da und dort die Etikette: *links,* wie es einmal genügt hat, vor langer Zeit, zu sagen: *entartet.* Nun meine ich nicht, daß Geschichte sich haargenau wiederhole. Ich beobachte bloß: ein Klima des Ressentiments. Kein Fememord; nur eben eine Allergie gegenüber politischem Bewußtsein, das zu analysieren vermag. Keine Schutzhaft; nur eben die Verweigerung des Diskurses, hierfür genügt zunächst der *Radikalen-Erlaß,* die Legitimation eines Ressentiments durch den administrativen Pakt mit diesem Ressentiment.

Meine Damen und Herren,

als Ausländer gehalten (ich weiß!) mich nicht einzumischen in die inneren Angelegenheiten der Bundesrepublik, deren intellektuelle Potenz wir bewundern, deren wirtschaftliche Potenz ihr das Selbstbewußtsein gibt, Modell zu sein – ob auch für Italien und Frankreich, darüber haben die italienischen und französischen Wähler zu befinden – als Ausländer verweise ich, da die Rede sein soll vom Frieden, auf ein Phänomen, das zur Friedensfrage gehört und sich nicht in Landesgrenzen hält. In meiner staatsbürgerlichen Heimat haben wir ungefähr dieselbe Praxis: ohne gesetzliche Erlasse zum Schutz der Demokratie durch Abbau der Demokratie. Als Schriftsteller hat mich beschäftigt die Genesis der Feindbilder: wie ein Ressentiment, Projektion der eignen Widersprüche auf einen Sündenbock, ein Gemeinwesen erfaßt und irreführt; die Epidemie der blinden Unterstellung, der Andersdenkende könne es redlich nicht meinen; wie aus der Angst vor Selbsterkenntnis (sie fällt uns allen schwer) der kollektive Haß entsteht, der ein Feindbild braucht, dieses oder jenes; die Verfemung einer Minorität mit dem paradoxen Ergebnis, daß die Majorität sich dabei selbst entmündigt: – indem schließlich jedermann, der an solcher Verfemung nicht teilnimmt, weil sein Gewissen es ihm verbietet, sich selber der Verfemung aussetzt, wird die Majorität gewissenlos und feige, das heißt aber: regierbar als eine Majorität von Untertanen.

Ohne Freiheit kein Friede

Die Jahre des Kalten Krieges zeigten in einem Kleinstaat, der militärisch ohnehin verloren wäre, vielleicht besonders deutlich, was auch anderswo gilt: daß das Feindbild, wie es der Kalte Krieg entwickelt hat und wie es heute weiter gepflegt wird, nicht zuletzt einen innerstaatlichen Zweck hat, die Erhaltung eben einer Herrschaft, die ohne Abschreckung nicht auskommt. Die schiere Unmenschlichkeit auf der andern Seite (und etwas anderes ist im Kalten Krieg ja nicht zu vernehmen) als Dispens von jeder Selbsterforschung; das stupide Muster: Wer Kritik übt am eignen Land, stehe im Sold des Feindes. Nicht daß die Mitbürger, die seit zwei Jahrzehnten dieses Muster gebrauchen, den wirklichen Krieg wollen, den China vermutlich überlebt, aber nicht Europa; der

Zweck des Kalten Krieges ist die Tabuisierung der vorhandenen Herrschaftsform ... Das würde bedeuten: der Friede (als ein Zustand nicht ohne Auseinandersetzung, aber ohne die Drohung mit der Katastrophe) ist nicht in erster Linie, wie es täglich dargestellt wird, eine Sache der Strategie, der militärischen und der diplomatischen; er ist auch nicht herzustellen durch persönliche Sanftmut, bis eines Tages der Marschbefehl kommt, der Fahneneid, der Schießbefehl; er ist herzustellen nur – im Sinn der These: Ohne Freiheit kein Friede – durch den Umbau der Gesellschaft in eine Gemeinschaft.

Wozu die Utopie?

Ob es die Utopie ist von einer brüderlichen Gesellschaft ohne Herrschaft von Menschen über Menschen oder die Utopie einer Ehe ohne Unterwerfungen, die Utopie einer Emanzipation beider Geschlechter; die Utopie einer Menschenliebe, die sich kein Bildnis macht vom andern, oder die Utopie einer Seligkeit im Kierkegaard'schen Sinn, indem uns das allerschwerste gelänge, nämlich daß wir uns selbst wählen und dadurch in den Zustand der Freiheit kommen; die Utopie einer permanenten Spontaneität und Bereitschaft zu Gestaltung-Umgestaltung (nach Johann Wolfgang Goethe: *Des ewigen Sinnes ewige Unterhaltung),* alles in allem: die Utopie eines kreativen und also verwirklichten Daseins zwischen Geburt und Tod – eine Utopie ist dadurch nicht entwertet, daß wir vor ihr nicht bestehen. Sie ist es, was uns im Scheitern noch Wert gibt. Sie ist unerläßlich, der Magnet, der uns zwar nicht von diesem Boden hebt, aber unserem Wesen eine Richtung gibt in schätzungsweise 25 000 Alltagen. Ohne Utopie wären wir Lebewesen ohne Transzendenz.

Woher das Ressentiment gegen die linke Utopie?

Ohne Zweifel hat es mit den studentischen Unruhen zu tun, obschon sie an den Besitzverhältnissen nicht das mindeste geändert haben. *L'imagination au pouvoir!* General de Gaulle (und das heißt: der Staat) hat den Tumulten standgehalten, nicht zuletzt dank der Kommunistischen Partei. (Ich befand mich damals in

Moskau und hörte die Angst eines Funktionärs, die Spontaneität könnte Schule machen.) In den Vereinigten Staaten: *Free speech movement,* das erste Erwachen aus dem Amerikanischen Traum während des Pseudo-Kreuzzuges in Vietnam, dazu die Blumenkinder, Revolte mit der Gitarre, naiv, *let us be,* ohne ohrenbetäubende Theorie; die Staatsmacht, die in Kent State nicht ohne Morde auskam, blieb ungefährdet. Auch in der Bundesrepublik – der Student Benno Ohnesorg, der den Schah von Persien nicht am Genuß der deutschen Oper hinderte, wurde von einem Wachtmeister versehentlich erschossen – war die Staatsmacht nicht eine Viertelstunde lang in Gefahr. Warum bleibt trotzdem ein Schock? Als habe man sich an Massaker zu erinnern, mindestens an einen Total-Streik. Nicht die Arbeiterschaft ging auf die Straße oder besetzte eine Universität; Söhne und Töchter des Bürgertums wollten wissen, worauf die Autorität in unsrer Gesellschaft gegründet ist. Eine statthafte Frage, wenn auch unerwartet in einer Zeit der Konjunktur, die doch Karrieren anbot. Statt stiller Teilnahme am Geschäft, das diesen Bürgerkindern offenstand, das plötzliche Aufkommen politischen Bewußtseins; die Universität, eben noch eine Karriere-Schule, plötzlich als Forum. Dabei hat sich gezeigt: was die Eigentümer-Macht, bisher ihrer Autorität gewiß, anzubieten hat außer einer Fülle von Konsum-Gütern, welche Perspektive für eine humanere Welt, welche sittlichen Werte, die nicht durch ihre Praxis annulliert werden, welche Hoffnung für alle oder auch nur was sie selbst beseelt, abgesehen von dem Glauben an die freie Marktwirtschaft, ist dürftig. Profit als Wonne der Persönlichkeit? Es hat sich gezeigt, meine ich, eine Leere. Inzwischen gibt es, außer der Polemik in der großen Presse, die der Eigentümer-Macht gehört, eine konservative Utopie-Kritik von wissenschaftlicher Statur. Gibt es (ich muß fragen, da ich nicht Fachmann bin) eine Sozial-Ethik, die der Macht durch Eigentum, zum Beispiel einem Nestlé-Konzern oder Hoffmann-La Roche, Autorität einbringt? In Verbindung mit dem Versuch, die Intellektuellen zu diskreditieren, hören wir die laute Sorge um die Rechtsstaatlichkeit, die verletzt worden ist, in der Tat, durch einige Verzweifelte und Verirrte – wobei die Rechtsstaatlichkeit, Voraussetzung einer gesitteten Gesellschaft, zum Wert an sich erhoben wird: als lebten wir, wie auch immer, für den Rechtsstaat schlechthin. Gemeint ist wohl, daß die Besitzverhältnisse unantastbar sein sollen. Es hilft nichts zu sagen: Ihr sollt euer Haus und euren Garten behalten und dies und das, nur nicht die Möglichkeit, daß Macht durch Eigentum eine vom Volk gewählte Regierung aus dem Sattel stoßen kann, indem sie, zum Beispiel, Krisen veranstaltet und dazu Waffen liefert wie im Fall von Chile, wo seither gefoltert wird. Es hilft nichts, denn es geht nicht um Haus und Garten und was jedermann zu gönnen wäre, sondern um ein Axiom: daß ein Dasein ohne Macht über andere ein menschenunwürdiges Dasein sei und eine andere Art von Selbstverwirklichung (wobei man vielleicht ohne Psychiater auskäme) undenkbar. Die in dieser Vorstellung von Menschenwürde erzogen und befangen sind, bekleiden sich mit der Rede von ihrer Verantwortung. Haben sie infolgedessen eine Hoffnung auf Menschenwürde für alle nicht anzubieten – denn solange Menschenwürde darin besteht, daß wir Macht über andere haben, muß es ja auch diese andern geben –, so bleibt, will man die Mehrheit im Parlament, als gemeinsamer Nenner die Angst: vor der Krise, vor der Arbeitslosigkeit, vor dem Feind, dessen militärische Rüstung in der Tat bedrohlich ist. Nur entwaffnen wir ihn nicht durch Unterbringung von Reformen im eigenen Land. Die Eigentümer-Macht; dabei denke ich an Personen, die zu treffen man Gelegenheit hat als Schriftsteller in Ehren und die, wenn ich manierlich zuhöre, schon beim Aperitif einen lapidaren Konsensus anstreben; Sätze wie diese: Eine einzige Atombombe auf Hanoi hätte den Amerikanern all diese Schwierigkeiten erspart / oder zur Lage in Argentinien: Solche Leute können ja nur zerstören, das sind nicht Menschen wie Sie und ich, Herr Doktor, die haben noch nie ein Buch gelesen, man muß sie ausrotten wie früher einmal die Indianer / oder: Daß da Säuglinge massenhaft sterben, mag sein, sie sterben auch ohne dieses Milchpulver, aber es geht diesen jungen Akademikern ja nicht um die Säuglinge und Mütter in der Dritten Welt, das ist doch rein politisch, das sind linke Romantiker / Sätze wie diese sind nicht zu erfinden und fallen beiläufig, bevor man zu Tisch geht und zur eigentlichen Konversation. Das Ressentiment gegen die Linke, das zur Zeit das öffentliche Klima in unsern Ländern prägt und nicht zögert, jedes linke Projekt gleichzusetzen mit Gulag oder Baader-Meinhof, ist als Ressentiment der Eigentümer-Macht plausibel, aber auch andern Leuten gefällig, da Ressentiment allemal bequemer ist als die Exerzitien politischen Bewußtseins. Daß längst eine Selbstkritik der Neuen Linken eingesetzt hat, kommt kaum zur Diskussion. Plausibel ist auch, daß die multi-nationale Eigentümer-Macht, traumatisiert durch die späten Sechzigerjahre, die Evidenz nämlich, daß Eigentum zwar Macht gibt, aber keine Autorität, die diese de facto-Macht legitimiert, in ihrer Terminologie sich besonders vaterländisch gibt: sie erhofft sich eine irrationale Autorität, indem sie multinational im Geschäft, uns zu Hause lehrt, was *schweizerisch* ist oder *American* oder *deutsch*. Einer Macht ohne Autorität bleibt die Arroganz, die Verkündigung etwa: Sozialismus (den es noch gar nicht gibt) gehöre der Steinzeit an – um nicht einzugestehen, daß sie zum Zustand der Welt, der für alle, inbegriffen die Eigentümer, bedrohlich ist, ihrerseits keine Alternative hat, allenfalls noch die defensive Fiktion, es sei die Umwelt (als Erdganzes) durch Management so einzurichten, daß der Mensch bleiben kann, wie er ist, die Gesellschaft wie sie ist.

Etwas über den Frieden sagen

Die Prognose, daß für das Menschengeschlecht dank seiner Technologie, die unwiderrufbar ist, der Konflikt mit der Umwelt größer wird als jeder denkbare Konflikt zwischen Nationen oder Macht-Blöcken, ist bekannt. Während die Abschreckungs-Strategie es den Völkern erschwert, der Vernichtung ihrer Lebensmöglichkeit auf diesem Planeten gemeinschaftlich zu begegnen, ist diese Vernichtung trotz Nicht-Krieg bereits im Gang. Was zur Zeit die Diplomatie erreicht unter dem labilen Gleichgewicht der Raketen-Arsenale, ein von Fall zu Fall unkriegerisches Arrangement zwischen den Machtblöcken, wobei die kleineren Staaten jeweils die Opfer zu bringen haben, ist nicht wenig: Erhaltung des Nicht-Krieges, eine Verlängerung der Gnadenfrist. Voraussetzung für den Frieden wäre der Abbau der Feindbilder. Wer kann sich das innenpolitisch leisten? Auf der andern Seite: Gäbe man nicht die stereotypen Hinweise auf die inhumane Praxis im Privat-Kapitalismus, die schale Schadenfreude über Arbeitslosigkeit anderswo, Kriminalität anderswo usw., wie trüge die Bevölkerung arbeitsam und stumm die Mißwirtschaft des Staatskapitalismus und die totale Entmündigung des Staatsbürgers? Auf unserer Seite: Wie ließe sich Herrschaft erhalten ohne das Feindbild, das die Existenz-Angst des Einzelnen in einer Gesellschaft mit rechtsstaatlich geschützter Ausbeutung ummünzt in die gemeinschaftliche Angst vor der Sowjetunion? Also Feindbilder, die innenpolitisch benötigt werden.

Zum Teil (aber nur zum Teil) haben die Feindbilder eine historische Berechtigung; Völker haben mit andern Völkern ihre leidvolle Erfahrung gemacht, die Polen und die Tschechoslowaken zum Beispiel mit den Deutschen und mit den Russen, und es besteht ein natürliches Mißtrauen, das nur langsam abzutragen ist durch eine neue Erfahrung miteinander. Das ist möglich; die Bundesrepublik Deutschland ist nicht Hitler-Deutschland. Die Sorge, eine Politik der Entspannung (einer neuen Erfahrung miteinander) führe nicht zum Frieden, sondern lediglich zur Schwächung der eignen Macht-Position, ergibt sich aus der Logik der Macht-Politik: sie sucht Macht-Expansion zwar ohne Krieg, aber durch Drohung mit dem Krieg. Dafür braucht sie vor allem ein Feindbild andrer Art: das Feindbild, das nicht auf Erinnerung beruht, sondern auf Antizipation. Die Sowjetunion, zum Beispiel, hat das amerikanische Volk nie überfallen; man war sogar verbündet. Merkwürdigerweise sind es die antizipatorischen Feindbilder, die am allerschwersten sich auflösen lassen; sie sind in die Zukunft gestellt. Wo es um System-Hegemonie geht, ist das Feindbild nicht mehr nationalistisch: Die welsche Tücke, Das perfide Albion, Die Germanischen Horden usw., das mobilisiert nicht mehr. Die verbissenste Feindbild-Paarung in Europa (wenn wir absehen von den tragischen Iren) besteht zwischen den beiden deutschen Staaten; eine demonstrative Animosität, schmerzlich durch verwandtschaftliche Bindung und durch Vernunft kaum abzubauen, da sie, so vermute ich, mit einer Identitätsnot zu tun hat; wie Karl Jaspers es 1958 an dieser Stelle ausgesprochen hat: »Beide Regime haben ihren Grund im Willen der Besatzungsmächte.« Es wäre nachzutragen: beide sind die Musterschüler ihrer System-Schutzmächte geworden, beide im Begriff, ihren System-Bundesgenossen gegenüber sich als Präzeptor zu sehen.

Unsere Frage:

Wenn wir von Frieden reden, und gesetzt den Fall, wir glauben an seine Möglichkeit: wie stellen wir uns den Frieden vor? 1946 in Frankfurt am Main, als Gast bei ausgebombten Deutschen, verstand ich unter Frieden ganz einfach: Keine Bomben mehr, keine Siege mehr, Entlassung von Kriegsgefangenen. In Prag, wo es kaum Trümmer gab, nach einem Besuch in Theresienstadt, wo ich noch den Galgen sah und Tausende von Tüten mit menschlicher Asche, schien die Antwort auch einfach: Friede als Ende der Angst, keine Uniformen der Fremdherrschaft. In Warschau, 1948, hörte ich nach einem stundenlangen Gang durch Trümmerstille plötzlich das Gedröhn von Niethämmern an den ersten Pfeilern einer neuen Brücke über die Weichsel: Der Friede! Dort wie hier das Gespräch (bei halben Zigaretten) mit Zeitgenossen, die nichts besaßen außer der großen Hoffnung: aus den Ruinen werde hervortreten der neue Mensch. Die einen erwarteten ihn als Kommunist, die andern als Christ. Nun wissen wir: Der neue Mensch ist nicht angetreten. Unsere vernunftsmäßige Ablehnung des Krieges als Mittel der Politik besagt noch nicht, daß wir friedensfähig sind. Gesellschaften mit Gewalt-Struktur mögen sich den Nicht-Krieg wünschen; der Friede widerspräche ihrem Wesen. Da keine Herrschaft je eingestehen wird, daß sie eine Armee auch braucht, um sie unter Umständen gegen die eigene Bevölkerung einzusetzen, ist sie zwecks Tarnung dieser Armee-Funktion gezwungen zu einer Rüstung, die das Vaterland vor aller Welt zu schützen verspricht; also durch diese Rüstung wiederum gezwungen zur Pflege des Feindbildes, das solchen Kostenaufwand und Verschleiß rechtfertigt, was keineswegs heißt, daß jemand den Dritten Weltkrieg wünscht. Nur: die Rüstung ist da, die den Nachbarn enerviert und sein Feindbild bestätigt, und damit das Wettrüsten, wobei jedes Feindbild immer auch das eigne Wesen verrät: wie soll denn ein Erpresser von Geblüt je zu dem Vertrauen gelangen, der andere sinne nicht auf Erpressung? Was in diesem Teufelskreis die wissenschaftliche Friedensforschung leistet: sie kalkuliert das Risiko solcher Macht-Politik; unterrichtet über die technologischen Innovationen, die eine Revision der Strategie verlangen, errechnet sie die im Augenblick reale Chance für den Nicht-Krieg zwischen friedensunfähigen Gesellschaften, ohne allerdings eine Garantie geben zu können, daß es nicht aus irgendeinem unerforschten Grund oder auch nur durch eine platte Havarie (zum Beispiel eine plötzliche Vernunftsschwäche auf der gegnerischen Seite, eine Stupidität in der gegnerischen Kalkulation) trotzdem losgeht morgen oder übermorgen. Eine friedensfähige Gesellschaft wäre eine Gesellschaft, die ohne Feindbilder auskommt. Es gibt Phasen, wo wir nicht ohne Auseinandersetzung auskommen, nicht ohne Zorn, aber ohne Haß, ohne Feindbild: wenn wir (einfach gesprochen) glücklich sind oder zumindest lebendig – zum Beispiel durch eine Art von Arbeit, die nicht nur Lohn einbringt, sondern Befriedigung (die nicht entfremdete Arbeit), und durch eine Art des Zusammenlebens von Menschen, das Selbstverwirklichung zuläßt. Was meint Freiheit, ein so mißbrauchbares Wort, im Grunde anderes? Freiheit nicht als Faustrecht für den Starken, Freiheit nicht durch Macht über andere. Selbstverwirklichung; sagen wir: wenn es möglich ist, kreativ zu leben. Wie viele Menschen haben in den vorhandenen Gesellschaften aber die Möglichkeit, kreativ zu leben? Das ist durch Wohlstand allein noch nicht gegeben ... Ob der Überlebenswille der Gattung ausreichen wird zum Umbau unsrer Gesellschaften in eine friedensfähige, weiß ich nicht. Wir hoffen. Es ist dringlich. Das Gebet entbindet nicht von der Frage nach unserem politischen Umgang mit dieser Hoffnung, die eine radikale ist. Der Glaube an eine Möglichkeit des Friedens (und also des Überlebens der Menschen) ist ein revolutionärer Glaube.

Hochgeschätzte Versammlung

Ich danke dem Börsenverein des Deutschen Buchhandels für die Verleihung einer Würde, die zu tragen ich versuchen will. Ich danke Hartmut von Hentig mit der Versicherung, daß ich nicht bloß das Lob gehört habe, sondern auch seine erweiternden Gedanken, seinen Appell zu einer Wiederherstellung der Politik durch praktizierende Humanität. Ich danke den deutschen Lesern. Einer der ersten war Peter Suhrkamp: Zuspruch mit Maß, die Bereitschaft zur Anerkennung als Vorschuß, Kritik nicht aus Geiz, sondern aus der generösen Erwartung, einmal könnte es ja gelingen, Zustimmung und Widerspruch als Herausforderung, den eignen Standort in der Zeitgenossenschaft zu suchen, dafür danke ich den Lesern in beiden deutschen Staaten. Ich danke Ihnen, Damen und Herren, für Ihre höfliche Anwesenheit heute. Ich bedanke mich herzlich. (1976)

Haben wir eine demokratische Öffentlichkeit?

Rede vor dem Parteitag der Sozialdemokratischen Partei der Schweiz 1976

Genossinnen und Genossen,

Bevor Sie zum Mittagessen gehen, möchte ich Sie noch aufmerksam machen auf die Tatsache, daß die Schweiz, unser Land, zurzeit in Bewegung ist – eine unauffällige Tatsache, und es wäre schon etwas geleistet, wenn wir sie auffällig machen könnten: wenn es der Öffentlichkeit bewußt würde, was in unserem Land zurzeit stattfindet, nämlich ein stetiger Abbau der demokratischen Rechte.

Erwarten Sie keine sensationelle Enthüllung!

Ein Journalist, der unter anderem untersucht und beschrieben hat, wie ein kleiner Landesverräter (zur Hitler-Zeit) zum Tod verurteilt worden ist, damit gegen andere Zeitgenossen und wichtigere, solche in der Generalität, keinerlei Zweifel aufkommt – dieser bekannte Journalist, der auch noch anderes vor die Öffentlichkeit bringt, was ihm ungerecht erscheint und aufschlußreich, ist nicht vor den Richter gestellt worden; denn es stimmt halt, was er geschrieben hat. Hingegen ist er entlassen worden, als er über den Fürsten von Liechtenstein meinte Witze machen zu dürfen. Um genau zu sein: entlassen nicht von der Redaktion, sondern vom Zeitungsverleger gegen den Willen der Redaktion. Im übrigen ist dieser Mann durchaus frei. Das Recht auf freie Meinungsäußerung, ein Grundsatz unsrer Verfassung, bleibt unangetastet; nur wird die öffentliche Plattform dafür immer schmaler und schmaler. Ob der Film über die Erschießung des Landesverräters Ernst S., in Mannheim ausgezeichnet als bester Dokumentarfilm, im Schweizer Fernsehen gezeigt wird oder lieber nicht, darüber befindet nicht der Hofer-Klub, der Geld von der Industrie bekommt, sondern ein Gremium, ein unabhängiges, so hören wir. Ein andrer Dokumentarfilm über die schweizerischen Spanien-Kämpfer wurde im Schweizer Fernsehen gezeigt: ohne den Schluß; das Demokratie-Verständnis dieser alten Spanienkämpfer mißfiel dem Gremium . . . Sie sehen, ich spreche von Bagatellen . . . Das Redeverbot für Ausländer, wir wissen es, hatte einmal einen guten Grund: Es richtete sich gegen die Nazi-Redner, die uns gegen Juden und Demokratie aufhetzen wollten. Dieses Redeverbot für Ausländer, heute noch in Kraft, hat sich wie eine Windfahne lautlos gedreht; Ernest Mandel, der marxistische Wissenschaftler, darf nicht einreisen; man traut den Eidgenossen nicht zu, daß sie kritisch zuhören können; Herr Löwenthal hingegen, der im Zweiten Deutschen Fernsehen für Franz Josef Strauß wirbt, ist eingereist und hat gesprochen ... Wir sind, so sagt Bundesrat Furgler, kein Polizei-Staat; deswegen wurde das Telefon von General Spinola nicht abgehört. So war es denn ein deutscher Journalist, der die Tätigkeit von General Spinola hier am Genfersee, Putsch gegen die Demokratie in Portugal, hat aufdecken müssen. Was Bundesrat Furgler sagt, beruhigt uns; auch wenn es im Telefon knackt, so wissen wir: In der Schweiz wird das Telefon nicht abgehört, es sei denn, jemand gehöre zu einem Komitee für demokratische Rechte in der Armee. Jedenfalls wurde der Brigadier Jeanmaire nicht abgehört. Was übrigens zu diesem Fall zu sagen ist, das wurde am Schweizer Fernsehen besprochen: von Offizieren und Vertretern des Militär-Departements. Wer sonst hätte dazu etwas zu fragen? ... Das erinnert mich an eine andere Sendung unter dem Titel »Tatsachen und Meinungen«; da ging es um die Armee-Reform, und das Volk hatte die sonntägliche Gelegenheit, die Meinungen zu hören von Herrn Oberst Oswald, dem die Armee-Reform zu danken ist, von Herrn Oberstleutnant Däniker, von Herrn Oberstdivisionär Wildbolz. Um beiläufig zu vernehmen, wie die Mannschaft, die in einem gewissen Sinn auch zur Armee gehört, über die neuen Reglemente denkt, ob sie Verständnis hat und glücklich ist, zu diesem Zweck wurde zugezogen – kein Soldat, kein Korporal, sondern ein Oberleutnant, der in sympathischer Art für die Mannschaft gesprochen hat, die leider nicht selber reden kann. Das Ganze hörte sich an (als eine Sendung im Sinn der Ausgewogenheit) wie ein Gespräch von Schafzüchtern über die Demokratisierung in der Schafzucht.

Was ich sagen möchte:

Öffentlichkeit scheint die Domäne der bürgerlichen Parteien zu sein. Es gibt sozialdemokratische Blätter, deren Redaktoren sich redlich bemühen: ohne die Mittel, um eine Tageszeitung oder Wochenzeitung zu machen, die wir statt der bürgerlichen Presse lesen wollen. Es fehlt das Geld. Die Partei hat es nicht. Eine Zeitung, die unser Demokratie-Verständnis zu verbreiten versucht, wird keine Zuschüsse von der Industrie bekommen, auch keine großen Inserate, die sie zum Profit-Unternehmen machen. Die Gewerkschaften, zwar angewiesen auf ein Demokratie-Verständnis, das man sozialdemokratisch nennen darf, hätten eher das Geld, aber sie sind gebunden (selbst wenn sie das Verständnis hätten) durch das Statut, parteipolitisch neutral zu sein. Diese Sachlage gilt als unabänderlich. Was ist die Folge davon? Die Sozialdemokratische Partei, immerhin die größte Partei im Land, arbeitet fast ohne Präsenz für den normalen Zeitungsleser, der sich nicht viele Zeitungen hält, sondern eine, die ihn über alles zu unterrichten verspricht, über China und Bern, über Unglücksfälle und Verbrechen, über Sport und Kultur. Die »Neue Zürcher Zeitung« informiert besser, das ist wahr. Aber wie interpretiert sie? Auch andere Zeitungen, die sich unabhängig nennen, informieren reichhaltiger als die mittellose AZ, zum Beispiel der »Tagesanzeiger«, der die breiten Volksschichten erreicht, aber ein privates Geschäftsunternehmen ist. Dabei fehlt es nicht an guten und gründlichen Journalisten, die unser Demokratie-Verständnis vertreten möchten; es gibt Redaktionen, die der Sozialdemokratie näher stehen als ihrem Verleger. Aber wer zahlt, der befiehlt – früher oder später . . . Der Journalist, den ich zu Anfang erwähnt habe, ist kein Einzelfall; andere werden auf andere Art abgestellt, wenn sie sich nicht zur Selbstzensur bequemen, um arbeiten zu dürfen. Wozu das führt: Die tägliche Indoktrinierung, die der Abonnent sich kauft, bleibt um so unauffälliger, als eine Gegen-Information ihn überhaupt nicht erreicht . . . Nun geht es nicht darum, die Inhaber der großen Zeitungen zu verteufeln; es geht um die Frage: Haben wir eine demokratische Öffentlichkeit? Daß von drei Schweizer Bürgern nur noch einer an die Urne geht, was ein Bankrott der direkten Demokratie ist, hat allerdings verschiedene Gründe; einer davon: Der Abbau der öffentlichen Kontroverse, einer wirklichen Kontroverse, meine ich, der Ausfall einer Gegen-Information in Presse und Schweizer Fernsehen führt zu einer Einschläferung; um nicht zu sagen: zu einer nationalen Verdummung, wie sie sich zeigt, zum Beispiel, in der Verwerfung des Raumplanungsgesetzes, das der Nation gedient hätte. Das kann sich auch die Regierung nicht wünschen. Es geht eben nicht mit Schafzucht! – Wir sind kein Polizei-Staat, nein, im Vergleich mit Spanien oder mit der DDR. Aber wir sind im Begriff, die Essenz unsrer Demokratie zu verludern, wenn wir (um bei der Sache zu bleiben) die Zeitungs-Inhaber bestimmen lassen, was wir lesen dürfen, was lieber nicht ... Das Gefühl, das wir manchmal haben, das melancholische und zugleich bequeme Gefühl nämlich, in der Schweiz bewege sich nichts, ist eine gefährliche Täuschung: Die Schweiz bewegt sich – und sogar rapid – in Richtung auf die Restauration.

Um von eurer Partei zu sprechen:

Sie arbeitet – und dafür verdient Hochachtung jeder Einzelne – sie arbeitet in Gemeinden, in Kommissionen, im Parlament und in der Regierung; aber sie arbeitet im Schatten der bürgerlichen Presse, ohne eine Presse, die für breite Schichten unser Demokratie-Verständnis lesbar macht von Tag zu Tag. Das heißt: Die Sozialdemokratische Partei der Schweiz (und das gleiche gilt für die Gewerkschaften) zehrt von einem Erbe, von einem Demokratie-Verständnis, das Arbeiter und andere in einem kapitalistischen Jahrhundert mühsam genug geschaffen haben; ich sage: Sie zehrt, sie verläßt sich darauf, daß ein politisches Bewußtsein weiter bestehe oder eine Presse, die das Volk erreicht – und ich frage mich mit Sorge, ob eure Partei, wenn sie weiterhin meint ohne eine effektive Medien-Politik auszukommen, nicht den Boden unter den Füßen verliert.

Das als Frage vor dem Mittagessen. (1976)

⟨Rede vor den Delegierten des SPD-Parteitages⟩

Herr Vorsitzender, verehrter Willy Brandt,

als Ausländer und deutschsprachiger Schriftsteller, Gast an Ihrem Parteitag, will ich (auch im Namen schweizerischer Kollegen) eine selbstverständliche Erklärung vorausschicken, die nicht Ihre Partei betrifft, aber zum Thema gehört: die Erklärung unserer Solidarität mit Heinrich Böll, Günter Grass, Jürgen Habermas, Hartmut von Hentig, Walter Jens, Siegfried Lenz, Luise Rinser, Martin Walser und allen, die als Vorbeter des Terrorismus zu verdächtigen nur einem Unwissenden möglich ist oder dem Polit-Lügner.

Sozialdemokraten!

Die Zukunft, so scheint es im Augenblick, gehört der Angst und nicht der Hoffnung auf Mehr-Demokratie. Diese unsere Hoffnung, die wir nicht aufgeben, gilt zur Zeit als Verharmlosung des Terrorismus, Angst als des Bürgers erste Pflicht. Was damit zu betreiben ist: Abbau der Demokratie (wie es heißt: zur Rettung der Demokratie) – das alles, ich weiß, braucht Ihnen kein Hergereister zu erzählen. Hingegen habe ich drei Fragen.

Erstens:

Der Staat, der, als demokratischer, zu Recht wünscht, daß seine Bürger sich identifizieren mit ihm, hat den Erpressern nicht nachgegeben; er ist auf Menschenhandel und Selbstpreisgabe nicht eingegangen; er hat (wie aus vielen Windrichtungen gefordert) Härte gezeigt – Härte, allein, kann auch einem Schreckensstaat eigen sein, und Zähne zu haben (Metapher von Franz Josef Strauß) ist wünschenswert, aber noch nicht das untrügliche Kennzeichen für Demokratie; Zähne hat auch die Hyäne – sagen wir lieber: die Bundesrepublik, genau die sozial-liberale Regierung im Krisenstab-Einvernehmen mit der Opposition, hat gehandelt im Sinn der Logik, daß der Terrorismus nur abzufangen ist, wenn die Terroristen einmal wissen, daß der Staat auf ihre Erpressung niemals eingeht, d. h. daß Geiselnahme ein Verbrechen und Mord ohne politische Effizienz bleiben. Das ist eins, die Logik. Wer verantwortet die Durchführung mit ihrem Risiko? Am 16. Oktober hatte Bundeskanzler Helmut Schmidt, soweit der Krisenstab ihn zeitweise freigab, ein mehrstündiges Gespräch mit drei Schriftstellern; der Ausgang, der böse oder der bessere, war an jenem Sonntag noch ungewiß; ich werde nicht vergessen: ein Mann in der Verantwortung durch Mandat und dieser extremen Verantwortung gerecht als humane Persönlichkeit ... Meine Frage heute: Welcher Art muß ihr Recht und ihr täglicher Umgang mit diesem ihrem Recht sein, damit eine Gesellschaft die ethische Legitimation hat, ihrem Rechtsstaat notfalls ein Menschenleben oder achtzig Menschenleben opfern zu dürfen? Diese Legitimation hat eine Gesellschaft nur, wenn sie auch in keinem anderen und in gar keinem Fall eingeht auf Erpressung, auch nicht auf die stille Erpressung durch Besitz der Produktionsmittel, und wenn sie, ferner, an keinem anderen Menschenhandel irgendwo auf der Welt beteiligt ist; wenn sie, soweit es nach Völkerrecht möglich ist, den Terrorismus bekämpft auch dort, wo dieser ein Territorium hat, das einen Markt darstellt. Oder kurz gesagt: wenn unser Staat ein Menschenrechtsstaat geworden ist oder zu werden verspricht. Bejaht man (und das tue ich) den Rigorismus der Regierung, der in Mulhouse zu einem Menschenopfer und in Mogadischu, auch dort mit einem Menschenopfer, zum Erfolg geführt hat, so geht die Logik weiter: So kann eben diese Regierung, angewiesen auf die ethische Legitimation für ihren Rigorismus, das große Versprechen auf Mehr-Demokratie jetzt nicht mehr preisgeben.

Zweitens:

Alle, die als terroristische Täter auf der Fahndungsliste stehen oder im Gefängnis sind, gehören der jungen Generation an. Was heißt das? Und viele von ihnen sind weiblichen Geschlechts. Zwei von vier Menschen, die in Stammheim ihr Ende gefunden haben – und auch wenn wir ihre Taten als Mord verurteilen müssen, bestehe ich auf der Bezeichnung: Menschen – sind Töchter von Pastoren gewesen, also herangewachsen unter moralischen Imperativen, die eigentlich für uns alle gelten; nimmt jemand sie ernst, diese Imperative, so machen sie empfindlich auf Unrecht, zum Beispiel Napalm-Genocid in Vietnam, und die Gelassenheit der Pharisäer kann jemanden entsetzen. Was solche Menschen, Moralisten also, ihrerseits zu Gewalttätern hat werden lassen, die

Frage ist unerwünscht, da sie zwar nicht zu einer Rechtfertigung von Morden führen kann, jedoch zur Frage: Wie unschuldig ist unsere Gesellschaft an der Wiederkunft des Terrorismus? – wobei endlich zu unterscheiden wäre zwischen Terroristen, also Tätern aus revolutionärem Bewußtsein, und Herostraten mit pseudopolitischer Phraseologie ... Hier spreche ich nicht zu solchen, die eine gar nicht so klammheimliche Erleichterung verspürt haben nach der Ermordung von Salvador Allende in Chile, sondern ich rede zu UNS: Wie unschuldig sind wir an der Wiederkunft des Terrorismus oder schuldig – nicht als Sympathisanten, was wir als Reform-Demokraten ja nie haben sein können, sondern als Biedermänner schuldig durch familiären und institutionalisierten Unverstand gegenüber einer ganzen Generation? Ich frage. Wieviel Wirkungsraum wurde dieser Generation eingeräumt, um ihre Epoche zu gestalten, zusammen mit den Vätern? Das rührende Signal, das die Hippies damals gegeben haben, und dann, schon ärgerlicher, die Gammler, sie schon eine Perversion der Sehnsucht nach einem neuen und eigenen Sein-Dürfen, dann die Drogensucht, die Selbstvernichtung, haben wir all das nicht gesehen? Und dazu das andere Ärgernis: An den Hochschulen die junge Linke, hauptsächlich Bürgerkinder, bald abgeblockt von beiden Seiten, theorie-wütig und für die Arbeiterschaft unverständlich. Wieviel Wirkungsraum wurde ihnen eingeräumt, um Erfahrung zu machen im Staat; um das Potential ihrer Erwartungen einzubringen in die Praxis, so daß sie sich mit dem Staat, der daraus entsteht und fragwürdig wäre wie jeder Staat, hätten identifizieren können? Erwartet wurde ihre Unterwerfung; geblieben ist im Extrem: die Resignation, verbunden mit Karriere, die Glaubensverlust und damit Selbstverlust niemals aufhebt, und die Paranoia der Terroristen. Mindestens eines dieser beiden Phänomene wird die Polizei, wie verstärkt auch immer, und spezialisiert und volksverbunden durch Telefon-Abhören bis an die Grenzen des Rechtsstaats, nicht aus der Welt schaffen: die Resignation. Außer der Einladung zum fröhlichen Konsum als Voraussetzung für Wirtschaftswachstum, was finden sie denn vor, welches Ziel über die eigene Person hinaus, welchen Daseinssinn? – ich rede nicht von der Bundesrepublik im besonderen ... Demokratie (gesetzt den Fall, man wolle sie nicht nur retten, sondern man wolle sie herstellen, das aber bedeutet: Mehr-Demokratie) wäre ein Ziel über die eigene Konsum-Person hinaus. Wiederherstellung der

Politik: daß Politik mehr sei als die Fortsetzung des Geschäfts mit anderen Mitteln; Politik als Entwurf (sagen wir schlicht:) eines Zusammenlebens der Menschen, das Menschwerdung fördert und, im Gegensatz zur Profit-Schlacht aller gegen alle, Lebenswerte stiftet. Meine zweite Frage: Arbeitet Ihre große Partei im Sinn eines solchen Entwurfs? – Ich meine JA, aber die Frage, meine ich, hat uns zu begleiten.

Drittens:

Die Intellektuellen, die wieder einmal dran sind ... Gemeint sind wohl nicht Professor Kurt Sontheimer, der von der Not der Intellektuellen sich durch Tendenz-Wende ausnimmt, oder Professor Golo Mann, der in diesem Herbst den Bürgerkrieg ausgerufen hat – was mehr als ein Verhältnisblödsinn ist; »Sie wissen doch«, so antwortet Habermas, »das aufgelöste Paradox eines bürgerkriegsähnlichen Zustandes ohne Bürgerkriegsparteien ist der Faschismus.« Und sicher gehört zu den Intellektuellen, die verstummen sollen, nicht der Harvard-Professor Henry A. Kissinger, der mir einmal sagte: »Die Intellektuellen sind Zyniker, und Zyniker haben noch nie eine Kathedrale erbaut.« Das sagte er, beide Hände in den Hosentaschen, um zu zeigen, wie wohl ihm sei, daß er auf Erden ein Macher ist, im Weißen Haus zu Washington, am zweiten Tag nach dem Überfall auf Kambodscha, wo damals keine Kathedrale erbaut wurde. Wer also ist gemeint? Die Skepsis der Arbeiterschaft gegenüber den Intellektuellen hat viele Gründe, darunter auch gute, und Mangel an Skepsis gegenüber den Intellektuellen wird auch Bundeskanzler Helmut Schmidt sich nicht vorwerfen müssen ... Was versteht man denn eigentlich unter einem Intellektuellen? Es gibt Sehr-Gebildete, die durch und durch keine Intellektuelle sind, und andererseits gibt es Leute, denen wenig Bildung eigen ist, aber eine beträchtliche Intelligenz; wie sonst könnten sie, zum Beispiel, Wirtschaftsführer werden? Was einen Menschen aber zu einem Intellektuellen macht, ist noch nicht die Intelligenz und sicher nicht der Umstand, daß einer, im Gegensatz zu der Mehrheit, deren Arbeitskraft die Nation ernährt, die Universität hat besuchen können. Ich vermute: Der Intellektuelle ist jemand, der vor allem besessen ist von einem Verlangen nach Erkenntnis der Wahrheit, auch wenn die Wahrheit möglicherweise nicht schmeichelhaft ist und seinem Privatinteresse nicht dienlich. Was hatte Kopernikus von der peinlichen Erkenntnis, daß die Sonne sich nicht um die Erde dreht? Unannehmlichkeiten; denn das ptolomäische Weltbild war so geheiligt wie heute das Wirtschaftswachstum. War Galileo Galilei ein Spinner? Lästig war er. Daß das Interesse des Intellektuellen, sofern er diesen Namen verdient, der Wahrheit gilt, besagt noch nicht, daß er sie allemal erkenne; schon dieses Interesse aber ist ein Ärgernis – begreiflicherweise; es irritiert den Bürger, der als Wahrheit ausruft, was im Augenblick zu seinem Vorteil ist. Ich betone: im Augenblick! ... Meine dritte Frage: Was würde aus einer politischen Partei, die den möglichen Beitrag der Intellektuellen, nämlich Innovation durch Kritik, in ihre pragmatische Arbeit einzubauen nicht willens ist oder nicht fähig, weil sie, erblindet am status quo, schon zu weit von der akuten Wahrheit und also von der Zukunft entfernt ist? Ich kann mir nicht denken, daß Politik ohne die lästige Assistenz der Intellektuellen eine geschichtliche Chance hat.

Genossinnen und Genossen,

Eure Arbeit hier und in Euren Bezirken ist eine schwere und kühne und langwierige Arbeit: Kampf gegen die Hysterie, die einspurt auf Kristallnacht-Mentalität, und Kampf für Mehr-Demokratie. Ein Beispiel von Mehr-Demokratie liegt, soweit ich auf Reisen gesehen habe, zur Zeit nicht vor. Europa schaut auf Euch; Europa (soweit es nicht auf ein verzerrtes Deutschland-Bild eingeschworen ist) setzt eine große Hoffnung auf Euch. (1977)

Die politische Repression

Vortrag anläßlich des 35. Verbandstages des VPOD in Interlaken 1979

Unser Thema: Die politische Repression – nicht in einem fernen Land, wo sie mit Kerker und Folter arbeitet, mit Verbannung, mit verstaatlichtem Mord, sondern die politische Repression in unserem Land . . . Gibt es das überhaupt? Es gibt Bundesräte, die das schlicht und gelassen bestreiten. Anderseits gab es in der Weltgeschichte noch keine gesellschaftliche Ordnung ohne Herrschaft und keine Herrschaft, die, selbst wenn sie im Namen des Volkes auftritt, sich hat halten können ohne Repression. Also sprechen wir über einen sozusagen natürlichen Zustand. Repression heißt wörtlich: Unterdrückung, Behinderung, Benachteiligung von Andersdenkenden, und da jede Herrschaft darauf besteht, daß Andersdenkende immer eine Minderheit sind, eine verschwindende Minderheit, die leider nicht freiwillig verschwindet, so versteht man unter Repression: Unterdrückung von Minderheiten. Wie könnte man denn, wo es demokratische Wahlen gibt, die Mehrheit unterdrücken! – das aber ist der Witz: man kann es.

Es stellen sich vier Fragen:

1. Wie funktioniert die Repression in einem Land mit einer demokratischen Verfassung, die, ihrem Sinn nach, die Repression auszuschließen versucht?

2. Was bezweckt die Repression?

3. Wenn die Repression ihren heimlichen Zweck erreicht: Was ist die Folge nicht nur für die Betroffenen, die Einzelnen, die entlassen werden oder überhaupt nicht angestellt – ich meine: Was ist die Folge für das ganze Land?

4. Können wir uns gegen Repression überhaupt wehren?

Wir brauchen einander nicht ausführlich die einzelnen Fälle zu erzählen, die sogar die Presse wahrgenommen hat, Beispiel der offenen Repression, wenn, einmal da und dort, ein Magistrat oder eine Verwaltung gegen das Beamtengesetz verstößt, gegen das Recht auf Meinungsfreiheit, also gegen die Verfassung. Das kommt vor:

der Fall einer Lehrerin in Solothurn – (ihr Mann, nicht sie, ist Mitglied der POCH, einer legalen Partei also, weswegen Regierungsrat Wyser, Freisinn, sie von der Lehrerwahl ausschließt.)

der Fall eines Assistenten an der Zürcher Universität – (vor Jahren hat er, laut Dossier der Kantonspolizei, ein Seminar der Partei der Arbeit besucht, einer legalen Partei also, weswegen Regierungsrat Gilgen, Landesring, den jungen Mann aus dem Physiologischen Institut einer Universität, die kein Privat-Unternehmen ist, nicht wegen fachlicher Unfähigkeit eliminiert, sondern weil der junge Akademiker sich politisch irrt.)

der Fall einer andern Lehrerin in Erlenbach –

Und so weiter!

Ein Postangestellter mittleren Alters, dessen Lebenslauf nicht unordentlich ist – Kinderarbeit zehn Stunden am Tag, also keine Berufsausbildung, Autodidakt, der Examen besteht, heute ein Bücherleser – bittet mich um Hilfe: er ist, zum dritten Mal, nicht befördert worden. Eine Rüge gegen den Mann liegt bei der Verwaltung nicht vor. Er ist aber einer der wenigen Sozialdemokraten an der Goldküste von Zürich. Was soll ich ihm raten? Vielleicht sollte er seine Freizeit anders gestalten, zum Beispiel rudern oder turnen: statt Unterschriften zu sammeln für die Atomschutz-Initiative und solches Zeug.

Wir wollen nicht übertreiben!

Es gibt in der Schweiz, im Gegensatz zur Bundesrepublik, keine Berufsverbote. Die Deutschen, als Anfänger in der Demokratie, haben so eine Neigung zu Gesetzen; die Schweiz hingegen, als eine alte Demokratie, hat diesen gesetzgeberischen Eifer nicht nötig. Wir brauchen keine Berufsverbote; Praxis genügt.

WAS IST DER ZWECK DER REPRESSION?

Eine Lehrerin in Solothurn, eine andere in Erlenbach, ein Physiologie-Assistent, ein Pöstler an seinem Schalter und ein bärtiger Moralist im Wallis, der die Korruption einfach als Korruption bezeichnet, oder ein Publizist, der die historischen Akten unsrer Militär-Gerichte studieren möchte – was würden sie ändern können an unserer Gesellschaft, die in festen Händen ist? Überhaupt nichts. Wozu also der Platzverweis? Mehr als ein Platzverweis ist es ja nicht; die werden ja nicht nach Sibirien verschickt und nicht einmal die Altersversicherung wird ihnen gestrichen. Wozu also das Geschrei! Auch dürfen sie ja eine andere Stelle suchen, wenn sie nicht von den Zinsen leben können, und im übrigen geht es ja gar nicht um ihre Person –

Das ist der Punkt:

Der Zweck der Repression, der offenen, ist die Einschüchterung aller, die Einschüchterung der Mehrheit, die der Bundesrat, wenn er nicht grad mit der Lobby verhandelt, demütig als *Souverän* bezeichnet.

Dieser Souverän sind wir. Und wir sind Menschen: Wenn einer von uns, der von solchen Fällen hört, einigermaßen vernünftig ist, kein Spinner, so weiß er: Es ist nicht günstig für mich und meine Frau, falls sie Lehrerin ist, und nicht günstig für unsere Kinder, falls sie einmal ein Stipendium bekommen möchten, nur weil sie begabt sind, nein, es ist gar nicht günstig, wenn ich anders denke als der sogenannte Souverän. Wozu soll ich, Angestellter beim Bund oder bei einer vaterländischen Großbank, Mitglied einer Partei werden, die sowieso keine Chance hat, da sie keine Bank ist, und die übrigens nicht einmal eine große Zeitung hat, die eine Öffentliche Meinung herstellen kann; denn wie soll eine Zeitung bestehen ohne die Inserate von Firmen, die sich Inserate leisten können und begreiflicherweise keine Inserate geben an eine Zeitung, die ihnen auf die Finger schaut? (Das alles wissen Sie.)

WIE ENTSTEHT DIE ÖFFENTLICHE MEINUNG?

Ein Landsmann zum Beispiel, der in der Zeitung als ein *Radikaler* bezeichnet wird, hat die Öffentliche Meinung schon gegen sich. Was er vorgeschlagen hat, Strich darunter! Ein Radikaler. Was das Wort heißt, steht im Fremdwörter-Duden, aber das braucht man nicht zu wissen. Eine andere Bezeichnung, die in der Öffentlichen Meinung heute fast wie ein Judenstern wirkt: *Links-Intellektueller* . . . »Warum hauen Sie (so lese ich dann und wann auf einer Postkarte) nicht endlich nach Moskau ab, Sie Sausäckel, Sie elender!« Unterschrift unleserlich . . . Was der Zeitungsleser, nach seiner Tagesarbeit begreiflicherweise zu müde, um Bücher zu lesen, sich unter einem Links-Intellektuellen vorzustellen hat, braucht ihm die Zeitung mit keiner Zeile zu erläutern: man weiß es schon! Was weiß man? Auch einer von denen! Legt er Bomben? Immerhin versucht er nachzudenken über die Ursachen des Terrorismus oder über die Zerstörung unsrer Umwelt, und ein Denken, das über das schiere Profit-Denken hinausreicht, ist verdächtig von vornherein. Von wem wird so einer wohl bezahlt? Schon die Tatsache, daß diese Typen (mit Brille und mit Bart oder ohne Brille und mit Glatze und ohne Bart oder mit allem zusammen) öffentlich aufzutreten wagen ohne einen Moderator vom Schweizer Fernsehen, ist linksextremistisch.

Also schweigen wir lieber. Oder fragen wir vorsichtig:

1. *Was ist ein Linker?*
2. *Was ist ein Intellektueller?*

Ein verantwortlicher Direktor des Hoffmann/La Roche-Konzerns, als er zur Katastrophe von Seveso (das zum Glück in Italien liegt) befragt worden ist, sagte öffentlich: er sei nicht besorgt, übrigens handle es sich höchstens um zwei oder drei Dutzend schwangere Frauen, die mit einer Mißgeburt rechnen müßten, und zweitens sei die Firma hinreichend versichert. –

Der, zum Beispiel, ist kein Linker.

Wenn eine Gruppe jüngerer Landsleute, die in der Dritten Welt gearbeitet haben, aus Gewissensgründen bekannt geben, was in der Dritten Welt beispielsweise der Nestlé-Konzern betreibt, so heißt es: Das sind Linke! Und was heißt da Gewissen? Die gefährden Arbeitsplätze in unserem Land. Da ihre Nachrichten im großen ganzen nicht zu widerlegen waren, wurde ihnen (wenn ich mich richtig erinnere) eine Million angeboten, damit sie vor Gericht nicht weiter auspacken. Sie haben das Schmiergeld abgelehnt; offenbar geht es ihnen nicht um Gewinn, sondern um die Babies in der Dritten Welt. – Wahrscheinlich sind das Linke.

Neulich, vor Harrisburg, sind schweizerische Geologen, die den Auftrag hatten zu erkunden, wo eine Endlagerung für Atom-Müll in unserem Land möglich ist, gemeinsam zu dem Ergebnis gekommen, daß im schweizerischen Mittelland, wo man am tiefsten bohren kann, nach wissenschaftlichem Ermessen leider keine Gesteinsschicht zu erwarten ist, die vor Radioaktivität schützt auf zehntausend Jahre hin – was die Atom-Lobby nicht hindert an der gelassenen Erklärung, das werde sich schon finden, wenn der Atom-Müll einmal vorhanden ist.

Und so weiter.

Also schweigen wir lieber . . .

Was ist ein Intellektueller?

Eine gewisse Intelligenz haben viele. Eine beträchtliche Intelligenz, zum Beispiel, hat Kurt Furgler. Offenbar ist es nicht die Intelligenz allein, die einen Intellektuellen ausmacht. Um auf eine Frage, eine schwere, sofort die flinke Antwort zu geben, die zwar die Frage gar nicht beantwortet, aber die zugunsten der eigenen Person oder Lobby ausfällt, dazu genügt auch ein mittelgroßer Computer, programmiert auf Macht-Interesse . . . Das Interesse des Intellektuellen ist andrer Art; es ist das Interesse an der Wahrheit, das unstillbare Verlangen nach Erkenntnis der Dinge, und zwar auch dann, wenn diese Erkenntnis (wer weiß) peinlich ist und unserem Privat-Interesse nicht dienlich. Was hatte Galileo Galilei von der peinlichen Erkenntnis, daß die Sonne sich nicht um die Erde dreht? Die Kirche drohte ihm mit Folter, so daß er widerrufen hat; was allerdings nichts daran ändert, daß die Erde sich um die Sonne dreht ... Wenn ich sage: das Interesse des Intellektuellen, im Gegensatz zum Politiker, gelte der Erkenntnis der Wahrheit, so heißt das freilich nicht, daß er, der Intellektuelle, allemal die Wahrheit erkenne. Schon dieses sein Interesse aber ist für die Politiker (in jedem System) das bare Ärgernis ... *Wahrheit!* – Pontius Pilatus, als Jesus, der Gefesselte, sagte, Er, Jesus Christus, sei die Wahrheit, griff sich, nachdem er die Übersetzung aus dem Hebräischen verstanden hatte, mit beiden Händen an den Hinterkopf und seufzte, der überforderte Beamte aus Rom, und sprach: *Was ist Wahrheit?* – eine Frage, die uns betroffen macht immer wieder und wieder und immer wieder, uns alle, denke ich, wahrscheinlich auch Kurt Furgler.

Soviel zum Intellektuellen.

Zurück zu unsrer Frage:

WIE ENTSTEHT DIE ÖFFENTLICHE MEINUNG?

die in einer Demokratie, wie wir sie haben, zweifellos das verfassungsmäßigste Instrument der politischen Repression ist ... Wenn du am Stammtisch oder in der Kantine das oder das sagst, was der Öffentlichen Meinung widerspricht, so bekommst du keine Prügel, meistens nicht einmal Widerspruch; du bleibst nur ohne Zustimmung. Du bist lästig. Und wenn das oft geschieht, daß du quer zur Öffentlichen Meinung redest, so ergibt es sich wie von selbst, daß du am Stammtisch etwas abseits hockst; in der Kantine schweigst du lieber oder du lachst auch über alte Witze, um nicht allein zu sein. Wohin die Öffentliche Meinung geht, das wittert man, auch wenn nur gejaßt wird. Eigentlich ist alles schon gesagt; also jassen wir. Was gehen dich, zum Beispiel, die Schah-Gelder an? Der Bundesrat hat beschlossen – ohne Diskussion mit der größten Fraktion im Parlament.

Manchmal ist die Öffentliche Meinung etwas verschieden in der französischen und der italienischen und der deutschen Schweiz; überall aber ist es das Kennzeichen der Öffentlichen Meinung, daß sie ohne viele Argumente auskommt – daher ist sie bequemer als jede alternative Meinung. Hast du denn immer Beweise zur

Hand, wenn du von Dingen redest, die in der Bürgerpresse nie erwähnt werden? Hinzu kommt, daß die Informationen, so wie wir sie täglich bekommen, der Öffentlichen Meinung allemal recht geben ... Gib's auf!

Ich spreche von der Fähigkeit zur Anpassung. Ohne Anpassung ginge jedes Lebewesen zugrunde, jede Katze, jeder Vogel. Anpassung ist noch kein Schmähwort. Soll ein Wissenschaftler, der für die Forschung ein Labor braucht, das er sich nicht selber anschaffen kann, und Kredite von CIBA-GEIGY, soll er seine Forschung gefährden durch eine Unterschrift, durch Bekanntgabe seiner persönlichen Überzeugung, die im Widerspruch zur Öffentlichen Meinung steht? Die Chance, daß er etwas anderes erreicht als Repressalien gegen seine Person, ist gering. Was also? Oder ein Kamera-Mann beim Schweizer Fernsehen, der Kamera-Mann in der Schweiz bleiben möchte: soll er bekannt geben, was er wirklich denkt? Vielleicht weiß er es selber schon nicht mehr und ist ein braver Kamera-Mann. Die Anpassung, wie gesagt, ist eine natürliche Eigenschaft. Man verhält sich zu einem gesellschaftlichen Klima, das man vorfindet. Welcher Art dieses Klima ist und wer dieses Klima herstellt, das ist die politische Frage.

Die Presse ist frei – das Fernsehen ist ausgewogen – und niemand möchte entlassen werden – *voilà!*

Dabei unterliegen wir allerdings einer Täuschung: Bei allen andern am Stammtisch oder im Betrieb halte ich es für Gesinnung, wenn sie so reden, wie sie reden, und nur bei sich selber, wenn ich mich verhalte wie die andern, erkennt man es als Duckmäuserei. Was ist es bei den andern? Die gemeinsame Angst vor Repressalien mausert sich zur gemeinsamen Gesinnung; die Mehrheit der Duckmäuser ergibt schließlich den Popanz der sogenannten Öffentlichen Meinung: die schweigende Mehrheit. Das ist der Zweck der Repression.

Zu Anfang habe ich Fälle erwähnt, Beispiele von offener Repression, die sich auf Einzelne beschränkt; man kann ja nicht die Mehrheit entlassen, sonst kracht der Laden zusammen oder gibt keine Gewinne. Die eigentliche Repression, die Unterwerfung der Mehrheit, ist die schleichende Repression, die unauffällige, die Repression ohne Skandale, die alltägliche und schlichte Repression, die sozusagen selbstverständlich wird: die Ellbogenfreiheit der Macht durch Kapital, die Repression als manierlicher Klassenkampf von oben herab.

WAS IST DIE FOLGE FÜR DAS LAND?

Kein Regierungsrat im Kanton Zürich, zum Beispiel, kann behaupten, er sei von der Mehrheit des Volkes gewählt. Zur Urne gehen ja nur 40 Prozent! Was denken die andern, die absolute Mehrheit also? Ein älterer Bus-Fahrer hat mir erklärt, warum er seit Jahren nicht mehr an die Urne geht: »Die machen ja doch, was sie wollen!« ... Resignation – das wäre genau, was die Macht-Inhaber sich wünschen; nicht die Magistraten, die Wähler brauchen, aber die Macht-Inhaber, Firmen, die Macht im Land haben ohne Mandat. Ich komme gelegentlich mit Studenten zusammen. Worüber diskutieren sie? Wenn möglich nicht über politische Probleme; das ist vorbei. Seit der Entwurf für eine neue Bundesverfassung vorliegt, ein Unternehmen, das zu den Verdiensten von Bundesrat Furgler gehört, bin ich noch nie unter junge Leute geraten, die diesen bemerkenswerten Entwurf auch nur eine halbe Stunde lang diskutieren. Ich meine: Die Folge der Repression ist ein Klima der politischen Apathie. Ein gefährliches Klima. Wozu sich exponieren? Das ist die Kapitulation vor der Macht durch Kapital, und was das in der Verlängerung bedeuten könnte: eine Oligarchie, multinational, mit helvetischem Kleinbürgertum, das die Oligarchie tarnt, indem es Urnen-Demokratie spielt.

Wie weit sind wir davon entfernt?

Ich komme zu unserem Punkt: das Personal der Öffentlichen Dienste und die Repression ... Als Genosse Walter Renschler mich eingeladen hat, als Gast in dieser Versammlung etwas zu sagen, habe ich mich gefragt: Wie ist eigentlich mein Verhältnis zu den Beamten? Der Betreibungsbeamte zum Beispiel, der von Zeit zu Zeit geklingelt hat an unsrer Türe, hat meine Mutter erschreckt, so daß sie nachher weinte; meine Lokomotive aus Holz hat er jedes Mal bewundert. Der erste Beamte in meinem Leben, glaube ich. Der schwarze Friedhofsbeamte, der bei der Bestattung meines Bruders sich an meine Sonderwünsche gehalten hat, sei auch gelobt. In der Regel sehe ich Personen des Öffentlichen Dienstes nicht als meine Feinde, auch wenn sie eine Uniform tragen und an ihrer Mütze ein kleines Schweizerkreuz oder das Wappen meiner Vaterstadt; der Beamte als Schweizer von Beruf, als Zürcher von Beruf! – und trotzdem, offen gestanden, kaum jemand kann mich so prompt einschüchtern wie ein Beamter. Dabei habe ich meinen Führerschein und gebe zu, daß ich im Unrecht bin, und im übrigen bin ich (auch wenn Herr Gnägi das bestreitet) ein Patriot. Ein Polizist in Rom oder ein Polizist in New York schüchtert mich weniger ein, das ist merkwürdig. In der Fremde ist man schon dankbar dafür, daß man geduldet wird.

Um beim Thema zu bleiben: Es gab noch keine gesellschaftliche Ordnung ohne Herrschaft und keine Herrschaft, die auskommt ohne Repression, wobei Repression, wie gesagt, nicht unbedingt mit Kerker beginnt und sich der Folter bedient. In einer gesitteten Herrschaft, wie bei uns, bedient sie sich lediglich der Volksschule, zum Beispiel, und regelt dann die Bildungs-Chancen usw.; sie bestimmt, wer ein Patriot ist, wer nicht, und verteilt keine Latifundien, aber Posten an kleine Patrioten, Schlüsselstellungen an große Patrioten, die, kraft ihres Amtes, allfällige Nörgler entlassen können. All das mit dem Segen der Öffentlichen Meinung: *beherzt, tatkräftig, mutig,* wie es auf ihren Wahlplakaten heißt ... Was nun die Beamtenschaft betrifft: Der Beamte, ein Arbeitnehmer auch er, lohnabhängig, tut gut daran, keinerlei Zweifel zu haben an der Gerechtigkeit jeder Order, die er durchzuführen hat. Wie könnte er sonst befördert werden? Das wiederum hat zur Folge, daß der Beamte, seinerseits der politischen Repression ausgesetzt, sich einsetzen läßt als Instrument eben dieser Repression. Das ergibt sich unversehens, ohne daß einer es will: wenn nämlich das Personal der Öffentlichen Dienste sich nicht bewußt bleibt, daß vor ihm das Volk steht, hinter ihm die Kapital-Macht, unsichtbarer als das Volk vor ihm. Und das gilt nicht nur für Polizisten, auch für Lehrer, für Sozialarbeiter, für Fernseh-Redaktoren usw.... Ich meine: daß das Personal der Öffentlichen Dienste sich nicht dazu hergibt, Büttel der Kapital-Macht zu werden und also die Demokratie abzubauen, dazu gibt es den VPOD.

Als letzter Punkt (betreffend die Gewerkschaft allgemein): Der Arbeitsfriede, der in unserem Land seit den dreißiger Jahren besteht, mag Vorteile haben bei Tarif-Verhandlungen. Nur geht es nicht um Tarife allein, so lebenswichtig sie sind. Dieser Arbeitsfriede, mißverstanden als ewiger Verzicht auf das Streikrecht, schwächt das politische Bewußtsein, das die Gewerkschaften geschaffen hat und dessen Träger zu sein ihre historische Aufgabe ist, das Bewußtsein, daß unsere Gesellschaft, als ganze, nicht von Zinsen lebt, sondern von der Arbeit an den Arbeitsplätzen. Ein

Mittel, um dieses politische Bewußtsein zu wahren, das klassische Mittel, um die Macht durch Kapital, wenn sie anmaßend wird, zu erinnern an die Macht der Arbeit, ist – notfalls – der Streik.

Gewerkschafterinnen und Gewerkschafter!

Ihre Arbeit, eine zähe Arbeit, ein Kampf ohne theatralische Barrikaden-Siege, verdient Hochachtung und sie verdient den Dank des Vaterlandes, das *unser* Vaterland ist und das *wir* verteidigen, und das ist nicht irgendeine Schweiz, sondern die Demokratische Schweiz. (1979)

Nachwort

Was aber ist deine
Pflicht? Die Forderung des Tages.
(Goethe, *Wilhelm Meisters Wanderjahre*)

Strengen wir uns also an, mit diesem Problem fertig zu werden; lassen wir uns seine Lösung *heute* etwas kosten, um nicht *morgen* noch mehr dafür bezahlen zu müssen ...
(Carlo Schmid, *Die Forderung des Tages,* 1946)

»Die Weltstunde fordert klaren Entscheid«, verkündete 1930 empört die nationalkonservative Kulturkritik, als Thomas Mann seine »längeren und kürzeren Abhandlungen, die, aus einer Begegnung innerer Nötigung mit den ›Forderungen des Tages‹ und der Zeit allmählich entstanden« waren, nun gesammelt vorgelegt hatte.[1] Wie selbstverständlich war dort eine Formulierung Goethes gewählt. Daß jener Titel *Die Forderung des Tages* den Autor zufriedenstellen durfte, ließ sich aus der zitierten Gebärde verbaler Übertrumpfung ebenso schließen wie aus dem willkommenen Bedauern, das solche »tendenziöse Essays« den begeisterten Lesern der früheren, nur für Einverstandene tendenzfreien *Betrachtungen eines Unpolitischen* jetzt einflößten.[2]

Überdies sollte 1946 der Titel – diesmal einer Aufsatzsammlung von Carlo Schmid vorangestellt – das deutsche Volk auf seinem Weg »durch das dunkle Tor der Wende« wieder einmal an das »andere Deutschland« mahnen, das Thomas Mann im Exil repräsentiert hatte, und er sollte die Tradition des demokratischen Sozialismus bekräftigen, der sich auch Max Frisch – wenngleich er ein Bündnis zwischen Sozialdemokratie und Bürgertum, wie es Thomas Mann 1930 vorschlug, kaum anstreben wird – doch verpflichtet weiß.[3]

Nicht nur deshalb wurde ein Zitat als TITEL der hier vorgelegten Sammlung gewählt. Vielmehr schien mit dieser engeren Formulierung intentional jene Art von »Kleinen Prosaschriften« bestimmt, die auf das antworten, was der Tag, die Aktualität einer Situation, verlangt oder fordern soll; sie sind signifikant auch, indem sie die »Forderung des Tages« erst bewußtmachen.

Wenn Hermann Hesse in solchen »Bemühungen« dankend »einen wahren Schatz autobiographischer und zeitgeschichtlicher Art« empfangen haben wollte, sei ein ähnliches Gefühl auch den Lesern unserer Ausgabe unverwehrt.[4]

Wir wollen aber das amüsierte: »Nun, nun!«, mit dem Thomas Mann solch Lob quittierte, nicht unterschlagen – einmal der anekdotischen Wahrheit zuliebe, dann auch, weil Hesse ja den Anspruch auf Repräsentanz, wie ihn der singularische Titel nahelegt, fein gespürt hatte, selbst wenn der Meister dies nicht so geradewegs anerkannt hören wollte. Der Plural hier nun wird andeuten, daß der Schriftsteller einer späteren Generation, konfrontiert mit den vielfältigen Meinungen einer pluralistischen Gesellschaft, nicht die tiefer gültige, wohl aber eine rational begründete vortragen will. Das Kriterium der Bedeutsamkeit indessen – der Signifikanz und der Repräsentanz, wenn nicht für den Zeitgeist, so doch für Max Frischs Schreiben – begründet unsere AUSWAHL.

Sie beugt sich nicht den historisch-kritischen Ansprüchen der Philologie. »Hier handelt es sich um das Werk eines lebenden und weiterarbeitenden Autors, der sich ausdrücklich das Recht vorbehielt, über die Aufnahme oder Nichtaufnahme eines Textes im einzelnen Fall zu entscheiden.«[5] Einen Großteil der nichtfiktiven Schriften, die Max Frisch seit dem Ende des Zweiten Weltkriegs veröffentlicht hat, enthält unsere Edition. Auf die früheren Texte wurde nur selten zurückgegriffen; ausgeklammert wurden außerdem die architekturkritischen Schriften aus den fünfziger Jahren sowie der umfangreiche Komplex von Selbstdeutungen und Erklärungen zu eigenen Werken, einschließlich der Dokumente zum sog. »Zürcher Literaturstreit«[6] und der Reflexionen über einen nüchternen Kulturbegriff aus den Nachkriegsjahren. Vieles davon ist in den *Gesammelten Werken* bequem zugänglich; in den konzeptuellen Zusammenhang aufgenommen wurden hier jedoch auch einige Texte, die in der Werkausgabe fehlen mußten; Max Frisch hat sich ja »nie darauf eingelassen, ein genau geführtes Archiv seiner Arbeiten anzulegen und zu organisieren. Die Vielfalt seiner zeitgeschichtlichen, kulturpolitischen und dramaturgischen Texte mußte (bei der Vorbereitung der Werkausgabe) durch lange und mühsame Sucharbeit wiederhergestellt und sichtbar gemacht werden.« Einige der damals verbliebenen Lücken können jetzt, nach der Eröffnung des Max-Frisch-Archivs an der ETH/Zürich, geschlossen werden; überdies sind seit 1976 neue Texte entstanden. Da in der vorliegenden Sammlung – wie in den *Gesammelten Werken* – grundsätzlich der Erstdruck als Druckvorlage diente, enthält sie außerdem einige Stücke, die dort nur in der für Frischs *Tagebücher* überarbeiteten Form präsentiert werden konnten; genaue Angaben dazu findet man in den ANMERKUNGEN UND DRUCKNACHWEISEN zu den einzelnen Texten.[7]

Sie sollen über die Entstehung, gegebenenfalls auch über die Druckgeschichte dieser Aufsätze unterrichten; auf die literaturgeschichtlichen Zusammenhänge im Werk Frischs und mit den Werken anderer und auf die zeitgeschichtliche Situation gehen sie nur soweit ein, wie es zum unmittelbaren Verständnis der Texte nötig ist (s. u.).

Aufgegeben wurde das GLIEDERUNGSPRINZIP der *Gesammelten Werke,* die »zeitliche Folge«, keineswegs, obschon die Auswahl sich zunächst auf drei Arten von Texten konzentrieren mußte; innerhalb der drei Abteilungen wurde die zeitliche Ordnung durchgeführt, wobei die Entstehungschronologie, wenn immer diese und die Erscheinungschronologie differierten, den Ausschlag gab.

Auf die geschriebenen Porträts von Freunden und Zeitgenossen des Autors (I) folgen also »Aufzeichnungen und Skizzen«[8] zur politischen und gesellschaftlichen Situation – zunächst in reflektierten Momentaufnahmen, »Steine eines Mosaiks«, aber kein »Bild« von Nachkriegsdeutschland und Nachkriegseuropa; – dann in einer seit den architekturkritischen Schriften erprobten Montage des sorgfältig recherchierten Tatsachenmaterials mit den Gesichtspunkten seiner Deutung; so ist die Kontinuität von jener »neuen Gattung«, die nach 1945 »Wirklichkeit in guter Sprache« schilderte[9], zum »investigative journalism« amerikanischer Provenienz dokumentiert (II). Mit dem Betrachter verändert sich in diesen Wirklichkeitsmontagen das Phänomen. Wo im Wechsel der Perspektiven sich der Standpunkt Max Frischs orten läßt, bekennen schließlich die (nicht sehr zahlreichen) öffentlichen Reden, um die angesprochene Öffentlichkeit zu verändern (III). Diese Auswahl vermag zumindest exemplarisch die ganze Breite des Spektrums von Themen und Darstellungsmitteln Max Frischs zu veranschaulichen.

Denn seit dem Beginn der vierziger Jahre kehren in seinem Werk insgesamt Leitworte und »poetische Vokabeln« wieder, werden Gedanken präzisiert und aufgehoben, bleibt die Position im Grundsätzlichen zwar nicht konstant, aber beschreibbar und nachvollziehbar in ihrem Wandel.[10] Zwei Einsichten schienen es nach 1939 zu rechtfertigen, daß der Architekt Max Frisch erneut zum Schriftsteller wurde – angesichts »des Ernstes der feldgrauen Dinge, (von) Wehr und Waffen, die wir alljährlich mit eigner Hand bedienen«.[11]

Einmal das »eigentliche Wunder« – das Erlebnis, daß das Schweizervolk in der Abwehr Hitlers, in der – bei der Zürcher Landesausstellung 1939 dokumentierten – Selbstbesinnung zu einer »Gemeinschaft«[12] verschmolz, die ihrer eigenen Identität mit »Achtung« gewahr wird: »als hätte mancheiner nicht mehr gewußt, daß wir, als ganzes Volk, getrost einmal in den Spiegel schauen dürfen ...«. »Heimat« und »Vaterland« sind Synonyme.

Andererseits verliert sich unter dem Druck der Kriegs-Isolation das fordernde Wissen um eine »andere Welt« keinesfalls: »eine Heimat, die rings um die Erde geht«. Unmittelbar nach Kriegsende einsetzende Reisen erscheinen uns auch als die – immer unzulängliche – Übersetzung dieser Sehnsucht ins Reale.[13]

Es ist ein fälliger Zufall, daß eine seiner Reisen – die nach Polen (23. 8.-3. 9. 1948) zum Friedenskongreß der Intellektuellen – die Verstimmung zwischen Frisch und der offiziösen Schweiz schürt, bis zum offenen Konflikt. Ursache und Garant seiner Dauer freilich sind GESCHICHTE und STRUKTUR des SCHWEIZERISCHEN STAATSWESENS.

Nach dem Sonderbundskrieg, der mit dem Sieg über die konservativen Kantone geendet hatte, wurde die Schweiz 1848 zu einem Bundesstaat mit einer liberalen, 1874 zugunsten einer Volksdemokratie (Gesetzesinitiative u. fakultatives Referendum) revidierten Verfassung; »1848 war die politische Schweiz der Umwelt voraus. Aber (...) im Verlauf des 19. und 20. Jahrhunderts (ist) die Gegenläufigkeit der 1848er-Liberalen sinnlos geworden. Der Konservativismus, gegen den sie sich stemmte, wurde überwunden.«[14] Am 11. November 1918, in der bittersten Not, die der Erste Weltkrieg für die Schweizer Arbeiterschaft gebracht hatte, wurde der Generalstreik proklamiert, der nach dem Truppenaufgebot in Zürich am 14. 11. aufgrund eines Ultimatums des Bundesrates ergebnislos abgebrochen wurde. Die Nach- und neue Vorkriegszeit ist von einem Erstarken der sog. »Fronten«, faschistischer Bünde, gezeichnet; selbst während der »geistigen Landesverteidigung«[15] – eingeleitet durch jene Landesausstellung – gab es (wie etwa die »Eingabe der 200« mit ihrem Wunsch nach einer reichs-loyalen Presse bekundet) Kräfte, die den Anschluß an Hitler-Deutschland befürworteten, trotz des Verfassungsgebotes der »Behauptung der Unabhängigkeit des Vaterlandes gegen innen und außen«.[16]

Gelenkt wird das schweizerische System des »administrativen Föderalismus« durch die Bundesgewalt in komplizierter Feinabstimmung mit den kantonalen und kommunalen Selbstverwaltungsorganen. Die legislative Gewalt liegt bei den beiden Kammern der Bundesversammlung, dem Ständerat als Vertretung der Kantone und dem Nationalrat; die Exekutive bei den sieben Mitgliedern des Bundesrates, einem Kollegialorgan. Von den im Nationalrat vertretenen Parteien gilt die »Freisinnigdemokratische Partei der Schweiz«, die das Erbe des klassischen Liberalismus pflegt, als staatstragend; von den Zeitungen des Landes steht ihr vor allem die *Neue Zürcher Zeitung* nahe. Die größte Fraktion im Nationalrat stellt fast ständig seit 1931 die »Sozialdemokratische Partei der Schweiz« (SPS). Daneben ist der, vom Gründer der Migros-Organisation, Gottfried Duttweiler, 1935 initiierte »Landesring der Unabhängigen« zu erwähnen, außerdem die kleine kommunistische PdA (»Partei der Arbeit«) oder auch die kleinere Gruppierung POCH (»Progressive Organisation der Schweiz«). Seit 1919 garantiert ein Proporzwahlsystem stabile Machtverhältnisse, die sich auch mit der Einführung des Frauenstimmrechts am 7. 2. 1971 nicht wesentlich änderten. Die »schweizerische Spielart der Demokratie (kennt) die Opposition als Institution nicht«, da deren Aufgaben durch das Referendum teilweise dem Volk anheimgestellt sind.[17] Dementsprechend werden auch die Bundesräte nach einer Formel gewählt, die 1959, nachdem lange die freisinnige Partei drei Ratsmitglieder gestellt hatte, neu ausgehandelt wurde: 2 (Freisinn) : 2 (SPS) : 2 (Christlich-demokratische Volkspartei der Schweiz) : 1 (Schweizerische Volkspartei, die frühere: Schw. Bauern-, Gewerbe- und Bürgerpartei). 1971 stellten diese »Bundesratsparteien« 75% der Abgeordneten im Nationalrat und mehr als 90% im Ständerat.

Neben dem parteipolitischen kennen wir einen lebensweltlichen Konservatismus, der in jenem selten aufgeht, obschon beiden der Verlustgestus eignet. Nur daß diesem der selbstverständliche Glaube an die sittlichen Werte, die im primären Erfahrungsbereich als global verbindliche vermittelt wurden, in der Konfrontation mit einer politischen Alltagspraxis verlorengehen.[18] Seit dem Zusammenstoß mit Ernst Bieri, seit der öffentlichen Auseinandersetzung mit Rudolf Jakob Humm, seit der Enttäuschung über seinen früheren Mentor, den Feuilletonchef der NZZ, Eduard Korrodi, also seit der frühen Nachkriegszeit klagt Max Frisch die Idee der Schweiz gegen deren Wirklichkeit ein – das »Wunder« ist zerbrochen und eine ›andere Heimat‹ wäre erwünscht. Ohne an der »unmißverständlichen Übereinkunft (. . .) in der Kritik am institutionellen Gefüge der Schweiz«[19], die Albin Zollinger und Ludwig Hohl verband, schon selbst teilzuhaben, sieht sich

Frischs Engagement für diese beiden Autoren, sein prüfendes Abwägen des Besseren überhaupt jetzt von anderen weltanschaulich fixiert. Wie nun das Theaterstück *Andorra* ein Wirklichkeits- und Erkenntnismodell für die Schweiz ist, so dienen die schweizerischen Kleinstaat-Zustände als Frischs verläßliches Modell der planetarischen Dimension. Selbst die Fehde gegen die Zeitung, die »lügt«, ist keine private Querele[20]; dies ist der unermüdliche Versuch, das Recht auf die Wahrheit des eigenen Standpunktes zu verteidigen. Nicht die programmatische Position; wohl ihren Anspruch, ernsthaft geprüft zu werden. Frisch legt sich ja fest, um sich verändern zu können nach dem Fortschritt seiner Erkenntnis.

Das Wechselspiel von Festlegung und Veränderung, »Wahrnehmung« und »Imagination« ist gewiß die Konstante in Frischs Dramen und Romanen, und die poetische Genauigkeit ist in den Stellungnahmen zum Zeitgeschehen ebenfalls der Maßstab.[21] So belegt unsere Auswahl, ohne tendenziös zu sein, die Einheit des Werkes von Max Frisch. Gelegentlich wurde zwar behauptet, er trenne das Private vom Öffentlichen, das Persönliche vom Politischen und dem entspreche dann, »daß sich seine politische Haltung relativ einfach abspalten läßt von seinem literarischen Werk«.[22] Obwohl Frisch das »eigene Ich« eines jeden und den Eigenwert des Privaten respektiert und dies als ›Höflichkeit‹[23] gerechtfertigt hat, so verläuft doch der ›Riß‹, der den Bereich des Öffentlichen abspaltet, gleichsam mitten durch das vorgebliche Individuum selbst. Wenn Frisch Menschen porträtiert, verkennt er nicht die maskenhafte »persona« (C. G. Jung)[24], die zu ihrer Individualität gehört, und wenn er Forderungen an eine anonyme Öffentlichkeit von Rollenträgern stellt, behandelt er sie noch als möglichen Partner. Deshalb – und nicht weil sie nun einmal die Wortwelt eines Dichters ist – kann sich die Sprache Frischs von den Phrasen der »Lautsprecher und Sender« befreien[25]; weder reserviert er für die Politik die oft austauschbaren Schlagworte des Fortschritts oder der Bürokratie, noch beansprucht das »Eigentliche« und »Existenzielle« bei ihm einen eigenen Jargon; vielmehr scheint er, wie sein Vorbild Georg Büchner, »für menschliche Dinge auch menschliche Ausdrücke finden« zu wollen (Brief vom 9. 12. 1833). So versteht sich ›Heimat‹ hier als Anspruch an den Partner des Gesprächs wie an das Heimatland, ›Fremde‹ verbindet gesellschaftliche »Entfremdung« mit dem »fremd sein«

des einzelnen in einer heimatlich-gemütlichen Umwelt und kann auch das Reizwort ›Überfremdung‹ revidieren; wer einmal – Max Frischs Wunsch (i. d. B. S. 20) gemäß – »auf die Wörter achtet« und den geheimen Leitworten dieser Texte nachspürt, kann Veränderung nachvollziehen und lernen, nicht recht zu haben, sondern die Berechtigung der eigenen Meinung nachzuprüfen.

Auf ihre eigene Überprüfung gehen diese Versuche aus. Was für den parodierenden Erzähler gilt, gilt auch für den politischen Schriftsteller – die Scheu vor der blind-bewußtlosen Fixierung. Ein Beispiel für viele mögliche aus dem Roman *Stiller* mag vorerst das STILPRINZIP illustrieren.[26]

– der von seiner Gattin betrogene und beim Umzug im Stich gelassene Rolf, fluchend, daß die Dienstmänner »sich über die Ausdrucksweise eines Gebildeten nur wundern konnten. (. . .) Und die braven Männer wagten schon nicht mehr zu fragen, damit der nervöse Herr sich vor ihnen nicht weiter blamiere. (. . .) Zum Schluß, als das Durcheinander vollendet war, bekamen die braven Männer ein Trinkgeld, daß sie sich genierten; es grenzte schon an Schweigegeld.« – Dem tödlichen »Bildnis«, der Festlegung einer Person auf eine ›Eigenart‹, weicht Frisch keineswegs aus; konstatierend wertende Adjektive häufen sich vielmehr. Verantworten indessen mag sie der Autor wohl nicht, da stets die Perspektive zwischen den beteiligten Instanzen oszilliert und sich nicht entscheiden läßt, ob »Bildung« Rolf vom Erzähler zugesprochen oder von den Dienstmännern bei ihm vermutet wird, ob die Dienstmänner »brav« sind oder nur Rolfs entsprechendes Erwartungsklischee erfüllen, ob Dienstmänner, Erzähler oder doch der Jurist Rolf das Trinkgeld als ein »Schweigegeld« identifizieren.

Der Wechsel der Bilder zerstört das »Bildnis«. Die Multiplikation der Klischees vermindert und zerstört ihre Wirkung durch perspektivische Brechung. Statt eindeutig zu benennen, umschreibt die Sprache Frischs unablässig das bloß Gemeinte, das »Weiße zwischen den Worten«[27], und diese Radikalität der steten Revision ist sein Stilprinzip; sie ist das Argumentationsziel, wenn die architekturkritischen Schriften der Fünfziger die Gründung einer »neuen Schweiz« aus der Idee heraus vorschlagen; und sie ist der Prüfstein staatsbürgerlicher und schriftstellerischer »Wahrhaftigkeit«, wenn die Romanfigur Stiller dann die Last dieses idealistischen Programms übernehmen muß und sein politisches Engagement in das ironische Zwielicht privaten Versagens einrückt.[28]

Dies alles anzumerken, die Übergänge im Werk Frischs, die Nuancen, die aus dem Kontext seines Werkes[29] und der allgemein begriffenen »Forderung des Tages« – etwa der Überfremdungs-Diskussion – seine Texte anreichern, hier detailliert zu erfassen, hätte den Anhang unserer Sammlung in einen Kommentar verwandelt und damit den Texten eine historische Würde verliehen, die sie sich verbitten. Die Aktualität des Gehaltes dieser Schriften reicht über ihren aktuellen Anlaß hinaus.

Frisch selbst erlaubt sich das Vergessen des Vergangenen nicht. Wiederum hilft die Technik der perspektivegebundenen Montage. Wie in der Werkchronologie das *Dienstbüchlein* (1974) als Revision der *Blätter aus dem Brotsack* (1940) konzipiert ist, so liefert auch das Selbstzitat in den hier vorgelegten Schriften die Folie seiner Korrektur.[30] In ihrer zeitlichen Folge zielen sie auf eine ›Wahrheit‹ als regulatives Prinzip aller geistigen Bemühung; nur darin bestätigt sich die »Wahrhaftigkeit« des Intellektuellen. Das bewußtlose Austarieren des Gewichtes eines Ideenproduktes am Meinungsmarkt soll dem überlegten Abwägen von Werten selbst weichen und die Argumentation soll das Konkurrenzprinzip ersetzen.

Vorerst verhalten ›Wahrheit‹ und ›Öffentlichkeit‹ sich zueinander wie ›Heimat‹ und ›Fremde‹; real ist jeweils die Drohung des Verlustes, utopisch das niemals fraglos Besessene; die »erste Station« auf dem Weg nach der Utopie ist das poetische Verfahren der Ironie im Text und die wechselseitige Korrektur der Texte.

Daß diese für jenes eintreten und eine Position dann unbedingt behauptet werden muß, wenn wenigstens Teilerfolge den Weg markieren sollen, hat Frisch bei Thomas Mann lernen können und in den Beiträgen, die unmißverständlich den sozialdemokratischen Parteistandpunkt vertreten, praktiziert. Die öffentlichen Reden nutzen so den gewichtigen Anlaß.

Im Vorwort seiner verdienstvollen Übersetzung des *Inquiry into the Nature and Causes of the Wealth of Nations* von Adam Smith empfiehlt der Wirtschaftswissenschaftler Horst Claus Recktenwald »allen Nichtökonomen unserer Zeit, voran den politisch engagierten Literaten deutscher Zunge, in aller Bescheidenheit die

Lektüre dieser geschichtsphilosophischen Kapitel bei Smith«; beim Nachweis des »jüngsten Sammelbandes, der das politische Wissen (dieser deutschzüngigen Literaten – W. S.) samt ihrem Credo enthält und repräsentativ ist«, unterläuft dem kenntnisreichen Markttheoretiker allerdings ein symptomatischer Fehler mit der Titelangabe: »Der Friede als Unruhestifter«.[31] Die früher oft beklagte Sprachlosigkeit zwischen den »zwei Kulturen«, den Natur- und den Geisteswissenschaften, wird vom globalen Unverständnis der Gruppen in einer hochdifferenzierten Industriegesellschaft überboten, ohne daß die Literatur ihre Wahl zwischen den Extremen, Sprachrohr einer im Kulturbetrieb etablierten Teilelite zu sein oder als Anwalt des Allgemeinwohls zu agieren, schon zweifelsfrei getroffen hätte.[32] Selbst wer ihre Thesen ablehnen muß, wird den hier präsentierten Aufsätzen Max Frischs ein ähnliches Schicksal wie dem, seinerzeit als Kritik der »Zwei Kulturen«-These konzipierten, als Programm des Geisteskampfes rezipierten Roman *Homo faber* keinesfalls wünschen. Sie sind eine Aufforderung zum vernünftigen Gespräch und zum Handeln gemäß der jeweils besseren Einsicht. Dies ist wohl die Forderung des Tages.

München, im September 1983 Walter Schmitz

Anmerkungen

1 Thomas Mann in: »On Myself« (März/April 1940), zit. n.: *Thomas Mann,* Reihe: Dichter über ihre Dichtungen Bd. 14/I-III, hg. v. Hans Wysling /Marianne Fischer, München/Frankfurt: Heimeran/S. Fischer 1975 ff., I, S. 717. Einleitend: Conrad Wandrey, »Thomas Mann und die Forderung des Tages«, in: *Deutsche Rundschau* 1930; zit. n.: *Thomas Mann im Urteil seiner Zeit,* hg. v. Klaus Schröter, Hamburg: Christian Wegner 1969, S. 187.
Dafür, daß Thomas Mann bewußt aus Goethes »Betrachtungen im Sinne der Wanderer«, die *Wilhelm Meisters Wanderjahren* beigegeben sind (*Goethes Werke. Vollständige Ausgabe letzter Hand,* 22. Bd., Stuttgart: Cotta 1829, S. 215) zitiert, liegt zwar kein Beleg vor; es ist aber sicher anzunehmen.

2 Zum Titel vgl. Th. Mann (s. Anm. 1), II, S. 365 u. 602. Das folgende Zitat aus einer Rez. v. Friedrich von der Leyen, zit. n. Schröter S. 183;

der Vergleich mit den *Betrachtungen* ist damals topisch, vgl. ebd. S. 180, 182, 192 und – bes. gehässig – S. 194 ff. im *Völkischen Beobachter* 1932.

3 Vgl. Schröter (s. Anm. 1) S. 178 zur *Deutschen Ansprache* Thomas Manns, einer am 17. 10. 1930 in Berlin gehaltenen Rede. – Carlo (auf dem Titelblatt: Karl) Schmids Sammlung: *Die Forderung des Tages* erschien im Stuttgarter Klett-Verlag (Zitat: S. 9).

4 Th. Mann zitiert dies Urteil in einem Brief an Jonas Lesser (18. 3. 1953), III, S. 495; zum repräsentativen Anspruch vgl. Peter de Mendelssohn, *Von deutscher Repräsentanz, (Thomas Mann, Heinrich Mann, Gerhart Hauptmann, Hermann Hesse)*, München: Prestel 1972.

5 Hans Mayer, »Nachwort«, GW VI, S. 834. Deshalb wurde unser Band auch nicht so konzipiert, daß Texte aus der früheren Sammlung *Öffentlichkeit als Partner* außerhalb bleiben mußten.

6 Zu den architekturkritischen Schriften s. u.; die Dokumente zum »Zürcher Literaturstreit« sind bequem zugänglich in *Sprache im technischen Zeitalter* 1967, vorläufig ausgewertet bei K. S. Whitton, »The ›Zürcher Literaturstreit‹,« in: *German Life & Letters* 27, 1973/74, S. 142-150; an Texten aus der Nachkriegszeit hierzu sind nicht nur bekannte, wie »Kultur als Alibi« (1949) (GW II, S. 337-343), sondern auch die Vorstufe, die Zürcher Rede vom Oktober 1948: »Müssen wir uns mit der deutschen Frage beschäftigen?«, in: *Basler Nachrichten* v. 19. 11. 1948, betroffen. Folgendes Zitat: Hans Mayer (s. Anm. 5), S. 836.

7 Der Vergleich solcher Fassungen ist das methodische Prinzip der sorgfältigen Arbeit von de Vin.

8 Aus dem Vorspruch zum *Tagebuch 1946-1949*, GW II, S. 349; folgendes Zitat ebd.

9 So Gustav René Hockes Kennzeichnung der Nachkriegs-Reportage in: *Der Ruf*, Nr. 7 v. 15. 11. 1946; vgl. Klaus R. Scherpe (Hg.), *In Deutschland unterwegs. Reportagen, Skizzen, Berichte 1945-1948*, Stuttgart: Reclam 1982, u. dessen Beitrag zum Argument-Sonderband AS 83 *Nachkriegsliteratur*, Berlin: Argument Verlag 1982, S. 35-102.

10 S. u. – Die These von R. Grimm/C. Wellauer, »Max Frisch. Mosaik eines Statikers,« in: H. Wagener (Hg.), *Zeitkritische Romane des zwanzigsten Jahrhunderts*, Stuttgart: Reclam 1975, S. 276-300, beruht auf unzureichender Kenntnis der Texte. – Leitworte Frischs erscheinen im folgenden in einfachen Anführungszeichen.

11 Dies u. die folg. Zitate aus: M. F., »Was das eigentliche Wunder ist . . .,« *NZZ*, Nr. 910 v. 21. 5. 1939.

12 Terminus von Ferdinand Tönnies, vgl. i. d. B. S. 336. Während dies sonst als »Warenzeichen« von M. F. gilt (Gespr. m. D. Zimmer, *Die*

Zeit v. 22. 12. 1967), vgl. nun einmal zum »Identitätsproblem« der Schweiz i. d. B. S. 194 f., 294, 331 u. ö., vgl. Malcolm Pender, *Max Frisch. His Work and its Swiss Background,* Stuttgart: Heinz 1979, bes. S. 66 ff. Zur Spiegelmetapher in *Andorra* vgl. meinen Aufsatz: »Max Frischs ›Andorra‹ – als Wirklichkeits- und als Erkenntnismodell,« in: H. Müller-Michaels (Hg.), *Deutsche Dramen,* Bd. II, AT 2163, Königstein/Ts.: Athenäum 1981, S. 126 f.

13 *Nun singen sie wieder*, GW II, S. 120; vgl. die Parallelen im Aufsatz »Die andere Welt«, in: *Atlantis* 17, 1945, S. 2–4.

14 Hans Tschäni, *Profil der Schweiz. Ein lebendiges Staatsbild,* 4. Aufl., Aarau: Sauerländer 1974, S. 30. Historische Information im *Handbuch der Schweizer Geschichte,* Zürich: Berichtshaus 1972.

15 Dazu Edgar Bonjour, *Geschichte der schweizerischen Neutralität,* Basel: Helbing & Lichtenhahn 1967 ff., III, S. 377-389. – Zur »Eingabe der 200« vgl. Walter Wolf, *Faschismus in der Schweiz,* Zürich: Flamberg 1969, S. 44-46; zum dritten Thema der Debatten der sechziger Jahre, der Flüchtlingspolitik, vgl. Bonjour III, S. 283-314 u. VI, S. 13-44, sowie die populäre Darstellung von Alfred A. Häsler, *Das Boot ist voll . . .,* Zürich: Fretz & Wasmuth 1967 (z. B.: S. 18 über den Antisemitismus des damaligen Chefs der Fremdenpolizei, Dr. Heinrich Rothmund). Zu den späteren Debatten vgl. Manfred Gsteiger, »Die zeitgenössische Schweiz und ihre Literaturen,« in: ders. (Hg.), *Die zeitgenössischen Literaturen der Schweiz,* München: Kindler 1974, S. 15-139, zugleich die beste Einführung in den Kontext von Frischs Schriften. Zürcher Lokalkolorit vermittelt der historische Roman von Kurt Guggenheim, *Alles in Allem,* Zürich: Artemis 1957.

16 Tschäni (s. Anm. 14), S. 39; die gegenwärtige Wirtschaftsstruktur wird von Tschäni ebenfalls skiziert; zur historischen Entwicklung vgl. Albert Hauser, *Schweizerische Wirtschafts- und Sozialgeschichte,* Erlenbach: Rentsch 1961.

17 Ebd. S. 143.

18 Statt die Verästelungen der Fachdiskussion zu verfolgen, verweise ich hier nur auf Max Horkheimers Bemühung um den »wahren Konservativen« (*Notizen 1950 bis 1969,* Frankfurt: S. Fischer 1975, S. 205); meine früheren Hinweise auf die Nähe Frischs zur »Frankfurter Schule« sind bisher nicht aufgenommen worden; anekdotisch: H. C. Z. Mansilla, »Zwei Begegnungen in der Schweiz. Gedanken aus Gesprächen mit Max Frisch und Max Horkheimer«, in: *Frankfurter Hefte* 28, 1973, S. 239 f.

19 Aus dem Vorwort von Heinz Weder (S. 10) zu: *Briefe von Albin Zollinger an Ludwig Hohl,* Bern: Hans Huber 1965. Zum vorigen vgl. die Anmerkungen zu S. 151 u. 170 sowie zu Frischs Förderung durch Korrodi den ersten Teil meiner Monographie (Briefdokumente zur Entfremdung im Max Frisch Archiv).

20 Hans Bänziger, *Zwischen Protest und Traditionsbewußtsein,* Bern: Francke 1975, S. 102 ff. gibt erste Hinweise; zur Prominenz des Motivs vgl. jeweils die Einleitung zum Materialienband über *Stiller* (S. 19) und *Biedermann und die Brandstifter* (S. 9). Die Kritik der Medien insgesamt bei Frisch wäre noch in den Kontext seiner Pharaseologiekritik zu stellen, vgl. meinen Aufsatz (s. Anm. 12), S. 129 ff., sowie i. d. B. S. 244 u. 354.

21 Jürgen Schröder, »Spiel mit dem Lebenslauf,« in: *ÜMF* 11, S. 31 ff., schöpft souverän die Möglichkeit aus, auch scheinbar beiläufige Äußerungen Frischs im Werkkontext auszulegen; spezieller: Hermann Burger, »Des Schweizer Autors Schweiz. Zu Max Frischs und Peter Bichsels Technik der Kritik an der Schweiz«, in: *Schweizer Monatshefte* 51, 1971/72, S. 746-754, und bes. die Beiträge von Adolf Muschg (s. Anm. zu S. 324 u. *Begegnungen. Eine Festschrift für Max Frisch zum siebzigsten Geburtstag,* Frankfurt: Suhrkamp 1981, S. 154-176). Zur Deutung der Nachkriegspublizistik vgl. das entsprechende Kap. meiner Monographie.

22 Helmut L. Müller, *Die literarische Republik. Westdeutsche Schriftsteller und die Politik,* Weinheim: Beltz 1982, S. 266.

23 Zur »Höflichkeit« vgl. GW II, S. 393 ff.; zum »Riß« vgl. das Leitwortregister meiner Monographie.

24 Zum Verhältnis Frisch/C. G. Jung (bes. im Stück *Die Chinesische Mauer* von 1946) vgl. die entsprechenden Abschnitte meiner Monographie.

25 S. Anm. 20.

26 *Stiller,* GW III, S. 578; vgl. im Materialienband zu diesem Roman (st 419) die Beiträge: Karlheinz Braun, »Max Frischs ›Stiller‹: Sprache und Stil – Zwei Beispielanalysen«, S. 39-51, u. Werner Sauffacher, »Sprache und Geheimnis«, S. 52-68. Beispiel i. d. B. etwa S. 194 die Wendung vom »stolzen Spanier«.

27 GW II, S. 378.

28 Vgl. Lengborn S. 179-193.

29 Wenn etwa i. d. B. S. 115 das Ambiente des Weißen Hauses an das Kurhaus Tarasp erinnert, so rückt es im *Tagebuch 1966-1971* in den »Vereinigung Freitod«-Komplex und die Reflexionen über die senile Erstarrung unserer Zivilisation. – Etwa zum Thema »Überfremdung« wären nicht allein die publizistischen Debatten (vgl. Gsteiger – s. Anm. 15 –, S. 32), sondern auch die literarischen Spiegelungen zu berücksichtigen, z. B. in Muschgs Roman *Albissers Grund* (dazu im Materialienband *Homo faber* meine Studie: »Nachfolge auf eigenen Wegen: Die Wirkungsgeschichte von Max Frischs Werk in der deutschsprachigen Gegenwartsliteratur«, bes. S. 315 ff.). Daß zur Wirkungsgeschichte auch die einhellige Neuinterpretation der Vorläufer gehört (s. o.), läßt sich an Max Frischs Rez. von Adolf Muschgs

1977 erschienener Studie *Gottfried Keller* ablesen: »Kein Sänger der Schweiz AG«, in: *Der Spiegel* v. 1. 8. 1977.

30 Vor allem in den Beiträgen zu Bührer (S. 121) und Zollinger (S. 54 f.) i. d. B., aber auch in denen zu Brecht und Hohl. – Zum Revisionsprinzip im Aufbau des Gesamtwerks vgl. meine Studie *Max Frisch: Das Spätwerk,* Bern: Francke 1984.

31 Der korrekte Titel des 1973 (Frankfurt: Suhrkamp) erschienenen Sammelbandes von H. J. Schultz lautet natürlich: *Der Friede und die Unruhestifter.* Zitate auf S. XLIX der 1978 erschienenen dtv-Ausgabe von: *Der Wohlstand der Nationen.*

32 Die »Zwei Kulturen«-Debatte ist im Materialienband *Homo faber* (S. 17 f., S. 51 f.) skizziert. – Die Schweizer Verhältnisse sind mit den westdeutschen noch nicht verglichen worden; zu diesen vgl. die Dokumente in: *Vaterland, Muttersprache. Deutsche Schriftsteller und ihr Staat von 1945 bis heute,* Berlin: Wagenbach 1979; die komplementär unzureichende Darstellung des Sontheimer-Schülers Müller (s. Anm. 22) und von Alexander v. Bormann, »Der Kalte Krieg und seine literarischen Auswirkungen«, in: *Literatur nach 1945* I, hg. v. Jost Hermand, Wiesbaden: Athenaion 1979, S. 61-116; jüngst: Peter Häberle, *Das Grundgesetz der Literaten. Der Verfassungsstaat im (Zerr?)Spiegel der Schönen Literatur*, Baden-Baden: Nomos 1983.

Zur Einrichtung des Bandes

Über die Richtlinien für Auswahl und Kommentierung informiert das *Nachwort*. Die folgenden Siglen bzw. Abkürzungen in der Zitierweise finden Verwendung:

D – Druckvorlage (ggf. folgen Hinweise zur Druckgeschichte)
E – Erstdruck
GW – *Gesammelte Werke in zeitlicher Folge*. Bd. I-VI. Hg. v. Hans Mayer unter Mitw. v. Walter Schmitz. Frankfurt: Suhrkamp 1976.
ÖaP – *Öffentlichkeit als Partner*. edition suhrkamp 209. Frankfurt: Suhrkamp 1967.

de Vin: Daniel de Vin. *Max Frischs Tagebücher*. böhlau forum litterarum 10. Köln: Böhlau 1977.
Frühwald/Schmitz: Wolfgang Frühwald/Walter Schmitz. *Max Frisch »Andorra«, »Wilhelm Tell«. Materialien, Kommentare*. RH Literatur-Kommentare 9. München: Hanser 1977.
Lengborn: Thorbjörn Lengborn. *Schriftsteller und Gesellschaft in der Schweiz. Eine Studie zur Behandlung der Gesellschaftsproblematik bei Zollinger, Frisch und Dürrenmatt*. Frankfurt: Athenäum 1972.
Schmitz: Walter Schmitz. *Max Frisch: Das Werk (1931-1961)*. Bern: Lang 1984.

Daß bei einem Autor, der einen Beitrag zur »Jahresgabe der Typographischen Gesellschaft München« (hg. v. Philipp Luidl) beisteuerte (M. F., »Jan Tschichold als Nachbar«), die Typographie der Originaldrucke respektiert wurde, versteht sich; allerdings mußte für längere Zitate wie für sonstige hervorgehobene Montage-Partikel stets der Kleindruck gewählt werden; dies entspricht aber dem Gestus des dokumentierenden Nachweises, der auch da gilt, wo nicht zitiert wird. – Titel in Spitzklammern sind von M. F. zwar nicht formuliert, aber gebilligt worden – entweder für die Edition von GW oder die vorliegende.

Mir bleibt die angenehme Pflicht, allen zu danken, die zur Beendigung dieser Arbeit beigetragen haben, namentlich Renate Laux, die den Band im Verlag vorbildlich betreut hat, Constanze Hafner, Walter Obschlager (Max Frisch Archiv) und Charlotte Zwick.

VOM ARBEITEN. ⟨Zu »Notizen« von Ludwig Hohl⟩. (S. 11).
E: *Neue Schweizer Rundschau* 11, 1943/44. S. 324-28. (Auch: GW I, S. 214-219).
D: E.
Von Ludwig Hohl (1904-1980) lagen seinerzeit vor: Nuancen und Details. *I* und *II*. Zürich: Oprecht Verlag 1939 (Klappentext von Albin Zollinger); *Nuancen und Details. III. Teil. Mit einem Gedenkwort für Albin Zollinger*. Genf (im Selbstverlag) 1942. S. u. zu S. 98. Nur der erste Band (Teil I-VI) der *Notizen* erschien 1944 im Zürcher Artemis Verlag; »Vom Arbeiten« wurde 1978 in der Bibliothek Suhrkamp neu vorgelegt, 1981 in der Gesamtausgabe: *Notizen oder Von der unvoreiligen Versöhnung* im selben Verlag.

STIMMEN EINES ANDEREN DEUTSCHLAND? ZU DEN ZEUGNISSEN VON WIECHERT UND BERGENGRUEN. (S. 17)
E: *Neue Schweizer Rundschau,* 13, 1945/46. S. 537-547. (Auch: GW II, S. 297-311)
D: E.
Besprochene Werke: Ernst Wiechert, *Der Totenwald. Ein Bericht,* Zürich: Rascher Verlag 1946 (entstanden 1939); *Totenmesse,* Zürich: Rascher Verlag 1946 (entstanden 1943); Strophe 3-8 des Gedichts *Es geht ein Pflüger übers Land* (in: E. Wiechert, *Sämtliche Werke,* Bd. 10, München: Kurt Desch Verlag 1957). – Gedichte aus: Werner Bergengruen, *Dies Irae,* 2. Aufl., Die kleinen Bücher der Arche, Zürich: Die Arche 1946. Zum Vergleich Wiechert – Carossa (S. 19) vgl. de Vin S. 34.

ZU BERT BRECHT: »FURCHT UND ELEND DES DRITTEN REICHES«. (S. 30)
E: *Schweizer Annalen* 3, 1946/47. S. 479-481. (Auch: GW II, S. 326-329).
D: E.
Besprechung der ersten Aufführung des Stücks im deutschen Sprachraum: Stadttheater Basel am 16. 1. 1947; Inszenierung: Ernst Ginsberg.

⟨REDE FÜR BERTOLT BRECHT⟩. (S. 33)
E: (Ohne Titel). In: Therese Giehse. *»Ich hab nichts zum Sagen«. Gespräche mit Monika Sperr*. München: C. Bertelsmann Verlag 1973. S. 89 u. 91. (Auch GW II, S. 330-331).
D: E. (Titel nach GW).
Bertolt Brecht las am 23. April 1948 in dem Zürcher Bücherkeller »Katakombe« sein Gedicht *An die Nachgeborenen;* danach trugen Helene Weigel und Therese Giehse weitere Texte Brechts vor. M. F. leitete die

Veranstaltung ein (vgl. i. d. B. S. 67 f.); das Original der Rede ist verloren.

SELBSTANZEIGE. (S. 35)
E: *Atlantis Almanach 1949*. Zürich: Atlantis Verlag 1948. S. 93-103.
D: E. (Überarbeitete Fassung u. d. T. »Autobiographie« im *Tagebuch 1946-1949*, GW II, S. 583-590; Vergleich der Fassungen bei de Vin, bes. S. 38 ff.).
Laut de Vin S. 40 »vermutlich im September 1948« entstanden; im *Tagebuch* auf »Juli 1948« datiert.

FRIEDRICH DÜRRENMATT. ZU SEINEM NEUEN STÜCK »ROMULUS DER GROSSE«. (S. 42)
E: *Die Weltwoche*, Nr. 808 v. 6. 5. 1949. (Auch: GW II, S. 344-346).
D: E.
Rezension zur Uraufführung von Dürrenmatts Komödie am 25. 4. 1949 im Stadttheater Basel unter der Regie von Ernst Ginsberg. M. F. hatte Dürrenmatt kennengelernt, als er zur Uraufführung von dessen Stück *Es steht geschrieben* am 19. 4. 1947 im Zürcher Schauspielhaus eine – nicht erhalten gebliebene – Einleitung gab.

VARLIN. (S. 45)
E: *Katalog zur Varlin-Ausstellung*. St. Gallen: Kunstmuseum 1958. (Nachdrucke: *Varlin. Der Maler und sein Werk*, hg. v. Hugo Loetscher, Zürich: Die Arche 1969; GW IV, S. 226-228).
D: E.
Das »Bildnis Max Frisch« von 1958 (S. 47) befindet sich im Kunstmuseum Basel.

PETER SUHRKAMP. (S. 49)
E: *In memoriam Peter Suhrkamp*. Frankfurt: Suhrkamp Verlag (Privatdruck) 1960. S. 19-34. (Auch: GW IV, S. 253-257).
D: E.
Peter Suhrkamp starb am 31. März 1959. Den Band *In memoriam Peter Suhrkamp* legte der Verlag im Dezember 1959 vor. Dokumente zu M. F.s Arbeitsgesprächen mit Suhrkamp im Materialienband zu *Don Juan* (Frankfurt: Suhrkamp 1984), vgl. vorläufig: Richard E. Ziegfeld, »The Writer and His Publisher: Max Frisch's Relationship with Peter Suhrkamp,« *Seminar* 15, 1979, S. 262-274.

NACHRUF AUF ALBIN ZOLLINGER (. . .). (S. 53)
E: Albin Zollinger. *Gesammelte Prosa* (= Gesammelte Werke, Bd. I). Zürich: Atlantis Verlag 1961. S. 7-13. (Auch: GW IV, S. 265-271).
D: E.

Der (S. 54 f. u. S. 58) zitierte Essay *Albin Zollinger. Zu seinem Gedächtnis* erschien im November 1941 in der *Neuen Schweizer Rundschau* (vgl. GW I, S. 197-202); Zollinger war am 7. 11. 1941 gestorben. Zu M. F. und E. Korrodi, s. o. »Nachwort«; über Zollinger und M. F.s Verhältnis zu ihm vgl. Lengborn, bes. S. 211-216.

HINWEIS AUF LUDWIG HOHL (S. 59)

E: *literarium 12. Hauszeitschrift des Walter Verlages,* Olten 1964.
D: *Neue Zürcher Zeitung,* Nr. 703 v. 19. 2. 1967. Bl. 6. Literatur und Kunst. (Auch: GW V, S. 465).
Der anläßlich der von Helmut Heißenbüttel betreuten Neuausgabe von *Nuancen und Details* 1964 im Walter Verlag (s. o. zu S. 11) entstandene, einem Brief an den Verlag entnommene Erstdruck bietet den folgenden Text als Einleitung/Schluß:
Ihnen sage ich meinen herzlichen Glückwunsch, daß Sie jetzt Ludwig Hohl verlegen, der eigentlich noch nie verlegt worden ist. /(. . .)/ Ich beglückwünsche Sie als Verleger. Es lag nicht auf der Hand, Ludwig Hohl wieder oder endlich herauszugeben; es ist keine Entdeckung und kein Denkmalschutz; keine Wiedergutmachung; es ist eine Erschließung von etwas Vorhandenem; es ist nur wichtig und richtig.
Zu M. F.s Verhältnis zu Hohl vgl. Schmitz.

REDE ZUM TOD VON KURT HIRSCHFELD. (S. 60)

E: *Theater heute* 5, H. 12, 1964. S. 10-12. (Auch: GW V, S. 355-359)
D: E.
Kurt Hirschfeld starb am 8. November 1964. Rede M. F.s bei der Gedenkfeier im Schauspielhaus Zürich am 15. November 1964; außerdem sprachen Richard Schweizer, Peter Löffler, Harry Buckwitz, Friedrich Dürrenmatt und Erwin Parker (Abdruck der Reden in: *Dank an Kurt Hirschfeld,* hg. v. Hans Rudolf Hilty u. Mario Hindermann, Die Quadrat-Bücher, St. Gallen: Tschudy Verlag 1961). Während des Zweiten Weltkriegs wurde – mit den Zürcher Aufführungen von Goethes *Götz,* Schillers *Wilhelm Tell* (beide 1939), von Büchners *Dantons Tod* (aufgeführt im Februar 1940) u. a. – »die klassische Dichtung zu einer Position des Widerstands«; »als im Mai 1940 Hitler in Frankreich einmarschierte, probte man am Schauspielhaus Goethes *Faust II*« (Werner Mittenzwei, *Exil in der Schweiz,* Frankfurt: Röderberg Verlag 1979, S. 367 f.).

GRASS ALS REDNER. (S. 64)

E: *Die Zeit* Nr. 39 v. 24. 9. 1965. S. 17. Feuilleton.
D: E.
Vgl. im *Tagebuch 1966-1971* (GW VI, S. 302-311) den Abschnitt »Album« über Günter Grass.

ERINNERUNGEN AN BRECHT. (S. 66)
E: *Kursbuch* 7, 1966. S. 54-79.
D: E. (Einzelausgabe: Berlin: Friedenauer Presse 1968; leicht verändert in: *Tagebuch 1966-1971*, GW VI, S. 20-38).
S. o. S. 30 u. 33 sowie die Brecht-Passagen im *Tagebuch 1946-1949;* ähnlich auch die »Notiz zu Brecht«:
(...) ich erinnere mich an die erste Lektüre auf der Straße, während des Hitlerkrieges: als Schreibmaschinendurchschlag, unverboten in unsrem Land, dennoch heimlich, kaum leserlich, aufregend in einem Grad, daß man sie auswendig lernte zumindest sich hinsetzte und weitere Durchschläge herstellte, einer Pflicht gehorchend, die wir gegenüber dem Wort nur noch selten empfinden ... Seht sie euch jetzt an! – aber die Legende vom Laotse, der sich so brechtisch verhält, und die Botschaft an die Nachgeborenen, die jetzt die Botschaft eines Toten ist, sie halten stand (...) (in: Bertolt Brecht. *Drei Gedichte.* Fünf Handätzungen von Beni Schalcher. Hg. v. Bruno Margadant. Zürich (Privatdruck) 1959). Vgl. de Vin S. 203 ff.

FILM ALS EINSICHT (...). (S. 92)
E: In: »Abschied von gestern«. Fünf Stimmen zu Alexander Kluges erstem Film. *Die Weltwoche,* Nr. 1723 v. 18. 11. 1966. S. 25. Kultur.
D: E.

BOYKOTT. IN SACHEN KONRAD FARNER. (S. 94)
E: *Neutralität* 5, 1967, H. 4, S. 20.
D: E.
Vgl. aus dem anschließenden Aufsatz von Peter Höltschi, »Ein Brief und wieso er geschrieben wurde«: »(...) (Konrad Farner) kennt die Intoleranz. Auf der schwarzen Tafel seinem Haus gegenüber stand früher einmal ein Text. Er wurde 1956 geschrieben: ›In dieser Straße wohnt ein Dr. Konrad Farner, der die kommunistische Tyrannei in der Schweiz errichten will. Er und wer mit ihm verkehrt sei von allen Freiheitsliebenden verachtet.‹ Der Text ist nachzuschlagen in Walter Matthias Diggelmanns Roman *Die Hinterlassenschaft* (S. 215) [München: Piper Verlag 1965]. Der Fall Farner war die Vorlage für Diggelmanns Figur Dr. Alois Hauser; jener kommunistische Intellektuelle, der im Rahmen der großen Kommunisten-Verfolgung nach dem Ungarn-Aufstand das Opfer des ›Progroms von T.‹, von Thalwil, wurde.« (S. 22) 1969 erklärte Konrad Farner (1909-1974) seinen Austritt aus der »Partei der Arbeit. Zum Verhältnis M. F.s zu Farner vgl. de Vin S. 219 (mit Anm. 179).

SKIZZE. ⟨ZU GÜNTER EICH⟩. (S. 95)
E: In: Drei Begegnungen mit Günter Eich. *Merkur* 21, 1967. S. 557-559. (Nachdrucke: *Günter Eich zum Gedächtnis,* hg. v. Siegfried Unseld,

Frankfurt: Suhrkamp 1973, S. 46-48; GW v, S. 466-468).
D: E.
Entstanden für eine Radiosendung des Studio Zürich zum 60. Geburtstag Günter Eichs (1. 2. 1967) mit M. F., Wolfgang Hildesheimer und Erich Fried. Zitate aus Gedichten der Sammlung *Anlässe und Steingärten*, Frankfurt: Suhrkamp 1966.

⟨NACHWORT ZU ANDREJ D. SACHAROW (...)⟩. (S. 99)
E: Andrej D. Sacharow. *Wie ich mir die Zukunft vorstelle. Gedanken über Fortschritt, friedliche Koexistenz und geistige Freiheit*. Zürich: Diogenes Verlag 1969. S. 103-109. (Auch: GW VI, S. 484-493).
D: E.

⟨LUNCH IM WEISSEN HAUS⟩. (S. 107)
E: *Tagebuch 1966-1971*. Frankfurt: Suhrkamp 1972, S. 292-307. (Auch: GW VI, S. 271-285).
D: E.
Der Text war ursprünglich als eigenständiger Artikel konzipiert, wurde dann aber keiner Zeitung zum Druck angeboten; im *Tagebuch* ist er auf den 2. 5. 1970 datiert.

G. H. ZUR PERSON. (S. 119)
E: Gottfried Honegger. *Arbeiten aus den Jahren 1939-1971*. Teufen: Arthur Niggli AG 1972. S. 37-40. (Auch: GW VI, S. 507-508).
D: E.
Über den schweizerischen Maler und Bildhauer Gottfried Honegger, Paris und Gockhausen bei Zürich. Teile des Textes wurden in die »Kabusch«-Abschnitte des *Tagebuchs 1966-1971* (vgl. GW VI, S. 258 ff.) übernommen.

PARTEI ERGRIFFEN. ⟨ZU JAKOB BÜHRER⟩. (S. 121)
E: *Jakob Bührer zu Ehren. Eine Dokumentation*. Hg. v. Dieter Zeller. Zürich: Z-Verlag 1975. S. 42.
D: E.
Entstanden für die Feier zum 90. Geburtstag von Jakob Bührer am 8. 11. 1972 in der »Komödie«, Basel. Vgl. von M. F., »Man kann nicht ... Zu einem schweizerischen Zeitroman Jakob Bührers« *Basler Nachrichten* v. 12. 6. 1932:

Was kann man nicht? Jakob Bührer will in diesem neuen Roman etwa sagen: Man kann nicht zu einer besseren Geistigkeit gelangen auf dem Boden des heutigen Wirtschaftssystems. Denn Geist und Materie sind viel zu eng ineinander verfilzt, als daß sich das eine ändern könnte, wenn sich das andere gleichbleibt. Will heißen: Ein geistiger Fortschritt ist unmöglich ohne eine vorgängige Fortentwicklung auf der Ebene des Wirtschaftlichen und des Sozialen. Somit ist das Feld, auf dem der Kampf um eine neue Geistigkeit ausgetragen werden muß, die Wirtschaftspolitik. Es ist also nichts anderes als ein Kampf um eine neue, bessere soziale Weltordnung.

Das ist, sofern sich ein Buch überhaupt auf eine Formel sammeln läßt, die Formel dieses Romanes. Wir kennen sie schon aus den Büchern der verschiedensten Köpfe. Am eindrücklichsten vielleicht aus dem Werk von Bernard Shaw.

Um diese Kernthese gestalten zu können, versucht Jakob Bührer ein Schnittbild durch die sozialen Zustände der gegenwärtigen Schweiz zu entwerfen. Er packt das auf die einfachste Art an, indem er uns den Aufstieg eines Maurerburschen zum Unternehmer schildert. Und dadurch, daß wir nun diesen Tosio begleiten durch verschiedenste Gesellschaftsschichten und sehen, wie sich die Änderung seiner sozialen Stellung spiegelt in seiner Geistigkeit, lernen wir diese Schichten und ihre Geistigkeit kennen. Das heißt: So, wie sie Jakob Bührer sieht. Aber im erfreulichen Gegensatz zu seinem »Kaufmann von Zürich«, wo einige Gesellschaftsfiguren hingestellt wurden, wie sie sich der kleine Moritz oder ein Wahlflugblättchen vorstellen, finden sich in diesem Roman etliche sehr beobachtungsscharfe Charakterzeichnungen. Auch besinnt sich Bührer darauf, daß er kein Versammlungsredner ist, sondern ein Dichter sein will, der ernst genommen werden soll und dem man glauben soll; der es sich also nicht leisten darf, arm und reich kurzerhand mit Gut und Böse abzustempeln.

Das Buch ist reich an mehr und minder klaren politischen Gedanken. Aber wir wollen Bührer danken: er leitartikelt nicht. In seinen stärksten Partien ist es ein Buch von Menschenseelen. Das war ja auch die Aufgabe, die sich der Autor, ausgehend von seiner oben erwähnten Grundthese, stellen mußte: zu zeigen, wie die wirtschaftlichen und sozialen Zustände der gegenwärtigen Schweiz wirken auf die Geistigkeit der hier lebenden Menschen. Indem Bührer ein und denselben Mann als Arbeitnehmer und als Arbeitgeber darstellt und ihn hier wie dort mit einer gleich starken Lupe mustert, will er davon überzeugen, daß die Geistigkeit nur das Resultat der sozialen Stellung ist. Ein zwangsläufiges Resultat; es geht nicht anders – eben: man kann nicht. Glücklicherweise gelingt es Jakob Bührer, der in seinem »Kaufmann von Zürich«, jenem verworrenen politischen Leitartikel mit verteilten Rollen, im Wirtschaftlichen stecken blieb, in diesem Roman bis ins Seelische vorzudringen. Und dadurch, daß dieses Buch Menschen aus Fleisch und Blut gibt, dürfte es auch Leser interessieren, die keine Parteigenossen des Autors sind.

Der Roman liest sich fließend, ist im allgemeinen lebendig und spannend. Nicht immer von einwandfreiester Klarheit. Daß da und dort lokalzürcherische Ereignisse in das Romangeschehen hineingenommen wurden, ist entweder belanglos oder aber nachteilig, indem es dem Leser den Unterschied zwischen Roman und Wirklichkeit ins Bewußtsein bringt und damit die Illusion zerstört. Die Sprache Bührers ist bekanntlich handfest. Und er tut recht, wenn er ein abstoßendes Ding beim abstoßenden Namen nennt. Wozu soll es angenehm gemacht werden? Wenn der Autor aber Dinge, die an sich nicht abstoßend sind, mit abstoßenden Worten ausdrückt, wirkt eben er selber abstoßend. Seine Kunstkniffe, wie wenn er den Direktor Tosio sich unterhalten läßt mit dem alten Winkelried, sind schon mehr Kniffe als Kunst und wirken leicht komisch, was den gerade hier geäußerten Kerngedanken zum Schaden gereicht.

Man kann nicht – das zeigt uns also Jakob Bührer an der Geschichte des Benito Tosio. Aber wie kann man? Das ist die Frage, mit der uns dieses interessante und auf alle Fälle – sei es dafür oder dawider – anregende Buch entläßt. Die Antwort bleibt es uns schuldig.

Bührers Roman erschien 1932 in Zürich, Verlag W. Oprecht und Helbling.

LAUDATIO AUF ALFRED ANDERSCH. (S. 123)
E: *Süddeutsche Zeitung*, Nr. 64 v. 17./18. 3. 1979. SZ am Wochenende. S. 129.
D: E.
Gehalten bei einem Abendessen, das der Zürcher Stadtrat im Muraltengut nahe Zürich aus Anlaß des 65. Geburtstages von Gisela und Alfred Andersch am 9. 3. 1979 gab. Zitate (S. 124) aus dem Gedicht *Alle Tage* von Ingeborg Bachmann (in: *Die gestundete Zeit*, Frankfurt: Frankfurter Verlagsanstalt 1953/München: Piper Verlag 1957) und (S. 129 f.) aus den Gedichten *Andererseits* und *Anmerkung* (zu: *Zwölf Strophen über Arbeitslosigkeit*) von Alfred Andersch (in: *empört euch der Himmel ist blau*, Zürich: Diogenes Verlag 1977). – Sigmund Widmer (S. 128), Verfasser einer Kulturgeschichte Zürichs, damaliger Stadtspräsident.

⟨VORWORT ZU LEW KOPELEW (...)⟩. (S. 132)
E: Lew Kopelew. *Verbietet die Verbote. In Moskau auf der Suche nach der Wahrheit.* Hamburg: Hoffmann und Campe Verlag 1977. S. 9-18. (Auch in: *Süddeutsche Zeitung* v. 13./14. 2. 1977).
D: E.
»Bekenntnis zum Wort« (S. 138) lautet der Titel des ersten Textes in Kopelews Sammlung.

⟨LAUDATIO AUF PETER BICHSEL⟩. (S. 140)
E: *Frankfurter Rundschau*, Nr. 200 v. 31. 8. 1981 (u. d. T.: »›Wer heute schreibt, ist sich seiner Ohnmacht bewußt‹.«).
D: E.

Rede, gehalten zur Einführung Peter Bichsels in das Ehrenamt eines Stadtschreibers von Bergen-Enkheim am 28. 8. 1981.

REDE ZUM TOD VON PETER NOLL. (S. 144)
E: (Hier zum erstenmal gedruckt.)
Peter Noll (1926-1982) war seit 1969 Professor für Strafrecht, Strafprozeßrecht und Gesetzgebungslehre an der Universität Zürich; über den Kreis der Fachforschung hinaus bekannt wurden seine Veröffentlichungen: *Jesus und das Gesetz. Rechtliche Analyse der Normenkritik in der Lehre Jesu* (1968), *Pressefreiheit in Gefahr* (1975), *Landesverräter. 17 Lebensläufe und Todesurteile 1942-1944* (1980). Die Totenrede hielt M. F. am 18. 10. 1982 im Großmünster in Zürich.

VERDAMMEN ODER VERZEIHEN? (...). (S. 151)
E: *Neue Schweizer Rundschau* 13, 1945/46. S. 121-123. (Auch: GW II, S. 292-296)
D: E.
Entstanden als Antwort auf den Leitartikel *Verdammen oder Verzeihen?* der NZZ, Nr. 824 v. 23. 5. 1945, Bl. 5, Verfasser: Ernst Bieri, Redakteur der NZZ. Bieri hielt darin »die Säuberung der Schweiz von jenen Elementen, die sich auf den Verrat unserer Unabhängigkeit vorbereitet und die Vorschußlorbeeren des Machtgenusses unsichtbar, aber nicht minder stolz getragen haben«, für die dringlichste Aufgabe. Es folgen die Sätze gegen M. F.s Stück *Nun singen sie wieder*. Die Antwort M. F.s erschien im Juni 1945. In *Was steht zur Wahl?* berichtet M. F. 1966 seine Erfahrungen mit Ernst Bieri, einem der Bewerber um das Amt des Zürcher Stadtpräsidenten:
... die Erfahrungen, die ich mit dem Namen Bieri verbinde, sind bescheiden. Andere mögen andere haben. 1945, als er mich der Nazi-Hörigkeit verdächtigte, glaubte ich mich zu einer knappen Richtigstellung berechtigt; sie wurde nicht gedruckt, Begründung durch Chefredaktor Bretscher: Ernst Bieri bleibe bei seiner Meinung. (*Zürcher Woche* v. 4. 3. 1966).

DAS SCHLARAFFENLAND, DIE SCHWEIZ (S. 155)
E: *Neue Zeitung* (München) v. 26. 4. 1946. (Auch: GW II, S. 312-318).
D: E.
M. F. besuchte 1946 zum erstenmal nach Kriegsende München auf Einladung der US-Army zur Uraufführung von Leopold Lindtbergs Film *Die letzte Chance*. Der Artikel erstand auf Anregung Erich Kästners, der das Feuilleton der als Nachrichtenblatt der amerikanischen Besatzungsmacht für die deutsche Bevölkerung gegründeten Neuen Zeitung leitete. Zu der Antwort von Sd. (*Die Weltwoche* v. 10. 5. 1946) vgl. Frühwald/Schmitz S. 131.

LASST UNS POSITIV WERDEN! (S. 161)
E: *Schauspielhaus Zürich 1946-47* (zur Jahreswende), S. 7 f.
D: E.

DREI ENTWÜRFE ZU EINEM BRIEF NACH DEUTSCHLAND. (S. 163)
E: *Die Wandlung* 2, 1947. S. 478-483.
D: E. (Aufgenommen in das *Tagebuch 1946-1949*, GW II, S. 469-475). Die Vorwürfe beziehen sich auf den »Versuch eines Requiems« *Nun singen sie wieder*, als erstes von M. F.s Stücken in Deutschland nach Kriegsende (in der Spielzeit 1946/47) aufgeführt an den Münchner Kammerspielen und an der Jungen Bühne/Hamburg.

AUS EINEM TAGEBUCH. FÜR HERMANN HESSE. (S. 170)
E: *Basler Nachrichten*, Nr. 27 v. 6. 7. 1947. S. 108.
D: E.

FERNGESTEUERTE RUINEN. (...). (S. 173)
E: *Neue Zürcher Zeitung*, Nr. 425 v. 21. 2. 1948, Bl. 2/Nr. 482 v. 6. 3. 1948, Bl. 3.
D: *Athena* (Berlin), 2, H. 8 (Mai 1948), 1947/48, S. 9-16 (leicht verändert). (Verändert auch in: *Tagebuch 1946-1949*, GW II, S. 526 ff. u. 547 ff.; vgl. de Vin S. 168 ff.).
Zu der Debatte mit Rudolf Jakob Humm, die sich an den Schlußsatz knüpfte, vgl. in dessen »freier literarischer Monatsschrift« *Unsere Meinung* (Zürich, Juni 1948) den Beitrag von M. F.

UNBEWÄLTIGTE SCHWEIZERISCHE VERGANGENHEIT. (S. 185).
E: *Neutralität* (Basel) 1965, H. 10.
D: E. (Nachdruck: *Die Weltwoche* v. 11. 3. 1966).
Dem Nachdruck in der *Weltwoche* war eine Entgegnung von Otto F. Walter beigegeben; am 25. 3. 1966 folgte ein Beitrag von J. R. von Salis (Nachdruck: »Unser Land als Gegenstand der Literatur. Zur Kontroverse zwischen Max Frisch und Otto F. Walter«, in: ders., *Schwierige Schweiz. Beiträge zu einigen Gegenwartsfragen*, Zürich: Orell Füssli 1968, S. 152-160), schließlich als Schlußwort am 1. 4. 1966 Peter Bichsels »Diskussion um Rezepte«. Insgesamt vgl. Frühwald/Schmitz S. 32-36.

ÜBERFREMDUNG I/II. (S. 188)
E I: Vorwort. In: Alexander J. Seiler. *Siamo Italiani/Die Italiener. Gespräche mit italienischen Arbeitern in der Schweiz.* Zürich: EVZ-Verlag 1965. S. 7-10.
E II: Überfremdung. Rede zur Jahreskonferenz zur Vereinigung kantonaler Fremdenpolizeichefs in Luzern am 1. September 1966. *Die Weltwoche*

Nr. 1713 v. 9. 9. 1966. S. 25. Kultur.
D: ÖaP S. 100-135 (Text folgt E). (Auch: GW v, S. 374-399)
Titelformulierung aus dem Sammelband *Öffentlichkeit als Partner* 1967 übernommen; dort Anm. von M. F.:
Der erste Teil *Überfremdung 1* ist ein Vorwort zu dem Buch *Siamo italiani,* Gespräche mit italienischen Gastarbeitern, aufgenommen von Alexander J. Seiler, der einen Film mit dem gleichen Titel geschaffen hat. Aufgrund dieses Vorwortes wurde der Verfasser später eingeladen, seine Ansicht darzulegen vor der Jahreskonferenz der *Vereinigung der kantonalen Fremdenpolizeichefs,* also vor der maßgeblichen Behörde, im Großratssaal von Luzern.
Die Konferenz fand am 1. 9. 1966 statt. S. o. die Anm. 29 zum Nachwort und s. u. zu S. 215.

⟨ZU EINER EINSTELLUNG DES KRIEGES IN VIETNAM⟩. (S. 211)
E: In: Schriftsteller, Johnson und Vietnam. *Die Weltwoche* Nr. 1795 v. 5. 4. 1968, S. 25.
D: E. (Aufgenommen in: *Tagebuch 1966-1971*, GW vi, S. 117 f.).
Am 31. März 1968 gab der amerikanische Präsident Lyndon B. Johnson seine Entscheidungen bekannt, »nicht mehr zu kandidieren und die Bombardierung Nordvietnams einzustellen« (Hugo Loetscher, ebd.).

JEMAND HAT SICH GEIRRT. (S. 212)
E: *Zürcher Student* 46, Nr. 1, 1968. S. 1. (Auch: GW vi, S. 473-475).
D: E. (Ohne Zwischentitel).
Bericht über eine Veranstaltung der *Fortschrittlichen Studentenschaft Zürich* am 26. 4. 1968 in der Universität Zürich.

DEMOKRATIE OHNE OPPOSITION. (S. 215)
E: *Die Weltwoche* Nr. 1796 v. 11. 4. 1968, S. 25-26. Kultur.
D: E.
Der Redakteur und Schriftsteller Adolf Guggenbühl (S. 219) hatte 1967 eine umfassende »Gefährdung unserer nationalen Eigenart« konstatiert, und zwar nicht nur durch den Zustrom fremder Arbeitskräfte, sondern allgemein »durch den ungeheuren Aufschwung der Technik (. . .), die ja in ihrem Wesen international ist und darum gleichschaltend wirkt« und durch »jene Kräfte, die zur europäischen Integration hindrängen«; als Gegenmittel erneut eine »geistige Landesverteidigung« befürwortet (A. G., *Die Schweizer sind anders. Die Erhaltung der Eigenart – eine Frage der nationalen Existenz,* Zürich: Schweizer Spiegel Verlag 1967, hier S. 11). – Peter Dürrenmatt (ebd.), ehemaliger Nationalrat und Herausgeber der *Basler Nachrichten.*

POLITIK DURCH MORD. (S. 224)
E: In: Martin Luther King. Die Ansprachen von Leopold Lindtberg, Max Frisch und Kurt Marti anläßlich der Kundgebung im Schauspielhaus Zürich vom 15. April 1968. *Die Weltwoche* Nr. 1798 v. 26. 4. 1968, S. 49, 51, 53, 55 u. 57. Zeitspiegel.
D: E. (Gekürzt in: *Tagebuch 1966-1971*, GW VI, S. 119-125).
Am 4. April 1968 wurde Martin Luther King ermordet; das »Bürgerrechtsgesetz 1968«, das die Diskriminierung der Farbigen beenden sollte, wird am 11. 4. 1968 in Kraft gesetzt. Zitate (S. 226 ff.) aus einem am 5. 4. 1968 in der NZZ erschienenen Bericht von W. I.

DIE GROSSE DEVOTION.(...). (S. 238)
E: *Die Weltwoche* Nr. 1809 v. 12. 7. 1968. S. 13 u. 16. Politik.
D: E.
Teile des Textes auch im *Tagebuch 1966-1971*, GW VI, S. 157-162; vgl. dort die Ergänzungen, bes. S. 156 f. das von M. F. mitunterzeichnete *Zürcher Manifest*. Zu dem, am 14. 7. 1968 in der NZZ anonym erschienenen, gegen M. F. gerichteten Artikel *Biedermann und die Brandstifter* vgl. de Vin, S. 66 f.

ZURÜCK ZUM KALTEN KRIEG. (S. 248)
E: *Die Weltwoche* Nr. 1816 v. 30. 8. 1968. S. 25. Kultur.
D: E. (Gekürzt in: *Tagebuch 1966-1971*, GW VI, S. 172 f.)
Besetzung der Tschechoslowakei durch Trupen des Warschauer Pakts am 21. 8. 1968.

⟨REDE NACH DER BESETZUNG DER TSCHECHOSLOWAKEI⟩. (S. 250)
E: *Tschechoslowakei 1968*. Edition »Arche Nova«. Zürich: Verlag Die Arche 1968. S. 28-34. (Auch: GW VI, S. 479-483).
D: E.
Gehalten bei einer Matinée im Stadttheater Basel am 8. 9. 1968. Die Veranstaltung wurde von Werner Düggelin, dem Direktor der Basler Theater, geleitet; Reden hielten Peter Bichsel, Friedrich Dürrenmatt, Max Frisch, Günter Grass und Kurt Marti; ein Text von Heinrich Böll wurde verlesen.

BUNDESTAGSWAHL - VON AUSSEN GESEHEN. (S. 254)
E: *Die Zeit* Nr. 46 v. 17. 11. 1972. S. 17-18.
D: E.
Nachdem durch Übertritte von SPD- und FDP-Abgeordneten zur Union die Regierung im Laufe des Jahres ihre Bundestagsmehrheit verloren hatte, wurde dem Bundeskanzler Willy Brandt in der Abstimmung am 20. 9. das Vertrauen verweigert; bei der Neuwahl am 19. 11. entfielen 45,9% der abgegebenen Stimmen auf die SPD, 44,8% auf CDU/CSU, 8,4% auf die FDP.

NOTIZEN VON EINER KURZEN REISE NACH CHINA (...). (S. 262)
E: *Der Spiegel* Nr. 7 v. 9. 2. 1976. S. 110-132 (u. d. T.: Nein, Mao habe ich nicht gesehen.). (Auch: GW VI, S. 757-784).
D: E.
Zitate aus: Chang Sin Ren *Als Chinese nach China. Wiedersehen nach 25 Jahren.* Aus dem Chinesischen in Zusammenarbeit mit dem Autor von Gladys Weigner und Alfred Kuoni, Zürich: Pendo Verlag 1975; Robert J. Lifton *Die Unsterblichkeit des Revolutionärs. Mao Tse-tung und die chinesische Kulturrevolution,* München: Paul List Verlag 1970; dem Vorwort von Helmut Schmidt zu: *Kritischer Rationalismus und Sozialdemokratie,* hg. v. Georg Lührs, Thilo Sarrazin, Frithjof Spreer und Manfred Tietzel, Berlin/DDR: Dietz Verlag 1975 (Internationale Bibliothek 79); Edgar Snow *Roter Stern über China,* Frankfurt: S. Fischer Verlag 1974.

ALS GULLIVER DIE SCHWEIZ BESUCHTE. (S. 284)
E: *6. Risotto + Rote Geschichten.* Zürich: Bildungsausschuß der Sozialdemokratischen Partei 1979. S. 20-26.
D: E.
Geschrieben für einen »Abend der Nachdenklichkeit, der Geselligkeit und der Solidarität« im Rahmen der Veranstaltungsreihe der Zürcher Sozialdemokratie; zu den Teilnehmern zählten auch Peter Bichsel, Walter Kauer, Adolf Muschg, Oskar Pfenninger u. a. – Fred Luchsinger (S. 287) ist Chefredakteur der NZZ.

⟨FESTREDE ZUM NATIONALFEIERTAG (...)⟩. (S. 293)
E: *Zürcher Woche* v. 9. 8. 1957.
D: ÖaP, S. 7-14 (u. d. T.: Festrede). (Auch in: GW IV, S. 220-225; Titel dort).
Anmerkung M. F.s in ÖaP:
Der 1. August ist der Nationalfeiertag der Eidgenossenschaft, das Datum bezieht sich auf die Verschwörung und den Aufstand der Vierwaldstätte gegen die Vögte. Die Rede wurde in Mundart gehalten als freie Rede; der vorgelegte Text beruht auf einem unerwarteten Stenogramm eines Berichterstatters und ist seine Übersetzung ins Schriftdeutsch. Die Feier, eine von vielen landauf und landab, fand statt im Industrie-Quartier der Stadt Zürich, in einem Schulhaushof vor schätzungsweise 300 Leuten; die Aufmachung war die übliche: Podest hinter einem großen Schweizerkreuz, davor eine Blechmusik, die vaterländische Märsche spielt, Trachtenmädchen, die 1. August-Abzeichen verkaufen.
Emil Landolt (S. 296), damaliger Stadtpräsident von Zürich.

ÖFFENTLICHKEIT ALS PARTNER. (S. 298)
E: *Börsenblatt für den Deutschen Buchhandel* (Frankfurter Ausgabe) 14, 1958. S. 1331-1334. (Auch: GW IV, S. 244-252).

D: ÖaP, S. 56-67.
Rede, gehalten zur Eröffnung der Frankfurter Buchmesse am 24. 9. 1958. Wiederholung von Teilen der Rede, mit geringfügigen Änderungen, bei der Entgegennahme des Literaturpreises der Stadt Zürich am 14. 12. 1958.

EMIGRANTEN (...). (S. 306)
E: (u. d. T.:) Das Engagement des Schriftstellers heute. *Frankfurter Allgemeine Zeitung* Nr. 265 v. 14. 11. 1958. S. 8. Dokumente der Zeit.
D: *Schauspielhaus Zürich 1938/39-1958/59. Beiträge zum zwanzigjährigen Bestehen der Neuen Schauspiel-AG.* Zürich: Genossenschaftsdruckerei 1958. S. 49-66. (Autorisierter Abdruck u. Titel). (Auch: ÖaP, S. 36-55 [u. d. T.: Büchner-Rede], GW IV, S. 229-243).
Gehalten in Darmstadt vor der Deutschen Akademie für Sprache und Dichtung am 8. 11. 1958. – Büchner-Zitate nach der von Fritz Bergemann besorgten Insel-Ausgabe (1. Aufl. 1922; 7. Aufl. 1958); das Brecht-Zitat (S. 308 f.) stammt aus dem Gedicht *Rückkehr.*

⟨JERUSALEMPREIS-REDE⟩. (S. 319)
E: (o. T.) *Die Weltwoche,* Nr. 1641 v. 23. 4. 1965. S. 26. Literatur und Kunst. (Auch: GW V, S. 360-361)
D: E. (Titel: GW)
Der Jerusalempreis wurde von der Stadt Jerusalem gestiftet: »to be awarded to an author whose writings express the idea of ›The Freedom of Man in Society‹«. (§ 1 der Statuten.) Der Preis wird alle zwei Jahre verliehen. M. F. nahm ihn am 12. 4. 1965 im Stadthaus von Jerusalem entgegen; seine Dankrede ist die erste Rede in deutscher Sprache, die in Jerusalem seit Bestehen des Staates Israel gehalten wurde.

SO WIE JETZT, GEHT ES NICHT. (S. 321)
E: *Manifest 71.* Bern: Sozialdemokratische Partei der Schweiz 1971. S. 3-5. (Auch: GW VI, S. 503-506.)
D: E.
M. F. ist nicht Parteimitglied, wurde aber zu mehreren internen Beratungen der sog. Wahlplattform hinzugezogen, damit er in einem SPS-Werbefilm für die eidgenössischen Wahlen als Fragesteller mitwirken konnte. Das Vorwort zum genannten Manifest wurde auf Einladung des Parteivorstandes verfaßt »als persönliche Meinungsäußerung eines kritischen Sympathisanten« (M. F.).

DIE SCHWEIZ ALS HEIMAT? (...). (S. 324)
E: *Nationalzeitung* (Basel), Nr. 21 v. 19. 1. 1974. S. 1 u. 6. (Auch: GW VI, S. 509-518).
D: E.

Gehalten bei der Verleihung des Großen Schillerpreises der Schweizerischen Schillerstiftung im Schauspielhaus Zürich am 12. 1. 1974; die Laudatio hielt Adolf Muschg (Abdruck: ÜMF II, S. 19-25). – Zu Karl Schmids These (S. 330) vgl. dessen Buch von 1963, *Unbehagen im Kleinstaat* (bes. den Abschnitt: »Max Frisch: Andorra und die Entscheidung«), dem in der 3. Aufl. (Zürich: Artemis Verlag 1977) Schmids Briefwechsel mit M. F. beigegeben ist (S. 253-301).

WIR HOFFEN (...). (S. 332)
E: *Börsenblatt für den Deutschen Buchhandel* (Frankfurter Ausgabe), 32. Jg., Nr. 76 v. 21. 9. 1976, S. 1412-1418. (Nachdruck: Hartmut von Hentig/Max Frisch. *Zwei Reden zum Friedenspreis des Deutschen Buchhandels.* es 874. Frankfurt: Suhrkamp 1976. S. 83-109).
D: E.
Gehalten in der Paulskriche in Frankfurt am 19. 9. 1976. Zitate (S. 332) aus dem 1972 (Zürich: Diogenes Verlag) erneut vorgelegten Briefwechsel von Albert Einstein und Siegmund Freud aus dem Jahr 1933: *Warum Krieg?*

HABEN WIR EINE DEMOKRATISCHE ÖFFENTLICHKEIT? (...). (S. 343)
E: *Basler Zeitung* v. 11. 6. 1977 (Auszug).
D: *Literatur aus der Schweiz,* hg. v. Egon Amman u. Eugen Faes, st 450, Frankfurt: Suhrkamp 1978, S. 69-72.
Rede, gehalten vor dem Parteitag der Sozialdemokratischen Partei der Schweiz am 31. 10. 1976. – S. o. zu S. 321. – Nikolaus Meienberg (S. 343) hat den Abschnitt »Die Erschießung des Landesverräters Ernst S.« seiner *Reportagen aus der Schweiz* (1974) mit einem Nachwort von Richard Dindo auch gesondert vorgelegt (SL 247. Neuwied: Luchterhand Verlag 1977); der Film von Meienberg/Dindo entstand 1975/76, Dindos Film »Schweizer im Spanischen Bürgerkrieg« 1974.

⟨REDE VOR DEN DELEGIERTEN DES SPD-PARTEITAGES⟩. (S. 347)
E: (u. d. T.:) »Die Zukunft gehört der Angst«, *Basler Zeitung,* Nr. 287, 19. 11. 1977.
D: Hektographiertes Manuskript (von der SPD-Parteitagsorganisation zur Verfügung gestellt).
Gehalten am 17. 11. 1977 beim SPD-Parteitag in Hamburg. Aus dem Antwortbrief des SPD-Vorsitzenden Willy Brandt:
Auf dem Hamburger Parteitag haben Sie uns drei Fragen gestellt. Mit dem kleinen Abstand, der Gelegenheit zum Überdenken gab, will ich antworten. Zunächst aber danke ich Ihnen noch einmal dafür, daß Sie zu uns gekommen sind. Für die deutschen Sozialdemokraten war es eine Auszeichnung.

Sie haben uns vor Augen geführt, worüber Sie besorgt sind, und Sie haben damit auf alle Teilnehmer einen starken Eindruck gemacht. Dies muß Ihnen durch mehr als nur den Beifall deutlich geworden sein. Sie werden wissen, daß Ihre Worte weit über die Hamburger Veranstaltung hinaus beachtet und verstanden worden sind. Nicht selten wohl auch mit Betroffenheit.

[...]

Die Fragen nun, die Sie uns stellten, enthielten schon den Teil der Antworten, den Sie selber geben wollten. Ich will dem einiges hinzufügen.

Erstens haben Sie gefragt, welcher Art uns Recht und der tägliche Umgang mit diesem Recht sein müsse, damit eine Gesellschaft, die ethische Legitimation hat, ihrem Rechtsstaat notfalls ein oder mehrere Menschenleben opfern zu dürfen.

Der Gedanke an Opfer für die Allgemeinheit ist uns nach einer historisch wohl einmaligen Phase wirtschaftlichen Wachstums nahezu abhanden gekommen. Erst eine schwierigere Gegenwart, weltweite wirtschaftliche Probleme und zerstörerische Angriffe auf die Demokratie lassen eine größere Zahl unserer Bürger überhaupt erst wieder fragen, was denn an unserem Gemeinwesen verteidigenswert sei. Niemand wird hier allein mit dem Hinweis auf materiellen Wohlstand antworten können.

Es gibt eine mögliche Position, zu sagen: Letzte Opfer darf eine Gesellschaft nicht einmal fordern, wenn sie ein einzelnes Leben wahrscheinlich retten kann. In der tragischen Situation, die wir kürzlich vor aller Welt durchlebt haben (und die sich wiederholen kann), gab es auch diesen Rat. Ich selbst glaube allerdings, daß eine Gesellschaft, die Freiheit, Recht und Würde des einzelnen Menschen, nicht eines abstrakten Kollektivs, zum Ziel ihrer Entwicklung gemacht hat, davon ausgehen muß, daß dieses Ziel nur in der Gemeinschaft, nur in Solidarität verwirklicht werden kann. Es ist wohl diese Solidarität für Freiheit, Recht und Würde des Einzelnen, die allein letzte Opfer für die Gemeinschaft legitimieren kann. Dabei bin ich mir der Tatsache bewußt, daß auch die vollkommene Gesellschaft – und wir sind, weiß Gott, weit von ihr entfernt! – nur auf dem Wege und niemals am Ziel sein kann. Aber daß wir uns um diesen Weg bemühen, dessen können Sie sicher sein.

Ich denke, Ihre Feststellung, ein Staat habe nur dann das Recht, auch unter schlimmsten moralischen Bedingungen einer Erpessung zu widerstehen, wenn er stets unerpreßbar sei, ist als Aufforderung zum humanen Handeln zu verstehen. Und ihnen, lieber Max Frisch, ist gewiß zuzustimmen, wenn Sie auf die Gefahr hinweisen, die aus einer Schizophrenie des Rechts entstehen könnte, auf die Gefahr, das gesetzte Recht müsse an Glaubwürdigkeit einbüßen, wenn das praktizierte Recht seine eigenen Wege gehe.

An anderer Stelle Ihrer Rede haben sie das Dilemma selbst aufgelöst, indem Sie für die Politik im Rechtsstaat ein umfassendes Bekenntnis zur Demokratie – zur sozialen Demokratie, jetzt mit meinen Worten – fordern. Die Gesellschaft und ihre Organe unter unseren Bedingungen, also der demokratische Staat, dürfen keine Selbstzweifel an ihrer Legitimation zur Gesetzgebung und zum Handeln zulassen. Dabei wird gewiß niemand denen, die über letzte Opfer entscheiden, das Bewußtsein des Schuldigwerdens ersparen können. Aber die solidarische Gesellschaft kann davon entlasten helfen.

Zweitens lautete Ihre Frage: Wenn Politik als Entwurf eines Zusammenlebens der Menschen, das Menschwerdung fördert und, im Gegensatz zur Profitschlacht aller gegen alle Lebenswerte stiftet, ⟨gilt⟩ – ob unsere Partei im Sinne eines solchen Entwurfs arbeite.

Ich will einen allgemeinen Hinweis vorwegschicken: Die technische Welt, die Welt der arbeitsteiligen Leistung bleibt wohl in gewisser Hinsicht untrennbar von der Welt des Wettbewerbs. Die Dialektik des Wettbewerbs aber ist Produktivität und Zerstörung zugleich. Und sicher ist, daß hier das Maximum kein Optimum darstellt. Deswegen arbeiten wir für die Humanisierung dieser Industriegesellschaft, vor allem ihrer Arbeitswelt, weil ihr Ausgangspunkt – Konkurrenz der Individuen – Gefahren der Unmenschlichkeit birgt.

Wir sind uns im übrigen der eigenen Unzulänglichkeit bewußt. Unsere Antwort auf Ihre Frage muß bescheiden sein. Sie ist dennoch ja. Natürlich erleben wir – neben Rückschlägen, die man uns beibringt – auch Kleinmut, bisweilen Wankelmut. Wer sich jedoch ungeschminkt vor Augen führt, was über ein Jahrhundert deutscher Sozialdemokratie für das Zusammenleben der Menschen, für das Menschwerden bedeutet, der wird einräumen müssen: es waren in starkem Maße die Anstrengungen dieser Partei, die aus rechtlosen Proletariern und unmündigen Frauen Bürger gemacht haben: noch nicht genug citoyen, vielleicht zuviel bourgeois. Aber da ist ja auch ein Weiterentwickeln möglich; Sie haben es in Ihrer Rede nicht verschwiegen. Der Kampf um die politische Gleichberechtigung der Menschen hatte Erfolge, der Kampf um die soziale Sicherung der Menschen macht Fortschritte. Der Kampf um die Humanisierung des Lebens in der Industriegesellschaft steht weitgehend noch bevor. Breite Teilhabe und Mitwirkung der Menschen in allen relevanten Lebensbereichen zu erreichen, die letztlich die Freiheit des Einzelnen erst absichern, bleibt eine der wichtigsten Aufgaben unserer Gesellschaft.

Der theoretische Entwurf für diesen politischen Auftrag ist dabei das eine, die Verwirklichung und Vermittlung unserer Politik das oft viel schwierigere andere. Wir stehen nun einmal nicht in einem, Politologen würden sagen, herrschaftsfreien Raum, sondern wir haben uns mit sehr festgefügten bestehenden Interessen auseinanderzusetzen. Dies ist es, was uns in unserer Überzeugung bestätigt, daß nur eine unbeirrte, zähe Politik der kleinen Schritte uns unseren Zielen näherbringt. Ich will nicht verhehlen, daß dies auch innerhalb meiner Partei immer wieder neu gelernt werden muß.

Vor allem aber: das bisher Erreichte darf uns keinesfalls selbstzufrieden machen. In Ihrer Frage klingt die Sorge durch, daß es gerade der Wohlstand sein könnte, der die Eigensucht fördert, daß es die Fortschritte in der formal verstandenen Demokratie sein könnten, die zur Selbstlähmung des Gemeinwesens beitragen. Lassen Sie mich deshalb versichern: Es bleibt auch für die Zukunft unsere sozialdemokratische Passion, den im Ansatz der leistungsorientierten, arbeitsteiligen Gesellschaft gefährlich starken Gegensatz von Individuum und Gesellschaft aufzulösen, indem wir den Zusammenhalt der Menschen fördern wollen. Trägheit, Verdrossenheit gegenüber der Demokratie und ihren Institutionen sind zwei unter anderen Reaktionen auf eine Ellbogengesellschaft, die wir eben nicht wollen.

Sie haben eindringlich auf die allzu begrenzte Reformfähigkeit – sollten wir nicht sogar sagen: Reformbereitschaft? – der Gesellschaft als eine der Ursachen für geistige Verzweiflung und damit auf die katastrophale Möglichkeit hingewiesen, daß ursprünglich moralische Antriebe zu zerstörerischer Gewalt pervertieren. Ich weiß zwar nicht, ob Reformen den inneren Widerspruch der Gesellschaft wirklich jemals so auflösen könnten, daß es »Verzweifelte aus Moral« nicht geben wird. Aber in dieser Hoffnung zu arbeiten, bleibt unsere Pflicht. Und wenn diese Verzweiflung keine Entschuldigung der Gewalt sein kann, so ist sie doch eine ihrer möglichen Ursachen. Dies wird in der veröffentlichten Meinung der Bundesrepublik manchmal verdrängt. Unsere Verpflichtung zur Eindeutigkeit in der Auseinandersetzung mit denen, die diese Ursachen zerstörerischen Wahns an falscher Stelle suchen und finden möchten, darf darunter nicht leiden.

Ihre dritte Frage: Was würde aus einer politischen Partei, die den möglichen Beitrag der Intellektuellen, nämlich Innovation durch Kritik, in ihre pragmatische Arbeit einzubauen nicht willens oder nicht fähig sei, weil sie, erblindet am status quo, sich schon zu weit von der akuten Wahrheit und also von der Zukunft entfernt habe?

Nun, ich habe in Hamburg zu sagen versucht, die SPD verstehe sich als eine Partei, die sich bewußt bleibt, daß der Pakt zwischen Arbeit und Geist lebenswichtig ist und immer wieder neu geschlossen, ja verdient werden muß. Ohne die Mitwirkung schwieriger Freunde und fairer Kritiker ist Politik im demokratischen Staat nicht möglich. Meine Partei hat gerade in jüngster Zeit neuerlich versucht, hier konkret zu arbeiten. Ich nenne als Beispiel unsere als Forum veranstalteten Fachkonferenzen oder auch die Einladung, kritisch zu dem Stellung zu nehmen, was unsere Grundwertekommission erarbeitet hat. Das Echo, das wir bisher gehört haben, ist ermutigend.

Ich weiß allerdings auch, daß dies allein, die Bitte um Auf- und Vorklärung also, nicht genügt. Wir brauchen als Partei nicht nur die Mitwirkung der Intellektuellen, wir wollen auch Partei für sie sein. Auch deshalb hat es uns so getroffen und empört, als der kritische Geist den schlimmsten

Verdächtigungen ausgesetzt wurde. Dem werden wir uns schon deshalb entgegenstemmen, weil wir die Denunziation des kritischen Geistes in unserer Geschichte oft als den ersten Schritt zur Gängelung eines ganzen Volkes erfahren und durchlitten haben.

Dem steht nicht entgegen, daß das Verhältnis zwischen der Politik und den Intellektuellen eine Wechselbeziehung sein muß. Wenn Intellektuelle leidenschaftliche Wahrheitssucher sind, befinden sie sich noch nicht im Besitz der Wahrheit. Eine ihrer vorzüglichen Eigenheiten sollte es sein, eben das zu wissen. Die kritische Spannung zwischen Intelligenz und Politik im allgemeinen, zwischen Intellektuellen und Sozialdemokratie im besonderen wird, scheint mir, umso produktiver, je mehr wir gegenseitig davon ausgehen können, daß wir in der Fähigkeit des Eingeständnisses, uns zu irren, einander nicht nachstehen.

Sie, lieber Max Frisch, sind zu uns gekommen in Solidarität zu Kollegen und zu unserer gemeinsamen Sache. Ich möchte Ihnen – stellvertretend für alle, die Sie und ich meinen – sagen, daß Sie unserer Verbundenheit sicher sein können.
(Aus der Pressemitteilung der SPD Nr. 563 vom 30. 11. 1977)

DIE POLITISCHE REPRESSION (. . .). (S. 352)
E: (i. d. B.)
D: (Sonderdruck des VPOD).
Die Tagung des Schweizer Verbands des Personals öffentlicher Dienste fand am 28.-30. 6. 1979 statt. M. F. hielt den Vortrag am 30. 6. 1979. – Zu Bundesrat Kurt Furgler (S. 355) vgl. seine Rede von 1977 »Fragen an den Künstler« (bei Ammann/Faes – s. o. zu S. 343 –, S. 27-34). Die hier von M. F. vorgetragene Auffassung der »öffentlichen Meinung« deckt sich weitgehend mit den Thesen von Elisabeth Noelle-Neumann, *Die Schweigespirale. Öffentliche Meinung – unsere soziale Haut*, München: Piper Verlag 1980.

Personenregister

Das Register bezieht sich lediglich auf die Texte Max Frischs. In einigen Fällen wurde ein Nachweis auch dann aufgenommen, wenn eine Person nicht ausdrücklich genannt, ihr Name aber durch eine Anspielung, ein Zitat oder eine andere Kennzeichnung unzweideutig impliziert ist.

Zeittafel

1911	geboren in Zürich am 15. Mai als Sohn eines Architekten
1924-1930	Realgymnasium in Zürich
1931-1933	Studium der Germanistik in Zürich, abgebrochen, freier Journalist Balkan-Reise
1934	*Jürg Reinhart*
1936-1941	Studium der Architektur an der ETH in Zürich. Diplom
1938	Conrad Ferdinand Meyer-Preis
1939-1945	Militärdienst als Kanonier
1940	*Blätter aus dem Brotsack*
1942	Architekturbüro in Zürich
1943	*J'adore ce qui me brûle oder Die Schwierigen*
1945	*Bin oder Die Reise nach Peking* *Nun singen sie wieder*
1946	Reise nach Deutschland, Italien, Frankreich
1947	*Tagebuch mit Marion* *Die Chinesische Mauer*
1948	Reisen nach Prag, Berlin, Warschau Kontakt mit Bertolt Brecht in Zürich
1949	*Als der Krieg zu Ende war*
1950	*Tagebuch 1946-1949*
1951	*Graf Öderland* Rockefeller Grant for Drama
1952	Einjähriger Aufenthalt in den USA, Mexiko
1953	*Don Juan oder Die Liebe zur Geometrie*
1954	*Stiller* Auflösung des Architekturbüros, freier Schriftsteller
1955	Wilhelm Raabe-Preis der Stadt Braunschweig Pamphlet *achtung: die schweiz*
1956	Reise nach den USA, Mexiko, Kuba
1957	*Homo faber* Reise in die arabischen Staaten
1958	*Biedermann und die Brandstifter* *Die große Wut des Philipp Hotz* Georg Büchner-Preis Literaturpreis der Stadt Zürich
1960-1965	Wohnsitz in Rom
1961	*Andorra*
1962	Dr. h. c. der Philipps-Universität Marburg
1963	Literaturpreis von Nordrhein-Westfalen
1964	*Mein Name sei Gantenbein*

1965 Preis der Stadt Jerusalem
Reise nach Israel
Schiller-Preis des Landes Baden-Württemberg
Wohnsitz im Tessin, Schweiz
1966 Erste Reise in die UdSSR, Polen
1967 *Biografie: Ein Spiel*
1968 Zweite Reise in die UdSSR
Öffentlichkeit als Partner
Politische Publizistik in Zürich
1969 *Dramaturgisches*
Aufenthalt in Japan
1970 Aufenthalt in den USA
1971 *Wilhelm Tell für die Schule*
Aufenthalt in den USA
1972 *Tagebuch 1966-1971*
1974 *Dienstbüchlein*
Großer Schillerpreis der Schweizerischen Schillerstiftung
1975 *Montauk*
1976 *Gesammelte Werke in zeitlicher Folge*
Friedenspreis des Deutschen Buchhandels
Max Frisch/Hartmut von Hentig,
Zwei Reden zum Friedenspreis des Deutschen Buchhandels 1976
Wir hoffen. Rede zur Verleihung des Friedenspreises (Schallplatte)
1978 *Triptychon*. Drei szenische Bilder
Der Traum des Apothekers von Locarno. Erzählungen
1979 *Der Mensch erscheint im Holozän.* Eine Erzählung
1982 *Blaubart*. Erzählung

M. F.

Das Werk von Max Frisch im Suhrkamp Verlag

Gesammelte Werke in zeitlicher Folge.
Herausgegeben von Hans Mayer unter
Mitwirkung von Walter Schmitz
In zwei textidentischen Ausgaben:
Gesammelte Werke in sechs Bänden.
Dünndruck. Leinen
werkausgabe edition suhrkamp in zwölf Bänden

Tagebuch 1946-1949, 1950
Stiller. *Roman*, 1954
Homo faber. *Ein Bericht*, 1957
Mein Name sei Gantenbein. *Roman*, 1964
Wilhelm Tell für die Schule, 1971
Tagebuch 1966-1971, 1972
Montauk. *Eine Erzählung*, 1975
Triptychon. *Drei szenische Bilder*, 1978
Der Mensch erscheint im Holozän. *Eine Erzählung*, 1979
Blaubart. *Erzählung*, 1982

Bibliothek Suhrkamp
Andorra. *Stück in zwölf Akten*
Bin oder Die Reise nach Peking
Biografie: Ein Spiel
Homo faber. *Ein Bericht*
Tagebuch 1946-1949
Montauk. *Eine Erzählung*
Der Traum des Apothekers von Locarno. *Erzählungen*

edition suhrkamp
Ausgewählte Prosa
Biedermann und die Brandstifter
Die Chinesische Mauer
Don Juan oder Die Liebe zur Geometrie
Graf Öderland
Öffentlichkeit als Partner
Santa Cruz. Nun singen sie wieder.
Zürich-Transit. *Skizze eines Films*
Max Frisch/Hartmut von Hentig
Zwei Reden zum Friedenspreis des Deutschen
Buchhandels 1976

suhrkamp taschenbücher
Wilhelm Tell für die Schule
Stücke 1
Stücke 2
Stiller
Dienstbüchlein
Andorra. *Stück in zwölf Akten*
Mein Name sei Gantenbein
Homo faber. *Ein Bericht*
Tagebuch 1966-1971
Herr Biedermann und die Brandstifter/
Rip van Winkle. *Zwei Hörspiele*
Montauk. *Eine Erzählung*
Der Mensch erscheint im Holozän. *Eine Erzählung*
Materialien zu Max Frisch, ›Stiller‹
Materialien zu Max Frisch,
›Biedermann und die Brandstifter‹

Begegnungen. *Eine Festschrift für Max Frisch*

Fünf Orte im Leben von Max Frisch
gesehen von Fernand Rausser. *Bildband*

Sprechplatte
Max Frisch liest Prosa. Isidor.
Der andorranische Jude. Tonband
Max Frisch, Wir hoffen. Rede zur Verleihung des Friedenspreises

suhrkamp taschenbücher materialien
Frischs »Homo faber«

Über Max Frisch I

Herausgegeben von Thomas Beckermann
edition suhrkamp 404

Der Band enthält folgende Beiträge:
Friedrich Dürrenmatt, »Stiller«
Walter Jens, Erzählungen des Anatol Ludwig Stiller
Hans Mayer, Anmerkungen zu »Stiller«
Joachim Kaiser, Max Frisch und der Roman
Helmut Heißenbüttel, Max Frisch oder Die Kunst des Schreibens
Erich Franzen, Über Max Frisch
Werner Liersch, Wandlung einer Problematik
Ursula Roisch, Max Frischs Auffassung vom Einfluß der Technik auf den Menschen
Friedrich Dürrenmatt, Eine Vision und ihr dramatisches Schicksal
Gody Suter, Graf Öderland mit der Axt in der Hand
Gerhard Kaiser, Max Frischs Farce »Die Chinesische Mauer«
Hellmuth Karasek, »Biedermann und die Brandstifter«
Karl Schmid, »Andorra« und die Entscheidung
Wolfgang Hegele, »Andorra«
Reinhard Baumgart, Othello als Hamlet
Hermann Kähler, Max Frischs »Gantenbein«-Roman
Wolf R. Marchand, »Mein Name sei Gantenbein«
Hans Heinz Holz, Max Frisch – engagiert und privat
Beda Allemann, Die Struktur der Komödie bei Max Frisch
Manfred Jurgensen, Leitmotivischer Sprachsymbolismus in den Dramen Max Frischs
Walter Schenker, Mundart und Schriftsprache

Über Max Frisch II

Herausgegeben von Walter Schmitz
edition suhrkamp 852

Der Band enthält folgende Beiträge:
Zwei Schriftsteller über den Autor Frisch
Christa Wolf, Max Frisch, beim Wiederlesen oder: Vom Schreiben in Ich-Form
Adolf Muschg, Vom Preis eines Preises oder Die Wohltat des Zweifels
Jürgen Schröder, Spiel mit dem Lebenslauf. Das Drama Max Frischs
Klaus Matthias, Die Dramen von Max Frisch, Strukturen und Aussagen
Jiří Stromšik, Das Verhältnis von Weltanschauung und Erzählmethode bei Max Frisch
W. G. Cunliffe, Existentialistische Elemente in Frischs Werken
Eduard Korrodi, Ein Roman von Max Frisch *J'adore ce qui me brûle oder Die Schwierigen*
Max Frisch, Über *J'adore ce qui me brûle oder Die Schwierigen*
Hans Schumacher, Zu Max Frischs *Bin oder Die Reise nach Peking*
Heide-Lore Schaefer, Max Frisch *Santa Cruz*
Günter Waldmann, Das Verhängnis der Geschichtlichkeit
Hiltrud Gnüg, Das Ende eines Mythos: Max Frisch *Don Juan oder Die Liebe zur Geometrie*
Hertha Franz, Der Intellektuelle in Max Frischs *Don Juan* und *Homo faber*
Ulrich Weisstein, *Stiller:* Die Suche nach der Identität
Gerhard Kaiser, Max Frischs *Homo faber*
John T. Brewer, Max Frischs *Biedermann und die Brandstifter* als Dokument der Enttäuschung eines Autors
Henning Rischbieter, *Andorra* von Max Frisch in Zürich uraufgeführt
Helmut Krapp, Das Gleichnis vom verfälschten Leben
Wolfgang Frühwald, Wo ist Andorra?
Hans Mayer, Mögliche Ansichten über Herrn Gantenbein
Marcel Reich-Ranicki, Plädoyer für Max Frisch
Marius Cauvin, Max Frisch, das Absolute und der *nouveau roman*
Brigitte L. Bradley, Max Frisch *Biografie: Ein Spiel*
Reinhard Baumgart, Wilhelm Tell – ein ganz banaler Mörder
Adolf Muschg, Über Max Frischs *Wilhelm Tell für die Schule*
Peter Wapnewski, Tua res
Klaus Schimanski, Ernstgenommene Zeitgenossenschaft – subjektiv gespiegelt

Hans Rudolf Hilty, Ein Buch aktiver Erinnerung
Ernst Leisi, Die Kunst der Insinuation
Max Frisch, Ein Brief an die Neue Zürcher Zeitung
J. R. von Salis, Schweigen war die Regel
Joachim Kaiser, Max Frischs Kritik an einem Kanonier
Anton Krättli, »Leben im Zitat«
Rudolf Hartung, ›Schreibend unter Kunstzwang‹
Hans Mayer, »Die Geheimnisse jedweden Mannes«
Uwe Johnson, Zu *Montauk*

Der Anhang enthält eine ausführliche Bibliographie der Primär- und Sekundärliteratur sowie ein Nachwort des Herausgebers.

st 817 Igor Strawinsky
Aufsätze, Kritiken, Erinnerungen
Ausgewählt und herausgegeben von Heinrich Lindlar
226 Seiten
Was über Werden und Wirken, über Weg und Werk des russisch-französisch-amerikanischen Komponisten und Kosmopoliten Strawinsky vom Aufbruch unseres Jahrhunderts im Reflex seiner Mitarbeiter, Freunde und Mäzene, aber auch seiner eingeschworenen Gegner aus dem Umfeld der Neuen Wiener Schule Schönbergs – was da an Erinnerungen, an Huldigungen und Attacken von Belang war, findet sich in diesem Auswahlband wie in einem Brennspiegel.

st 818 J. G. Ballard
Kristallwelt
Roman
Aus dem Englischen übersetzt von Margarete Bormann
Phantastische Bibliothek Band 75
178 Seiten
»Am Tage flogen phantastische Vögel durch den erstarrten Wald, und edelsteinbesetzte Krokodile glitzerten wie heraldische Salamander an den Ufern des kristallenen Flusses. Nachts jagte der leuchtende Mann unter den Bäumen dahin, die Arme wie goldene Wagenräder, der Kopf wie eine gespenstische Krone . . .«

st 819 Peter Schattschneider
Zeitstopp
Science-fiction-Geschichten
Phantastische Bibliothek Band 76
230 Seiten
»Mit einemmal sah er nur noch Atome und Moleküle, die keinen Bezug zueinander hatten. Nichts veränderte sich. Die Naturgesetze zerfielen, weil es in der Zeitlosigkeit nichts gab, das sie beschreiben konnten, und mit ihnen zerfielen die Objekte. Bäume, Sträucher, das verdorrte Gras, Erde und Gestein, selbst die Sonne und der in der Luft erstarrte Vogel: Alles verlor sich in Bedeutungslosigkeit.«

st 821 Hans Carossa
Der Arzt Gion
Eine Erzählung
256 Seiten
»Die Lauterkeit seiner Gesinnung, die Tiefe seiner so bescheiden auftretenden Problematik, und mehr als alles der Adel seiner Sprache, seines schönen, wie eine Quelle fließenden Deutsch machen dies ernste Buch unausschöpflich, wie alle echte Dichtung es ist.« *Hermann Hesse*

st 822 Marcel Proust
Sodom und Gomorra
Auf der Suche nach der verlorenen Zeit
Vierter Teil
Deutsch von Eva Rechel-Mertens
2 Bände, zus. 724 Seiten
»Von der Erfahrung Prousts in Deutschland verspreche ich mir Entscheidendes, nicht im Sinne der Nachahmung, sondern in dem des Maßstabes. ... Angesichts des desorientierten Zustandes der deutschen Prosa, wenn nicht der Krisis der Sprache überhaupt, ist Rettendes zu hoffen von der Rezeption eines Dichters, der das Exemplarische vereint mit dem Avancierten.«
Theodor W. Adorno

st 823 Sylvia Beach
Shakespeare and Company
Ein Buchladen in Paris
Aus dem Amerikanischen von Lilly v. Sauter
Mit Abbildungen
248 Seiten
»*Shakespeare and Company* ist kein gelehrtes Buch, es ist ein ganz persönlicher Bericht. In Sylvia Beachs Erinnerungen kommen nahezu alle vor, die in den zwanziger Jahren eine Rolle spielten, und Sylvia Beach zählte sie alle zu ihren Bekannten.« *The New Yorker*

st 824 Erik H. Erikson
Lebensgeschichte und historischer Augenblick
Übersetzt von Thomas Lindquist
296 Seiten
Die Frage, um die es Erikson in diesem Buch geht, lautet: Psychoanalyse – Anpassung oder Freiheit? Erikson plä-

diert für eine Form von Adaption, die den Patienten befähigt, die Realität so zu sehen, wie sie ist, was nicht bedeutet, sie in ihrer Faktizität einfach hinzunehmen. Eriksons »goldene Regel« für seine eigene Praxis ist ein Begriff von Anpassung, der auf Gegenseitigkeit und Anerkennung basiert.

st 825 Volker Erbes
Die blauen Hunde
Erzählung
190 Seiten
Die blauen Hunde erzählt die Geschichte einer Krankheit. Scheinbar unangekündigt trifft sie eine junge Frau. Die Vorgeschichte zeigt, daß die Formen ihres Wahns nicht zufällig sind oder abstrus, sondern bis in die absonderlichen Details biographisch bestimmt. Auch der Erzähler, der ehemalige Freund dieser Frau, wird von dem Wahn, der der Wahn einer Epoche ist, erfaßt. Indem er ihre Geschichte erzählt, entdeckt er betroffen die Rolle, die er darin spielt.

st 826 Phantasma
Polnische Geschichten aus dieser und jener Welt
Herausgegeben und übersetzt von Klaus Staemmler
Phantastische Bibliothek Band 77
282 Seiten
Zwanzig Erzählungen von neunzehn Autoren stellt dieser Band vor, utopische und phantastische Geschichten, heitere und ernste, amüsante und besinnliche; Spekulationen über die Zukunft stehen neben satirischen Seitenhieben auf die wenig vollkommene Gegenwart. Und es gibt auch gar schauerliche, diabolische und unheimliche Geschichten.

st 828 Hermann Lenz
Die Begegnung
Roman
204 Seiten
»Ein wundersames und wunderbares Buch . . . ein Roman, der ganz unwichtig tut und doch voll Weisheit ist; der beiläufig erzählt wirkt und doch Existentiellem auf den Grund geht; der in geschichtlicher Zeit spielt und uns die eigene Zeit und unsere eigene Zerrissenheit besser wahrnehmen läßt.« *Deutsche Zeitung*

st 829 Pablo Neruda
Liebesbriefe an Albertina Rosa
Zusammengestellt, eingeführt und mit Anmerkungen versehen
von Sergio Fernández Larraín
Aus dem Spanischen von Curt Meyer-Clason
Mit Abbildungen
338 Seiten
Wer die Memoiren Nerudas gelesen hat, kennt seine Erzählhaltung. Das Schreiben sei für ihn wie das Schuhemachen – und so urpersönlich, sympathisch warm und menschlich ist auch der Ton dieser Briefe. Sie befassen sich mit Zuneigung und alltäglichen Sorgen, mit Hoffnungen und Enttäuschungen.

st 831 Helm Stierlin
Delegation und Familie
Beiträge zum Heidelberger familiendynamischen Konzept
258 Seiten
»Die Beiträge des Bandes verarbeiten eine Fülle von Fallbeispielen und therapeutischen Erfahrungsdaten vor dem Hintergrund der psychoanalytischen Grundannahmen zu einem komplexen System von Hilfestellung für die unterschiedlichsten familiären Konstellationen. Lesenswert für jeden, der an Einsicht in ein komplexes Gefüge von Zusammenhängen interessiert ist.«
Wissenschaftlicher Literaturanzeiger

st 833 J. G. Ballard
Die Tausend Träume von Stellavista
und andere Vermilion-Sands-Stories
Aus dem Englischen von Alfred Scholz
Phantastische Bibliothek Band 79
204 Seiten
Vermilion Sands, ein Wüstenkurort zur Erfüllung der ausgefallensten Träume der gelangweilten Reichen, jetzt Künstlerkolonie für Maler, Literaten, bildende Künstler und Musiker, ist in einem langsamen, aber unaufhaltsamen Verfall begriffen. Dichter drücken lediglich auf die Knöpfe ihrer Computer, die automatisch für sie dichten; tönende Skulpturen wachsen aus dem Boden, und empfindsame Pflanzen reagieren auf die Töne der Musik.

Alphabetisches Gesamtverzeichnis der suhrkamp taschenbücher